棹脚

十年一剑 批删八载 吐故纳新之旷世遗作

修峡荣◎著

中国出版集团
中国民主法制出版社
全国百佳图书出版单位

图书在版编目（CIP）数据

掉脚 / 修崃荣著. -- 北京：中国民主法制出版社，2017.6
（修崃荣作品）
ISBN 978-7-5162-1527-2

Ⅰ. ①掉… Ⅱ. ①修… Ⅲ. ①长篇小说—中国—当代 Ⅳ. ①I247.5

中国版本图书馆CIP数据核字（2017）第137525号

图书出品人 / 刘海涛
出版统筹 / 赵卜慧
图书策划 / 江　力
责任编辑 / 陈棣芳　刘春雨　江　力

书名 / 掉脚
作者 / 修崃荣　著

出版・发行 / 中国民主法制出版社
地址 / 北京市丰台区右安门外玉林里7号（100069）
电话 / 010-63292534　63057714（发行中心）　63055259（总编室）
传真 / 010-63292534
Http: //www.npcpub.com
E-mail: mzfz@npcpub.com
经销 / 新华书店
开本 / 16开
印张 / 42
字数 / 573千字
版本 / 2018年1月第1版　2018年1月第1次印刷
印刷 / 北京天宇万达印刷有限公司

书号 / ISBN 978-7-5162-1527-2
定价 / 58.00元

序一

传播思想文化正能量的民间使者

李中华

北京大学中国哲学暨文化研究所所长、

中国文化书院导师、副院长、哲学系博士生导师

多年来，我有幸认识并结交了三位作家。一位是具有学院派特点的作家宗璞女士，一位是西南作家群中最具乡土情怀的李宽定先生，再一位便是我将要在本序中向读者介绍的公安系统中的通俗文学作家修峡荣先生。这三位作家各自代表了三种不同类型的文学创作特点，他们也都是作家协会的成员，他们所创作的文学作品在各自的领域里，都是佼佼者，都有广大的读者群。

在三位作家中，我与宗璞女士交往时间最久，也最密切，因为她的父亲冯友兰先生是我的恩师，每当我去探望冯先生的时候，也就自然而然地要与宗璞女士聊天，并成为了朋友。她如同自己的大姐一样，我常常受到她的关照。李宽定先生虽然远在贵州，平时联系也不多，但我俩因为年龄相近，因此定交后，便如兄弟般心有灵犀，每当想念他的时候，就翻翻他的作品，就好像见了面一样。至于我与修峡荣先生的交往，则有着一番特殊的经历。

我与修老（与他交往的朋友们常称他为修老）交往是从讨论他撰写的一部书开始的。那是2006年的冬天，由他撰写的一部长篇报告文学《修涞贵与修正哲学》正式出版前，由修正药业集团的副总裁，也是北京大学哲学系毕业的

高材生吕竺笙先生专程来京请我为修老的这部书写序。竺笙先生也算是我的学生，由他出面约请，我不能推辞，答应他可以写序，但要给我时间，读完全部书稿后再做最后决定。就这样，我用了几天的时间，认真拜读了这部洋洋洒洒近 30 万字的长篇大作。读后被这部反映修正药业集团是如何从一个负债累累濒临破产的企业，被重新打造并发展成年销售额高达 40 多亿元（当时的估值）的大型民营企业创业过程的巨著所感动。我当即动笔为该书写了一篇长序，主要谈该书对我的启示及作为中国百姓一员的我，对修正药业集团的感怀和期许："企盼修正药业集团以修正哲学的理念与实践，为中国现代化建设及中华民族的伟大复兴，不仅能贡献使百姓身体健康的药物，也同时贡献使员工、企业及整个社会精神健康的中国化的企业哲学和企业文化。"不久，修老把他正式出版的《修涞贵与修正哲学》这部谈企业文化最为深刻的书送给我，同时又以对话的形式在《企业研究》杂志上发表了《为企业插上哲学翅膀——与北大李中华教授谈〈修涞贵与修正哲学〉》的讨论文章。

就这样，由一篇书序和对话录开始，直到修老 2016 年 6 月去世止，我和修老成为莫逆之交。我们在一起讨论了许多当时他最关心的问题，如"修正哲学"和企业文化如何界定和发展、《周易》的起源和性质、和谐哲学的发生和价值意义、"致中和"思想在中国文化中的地位、老子与孔子的差异、关公的忠义如何在现实中推广……。我们讨论了无数个关于中国哲学、中国文化、中国历史、中国现代化等大大小小的问题。可以说，我们共同讨论的思想、学术、文化，培育与滋养了我与修老长达整整十年的友谊。

这十年的友谊对我来说是一份弥足珍贵的人生财富，因为我从修老身上学到了很多在与其他朋友交往中所学不到的东西。修老是一位真诚、直率、朴实、勤勉、和蔼可亲，且以自己毕生的努力，乃至用自己火热的情怀和全部生命去书写、履行和捍卫自己真诚信仰的人。单讲"信仰"二字，只是一个概念。真正的信仰，是需要人们在这一空洞的概念中，通过亲身实践，去填实他的价值理念和人生追求的实际内容。因此，信仰可以有多种，但如何选择、陶铸和坚守与自己的价值理念和人类社会发展相契合的信仰，却是不容易的事，而修老做到了。

修老15岁（1954年）便加入了公安队伍，一直到45岁，在其间整整三十年里，把自己炼就成为公安战线上一名不惧危险并屡建奇功的坚强战士。他参与并破获了一系列特大案件，其中包括轰动全国的特大杀人案和特大流窜抢劫团伙案，曾获公安部嘉奖并荣立个人二等功。他用自己的坚定信念和无畏精神，勇敢地捍卫了人民的生命、财产和利益，坚守并践行了他的崇高信仰。

20世纪80年代初，改革开放的春风吹遍祖国大地，正值不惑之年的修老走上了文学创作道路。1981年，他参加了黑龙江人民出版社“中长篇小说创作学习班”，此后不久便成为一名公安系统的脱产专业作家。放下枪，又拿起笔，在他所熟悉的公安战线上开始了写作。由此他的文学创作热情，像泉水一样涌动，像火一样燃烧并一发不可收拾。

1983年，修老撰写了他的处女作——中篇小说《军火1946》，之后又改编为同名电视连续剧，并于1986年在中央电视台首播，获东北“金虎奖”二等奖。接着，他又撰写了第二部中篇小说《狼巢匪影》并于1986年出版，荣获首届公安部“金盾文学奖”。隔两年，他又发表了第三部小说《刑警的隐秘》，获“全国通俗小说”三等奖。三部作品虽属修老的文学初创，但却全部获奖，迈出了文学创作的坚实步伐，不能不说，这是由于他多年的公安实践，不断启发了他的创作灵感，同时也成为他创作的源泉。社会实践再加上他的天赋和刻苦，这三条构成他后来成为一名多产作家的基本条件。以上修老在80年代完成的三部作品可称作是修老文学初创的“三部曲”，同时也构成修老在文学创作道路上的第一个里程碑。

进入20世纪90年代，修老用了整整六年时间，完成了他的第一部传记文学与历史文学合体作品《陈龙传》，传主陈龙是一位鲜为人知，但又具有传奇色彩的在中共隐蔽战线上作出卓越贡献的英雄人物。陈龙的一生历尽艰险，最后把生命献给了中国人民的解放事业。这部作品可谓修老文学创作中最为呕心沥血的著作，用修老自己的话说：“为了写好这部近40万字的作品，我所下定的决心整整坚持了六个年头，让我走遍了全国20多个省市，采访了近百位东北抗联和我国侦察工作的前辈们，录制了几十盘磁带，收集了上百万字的历史档案和文字资料，带着一种沉甸甸的历史使命感和对英雄充满崇敬和深情的思考，才使这一创作任务的完成变为可能”；“可以说，陈的历史就是一部中国侦察史”；“也是我创作道路上的一次万里长征”（修老采访所走过的里程甚至超过二万公里）。该书1995年正式出版，此后又再版了多次。该书出版不久，便获得了中宣部“五个一工程”奖、公安部“金盾文学奖”一等奖、“黑龙江文艺创作大奖”，可谓是“一书获三奖”。同时，《哈尔滨晚报》《北京晚报》《作家文摘》《党史纵横》《南方日报》等30余家报纸、杂志、新闻媒体予以连载和转载，在广大群众中特别是公安战线上，乃至全国都产生了广泛影响。此后又完成了警匪小说《特工行动》（1997年出版），并获“金盾文学奖”二等奖。1999年又发表了长篇报告文学《北疆大追逃——99，哈尔滨市公安局“追捕逃犯专项斗争”纪实》。

20世纪90年代是修老文学创作的第二个十年，这十年共产生三部作品，其中两部作品获大奖，尤其是《陈龙传》，可称作是修老文学创作的第二个里程碑。

随着21世纪钟声的敲响，修老的文学创作进入了第三个十年。此时，修老已是一位过了“耳顺”之年的退休老人（2000年退休）。按一般人的想法，退休后应该颐养天年，但他却说：“我虽然在组织上退休了，但大脑的思考和用笔写作的工作却没有退休。”他以老骥伏枥的精神，在21世纪的头一个十年里，先后发表了长篇报告文学《大案惊天——“2·2”绑架银行行长案侦破纪实》（2000年），电视剧本《无愧苍生》（原名《北方警官》，2001年）。该剧本被拍成20集电视连续剧，于2004年在中央电视台黄金时段首播，荣获第25届中国电视剧“飞天奖”长篇电视剧一等奖；第10届“五个一工程”奖。2009年，修老已年届70岁，在耄耋之年的开端，他又创作了电视连续剧剧本《西部警官》，该剧本已完成拍摄和后期制作阶段（但至目前仍未见播出）。

在修老文学创作的第三个十年里，除了上述三部作品外，他的注意力和文艺创作开始转向企业文化的研究。2006年，在他完成《无愧苍生》剧本后，便专心思考企业文化建设问题。因为他在从事文艺创作的同时，还兼任《修正世界》的主编，并肩负着东北地区最大的民企药业集团——修正药业集团文化总顾问一职。

修老是一位十分认真的人，他在长期的公安工作中，养成了一种对任何工作不做则已，一旦决定做就会锲而不舍地做好它、完成它。在这种负责态度和承担精神的支配下，他以“秋童”的笔名撰写并出版了《修涞贵与修正哲学》一书（2006 年）。这部书是以报告文学的形式呈现的，但其内容已突破了报告文学的形式，在内容上展示、反映出在多元文化及经济全球化时代，中国企业家对自身企业软实力开发和建设的深度思考。在这部著作中他对上述问题的思考和研究，并非是纸上夸夸其谈或脱离实际的臆想，而是通过对修正药业集团发展的认识和总结，揭示了一个企业的建设发展，离不开企业自身的文化建设，必须把自己的发展与本民族的文化传统和哲学智慧结合起来，从而开创并建立适应社会历史发展并与民间百姓及现实的社会需求相统一的企业新思维、新方法和新战略。这种建立在文化自觉和哲学突破基础上的企业文化建设，不仅是企业的需要，更是中华民族实现民族复兴的需要。

修老的《修涞贵与修正哲学》一书的出版，及其所展现的思想和探讨的理论，标志修老文艺创作思想的转型和深化，他开始注重从更深的思想文化层面，思考包括企业发展在内的中国社会的现实问题，从而使他的文艺创作逐渐突破公安文学的局限，使他的创作活动转向文化和哲学。可以说，《修涞贵与修正哲学》这部著作，正是企业文化与中国传统哲学融合的产物，是他文艺创作历程中又一座里程碑。在这个十年中，他大量阅读中国传统文化经典，如《大学》《中庸》《论语》《孟子》《周易》《孙子兵法》，以及大量的中国历史典籍，跨入他人生及文艺创作的最后一个十年。

进入 21 世纪的第二个十年，也是修老文艺创作的第四个十年，但他却于 2016 年 6 月仙逝。可以说在第四个十年里，修老只走完了一半。一个人很难预测自己的死亡时间，修老也是如此。在我与他的交往中，我们从未讨论过生死问题，看来他是一位藐视死亡的人。当历史跨入修老生命的最后五年里，他虽然已年过 70 岁，但其文艺创作的步伐不仅没有因年龄增长和身体状况的日下而停止，反而有加快的节奏。

2012 年 7 月，修老在自己的原著基础上改编的电视连续剧《夜隼》，在地方卫视播出；2012 年 12 月，由修老担任编剧的电视连续剧《浴火危城》（又名《大瘟疫 1910》）在中央电视台八套黄金时段播出；2013 年 5 月发表了报告文学《气吞万古——记钱锺书与“中国古典数字工程”》；同年 9 月，出版了《古今一本通》（原名《侃古聊今录》）；2014 年，组织筹划拍摄《从“亡命”到武圣》的文化专题片并撰写了解说词，并与北京电视台《档案》和中央电视台《国宝档案》栏目联合制作《大丈夫 关羽》《传奇——关羽缘何失荆州》两期节目，分别于 2015 年 3 月和 8 月播出。2015 年 9 月出版《关公精神新解》。

从以上可知，修老在他生命的最后五年中，他撰写并出版了六部作品，除两部电视剧本外，其余四部所涉及的几乎都是历史与文化的内容。其中的《古今一本通》，是一部历史、文化和哲学相互交融的杂文或随笔性质的作品。其内容十分广泛。从历史到文化，从《周易》到马克思主义哲学，从国际政治到当今天下热点问题，可谓是一部人文学科及文化的“科普读物”，它反映了社会上一般民众对主流社会价值的基本看法，也表达了修老所思所想和所聊所侃积淀下来的问题意识和社会、历史、文化的承担精神。可以说这是改革开放以来，对我国由下至上的文化热和国学热的通俗解读和对当今社会及人类文明所面临的调整、重组和转型的一种理解和诠释。从这一意义上说，《古今一本通》所表述的思想议题已远远超出了文学讨论的范畴，标志修老不满足于以文学形式表达文化传播正能量，而是企图直接从思想、理论和文化上进入思想世界，以解决他所追求的价值观的改造和对世俗世界的人文关怀。《古今一本通》代表了修老的文化修养境界和哲学理论高度。

在修老生命的最后两年中，他尤其关注对关羽的研究。他在同我的多次谈话中，对当今社会不讲诚信，不讲仁义，道德衰微，世风日下的社会乱象深感忧虑。但他向来不是一个悲观主义者，他总想用自己的笔写出有益于社会健康的作品来影响和改变社会。他在发表《关公精神新解》后不久，接受多家媒体采访，大谈关公精神。如在山西运城第26届关公文化旅游节的大会上，他接受《黄河晨报》记者采访，并发表了《挖掘关公新文化内涵，为社会进步提供正能量》的讲演，反复强调，“传统文化中所蕴涵的思想正能量是不能丢弃的，因为它在今天仍有改造世态人心的作用”。他把民俗文化中关公的忠义精神，凝聚为八个字：“惟正是忠，为正而义”。这是对传统忠义观念的新解释。“忠”不是忠于某人某氏；“义”也不是传统的侠义、仗义。在他看来，“忠”说到底，就是“正”；“义”说到底，就是“为正”。不正则谈不上忠，不为正则谈不上义，此即“忠义而归于正”。孔子说：“政者，正也”；“其身正，不令而行，其身不正，虽令不从”；“苟正其身矣，于从政乎何有？不能正其身，如正人何？”。老子也说：“以正治国，以奇用兵。”修老晚年，不遗余力地推广关公文化，其深意可知矣。

现在摆在读者面前的三部长篇小说《少林武禅》、《掉脚》和《围宋》，也是在修老生命的最后五年中整理完成的。

《少林武禅》是一部介于历史与武侠之间二者合一的长篇小说。故事发生在20世纪20年代后期，其以少林寺生存发展的历史为背景，讲述军阀石友三部队和潜入中国为非作歹的日本武士与少林武僧之间展开的对少林“三宝”的盗夺与反盗夺的故事。故事描述了当年达摩祖师传下来的少林“三宝”（金版《坛经》、架裟和金钵）在其历史传承中所经历的百般劫难及少林武僧在反盗夺的斗争中，凭着坚毅、果敢、智慧和九死不悔的奋斗精神，用鲜血和生命保护了民族财宝，并最终使少林“三宝”完整地回归少林。

《掉脚》（原名为《83年》），是一部长篇匪警小说，故事以1983年和北方名城哈尔滨为时空定点，以历经千年几易其主的“九宝金佛”的失窃为主线所展开的公安刑警与窃贼团伙之间迂回曲折、险象环生的斗争故事。故事写得逼真、悬疑、惊险，颇具立体感。人物形象鲜明、生动，语言朴实、机警、老道，让人读起来有不忍释手之感，是一部可读性甚强的长篇巨制。

《围宋》是一部长篇历史演义小说。历史演义小说的特点，是以真实的历史为背景，即人物和故事的核心是历史的，但更多内容则是作家虚构的。因此就历史小说的本质说，往往是真假相掺、虚实相伴。历史只是作品的一个骨架，其血肉则须作家凭自己的价值取向而加以虚构，方具有小说的感染力。因此可以说,历史小说的最高境界应该是历史性与艺术性的高度统一。修老的《围宋》，虽未能达到历史小说的最高境界（可能只有《三国演义》《水浒传》等名著，才能达到这一标准），但却是符合历史小说这一体裁而进行的文艺创作。

《围宋》这部小说，以虚构的主人公陈小与沁儿的爱情故事为起点，一直演义到他们的子孙后代陈玉坚、青柳为终点，贯穿中国历史上的辽、宋、夏、金、元五个朝代（前面还追溯到渤海国），大约400年的历史。小说以一个平民家庭的家族史与两宋及辽、夏、金、元错综复杂的关系史相交融为主线，描绘出中国北方少数民族崛起与南宋灭亡的历史轨迹。小说以28位重要的真实历史人物为章题，与传承十代的陈小家族史巧妙地连接、融汇在一起，使读者可以在轻松的艺术虚构中，了解和体会400多年的真实历史，从中可以窥探出作者渗透其中的多民族融合理念和他对社会、人生及历史的人文情怀。

中国文学史上的历史小说非常丰富，几乎对每个朝代的历史和著名人物均有演义小说加以描述，但据我所见所读或孤陋寡闻的推测，像修老这部小说，叙述了从辽东的渤海国一直到辽宋夏金元这样历史跨度的演义小说来说，可能还是第一部。该小说的不足也即体现在这种大跨度的历史集中在一部小说中，很难达到艺术性和历史性的高度统一，因此这部小说读起来，感到跨跃性太大。尽管如此，在我读过这部小说原稿后，还是感觉这部小说给我带来了历史知识的增加和艺术欣赏的愉悦，特别是由此对修老艺术创作的探索精神和坚韧不拔的毅力、耐力产生更高的敬意。

修老是一位多产的作家，其作品除诗歌、散文外，对其他文体几乎都有所涉猎，甚至跨跃了文学创作的门坎，对历史、哲学、文化各领域都有一定的研究和理解，一生创造出300多万字的文化成品。很难想象，一位未读过高中、大学、未受过专门的文艺训练的人，为什么能够创造出这么多的精神文化产品？这是一个很难回答的问题。但据我观察，似乎可以找到答案，那就是挂在修老书房中的一幅匾额——“天道酬勤”。这可能是修老一生最为尊崇的理念。他一生勤于实践、勤于读书、勤于思考、勤于笔耕。有这“四勤”，天道何不酬之！此外，修老还具有四项好的品德：有昂然向上的人生志向，有思想正能量的实际践行，有薪火相传的文化担当，有悲天悯人的人文情怀。有此“四有”，人道岂能远之！

除“四勤”“四有”外，修老还有一个优于常人的地方，即能以虚心的态度广交朋友，用孟子的话说：“一乡之善士斯友一乡之善士，一国之善士斯友一国之善士，天下之善士斯友天下之善士。以友天下之善士为未足，又尚论古之人。”修老就是这样一位善友天下善士的人；同时，他还常以“善友天下善士为未足”，便又去追论古人。“颂其诗，读其书，不知其人，可乎？是以论其世也。是尚友也”。

我怀念耿直心热的老友，在他生前未曾出版的三部长篇小说付梓之际，仅以此序纪念他！

2017 年 9 月 25 日

于北京大学

序二

勤学善思，自强不息

——怀念大哥修崃荣

修涞贵

全国工商联医药业商会会长　中国修正集团董事长

我们兄弟姐妹共八人，大哥是五个兄弟中的老大。大哥长我15岁，他在我出生那年就离开了家乡——吉林通化，被哈尔滨市公安局录用。所以，记忆中我们兄弟之间没有童年相戏无间那种时光。我自小就尊重大哥、敬重大哥！因他在公安部门从事治安、刑侦工作，职业的威严使得大哥在我心目中的形象一直是严肃的、正义的、高大的和神秘的。因此，他每次回通化探亲，我总要缠住他问一些大大小小的问题。他也总不厌其烦地为我细心解答。那时的大哥，在我眼中简直就是一个渊博的智者，对社会对人生有那么多透彻的了解和认识！我总是如饥似渴地从他身上汲取知识和经验的养分。我们的父亲是一个律己甚严的工程技术专家，和中医世家出身的母亲一样，都是秉承中国传统价值取向和教育观念的老人。但他们养育出来的儿女却是不恋故园，心忧天下，具有以建功立业为己任的济世情怀和抱负——进取、革命、志在四方。我的大姐解放前就不辞而别，随军南下，投身革命；二姐也早早地进入政府部门从事领导工作；大哥、二哥早在20世纪50年代就投笔从戎，成为哈尔滨市警察；我自己也于20世纪80年代初进入通化市公安部门工作。耳濡目染、言传身教，他们对我价值观、人生观的形成所起的正面影响和作用是很大的。用今天的话说，他们给了我为人做事的“正能量”。尤其是大哥，由于他喜欢对传统文化和现实人生进行人文思考，这与我青年时期的精神求索相契合。所以我一直喜欢和大哥进行心灵和思想的交流，并从中获得很多教诲与启发。他不但是我血缘关系上的大哥，也是我精神世界里的引路人。现在，每当我遭遇精神上的困惑，总会不自觉地想起大哥，想起那些移樽就教，不知东方之既白的日子！

大哥这一生，从事的社会工作就是公安工作。这份工作也可以说是“武行”之中的工作，他做得很出色。大哥1954年从通化到哈尔滨，那时他才15岁，开始担任道里区派出所民警，负责街道治安工作，后又调入区公安分局，任侦察员。1984年他破获了以“黄瘸子”为首的特大流窜犯团伙，轰动全国，受到公安部嘉奖并荣立个人二等功；后又破获胡清林特大系列杀人案。在做好本职工作的同时，大哥一直勤奋地读书、思考、提炼、总结。他是“武行”之中的文人。生活中，大哥除了饮茶、抽烟之外，就是画画和读书，尤爱读书。此外别无嗜好，一生如此！大哥很早就去外地谋生，并未接受系统的学校教育。但他酷爱读书，他读书的范围也很广。公安工作带给他丰富的社会阅历和人生经验，加上他喜欢思考，这一切就成为他文学创作的素材来源。1980年大哥开始尝试以公安工作为题材进行小说创作，这让他旺盛的生命激情获得了一个美丽绽放的新天地。一本本小说、传记、报告文学、电视剧本问世，赢得了社会各界广泛赞誉。他接连获得公安部首届“金盾文学奖”、“金盾文学奖”一等奖、中宣部第五届“五个一工程”奖、第十届“五个一工程”奖、第二十五届电视剧“飞天奖”长篇电视剧一等奖等各类奖项，成为全国公安系统获奖最多、奖项最高的知名作家。他的作品在《作家文摘》《啄木鸟》《党史纵横》《南方日报》等30余家报纸、杂志连载或转载；他创作的电视剧《无愧苍生》在中央电视台一套节目里的黄金时段播放。晚年，大哥转入对哲学和文化的思考，代表作包括已经出版的《修涞贵与修正哲学》《气吞万古——记钱锺书与“中国古典数字工程”》《古今一本通》《关公精神新解》等，同时继续创作具有文化历史内涵的小说，如这次出版的《少林武禅》《掉脚》《围宋》。大哥真是一位奇人！

一个初中尚未毕业的人，用今天的标准，可以说尚不具备完整、系统的人文知识。他却在创作和研究两个方面上下古今，纵横捭阖；在小说、剧本、报告文学、文化研究诸领域妙笔生花、厚积厚发。创作需要的是以想象力为基础的形象思维，还有娴熟自如的文字技巧；而研究却既仰赖于文献与相关专业的深厚积累，更要依靠推理、论证为工具的逻辑思维。两者大相径庭，但在大哥那里却并行不悖，而且还相得益彰。这使得他的创作总是带有一种对社会、人生进行思辨的哲理韵味；而他的研究则又总饱含着对历史、文化作出探究的人文情怀。

大哥的一生是勤奋的一生，从早年到暮岁，大哥一直勤奋地工作和学习。古人讲“天道酬勤”，现代有识之士说，人与人之间成就大小的区别，就在于业余时间的利用。时间对每个人都是公平的，它从不厚此薄彼。但人对时间的态度却大不相同，有的人虚掷光阴，有的人惜时如金，大哥就是一个惜时如金的人。他虽然起点不高，没有受过高深、系统的学院教育，而且还承担着重要的本职工作。但他内心的求知欲很强，他不断地在提升自我，依靠不懈的努力，他终究成就了他自己，活出了人生的精彩并达到了常人难以企及的高度！我自1995年下海经营企业，创建修正药业以来，由于责任重大，工作繁忙，就没有闲情逸致和大哥去探讨早年感兴趣的那些宏观而抽象的大课题。兄弟俩即使见面，我也都是和他说一说企业经营管理上的一些具体问题。大哥非常关心、关注修正药业的成长，经常和我探讨企业经营过程中面临的各种问题。2000年他退休后，应我之邀，还专门来修正承担具体的管理工作，出任集团法务中心主任和《修正世界》主编的职务。但他的兴趣终究是在文化研究和小说、剧本的创作上。在公司工作了一段时间之后，他就向我提出辞去具体的管理职务，出任修正药业集团文化总顾问一职，为修正哲学和修正文化的建立与完善做了大量有价值的工作，可谓是殚思极虑、鞠躬尽瘁！

自父母和大姐离世后，大哥在我及兄弟姐妹的情感世界里占据的位置愈显重要。大家心里有事，总愿意和大哥去谈一谈，听听他的意见和建议，从中可以获得许多的人生教诲和生活启示。这些年来，只要有机会，我也总是抽出时间到大哥住处坐一坐，聊一聊。而他，任何时候都会搁下手中的事情，和我兴致勃勃地交谈。从修正文化到中国文化；从家庭情感到人生百态；从现实生活到历史人物。大哥的知识面确实宽，兴趣非常广，思路也很活跃和清晰。虽然此时他已步入人生的暮年，但在才智和思想方面，我没有感觉他有任何衰老或退化的迹象。相反，他的思想倒是越来越成熟和深刻，情感也越来越豁达与醇厚。我内心对大哥一直很敬仰！很叹服！我钦佩他过人的才华，钦佩他旺盛的求知欲和创造力，钦佩他似乎一直不衰竭的生命意志。我总觉得，大哥始终是年轻的，因为他的思想始终年轻。他一直不满足，不断在追求！大哥是一个有生命激情的人！他的激情体现在对知识的渴望和占有之上。年轻时如此，退休后更是如此！含饴弄孙、颐养天年，这是中国人向往的老年生活，但却不是大哥想要的生活方式。退休之后，他更是心无旁骛地读书、写书，沉浸在书的海洋中流连忘返，真正达到了孔子所说的，发愤忘食，乐以忘忧，不知老之将至的境界。作为长兄，大哥始终是宽厚的。在他面前，我们弟妹都可以言谈无忌，不论深浅，大哥从未苛责过我们；大哥又是深刻的。几十年公安工作的历练加上作家的眼光，使他对人性、人情有着清醒而深刻的洞察。但他经常会以理解和解嘲的口吻来评价人世百态，教我们秉持悲天悯人的情怀；大哥还是亲切的。和他在一起的时候，我的内心始终是温暖的、安详的，觉得他是可以依赖的好兄长。现在大哥走了，让我上哪儿再去寻找这样的好大哥？佛说，前世的五百次回眸，才换得今世的擦肩而过！大哥和我做了六十二年的兄弟，我们该有多么深的因缘啊！一朝永别，阴阳两隔，大痛无言，大悲无声。我是多么舍不得大哥的离去啊！这是人生的至痛！是生命的悲剧！但也是自然的规律！一代一代生命的新陈代谢，犹如滚滚东逝的长江之水，奔流到海，滔滔不绝，汩汩不息！生命凋零，人世代谢，湮灭的只是躯体，永存的乃是精神，传承的却是文化。万古长空，一朝风月。大哥虽然驾鹤西去，但他心血凝成的文字还在！他的思想和精神还在！这就是我们这次出版他著作的价值和意义之所在！愿他的书让我们再一次感受他那犀利深刻的思想、澎湃昂扬的激情、悲天悯人的情怀和蓬勃不屈的意志！大哥的音容笑貌常在！大哥的思想精神永存！

目　录

前　言

谁还记得1983年吗?

那一年，我们的生活是什么样子，都发生了哪些事情?

许多人都说不记得了，那是一个已经离开我们很久的年代，也是一个容易被人遗忘的年代。

在我的记忆中，1983年是动荡的，充满了疑虑、浮躁和不安。“文化大革命”结束刚好七年，可是，它的遗患依然阴魂不散，有些人还在幻想和期待“七八年再来一次”，把曾经被打倒的人重新打倒，让曾经掌权的人重新掌权。

有的地方“武斗”还在继续，打、砸、抢的犯罪甚至在光天化日下进行。凶杀、抢劫、盗窃案件频频发生。社会治安异常混乱，“好人怕坏人”，就是那个年代的特征。

同样，那也是中国古代与现代、东方与西方各种想法和思潮酝酿、冲击，甚至搏斗的一年，机关里、社会上、家庭中充满了各种各样思想的对垒与碰撞。激进的、保守的、超前的、怀旧的各样人物都在窥视着，探索着，寻找着爆发和展现的时机。

孰料，一场突如其来的“严打”斗争，骤然改变了许多人的命运和生活轨迹，揭开了许多人用各种颜色的面纱包裹着的形形色色的面孔，让我们能把他们看得清楚一些。

这一场突如其来的暴风骤雨，曾经让许多人无所适从，至今仍然褒贬不一。俗话说，百闻不如一见，一见不如实干。我曾是基层刑警，亲历了那场“严打”的全部过程，似乎更有发言权……

一句话，1983 年是不该忘记的。

那些年的一颦一笑，所言所行，都存留在岁月的烟尘里，越来越缥缈、朦胧。但它是我们生命的痕迹，是历史的一个瞬间。我们应当抽出点时间，回身去找寻那些记忆的碎片，把它搜集起来，拼接起来，让它能够沉淀，或是保存在什么地方。也许，在若干年后，我们的子孙后代，会从中找出点什么。

因为 1983 年是注定要在历史上留下刻痕的！

故事简介

故事发生在1983年夏天的哈尔滨。

惯窃翟铁被刑警陶进抓捕，在向刑警队副队长赫雷报告时说了一个社会上广为流传的新闻：“九宝金佛”重出江湖。许多人都知道，“九宝金佛”是当年南诏国的至宝，历经千年几易其主，最后被省博物馆收藏。经查验，依然保存在博物馆的库房中。

翟铁被拘留，在监号里认识了江湖老贼严玉森。经严玉森点拨，翟铁骗过副队长吴昊，与持枪的罪犯朱岗，就在分局新局长唐巨成到来的晚上开枪打伤一位刑警逃出了包围圈。

为了逃避责任，主管刑侦的分局副局长庄农巧妙地把责任推诿到赫雷身上。

庄农的言行，引起了唐巨成的注意。他以偶然巧遇的办法到赫雷家中谈话。他发现赫雷是一个极有能力的刑警，侦破无数大小案件，但长期得不到提拔扶正。

在追捕翟铁的过程中，陶进与老同学翟丁在车站相遇。

翟丁是翟铁的姐姐，是同样作案在逃的翟刚的妹妹。与兄弟俩不同，她学习刻苦，作风正派，大学毕业后在某科研单位做科研工作。在她的帮助下，刑警们抓获了持枪杀人的朱岗，翟铁则下落不明。

在党中央领导下，“严打”斗争在全国展开，唐巨成力排众议，提拔赫雷为分局副局长，主抓“严打”工作。

陶进发现了一个庞大的流窜犯团伙，为首的是被称为“全国掏窃一把高手”的黄德利。

“严打”继续深入展开，分局抓捕了由高干子弟组成的流氓团伙“采花团”，“从重从快”枪毙了好几个人，由于吴昊通风报信，杜副市长的儿子闻风潜逃。

陶进指挥的耳目发现了逃犯的去向，将其抓回，由于吴昊多方打点，却没有被判处死刑。

省博物馆保管部部长欧阳化雨为窃取九宝金佛伙同陶进的妻子魏蓉蓉以偷梁换柱的手段盗出九宝金佛。老贼严玉森毒死欧阳母子，将九宝金佛带到北京。魏蓉蓉远走他乡。

严玉森在北京心脏病复发住进医院，翟铁得到九宝金佛。他给翟丁写信叫姐姐来取，翟丁把信拿到了赫雷面前。

分局决定派遣陶进等人到北京配合翟丁找到翟铁取回九宝金佛。但他们连续扑空，陶进、翟丁一路追踪来到了云南西双版纳。

原来，黄德利杀害了翟铁夺得九宝金佛，想要从西双版纳逃亡国外。

赫雷得知吴昊想要把他赶出分局，在唐巨成的首肯下，赫雷抓捕了搞房地产开发的吴昊父亲，逼迫吴昊彻底臣服。进入权力争斗的旋涡，赫雷也毫不手软。

在西双版纳，陶进不仅发现魏蓉蓉已被黄德利的打手虎蛋杀死；还发现了翟刚，他交出九宝金佛，逃往缅甸境内。

陶进缴获了九宝金佛，也抓获了被魏蓉蓉灌醉的黄德利。

九宝金佛重新回到博物馆，陶进和翟丁想要结婚，但赫雷依然把翟丁当成反革命子女和刑事罪犯家属，陶进虽然居功至伟，也不能提拔为副队长。对一个刑警来说，这就是立场问题……

一

掉脚

这多半年，这条街是越来越热闹。

这条街不长，也不宽，不到百米却拐了好几个弯。柏油铺成的路面磨得坑坑洼洼，由于两边店铺多，马路牙子总是脏兮兮的。这里不光有一家建于民国初年的老电影院，几家属于国营和大集体的商店，还有两三家刚开张的个体饭店。

个人也能开饭店赚钱，可是最近才有的新鲜事儿。

要说起这个体经营，话得从五年前说起。

五年前，也就是 1978 年，那年冬天，北京开了一个十一届三中全会，老百姓头一回听到一个词儿：改革开放。

第二年，国家领导人到南方巡视后不久，听说深圳一位村支部书记就做了一个梦。

他梦见周边几个渔村里都盖起了高楼大厦，一色血红，比不远处香港的楼房还高、还大。

他讲给家里人听，也讲给外人听，大家都说他是白日做梦。

后来，市里一位领导听见了，说这不是梦，深圳以后就会变成这个样子。那大楼都是红色的？也对，中央就是让我们“杀出一条血路”嘛。

像每年的春风一样，这改革开放的风，也是从南边吹来的。一听说允许个人开买卖，许多人连连摇头，他们说：“小心像当年‘三自一包’似的，刚吃几口饱饭就割你‘资本主义尾巴’。”也有不信邪的，不少人就试着“下海”，想要一展身手。

下海，就是为了赚钱，干什么才能赚钱？老百姓需要什么你就干什么，准能赚钱。吃穿住行，不用说，吃就是第一位的。瞧，这条街的几家个体饭店一开张，生意就特红火。

听说这里掌勺的，切墩的，都是老板用高价从国营饭店挖来的高手，作出的菜不光是滋味好，菜码也大。价格虽然高了点，可有一条，就是吃馒头、米饭不要粮票。那时候，粮票多金贵，吃一顿饱饭，不交粮票，就这一条，就吸引着不少的回头客。

可这里还有几条规定，那是挂在屋里贴在窗外的：每人只限两个馒头，或是四两米饭，恕不外卖，说是叫“本店主食限量供应”。

这几天，又赶上电影院正在上演一部新电影，叫《被爱情遗忘的角落》，让这条街又平添了几分热闹。

“爱情”，这两个字，在前些年是不能公开谈论的。谁要是说上两句男欢女爱的话，轻者说你思想不正派，重者，就能戴上一顶“资产阶级思想”的帽子。这可倒好，不但片名叫了出来，里边还有男女亲嘴儿的镜头。就冲着这个，不少人都来看新鲜儿。

听说，这部电影是前两年就拍出来的，不知道为什么最近才能公演，有人说是被“禁”了，现在又“解”了。越是这样，就越能吊起大家的胃口，这不，冷清了多少年的电影院，现在又是场场满座。连多年不见了的“倒票”的也出来了，这有啥奇怪的，有需求就有生意嘛。

再过十几分钟电影就要散场，人流一拥出，就是该“绺行”的“钳工”们各显神通的时候。

“绺行”，没听说过吧？这可是江湖的老行当，指的就是专干掏兜活计的窃贼，据说打从秦始皇时代就有抓获“绺行”的记录。

有人说，“抓得尽虱子，拿不尽贼”。这话不假。朝代可以更换，八百万军队也能打垮，就是这贼抓不干净。

“有人群的地方就有贼”，这话也有些道理，因为窃贼总是愿往人多的地方混嘛。

电影一散场，那是人最拥挤的时候，当然也是这伙人下手的好时机。

就在这几个“钳工”想要动手的时候，一个穿着“的卡”上衣的年轻人，大步流星地走进了这条街口。

有人认识他，他是道里公安分局刑警队的。

偏在这个时候，一个刑警突然出现在街口，不由得让准备带领“干活”的“工头儿”翟铁心头一凛，这肯定不是什么好兆头。

这个刑警姓陶，单字名进，是个“反扒”的高手。

俗话说，一物降一物，有做贼的，就有专门抓贼的。刑警队管掏兜的叫“扒窃”，陶进前两年就当过“反扒”的刑警。

“刺儿！刺儿来了！快扯！”完全是出于本能的反应，翟铁立即压低嗓音，向不远处的几个同伙发出了紧急警告。

“刺儿”，是东北地区“绺行”称呼刑警的黑话。

“扯！”就是快跑。

俗话说，是猫就避鼠。这不，周围的几个正在寻机作案的小青年，听见翟铁的喊声，转眼的工夫，就都没了踪影。

刑警陶进，今年二十八岁，个头挺猛，粗手大脚，长着让人看了发瘆的橘子皮脸，疙瘩溜秋的，一副凶巴巴的样子。走起路来脚步铿锵，浑身都透着一股虎超超的劲头，一看就知道是条性格生猛的东北壮汉。

天气挺热，许多人都穿着短袖的“的确良”衬衫。陶进里面穿着一件脏兮兮的挎带背心，外面半敞怀罩着一件铁灰色的“的卡”中山装，那是为了遮盖腰里的手枪和手铐。

同伙都没了影，唯有翟铁没有躲藏。他不但不想躲藏，甚至还想借这个机会，向同伙们炫耀一下他跟这个刑警之间的“亲密”关系。

他摘下了镜片上还粘着商标的“蛤蟆镜”，拢了下披散到肩膀的长发，拖着扫到地面的喇叭裤朝着陶进走了过去，离老远就喊：“陶哥，又来办大案哪！”

他这样喊，是相信那几个刚刚隐没的同伙能听见，也能看见。

在“绺行”里，谁要是能跟刑警有点交情，那就得说是路子宽，自然出人一头。

要说起翟铁跟陶进的交往，可不是三句两句就能说清的事儿。他们俩不光认识，还是“起小儿”呢。

二十多年前，他们两家都挤住在一个大杂院里。

上学的时候，两个人虽说不在一个班，却是同一年级，“文化大革命”闹得最欢的时候，两人都当上了“红小兵”。

起初，他们跟着几个中学的“红卫兵”去喊口号，起哄。后来，说是要“停课闹革命”，不让上学，这群孩子可乐翻了天，整天无所事事，除了上房掏雀窝，就是满街疯跑，要不就在一起“拱肥猪”“憋七儿”。

翟铁有一哥一姐。哥哥名叫翟刚，长得粗手大脚，是这帮孩子的头儿。

老翟家的男孩不是“刚”就是“铁”，女孩就叫“丁子”，翟铁姐姐的小名就叫“丁子”。

“丁子”小时候长得枯干瘦小。整天价不出门，净待在家里干些来料加工活儿。起初，是给服装厂锁扣眼儿，后来还给麦秸画的工厂剪麦秆，做纸花。她还用报废的电影胶片做相框、做灯罩。用过期的挂历纸先做成串珠，然后再一个个穿起来，做成门帘子，每天不停地忙活，估计每月能挣十多块钱。

要知道，这十多块钱，也算是这个家庭的重要经济来源。那时候，一个学徒工的工资才十八块钱。

别看她跟陶进同岁，还是同班同学。可小时候，也只能跟在他们后边乱跑。给陶进留下最深的印象是，这个“丁子”太爱哭。看见老鼠吓得会哭，看见一个马蜂也会哭，有时候哭得让人烦，陶进就叫她“哭巴精”……

“停课闹革命”，一连停了四五年，陶进也长成了个半大小伙子，便跟着父亲到建筑工地去干零工。干了一年多，听说是要让青年人上山下乡，去接受贫下中农再教育。本来，陶进是个独生子，按政策是可以“留城”的，可是，父母却希望他也能跟着出去，不管是上山还是下乡，听党的话，上哪儿去都行。

当年，有这样打算的父母也不只是陶进一家。这些半大小子，正是长身体的时候，饭量都挺大。常常吃得家里不到月底就得喝稀的，有时候连稀的也喝不上，就得掺野菜，喝糊糊。为了能带走这张嘴，不让他挨饿，尽管舍不得，还是让他也报了名。

那时候，下乡青年分配去处，可分三六九等。

陶家几代都是贫农，父亲虽然进了城，当的也是基建工人，属于“根正苗红”那一伙的。陶进去的地方是隶属国营农场的“建三江”建设兵团。

那个地方原名叫“北大荒”。

甩手无边的大荒甸子，黑土地肥得一攥能流出油来。民谣里说的“棒打獐子碗舀鱼，野鸡飞到砂锅里”就是这个地方。

五十年代，十几万从部队转业的官兵来到这个荒无人迹的地方，靠着人拉犁杖，放火烧荒，硬是开垦出万顷良田，把个北大荒愣是改造成了“北大仓”。

陶进来的时候，这里依然保持部队的建制。

北大荒之所以叫“北大荒”，就因为这里是气候恶劣的苦寒之地。夏天，说句文辞儿，叫餐蚊成阵，有一种叫“刨锛儿”的蚊虫，叮上一口，就能从你身上刨下一块米粒大的肉来。

秋天，这里是“胡天八月即飞雪”。

到了三九、四九那更是“棒打不走”的时候。大地被冻得裂开大口子，说这是热胀冷缩造成的，那口子一开就是七八里长，宽的地方，连车马都能陷进去。

这里下起雪来，谁也不会有江南才子那种“踏雪寻梅”的雅兴。这里的雪叫“烟炮”，刮起来遮天蔽日，如同山呼海啸，一个晚上能够填平山谷。

成千上万的小青年来到这里，他们远没有当年拓荒者的勇气和力气，在这里住上个俩仨月就叫苦不迭，一些人想办法往城里跑。在大医院里通过“走后门”找医生开个诊断书，一泡就是一年半载不回来。

陶进不想回家，他离家不是为了享受，也不想战天斗地成英雄。他离家，就是为了带走这张嘴。他知道，只要他回家，父亲、母亲就得喝稀粥。除了兵团，哪儿也供不起一顿吃四五个馒头的“小犊子”。

这一待，可就是七八年。陶进干活实在，还能吃苦，又有“扎根儿”精神，加上“根正苗红”，没几年，就成了重点培养对象，不光入了党，还当上了副连长。

翟家情况大不相同。日本鬼子投降那年秋天，老家被大水冲了，翟刚的父亲从乡下来到城里找“事由”（职业），看见街头有人招兵，扛不住一顿忽悠，就报名参加了，一打听，原来加入的是国民党的“建军”。

这伙刚凑起来的杂牌军住在一个日本兵营。翟刚的父亲开始就是个大头兵，专给长官烧火做饭，伺候了几天，长官一高兴，拍着他的肩膀，说给他升官。噌的一下子老翟就当上了上尉副连长。

人家都说这杂牌军的官儿，就像写水牌子似的随便添，老翟当了官儿还是烧火做饭。可就是这个水牌子官儿，苦了他整整一辈子。

国民党的“建军”是趁哈尔滨群龙无首的时候冒出来的，没到一个月，老八路从河北、山东开了过来。八路一进城，“建军”就散了伙，老翟无处可去，就到松花江边码头扛“交行”(装卸)。转过年来，政府号召“反动党团登记”，说凡是给日本人、国民党干过事儿的，只要登了记，就既往不咎。老翟想到自己也算当过上尉副连长，便去登了记。

接待他的年轻人很客气，见他不识字，替他填了个登记表，写上了他的名字和官衔，让他在右下角按了个手押。

从此，这张表就一直暗中跟随着他，他搬了几次家，这张表随着他转了几个派出所。本来，要定为地、富、反、坏、右里的“反”字，得是上尉连长，因为他是个副连长，这么多年，他就一直戴着“内定反革命分子”的“帽子”，算是“内定”黑五类。再加上老伴死得早，两个男孩自小就淘得厉害，有娘养，没娘教，翟刚、翟铁这哥俩很快就学坏了。起先，因为家里粮食不够吃，隔三岔五去偷食堂、饭店的窝头、馒头。后来越偷胆量越大，竟敢晚间撬开粮店的窗户，成袋地往家扛面。这样一来，哥俩就时常进出拘留所。

黑五类的爸爸，再加上有诸多劣迹，那是不能上山下乡的，首先是“政审”就不合格。只有那个“哭巴精”翟丁，被算作“可教育好的子女”，去了一个遥远的山村。

好青年都走了，就剩下这帮劣迹斑斑的小伙子整天在街上闲逛，那还有个好？这不，一来二去，哥俩又学会了掏兜、撬门压锁，又跟几个偷鸡摸狗的青年结成了帮伙，翟刚长得膀大腰圆，心黑手狠，自然就成了头头，这伙人就自称“翟家帮”。

前两天，翟刚就瞄上了一个身带巨款的外地采购员，在几个同伙的配合下，跟踪了他几天，终于趁他坐公汽车打盹的时候动了“青子”（刀片），割开了他抱在怀里的皮包，从里面抽出一捆十元票，整整一千块！

被盗一千块！这可是重大案件！

道里分局的刑警队副队长赫雷接到报案，立马带着刑警到了汽车公司，找当时的司机和乘务员了解情况。

一听嫌疑人的体貌特征，陶进第一个想到的就是翟刚。因为说他不光长得五大三粗，额头上有一块月牙形的刀疤。

那是前年他们团伙分赃不均，让人拿刀砍的。

赫雷接着就撒下人马到处去抓翟刚。

想要抓翟刚，哪有那么容易？

打从干了千元大案，翟刚是又庆幸又担心，庆幸的是终于发了财。这些年，就算那些早已成名的高手，也没谁有他这么幸运。担心的是，这是千元大案，刑警们死活饶不了他。

知道是犯了大案，当天下午，翟刚一个蹶子就尥没了影。

连那几个配合行动，想要分赃的同伙，也不知道他去了哪里，一个劲地骂他吃独食儿。

其实，翟刚没想吃独食儿。说实在话，就算是他想吃，他也没那个胆儿，在绺行里，谁要是留下个吃独食儿的骂名，那就可能被“上纲”到“不是人揍的”的高度。下回你再“干活”，不光没人帮你，说不定背后还揳你一橛子，准让你“掉脚”（被抓）。

还是翟铁在市郊区一个叫万家屯的老窝子找到了哥哥，翟刚给了他十张十元票，让他分给“翟家帮”的几个同伙。翟铁回来，按照哥哥的吩咐，分了七张，自己留了三张。

这本来无可挑剔，大家没动手，就得了十元票，都感到满意了，翟铁留下三张也是合情合理，人家毕竟是亲哥们儿。谁能想到，祸福难料，就是这三张十元票，竟然让翟铁栽了个大跟头……

翟铁刚朝陶进打完招呼，陶进已经“热情地”把手伸了出来，不光是伸出了手，还说了声："你好。"

刑警向一个贼问好？

可还没等转过神儿来，翟铁也把手伸了出去，这就是习惯嘛。

这大概就叫下意识，毕竟是"起小儿"嘛。

两手相握。

刚贴到陶进粗糙的大手上，翟铁的手就像被铁钳夹住似的发出一阵剧痛，他猛然用力要把手抽出，结果是一阵更剧烈的疼痛。接着，耳边是一句低声喝道："老实点！跟我走。"

翟铁不由得心里骂了一句："妈的！'掉脚'了！"

感到翟铁的手不再用力，陶进也松开了手，顺势搭到他的肩膀上。两手先是相握，接着又勾肩搭背，两个人就像熟识的老朋友，并肩向街口走去。

突然"掉脚"的恐惧，让翟铁心头狂跳，脚下也有些蹒跚。

怎么办？

他对这一带的地形很熟悉，走出街口，穿过马路，在不远的胡同口有一个派出所，看来，陶进这是想往那儿带他。

两人越过马路，前面是一个商店。翟铁知道，商店的正门和后门是直通的，只要他窜进这个商店，就能从后门逃之夭夭。可是，压在肩头的这只大手始终不肯挪开，让他的希望成了泡影。

要是换了别人，翟铁就会用两手把他向旁边一推，撒腿就跑。翟铁从小就是一个赛跑能手，几乎没有谁能追得上他。

要是拿这一招对付陶进，翟铁心里比谁都清楚，那是绝对不行。

要说十二三岁的时候，两个人岁数、个头都差不多，翟铁要是打陶进，不用哥哥帮忙，也能把他打败。可到了十七八岁的成长期，两个人的环境可以说是大相径庭。陶进在生产建设兵团是铆足了劲地干农活，开荒举镐头，割地抡镰刀，他样样不落人后。练得是蜂腰乍背，胸肌突出，一身疙瘩肉，浑身都是使不完的劲儿。

当了这些年警察，不再付出那样多的体力劳动，他感到体力不如从前，但这并不影响他成为刑警队数一数二的壮汉。

这些年，翟铁过的是喝大酒、和姑娘鬼混的日子。白天折腾得筋疲力尽，夜晚不睡觉，尽管个头不矮，人也长得英俊，可这几年，就是光长骨头不长肉，他已经瘦成一根干柴，怎还敢跟陶进较劲儿？

商店的门口人们进进出出，陶进似乎也想到了什么，翟铁感到肩头的压力明显加重，唯一可以逃离的机会，就这样错过了。

走进派出所，他被径直带进了所长室。

二

老赫

这座城市的名字叫哈尔滨。

许多人都觉得这个名字洋气，叫起来也响亮。近些年才弄明白，原来这仨字是满族老祖宗留下来的，满语，意思是扁岛，就是松花江里的小岛。

要是从俄国人在这修建东清路算起，这座城市历史还不到百年，在全国也算是个年轻的城市。

就是因为几条铁路和松花江都在这里交汇，当年的小渔村很快就变成中外商贾云集，经济发达的大都市。

而今，这座城市的人口已逾百万，曾先后经受过俄国人、日本人几十年的统治，现如今，到处还散留着不少殖民者的痕迹。不论是俄国人，还是日本人，只有一条是共通的，那就是他们对利用警察实施管理和统治都十分重视，尤其是对派出所的建造，不论是选址还是建筑，都十分考究。

眼前这个派出所，就是当年俄国人修建的。平房，刷成米黄色，坐落在繁华的街道口，墙体特别厚，冬暖夏凉。

道里区过去多是外国人居住，这样的派出所就有好几个。

所长室在走廊尽头。

一走进所长室，翟铁就觉得呼吸急促，两腿发软，因为他看见了一个让他做梦梦见都会吓醒的人。

这个人，就是道里区公安分局刑警队的副队长赫雷。

赫雷四十开外，个头不算太高，却很壮实，浓眉下长着一双令人发瘆的、黑少白多的眼睛。平时，他的两眼要是眯缝着，显得还算和善。要是他发起怒来，特别是在审讯狡猾人犯的时候，那一双眼睛瞪得溜圆，活脱就是一副怒目金刚的凶相，简直让人毛骨悚然。所以在人犯中间就流传着“赫雷的眼，陶进的脸，要怎么难看，就怎么难看”。

赫雷是五十年代中期进入公安队伍的，近三十年的磨炼，把他变成了一个多谋善断，狡黠老辣，甚至有些骄横的刑侦干才。

说他骄横，这话有些贬义，可也有其中道理。这些年来，他参加和领导刑警们侦破过几百起凶杀、纵火、抢劫等重大和特大案件，破获过无数撬门压锁、掏兜、诈骗等各式各样的案件。

一句话，经他手破获的案件，不光是形形色色，也可以说是无其代数。经他亲手抓或批准抓的人犯有数千之多。这样一个人，会把什么样的犯罪分子放在眼里？

这些年，他当了副队长，已经不在第一线摸爬滚打了，代之的是听汇报，出主意，叫作运筹帷幄。

这次，是因为出了千元大案，他才来到派出所排兵布阵。

最早，翟铁是从哥哥翟刚嘴里听说赫雷的。

“文化大革命”后期，经过“改造公检法”后，许多警察都转业到企业里去当工人，有的下放到农村去务农。偌大城市的社会治安无人管理，可以想象会造成多大的混乱？大白天公然抢劫、盗窃甚至杀人不说，有的公然拦截公共汽车，用大刀片威逼，抢劫全体旅客。治安失控，民怨沸腾，群众强烈要求老公安归队。市革委会保卫部下令，让作风正派、历史清白的警察们重新归队，就这样，赫雷也从工厂回到了刑警队，干起了刑警老本行。

那个时候，翟刚、翟铁哥俩都是干“嘎瘩活儿”（撬门压锁）的高手。

有一次，两人撬开一家门锁进入屋中，正在翻箱倒柜，主人回来了。随即来了警察把两人堵到屋中。

二人双双被抓。在押解的路上，翟铁趁机逃跑，翟刚被押送分局刑警队。

审讯他的就是赫雷。

在路上翟刚已经想好了应付审讯的办法，就承认这一次，要是算成入室盗窃未遂的话，他可能被送劳动教养或是保外候审。

可是，赫雷根本不问他这一次干的事儿，而是追问他前几天干的另外一起“嘎瘩活儿”。赫雷说，根据入室手段和行窃的手法，他已经认定，这两起案件都是翟刚和另外一个人干的。

翟刚咬紧牙关，就是不承认。

赫雷突然发怒，大声告诉他，指纹和脚印已经鉴定，这就叫证据确凿，要不承认，就是抗拒从严，要判重刑！

翟刚觉得赫雷的眼里好像发着蓝光，直穿心脾。

不错，那起案件也是他和翟铁干的，况且得手不少贵重物品。他不敢再看赫雷的眼睛，想到要判重刑，不由得吓尿了裤子。

最后，他不得不承认，那起案件是和一个叫郭黑子的干的，郭黑子的去向他不知道。他知道这样回答未必能瞒过赫雷，幸好，他的案件又转到别人手中审理，最终被判刑五年。

翟刚唯一得到的便宜，就是保护了翟铁。

哈尔滨“绺行”里发誓赌咒常说的一句话就是：“谁要说话不算，出门碰见赫雷！”

翟铁也认识赫雷，他感到庆幸的就是，从来没落到过他的手里。

这次，是陶进押着他直接来见赫雷，刑警队的两大凶煞一起对付他，怎不让他心惊胆战？

直到被按到凳子上，他才想起：不对呀！方才，他不是被拿“老现”（现行），而是主动上前打招呼被抓的。

警察没抓到现行，手里也没证据，那还怕什么？想到这里，他感到平静了不少，便直望着对面的赫雷。

赫雷坐在办公桌边的老式转椅上，那椅子大概是伪满洲国留下来的，黑色包皮的边缘已经露出里面的败草和棉絮，每一转动都发出吱呀的响声。

“你哥哥做了大案，逃跑了，你要是知道他的下落，应当告诉我们。”赫雷望着他，语气平和地说。

翟铁连连摇头："我好多天没看见他了，不知道他在哪儿。"在他看来，赫雷也许并不像传说的那么可怕。

赫雷哼了一声，显然是不相信他的话，接着说道："你要是知情不举可要犯包庇罪呀。"

翟铁还是那句话，为了加重话语的分量，把脑袋摇得像个拨浪鼓。

这时，站在翟铁身后的陶进，朝赫雷做了个端杯喝酒的动作。

赫雷便问："你晌午在哪儿吃的饭？"

问在哪吃饭，这让翟铁感到有些纳闷。在哪儿吃饭都不犯法，便直率回答："在前面的天兴饭馆。"

天兴饭馆就是家个体开的饭店。

"喝多少酒？"赫雷问。

"一塑料盆啤酒、一斤'一元糠麸'，三个人喝的。"翟铁爽快答道。

"花多少钱？"赫雷眯起眼睛问。

翟铁仰起头望着天花板："一个溜肉段八毛钱、一个炒肉拉皮五毛钱、一个溜肚片六毛钱，一个红烧肉一块钱，一共是——"

翟铁记性挺好，就是算账困难。

"加上一盆啤酒，一共是五块五毛钱，我听说是你请客？"赫雷帮他算完了账，又反问一句。

听说？是什么意思？听说就听说，反正吃饭也不犯法，请客就请客。翟铁点了下头。

"我问你！"赫雷突然加重了语气，"你没有正当职业，连零工也没打过，你哪来的请客钱？"

"这个——"翟铁登时无言以对。他的头上忽然冒出一层细汗，心里也蹦跳得厉害。不光是怨恨自己方才一时糊涂，被人家抓到了"命门"，还因为他想到，他兜里还有二十多块钱呢。

果然，追问跟着就来了："你兜里还有多少钱？"

“没钱！”翟铁语气坚决地矢口否认。他知道，这件事情必须封口，怎么问也不能说，这就叫“甩钢儿”。

“是我们动手呢？还是你自己拿出来？”赫雷的语气又变得平和。

翟铁觉得身后发热，可能是陶进已经站到他的跟前。

“是我跟别人借的。”翟铁嗫嚅着回答。

这个在江湖上闯荡了十多年的年轻人，从不怀疑自己的聪明和智慧，每到紧要关头，他都能够及时想出对策保全自己。用嗫嚅的口气说话，是想表现他很恭顺，更重要的是，他的这句话，将会为解脱自己制造一个前提。

“借了多少？”

“五块。”翟铁答道。

“跟谁借的？”赫雷继续问道。

果然，赫雷让他牵过来了。

“跟我哥借的。”

“什么时候借的？”一提到哥哥，赫雷准会感兴趣，这不，追问的语气也变得急切了。

“昨天晚上。”翟铁慢声慢语地回答。

“我要是再问你，你哥上哪儿去了，你能说实话吗？”赫雷用充满怀疑的眼光看着他。

“借给我钱，他就走了，我们从来不问谁上哪儿。”估计，赫雷将会继续追问他哥哥的去向，接下来，就可以没完没了地跟他们“绕脖子”。这就等于下面的审讯，都会在自己划定的范围里打转，翟铁的回答语气当然很沉着。

“哼！”赫雷又哼了一声，接着把眼睛翻了翻，这是他要发怒的信号。

翟铁也定了下神，决心沉着应对。

突然，赫雷大声问道：“可我看见你在饭店付账的时候，交的是一张十块票。”

这一升（声），赶上一斗了！

翟铁立马觉得脑袋嗡了一声，全身打了个激灵。糟了，怎么忘了这一点？他用力回想吃饭付款的情形，到底交的是整钱还是零钱。

“你给几个同伙每人发了十块钱，然后又请客吃饭付的账，我估计，你兜里至少有几十块钱！”赫雷改用平静的口气说道。

翟铁一下子呆愣在那里，他张了几下嘴，却没发出声来。

啪的一声，身后的一只大手拍到了他的肩头。

翟铁身子一抖。

“你自己掏出来吧。”陶进的语气还算客气。

翟铁知道一切都无济于事了，他的智慧可以应付不少人，但却没法对付这两个“恶煞”。

翟铁不情愿地把手伸进兜里，把二十多块钱都放到了桌上。

尽管他想尽量做得从容些，掏钱的手还是有些发抖。

可别小瞧这二十多块钱。

当时，陶进属于国家职员的二十三级，每月工资是五十六块。这些钱，差不多就是他半个月的工资。

当时，刑事案件的立案标准，是二十五块钱。

三

油葫芦

还记得赫雷在审讯翟铁的时候说过一句话，说他看见翟铁在饭店付账的时候，交的是十元票。

就是这句话，最终把翟铁彻底击溃。

其实，不仅是赫雷，就连陶进也没看见翟铁他们在天兴饭馆吃饭，更不用说怎么付的账了。

赫雷之所以这样说，是为了掩护一个曾与翟铁一起吃饭的人。

这个人姓尤，二十刚出头，外号叫“油葫芦”，是陶进领导的一个“× 情”。

“× 情”就是“特情”，是“特殊情报员”的简称。当年，官方文件为了保密，就写成“× 情”。结果是“此地无银三百两”，反倒更引人注意，后来便改成“耳目”，香港和外国都叫“线人”，不论怎么称呼，都是指给公安机关秘密输送情报的人。

油葫芦的父母当初都是一家国营大厂的干部，父亲是工会的干事，母亲是技术室的描图员。

小尤在五岁那年，发现不光是大街上闹闹哄哄，家里也是不再安静，父母见面不再说话，一说话就吵嘴。接着两个人都不回家，小尤不是在爷爷家就是在姥姥家。后来他才知道，全国闹起了“大革命”，父母的厂里也不例外。他俩在厂里分别成了两个对立派别，两个人又都当了头头。父亲说自己这派是造反派，母亲那派是保守派。母亲反过来就在占据的技术室大楼里，用大喇叭喊，誓死捍卫毛主席的革命路线，打倒资产阶级的孝子贤孙！

骂小尤的父亲是资产阶级的孝子贤孙，那是有根据的。

原来，小尤的爷爷在旧社会曾经是一个大商场的管账先生。当年，不光是管账，还拿过股份。这个秘密本来不为外人所知，只是一家人闲聊的时候，说起过此事。

值此两派斗争如火如荼之际，母亲把它当作重磅炮弹发射出来。这一宣扬，产生了极大的杀伤力。父亲派别中的一些人立即跳了出来，夺了老尤的权，从此，这一派因为有这么个孝子贤孙，便一蹶不振。

老尤一怒之下与妻子宣布离婚，算是彻底划清了界限。

小尤的母亲后来与来厂“支左”的“工宣队”队长在“捍卫无产阶级革命路线”的战斗中，产生了革命友谊，进而又产生了无产阶级感情，最终在斗争中结成了爱情之花。从此扶摇直上，先是当了厂革委会副主任，又被结合到道里区当了区革委会的委员。

厂革委会成立不久，就颁发了一个红头文件。文件开头说：让干部们上山下乡进行劳动锻炼，是厂革委会对这些干部的最大关怀和最大爱护。首先被关怀和爱护的就是老尤。

几天后，老尤就背着行李，提着一个装着脸盆、肥皂、毛巾、牙刷等盥洗用品的红线大网兜，哭丧着脸去了山区的“五七干校”。

小尤是在爷爷家长大的。

小尤学坏，是因为从小总受人欺负。

可想而知，他的父亲是资产阶级的孝子贤孙，那他想当然就是资产阶级的重孙子，就从这个辈分说，那些“根正苗红”的孩子拿他出气、耍笑，都是理所当然。

因为长得单薄，无法用拳头摆脱困境。小尤就想到另一招——分头收买。他先是偷家里的钱，给那些孩子买吃的，买电影票，去看《红灯记》，买毛主席像章……形势很快得到缓解。

可是那些孩子却吃惯了嘴，一旦供不上，照样故技重施。

父亲在山区劳动不到半年，就结识了一个身体健壮的农村姑娘，两个人先是同居，后来便登记结婚，结婚当年便生了个闺女。重新得到了家庭的欢乐，父亲有点乐不思蜀，两三年也不回来一趟。

爷爷年轻的时候，确实当过财会总管。当然也是个十分精明的人，他对钱的管理极其用心，也十分到位，几元、几角、几分都记得清清楚楚，那就叫毫厘不爽。现在年纪大了，记忆力有所减退，但是，从第一次丢钱，他就已经警觉，他以为是记错了钱数，等到发生了第二次、第三次，他就认定，他的孙子是他必须加强防范的对象，从此，小尤再也无法见到钱的影子。

家里见不到钱，只好到外面想办法。他先是到小铺去偷人家的钱匣子，接着又到人多拥挤的地方去掏兜，一来二去，倒成了这一带的“绺行”高手。

小尤有点油头滑脑，“干活儿”也不实在，翟铁并不喜欢他。尽管他早就想混进“翟家帮”，老是没得到认可。可架不住总来黏糊，翟铁也就默认了。

其实，让油葫芦打进“翟家帮”，是赫雷和陶进两个人的主意。

赫雷刚从工厂回到刑警队那会儿，没有谁敢再提“×情”这两个字。因为凡是能接触到犯罪的“×情”，都是有“腥味”的人。在“改造公检法”的时候，凡是指挥和使用过“×情”的人，没有一个不受批判的。

挨批的第一句话，就是“阶级混线”。接下来的罪名就是，以建立“×情”为掩护，包庇和纵容政治和刑事的各种犯罪分子！

为这个罪名挨批最多的是赫雷，因为他是全分局使用“×情”最多的人。连屡屡写出深刻检查的主管刑侦的副局长庄农也难辞其咎，因为每个“×情”的建立都要履行填表、报批手续，最后签字同意，都写着庄农的名字。

现实是残酷的。

没有“×情”就等于没有侦查工作，因为从中国的老祖宗那就知道“用间”，新中国的侦查工作的方针就是“长期打算，内线侦查”。

没有侦查手段，公安机关整个就是个聋子、瞎子。自己连路在哪都找不着，怎么还能打击别人？

势逼无奈，赫雷又向庄农写了一个请求恢复使用“×情”的报告。

庄农也是搞了几十年刑事侦查工作的老手，哪能不懂这个道理，便把报告批送市革委会的保卫部审阅。

隔了些日子，市革委会保卫部一位穿着军装的副部长来到分局。他认为，报告还提中国侦查工作方针是错误的，我们就是要彻底砸烂旧公检法长期执行的资产阶级反动的侦查工作路线，甚至要反其道而行之。

过去，使用的“× 情”，都是带腥味的灰色力量，有的甚至是从犯罪团伙内部拉出来的，那更是严重错误的。在无产阶级专政条件下，怎么能跟这样的人合作？要用，只能用红色的革命群众。像环卫工人们，整天在街道上工作，汽车乘务员天天接触乘客，犯罪分子就是混在乘客之中的，工厂里的革命工人、商店的营业员，都应当是我们打击犯罪的依靠力量云云。

他还给这样的“× 情”定了个名字，叫红色 × 情。

赫雷哭笑不得。

事实证明，这样的红色 × 情，根本无法接触到犯罪分子，也拿不到确凿的犯罪证据，当然也无法接触到那些隐蔽较深的团伙和集团犯罪。

那些日子，重大刑事案件屡屡发生，红色 × 情形同虚设，刑警们都变成了睁眼瞎，抓不到罪犯，破不了案，被害人指着赫雷的鼻子骂，骂他无能，说他不是刑警，是个“熊警”，气得赫雷背后直骂娘。

幸好，时隔不久，市革委会保卫部宣布撤销，又恢复了老名称——市公安局，不光是名称恢复了，还有几位老公安局长又重新上岗，使不使用“× 情”的问题，又提了出来。在市公安局召开的第一次党组会上，“一把手”一锤定音，全面恢复对灰色“× 情”的使用，并把“× 情”更名为“耳目”。

鉴于当时的政治环境，决定拿捏得很有分寸。文件说，建立耳目，一定要以红色革命群众为主，这是必须坚决贯彻执行的指导方针。在必要的情况下，也可以建立少量的、能够发挥作用的灰色耳目。

不管话说得怎么转悠，反正是这个文件给侦查工作开了一条活路。

油葫芦就是陶进领导的灰色耳目。

说起这段经历，还真有点故事。

小尤原名叫尤福祥，是他爷爷给起的。“文化大革命”期间，父母都觉得这个名字封资修的味道太浓，便给他改了个名叫尤红革。显然，父母不管当时怎么对立，对孩子的期望值都是一样的，也都希望孩子将来能够成为红色革命者。

可惜，随着“革命”步步深入，小尤不光成了资产阶级的重孙子，还成了一个专干掏兜行当的贼。

也许是继承了爷爷的精细和聪明，小尤作案也极有特色，他每天只偷两三块钱。

他算过一笔细账。

当时，在工厂里，一个学徒工的月工资是十八元，二、三级工是三十多元。足可养活三口之家。技术高超的八级工匠的工资是九十九元，他只养活爷爷，月进七八十元，足矣。

他谎称在工厂找了个临时工作，天天出去“上班”，爷爷对此深信不疑。

因为偷的钱数太少，不会引起失主太大的反响，二来，公安也不会管这样鸡毛蒜皮的事情，一连三四年，小尤都是法外逍遥。

他唯一的一次“掉脚”，就是被陶进顺手牵了羊。

陶进刚调进刑警队，最先接受的任务就是“反扒”。

“反扒”是个累活。首先是，扒窃们的活动时间就不是朝八晚五。反扒刑警有时候要赶早班车，那是六点多钟，有时候要等到收末班车才算下班，那就是得晚上十点多钟。不用说是抓贼，就这天天十五六个小时的工作，你说，反扒刑警该多辛苦。

要是发现“扒窃”在乘客中挤来挤去，那就是他要作案的信号。刑警就要跟上去，最好是紧贴在他的身后。也只有这样才能看清他什么时候伸手，什么时候拿他最为合适。到了晚上，也许那些吃饱喝足的老贼又会出洞，刑警们还得紧紧尾随。

最难的是没时间正常吃饭，饿了啃口干面包，喝大碗茶，就是反扒刑警的家常便饭。那时候是夏天，陶进就啃青苞米，啃了大半个夏天，后来，见到青苞米就反胃。

为什么陶进刚刚被调进刑警队，就被分配去反扒？究其原因当然与赫雷的观点有关。

在赫雷看来，没有哪一个“绺行”的贼想要“掉脚”，要想不“掉脚”，就得研究自己的克星——反扒刑警。

他们先得在刑警队门前“蹲坑”，以便挨个认识参加反扒的刑警，直到认识全了才敢下手干活。一旦发现他们在自己身边，就立马“扯乎”。

陶进被调进刑警队，趁着还没有“绺行”的人认识他，赫雷就把他派到“现行组”反扒，原因就这么简单。

且不要以为“反扒”就是抓小偷，是个简单活，它是刑警里面最具技术含量的工作。

掏窃分子不光是不好抓，就算你抓到也难以定案，因为证据难拿。

最好的办法就是抓现行。也就是在当贼手伸进被害人的兜里，刚刚把钱掏出来的时候，一把抓住他，这才叫人赃俱获。再给贼戴上手铐，和被害人一起带到附近派出所，取证人笔录和审讯笔录，再带回分局，交给内勤萧娟，就算完成任务。该拘留的拘留，该报捕的报捕，都由萧娟来处理。

这就是赫雷给反扒刑警定的工作流程。

陶进一上手，就闹了个马失前蹄。

那是在副食商店门口，本市的名牌产品“肉联红肠”一上柜台，就挤得里三层外三层，一个扒窃老手盯住了一个只顾往前挤的老太太，不用说，陶进也盯上了他。

就在他刚刚把钱掏出来，紧站在他身后的陶进一把就抓住了他的手腕子，拿了他个结结实实。

谁知道，把他拽出人群，却发现他手中空空。原来，就在他被抓的时候，把手一张，钱都掉到了地上。

从人群的脚底下把钱找出来，老太太千恩万谢，可那贼却连喊带叫，反诬陶进冤枉好人。你说上火不上火？

听老刑警们介绍经验，才知道，抓贼一定要让他把钱握在手里，甩不掉，扔不了，那才叫人赃俱获。

又一次抓贼，陶进吸取了教训，把那小子的手指、手背死死握住，钱，他想甩也甩不了。

本以为这回大功告成，谁想到，被害人又出了意外。看着那个贼两眼紧瞪着自己，那个戴着眼镜的书生死活也不去派出所做证。陶进对他好言相劝，说他要能做证说是自己的钱被偷，就能为民除害。哪料到，那被掏的人却说，他没丢钱，他兜里本来就没钱。

气得陶进真想揍他两拳，就在这个当口，那个老贼却乘机逃跑了。

你说窝囊不窝囊？

吃一堑长一智，陶进吸取失败的教训，不用说，他后来抓的贼，个个都是人赃俱获。不光是人赃俱获，他还能在贼刚刚掏出钱来，就给他戴上手铐，干得既麻利又漂亮。遇到证人不敢当面做证，他就记下被害人的姓名、住址，事后再找他取证。不到一年，陶进就成了道里分局有名的反扒神探，"陶犴子"这个外号也越叫越响了。

连周边区县的绺窃们也都知道，道里区有个"陶犴子"反扒厉害，谁也不敢再到这一亩三分地来作案。慢慢地，连本区的"绺行"也跑到别的地方去找活干，闹得陶进倒清闲起来。

赫雷认为，把贼赶跑不是目的，拿住现行，把他们绳之以法。鉴于陶进已经名声在外，便把他调到了重案组。一个多月以后，确信陶进不再打现行了，"翟家帮"才又回到道里区的地盘来兴妖作怪。

前些日子，说是辽宁有"二王"闹得挺邪乎。哥俩都是神枪手，到处抢劫杀人，成了公安部通缉的两名头号要犯。全国公安闻风而动，哈尔滨市公安局迅速从全市各分局刑警队抽调年轻力壮，枪法精准的刑警组成缉捕队，集中住宿，时刻准备出动。

刑警队就把陶进和张春祥派往缉捕队，时刻待命。

可想而知，专门被抽调出来，每天待命，等候持枪的悍匪，这样的任务就是巨大的压力，足见陶进和张春祥在刑警中的地位。

缉捕队组建半个多月，每天二十四小时在街道巡查，直到公安部通知"二王"已经逃亡南方，缉捕队撤销，陶进才回到刑警队。

这就难怪翟铁一见到陶进，就吓得两腿打战，开口就喊："陶哥，又来办大案哪？"

谁都知道，不光在市局缉捕组办大案，回到分局刑警队的重案组也是专办大案的。

也对，惹得赫雷和陶进一起上手，就是因为翟刚干了一起大案。

此时此刻来拿翟铁，就是油葫芦提供的情报。

说起陶进和他的关系，那叫不打不相识。

陶进在打现行的时候，就见过小尤，跟了他一阵，发现他就偷块儿八毛的零钱，以为他是个小偷小摸，就没理他。

等他到了重案组，一次在商店又看见他掏了一个妇女的几毛钱。为了教训他，让他改邪归正，便把他抓到了附近的派出所。也许是早就听说"陶犴子"的大名，或许是因为第一次被抓，没有应对经验。小尤吓得浑身冒汗，把自己这些年的所作所为，来了个"竹筒倒豆子"。

不光说了自己的事情，还把"绺行"的内幕也讲了不少。他再三说明，他所以说这些内幕的事儿，一是因为自己老早就想改过自新，二是久仰陶进做事仗义，他愿意帮他立大功。

不管他说的是真是假，反正把陶进说得对他产生了同情心。因为他从来就没见过一个靠掏兜的贼能够控制自己的行为，每天只掏两三块钱，掏够了，就不再下手。再者说，因为不能靠累计认定犯罪，对他的处理难以定论。听他说要帮忙立大功，陶进动了要把他发展为耳目的念头。

他把小尤的情况详详细细地向赫雷做了汇报。

赫雷也感到奇怪，这哪是个贼？这简直就是个经济学家。

他想跟小尤见一面。

见面的地方是在分局的一个秘密据点，听说是赫雷要见他，还要请客，小尤有点受宠若惊。那天，他特地穿了一件浅灰色的的卡上衣，还有他爸爸的哔叽裤子，从头到脚收拾得屡屡呱呱地来了。

你还别说，这就叫人在衣服马在鞍，小尤这一捯饬，倒也成了一个英俊青年。

桌上摆着四碟小菜，花生米、切红肠、罐头鱼、拌黄瓜。

服务员端来了一小铝盆生啤酒，每人面前摆上一个空玻璃罐头瓶子，就退了下去。

陶进给三个人的罐头瓶子里都舀满了酒。

赫雷端起罐头瓶子说："想跟你聊聊，别拘束，喝。"说着就喝了一大口。

小尤把盛满酒的罐头瓶子端了端，却又放下。

他着实不敢跟赫雷碰杯喝酒。

多亏陶进连连劝说，他才小心地喝了几口。

这样磨磨叽叽的却让陶进来了脾气，他端起杯用命令式的口吻道：“来！碰一下，喝一半。”

小尤只得端起杯，喝了一大口。

赫雷连说：“不行，不行。说好是一半。”

小尤又端起杯，果真喝了一半。

陶进给他倒满。

赫雷又端起杯：“来，也喝一半。”

小尤只喝了一大口。

赫雷连连摆手：“不行，不行。说好是一半。”

小尤又喝了一半。

几个一半下肚，小尤显然放松了许多，话也随之多了起来，对赫雷提出的问题几乎每问必答。

赫雷问他“绺行”人对刑警们的真实看法。

小尤说：“每个‘绺行’的人都得研究刑警，不研究刑警，他就没饭吃，或者吃不成这碗饭。每个刑警的长相、习惯、拿人的手法、抽不抽烟、能喝多少酒，家在哪儿住，都有些什么人，包括在局里跟谁一伙的，在领导面前吃不吃香，俺们一清二楚。”

赫雷不由得倒吸了一口凉气：“可有些刑警就不下工夫研究罪犯，因为研究不研究，都照样拿工资。”

陶进连连点头。

赫雷还问他：“每个‘绺行’的人偷了钱都穷吃涨喝，你那点钱够干什么？”

小尤道：“够我和爷爷两人的生活。”

赫雷摇头。

小尤道：“我和爷爷都不做饭，早晨我睡懒觉，爷爷去买早点。豆腐脑一毛一碗，烧饼六分一个，我俩每天早晨是两碗豆腐脑，四个烧饼。”

赫雷道：“四毛四分钱。”

“早晨，有时候吃豆浆、油条，因为豆浆便宜，三分钱一碗，能省下一毛二分钱。午饭，一荤一素，加上两碗饭，不到一块三毛钱。晚饭，稀粥、馒头，一个小菜三毛多钱。那些年，粮食紧张，我家总能省下粮票，我爷爷都偷着卖了。”小尤扳着指头，如数家珍。

赫雷连声感叹，当了几十年警察，真是没想到，还有过这样日子的贼。

小尤说他想改邪归正，家里还攒有六十多块钱，他愿意全部上缴。

赫雷为了难。

陶进出了个主意，可以把赃款收缴，要是能发展为耳目，按规定，每月可以补助三十到五十块钱，可以用这笔钱维持爷孙两人的生活。

赫雷点头。

经过赫雷同意，陶进填表报批，又经庄农副局长审查批准，收缴了那六十多块的赃款，把小尤正式建为耳目，由陶进单线领导，每周接头一次，地点临时约定。为了彻底断绝他掏窃的念头，每月补助他三十五块钱。

春来冬去，两人默契配合一年之久，小尤提供了不少有价值的情报。有的是撬门压锁的重大案件，有的是预谋盗抢和准备实施的暴力案件。

这些案件的破获，带动刑警队的整体破案率有所上升。

发生了被盗一千元的重大案件，怀疑的重点又落到翟刚身上，陶进让小尤紧盯住翟铁，他相信只要盯住翟铁，就能找到翟刚。

因为小尤跟翟铁不够铁，翟铁从没主动找过他，都是小尤主动来搭讪。

翟铁分的十元票没给他，只是午间在天兴饭馆吃饭叫上了他。

在结账的时候，小尤注意到翟铁掏出一沓十元票，用其中一张付了款。他断定，翟铁得了他哥近百元的赃款。

吃完饭，他抽身找到陶进，把翟铁付账的情况说了一遍。同时，还跟陶进说了一件他认为是顶顶重要的事情。

这件事情，是爷爷这些日子一直挂在嘴边的一件大事儿。

小尤的爷爷年轻的时候好鼓捣些小玩意儿，尤其喜欢老怀表、鼻烟壶。从民国到伪满洲国，老尤头手里攒的老怀表有七八块，玉的、珐琅的、琉璃的鼻烟壶十多个。“文化大革命”的时候，他藏得严实，红卫兵抄家也没发现。

这几年，极乐寺旁边的旧货摊便成了跳蚤市场，有几个熟人还开起了古董店，爷爷就经常泡在那里。

鼻烟壶和老怀表常常能卖出好价钱，爷爷大概已经偷偷地先富起来了。

这天，有个穿西装的香港人进了古董店，他神神秘秘地从怀里掏出一张照片问：“能不能帮我找到这个东西。”

古董店老板接过看了看，照片上是一尊佛，便道：“到处都有，我这里也有好几尊，你挑吧。”

刚好爷爷走进来，他接过照片一看，吓了一跳。这张照片上的佛，不是普通的佛，而是那个旷世奇珍——九宝金佛！

那是在解放初期，他记得是在新中国成立那年，为了庆祝中华人民共和国成立，省博物馆举办过一个展览，就展出过这尊九宝金佛。

关于九宝金佛的传说在本省、本市流传了几十年，从民国到伪满洲国，时不时就传出九宝金佛的消息。最早说，这尊金佛造于唐时的南诏国，浑身镶嵌有九件旷世奇宝。

据说，在清朝初年，金佛被当年占据云南的藩王吴三桂所得。在康熙平三藩的时候，被皇家缴获，供奉于宫内祖庙中。不知为何，在嘉道年时又流落民间，且几次出现在本省、本市，原本以为都是传说，可这刚刚建国，要把真身真像的九宝金佛向市民公开展出，那引起的轰动怎样了得？

他记得，金佛摆出来，仅仅展览一天，金佛周围有四个战士警卫，展台挺高，放在一个垫着红布的玻璃匣子里。那天，参观的人是你拥我挤，爷爷只看了不到十几秒钟就被后边的人挤走，就这几眼，却让他终生难忘。

庄严金身，耀眼的猎猎光华，让人目眩，甚至不敢凝视。

有人说，那就是珠宝的瑞气。

更有人说，受点瑞气，祛病却邪。

直到多少年后，只要他一闭眼睛，那尊金佛就会带着炫目的光华出现在他的面前。也许，这些年身板儿一直硬朗，就是受到瑞气照射的缘故吧。

听说爷爷见过这尊金佛，香港人简直就像见到了亲人，亲热地把他领到跟前一家小饭店，两个人边吃边喝，神神秘秘地唠了两个多钟头。

从此，古董行里就流传一个爆炸性的消息——九宝金佛，重出江湖！

小尤是在第一时间就从喝得半醉的爷爷口中听到了这个消息，只是没有在意。他认为，一定又是那些假港商在招摇撞骗。他看见过一个冒充港商的人，露了馅，让人打得屁滚尿流。

可是这些天，爷爷回家又把九宝金佛说得有鼻子有眼儿，不光是看照片，还说谁谁谁见到了真货，让那道道华光给晃得直流眼泪。

小尤把这个消息告诉了陶进。

陶进在汇报完翟铁的情况后，顺便说了这个事情。

哪知赫雷却连连摇头："别听那些胡说八道。古董行里制造假消息，常有的事儿。"

陶进说："小尤的爷爷可说得有板有眼，他说是九宝金佛，重出江湖。"

赫雷道："谣言！"

四

九宝金佛

谣言。

赫雷之所以对这个消息下了果断结论，那是因为赫雷比陶进更早就听到了这个消息，而且还向庄农做了汇报。庄农听了报告以后，决定同赫雷一起到省博物馆去进行核实。

很多人都知道，九宝金佛一直保存在省博物馆的保险柜里。

如果它还在，无数谣言不攻自破。

如果它不在了，那就是一起通天大案。

分局的两辆吉普车都被其他局长调去另有公干，赫雷便开着三轮摩托车拉着庄农去博物馆。

省博物馆保管部主任接待了他们。

这位保管部主任三十刚刚出头，长得高大英俊，待人接物十分礼貌，名叫欧阳化雨。

听了两人说明来意，欧阳化雨禁不住笑了。他道："上个礼拜，省文化厅领导也问过此事，我告诉他们，九宝金佛完好地锁在保险柜中。想不到你们又来了，我还是可以郑重告诉二位，九宝金佛完好锁在保险柜中。"

赫雷不肯就此罢休，既然已经来了，他就一定要亲眼见一见才能放心。

这个要求让欧阳化雨很为难，他说，从建国前后省博物馆保管这尊金佛，迄今整整三十四年，在他接手保管部的时候，查过保管记录，看过这件宝物的，不超过二十个人，除了中央首长，就是省、市委的主要领导。他接手保管部已经三年有半，其间还没有人来看过。

显然，这些年，人们对这件宝物都有些淡忘了。

赫雷告诉他，不看到真实宝物，难以确定传言真假，不辨真假，就无法敲定该不该开展工作。

欧阳化雨认为赫雷提得有道理，便请示馆长。

因为省博物馆归道里区管辖，庄农和赫雷都算当地的父母官儿，馆长不敢怠慢，连忙请示文化厅长，接下来，文化厅长又请示省委宣传部长。

宣传部长让公安厅派人参加，等他到后再开保险柜。

一个小时以后，有十来个人来到省博物馆，看来，许多人都想一睹九宝金佛的真容。

博物馆长领着大家，一起走向保管部的文物仓库。

开了几道门锁，来到了库房门前。

这两扇库房的房门又高又大，据说有一尺多厚，是用整块钢板打造。这个库门，原是沙俄著名的华俄道胜银行的金库房门。解放后银行楼房拆迁，便把这两扇库门挪到了博物馆。

这可是全省贵重文物的最后一道屏障。

“文化大革命”那会儿，造反派冲击博物馆，说在资产阶级反动路线的操控下，博物馆本末倒置，把历史上“封资修”遗留的破铜烂铁、残砖碎瓦当成宝贝保管，而对革命群众创造的财富却视而不见。这里就是全省保护封、资、修的最后堡垒，必须彻底捣毁！

前面几道门都被砸开，只要砸开这道门，全省文物将会被付之一炬。

因为找不全拿钥匙的人，无法开门，红卫兵小将们铆足了力气，用撬杠撬，用镐头刨，用大锤砸，除了留下斑斑印痕，两扇大门纹丝不动。

而今，那些斑斑印痕，还清楚地留在门上，好像在向人们诉说当年动乱的不幸遭遇。

看到这些累累斑痕，赫雷忽然想到毛主席诗词中的两句话：

“当年鏖战急，弹洞前村壁。”

另一个保管员和欧阳化雨共同努力，终于用三把钥匙打开了库门，众人略作谦让便鱼贯而入。

开灯后，库房一片明亮，众人穿过摆放各式文物的走廊，来到一个半人高的保险柜前。

这也是华俄道胜银行的遗物，它就像一个钢造铁铸的将军，结结实实地蹲坐在那里。

两个人又在保险柜门上插上了三把钥匙，经过一番左扭右转，终于打开了金库的门。

沙俄银行家们想得很周到，库房和保险柜的门都要用三把钥匙同步开启，就是不让任何人单独开门。

保险柜门内有一层隔热板，拉开隔热板就看见保险柜中唯一的物品，一个紫红色的尺方大小的精致木盒。

欧阳化雨戴上白手套，双手小心地捧出了木盒。

放在金库的顶上才能看清，木盒是用上好的小叶紫檀木做的。

大家几乎屏住呼吸，一起注视着即将开启的木盒。

人，都有一个本性的需求，就是希望一生能够趋吉避凶，平安吉利。据说，九宝金佛发出的宝光和瑞气可以驱邪避难，甚至杀鬼降妖，围观的人们不约而同地都往跟前凑了凑。

打开一个精致的小铜锁，欧阳化雨小心地掀开了上盖。

里面是一层大红的绒布。

众人都屏住呼吸，听得见怦怦的心跳声。

也许此时此刻无人注意，赫雷两眼的视线有点与众不同，他不是盯在即将开启的宝物上，而是盯在欧阳化雨的脸上。

不知为什么，从见到这个仪表英俊的年轻人开始，赫雷的心中就有一种警惕的意味。这种感觉到底从何而来？连他自己也说不清楚，也许这是职业的敏感，也许这就是一种职业病。

赫雷这“病”来得也有点由头。

九宝金佛的贵重和价值自不必说，就连唯一保管这样贵重物品的主任（尽管还有一个配合开启的助手），也变得十分贵重，至少，这个岗位是异乎寻常的重要，但是，也可以说是从刚一见面，让赫雷就产生一个印象，这印象可能不是什么好兆头，让他的心头隐隐有一丝不祥的预感。

让赫雷产生这种不祥预感的诱因，出于欧阳化雨的一丝眼神。

保管这样重要的文物，必须是一个具有高度责任心的人。在得知庄农和赫雷的来意之后，在欧阳化雨的眼里闪过一丝亮光。

虽然这亮光只是倏忽而过，却没逃过赫雷的眼睛。

一个肩负使命的人，面对咨询的公安首长，他的眼里不应当出现这样的亮光，因为赫雷从这样的亮光里，看到了隐隐的得意。

这种得意来自情不自禁。

现在赫雷的目光依然聚焦在欧阳化雨的脸上，他正在提起那片红色绒布，随着绒布的提高，一道道像七彩霓虹那样的霞光从木盒中悠悠地放射出来。

果然有宝光和瑞气，人们禁不住面带惊愕，连连称奇。

绒布拉开，顿时木盒里变得通亮。人们惊诧地几乎叫出声来。

众人把脸一起凑向木盒。

不知是谁，在什么时候关闭了库房里的灯，尽管四周已是一片昏黑，在木盒周围每个人的脸，都清晰可见。

木盒中，是一尊被佛家称为结趺端坐在两层莲花座上的金身释迦牟尼像，一只手里拿着一枝绿叶相衬的猩红色的花朵，穿着浅黄色的袈裟，背后有一片红色的火焰光。胸前有一块大拇指盖大小的、边缘不整的晶体。

“那是一块原生的钻石，足有十五克拉。”宣传部长道。

文化厅长连忙道：“部长真是好眼力。”

博物馆长问：“拿出来吗？”

半躬着身的宣传部长摇了摇手：“太贵重，别乱动，这么看就行了，沾点瑞气就挺好了。”

文化厅长招呼大家:“都往前凑凑，也沾点瑞气。”

众人相应地挪了挪脚步，最终，也没有谁肯站到最前面，因为那会跟部长争夺瑞气。

欧阳化雨拿着绒布站在一边，因为霞光瑞气是从下部照上来的，映在他的脸上，有点像电影里给反派打光，显得他的脸上带着点凶相。

这让赫雷的心里产生了一丝沉重，难道这才是他的真相吗?

“都叫它九宝金佛，它到底有哪几件宝贝?”宣传部长很好奇，有点“子入太庙每事问”的劲头。

欧阳化雨说道:“据保管部的档案说，1949 年和 1957 年，博物馆和省文化厅两次组织专家对这尊金佛进行过鉴定。第一次是本省的专家，第二次是北京来的专家，两次鉴定的结果大致一致。”

“这尊佛背后的火焰光，是什么宝贝做的?”

“据鉴定书上说，这尊佛的背后有两层火焰光，里层的是红宝石，外层是红玛瑙。胸前镶嵌的是一块大约为二十克拉的原生钻石。”

“当年没有可以切割钻石的工具，就这么直接放上去的。”宣传部长可能是个行家里手。

欧阳化雨忙道:“部长说得极是。切割钻石的技术，是十八世纪由欧洲人发明出来的。”

文化厅长算了算:“这才三件啊，那几件呢?”

欧阳化雨道:“第四件是佛头上的头发，呈蓝色海螺状，那是一块最纯净的黑蓝宝石雕成的。”

“第五件是佛身上披的衣服，那是由一块和田黄玉雕成的。”博物馆长接着说道。

宣传部长直起身问:“和田玉有黄玉吗?从来没听说过。”

文化厅长应和道:“真没听说还有黄玉。”

博物馆长道:“专家鉴定都是这么说的，就是和田黄玉。”

宣传部长问:“那第六件呢?”

欧阳化雨道："就是佛手中拿的那朵花。它是由红翡和绿翠雕成。"

"这个倒是看出来了，为了避免碰碎这朵花，把花和叶一半雕到了佛衣里面，真可以说是构思精巧，精巧！"宣传部长连声赞叹。

"是啊，佛祖'拈花微笑，教外别传'，才有达摩来东土传禅宗一脉。这个形象可以说是佛祖最美的形象。很多的雕刻，都因为拿花的姿态复杂而改刻，以图简便。"

众人又是一阵啧啧称赞。

博物馆长接着说道："看来，当年设计和雕琢这座金佛的匠人，那该是别具一番功力呀。"

欧阳化雨道："据专家说，拈花微笑的佛像，在我国仅此一尊，就其艺术水平来看，也可以说是超一流的。"

庄农目不转睛地看，侧着耳朵听，今天对他来说是双福临门，既饱眼福，又饱耳福。

赫雷的目光落到远站在一边那个开锁助手的身上。

他看上去只有二十五六岁，低眉信手地站在一边，好像对这边的议论并不关心。

"还有三件呢，都在哪里？"宣传部长追问道。

欧阳化雨道："在最下面，三层莲花座。最上的一层是用绿松石雕成的。第二层是绿宝石，也就是祖母绿。最下面的那层，是一整块凝翠。"

宣传部长大吃一惊："凝翠？这么大块的凝翠？"他的惊讶不仅表现在脸上，连声音也有点走调。

欧阳化雨道："是的，这是专家一致认定的。"

"凝翠！你们知道吗？古人说，'宁要凝翠一方，不要翡翠一车'呀，这么大块的凝翠，那还了得？"宣传部长大发议论。

文化厅长也大发感慨："还有那第二层那么大块的祖母绿哪，无价之宝！无价呀！真是无价呀！"

博物馆长道："那块绿松石纯净得没有一点黑绺，也是天下难找。"

九件异宝一一道来，引得众人一阵议论。

"是什么宝物，让这金佛发光呢？"趁着这个机会，庄农也插问了一句。

是啊，这座佛的面部和脖颈、手脚，凡是裸露的地方都是用黄金打造，说他是金佛也名正言顺，可到底是什么发出的瑞气宝光，这对大家还是一个谜。尤其这位"每事问"的宣传部长，看来，要是得不到这个问题的答案，他是不会罢休的。

欧阳化雨望了望博物馆长，馆长朝他抬了抬下颌，意思还让他来讲。

欧阳化雨点了下头道："据专家鉴定说，这些宝石尽管珍贵，但是，没有外界光源都不会自体发光。"

宣传部长点点头。

欧阳化雨道："但是这个库房里已经关了电灯，几乎没有外界光源，我们看见它还是把我们都能照亮。这是专家也没能解释的一个最大谜团。"

宣传部长有些泄气，长叹了一声。

文化厅长突发奇想："会不会是这些珍宝组合到了一起，相互影响，改变了什么分子结构之类的原因而发光呢？"

馆长道："有的专家也提出过类似的想法，但是我们找不到这样的珍宝来做实验，又不敢把金佛上的珍宝拆下来做实验，所以，一切还都是猜想。"

金佛见到了，九件宝贝也一一历数，宝光和瑞气也照射得差不多了，就剩下一个未解的谜，留下这一点遗憾，可能更有一番意味，许多人的心里已经得到满足。

但是，只有文化厅长意犹未尽，他建议道："现在科学更发达了，国外的专家也可以请到，我们何不再来对金佛整体检查。"

有人连连应和道："现在国家正在改革开放，咱们省的对外文化合作一直不多，是该考虑与国外专家合作，干一把了。"

宣传部长却持相反的态度："干什么干？把金佛让外国人来检验？会不会让同行们说三道四？我现在想的不是检验，我想的是，我们一个省，能不能承担这么重要的宝贝。"

馆长也跟着抱怨："是啊，真是吃力，太吃力了。每逢节假日，都得放双人值班，负担太重了。"

宣传部长道："我建议文化厅抓紧打一个报告给国家文物局，请国家把这件文物调到北京，交由国家保管。”

众人纷纷点头。

赫雷的眼光又瞥向欧阳化雨，在他的脸上，明显地流露出一丝异样。

在众人的注视下，九宝金佛重新被蒙上红绒布，关上盒盖，锁上铜锁，又放回保险柜中。欧阳化雨和他的助手同样扭动三把钥匙，锁上了保险柜。

九宝金佛安然无恙。

有了这样一次观察与聆听，赫雷要是再相信陶进的汇报，那才叫怪呢。

但是，那个欧阳化雨的形象一直留在他的心里，严格地说，他对这样一个贵重宝贝由这样一个人专门保管，心里放心不下。

前几天，他找到了那位馆长，了解欧阳化雨和那个助手的情况。

据馆长介绍，欧阳化雨的爸爸是省博物馆的老员工，“文化大革命”期间去世。欧阳化雨是“老三届”下乡返城以后接爸爸的班，进了博物馆。此人多才多艺，吹拉弹唱样样都行，还画油画，对文物鉴定也很在行，现在又积极学外语。总之，大家都认为，他是馆里的“全能选手”。

他的助手叫朱天明，是1978年恢复高考的大学毕业生，分配来的。学的就是历史和考古专业。性格内向，整天就知道看书，研究文物。

一个是“全能选手”，一个是专业大学生，都没什么明显的毛病。到底是什么让赫雷不放心，现在，连他自己也说不清楚了。

毕竟，他是一个老刑警，尽管说不清楚哪里不放心，可还是觉得应当对九宝金佛这样贵重的文物尽一份责任，他向庄农建议，可不可以把朱天明发展为红色耳目。

“在省博物馆发展红色耳目？监视谁？”庄农翻着眼睛看着他。

“九宝金佛太贵重，我对欧阳化雨有点不放心。”赫雷道。

“有根据吗？”

赫雷咂了咂嘴：“还没有，只是感觉。”

庄农眉间的皱纹聚成了个“川”字，手中的铅笔转了起来，这是他坐在办公室思考问题时的一个习惯动作。转了一阵，铅笔停了下来，又沉吟片刻，他说道：“不发展耳目，出了问题是博物馆保管不善。要是发展了耳目还出了问题，不就是咱们的责任了吗？”

这就是庄农反复思考的问题。

原来，这两个人想的事情不在一条道上。

赫雷担心的是文物受损失。

庄农想的是万一受损失，该是谁的责任。

不管出了多大的事情，哪怕是谁捅下天来，作为一个公安分局副局长，只要不承担责任，他都会积极参加破案。一旦可能承担责任，不论事前事后，那是一分一毫也不能去做，这是庄农为官的信条。

这些信条，还有许多需要拿捏分寸的事情，庄农懂，而赫雷却不懂，他只知道该管就管，很少把自己得失和责任也算计在内，所以，他至今还是个刑侦战线的兵头将尾。

看到赫雷还想解释什么，庄农道：“那位宣传部长不是说，要把金佛上缴吗？要是上缴到京城，咱们不也就一了百了嘛？”

赫雷想了想，可也是，便退了出去。

领导说的话，就是决定，肯定在博物馆发展红色耳目也不行。这件事情只能作罢。

可是，今天陶进又说起此事，而且是从小尤那里传来的，尽管他口里说不能相信，但是心里还是在画魂儿。

明明九宝金佛一直稳稳地锁在保险柜里，为什么还有人就是要倒卖什么九宝金佛？一个没影的事儿，能在古董行里传得这么沸沸扬扬，而且还有鼻子有眼儿？赫雷很想知道，这背后到底有什么名堂。

五

刑警们

在接下来不到一个钟头的时间里，那几个分到十元钱的“翟家帮”的小弟兄，也都被拿到派出所。

吃完晚饭，几个刑警分头取笔录，要他们几个证明，是翟刚分给他十元钱，并且要记好给的时间、地点和当时说的话。

这一问一答，得清清楚楚地记录下来，就叫取证，是每个警察必须具备的基本功。

可就这点功夫，刑警队里也不是人人都能具备。就说那位郑吉松吧，当刑警已有五年之久，取笔录仍是他的难题。他不光是写字写得慢，还提笔忘字。说穿了，他是斗大的字，不识几升。所以，一到取笔录的时候，他就躲得老远。再不就是把这个任务推给陶进，因为他俩是常在一起破案的搭档。

其实，他俩都是小学二三年级的文化，也都一样经历过停课闹革命，也都是下乡的知识青年。所不同的是，陶进去的是“建三江”农场，那个地方文牍主义盛行，屁大个事儿也得写请示报告。

从他当班长的时候，就得给排里写报告，当了排长又得给连里写报告，更不用说当了连长以后了。就这么报告来报告去，倒把陶进的字给练出来了。他不光能写一般的请示报告，还能在领导讲话的时候做个记录。所以当了警察取个证言笔录，倒是手到擒来。

郑吉松下乡去的是万宝乡的生产队，是典型的东北农村。东北的农民春种秋收，到了冬天就是“猫冬”。

这些年，在农村唱了二百多年的“二人转”已经绝迹。“猫冬”，就是闲来无事，外面大雪号天，不如就天天在热炕头上“惬着”。

“惬”的时间长了也难受，就不如看纸牌儿，打扑克，连摔带喊，既锻炼胳膊，还练嗓。郑吉松头脑灵活，不论是看纸牌儿，还是打扑克，样样都是好手。在本生产队打得出了名，还经常被约请到外生产队去打，别以为有多大输赢，那个时候最大的输赢也就是个块儿八毛的。

有时候输得没了钱，还拿家里鸡蛋顶账。有一次，一个晚上，郑吉松就赢了十多个鸡蛋。

打扑克输赢都不用打报告，所以到现在，郑吉松连证言笔录也写不了。

派出所里除了翟铁还圈了四五个小青年，这些人都由郑吉松看管，陶进挨个取笔录，忙活到快半夜了，几个人的案卷才算钉齐。

陶进骑着自行车到临江派出所去找赫雷批卷，那里有几个刑警在搞一起入室抢劫案。

蹬到临江派出所刚好是半夜，临江派出所管区饭店多，夜宵也吃得好。不少搞案件的刑警都愿意到这儿来打夜班。

一进门，就看见赫雷和几个刑警正围着一个大盆在吃炖菜，还有半盆啤酒和两摞糖烧饼。

陶进也加入吃饭的队伍，吃到嘴里才知道，这炖菜里还有肉，不用说，准是饭店的“折箩”。

吃完饭，陶进又拿了两个糖烧饼揣到兜里，他惦记着郑吉松还没吃饭。

赫雷一一看完案卷，问陶进：“拘留几个？”

陶进道：“就拘翟铁吧，其余那几个人把钱都退了。”

听到这话，在一边咬着烧饼的张吉顺用烧饼指着陶进道：“右！你陶进一贯右倾！”

这个张吉顺是刑警队里出了名的“张老狠”，经他手抓的人很少有不挨打的，也很少有释放的。他见陶进没理他，便大声道：“赫队都说了，这几个小子个个吃赃，依我看，都该拘留。”

陶进立即反驳道：“你看！等你‘看’的时候，我一个也不抓了，都留着让你去‘看’。”

“那你可就更‘右’了。”张吉顺不依不饶，他从来不“右倾”，凡是他经手的嫌疑犯，很少有释放的。

刑警队有几十号人，你要问陶进最讨厌谁，甚至你要问大多数刑警最讨厌谁，就是这个张吉顺。

张吉顺可是个老刑警。他比赫雷小两岁，是“大跃进”那年当的警察。

听人说，他在“文化大革命”刚开始那阵子，可算是公安系统造反起家的知名人物。为了和封、资、修划清界限，他第一个改了名字，叫“张红革”。“文化大革命”的新政权“东北新曙光”成立前夕，全区的红卫兵和工人造反派到处夺权，喊着“工人阶级领导一切”和“造反有理”的口号，几百人来冲击公安分局，要来接管领导权。全局的干警都在门口堵着，和造反派对峙喊口号，坚决反对接管。

张红革却把造反派从分局后门领进了楼内，占领了局长室，宣布夺权成功。张红革立了大功，成了革命领导小组的成员。没几天，他居功自傲，想要搞“二次革命”，夺取公安局领导小组组长的宝座。孰料，事不机密，被人察觉，他反遭扫地出门。

尽管遭受打击，其革命斗志不减，又弄出不少政治花样。他公开贴出大字报，号召分局干警跟着他一起造反，可惜没人响应，他就成立了一个“普通一兵”造反团，自任团长。别看这个造反团就他一个光杆司令，也照样把局里的所有当权派都弄到院子里听他训话。他自己举着大旗，代表“普通一兵”造反团去参加造反派的誓师大会。

在造反派大联合的时候，这个“普通一兵”也算一个单位，他也有一个席位。

可惜，好景不长，他闹腾了半年多，突然得了一种怪病，这病怪就怪在唱歌头晕，大声说话也头晕。不能大声说话，还怎么造反？他只好住进了医院。

因为造反派的光环还在，医院不敢怠慢，甚至让他住进了当年的高干病房。在医院的待遇再好，医生也找不出犯病的原因，他只能在医院里泡着，过了大半年，病情稍有好转，医院就让他回家休养。

这种病不能大声说话，却不影响他看书、看报，所以他脑子里尽是些“消灭资产阶级法权”“无产阶级专政条件下继续革命”的理论。直到“文化大革命”结束，他的病情才有所好转，因为长期休假是百分之八十开支，他舍不得那百分之二十，便又回到刑警队来上班。

有病是祸，也是福，要依照张吉顺的性子折腾下去，到最后也没啥好下场。“文化大革命”结束说不定还得整个“三种人”什么的。弄不好，还得进笆篱子蹲些日子。就这一场病，让他脱离了造反第一线，可是，那几年躺在病床上看书看的，他反倒成了造反的理论家，从中央发表关于历史问题决议开始，他就怪话连篇，说什么否定“文化大革命”，就是不对，否定“文化大革命”的人，不信你们就看着，肯定没好果子吃。

这样的话，要是像“文化大革命”那样给他上纲上线，一准让他吃不了兜着走。可是，那个随便上纲上线的年代已经过去了，大家都把他当成半个精神病，谁愿意招惹他？

这几年，他一直研究治病的偏方，譬如说当年流行的“打鸡血”，他就是积极的实践者，静脉注射，把公鸡血打进静脉里，说是能治百病。打了一阵，不仅没有疗效，半拉屁股还肿了起来，只得放弃。开会的时候，大家都坐着，他只能倚着墙站着。

隔了一段时间，听说流行一种甩手疗法，他又练了起来。你还别说，这个疗法，虽说不能治病，但每天早起，不停地甩手，对身体倒是一种锻炼，所以一直坚持到现在。

除了锻炼，他还认真看报纸，所以他的嘴里，一天到晚仍然都是政治名词，扣的还都是政治大帽子，不是这个“右”，就是那个“左”。天气乍暖的时候，他不知道从哪弄来一个新名词：异化。

他对那年人大修改宪法，对允许个体户开业写进了宪法，大为不满。说这就是异化。这个词儿许多人都不懂，其实，张吉顺也未必懂得，但是，他觉得这个词儿不光是新，还觉得对味儿，在他看来，改变“文化大革命”的一切行为都是异化。

他尤其反对的是街头什么单位门前挂的那副标语，说什么“时间就是生命，效率就是金钱！”在他看来，公开把“金钱”两个字写在标语上，就是明目张胆地复辟资本主义。

一言以蔽之曰：异化！

又赶上上级号召清除精神污染。他又来了精神，谁穿的衣服光鲜点，他就会说：“资产阶级生活作风，这就是精神污染！”

谁要一不留神，哼个什么哥呀、妹呀的小曲，只要让他听见，他就会大声教训你，别老整那些靡靡之音！小心精神污染！

最近，有几个刚刚调进刑警队的小青年，看了《被爱情遗忘的角落》，凑在办公室就聊了起来。谁知道张吉顺听见了，立马就告诫他们：这部影片，别的地方早就禁了。他早就说了，这就是大毒草，早晚还得批倒、批臭！现在清除精神污染，就是信号，谁不知道七八年要再来一次！

“七八年再来一次。”这话听着耳熟，可又不记得是谁说的，直噎得几个小青年张口结舌。

有人背后说，张吉顺还整天活在“文化大革命”中，一直就没醒来。

郑吉松对张吉顺忽然有了兴趣，他专门研究他好些日子，最终的结论是，联系他当年头疼住院，这个人脑子出了毛病。

陶进还要说什么，想跟张吉顺争个里表。

赫雷也挺烦他，你跟一个还活在好多年前的人争个什么劲儿？便挥了下手道：“陶进的意见对，那几个人都退了赃，不押也行。”说着他在几个案卷上都签了“同意办案人意见”的字样。唯独在拘押翟铁的卷上多写了一行字：“此人系惯犯，要严加看管。”

批完，他看了下表：“过半夜了，你骑我的摩托车，到分局找值班局长批示，再把他送到拘留所去。”说着，把钥匙递给陶进。

“那你呢？怎么回家？”陶进问。

赫雷道：“把你的自行车留给我。”接着他又叮嘱道：“别开得太快了，超过六十迈就有点抖。”

陶进开着摩托车回到派出所，把烧饼给了郑吉松，两个人把翟铁塞进摩托车的车斗里，一路加大油门，风驰电掣地来到了道里分局。

值班的一位副局长在睡梦中被叫醒，看到赫雷的签字，他连卷都没翻，就签了“同意”二字。

后半夜，大街小巷也找不到个人影，是这座城市睡得最香、最熟的时候。陶进把长江 750 摩托车的油门加到最大，摩托车呼啸着，抖动着，像一匹脱缰野马似的冲过一条条马路，用了不到十五分钟，就跑完了十几里的路程，来到了位于城郊的分局拘留所。

拘留所，是所有人都不该去的地方。

这里四面都是高墙，红砖搭建，水泥勾缝，它的坚固，远远超过古代的城墙。墙上还拉着带电的铁丝网，每个墙角都有一个可以瞭望四面八方的岗楼。

几个荷枪实弹的哨兵，日夜不间断地站在上面，严密地监视着墙里墙外的一举一动。

每当看见那两扇黑乎乎的大铁门，陶进就会想起《西游记》里藏着无数妖魔鬼怪的无底洞。

这个联想倒也有点切合实际，因为这里常年拘押着几百名正在接受审查的，等候判决的各式各样的犯罪分子。这里男犯居多，女犯仅占十分之一，不管男的女的，个个都曾经在社会上兴妖作怪。

近年来，随着监所的环境和条件的改善，被关押的人可以按时放风、理发，甚至洗澡。监所里还有一个小卖部，如果家属送钱来，还可以买些零食。

都说这里伙食太差，据说最近也有所改善。

条件再改善，有一样东西就是不能给，那就是两个字——自由。

这里最重要的任务就是，限制人身自由。

这里每个监号都有严格规定，上、下午都要保持坐姿反省。

每个监号里关押着四五十人，听人数和学校的班级差不多，可活动面积还不到一个教室的一半大。不到二十平方米的牢房里，要关进三十多人，四十多人，有时还关上五十多人，这里的拥挤程度可想而知。尽管这样，有两个地方是不能被挤占的，一个是厕所附近，总得留出让人站脚的地方，二是还要给“笼头”留两米见方的地方。

“笼头”，顾名思义，就是牢笼的头儿。在一个监室里，要当上个“笼头”，那可得有真本事。一般来说，他必须是几进几出的惯犯，这叫江湖排行，也就是在罪犯中的威望。

除了这个地位，那还得见多识广，懂得点法律知识，能给人犯出谋划策。

要是初犯，那就得评个胳膊粗，力气大，外加残暴凶狠，没人打得过。

当了笼头第一个特权就是睡的地方要宽敞，不管监号挤成啥样，他要的地方必须是两米见方。

再就是吃饭得吃双份，人犯们买的零食，当然也要孝敬他。

这样算下来，剩下的地方，每人平均不到一平方米。

人犯一旦增多，睡觉就变成最大的困难，每到晚上九点，全体人员必须侧着身子，再一颠一倒才能躺下。每个监室，都变成了装沙丁鱼的罐头。

如果谁要到墙角去上厕所，回来准没有了插脚立锥的地方，那就只好蹲在厕所边的“臭格”（新来人犯待的地方）等待天亮了。

摩托车开近大铁门，陶进按了几声喇叭。

里面的看守被惊动了，啪的一声，铁门上方的灯亮了，接着，一个瞭望孔打开了。一位看守在里边道：“陶进，又是你，净在半夜三更捣乱。”接着大门吱呀打开，陶进把摩托车开了进去。

在预审区和监所之间的地方是监所的办公区。

翟铁被拖出车斗，就被直接带了进来。

有的看守一眼就认出了他：“铁子？你又来了。”

翟铁应了一声，没再理他，就径直走到了登记处。

在这里有一个像大账本似的人犯拘押登记簿摆在桌上。

值班看守要填写拘押日期和罪名，还要办案人签字。然后就是对人犯搜身，把兜里所有的东西都得掏出来，解下裤腰带和鞋带，逐一登记，再装进一个小布口袋里，写下号码。

走进这里再就没有人会喊你的名字，所有人都变成一个个排序的号码。并且要提着裤子，趿拉着鞋走路。不管你平时多么英俊潇洒，在这里，都会变成落汤鸡和丧家犬。

这里是强迫你丢下一切尊严的地方。

翟铁的号码是一七二六。也就是说，翟铁是这个拘留所从 1983 年元旦开始拘押过的第一千七百二十六个犯罪嫌疑人。

一路上，陶进和翟铁都没相互说一句话，一切都成定局，说什么都失去了作用。但是，就在翟铁走向监号的那一刻，他忽然转过身来，朝陶进喊道："陶哥，早点提审我。"

翟铁的这句话是每个被押的人犯都希望的，能经常被提审。因为那样不仅能够活动腿脚，还能要根烟抽，多喝几口水。最关键的是有可能从预审人员的口风中，探听到将被如何处理的消息。

听到翟铁回身那一声喊，陶进心里忽然涌起一阵凄凉，毕竟都是在一个大杂院里长大的，现在变成了猫和老鼠的关系，陶进心里也有些不是滋味，便答应道："我会的。"

因为陶进知道翟家兄弟是怎样一步步走到今天的。

那些年，翟刚的父亲一直是街道居民委员会的批斗对象，上班前、下班后都得到居委会报到。

每逢有"最高指示"发表，居委会就会把老翟和七八个地、富、反、坏、右分子集中弄到台上，大家喊口号、搞批判，有些革命群众说到激愤处，对他们拳打脚踢，也是可以理解的。因为"群众运动是天然合理的"。

折腾了好几年，老翟都是挺着，受着，熬着，咋折腾都认了。可他的心脏挺不住了，从那年下小清雪的时候一病不起，刚过了冬天，开春就一命呜呼。能给父亲送葬的，只有从山里赶回来的翟丁。那时候，她的哥哥在劳改农场服刑，弟弟在劳教农场改造。

家庭遭遇，让这两兄弟心里逐步产生了对社会的仇恨。被关押的时候，他们绝对不思改悔。反而会总结掉脚的教训，跟那些更有经验的老贼们切磋偷盗技巧。

每次释放出来，他们都会变本加厉进行新的犯罪，既是发泄心头之恨，也是报复社会。

这几年，城里刚刚兴起的房地产业势头迅猛，到处搞拆迁、扒房子。大杂院地处市中心，早早就被划到规划区，没多久，大杂院的居民都领了动迁费，纷纷搬离了这里，各奔东西，大杂院变成了一片高楼，邻里关系就此画上了句号。

陶进后来再见到翟家哥俩，一次是在刑警队办公室，一次是在拘留所。

这次亲手抓翟铁，是两个人硬碰硬的第一次。

谁料到，这次相遇，仅在一两天后，竟然引起了一场轩然大波！

六

号里

就在搜身检查的时候，翟铁就闻到了一股怪味。

这股怪味是拘留所特有的。

尽管这股怪味熏得他有些难受，就像晕车一样，一阵阵想发呕，他还是强忍着。

在一个拎着一大串钥匙看守的推搡下，翟铁走进了监所区。

一走进来，他的胃就猛地一阵抽搐，让他不由得干呕了几下。

他妈的！这是一种什么怪味？这是在其他任何地方都不会有的味道。

其实翟铁的心里很清楚，那就是在人满为患、通风不畅的环境下，尿臊、屎臭和汗液的混合味儿。

他对这种味道是很熟悉的，他记得第一次闻到这种味道是在十年之前，尽管那个时候道里区的拘留所，还是在分局的后院。那次，他被从拘留所里提了出来，被送往远在百里之外的劳教农场。

第二次是在六年前，他从劳教农场按期释放，刚过了几年舒服日子，又被抓进了这里。

那一次，他吸取了第一次向预审人员有啥说啥的失败教训，咬紧牙关，能拖就拖，能赖就赖，弄得那位预审员稀里糊涂地就又把他送去劳动教养两年。翟铁知道这次他赢了，他要是如实招供，就算是能按照坦白从宽从轻判处，也至少得是五年以上。

两年教养，小菜一碟，那里比劳改农场管得松弛，他很快就熬了出来。

这一次和上两次都不一样，因为这种味道不光是呛鼻子、呛嗓子，还呛肺管子，胃也翻腾得特别厉害。

大概是离开劳教农场这几年，大鱼大肉吃得太多，加上他和女人缠绵得太多，闻那种脂粉味太多的缘故。还没等到他想清楚这一切，一个监室的角门稀里哗啦地打开了，翟铁顺从地弯着腰钻了进去。

随着身后的角门稀里哗啦落了锁，他意识到，他又要过与世隔绝的日子了。

因为监号里所有的人都躺在地上睡下了，不少人你挤我压地叠在一起，没有留下一丝空地，翟铁一时找不到下脚的地方，他只能倚着铁门站在那里。

他不能一夜都站在这里，他开始依次扫视那些东扭西歪的脸，希望能见到个熟人，或能给他挤个地方，先睡下再说。

未等他找到人，忽地一声，一个光着上身的汉子，从他脚边一骨碌就站到他的面前，两眼逼视着他。这个家伙不由分说，抡起胳膊，劈面就狠狠地给了他一拳。

翟铁毫无防备，他只见眼前黑影一闪，接着扑哧一声，他的面门就挨了重重的一击。

这一拳打得又狠又重！

翟铁脸上一阵剧痛，接着是一阵眩晕，两眼也冒出金星。他的身子重重地撞到铁栏杆上，要没有这杯口粗的栏杆，也许他会摔到外面的走廊里。

“把身上的皮扒下来，检查你的屁股眼儿！”一记重拳之后，又是一道粗野的断喝。

翟铁知道，这是个“号”的值班犯人。

这些人，仅能算是笼头之下的二号人物，他们白天睡觉，专门在夜晚监视犯人的行动，还负责对新来犯人的裸体检查。

干这样的事情，都是选彪悍有力的犯人。就因为有这点特权，个个都是穷凶极恶。

翟铁在当年就干过这个差事，他深谙个中的道理。

挨了一记重拳之后，要是乖乖地脱下衣服，让他们围着你的裸体戏要个够，然后把你藏在衣服褶缝里的烟蒂、火柴，还有可以开启手铐的万能钥匙统统搜走，老老实实地蹲在“臭格”边，当个顺民，等待安排睡觉的地方，接下来也许就会一切平静。

要是那样，所有的人都会把你当成“卡啦”（新手），谁都会来嘲弄你，拿你来开心，打发心中的惶恐和孤独。

到那时，你再想要反抗，那就是“卡啦”犯上，所有人都会想要制服你，甚至有时会遭遇车轮大战似的折磨。因为这里的所有人都在苦闷和等待中煎熬，也许，折磨别人会产生那种忘掉自身遭遇的快感。

假如你敢向看守报告，马上就会有大半个监号的人发誓赌咒地向看守证明，你一直在吵监闹狱，影响大家反省错误。

若是你真倒霉到“屋漏偏逢连夜雨”的程度，再遇上个糊里糊涂的看守，听信许多人的证言，你就不光是接受一顿训斥，或许再给你戴上戒具进行约束，你有几张嘴能说得清?

其实，这些都是翟铁心里的想法，因为他太了解这种地方了。

翟铁生性不能受这种窝囊气，更不能白白挨这一记重拳。等他站稳了身子，就毫不犹豫地铆足了全身力气，挥起拳头，照准那个黑壮汉的脸，打出一个“冲天炮”！

这一拳，带着风声砸向那壮汉的面门。

那壮汉做梦也没想到，正在得意的时候，竟会毫无征兆地飞来这一拳，这一拳砸得登时鲜血飞溅，疼得他哇呀怪叫一声，身子直挺着向后仰去，就像掀倒半截黑塔似的，扑通一声，那壮汉实实在在砸在了一大片熟睡犯人的身上。

呼啦一声，整个监号一下子炸了锅，所有人都惊慌地坐了起来，几个被砸的人，把那壮汉推到一边，惶恐地站了起来。

所有惊慌未定的人犯，都把目光投向监号门口，一起望着那个身材高瘦的年轻人。

那是要群起而攻之！

就算你再有本事，也是好虎难敌一群狼。

翟铁这回可能要吃大亏！

就在这时，坐在最里边的笼头用嘶哑的嗓音喊了声："铁子！"

翟铁向里面望去，灯光下，那里只是一团黑影，他没看出是谁在叫他。

接着又是一声嘶哑的命令："让开道儿。"

听到这一声命令，几个坐在翟铁身边的人犯急忙缩回了腿。

眼前出现了一条通道。

不管他是谁，反正一定是熟人，翟铁得意地迈开两腿，像一个得胜的公鸡似的昂着头，瞥了一眼倒在地上的那个壮汉，朝墙边的笼头走了过去。

那壮汉倒在地上，满脸是血，他随手扯过不知是谁的棉被，擦了擦脸，霍地站起，瞪着血红的两眼，带着满脸血污，发疯似的朝翟铁扑了过去。

也许是早有防备，翟铁在他即将扑到的时候，灵活地把身子一转，接着又是一个扫堂腿，那壮汉脚下被猛踹一脚，身子一下子失去平衡，扑通一声，重重地摔倒在地上。

众人发出一阵哄笑声。

外面，传来了看守的吼声："笑什么？快睡觉！"

翟铁径直走到笼头身边。他才看清，原来这个笼头是曾经和他们哥俩一起干过"疙瘩活"的惯犯郭黑子。

这时，翟铁也没有留意，在紧贴栏杆和墙边的拐角处，有一个满脸皱纹的老人一直盯着他，对他那一拳一脚投过一丝赞许的目光。

也许，人生的命运转折是由许多偶然因素促成的，正是在这个特殊场合与这个老人的不期而遇，彻底地改变了翟铁后半生的命运。

七

陶进的家

下了摩托车，陶进便从腰间掏出了五四手枪。

这是他这几年形成的习惯，一是楼道太黑，为了以防万一；二是因为枪把上拴着一根深绿色的尼龙枪缰，枪缰的一头就套着家门的钥匙。

他用钥匙轻轻地开开房门。

自从发生千元被盗的重大案件，这是他时隔三天回到了家。

他的家是一室一厨，打开房门就进入厨房。

晨曦微露，厨房的陈设都已经隐约可见，为了不影响妻子睡眠，他小心翼翼地推开卧室的门。可是——

床上没有人！

两床被褥整齐地叠在床角，看上去好几天都没有动过。

陶进心中猛然一沉，只觉得胸中有一股无名之火在往上涌。原来，他在外面为破案奔波的时候，她也根本没有在家。

陶进经常惦记的家，原来是一个空房。

心绪一乱，头脑涨得更加厉害，难以抵御的困倦，像一张黑幕一样笼罩过来，他觉得眼前一阵昏黑，便蹬掉了鞋子倒在床上。他本想扯过被子盖在身上，可未等伸出手去，便睡着了。

天亮了。和煦的阳光从窗外照进来，照亮了这个一对青年男女曾经的安乐之窝。

阳光移到了墙上，照到了一张两人合影的照片上。

这幅照片的边框是用彩色电影胶片编织成的。

那些年，一切书籍，除了《毛泽东选集》，都是宣传封、资、修的大毒草。一切电影、戏剧，除了那八个样板戏，都是为帝王将相和死人招魂的反动垃圾，都在禁演、禁放之列。各地电影公司都存有不少电影胶片，据说这些化学合成的胶片长期堆放极易自燃，领导建议全部处理。公司几位心灵手巧的女同志用彩色胶片编出了一个暗红色的灯罩。往台灯上一放，光线柔和，还能看到演员的身影，既危险又反动的时代垃圾一下子就变成了既美观又有品位的艺术品，于是众人纷纷效仿。一传十，十传百，电影公司成盒的胶片成了抢手货，好像全市家家都有这样带有时代特征的艺术品。

有的人家自己不会做，于是代工编织的人便应运而生。当年，翟丁就是编织能手，她除了编灯罩，还编镜框、相框、什锦盒。记得编一个灯罩手工费是一毛钱，镜框和相框是五分钱。当然，这钱都得偷偷给，要叫造反派和革委会发现了，就会说你走资本主义，准割你的尾巴！

陶进的这个胶片相框是派出所的女内勤送给他的结婚礼品。这个相框是她亲手编的，她说，这个胶片图像是“五朵金花”，镶上结婚照片喜庆。

照片上青年男女的头倾斜相抵，脸上都挂着甜蜜的微笑。这是这一对青年人幸福结合的原始记录。

可是，这张照片上已经落满了灰尘，至少有很长时间没人擦拭过。从对它的冷遇，也许可以看出，而今这两个人的夫妻关系已是名存实亡。

说到陶进组建家庭，还得把话扯回到七十年代末。前面说过，在知识青年大返城的时候，陶进是最后一批从兵团撤离的。

回到大杂院的第一件事儿，就是到街道办事处去落党的关系。

他是下乡青年中为数不多的在“火线”入党的青年，便被安排在派出所的联防队里当了一名联防队员。

这期间，陶进家中发生了重大变故，就是父亲病故。

其实，在前两年，父亲就已经卧病在床，只是怕影响他扎根兵团，没有告诉他。

记得那年春节他回家，父亲强撑着下了床，还帮着干点家务。陶进的印象是，父亲已经衰老，一切大不如前。等陶进一走，他就住进了医院。等他返城回来，父亲已经奄奄一息。陶进忙到处找中医、西医大夫诊治，忙着到处抓药、熬药、喂药。治了一个多月，最终还是不治。

父亲临终有个愿望，就是想饱饱地吃一顿坛肉米饭。等陶进骑着自行车赶到那家饭店的时候，才知道，因为猪肉奇缺，已经改卖烧饼、豆腐脑了。

把父亲火葬后，他便到派出所报到。当联防队员，就要协助派出所和街道居委会维护社会治安。陶进不知道，这都是街道老主任安排的。听说下半年派出所要招一批人，把陶进安排到联防队，就是先期考查。

要是没有那一件英雄救美式的打抱不平，陶进可能提早几年成为一名正式的人民警察。

如果那次事情发生在他协助民警执勤的八小时工作时间，也许会有人出来为他说情。可事情偏偏发生在他歇班的时候，而且是在喝酒之后，后果就显得有些严重，再加上当时上级正来督促纪律检查，也该陶进有牢狱之灾，这叫屋漏偏逢连阴雨。

记得那是个深秋的傍晚，陶进和几个兵团战友，在一家小酒店里喝完酒，分手各自回家。也许是因为喝得猛了一点儿，走了没多远，他就觉得头有点沉，脚步有些发飘。

在离大杂院几百米的地方，他听见一阵吵嚷，还有女孩子求救的呼喊。

也许是出于联防队员的职责，陶进立即就赶了过去。

到了近前，他才看清，原来是前街几个经常惹是生非的小混混，正在和一个身材高瘦的女孩撕扯。

他立刻大声叱喝。

也许是因为他满嘴酒气，站在那里还有些打晃，那几个人并没有听他的，甚至还有人骂他多管闲事。

借着昏黄的路灯，陶进才看清，原来他们欺负的女孩，正是同院的翟丁。

陶进小的时候，嫌翟丁好哭，就管她叫“哭巴精”。谁知道，女大十八变，翟丁打从山区下乡回来，在他看来，简直就变了一个人。

不光身材清瘦高挑，连模样也变得俊俏美丽，成了左邻右舍不住称赞的漂亮姑娘。

毕竟都长大了，两个人都到了青春萌动的时候，再也不是你拉我扯满街疯跑的两小无猜了。所以两人一见面，总感到有些不太自然。特别是陶进，甚至还感到有些心慌意乱。弄得他很想见到翟丁，却又怕见到她，因为见面不知道该说些什么。

翟丁大概也是如此。

记得小的时候院里有人家娶媳妇，吹吹打打好不热闹。孩子们看了也学着“过家门儿”。陶进当新郎，翟刚就嫁妹妹。一群孩子学着喇叭，喊着呜里哇啦，把他俩送进一个板棚子里，算是入洞房。

实不相瞒，那时候两人还偷着亲过嘴儿呢。

也许，一见面，都会想起这些，两人都挺尴尬。

好在，翟丁打从农村回来，就不常出门，两人也很少见面，陶进知道她在抓紧复习功课，准备报考大学。这大概是从补习班下课回家，让几个小混混给缠住了。

陶进认出是翟丁，当然不能坐视不管，他上前就把几个人给分开，让翟丁赶紧往家跑。

这几个小混混也都喝了酒，见陶进把翟丁放跑，就把他围了起来。陶进一肚子怒火无处发泄，抓过为首的就是一顿胖揍，有一个小子踢了陶进一脚。这一下子可真就把陶进惹火了，陶进用左手抓住他，右手抡起来就是一个长直拳，也许是酒后下手没有分寸，一拳就把他打得满脸开花。

几个小青年架着那个满脸是血的家伙去了医院，陶进回到家中倒头便睡，一觉睡到大天亮。

吃早饭的时候，母亲告诉他翟丁来过，说是看你睡了就走了。

陶进不明白，她为什么来看他。

上班到了派出所，陶进就发现气氛有点不对。门口停着一辆轿车，几个人围着所长在说什么，所长连连赔不是。

接着，分局治安科的人也到了，科长把他叫到一个小屋亲自询问他，陶进这才知道，这一切都是冲着自己来的。

原来，他昨晚打的那个小青年的爸爸，是省里什么委的什么长，当晚就找到了市公安分局的领导，市公安分局的领导又找到了分局领导，说是联防队员陶进酒后行凶滋事，打塌了人家的鼻梁骨。

治安科长对情况追问得挺细致，可陶进却想不起什么。

兵团十几个战友在一起喝酒，他记得很清楚，“一元糠麸”喝了五六斤，啤酒喝了好几盆。可喝完酒他干什么了，一切都变得朦朦胧胧。他依稀记得好像是跟谁吵过架。

“你动手了没有？”治安科长问。

陶进摇头，他说不清楚，只记得好像撕扯过什么，是人，还是物，他都记不得了。可现在觉得右手的手背和骨头还有些痛，他不得不承认一个事实，他可能打了什么，不然，他的手怎么会还在疼痛？

至于他为什么去打，为谁去打，全无印象。

治安科长告诉他，当场几个青年证实，昨天晚上九点多钟，他们几个人站在街边闲聊，陶进喝得酒气冲天走过去，不由分说抡拳就打，把一个青年的鼻梁骨打塌，现已住院治疗。据此，陶进的行为，已经构成酒后伤人罪，根据治安管理条例的规定，处以行政拘留十五天，报批劳动教养。

陶进的脑袋嗡的一声就大了。

酒啊，酒！都是它惹的祸。

你说也怪，酒这个东西装在瓶子里，洁净无瑕，透明的，挺老实的。怎么喝到肚里，就能胡作非为，惹是生非，甚至葬送一个人的终生前途。

最让人懊恼的是，你还不知道当时做了什么，做错了什么。

先执行拘留，在拘留期间等待报批劳动教养。就这样，陶进平生第一次进了拘留所。

也就从那一天起，陶进下了决心——终生戒酒！

也就在那一天，翟丁一连两天参加省里统一招生的大学考试。等她得知陶进被拘留已经是第三天了。

她急忙赶到派出所，找到管片民警，告诉他，说那天晚上陶进是为了救她才和那些流氓厮打起来。那几个流氓也喝了酒，他们四个人把她堵在墙角，撕扯她的衣服，还要强行非礼。

就在翟丁到派出所的前后脚，居委会老主任也来反映一个情况，这几个小青年就住在前街的干部大院，差不多都是革干子弟，他们在一起干了不少坏事儿，据说祸祸了好几个小姑娘。

据街坊反映，当晚，这几个人确实把翟丁堵到了墙角，要不是陶进出手，说不定就要闹出强奸案来。

管片民警平时跟陶进挺要好，连忙找来了所长。

所长一听，也算明白了事情真相，但他却不同意取翟丁和老主任的证言笔录，因为那样会影响整个案件的处理甚至翻盘。弄到那一步，他向分局长、市局长乃至省里的什么委的什么长，都不好交代。

但是，这毕竟是在内部纪律大检查的时候，所内联防队员出现的重大问题，他这个所长也脱不了干系，他正在心头窝火的时候，却发现原来竟有这样是非颠倒的真相，那可一定得让领导和检查组都知道，不然会降低他和派出所的评优分数。

所长马上向治安科长和分局领导说了翟丁和老主任反映的情况。

最终，治安科长向分局领导和检查组又做了汇报，便把陶进的拘留改为拘役，期限改为七天，撤销原定报批劳动教养的意见。

这里还得说明一下。关于把陶进以行凶伤人的罪名，直接送交劳动教养的意见，可是那位什么长坚持一定要写到批示书上去的，而且要明确写上“直接送交劳动教养”这句话。因为那样，陶进在被拘留十五天以后，就可以直接送到劳动教养农场去改造，至于劳教两年还是三年，到时候画圈就行了。可是，分局领导在批示的时候，却玩了个阳奉阴违，写的是在拘留期间“报批”劳动教养。那就是说，在拘留期间还要办理报批劳动教养的手续。至于到时候能不能批，能批几年，那就要靠陶进的造化了。

现在，还没到报批的时候，事情就翻了盘。

其实，治安科长对那几个小青年的劣迹早就有所耳闻，只是碍着这个长，那个长的面子，不好明说而已。甚至在当初，他还动过要查一查的念头，可是，他发现其中一个孩子的父亲，就是道里区委主管组织人事的副书记，这个人对他来说，那可是非同小可。他能不能继续当治安科长，今后能不能升迁，都掌握在此人手中，再傻也不能去捅这个大马蜂窝，立马打消了这个危险念头。

那个时候，治安处罚和刑事犯罪是分开拘押的。在这个监号里，押着两个肇事的司机，一个“火头”（引起火灾的责任人），还有一个和他一样酒后打人的工人。几个人都在一个监号里，就成了难兄难弟。

押了三天，有人来提审陶进。

这个人就是治安科的魏民彦。

老魏已经五十开外，算是治安科的老人儿。他有个特点，干工作马马虎虎，吊儿郎当，所以，当警察快三十年了，还是个普通科员。可对自己的私事、家事那可是出奇地精明。譬如说前几年猪肉紧张，就算你攥着肉票，也很难买到肉。老魏就通过办案，结识了一位副食商店的经理，从此，家中大油、排骨始终不断。除了吃的肉、蛋，要问当年更难弄的是什么，那就得说非住房莫属。那时候，有人结婚好些年，还都住在单身宿舍里。那得说人家老魏有本事，他就能通过一两年的软磨硬泡，愣是从区房产科那里抠出来了一个一屋一厨。所以，治安科就有人说，老魏的脑筋从来没走出过家门口。

要是派出所长不上报情况、治安科长不了解真相，陶进的案子，说啥也不能交给老魏办理，他担心老魏糊里巴涂地把案件给办砸了。

现在，拘留改为拘役，被拘役的人，一般都给拘留所打扫卫生，晚上甚至可以不押进监号，这样一个案件交给他，也省得他整天到晚坐在那里喝茶水、看报纸。说到底，把一个拘役七天，到点就释放的案子交给他，就算他办砸了，他能砸到哪儿去？

老魏接到案卷，从头至尾看了一边，便明白了这起案件倒转乾坤的缘由。

从拘留十五天，并报劳动教养，到改为七天拘役，可以看出，陶进不是酒后行凶，而是仗义救人。换作现在的话说，那叫见义勇为。可就算你仗义救人，把人家的鼻梁骨打塌了，拘役七天也未尝不可。

这起案件处理起来没有任何难度，提审一两次，到点释放，让家属来交七天的伙食费就得了。

可是待见到陶进，问了他的身家历史，倒勾起了老魏的一桩心事。

能让老魏挂心的事，必然都是私事和家事。这大半年，他一直为女儿的事情而苦恼。

大家都知道，老魏有一个如花似玉的女儿，叫魏蓉蓉。不光模样长得漂亮，还是个能歌善舞，喜欢美术的艺术人才。小时候学花样滑冰，十六岁那年考入省舞蹈学校，毕业后分配到省歌舞剧院当舞蹈演员，每次演出，她总是出现在群舞的队列里。

据行里人评论说，魏蓉蓉有点艺术天才，可就是有点浮，练功不够刻苦，基本功不扎实，所以，这么多年也没从群舞中出人头地。

现在，眼看二十好几了，因为没有门当户对的，或是看得上眼儿的，连个对象也没找到。

前几年，老魏一直在为蓉蓉的对象操心，可这些日子，老魏在为蓉蓉的绯闻闹心。因为风言风语传说，蓉蓉跟省博物馆一个叫欧阳化雨的男人好上了。

听说这个欧阳化雨长得英俊高大，性格风流倜傥，是个讨女人喜欢的美男子。当年，还在舞蹈学校代过课，专讲西洋美术，后来进了省博物馆，开始就是画展品，布置展出。因为能够接触到文物，他对文物检验和鉴定也有了兴趣，通过认真钻研，没过两年，欧阳化雨对文物鉴定也掌握了一套办法，不光成了省博物馆的文物鉴定员，还当上了保管部的主任。

其实，绯闻产生的缘由，还是在老魏身上。

那年，为了弄房子，老魏要给房产科长送礼。他听说房产科长喜欢老字画，便托了个熟人，从南方花了三十多块钱，买了一幅说是唐伯虎画的扇面。

扇面，纸儿包纸儿裹地拿来了，老魏不放心，怕万一是假货，钱白搭了是小事儿，再背后叫人说成是个骗子，可就亏大了。

魏蓉蓉说她认识一位古籍鉴定家，让他给看看。

老魏同意了。

魏蓉蓉找的就是欧阳化雨。

欧阳化雨一看就告诉她俩字儿——假的。

这一下子魏蓉蓉傻了眼。她知道老爹花这三十多元多不容易，要是告诉他扇面是假的，说不定就得气个紫拉号青的，再万一一股火窝出点病来，可该如何是好？

不知该如何向老爹交代，魏蓉蓉当时就哭了。

欧阳化雨一看，也起了恻隐之心，他偷偷地告诉魏蓉蓉，他来想办法。

魏蓉蓉回到家中没有说真话，而是按着欧阳化雨的话告诉老魏，说这幅扇面的真实性较大，为了保险起见，省博物馆要再请几位专家看看，后天去听结果。

欧阳化雨的办法很简单，就是拿这个假的，换出省博物馆收藏的真的来。

那些年，省博物馆刚刚恢复正常管理不久，不仅馆内文物需要清理，造册，重新登记，还送来不少当年红卫兵抄家抄来的无主文物。

所谓的无主文物，主要分两大类：一类是抄家的时候，没有登记抄自何处，姓甚名谁，找不到物主；第二类是被抄家的人已死，无人认领。

这两类文物都集中送到了省博物馆，林林总总地堆了大半个仓库，有成捆的字画，堆到房顶的木制家具和各式各样的铜制佛像，还有散堆在墙角的玉器和各样珠宝……

拿一个假扇面，换出一幅真迹字画，对于负责此项工作的欧阳化雨来说易如反掌。

严格地说，用不着更换，在还没来得及登记的字画里随便拿出一幅，都会价值成百上千。但是，他没有那样做，一是因为那个时候，他还没有担任保管部的主任；二是他当时对文物保管工作还有较强的责任心，也很认真，不肯让这些应当属于国家的文物遭到太大损失。

他偷出了清代名人翁同龢的一幅字,送给了魏蓉蓉。把唐伯虎的扇面放了回去，这样，至少数量不差。

魏蓉蓉回到家中，把事情原原本本告诉了老魏，老魏也知道这个翁同龢当过光绪皇帝的老师，这幅字的价值可比扇面大多了，也就不去追究那个扇面的真和假了。过了几天，老魏高高兴兴地把翁同龢的字送给了房产科长，顺利地得到了一处住房。可哪料到，女儿从此就跟欧阳化雨打得火热，甚至一连几天夜不归宿。

老魏当然知道事情的严重性，欧阳化雨虽说对魏家有那么大的贡献，甚至老魏也有点喜欢他，可事情的严重性就在于，欧阳化雨不光有老婆，还有一个五六岁的儿子呢。

跟有妇之夫乱搞，就是搞“破鞋”！

“破鞋”这个名词，在当时具有极大的杀伤力，对任何一个女人都能致其死命。

更重要的是，要说这个“破鞋”是警察老魏的女儿，他这张老脸还往哪儿搁？

老魏一辈子都是长嘴说别人的主儿，可女儿成了“破鞋”，人家不得说，上梁不正下梁歪，那老魏一世英名岂不得丧失殆尽？

老魏这段时间，就为这件事情苦恼不已。

一见到陶进，老魏就被眼前这个浑身充满活力的年轻人所吸引。他身强体壮，相貌堂堂，还是个党员。谈话进行了不到两个钟头，老魏凭着多年的警察眼光，断定这个年轻人的性格憨厚真诚。尽管家庭困难点，跟魏家不算门当户对，但是，只要经过他的调教和指点，这个思想单纯、政治可靠的年轻人，一定会有出息，有前途。想到这里，他就在陶进身上动了心思。

他先告诉陶进，酒后行凶的罪名本来已经是板上钉钉，并且要送劳动教养。

老魏把卷宗首页的批示书都让他看了。

最后一页就是改处拘役七天的批示，那是不能让陶进看的。

老魏说的那些话，都是白纸黑字地写在上面，陶进当然知道，要是把他送交劳动教养，会给他一生带来什么，登时就惊得冒出一身冷汗。

看着陶进一副失魂落魄的样子，老魏继续演戏。

但是，由于是他接手了这个案件，经过他的调查和上下打点，案件已经有了转机。包括让他在监号外面打扫卫生，都成了他的建议。

陶进一听，以为是遇见了大救星，当时就感动地落下了眼泪，这就叫感激涕零。

当晚，老魏还特地去了陶进家里一趟，一是看看陶进的父母是甚等样人，会不会对他的下步打算造成障碍，二是如果不构成障碍，就让他的父亲第二天到局里见见儿子。

第一个目的很快就了然于胸，陶进的父母都是老实巴交的工人，儿子蹲了大牢，把老两口愁得哭了一场又一场，这样的人，对他的下一步计划不会添加任何麻烦。

为了不使陶进的父母对他这样的好心产生疑问，他当着两位老人的面，又编了一个故事。他说，他本来有一个女儿，还有一个比姐姐小五岁的儿子，儿子的小名就叫小桃。可那天晚上他又做了个梦，梦见他又得了个儿子，取名叫小进。到第二天他就接手了这个案子，一看案卷，在押的人叫陶进，你说巧不巧，神不神？

一段瞎话，直把两位老人听得目瞪口呆，这位魏预审两个孩子的名字加到一块，不就是陶进吗？

老天爷！这是几辈祖上积的德，让孩子遇到了魏预审？

临走时，老魏还不无感慨地说，也许，这都是命中注定，陶进该是我的半个儿子啊。

老两口一听，连下跪的心都有了，陶进能给老魏当半拉儿子，这是他哪辈子修来的福分？

第二天，爷俩在老魏的预审室见了面，父子俩此刻都把老魏当成陶家的大恩人。老魏又告诉他们，被打的人医疗费是七十八元，应当由陶进支付。但是，考虑到陶家的困难，这笔钱由老魏给拿上。

这又让陶家父子感激得不行。老陶就让陶进给老魏磕头，认个干爹。

老魏看到火候已到，趁势就说，他是相中陶进了，但不是让他当干儿子，而是让他当女婿。

此言一出，登时让陶家父子目瞪口呆。

过了好一会儿，陶进的父亲才连连摆手，连说不成。陶家没房、没钱，哪里娶得上媳妇？

老魏一口应承，房子、嫁妆都由他来操办，不用陶家掏一分钱。

陶进当时就是一个字——蒙！

他做梦也想不到，蹲笆篱子还能蹲到一个媳妇，况且不用自己家掏一分钱，怎么会有这样的好事儿？他表示怀疑。

老魏感叹地告诉他爷俩，我老魏一生认命，既然梦中梦到你是我的半个儿子，我也只能照办。不然，违背天意，大家都没有好结果。

一是天意，二是谁也不愿意得个不好的结果。再说，提出这件事情的又是救命的大恩人，陶家父子哪有不答应这门亲事之理?

老魏对陶进父子提出的唯一要求就是，过几天释放以后，陶进不能回家。家里也不能向外透漏一点风声。

陶进父子俩对这个要求深感不解。

老魏告诫，被打的那一方是高干子弟，要是知道陶进回了家，没有送劳动教养，一定大加恼火，万一追究到局里，说不定还得把陶进抓回来，到那时，老魏纵有天大本事，也难以挽回局面。

陶家父子连连称是，这是重大后患，一定要躲，可让陶进上哪儿呢?

老魏告诉他，去收拾新房，就住在那里，个把月后看情况再定。

父子连连答应。

其实，老魏不让陶进释放后回家，不是怕被打的那一方追究什么，而是为了躲另外一个人。

这个人就是翟丁。

陶进被拘留，还有一个更着急的人，那就是翟丁。

过去有人说走“字儿”的人，处处鸿运。走“背字儿”的人，步步倒霉。

翟丁就属于后一种，总走背字儿的人。

翟丁从农村回来，就步步倒霉。

这话得从知青返城坐火车说起。

同城前街高干大院里也有一个青年下乡，返城时跟翟丁坐上了同一列火车，同一个车厢，还是邻座位。

一天一夜的火车，又是同一目的地，又坐到了一起，自然要东拉西扯。可到了晚上，那个小子对翟丁就动手动脚，甚至把手伸到翟丁的前胸。一气之下，翟丁就到车厢连接处，站了大半宿。

回到家里，翟丁天天在家复习功课，准备报考大学。那个小子就纠集几个不三不四的小青年来纠缠。吓得翟丁只好躲到一个女同学家里去复习。

更为倒霉的是，考试的前一天傍晚，翟丁回家取东西，刚好被这几个青年撞上，就把她逼到了墙角。她听到一个头头样的人说，轻易得不到的才是珍贵的，大家都来尝尝，说着就扯开了她的衣裳。

翟丁吓得大叫救命，这时来了喝得醉醺醺的陶进，只是一番拳脚，就把几个小子打得东倒西歪。翟丁趁机跑开。

她第二天就进了考场，连考两天之后，回到家中才知道，陶进已经被拘留了，听说还有可能送劳动教养。

她先到派出所反映那天的真实情况，还写了详尽的证明材料，再三说明陶进是见义勇为。接着又到拘留所想要看望陶进。接待她的当然就是这位魏预审。

老魏接待翟丁态度温和，但语气非常坚定，陶进酒后滋事行凶伤人，罪名成立，局里已经决定送劳动教养。

他拿出了陶进卷宗首页的批示书，让翟丁从头至尾看了一遍，翟丁禁不住失声痛哭。

凭着老魏的眼力，他早就看出翟丁对陶进有一种真情，这真情来自这个女孩的肺腑，甚至已经刻骨铭心。可惜，他不能成全她，非但不能成全，还要运用手段彻底拆散他们。

老魏用一种同情的语气劝告她，陶进的命运已成定局，无人能够挽回。因为在拘留期间上报劳动教养，批复的时间可能长达仨月、俩月，陶进都得在拘留所里等待，不过，这等待的时间是可以计算到劳动教养的执行日期里。

翟丁是哭着离开拘留所的。

接下来，翟丁就不停给陶进写信，述说她的歉疚，正是她的遭遇让陶进陷入了牢狱之灾，她愿意用一生的忠诚和爱来报答他。

她把信都寄给那位态度可亲的魏预审，希望他能让陶进看到这些信，希望他有信心度过这两三年的艰难时光。

哪怕是天崩地裂，海枯石烂，她也要等着他。

这些信的结果可想而知，每接到一封信，魏预审都要划一根火柴。

翟丁屈指算着，陶进被拘留已经二十一天，她又去找魏预审。

老魏告诉她，陶进的劳动教养材料已经报了上去，就算他帮忙去催，估计还得个把月才能批下来。信，陶进都看了，他说，他不配和一个大学生在一起，让你好自为之，自己去寻找幸福吧。

翟丁又是哭着离开拘留所。

半个月后，翟丁接到了关内某理工大学的录取通知书。她临行之前，又写了一封情真意切的信，依然请魏预审转交给陶进。

当然，这封信又让魏预审浪费了一根火柴。

翟丁是带着伤心和眼泪离开哈尔滨的。

那么，跟那个欧阳化雨打得火热的魏蓉蓉，是怎样答应嫁给陶进的呢?

原本，老魏曾设想了好几个办法来说服女儿，先来软的，再来硬的，实在不行就来横的。没想到，女儿一听父亲的安排，竟然痛快地答应了要跟陶进结婚。看到女儿这样听话，老魏一阵心花怒放。

其实，他根本就不知道，他选择的这个时机是多么凑巧。

这段时间正是魏蓉蓉难过的时候，因为又有一个漂亮女人走到了欧阳化雨的身边，从对自己的冷淡上，她断定，他们两人已经上了床。

嫉妒，愤恨煎熬着她的心，她几乎彻夜难眠。她想要报复，狠狠地报复，却想不出什么好办法。刚好这个时候父亲与她谈起嫁人的事情，魏蓉蓉当然不假思索一口答应。

陶进收拾新房，等待调进公安分局。就在陶进刚穿上警服不久，老魏担心两个人夜长梦多，就给两个人张罗举办婚礼。

老魏在一家饭店请了两桌席，为了省钱，肉、菜、蛋、鱼都是老魏自己备好送来的。那天前来赴宴的除了治安科的全体警员，还有庄农和赫雷。

请治安科的人自不待说。请庄农是因为俩人同乡。

唯独请赫雷是个例外，就是为了堵他的嘴。

早在五十年代中期，赫雷还不满十五周岁的时候，从山区来到人生地不熟的哈尔滨当了派出所的一名小警察。那时候，老魏在这个派出所已经干了有五年之久，要是从 1949 年春天进入公安局算起，老魏就得说是一位老警官了。

就是老魏带着不更世事的赫雷走街串户，下居民委，传授他查户口，处理民事纠纷的办法。说起来，两人自然有师徒情分。

时光飞驰，一晃三十年过去了。老魏还是那个老魏，只是脸上多了不少皱纹，业务能力和办案经验没有多大长进。而赫雷已经成了名震一方的刑侦高手，两人的差距明显拉大。

老魏对这一切都没有明显的反感，赫雷名气越大，他的资本也越雄厚。只要在人前一拍胸脯，说上一句“赫雷是我从小带出来的”，就没谁敢小瞧他。

最近，听说老魏要嫁闺女，赫雷有点纳闷，不知道老魏如何找到这样的女婿。当他得知陶进的具体情况，当面交了二十块钱的份子后，就说了一句话：“这样闷巴粗的人，要是后反劲儿，可不好捂扎。”

老魏登时呆在那里。

赫雷只用一句话，就道破了老魏的全部玄机，他的提醒还是出于对恩师的感情。但赫雷也有不足之处，他不知道翟丁被老魏欺骗的事情，也不知道魏蓉蓉的姘夫是谁。

一切还是在按照老魏的计划顺利进行。

在婚宴上，看着如花似玉的美貌妻子，想着自己逢凶化吉后的幸运遭遇，陶进的心里比吃了蜜糖还甜。

魏蓉蓉似乎对这个身强体壮，憨厚听话的男人也感到了兴趣，她把两人的结婚照镶到胶片相框里，挂到墙上。这个胶片相框就成了这个新家中最有分量的艺术品。

酒宴上陶进喝了不少酒，有点醉醺醺的。新婚洞房之夜，他不知该做些什么，也不知如何是好，甚至怀疑，坐在床上的那个美丽女人，是不是真的已经属于自己，就一直坐在那里看着魏蓉蓉傻笑。

魏蓉蓉毕竟是个情场里手。等到夜深时分，便把陶进脱个精光，搂进被窝。一夜的浓云密雨，让陶进不仅心花怒放，甚至神魂颠倒。

那时他曾想，就算是给老魏家一辈子当牛作马，他都甘心情愿。

这个消息很快就被翟丁知道了。

为了把这些被耽误了青春时光的大龄青年尽快培养成才，关内的理工大学课程安排得比较紧张。可是，翟丁依然惦记着陶进，她给那位一同补习功课的哈尔滨女同学写信，让她打听一下劳动教养农场的地址，虽然不能回去探望，天快冷了，她想织件毛衣寄给他。

可是，就在这封信寄出不久，她接到了那位女同学的来信，说陶进已经结婚，由于打了流氓，成了见义勇为的勇士，还进了派出所，当上了人民警察，他新婚的妻子就是那位魏预审的女儿，名叫魏蓉蓉。

犹如五雷轰顶，翟丁几乎瘫倒在宿舍里。

只有冷静下来，坐到床边思前想后，她才意识到，这一切，原来是一个精心设计的大骗局。

她的情感被人耍弄，她的善良被人欺骗，原来，世界上还会有这样卑鄙的警察，能够干得出这样肮脏的勾当！

大学四年，她再也没有回过离开的地方，因为那里已经成为她的伤心之地。

大概是在陶进调到刑警队那年，跟欧阳化雨在近两年爱得如胶似漆的那个漂亮女人，突然不辞而别。欧阳化雨一时间茫然失措，像丢了魂儿似的到处打听，才知道那女人跟着一个外国人去了美国，两个人在华盛顿举办了隆重的婚礼，据说当地的华人报纸都有报道。

魏蓉蓉得知这个消息感到十分快意，她答应嫁给陶进，就是为了报复欧阳化雨，现在到了该他吃苦头的时候了。

其实，报复，可以有多种多样的手段和办法，要是有机会，拿剪子把他那个玩意儿给剪了，也算是报复。尽管那样可能会有严重后果，但是总可以出一口胸中的恶气。

可爸爸偏偏给她安排了结婚这条路，她也只能接受。

这两年，她衣食无忧，生活得很满足。陶进身体强壮，精力充沛，完全可以满足她的需要。并且一心朴实地爱她，疼她，也让她体验到了一种人生真情的温暖。说穿了，这一切，她就是想要欧阳化雨知道，离开他，魏蓉蓉照样可以生活得快乐而又充实，能够得到想得到的一切。

其实，这对陶进和这个小家庭来说，本身就是一个极其危险的信号，这说明她对于那个男人依然很在意。

魏蓉蓉得知那个女人在美国结婚的消息，第一个反应就是要给欧阳化雨打电话。

她要狠狠地奚落他一顿。

怎么样数落他？她用了一两天的时间反复措辞儿，她要说，怎么样？尝到被人家甩了的滋味了吧？当初你怎么对待我来着？这就叫报应，这就叫老天有眼给你一个现世报！

被你甩的和甩了你的女人，都结了婚，你自己回家搂你的黄脸婆去吧！

她还要多骂他几句：

“活该！”

说完这些，她就把电话一摔！

实施了报复，并且达到了预期，会让她得到更大的快意。

歌舞团的副团长到隔壁开会，他的办公室里就有一部电话，魏蓉蓉溜了进去，拨通了欧阳化雨办公室的电话。

听到对方洪亮而又熟悉的男中音，魏蓉蓉的心里忽然一阵颤抖，脑子忽然变成一片空白，她准备好的，用来数落他的那些话一句也没想起来。

对方已经察觉是她，立即用悲切的语气说道：“现在，我才知道，你对我是多么珍贵！”

魏蓉蓉握着听筒的手已经发抖，她不知道该干什么。

欧阳化雨的声音忽然变得急切起来：“蓉蓉，你是我的信心和希望，我要带你出国，一生一世都不分离！去日本，去美国。你有艺术天才，到了国外你一定会大放异彩！”

出国？

怎么冒出了这样一句话？他要带我出国？

难道我也有出国的可能吗？这可是魏蓉蓉连想都没敢想的事情！

能够出国的人，多让人羡慕？

那时候，凡出国的人，无不把美国、欧洲和日本说成是人间天堂。

他们团里就有一个男舞蹈演员去了英国，他来信说，英国是文化的圣地，艺术的天堂，到处都是金钱和机会，只要能到这里，傻瓜也能变成天才，蠢材也会变成明星……

文化部门的一位领导去了美国一趟，回来就到处讲，过去，总说社会主义好，这回，我要说资本主义好！

我魏蓉蓉也能够出国吗？要是真能出国，一旦成为耀眼的明星，那将会是什么样的场景？

连连闪动的灯光……

暴风雨般的掌声……

数不完的美金……

现在，她的脑子里，不管是父母，还是家庭，更不要说那个陶进，统统都不存在了。所剩的只有两个字，出国！要说是三个字，去美国！

当晚，她就跑到当年幽会的老地方，重新投到了欧阳化雨的怀抱。

陶进这一觉一直睡到日上三竿，他醒来洗了把脸，到了街口的小食铺吃了一碗面条，便开着摩托车去分局上班。

他不知道，在天将亮的时候，欧阳化雨从夜总会把魏蓉蓉送回了家，魏蓉蓉一进家门，看见陶进连衣服都没脱就躺在床上。

看他那副睡相，魏蓉蓉心里涌起一阵厌恶，便转头走了出去。

八

赫雷

赫雷的父亲当了一辈子木匠。

解放初期划定成分的时候，定为城市贫民，户口上写的是简称“城贫”二字。

“城贫”，就是城市里的穷困人家。在这个小城里，赫雷家像大多数家庭一样，仅靠父亲做工的菲薄收入，勉强维持一家人的生计。

1954年秋，那一场打了三年多的抗美援朝战争刚刚结束。有两个身着便装的年轻人，来到了长白山区的一个小城，他们找到这个城市唯一的一所中学，说是要招收本届初中毕业的学生，到东北某大城市，去做保密工作，每月工资是150分。

那是国家刚把毕业时间从年终改到夏季的第一年，赫雷少念了半年提前毕业，刚好符合这个条件。

大城市，保密工作，已经很吸引人。但是，最吸引这些初中毕业生的还是那150分的工资。

150分，是个什么概念？

那时，党政军干部的工资，都是以“分”来计算，每一“分”核算刚刚改换的新币为两角钱，那150分就是三十元钱。

三十元钱是个什么概念？

那时，一个独身干部一个月的生活费用二十元足矣。就是说，每月尚可以积攒下十元钱。

十元钱是什么概念？

要是能按月把省下的这十元钱寄回家中，可以解决五口之家五天到一周的生活开销。一个家庭减少一个消费者，能再增加十元钱的收入，一减一加，无疑，对一个生活窘迫的家庭会是巨大的帮助。

就冲着这个，赫雷报了名。

按道理说，一个不满十五周岁的人，个子也不高，还不够录取的资格。但是，经过对家庭的政治审查，勉强算作合格，隔了几天，他就与十多名同学一起登上了北去的火车。

到了哈尔滨，也就是所说东北某大城市，才知道他们是被市公安局招来的，每个人分配的工作，就是到派出所去当警察。

这就怪了，警察为什么不在本市招？却跑到长白山的偏远山区，去招这些没见过世面的孩子？他们不了解这个城市，自己走在街上都会迷路，怎么能在这里当警察管理别人？

答案很快就找到了，听说本地青年都不愿意当警察。

其原因可能多种多样，其中，光复后，那些伪满洲国警察的遭遇，可能还在影响人们对警察的看法。听说，伪满洲国垮台的时候，当了十四年亡国奴的老百姓蜂拥而起，把不少作恶多端的伪满警察，活活打死，有的绑上石头扔到松花江里淹死。

另一个原因，可能与刚刚结束的抗美援朝战争有关。尽管停战协议已经签字，但是，美国人还要发动第三次世界大战、蒋介石就要反攻大陆的谣言，还在暗中传播，在这样的社会背景下，警察就成了危险职业。

山区的孩子不知道这些，便兴冲冲地来到了这里。

也许，这群孩子中也有人不喜欢当警察，便质疑去招收他们的人，不是做保密工作吗？怎么是当警察？警察的职业是公开的呀。

回答也很得体：警察的职业身份是公开的，但是工作性质是保密的，所以说，做保密工作的说法并无不妥。

货到地头死。

既然已经千里迢迢来到这里，也只好从命了。

赫雷没有什么怨言，因为他出来的目的是减轻家里负担，只要能挣到150分，管他干什么。

只有光复后，山区的孩子才有上学的机会，有的孩子进校门念一年级的时候，已经十来岁，尽管都是初中毕业，年龄却相差很大，有的已经十七八岁，他们都被分配到郊区的派出所。

赫雷不满十五岁，属于娃娃警察，蒙带队人的关照，他被留到了位于市区的道里公安分局。

同时来到这座城市的年轻人，还有本省和外省农村及城镇的几十名初中毕业生。而留到道里公安分局的只有四个人。

这些人也要到派出所工作，几个人一上班便被领到政工部门的协理员办公室，等待分配。

四个人排坐在一条长凳上，一个穿着洗得泛白的米黄色警服的中年女人，向第一个年轻人道："你到'工厂'派出所工作。"

因为对派出所一无所知，坐在最后边的赫雷想当然地认为：这个人是去管工厂的。

第二个人被告知到"买卖"派出所工作。

他认定，这个人是去管商业地区的。

第三个人被分配到"田地"派出所。

不用问，这个人工作的地方一定是农村。

终于轮到了赫雷，他被告知，他要去的地方是"中央"派出所。

赫雷一头雾水，便贸然问道：这个"中央"——管什么？

这样幼稚的问话，立刻引来哄堂的笑声。

那位女协理员告诉他，中央派出所，就是中央大街派出所。与其他派出所没有什么两样。

这件事情变成一个笑柄，甚至在几年以后，有人见到赫雷还问："小赫，中央管什么？"

赫雷到派出所的第一个领路师傅，就是老民警魏民彦。

过了几天，魏民彦给他领来了一身米黄色的警服，一顶米黄色的大盖帽，副所长发给他一把短苗的驳壳枪。

当晚，让他穿上警服，扎上皮带，把枪装在木壳里，要带枪出勤。

“临上轿现扎耳朵眼儿”，魏民彦手把手地教他怎样使用手枪。

这个叫大狗，这个叫小狗。小狗是保险，大狗管击发。拉开枪栓可以压子弹……

背枪，要左肩右挎，把枪套的皮带要扎到腰间的皮带里，这样才显得精神。背匣枪，绝不准单肩挎着，那就显得吊儿郎当。

走在漆黑的街道上，魏民彦告诉他：两个出勤巡逻的人，不能相互说话，不能紧贴在一起走，两人至少要保持三步左右的距离，这样能防止坏人开枪被穿了糖葫芦。

天哪！还会有这样的危险？

赫雷紧张得心里怦怦乱跳，他的手紧按着匣枪抢的木壳盖，不知道什么是敌情，不知道坏人在哪里。只是在心里念叨着“大狗”和“小狗”，好像随时都得拔枪射击，走了不远，就已经浑身冒汗了。

后来，出勤次数多了，才知道，魏民彦教的那一套，都是解放初期的巡逻规定，现在治安情况基本稳定，完全不用那样紧张兮兮。

让赫雷最难忘记的是第一次赶赴杀人案件现场的情景。那是在当年的冬天，派出所民警都换上了冬装，一身墨绿，站在路边和那种半人高的邮筒一个颜色，几乎难以分辨。

深夜睡得最熟的时候，突然被人叫醒，说是临近派出所辖区发生了杀人案，让带人快去支援。

那个时候，派出所民警一律在所内住宿，有家的，也只能是周六回去一次，第二天就得回所来住。赫雷在这里没有家，就一直都得住在派出所。

懵里懵懂地穿上衣服，把匣枪别在腰间（平时可以不背木制枪壳，用一个铁卡子把枪夹住，就可以别在腰带上），赫雷跟着几位老民警跑出门去。

外面风雪交加，这个城市冬天冷得邪乎，夜间到零下三十几摄氏度也是常事儿。

等跑到现场，各个都是气喘吁吁。

案发地点在买卖街头的一个大院里。

这里已经聚集了许多人，身为刑警队长的庄农，正在指挥现场勘查。

派出所民警的任务很简单，就是保护现场，不准院里的人和外人靠近那座出事的屋子。

赫雷的任务是在大院门口站岗，不准院外的人接近现场。

出事儿的屋里灯光很亮，几个人影在晃动，一定是在进行现场勘查。

案发现场到底是什么样子？赫雷只是在小说里看到过。现在，真正的全家几口人被杀的杀人现场就在跟前，那倒是应当看一看。

好奇心让他在走向门口的时候，拐了一个弯，溜到了那座出事儿的屋子前，趴到窗前向里面看了一眼。

炕上地上都是尸体，有大人，有小孩，血肉模糊，极为恐怖。

这一看不要紧，赫雷只吓得头发发奓，急忙退了回来。

哪料到，只是看了这一眼，给赫雷造成极为严重的后果，一连七八天，不论是晚上睡觉，还是白天打盹，只要一闭上眼睛，他的大脑就会出现那些令人恐怖的尸体。

这些尸体长时间萦绕在眼前，让人恐怖不已。

直到十来天以后，这种可怕的现象才渐渐消失。

在派出所当警察，这样的现场哪能少得了？要是再有这样的现场，还敢不敢去？只要你当警察，那一定还得去，要是每看一个现场都是这样反应，那该如何是好？

赫雷对自己能不能适应警察这个职业，产生了担心。

好在，后来他见过大大小小的自杀和凶杀等更为骇人的现场，再没有出现过这种现象。

后来，他问过一个医生，才知道，这是他第一次看到那样恐怖的现场，对大脑皮层刺激太深的缘故。

后来，他甚至亲手去抬刚刚被杀死的尸体，为什么这样的现象不再出现？大概是因为习以为常了吧。

在派出所工作六年期间，他经历了“反胡风”“社会主义改造运动”，亲眼见到了无数工商业者打着标语，举着牌子，要把自己的商店和财产交给国家。接下来便是“反右派”，然后大跃进、大炼钢铁等一个接着一个的政治运动。给他印象最深刻的是“反右派”斗争。因为和他一起从老家来的一个同学，当上了右派分子。

据说，他在一次闲聊时说，他之所以能从外地到这里来当警察，因为这座城市的老百姓，当年对人民政府不太相信，所以不敢让自己的子女当警察。

他就是当初质问领队的那个同学。

这个同学比赫雷大三岁，在赫雷看来，他是一个很有头脑的人，说的话不无道理，甚至连当初的质问也不无道理。自己也有意无意说过类似的话，可是，他却在经过几次内部批判之后，定成了右派分子，接着便被送去劳动教养。

据说，当时也有人把赫雷说过的话和那个人的话两相对照，得出的结论是两个人的言论相差无几，有人觉得赫雷也应被定罪，有位领导说，他的年纪尚小，今后多加管教，说话注意也就是了。

为此，赫雷逃过一劫。

这大概是赫雷初次见到政治运动的残酷和无情，让他从内心产生一种恐惧。他不得不在所内的几次会议上检查自己、批判自己，给自己戴上几顶严重的政治帽子，并暗自严厉地告诫自己，今后说话一定小心，当心祸从口出！

也许是他在派出所工作较为出色，也许是六年民警生涯的锻炼，让他有所成熟。在三年自然灾害期间，他被调到分局内保科，继而到政保科担任侦查员。在经历了“改造公检法”之后，重返公安队伍，又经过数年考验和历练，在开展吐故纳新运动的时候，举手宣誓，加入了中国共产党，成为一名共产党员。

入党，是赫雷人生的一件大事，一个警察不能入党，会造成一生悲哀。

记得有一次，赫雷从分局开了介绍信，到一个单位去，查一个科长的历史档案。因为介绍信上有“党员、团员”几个字，如果你是团员，就把“党员”俩字画掉，如果你是“党员”，就把“团员”俩字画掉。

赫雷当过共青团员，现在年龄已过，自然要画掉。

他没有入党，“党员”俩字也要画掉。

接待他的是人事处一位戴眼镜的女同志，看了介绍信之后，用严肃的口吻告诉他：“这位科长是共产党员，你不是党员，不能查他的档案。”

赫雷听后，脑袋轰的一声，他只能接过介绍信默然退出。

他意识到，一个不是党员的警察，只能是二等警察。

他记得是两年前写过一份入党申请书，这样的表现显然不够积极和迫切，他回到局里，立即又写了一份，三个月后，又写了一份，并且每个月底都向支部书记汇报一次自己的思想情况和周围几个人的思想和表现。

这样的表现持续了一年之久，经过预备期的考验，终于在吐故纳新的时候，被纳进党内。

不久，他又被调到刑警队，这一晃，又是十几年，看来，在这里算是扎根落户了。

那时，庄农是刑警队长，谭中宇是教导员。一个管案件侦破，一个管思想工作，两人的配合颇为默契。

赫雷到了刑警队先是干了两年反扒，接着便被调到重案组，破获了一起又一起重大特大案件，这时，他已经四十出头了。

当庄农得到消息，知道自己可能被提升为分局的副局长后，便匆忙把赫雷提升为刑警队的副队长，列谭中宇之后。因为他知道，只有让上级知道刑警队有了新的领头人，他才可能被提升。

从某种意义上说，赫雷是庄农晋升的垫脚石。

后来，从部队转业的吴昊，来当副队长。负责日常管理和对外联络，以便让赫雷专心带领刑警在各个现场领导破案。

刑事案件的发生没有任何规律可言，有时候，十天半个月只有一些零星的案件，可是，到了某一个月，会突发几起重大案件，甚至是特大案件，有时候这一起没等破获，一起接着一起会连续发生，忙得赫雷只能一个侦破组又一个侦破组去分头指挥。

用不可开交来形容他的忙碌，也许不足以说明他的辛苦，事实上，他几乎是在疲于奔命。

那天晚上，在仁德派出所，赫雷把摩托车给了陶进，一个小时以后，他突然接到刑警队值班员打来的电话，说他女儿从医院打电话，他老伴心脏病发作，让他赶紧到市立二院去。

赫雷一听，急忙骑上自行车直奔医院。

到了医院见到女儿才知道，经过医生抢救，老伴现在已经脱离危险，住到病房里睡着了。

问起发病的原因，女儿只是一句话：让二舅气的！

赫雷的爱人当年是个纺织女工，两个人认识是经过一个亲戚的介绍。在赫雷调到分局之后，两人结了婚。

那是中国经济最困难的时期，农村不断传出饿死人的消息。城市里既没有蔬菜也没有任何肉类供应，商店里卖副食的柜台经常空空如也。在黑市上还能见到鸡蛋，价格贵得让人咂舌——一个鸡蛋五块钱！

当时赫雷的工资是二十三级，每月只拿四十九元五角，不够买十个鸡蛋。

新婚的第一个春节，只拎回来跟一根油条差不多的二斤猪肉，还是分局分的。肉虽然少得可怜，毕竟是几个月来唯一见到的荤腥。妻子把肥的熗了油，熗出的“油梭子”炒菜吃，剩下不到一斤瘦的剁了包了一顿饺子。

第二年生了个女儿，才发现妻子有先天性心脏病的底子，虽经治疗也不见好转，便请了病假在家休养，全身心照顾这个家。

这一休，就是十来年，工资只开百分之六十。

尽管生活拮据，妻子还是从牙缝里攒了近一百块钱，在赫雷从警二十年的时候，给他买了一块价值五十元的上海牌手表。

那一年，赫雷三十五岁。

赫雷对这个既美观又实用的精巧机械十分喜爱，经常把表贴在耳边听它咔咔走动的声音。

当然，刑警队还有不少没有手表的人，要找他问个钟点，他都会把胳膊一扬，准确无误地告诉你。

要是谁敢跟他掰扯他的手表到底准不准，他会打开收音机，等着让里面传出的北京时间打最后一响来验证。时间一长，所有人都把赫雷手表的时间，当成了北京的标准时间。

老伴在家的好处是，不管赫雷在外面忙成什么样，回家总有一口热饭吃，不然，他的身体不知道会累成什么样。

说到她二舅，赫雷的气就不打一处来，三十多岁，不光是游手好闲，还好要个小钱，虽说输赢不算太大，可也是赌博，他几次被派出所抓去，都因为他是赫雷的实在亲戚而网开一面，一直没怎么处理。

从派出所几进几出，他发现赫雷小舅子这个招牌挺管用，便到处挂在嘴上。气得赫雷要揍他，吓得他有半年多没敢登门。

赫雷的岳父死得早，老岳母就靠给人家缝缝补补，拉扯几个孩子，十分不易。结婚后，赫雷尽量帮助他们，日子倒也过得去。

去年，老太太脑卒中忽然去世，也是赫雷张罗发送的。谁知道上个月，好久不登门的小舅子突然趁赫雷上班的时候，来找他姐姐，说他媳妇在老太太活着的时候，看见有个金戒指，死后一直没见到，想必是让姐姐给“秘下”了。

这是根本没有影的事儿，纯属兄弟媳妇没事儿挑事儿，登时把他姐姐就气昏过去。

这回还是为了金戒指的事情，他说他媳妇有证据，老太太的确有一个金戒指，要是不弄清楚下落，决不罢休！

老伴当场就气得昏了过去。

内弟和女儿慌忙把她送到市医院，待到病情稳定，听说赫雷要来医院，内弟急忙溜走了。

天色将亮时，赫雷在老伴床边打了个盹儿。

七点多钟，老伴睡醒了，看见赫雷坐在床边，委屈地哭了起来，她抽抽噎噎地说，她确实没见到老太太有个金戒指，这个浑球儿！怎么就那么相信他老婆的话呢？

赫雷也觉得纳闷。

七点多钟，女儿打来了早点，赫雷吃完，看了下表，安抚老伴几句，便走出医院。

赫雷在当刑警的时候，和许多人一样散漫，如果夜间干到后半夜，第二天就可以睡上一个上午，吃完午饭再来上班，或是直接去案发现场。

所以，一个刑警，三天两天不在办公室露面是常事儿。

自从他当了这个副队长，就像套上了一个夹板，他必须准点上班。

因为还有不少没打夜班的人等着分配工作。

教导员谭中宇和副队长吴昊，都不常打夜班，几乎天天正点上下班。但是，就算是上了班，他们也不分配工作，因为他们不太了解全区的案件侦破进展，哪里需要增加兵力，哪里可以减去几个人。

所以，几年来形成的习惯，就是不论夜里熬到多晚，第二天早八点，赫雷会准时准点地走进办公室。

这一点，大家都看在眼里。

看见当头儿的熬得甚至比自己还晚，都准点到岗，刑警们都不好意思再拖到下午上班，这不，郑吉松和陶进也在早八点准时来到办公室。

九

中计

一鸟入林，百鸟无声。

赫雷一走进办公室，乱哄哄的办公室立即肃静下来。

赫雷告诉陶进和郑吉松继续使用他的摩托车，到拘留所去提审翟铁，要趁热打铁，尽量从他嘴里抠出翟刚的下落，有进展及时向他汇报。

两个人领命而去，赫雷又听了内勤汇报昨天发生的案件，部署了侦破力量。今天上午他想腾出手来，去古董市场找一找小尤的爷爷，听一听关于九宝金佛的传言，到底是怎么回事儿，怎么传得这么邪乎？

可是，未等他动身，女儿又打来电话，说妈妈又犯了病，市医院感到棘手，想要把她转到医大附属医院去，女儿没了主意，医生说必须赫雷到场。

赫雷只好赶往医院。

原来，上午医生查房，问及她发病的原因，这一下子勾起了她的伤心，又絮絮叨叨说了一阵，越说越气，一下子又昏了过去。

医生认为她的病情危重，随时都会有生命危险，为了安全起见（其实，某种程度是为了医院的安全）建议转到上级医院。

赫雷赶到医院就开始办理出院手续，因为是公费医疗，这些手续十分烦琐，直到中午才办理完毕，到下午才能再到医大附属医院办理入院手续，看来，赫雷今个一整天，都要在医院里忙活。

陶进开着摩托车和郑吉松一进拘留所，所长就告诉他，翟铁一大早就报告要找你，说有重大情况报告。

陶进感到意外，这个家伙一定是又想出了什么鬼花样，但他还是马上填了一张提票，让看守把翟铁提了出来。

翟铁一进预审室，就向陶进要烟抽。

陶进给了他一根，点燃后，翟铁一口就吸了大半截，把吸进的烟在身子里憋了足有半分钟，才喷出来，接着又吸了两口，他才说道：“我经过这几天的反省，想要立功赎罪。”

陶进疑惑地看着他，他肯定不会相信，这几天的工夫，翟铁就变成了另外一个人。

郑吉松也感到奇怪，便问他：“你是怎么想通的？”

翟铁又吸了一口烟，那支烟已经所剩无几，他还是抓住烟蒂连连嘬着。嘬了一阵，他用神秘的眼光盯着陶进，用一种得意的口气问道：“陶哥，你听说没有？要‘严打’了！”

“严打”？什么意思？

陶进和郑吉松相互看了看。

郑吉松也摇头，他没听说什么是严打。

倒是翟铁开始教育起这两个刑警：“严打，就是狠狠地打！多抓人，越多越好，该判教养的都判刑，该判刑的都枪毙！”

陶进鄙夷地笑了笑：“党有政策，怎么能胡乱枪毙？”

翟铁又说道：“听说没有？柬埔寨？”

陶进点头，没人不知道，那个国家有一个面容和蔼的老头，年年都带着老伴儿来访问中国。

翟铁用一种引起人们恐怖想象的声音说道：“那个国家就是这样，有个叫布什么的掌了大权，就下命令，不管是男人女人一律拉出去枪毙，天天枪毙人，就地掩埋，一连好几个月，说是好几万人都毙了！咱们中国也要这样！这就是严打！”

“你胡说些什么？快说正事儿，你到底要交代什么？”陶进制止了他。

翟铁又伸手要烟，陶进又扔给他一根。翟铁接过把它夹在耳朵上长吁了一口气说道："我知道我哥哥藏在哪里，我想动员他投案自首，争取立功让他得到宽大处理，我怕枪毙。"

这种人的话不能全信，陶进问道："你哥哥藏在哪里？"

"万家屯。"翟铁立即回答。

陶进知道，万家屯不归道里区管辖，那是靠近市区的一个村屯。有几百户农民和进城打工者常年居住在那里。那里的房子都是私建和滥建，街道混乱，胡同纵横，毫无规划。许多街道像鸡肠，狭窄到两个人相遇得侧身而过，万家屯早年人称迷魂阵。

陶进笑了："你小子，想叫我们去探迷魂阵？"

翟铁连连摆手："不是，我是真心诚意想要立功，我是怕被枪毙，说的都是真话。"

郑吉松问："那你就说说，他在哪一家藏着，街道门牌号。"

翟铁摇头："我去看过他，是想朝他要点钱，是晚上去的，他在村口等我，领我到他那儿去的。"

郑吉松又问："让你指路你能指明白吗？"

翟铁爽快地点头："当然能，那个村头有一个小饭馆，顺着那条道往里走，再走过一个……"

陶进用手拍了下桌子："算了！你愿意交代就说点真格的，少给我来这套'三枪鬼化狐'！"

翟铁发觉陶进完全不相信他，只怨自己的表演还不成功，想到这里，他扑通一声跪到地上："陶哥，我对天发誓，我要是骗你，不得好死！"

郑吉松已经有点半信半疑，连忙喝道让他站起来。

翟铁依然跪在地上，用哭丧的语调道："陶哥、郑哥！要严打了我真怕死啊！"

陶进和郑吉松又交换了一下目光，尽管有翟铁在场，两人有话不能明说，但是长期的合作，递一个眼神，双方都明白对方的意思。

郑吉松站起走到门口，喊来一名看守进屋，便走了出去。

审讯至少有两个人在场，这是硬性规定，郑吉松用眼神征得陶进同意后，要打电话向赫雷报告，所以他把一个看守叫进来。

郑吉松把电话打到刑警队，赫雷不在，内勤听说他有重要情况报告，就把电话递给了从局长那开完会刚进屋的副队长吴昊。

吴昊接过电话，一听郑吉松说翟铁说快要“严打”了，不由得吓了一跳！

“严打”这两个字，是他和谭中宇刚刚从庄农副局长那里才听到的。

上午，庄农刚从市局开会回来，就把他俩找了过去，说市局领导透漏，中央要发动一次“严打”斗争，以稳定越来越乱的社会治安。至于怎么严？怎么打？中央和省、市政法委还在研究具体政策，怎么一个在拘留所里关着的在押犯却喊了出来？

听说翟铁要指路去抓他的哥哥，吴昊半信半疑。

赫雷不在，吴昊便向谭中宇做了汇报。

谭中宇听后，不由得连连抱怨：“你说，现在还有什么事情能保住秘密？连我们才听说的事儿，在押犯早就知道了。”

抱怨归抱怨，赫雷不在，大主意还得他来拿，人家郑吉松那边还等着哪。为了慎重起见，他没有马上答复，他要一会儿给郑吉松再回电话。

放下电话，他有点茫然失措，因为平时这样的事情都不需要他来决策，有赫雷在，他才不费这个脑筋呢。

可现在是赫雷不在，他怎么答复呢？

不信翟铁的话，万一赫雷回来真去把翟刚抓回来，他的脸往哪儿搁，现在就有人说他是个“聋子耳朵——配搭”。到那时该说他贻误战机，是个障碍了。

吴昊一直看着谭中宇，他发现谭中宇也看着他，显然，是等着听他的主意，可偏偏吴昊就是不作声，急得谭中宇催促他：“跟庄局汇报一下吧。”

吴昊点点头。

其实，这个时候，吴昊心里已经有了一个完整的计划。

庄农听到谭中宇的汇报，一时也拿不定主意，他突然想起，管辖万家屯的那个派出所所长，是从道里分局调过去的，他让谭中宇马上打电话，问一下有关万家屯的情况。

谭中宇打过电话去，那边的所长说，据他们掌握，万家屯肯定有个犯罪窝点，他们摸排过几次都没找到，希望老领导能够帮忙，需要他们做什么尽管吩咐，一定全力以赴。

听到这个信息，吴昊权衡了一下自己心里的计划，觉得把握和胜算会更大。便向庄农提出，可以带翟铁到万家屯走一趟。

庄农和谭中宇都有些诧异，小吴什么时候长了胆识，敢于提出这样大胆的想法来？

吴昊把这个计划归纳成八个字，前四个字叫“欲擒故纵”，后四个字叫“瓮中捉鳖”。

他认为，翟铁提出要找他哥哥，无非两种可能，一是真的，怕“严打”被枪毙，想要活命，才不得已而为之。二是假的，想借机逃跑，他所以提出万家屯，可能知道那里是黑窝点。

庄农点头，他同意这个分析，因为这跟派出所掌握的情况不谋而合。

谭中宇对这个分析却不以为然，谁不知道有这两种可能，傻子都这么说，现在，不就是看不准到底是哪一种吗。

吴昊道，他设计的计划，不论翟铁实行哪一种，都可以保证万无一失，也许，还会有意外收获。

“他要是真的逃跑了呢？偷鸡不着蚀把米，那可就丢大人了！”这当然是谭中宇最大的担心。

庄农想听吴昊的具体打算。

吴昊的具体安排是，提前在万家屯的几个点上，埋伏一定数量的刑警和当地派出所的民警、群众力量。一旦翟铁逃跑，他万想不到，会落在我们的视线之内，那样，他跑到哪家，我们就冲到哪家，来个连窝端！

庄农一听，脸上绽出笑意，连称妙计。

看到庄农表示满意，谭中宇也不得不连连点头，便说道：“只要他跑不了，就是好计策。”

庄农命令，把翟铁押到局里来，他要亲自审问，再下决心。

谭中宇去给郑吉松回电话，庄农忽然想到了赫雷，便让吴昊通知赫雷一声，再把这个计划告诉他。

吴昊道:“赫队在医院，不太好找。”说实在话，这是他的小心眼儿，他打心里不愿意让赫雷插手这件事儿。

庄农可不这么想，他一定要把赫雷也扯进来。让他有个表示同意的态度，一旦大获全胜，不论是抓回翟刚，还是端了黑窝子，他都是在医院里，任何成绩都没有他的份。一旦失败了……

庄农执意要吴昊亲自到医院去找赫雷，还要坐局里的吉普车去，必要的时候，好帮他老伴转院。

吴昊只好从命。

赫雷老伴转院，二院领导要派救护车送过去。正在这个时候，吴昊来了。

赫雷是站在救护车旁边听完吴昊介绍整个情况的。

边听，他的心里就打了个大大的问号，他认定，翟铁又在耍花招，他绝对不会帮我们去找他的哥哥。

但是听到吴昊说要在万家屯设下埋伏，要端老窝的打算时，赫雷不得不承认，倒觉得这是个奇思妙想。但转念一想，天哪！这可是一着险棋，弄不好会一着出错满盘皆输。

要是他来指挥，他不会采取这样有点离谱的招数。但是，这招是年轻人提出的，显然是得到了庄农的支持，他该说什么呢?

吴昊最后说道:“庄局说，你经验丰富，看看有什么不足之处。”

庄农问的是不足之处，可没问这个办法可行与否。

要是问可行与否，赫雷打心里不愿这么干，就可能否决他。人家问你有什么不足之处，赫雷只能回答:“布置监视力量很关键，网要大，眼儿要密。”

吴昊点头:“是的，我记下了。”

女儿搀扶着妈妈已经上车，赫雷也上了救护车。

车要开走时，吴昊在车下喊:“把嫂子安排好了，你得过去坐镇去。”

十

吴昊

就在陶进和郑吉松开着摩托车把翟铁押到分局的时候，吴昊已经带着七八个刑警去了万家屯。

他先把刑警们带到了管辖派出所。

估计要打一场硬仗，派出所几乎全体同志都在等待他们，所长、指导员、副所长和管片的民警齐聚在会议室，和刑警们围着一张万家屯的街道地形图，研究兵力部署。

万家屯的历史，足以让人色变，解放前后，这里是大股土匪骚扰城市的出发地和落脚点，人称“落马湖”。

“落马湖”这个名字来自一出同名京剧，说的是匪徒李佩占据“落马湖”，劫持清官施世纶，后被英雄黄天霸救出的故事。

近几年，“落马湖”这个名字已经无人提及，人们说到万家屯，无不称赞它的变化和发展。这个当年远离城市的村屯已经和市区接壤，变成了一个名副其实的城中村。

特别是近几年的富民政策，土地承包，兴办集体企业，许多人家都在拆旧房盖新房，每天这里进出的不光是施工队和装修工人，还有外来打工的租房户和拾荒者，谁能分辨出哪些是可疑人员，哪些是犯罪分子？

据管片民警说，万家屯最复杂的地区在西北角，那里有几十户人家，大多是以拾荒为生，这里有一个废品收购站，常见一些不三不四的人进出，所里突击检查了几次，都没发现什么问题。

这里有一条贯穿全屯的水泥路，很窄。要是两辆汽车相对而行，得一辆停到路边避让才能通过。离开这条主干道，两边尽是鸡肠子似的胡同，两个人得侧身才能通过。这样一些胡同的出现，大概是因为建筑无序造成的，家家都想扩大自己的住房面积，必然挤占道路空间。

还有人说，这些鸡肠子胡同，就是当年土匪们为了逃避官兵追捕，有计划设下的迷魂阵。

不管怎么说，对于刑警们来说，万家屯也是个容易出麻烦的地方。

那家废品站离水泥路不远。

吴昊分析道："要是翟铁进了屯，直接从干道奔废品站这一带，那就说明他真的想要找到翟刚，要是他走两边的鸡肠小路，就说明他居心不良。"

刑警赵强问："能不能肯定废品站就是一个黑窝点？"

管片民警在地图上画了一个圈说道："周围这一片都是万家屯的老住户，比较可靠。"

有了这样的答复，吴昊决定就在废品站附近布置兵力，一旦发现翟铁逃跑，各路监视的人，一定要看住他，看他逃到哪个院里。只要进院，就要把院子包围起来，立即进行搜捕！

带着刑警赶来，围着地图部署，虽然不是千军万马，却让吴昊有一种将帅临阵的感觉，他的思路清晰，语气果断，不能不让刑警们和派出所的领导另眼看待，到底是军人出身，果真气度不凡。

指挥部就设在村主任家的大院里，那里地势较高，放眼望去，大半个屯子都能看到。

吴昊站在那里眺望一阵，觉得信心满满。

他这个欲擒故纵的策略，一定会获得圆满成功，因为他已经把能想到的所有细节都考虑在内，其目的就是要在不受赫雷约束的情况下，展示一下个人才能，为的是给下一步晋升铺出一条通途。

吴昊不仅绝顶聪明，还有点来头。

论岁数，他跟陶进一般大，因为两人的家庭环境大相径庭，这几年的经历，也是大不相同。

在陶进去“建三江”兵团的时候，吴昊光荣地参加了人民解放军，因为只有十六岁，成了穿军装，还戴领章、帽徽的堂堂正正红小兵。

入伍那天，小吴昊挺着胸膛走出家门，那真是领章红闪闪，帽徽闪红光。左邻右舍没有一个不羡慕。

人人都得说，吴昊的爸爸吴连升真有能耐。

那年头，有能耐就能办大事儿。

吴连升在道里区政府后勤科担任副科长，论官衔，不算太大，可是他的活动能量大得与他的职务很不相称。省、市两级政府，各厅局委办处，没有他走不通的地方。

这话得说那年天刚冷的时候，曾经在道里区搞过“三支两军”的一位部队首长家的暖气漏水。当时，暖气片奇缺，有人找到了吴连升，他立即以拥军的名义，给区里写了个报告。

那时候虽说“三支两军”已经撤销，但是，“拥军爱民”这四个字，可是个永久性的话题。报告很快批下来，吴连升亲自带领施工队到了首长家，把暖气片全部换成新的，还给修了个门斗。首长感激不尽，在家里摆了一桌宴席，答谢老吴全家。

酒桌前，小吴昊又是唱样板戏，又是跳“忠字舞”。首长两口子喜欢得不得了。当场就郑重表态：“今年是来不及了，明年让孩子当兵去。”

吴连升喜出望外，但也不无担心，吴昊那年才十四岁。

“没关系，当文艺兵嘛，这孩子能唱能跳，是个好材料。”首长认为，他发现了一个文艺天才。

吴连升连连点头表示感谢，因为还有一年的时间，他有信心，一定能把这条路铺好。

这一年，吴连升付出了多少代价和辛苦自不必说，到了征兵的时候，吴昊顺利地通过了体检和政审，成了一名正式的文艺兵。

到了部队真正的文艺团体才发现，吴昊的水平太业余。练唱歌吧，五音不全。

学跳舞吧，胳膊腿太硬，想要把他送到舞美队去学着画布景，画了一阵才发现，他是个弱视，灰和蓝分不太清，只好让他跟着制作道具。

那时候总演《红灯记》，他给鸠山做的酒壶、酒杯、茶壶、茶碗倒是惟妙惟肖。

吴连升得知儿子的境遇，心有不甘，因为为他当兵付出的太多：他得知首长喜欢字画，便把家中祖传的一幅盖着光绪皇帝玉玺的字画送了过去，更不要说好酒、好烟了。他不能让儿子仅仅躲过“上山下乡”这一道坎，那就太不合算了。既然已经搭上了当兵这条顺风船，他的儿子应当比他有出息，应当当团长、师长，当将军！一句话，官越大越好！

终于，吴昊调离了文艺部门，回到本省军区的一个下属机关，也就等于回到吴连升的身边。

回到身边，就有了更多的操控空间，吴昊又调转了几个部门，官职也从副排到正排，从副连到正连了。要是按照这个速度，不出大的意外，不出三年，吴昊就能升至营职和副团。可是，意外偏偏发生了。

有一幅具有历史意义的镜头，就是在这个时候出现的，那就是邓小平讲话时伸出一个手指头——“裁军一百万”。

吴昊所在单位整建制撤销。

事前没有任何征兆，更没有任何大道或小道消息，任你有通天本事，也是无济于事，吴昊脱下了军装。

失之东隅，收之桑榆。

吴昊垂头丧气地回到地方，老吴又一次展示他超人的活动能量，把吴昊安排到一家市属的建筑企业，担任党支部副书记（副科级）。

之所以称作是“超人”的能量，只因一般部队人员到了地方工作，大多是降半级或降一级，而能保持和部队平级，那是着实了得。

那些年，“下海”成了一个极具诱惑力的新名词。老吴亲眼看到了几家装修和建材商店大把赚钱，心痒难耐。在儿子的职务“落体儿”之后，经过全家几轮协商，老吴决定下海，开一家建材商店。

儿子在建材企业当领导，进货渠道既便宜又顺畅，生意当然越来越红火。

钱挣得多了，老吴心里难免有所担心，他深信，钱，需要权力来保卫。

开春的时候，听说公安局要扩大编制，老吴心有灵犀，经过一番努力，便把吴昊调进公安局。

按理说，一个平级调动的支部书记，应当留在公安局的政工或纪检部门工作，才是正理。不知道是哪根弦被搭错了，或是没拨通，经过半个月的培训之后，吴昊被分配到道里分局刑警队担任副队长。

得知要去刑警队，吴昊一肚子不愿意。

谁都知道，刑警队是公安系统最苦、最累的地方。整天和流氓，盗窃、杀人犯打交道不说，发生案件或是追捕人犯，几天几宿不睡觉那是家常便饭。一句话，苦、累、脏、险，都让这个单位占全了。

凡是头脑聪明的人，决不去这样的地方工作。这是许多知情者共同的结论。

刑警不光是工作苦、累、脏、险，提拔晋升也十分困难。

有一个刑警调到道里分局刑警队干了半年多，政工部门没人认识他。那天晚上轮到政工科在值夜班门卫，这个刑警提着一个行李箱，一进门口，就让政工科的林干事给挡住了。

他就自报家门说，是刑警队的，去外地起赃，刚刚回来。

这一说不打紧，林干事以为遇见了诈骗犯，因为他不相信有他不认识的刑警。幸好，政工科长出来解了围，他认识这个刑警，半年前他调到道里分局，分配他去刑警队就是他谈的话。模样尽管记得，但叫什么名字，他竟一时想不起来了。你想想，这位刑警被提拔的可能性还会有多大?

在接受培训的时候，有些人私下议论刑警，常常提到一个人的名字，那就是赫雷。

在吴昊听来，谈论有褒有贬。褒的说他有勇有谋，破案无数，有些案件破得让人称奇，让坏人闻风丧胆!

贬的人说他，只会拉车，不会看道。当了近三十年的警察，当过政保、内保的侦查员，其中十二年当刑警，到现在还是一个副队长。

道里分局刑警队一直没有正队长，赫雷就一直是代理队长，大家都说上级对赫雷不公，可他一直“闷巴粗”的，就是不吱声。

贬他的人做了个结论：这个人，破案逞英雄，政治头脑是个零。说白了，就是个政治傻瓜，没大出息。

吴昊完全同意这个结论。

一个人没有政治上的进取心，那就是一个只能“劳力”的工具。赫雷就是一把让别人握着刀把的快刀，刀把要是握在自己手里，使唤好了，一定会给自己带来意想不到的收获。

问题是他能不能使唤好这个赫雷，想到这里，他内心里涌起一股冲动的劲头。连庄农那样的人都能使唤得他溜溜转，我又何惧?

本来，吴连升还想再使一把劲，把吴昊弄到纪检部门去。谁知，吴昊已经有了新打算，便欣然来到道里分局刑警队，担任副队长。

转眼，半年多的时间过去了，吴昊几乎没有参加过任何重大案件的侦破。他每天只是忙于各种行政事务，如接待检查、参加评比、填报表、写报告、迎来送往等等。

但是，他对刑警队的工作规章和制度的强化，倒是下了不少工夫。比如，每个月进行一次破案评比，破案优秀的就在名字上面插上小红旗。

再就是装备建设上，譬如，前些日子上级拨给了两对无线对讲机。

这个东西挺新奇，两人各拿一个，隔着百八十米也能讲话。

他把一个送给庄局，还教他怎样使用，试了半天，庄农也没学会。他不要这个东西，他说：“以前没这玩意儿，咱们不也是照样破案吗?”

没办法，吴昊又拿了回来。

他又交给赫雷一部，赫雷学会了也不用，就扔在摩托车的后备箱里。

有一天，天刚亮，赫雷带着几个刑警赶到一个被抢劫的小商店，说匪徒是一男一女，刚刚逃跑，赫雷想到现在街上没有人，商店还有劫匪的遗留物，要是能把警犬调来追踪，也许有效。可是，商店和周围都没有电话，他想起那个对讲机，便从后备箱里拿了出来，他对准了频道就是一通喊，还真让警犬班的人听到了，立即就带着警犬赶了过来。

那头警犬嗅了嗅遗留物，带着刑警一直追到火车站，真的就在人群里把两个劫匪给叼了出来。

回到局里，赫雷就说这功劳得记到吴昊身上。

今天，吴昊把四台对讲机全都带到了万家屯，他要利用新科技的帮助，打一个大胜仗。

吴昊对这两句话记忆深刻，据说那是古代一个皇帝在荣登大宝之前说的：“……有朝一日春雷动，摇撼头角震山河。”

今天，他终于等到了这一天，他要独自领导这一场大战，还要夺取惊人的战果，这就叫“不鸣则已，一鸣惊人”！

十一

导师

在这里睡觉，跟在宾馆房间里搂着女人酣睡大不相同。不光是这里的气味难闻，还有身边这个郭黑子像打雷一样的鼾声，没睡多大一会儿，他就被震耳的鼾声震醒。

天，还黑着哪。

他一翻身，郭黑子也醒了，两个人拥被而坐。

郭黑子问他因为什么被抓，是谁抓的。因为昨天他进来已是后半夜，没来得及问。

翟铁把在影院门前被抓、被审的经过，一五一十说了一遍，他们之间从不隐瞒什么。

听完，郭黑子连连咂嘴，不住地说道："坏菜了，坏菜了。"

这样的结论让翟铁心里蒙上一层阴影，他忙问怎么这次被抓就能"坏菜了"？他不是被拿现行抓进来的，难道就混不出去了吗？

郭黑子把头摇得像拨浪鼓说："这回大不相同，要'严打'了！你又是让陶进抓的，更坏菜了！"

"严打？"

翟铁第一次听见这两个字，他不明白是什么意思。

"'严打'，就是该教养的都判刑，该判刑的都枪毙！"郭黑子低声告诉他。

翟铁的脑袋嗡地响了一声，心也跟着惶惶乱跳。想了想，他又不愿相信："你在这里押了两个多月了，怎么知道这样的消息？"

郭黑子扭过头去，把下颌抬了抬。

顺着他指的方向，翟铁扭头望去。

在靠墙的地方，蹲坐着一个两手抱膝的干瘦老头，由于地方狭窄，可能每晚都是这个姿势睡觉。

他不知道什么时候也醒了，不时抬眼向这边瞟着。

“核桃皮，过来。”郭黑子朝他招手。

“核桃皮”答应一声“到”，立即站起身来，躬着腰，迈着小碎步，像一阵风似的来到郭黑子面前。

他身材高瘦，也许有六十开外，看上去体格很好，像一捆结实的干柴。他的双手青筋暴露，脸上布满皱纹，叫他“核桃皮”也是恰如其分。

从应答召唤到走到近前，他小心翼翼，举止斯斯文文，哪像个囚犯，这就是公社的一个老会计。

“核桃皮”来到近前并没敢坐下，只是躬着身垂着手，作出一副恭听训教的样子。

郭黑子道：“给他说说‘严打’的事情。”

“核桃皮”故意为难地看了看四周，那意思很明显，有些人犯已经醒了，这样的话，不能说。

郭黑子挪了挪屁股，让他坐到两人中间。

“核桃皮”坐了下来把耳朵凑近翟铁的脸轻轻地说。

他说他有个半导体收音机，能听不少外国台，这些消息都是从“敌台”里听来的。“美国之音”说，有一次邓小平接见外国一个首脑说，国内治安很乱，必须从严整治。还说，治乱世，要用重典。

翟铁不懂，这怎么就成“严打”了？

“核桃皮”告诉他说，后来，外国人分析，说这都是二月辽宁那一对姓王的哥俩闹的。

翟铁问：“‘二王’？拿着枪到处突突那哥俩？”

“核桃皮”说是。这哥俩把中央给惹恼了，说要像柬埔寨一样，大开杀戒！该教养的要判刑，该判刑的要枪毙。

“核桃皮”最后说，干这样的大事儿，还得全国人大讨论，估计到不了下半年，就要动手了。

听说是外国人说的，翟铁不能不信，像他这样有几次前科劣迹，这次又被两个凶煞抓到，唯恐小命难保！

“核桃皮”看出了他的心思，便问他：“想活命吗？”

翟铁不假思索地回答：“当然想。”

“核桃皮”的眼睛在郭黑子身边瞄了一下。

郭黑子身边放着一个医院点滴用的葡萄糖瓶子，那里装有大半瓶药用酒精。这是前几天，几个人犯到医务所看病，互相掩护偷回来孝敬笼头的。

翟铁立即意识到，他想喝酒。

郭黑子拿过一个饭碗，倒一些酒精问道：“要多少度？”

“核桃皮”咂了咂嘴：“五十度吧。”

郭黑子把一个装着凉水的瓶子打开，往碗里倒了些水，递给他：“上下不差两度，喝吧。”

“核桃皮”伸出双手恭敬地把碗接在手中，凑到嘴边，张开薄薄的嘴唇，紧抿着碗边，深深地吸了个满口，然后仰起脖子，咕嘟咕嘟一小口一小口地向下咽着。半晌，他把嘴一张，哈的一声，长长地嘘了一口气，用敬佩的眼光望着郭黑子道：“准准是五十度，一度都不差。”

郭黑子又从墙边的草垫子边掏出半截干肠，他连忙接过来咬了一口，低声问翟铁：“知道万家屯吗？”

翟铁点头。

“去过吗？”

翟铁又点头：“我哥就是从那儿走的。”

接着，他低声在翟铁耳边嘀嘀咕咕说了好一阵子，连郭黑子也没听清他俩说些什么。

翟铁最后的话是这样说的：“事成之后，我用一辈子来孝敬你。”

有了翟铁这句话，“核桃皮”觉得目的已经达到，便舒心地点了点头道：“我出去，就去找你，到北京去，我那有‘卧子’。只要你跟着我，保你一辈子吃香的喝辣的。”

吃早饭的时候，“核桃皮”又悄悄告诉了一个北京的地址，一切安排已就，翟铁为了表示孝敬，想让“核桃皮”就住在郭黑子旁边，省得在那儿挨挤。谁知道，“核桃皮”死活不肯，多给他些吃的，他也不要，最终，又重新回到墙边两臂抱膝蹲坐着。

翟铁对“核桃皮”的主意有些半信半疑，但是，现在已经被抓，等下去只有死路一条，而今，逼上梁山，只有这一条路。干，也许有条生路！

吃完早饭，他就大喊大叫，要求提审。

当陶进和郑吉松把他塞进摩托车，驶离了拘留所，翟铁惊喜地意识到，老“核桃皮”教授给他逃出牢笼的办法已经奏效，剩下的就是自己如何挣脱了。

看到这样奇异的效果，他不能不发出疑问，这个老“核桃皮”，到底是个什么人？

要说清楚这个年届六十的“核桃皮”的来龙去脉，那可不是三天两早晨的事情。

这个貌似斯文的老人名叫严玉森。要说这个老家伙来历，那就不能不说到他的严氏家族，要说清严氏家族，又不能不说到古老南诏国的段、蒙、严、孟这四大家族的历史。

因为从清康熙朝至今，这数百年间，这四个家族所经历风风雨雨，就是一部独特的传奇史。

这部传奇史，要说简单，也简单。就是一项使命。说复杂，那可是要多复杂就有多复杂。

要说简单，因为这四个家族三百多年来就在干一件事情，那就是追回本属于南诏国的九宝金佛。

要说复杂，三百多年四个庞大家族兴旺衰败，九宝金佛的失而复得，得而又失的曲曲折折，足够让人说上三天三夜……

这话得从一千四百多年前出现在中国南方的南诏国说起。当年，南诏国管辖遍及云、贵、川。

九宝金佛本为南诏国镇国之宝，在元兵攻入大理的时候，被大理国王段氏的后人从祖庙中抢出，藏了起来。

元兵搜索多日也未找到，这一藏，就是数百年之久。

原来是段、蒙、严、孟这四个家族世世代代轮流藏匿，才保国宝不失。

这四家，除了段家是国君之后，其余蒙、严、孟三家都是当朝重臣嫡传，对国君一直忠心不贰。几个家族世代延续，兢兢业业地保护着九宝金佛平安度过近千年。

谁知道，到了清康熙年间，孟家出了一个败家子，嗜赌如命，几乎输掉了所有家财，当时，九宝金佛轮到孟家保管，他便起了歹心，准备偷偷将金佛变卖，以还赌债。

此刻，坐镇云南，被清廷封为平西王的吴三桂正在密谋兴兵造反，得知九宝金佛出世，以为是天降祥瑞，便派兵杀了孟姓全家，夺得此宝。

得知国宝遭劫，段、蒙、严三家，和孟家侥幸逃出的独苗，曾多次计议要夺回此宝，都未成功。接着，康熙皇帝下令平定三藩，四家曾乘机派人混入吴军查访，均无下落。

清军与吴三桂交战数年，终于平定叛乱，九宝金佛也被清军缴得。

原来，吴三桂十分狡诈，他让一妾以与其不和为名，佯装看破红尘出家，将此宝带进深山古刹秘密隐藏，直到数年后吴三桂兵败身亡，其子自杀，该妾为了活命，才将宝物献给清军。

九宝金佛被重兵护送，运往京城。

康熙一见，爱不释手，便将此宝放入宫中家庙供奉。

数百年前，南诏城破之际，段、蒙、严、孟四家祖先，曾在祖庙前对天盟誓，世代誓保国宝不失。万一有失，愿代代相继，全力追讨。

得知九宝金佛被送往京城，段、蒙、严、孟四家决定，各出一男一女，八人赴京，以经商为名，长期潜伏，伺机夺回国宝。如果这一代无法夺回，四家男女互婚，组成家庭，生养下一代继续等待时机。

南诏国人笃信小乘佛教，世代严格恪守戒律，夺宝只能智取，不准使用任何暴力。这种近乎愚昧的限制，常常让他们无所适从，多次与此宝失之交臂。虽然历经数代人努力，仍然难以如愿。

终于又等二百多年，在段、蒙、严、孟相传七八代人之后，于咸丰初年，蒙家有人自残，进入皇宫当了太监，不惜违背戒律，放火烧了皇宫家庙，才将宝物夺回。

不料，在运回云南的时候，途经十万大山，又遭土匪抢劫，该股土匪后被时任两广总督的奕祈所灭，九宝金佛也落入他的手中。奕祈起了贪心，将此宝私藏归己，调任回京时，又偷偷带回了京城。

数年后，咸丰驾崩于热河避暑山庄，留遗诏命八大臣辅政，奕祈名列其中。可惜，未等回京，便被慈禧皇后联合恭亲王奕訢所发动的辛酉政变分别被擒，八大臣中肃顺等人被斩首，恭亲王奕訢念兄弟情分，将奕祈遣放关东宁古塔。

奕祈又将金佛偷偷带往了东北。

奕祈临终时，将此宝送给了照顾他后半生的一位当地胡姓举人。

四家后人得知讯息，在段家一位小姐率领下，又赶赴东北寻找。

赶到东北，才知道，那位胡举人已经过世。他的儿子在东北军中担任混成旅旅长，驻防哈尔滨。

段小姐以开绸缎庄为掩护，在日本浪人虎贲郎的帮助下，得知金佛确在胡旅长手中。

直奉战争期间，胡旅长率混成旅入关作战，段小姐认为，胡旅长可能将金佛带在身边。而虎贲郎则认为，金佛一定会藏在胡家的保险柜中。

蒙、严、孟三家都赞同虎贲郎的想法，段家小姐固执己见，自己带人进了关，去追踪胡旅长。谁知，此去一直无消息。

留在哈尔滨的蒙、严、孟三家仍然以开设绸缎庄为掩护，继续追索金佛。日本铁蹄踏进东北，虎贲郎担任特务机关头子后，从胡旅长家的保险柜中偷出了金佛，众人以为大功告成。

其实，日本人早有鲸吞金佛之心，虎贲郎偷得金佛后，一直深藏不露。为了夺回金佛，一位蒙家小姐，不惜与虎贲郎姘居，企图寻机而动。可惜，直到日寇投降，也未成功。

光复后，日本人纷纷回国，要从大连登船。这是夺取金佛的最后机会，身为严家后人严玉森跟着蒙、孟两家人跟踪到了大连。

那年，严玉森刚满二十四岁，少年时，父母为了让他能够承担继续寻找九宝金佛的重任，曾让他刻苦练武。在日伪时期，供他读书一直念到国高毕业。并能说一口流利的日本话。为追回金佛，他也来到大连，跟着孟家父子潜上日本返国船舰偷回金佛。

金佛到手，严玉森与蒙家小姐在大连同居，此间，他又与一俄国混血女郎打得火热，为了讨女郎喜欢，还要把金佛拿出去炫耀，有孕在身的蒙家小姐愤然带着金佛离他而去。

为寻找蒙家小姐和金佛，严玉森赶回哈尔滨，遂与孟家后人到处打听，却毫无踪影。这让严玉森大为恼火，他与孟家后人组成“兄弟帮”在哈尔滨胡作非为。

直到新中国成立，省博物馆展出胡家后人捐给国家的九宝金佛，严玉森等人才恍然大悟，摆放在展台上由几名解放军战士看守的那个才是真的。他们近十年来拼死拼活追回的金佛，原是一个大赝品。

严玉森遭此打击，心灰意懒，发誓不再与黑道来往，决心洗心革面，甚至想要参加革命。

他考入了人民政府刚组建的青年干部学校，培训半年，结业后，被分配到街公所担任副所长。

本来可以就这样平安度过此生，孰料，他的一个过失葬送了一生的前程。

那是 1951 年春天，东北地区人民全力投入抗美援朝战争。

为了给第二天召开的动员捐献飞机大炮支援抗美援朝的大会造势，当晚，严玉森负责写大字标语。鬼使神差，他把写好的大字块，竟然贴成了“抗朝援美”。也不知为什么，一向细心精明的严玉森连看也没看，就回去睡觉了。可想而知，到了第二天，整个会场炸了锅，公安局的领导纷纷赶到现场，严玉森被以现行反革命罪名当场逮捕。

在拘押期间，严玉森再三声辩，他绝非有意而为，最终，他的申辩得到了认同，便被以现行反革命罪，判处有期徒刑三年，送到了劳改农场。

审理案件的人告诉他，相信他不是故意，所以给予轻判。不然，至少可判十年以上，甚至无期。

当年审理这起案件的，就有魏民彦和刚刚参加公安工作的庄农。

这次锒铛入狱，固然是由于他的一时马虎，却也让他感到仕途可畏。所以，他快出狱的时候，街道办事处曾派人来接他，希望他回去，继续为他安排工作，被他一口谢绝。

严玉森要改行，靠什么谋生？不难。

光复前后，他本来就曾经混迹于黑道之中，在劳改队中，更不乏赌行的“兰巴”（高手）、老千和“绺行”的老贼。他从他们那里，学到了更为纯熟的赌博和掏窃的技巧。

严玉森出狱后，便混迹于江湖，他相信青出于蓝而胜于蓝。因为那些堪称师傅们的高手，大都目不识丁，没有严玉森的悟性和智慧。

严玉森凭着自身的文化和修养，去揣摸对方心理，制定高超的阴谋和策略。他几十年纵横江湖，无往不胜，靠着赌和偷窃，变成了一个到处都有存款的万元富翁，也成为那个时期最有文化的赌博和掏窃高手。

他学会了多种方言，随时可以变换原籍和出生地，甚至有一次为了逃脱追捕，他冒充日侨，也装得毫无破绽。

他喜爱文学，关心时事。平时，小说总不离手。他这次被抓时，拎兜里还有一本“文化大革命”后复刊的大型文学刊物《收获》。他自制一台灵敏度极高的半导体收音机，可以收听到多个国家的华语广播。

他曾带过不少徒弟，许多人经他点化也成为作案高手，所以，他常以黑道导师自诩。

可有一件，就是他不论带着多少人，教过多少人，从不暴露自己的真实身份和姓名。有人叫他老先生，有人叫他老树皮，这回，又有人叫他“核桃皮”。他随身带着一本户口本，上面的名字叫安德福。

他这次被抓纯属意外，他想到一个地下赌场去看看“水势”，谁知，他刚进去就被警察包围，原来，这个赌场早就被警察监视起来。

负责审查他的是刑警张吉顺。

没说过几句话，严玉森就认定，张吉顺是个有政治妄想症的人，他的问话句句都带着“文化大革命”的遗风，比如说，赌博就是资产阶级占有欲膨胀，要能坦白交代问题，就算是回到了无产阶级革命路线上来，等等。

严玉森就奉承他，说他是全国政治水平最高的警察，前途无量，把个张吉顺哄得心花怒放。

严玉森虽然作案多年，却从未被抓被捕，任何刑侦部门都没有他的底案。

他谎称自己是河北人，从来不干坏事儿，来到东北就是靠给人家代写书信，挣个糊口的钱儿而已。

张吉顺信以为真，便把他定为“盲流”。

“盲流”是盲目流入城市人口的简称，本无贬义。

那时，对被抓“盲流”的处理，基本上是遣返原籍。张吉顺想要再攒几个，好一起送往关内。

这次关进拘留所，让严玉森又悟到很多事情。比如说，他已逾六十，近几年心脏大概是出了毛病，有时候会突然发作，前胸后背疼痛难忍，这说明，他的确已经老了，自己孤身一人闯荡天下的日子，就快要结束了，他需要有个人接替自己，服侍自己。他有好多的钱，也该好好享受了。

那天晚上，他看见翟铁挥拳打倒那个值班的囚犯，让他的眼前一亮。

他老早就听说过翟刚、翟铁这哥俩的名字。“绺行”里说起这哥俩，都说他们手法高超，胆大妄为，讲义气，够哥们儿，特别是翟刚，这几年干得更是顺风顺水，屡作大案屡屡得手，还都能逃之夭夭，他与翟刚有一面之缘。而与翟铁则是初次得见，想不到，一见面就给他留下深刻印象，说实话，他有点喜欢这个年轻人了。

早上，郭黑子让他帮助翟铁出主意，他经过几番思索、权衡，决定把一个最有把握的逃跑办法和路线告诉了翟铁。

严玉森深信，要想成大事，必须要具备天时、地利和人和这三个条件，缺一不可，翟铁现在已经全部具备。

第一，必须能够混出拘留所。想要做到这一点，必须是警察要你帮忙，不然你就算拱破脑袋也是妄想。巧妙利用警察急于求胜，想要抓到翟刚的心理，这就叫天时。

第二，能找到一个适合逃跑的地点，这叫地利。

第三，本人得足够机灵，这就叫人和。

在严玉森的指点下，这三点全备于翟铁一身，现在，他已经占了天时，成功地走出了第一步，离开了拘留所。

庄农亲自对翟铁进行了审问，除了看他的诚意，更重要的是追问他知晓“严打”的由来。

翟铁谎称是他哥哥听外国电台听来的，那次他去万家屯见他哥哥，是他亲口说的。

庄农对翟铁的供述也不是没有疑问，他怕枪毙，要是把他哥哥抓回来，他难道就不怕他哥哥被枪毙吗?

对此，翟铁有清楚的回答，他哥哥翟刚一旦回头，会讲出很多江湖的秘密，他在“绺行”里知道的事情太多了，要是能来个“竹筒倒豆子”，会帮助公安局破获不知多少案件，这一点，绝不含糊，不是坦白就能从宽处理吗?

庄农最终还是相信了翟铁。

庄农不光是审讯，中午，还让食堂给翟铁送来吃的，两个馒头，还有一个炒菜，一碗汤。

吃完午饭，陶进到行政科去领汽油票，再去给摩托车加上油，直到三点多钟才和郑吉松押着翟铁，来到了万家屯的路边。

站在村主任家院里的一棵大树下，吴昊已经看见摩托车停了下来。除了他在对讲机中提醒各路埋伏的人马注意观察外，这时，村广播站的大喇叭里播放了一首革命歌曲。这是吴昊规定要全体人员进入戒备状态的信号。

吴昊的准备已是万事俱备，下一步就要看翟铁如何表现了。

本来前面的道路可以通行，翟铁却连喊停车。

陶进问为什么。

翟铁说，摩托车声音太大，翟刚听见准吓跑了。

陶进执意不肯，还要往前开。

翟铁说，我哥要是被你吓跑了，可别怪我。

陶进无奈，只好把车停到路边一棵大榆树下，又对翟铁告诫一番，不准逃跑，要立功赎罪，要是逃跑，小心打断你的双腿！

其实，这时的主动权已经转移到了翟铁手中。

翟铁连连点头，他赌咒发誓再三保证，绝不干那种事儿。

郑吉松把翟铁拖下车，给他身上披了件衣服。

本来，翟铁的手铐就是反扣在身后的，这样，郑吉松就可以在衣服下面抓住手铐链，为的是不引起过路行人的注意。

三个人几乎是紧靠在一起走着。

走过了一家食杂店、小饭店。翟铁说，得拐进旁边的胡同，才能找到那个地方，走大路他找不到。

没有别的办法，三个人便走了进去。

这条胡同可容两人并肩行走，算是一条宽的。陶进在前，郑吉松扯着翟铁在后，翟铁边走边东张西望，那样子像是在寻找什么。

走出这条胡同，前面是一条更窄的胡同，翟铁向陶进歪了下头，这是个示意，表示他要进这条胡同。

这就是属于鸡肠子那样的胡同，又窄又长，弯弯曲曲。

陶进站住了，他看了看胡同，又看了翟铁一眼，见他像一头温顺的小羊似的贴在郑吉松的身边，便问道："就在这里面吗？"

翟铁点点头："不远了。"

陶进朝他歪了下头。翟铁扯着郑吉松走了进去。这样一来，就把陶进留在了后边。

这个胡同实在太窄了，两人相遇，要么一个人退回去，要么就得两人都靠墙站着，才能擦身而过。

所以，有人说这叫贴身胡同，也很形象。

走了几十步远，前面出现了情况。

一对年轻的夫妇推着一辆自行车，车前梁上坐着一个四五岁小男孩，三个人边说边笑地走了过来。

由于胡同弯弯曲曲，进来的时候，谁也无法看见对方，等到见面，双方都没了退路。

双方在相距五六步的地方站住了。

推车的男人说，我们家就在前面，你们稍退几步。

郑吉松拉着翟铁向后面退。

翟铁退得很慢，也极不情愿，而那男人推车已经走到近前。

突然，温顺的翟铁像发疯似的向前一挣，几乎把死死拉着手铐链的郑吉松拖倒，尽管郑吉松没有松手，翟铁已经冲过了自行车，并把那个男孩撞倒在地上。郑吉松被自行车挡住，无法过去，只能死死拽住铐子链，翟铁吼了一声，终于从他手中挣脱。

陶进一见，知道大事不好，急忙快步往上冲去，可那男人和女人一起弯腰忙活孩子，再加上一辆自行车，死死地堵在那里。陶进和郑吉松只能眼睁睁看着翟铁在前面消失了。

跑出不远，翟铁用肩头撞开了一家院门，由于用力过猛，身子一歪，摔倒在地。他就势在地上翻身一滚，两腿一蜷，就把锁在身后的双手挪到了前面。接着一个鲤鱼打挺，从地上跃起，三步两步跑到院墙边，双手一扒墙头，纵身一跃就翻了过去。

翟铁果真逃跑，陶进怒火中烧，他奋力推开那对夫妇，大步向前追赶。他发现那个院门被撞得已经歪斜，便扭身跑进院中。

院中无人，他跑到墙头，看到有攀登的痕迹，便扒着墙头翻了过去。

翻过墙头又是一条胡同，陶进心里暗骂这个鬼地方，把胡同修得这么乱，又这么狭窄，不然翟铁能——

突然，前面有个人影一闪，他一眼就认出，那不是赵强吗？

陶进心中纳闷：“他怎么来了？”

他急忙追了过去。

翟铁的逃跑路线十分清晰，他不穿胡同，而是从这个院子翻墙再到另一个院子。

因为这是到那家废品站最近的途径。

等他跑到废品站外，也没有去推院门，而是又扒着墙头，一翻而入。

就像孙悟空有再大的本事，也跳不出如来佛的手掌心一样，翟铁这一顿狂奔，早就被几个埋伏的刑警看得一清二楚。

当然，他也没逃过吴昊的眼睛。

吴昊用对讲机轻声命令："向废品站集中。"

等到吴昊跑到废品站的时候，各路刑警、派出所民警早已经把这里围得水泄不通。

吴昊向刑警张春祥抬了下下颌。

张春祥把手一扬，示意他，翟铁是翻墙进去的。

吴昊定了定神，把手一摆，张春祥和刑警大于两个人跟着走向院门。

两扇木板门关得很严，吴昊用手一推，里面上着锁，他侧耳听了听，里面有脚步声，他用手拍门。

拍了两下，里面有一个低沉的声音问道："谁？"

吴昊尽量用平和的语气说："前院的，来送点废铁。"

门里面哗啦一响，门开了一道窄缝，露出了一双惊恐的眼睛，问道："你！你是谁？"

未等吴昊回答，门被咔的一声关死。又在里面上了锁。

吴昊连连推门，却无法推开。这时，张春祥和大于已经翻墙越了进去。他们在院里把那人推开，打开了院门。

吴昊等人走进来。

这院里到处堆放着塑料瓶子，废报纸，半人高的废纸壳，破铜烂铁，几乎难以让人下脚。

在这里收废品的是个穿戴邋遢、六十开外的老头，他瞪着一双像受惊野兽似的小眼睛，惶恐地瞪着吴昊。

吴昊大声问："方才跑进来的人在哪儿？"

老头连连摇头："没有。"

吴昊把手一挥:“搜查!”

几个刑警分头走进后院和屋中开始搜翻。

吴昊和几个人在院中搜查，他们把塑料瓶子统统推开，把一摞一摞的纸壳推倒在地上。

和院里一样，屋中也是堆满了破烂和废品。刑警们打开立柜，掀开床铺，把犄角旮旯都仔仔细细地搜了一遍。

所有的地方都搜到了，刑警们个个灰头土脸，他们汇集到一起的时候，说的都是两个字：没有!

吴昊的脑袋嗡地一下子就大了，他觉得浑身发躁，嗓子发干，他不明白，也无法相信，这么多人看着，也可以说是众目睽睽之下，怎么跑进院中的一个大活人就没影了呢?

大于凑到他的跟前低声说道:“会不会他进来又翻墙出去了?”

吴昊果断地摇头:“不会！后边有人把着，再搜一遍!”

刑警们又分头散开，再一次进行搜查。他们推翻了床板，挪动了立柜，在墙上、在地上敲打，结果还是俩字：没有。

吴昊不得不拿起对讲机，按动了开关，低声说道:“两次搜查，什么也没有找到。”

对讲机的另一端是谭中宇，他听到这样的消息简直无法相信，连连说道:“这怎么可能？这怎么可能?”他刚刚说完，又传来另一个声音:“把人马全都撤出来，撤出那个废品站，你懂吗？你们这些人，还能干什么？你回来，打道回府，回去研究研究再说。”他听得出，原来是赫雷赶到了。

撤出来，撤出废品站？他为什么不说撤回来？这两句话声音不高，却很有力量，下面的话，似乎是……

吴昊对赫雷的话犯了琢磨，忽然，他瞥见那个老头还站在墙根向他窥看，他忽然明白了。是的，要撤出来。

吴昊下令:“打道回府。”说完便转身走了出来。

几个刑警也跟着他走出院子。

走出不远，他向张春祥和大于示意，就地隐蔽。

张春祥和大于明白了他的意图，急忙闪身进了一个小院。

接着，吴昊又向赵强等几个人示意，让他们绕到废品站的后边，隐蔽起来。那几个人也领会了意图，各自隐蔽起来。

只剩他一个人提着对讲机，带着两个穿便装的民警灰头土脸地走回到村主任的家。

赫雷和谭中宇都站在院中等他。

一见面，谭中宇就问："这是怎么搞的？人呢？"

吴昊沮丧地摇头："我知道吗？把废品站翻了个底朝天，也没找到。"

赫雷问道："都埋伏好了吗？"

吴昊点点头："前后院一共六个人，都隐蔽起来了。"

赫雷拉着他拿了两个小板凳，放到大树下，两个人坐下来，听他介绍翟铁逃跑后翻墙进院的情况。

吴昊此刻心情极为烦乱，他难以相信，事实会这样无情，明明是计划得万无一失，可就是找不到人，这不是活见鬼了吗？

赫雷告诉他，一会儿，秘密通知隐蔽的人，可能要守到天黑，天黑再没有动静，他就把警犬调过来。

看来，他也坚信翟铁还在废品站里。

吴昊心里感到落了点儿底，赫雷这几招的确很到位，幸亏自己脑筋转得快，明白他的意图是明撤暗不撤，留下人在附近隐蔽，要是他都带回来，那人可就丢大了。

赫雷忽然问道："陶进和郑吉松呢？"

有人道："估计还在到处找翟铁呢吧。"

赫雷问："他们知道这里有埋伏吗？"

谭忠宇两手一摊："忘告诉他们俩啦。"

赫雷告诉站在一边的小宋道："找到他俩，让他开摩托车回拘留所，把翟铁的衣物拿来。"

刑警小宋跑了出去。

陶进看见赵强，就追了过去。可在胡同里拐了几拐，就不见了，他只好转到大路上走向村头，去找他的摩托车。

走到车跟前，却发现郑吉松已经等在那里，陶进沮丧地看着他，两手掐腰，长长地叹一口气。

郑吉松也丢了精神头，话音有些沙哑："愁什么？也不怨你，是我当时没拽住。"

郑吉松就是这样人，别看他取不了证言笔录，可他心地公平，对人对事都很大度，可没想到，就这么一会儿，他就急哑了嗓子。

小宋跑了过来。

陶进一见心生诧异："怎么你也来了？"

小宋道："赫队，谭教，吴队，还有不少人都来了。"

郑吉松望着小宋："这是怎么回事儿？"

小宋道："那谁知道？叫来就来呗。赫队让你俩回趟拘留所，把翟铁的衣物拿来，快去吧。"

陶进明白了，赫雷可能要调用警犬。他连忙打着了火，跨上摩托车，郑吉松坐进了挎斗，一加油门，摩托车轰的一声蹿了出去。

太阳已经落了，万家屯上空烟雾弥漫，许多人家在做晚饭，可是，隐蔽的刑警们还是没有听到一点反应。

吴昊急得坐立不安，他不停地擦汗。

赫雷依然坐在那里，背靠树干，微闭双眼，不知他想些什么。

天擦黑儿的时候，陶进开着摩托车回来了，他拿来了翟铁被扣押在拘留所的零星物品、皮腰带和兜里的杂物。

吴昊站起来在院中来回踱步，他问陶进："警犬什么时候到？"

陶进道："在拘留所给警犬队打过电话，他们说，在等赫雷的电话。"

赫雷看了看表，告诉吴昊用对讲机通知派出所，再让他们通知警犬队，让他们马上赶过来。

吴昊连忙用对讲机和派出所联系。

天气闷热，没有一点风，蚊子也来添乱，焦躁和不安的气氛笼罩在每个人的心头。等到屯子里亮起路灯的时候，警犬员已经可以用对讲机和吴昊取得联系，说明他们离万家屯已经不远了。

就在大家望眼欲穿的时候，突然，砰的一声，从废品站那边传来一声枪响！

赫雷一听，腾地站起摆手道：“快！有情况！”

吴昊第一个冲了出去。

陶进和郑吉松也冲了出去。

赫雷把对讲机扔给谭中宇，喊了声“你在这儿守着”，也跑了出去。

接着，又是一声枪响。

赫雷边跑边想，听枪声是五四手枪，几个刑警都带这种枪，可能是翟铁趁着天黑跑出来，刑警为了震慑他连续开枪。

吴昊心情有些紧张，他掏出手枪顶上了子弹。

如果说，按照他的部署，那叫作欲擒故纵的话，完全遵从了赫雷的话，网，张得很大，眼儿，编得很小。就算再小，要是抓不到鱼，那只能说明，网漏了，鱼跑了。

赫雷这一招就是以退为攻。明撤暗不撤，终于麻痹了翟铁，他认为刑警已经走了，就一直挨到天黑，想要逃离这个地方。

估计这个时候，他们已经把翟铁擒住了。

可是，等他们跑到距离废品站不远的时候，却见有个黑影慌慌张张地跑了过来。

赫雷借着微弱的路灯，认出是张春祥，他这样慌张，让赫雷心里一愣，急忙跑到前面。

因为赫雷他们背着灯光，张春祥跑到近前才认出赫雷，他几乎用喊叫的声音道：“大于受伤了！”

赫雷不由得吼了一声：“怎么搞的？走火了？”

正说间，赵强和一个刑警背着大于，气喘吁吁地匆匆跑来。

可能他听见了赫雷的问话，大于在赵强的背上哭丧着说道：“队长，不是走火！是逃犯先开的枪！把我的腿……”

逃犯有枪？

这回是赫雷脑袋嗡了一声，他忙问赵强：“我们那几个人呢？”

赵强道："他们追下去了。"

赫雷告诉吴昊："喊话，警犬要是到了，马上就赶过来。"

看到赵强背着大于有些吃力，陶进上前把大于背了起来，在郑吉松的帮扶下匆匆向回走。

吴昊拿起对讲机连连喊着，他的声音已经沙哑。

张春祥向赫雷述说情况。

"天黑的时候，我们把包围圈缩小到废品站周围。不一会儿就听见里面吵了起来，听得出是那个老头让他们快走，好像他们不肯走。老头就威胁，要去报告。

这时，我们已经摸到了废品站的门前，刚要准备翻墙进去捉拿，就听到后墙那边响了一枪。"

赵强说道："我和大于把守后墙，听见墙里有吵闹声，就要向后墙边靠拢，刚走几步，就见两个人从后墙翻了过来。我们立马就扑了上去，大于先抱住了一个大个子。"

赫雷一惊："两个人？"

赵强点头："是两个人，一个黑大个。大于按住他，我去抓翟铁。就听大于那边咣地响了一枪！我以为是大于开的枪，结果是大于叫了一声，一下子就被翻了过去，那小子爬起来就跑，我才知道是大于挨枪了，我一愣神，翟铁把我推了一个趔趄，跑了。我跑过去看大于，他躺在地上抱着大腿嗷嗷叫。我就把他背起来，往回跑。"

赵强刚说完，警犬员就牵着警犬跑了过来。

跟着来的有庄农，还有一个大家都不认识的中年人。

赫雷走到庄农面前，未等他说话，庄农指着那个中年人说道："这位是刚调来的唐局长。"

赫雷和新来的局长握了下手，心情却很尴尬。他早就听说要来新领导，想不到会在自己最不利的时候见到他。押来的犯人跑了，自己的刑警又受了伤，该如何向领导交代？更何况他还是新来的，这第一印象真是够糟的了。

未等赫雷开口汇报，唐局长说："警犬来了，你赶快布置吧。"

赫雷便带着警犬员和刑警向后墙方向跑了过去。

吴昊带着人来到废品站院门前，他飞起一脚就把院门踹开，几个人一起拥了进去。

那老头还在院中站着，浑身瑟瑟发抖。

吴昊喝了声："把他铐上，抓走！"

有人掏出手铐把老头锁住，牵了出去。

等到唐局长和庄农刚走到门口，吴昊已经有了重大发现。

原来，这个住屋的一面山墙是双层的，平时用砖堵着，看上去就是一个墙垛子。打开这个墙垛子，才能看到两墙之间的窄缝，这道窄缝有一人多宽，脚下还有通往下面的梯磴。

顺着梯磴下去，就是一个隐蔽在院子下边的地下室。

地下室有三米见方，吊着一盏电灯，地上铺放着被褥，扔着衣物和饮料瓶子，还有没吃完的面包和香肠。

还有人见到这里有一副被打开的手铐，这副手铐是陶进的。

看来，有人在这里住了很长时间，并且帮助翟铁打开了手铐。

怪不得几番搜查也没捉到翟铁，敢情他钻到了地下。

唐局长和庄农也沿着梯磴来到了地下室，看到这样精心修造的隐蔽场所，都唏嘘不已。

谁能想到，罪犯为了逃脱打击，下了多大的气力？

唐局长临走说了一句话："犯罪分子为了逃避打击所用的智慧，走在了我们的前头。"

这话说得很到位。

赫雷那边带领警犬，穿过几道胡同，一直追到了公路边，那里车来人往，警犬迷失了方向。

勘查人员在后墙外，找到了三个空弹壳，从遗落的位置可以判断，一个是罪犯开的枪，两个是刑警开的枪。

本想欲擒故纵，又想以退为攻，结果是赔了夫人又折兵，道里分局的刑警们，结结实实地在万家屯栽了一个大跟头。

赫雷向领导提出要求，立即洗印翟铁的照片，分发给更多的民警和交警，让他们分别赶到火车站和出入市区的交通要道口，分兵把守，防止他们逃出本市，那样会增加追捕难度。

庄农立即答应，马上进行部署，一个小时以后布置到位。

在各位领导都离开万家屯的时候，赫雷带着陶进、郑吉松和赵强，走进了废品站。

他先是在老头居住的屋中转了转，看了看摆放在墙边的炉灶和吃剩的一些食品。

除了咸菜和馒头，铝锅里还剩半锅红色菜汤。

这是俄国人常吃的汤菜，名叫“苏波汤”，是用西红柿和土豆、牛肉炖制的。旁边还有几个没有开启的酸黄瓜罐头，几块干硬的大列巴。

他在一个墙角看到了两个装葡萄酒的瓶子，一满，一空。

这是一套俄式西餐食品。一个靠收废品为生的老头，却一直吃着俄式西餐，这不能不让人感到意外。

奇怪的是，在住屋的墙角，有一件半人多高的家具，上面盖着一块脏得辨不清颜色的粗布，还摆着一盏台灯和零碎的物品。

他带着刑警从假墙的夹缝中走进地下室，想从这里遗留的衣物中，找到有价值的东西。

陶进在墙角找到一张旧报纸，这张报纸是本市十天前的晚报。可能是包食品带进来的。这张报纸的意义，就是大致可以提供，这里隐藏的人已经在这里待了十天以上。

就在一切都检查完毕，安排了当地派出所民警看守废品站，将要走出院门的时候，赫雷忽然想起那个放在墙角的摆设，他没掀开那个盖着的粗布，看看下面的家具到底是什么。

到底是什么？也许就是一件普普通通的家具，完全可以忽略不计。但是，赫雷还是立即转身走了回去，也许，这只是一个刑警本能的触动。

他不应当在可以实施搜查的地方，留下一丝哪怕是可以忽略不计的疑问，这就叫尽职尽责。

回到屋中重新开灯，搬走摆在那件摆设上的台灯和杂物，赫雷一把扯下了蒙在上面的粗布，不由得吃了一惊！

十二

追踪

扯开粗布露出的是跟省博物馆一模一样的保险柜。

赫雷吃惊的是以为省博物馆的保险柜被搬到了这里。

但他仔细看了看，尽管形制一模一样，也在正上方写着“道胜银行”几个俄文大字，毕竟这个保险柜的外皮油漆脱落得更多，显得更为老旧，这也不能排除，当初道胜银行可能不只是做了一个这样的保险柜。

他伸手拽了拽柜门把手，纹丝不动。但他也注意到，钥匙孔那里有新擦的痕迹，可能有人想要打开这个机关重重、难以开启的家伙。

走出废品站，赫雷等人又来到警犬迷失方向的马路边。

他留下四个人，分成两个组，与派出所民警配合，连夜在这一带对附近的居民和商店进行详细排查，看看能不能发现什么有用的线索。

分局那辆吉普车在送回领导之后，又返了回来。说是局长指示，这辆车就留给赫雷使用。

赫雷猜出一定是那位新来的唐局长的主意，因为他领导破案这么多年，头一次享受现场有车的待遇。

他布置完这一切，已经是下半夜，还要赶往拘留所，吴昊带着人在审讯那个收废品的老头，他要听一听情况。

去拘留所的路不算太远，开车几分钟后，赫雷和几个刑警都倚在车座上睡着了。赫雷睡得很香，还发出了鼾声。

司机有意放慢了车速，他知道赫雷和这些刑警是全局最辛苦的人，应当让他们多睡一会儿。

十五分钟的路程，跑了四十多分钟。

到了拘留所，吴昊向赫雷讲述了对这个老家伙的审讯过程。

他叫孟玉成，今年六十二岁。

他供认，早在一年前，翟刚和翟铁就跟他有过来往，正是翟刚拿钱，让他修了地窖和假墙。前些日子，翟刚又来了，躲在地下不出来，接着翟铁来了，接着，又来了一个大个子，翟铁当天就走了，翟刚跟大个子住了一个晚上也走了，剩下这个大个子躲在这里。没想到，今天翟铁又跑了过来。

剩下的——刑警们都知道了。

赫雷问：“他知不知道那个大个子叫什么名？”

吴昊道：“问了，他只叫他大个子，不知道叫什么名。”

赫雷缓缓地摇了摇头。

如果说对付一般的犯罪，这样的审讯已经足够，甚至连罪名都可以确定。但是，赫雷感到难以相信，窝藏的罪犯逃跑，还枪伤刑警，这样重大的事件，也许不只像他交代的这样简单。

他要亲自会一会这个孟玉成。

对老孟头的审讯还在进行，赫雷便坐到了审讯桌前。他打量眼前这个佝偻在凳子上的人。

他足有六十开外，身体微胖，属于保养得很好的那类人。

老孟头看到刚刚坐到面前的人正在打量他，把头垂得更低。大概从年龄和气势上，他已经猜出这个人是谁。

赫雷一直没有说话，还是由吴昊主审。

赫雷的眼睛在他的身上搜寻，似乎在寻找什么。

到底要寻找什么？这是个很难回答的问题。是寻找可以解释他真实身份的东西，还是确定他的犯罪动机？

从发现“苏波汤”的那时起，赫雷就意识到，这是个深受俄国生活方式影响的人。这样的人，在本市不乏其人，但是，这样的人去干这种又脏又累的收废品生意，可能微乎其微。更何况他还敢造出这样的暗道机关，窝藏这样重大的罪犯，说明他非等闲人物。

赫雷注意到了他的右手，他右手的食指少了两节。

他忽然想起在五十年代中期，他刚刚当警察的时候，听老同志讲过一段“绺行”的逸事。

那是在解放初期，本市有一个叫“兄弟帮”的盗窃团伙。他们十来个人，个个都身怀掏兜的绝技。为了争夺谁是本市“绺行”的一把高手，各自都拿出绝活，到各处作案，以比拼掏兜的技术。其中有一个人为了显示他的胆略和技术，竟然把手伸到了本市一个黑道头子的兜里。

结果被跟随的保镖一把抓住，对他的惩罚就是剁掉食指。

会是眼前的这个人吗？

看到赫雷的目光扫到自己的手上，老头下意识地缩了下手，并且习惯地握成了拳头。

这时，陶进送过来一份“现场遗留罪证”的检验报告，传达了一个让人震惊的消息。

通过对现场遗留弹壳和从大于腿上取出的弹头进行认真检验和鉴定，可以确认，逃犯射出子弹的手枪，就是上个月外县一个民警被杀、被抢的那支五四式手枪！

赫雷觉得浑身的血都在往头上涌！

原来，这个老家伙窝藏的是一个杀人犯！甚至还不是简单的杀人犯，他杀害了民警并且抢去民警的枪，又打伤了刑警大于！

每当听说警察被害，刑警们都有一种兔死狐悲的感觉，破案也格外认真，因为毕竟都是同行。更何况被打伤的大于，还是一个战壕里的战友，岂能容凶手逍遥法外？

赫雷更加认定，眼前这个貌似恭顺的老头子一定有深渊一样不可测度的犯罪历史，他要把它挖个一清二楚。

他打断了吴昊的问话，劈头就是一句：“把手伸出来！”

老孟头身子一抖，他的手反而缩得更向后，这是一种本能的反应。

赫雷再一次喝道："把手伸出来！"

这一声起了作用，老头慢慢地把手伸了出来。

吴昊惊讶地发现，这个老头的食指是半截的。

赫雷的口气变得平和："说说断手指的经过。"

老孟头举着断指的手用深感意外的语气问道："你问这个干什么？这和案件有关吗？"

赫雷道："有没有关，不是你问的，我说有关就有关。"

老孟头忽然把手藏到了身后："当年干活让机器轧掉了。"

"干什么活？怎么轧掉的？"赫雷继续追问。

老孟头有些语塞："是……这个……切面条的机器。"

老孟头的吞吞吐吐让赫雷生疑，假若真是被机器所伤，记忆一定很深刻，完全可以大大方方地讲出来。

可他为什么吞吞吐吐？

大概是从来没有人问及这个事情，他也没有做好撒谎的准备。

西餐、保险柜、相应的年龄、假墙、地下室、窝藏重大犯罪分子，半截食指，再加上他的年龄，在赫雷的心里，这些情况迅速而且紧密地织成了一张网，这个网的中心，就指向一个目标，那就是三个字——"兄弟帮"。

"说说你当年在'兄弟帮'的事情。"赫雷单刀直入，直指要害。

老头两眼忽然向上翻了翻，反问道："什么'兄弟帮'？"

"光复时候你多大年龄？"

"二十一岁。"

"手指就是那个时候断的，是吧？"

老头点点头。

"那个时候的轧面条机什么样？"

"这个……"老孟头哑然。

说实在话，他吃过面条，但不知道面条是怎样轧出来的。至于编造轧面条的机器能轧断手指，是他好多年后在一张报纸上看到的。

这些年，也有人问过他断手指的事情，他用一句话就能搪塞过去。可今天不同了，赫雷问到了要害上，面条机是什么样的？就算你说上什么样的，他一定会追问，怎么轧的？机器的哪个部分轧的？

到那时该怎么回答？

想到这些，老头有些秃顶的头上冒出了一层细汗。

吴昊不再吱声，因为他到现在也没弄明白，赫雷问这些话的目的是什么。不知道人家的意图，当然无法插嘴，就叫无缘置喙。

赫雷看到了这个老头内心的惶恐，只有继续追击才能打破他的固有防线，便用严肃的口吻说道：“你听见枪响了吗？”

老孟头点点头。

“你知道是谁开的枪吗？”

“警察呗。”

赫雷果断地摆了下手：“不是，是从你那里跑出来的人先开的枪，还打伤了我的刑警。”

老孟头一下子愣在那里。

赫雷又问：“这把枪是不是你给的？”

老孟头吓得连连摆手：“不是我。不是我，我哪有那东西！不信你问问苇子。”

苇子？

情急之下，他吐出了一个人的外号。

“苇子叫什么名字？”赫雷紧追不舍。

老孟头又连连摆手：“我不知道。翟铁知道，你问问他。”

“翟铁和苇子都跑了，我们还没抓到。”赫雷来了个实话实说。

吴昊不解地扫了赫雷一眼，为什么这么说？他方才可说的是“两个人都抓到了，也都交代了，就看你的了”。

老孟头点了点头，方才吴昊说的都抓住了的话，他并不相信，外面的动静，他在墙里都听到了，枪响，有人喊跑了，都跑了。可他也不明白，赫雷为什么跟他说实话。

赫雷放缓了语气，像是跟他唠家常："老孟头，这回你该知道，你犯了多大的罪，再加上你的底子潮得厉害，该怎么处置你？"

老孟头垂下了头，诺诺地说了句："枪毙。"

"好，你既然知道该枪毙，那我就问问你，你愿意死吗？"

老孟头对人生感悟可能很深，连忙道："不！不！我不愿意死。好死不如赖活着。"

赫雷高声道："是哇！你也不愿意死，谁都不愿意死，可你想过没有，你怎么样才能不死呢？"

老孟头两眼迷茫地看着赫雷，他想从他嘴里听到一个救命的良方。

"那我就告诉你，立功可以受奖，立大功受大奖，这是党的政策，你知道吗？"赫雷缓缓道来。

老孟头点头："知道。"

"那你愿不愿意立功受奖，减轻处罚呢？以保活命呢？"

"当然愿意。"

赫雷把身子向后一靠，用轻松的口吻道："那你就说说苇子吧，我知道，他可能跟翟刚一起干过'疙瘩活'，我先听听你说的是不是真话。"

对赫雷来说苇子就是杀害民警的罪犯，手中还有枪，无疑该是审讯的重中之重。

对老孟头来说，也许眼下真是到了性命攸关的时刻，他不得不为面对的生或是死，尽快作出抉择。

第一轮审讯已经结束，他以为自己十分侥幸，完全可以蒙混过关。谁知，来了这一位，在他的面前，从一根断手指入手，他一生的丑恶和罪行，都变得无可遁藏。就今天这个后果，就算吃个枪子儿，也不屈枉。方才，他听到说立功可以受奖。立功，也许会是唯一的救命稻草，得抓住它！

坐到对面的人，可能就是翟家兄弟和那帮家伙谈虎色变的赫雷。可是，他心里还不托底，用专注的目光望着赫雷问道："您是——"

"赫雷。"

果然是他，那就把性命这一宝押在他的身上："我贸然想问，您——说话能算数吗？"

赫雷点了点头："我会如实上报你的态度和对破获这起大案的贡献。你能帮我们的忙，我也会为你争取从宽处理。"

因为毕竟是豁出性命的事情，老孟头还不放心："真的？"

赫雷用庄重的口气说了四个字："君子一言。"

总算是得到了所能得到的保证，争得一条活路才是真的，他咬了咬牙，终于下了极大的决心，他要和盘托出。

方才赫雷和老孟头一番和风细雨的时候，吴昊眯了一下眼睛，不想竟然睡了过去，因为此刻老孟头的每句话都要确切地记录，赫雷捅了他一下。

吴昊立刻醒了。

老孟头咳了一声："我的事情以后再说，我先说苇子，他姓朱，叫朱岗，你知道，他以前专干'疙瘩活'。"

赫雷点点头。

老孟头继续说道："前些年，翟刚领他来到我这里，他俩看见我那儿有个保险柜，就动了念头。"

赫雷忽然告诉吴昊："去，给他端杯水来。"说着，又用手指在写着朱岗名字的记录纸上点了一下。

吴昊明白了赫雷的意思，起身走了出去。

赫雷让他端水，其实，还有另外一个目的，就是让他通知等在外面的陶进，马上去调朱岗的档案材料，找到他的照片，赶快印发下去，这才是十万火急的事情。

吴昊端水回来，向赫雷点头示意，已经做了安排。

老孟头接过水杯，连喝了几大口。

赫雷道："接着说，他动了什么念头？"

老孟头擦了擦嘴巴道："翟刚和朱岗想研究打开保险柜，以后他们俩，就专偷金库。"

赫雷静静地听着，吴昊在飞快地记录。

“我告诉他，这是俄国银行的保险柜，一共有两个，一个被送到省博物馆，一个因为弄丢了一把钥匙，成了废品，就卖给我了。”

赫雷点点头。

“翟刚和朱岗的决心很大，为了弄清楚金库的原理，他俩专门进了一个制造保险柜的厂子打工，干了一年，终于弄明白了金库的构造和开锁的原理，还配了一把钥匙带回来。一试，还是开不开。后来，他们又听到一个消息，说是省博物馆的那个金库里装着一个金佛，上面镶着九件宝贝，是无价之宝。我知道，他们说的就是九宝金佛。”

赫雷心里一动，他似乎又想到了什么，便问：“你是怎么知道，那就是九宝金佛？”

老孟头长吁了一口气：“这说来话长，跟我的祖先有关，等我以后慢慢给你说。我就给他俩讲九宝金佛的来龙去脉，他俩听了决心更大，一定要把金佛弄到手，隔了一段时间，朱岗自己来了，还从哪儿弄到了一把手枪，他说，这玩意儿有用，到时候，他要用枪逼着博物馆的人打开保险柜。他这次跑到我家，说他终于弄明白了，原来这个柜门得两人一起开，于是我就帮助他——”

“打开了吗？”赫雷问。

老孟头摇头：“还是没打开。”

赫雷轻轻地吁了一口气，但是，他依然担心，朱岗跑出去就奔博物馆。

还有一个问题，就是这条假墙和地下室是谁弄起来的？

老孟头说，地下室是“文化大革命”期间挖的防空洞，假墙是翟刚和朱岗俩人用废砖弄起来的。

此刻，天已经大亮，拘留所里传来了送早饭的声响。

赫雷让他在记录纸上签了字，又嘱咐他，他谈得挺好，他会派人来再和他详谈，谈得越详细越好。

赫雷找来了拘留所长，让他把孟玉成押到单人监号，没有他的命令，不准任何人打扰他。

在回局里的路上，他让车拐到了火车站，他要检查那里的监控情况，顺便把几十张朱岗和翟铁、翟刚的照片分给他们。

几名刑警驻守在那里，还有临时从派出所抽调上来的几名民警，他们分别把守站里站外和检票口，生怕漏掉任何人犯能够逃窜的地方。

八点整，赫雷走进刑警队。

所有的人都在议论昨晚的事情，看见他走进，大家立即围拢在他的身旁，听候调遣。

赫雷部署的第一件事情，就是派人进驻省博物馆，下班前要仔细检查，夜间不许睡觉，轮班看守文物仓库和那个金库。

赫雷的担心是有理由的，他不知道朱岗能不能再配出文物仓库那扇大门的两把钥匙。

两个刑警向他报告，留在警犬迷失处的几名刑警的调查获得了进展，有人看见两个人急惶惶地在路边上了一辆出租车。

上了出租车？

赫雷立即让人赶往出租汽车公司，就是三天三夜，也要把拉这两个人的出租车司机找到。

事情往往就是这样，有顺有不顺。要是一切都像昨天那样出乎意料，并令人沮丧的话，也许不少刑警都得自行了断。这不，好消息来了。未等受命调查出租车的人出门，市局打来电话，说是出租汽车公司有重要情况报告，要求分局立即派人去查。

赫雷立即带人前往。

接待他们的是出租汽车公司的党委书记，他让人把出租汽车司机老王找来，要他向赫雷等人介绍情况。

老王，是转业军人，也是本市最早开出租汽车的师傅，就为了反映这件事情，早晨他没出车。

他说，昨天晚上八点来钟，天已经黑了，他在万家屯附近的马路上拉了两个年轻人。

上车后，他就发现这两个人有些慌张，上车就说要去天河巷，边说边不住地扭头向后面看。他就把他们拉到了目的地。

这两个人付了钱，下了车，走出五六步，在车灯的照射下，他看见那个大个子从怀里掏出一件东西，往右边裤兜里揣。就在这一掏一揣之间，他看见那个大个子手里握的是一把手枪！

还是五四式手枪。

因为老王当过兵，还当过军械员，所以一眼就能认出来。老王说，想想真有点后怕。

赫雷拿出了两个人的照片，让老王辨认，老王看了一阵点头道:“就是这两个人，没错。”

天河巷是一个很长的街道，赫雷问车停在什么地方。

老王说，一进街口，坐在前座的那个瘦高个就让停车。

赫雷问他，上车是谁说的地名。

老王想了想，还是这个瘦高个。那个大个子坐在后座，一声没吱，只是不住地回头。

赫雷让他再想想他们两个人在车上说没说什么话。

老王回答说没有。

赫雷让他把这两个人上车、关门、起车以及在路上，还有下车的情况，再仔细想一遍。

老王坐在那里翻着眼睛仔细回想着。

赫雷和几个人都专注地看着他。

忽然，老王说，“想起来了，那个大个子坐在后座嘟囔一句什么，我没听清，那个坐在前面的瘦高个说了句不是小玉，就是巧遇”。

“他反复叨念几遍，真对不起，‘小玉’还是‘巧遇’？实在是分不清了。”

有了这样重要的线索，赫雷立即向庄农做了报告，庄农带着赫雷等人来到了天河巷派出所。

天河巷归道里区管辖，一切都便于调动。

他来到了派出所，看了看周围的地形，他要求派出所给专案组找一个商场的房间办公。他担心，逃犯也许会注意派出所的动静。大队人马突然来到派出所，出出进进，万一被察觉，就会前功尽弃。

在派出所不远处就有一家大商场，从橱窗就能看到整条天河巷。

派出所所长亲自上门求助，商场也大力帮忙，很快就腾出一间大办公室，对外就说是公安和上级组建联合检查团，要全面检查附近所有商场的防火安全和治安隐患。

庄农坐镇，赫雷在这间临时办公室里，主持召开了刚刚命名为“7·13”重案组第一次会议。

昨天是1983年7月13日。

办公室里连坐带站，挤了三十多人。

除了把守火车站和公路道口的，派往博物馆的，留下谭中宇、内勤和值班人员外，道里刑警队几乎倾巢出动了。

赫雷首先介绍了对孟玉成的审讯情况，还有出租汽车司机老王反映的情况。他要求重案组首先要在天河巷打一场搜索战，动员群众协助，通过查找空房子、查外来户，一定把翟铁和朱岗从这一带挖出来。

赫雷讲完，庄农做了动员讲话，他让大家重视这起案件的严重后果——“我们看押的人犯跑了，还打伤了刑警，后果已经很严重，要是不能尽快抓到人犯，都得吃不了兜着走”。

他说这话是有根据的，今天一上班，区委纪律检查委员会的领导，就来到了分局，要听取这次重大失误的详细情况，并要对相关人执行纪律处分。最近，警察违法乱纪的事情出了不少，群众很有意见，纪律检查委员会要是再不拿几个警察开刀，就变成姑息养奸了。

他讲完话就离开了，因为他要参加应对区委检查的会议。

局长走了，会场的气氛就活跃多了。

张春祥首先要发言，他有个外号叫“张问题”，因为不光是说话好带着“问题”两个字，有时，他也真能提出一些针对见血的问题。

他清了清嗓子，第一个发言：“这个问题是个很严重的问题，但是，想想整个问题，我想提出几个问题。”

大家都静了下来，因为他提出的问题，常常是挺重要的问题。

“我的问题是，翟铁和朱岗，为什么没想到去火车站的问题？”

一句话，引得大家七嘴八舌议论纷纷。

“是啊，万家屯离火车站也就是几公里，出租车十几分钟就到，说走就走了。”有人加入分析。

也有人说：“就算不去火车站，去公路客运站也行啊。我们的兵力还没部署到位，谁能找到他们。”

赫雷边听边点头，他一直喜欢这样七嘴八舌议论案情，说实在话，他有许多新想法，都是在这样的议论中听来的。

吴昊参加了对孟玉成的审讯，他对老孟头的供词印象深刻，在一片争论声中也说了他的看法：“我看跟朱岗的目的有关，他费了那么大劲，终于学会打开保险柜，能轻易扔下吗？”

陶进表示赞同：“他要出了城，再回来可就难了。开保险柜的本事，他就算是白练了。”

“张问题”又提出了第二个问题：“我怀疑天河巷的问题，是个假问题。我的根据是他们在这里下车的问题，不一定就得藏在这里的问题。”

这一下子，天河巷的问题成了一个大问题。

不是没有这种可能，两个人在这里下了车，再徒步或是打车去其他地方藏身，都有可能。在天河巷大动干戈，可真就成了问题。

赫雷认为必须尽快否定这个想法，有了这种想法，就会影响在天河巷深挖的决心。

赫雷敲了敲桌子：“侦查工作要立脚在事实和证据的基础上，少给我来那些胡思乱想。他们在这儿下了车，我就得在这儿查，哪儿都不去。”

“张问题”笑了：“想问题得有个拓宽思路的问题，干啥扣帽子？”

赫雷摆了下手：“少来里根儿楞，还有谁想说什么？”

陶进想把“巧遇”还是“小玉”定下来，巧遇，就是碰巧，是说事儿，小玉，可能就是个人名，八成是女的。

一石激起千层浪，几乎所有的人都参与争论，各执一词，争论不休，屋中又响起一片嗡嗡声。

赫雷在静心思索，是“巧遇”还是“小玉”，成了争论的焦点，他必须尽快拿出结论性的说法。

他把思路放到两个逃犯的地位去设想，会不会是朱岗在后座问：“找谁？”

这句话司机老王没听清。

翟铁回答：“小玉。”

那就说明翟铁说的是个人名。

“家有千口，主事一人。”赫雷说了他的想法，争论戛然而止。

派出所的副所长带了三个委的治保主任，来介绍居民小区和周围住户的情况。

赫雷边听边记录。

这两栋高楼是道里区第一片房地产建筑，去年分配的住户，因为各级领导都想分房子，吵得不可开交，所以又叫“红眼楼”。

因为两栋“红眼楼”的住户都是新搬来的，必须列为排查重点。

吴昊对兵力做了分配：每个委派四个人，以安全防火大检查的名义，挨家挨户逐屋排查。

具体要求是：每户都要进门，进门就要见人。白天见不到，等到晚上再见面，一户也不准漏掉。

负责派班的人通知，陶进和郑吉松晚上八点到火车站接班蹲守。

两个人提前退出了会场，他们要找地方吃饭，然后好去接班上岗。

两个人吃完饭还有两个小时，陶进便开着摩托车拉着郑吉松到公安医院去看大于。

大于还躺在病床上，右腿不能动弹，床头柜上摆着几簇鲜花。听医生说骨头没断，出院以后不至于残废，还能继续当刑警，心情已经好转，看见两个平时在一起要好的战友赶来看望，心里挺高兴。

他说，市局领导、区委领导，新来的唐局长、庄局长都来看望过他。过去从来没见过的大干部，这回都见到了。

郑吉松说，他希望也受这么一回伤，躺在床上好好休息，吃好的，有漂亮的女护士侍候着，还有人送花，领导来探望，最好还不能留下残废。

大于说他运气好，换了别人，说不定就得送命了。

陶进又问朱岗开枪时候的具体动作。

大于说："他穿件夹克衫，枪是从右边斜兜里开的。"

大于担心地叮嘱："抓他的时候，你们可得千万加小心。"

陶进点点头。

十三

政治技巧

当天晚上，翟铁再也没有回到拘留所，只有郭黑子和严玉森心里明白，翟铁逃脱已经成功。

这一来，郭黑子对“核桃皮”佩服得更是不得了，他要严玉森住到他的身边，也好讨教自己怎么样才能求全脱身的策略。

严玉森坚决不肯，还是回到墙角蹲蜷着。也许是心里没看上他，要不就是他认定了，郭黑子命里该绝。

郭黑子在这个方方正正的十几米的笼子里，没有说话不灵的时候。翟铁成功逃出去了，身边本来就空块地方，把“核桃皮”招呼到身边就是顺理成章的事情，可这老家伙还拿了一把，就是不过来，郭黑子岂能容他。

他叫几个人把他抬到身边来，低声告诉他：“给我也出个主意，怎么能逃出去？不然，我就把你鼓捣翟铁的事情给你捅出去！”

这个办法挺管用，“核桃皮”真的就在他身边住下了。直到晚上，他也没想出什么好主意。晚上睡觉，两个人睡一条褥子，半夜，“核桃皮”尿了炕，把郭黑子给泡醒了，气得他一脚把“核桃皮”给踹了出去。

“核桃皮”连连赔不是，说自己不是故意的，老了，经常失禁。

后半夜，他又回到了墙边。

就在翟铁逃跑的第二天一早，张吉顺就把严玉森提了出去，他已经凑够了八个人，要把这些盲流全都送回关内去。

一个人带着八个人，到了火车站，车票都是事先买好的，张吉顺在车厢门口挨个查数，八个人都上了火车。

谁料，刚登上火车不久，严玉森没了影。原来，他是在刚出市区只停车半分钟的小站溜下了车，再一次消失在人海中。

遣返盲流是半自愿的行动，有的实在不愿意回去也没人深究，严玉森不见了，对张吉顺来说也无所谓，他照样可以到山东、河北转上一圈。说实话，这差事是他争来的，那年头出差就是个美差，路费公家报销，吃饭还有补助，关键是还能看个风景什么的。

陶进开摩托车从医院要赶往火车站，途经道里分局，他看见二楼会议室还亮着灯，便问郑吉松："你说，区里来人要是追究责任，能不能整到赫队头上？"他所以有这个担心，是听出下午庄农话里有话。

郑吉松摇头："扯呢，跟赫队沾不上边。"

可是在分局的会议室里，情况却不容乐观。

因为有区委纪检委书记参加，今天的党组会开得气氛很凝重。

在国家机关里，不管是局长还是副局长，都是行政工作的领导。党组，才是这个机关的最高决策机构，因为它是代表上级党委的派驻机构。如果说，一个副局长要不是党组成员，没有资格参加这样的会议，不用问，他的权力就会大打折扣。

别看庄农是个副局长，行政分工主管刑警和预审，可他是分局党组的成员，他对全局干部任免、财政收支，包括福利待遇，凡是需要党组会决定的大事小情，都有举足轻重的同意或否定的权力。

没有特殊情况，分局的党组会每周举行一次，以研究和决定一些重要事项。这样的会议，庄农从不缺席，会上的表现也很活跃，能够决定和掌控一些重大的决策，让他心里总有一种超越别人的优越感。

今天是临时召开的党组会议，分明是有了特殊情况，而这个特殊情况的发生，完全属于他的管辖之内，不能不让他心里蒙上一层阴影。

平时，跟区委的纪检书记也都是熟人，常在一起交谈说笑。可今天一见面，他就感觉势头不对，书记平时的笑脸没有了，从一进门就嘟噜个脸。

特别是书记那段开场白，让庄农感到心里发紧。

他说："最近警察违法乱纪现象不是时有发生，而是屡屡发生。跑官行贿、敲诈索贿、嫖妓宿娼都出现了。还有的疏于职守，人犯逃跑，打伤刑警，这一切都说明，我们的公安队伍，已经到了非得严加整顿不可的时候了。"

庄农明显地感到，这最后一条，就是冲着自己来的。

纪检书记接着说："中央，省、市委已经作出决定，要在全国开展一次'严打'斗争，要从重从快抓一批、判一批、杀一批。公、检、法三家不要分庭审案，要唱'三堂会审'，抓了就审，审了就判。"

这是大家第一次听到关于"严打"的正式传达，会场一片肃静，听得见有人粗重的呼吸声。

书记接着说："中国有句古话，叫作治乱世，用重典。重到什么程度？我们要等中央的通知。但是，在'严打'之前，要是不能把公安队伍整顿好，有这些害群之马在内部，怎么能搞好'严打'斗争？我们要把作风正派、年富力强的干部派到'严打'的第一线。"

唐巨成一直在记录。

谁都看得出，这些年的社会治安，已经到了非要整治不可的程度。就拿道里区来说，今年上半年刑事和治安案件上升百分之四十。杀人抢劫和入户盗窃的发案率更是屡屡攀升。甚至有的女工不敢上夜班，家住在五六层楼房，也要安装防盗窗和防盗门。

究其原因，一定是和管理失当、打击不严有关系。"文化大革命"后，"武斗"的遗风还没清除，法律、法规的建设也没及时跟上，哪些该打击，哪些该处理，没有统一标准。有关警察的福利和待遇也都没有保障，甚至有的地方一连几个月，连警察的工资都开不出，如何让他们尽职尽责？

真正的行动，还要等市委和区委政法委的正式传达，纪检书记只是下点毛毛雨而已。

书记讲完话，应该大家发言。

凭着多年的从政经历所积累的经验，庄农已经察觉到，今天的会议风头不妙。

书记讲话几乎直接把矛头指向了自己。什么叫年富力强的上第一线？在座的都是年富力强，只有他已经五十八岁，还有两年就得离开，这不是明明在说他不行了吗？

两年后离开，是两年后的事儿，要是眼下就让我离开，那得看看谁有真本事。想到这里，他下了决心，一定要扭转乾坤。就算落个最轻的负领导责任，也决不承担。这样，他就必须马上打好一组刚柔并济的太极拳，及时拨转书记的矛头指向，才是重中之重。

看到可以发言的机会，庄农立马就抢了个头槽，首先开口："昨天，在押人犯逃跑，引出另一个逃犯开枪打伤刑警，这对警察来说就是严重的事故。我作为主管副局长，首先要负主要责任。"庄农这个开场开得很好。首先给人的印象是揽过。

但是，这些都是虚拟和笼统的，在谈到具体责任的时候，他会不着痕迹地把一切都推给下级。

他说："作为刑警队的领导，赫雷和吴昊两个队长对翟铁的逃跑意向估计不足，也是造成失误的主要原因。"

唐巨成听得很认真，他似乎觉察到开头的推功揽过，只是自表谦卑的套话，这几句话才真有分量。

"特别是赫雷同志，作为刑警队的主要领导，也知道翟铁是一个屡进屡出的惯犯，而且还让陶进去押解，这里边有很多不好解释的问题。"

庄农这些话完全不是事实，但是，在这样的会议上，他可以这样说，也敢于这样说，是因为领导层的会议，作为赫雷，他再精明，再有本事，也不会知道这个会议的内容，因为按照规定，党组会上的一切都是属于绝密的。

严格地说，他说的这些话，并无大错。至少，当初他要吴昊一定去征询赫雷的看法，他是表态同意的。还说"网要大，眼要小"。至于说翟铁是惯犯，陶进和翟铁是发小儿，说赫雷都知道，这也都是事实嘛。

首先提出赫雷，是为了减轻对吴昊的压力。之所以这样做，是因为关系不同，感情不同。吴昊的爸爸已经答应，备好材料，就要给庄农的住房来个现代式的装修，那可是一项不小的工程。

纪检书记面带怒气，这是他听到这个情况的正式汇报。他连吸了几口烟，用手指敲着桌面道："怎么这么无能？连这点水平都没有，对于这样的刑警队领导要给予适当的处分！"他看大家的脸上都带着不解的神情，便解释道："整顿警察队伍，就得杀一儆百！我也知道赫雷有点名气，也只有处分了这样的人，才有震慑的力量。"

参加党组会的除了唐巨成，还有四位副局长，政工科长，负责记录的党组秘书。大家都知道赫雷在刑侦战线上的作用，眼看处分的利剑要落到赫雷头上，大家都把目光投向了庄农。

对于公安工作稍有知识的人都知道，刑侦战线永远是主力部队。它的业绩是可以量化的，有目共睹，甚至全民共睹。道里区的刑侦业绩在全市属于中上游，这里有赫雷的大半功劳。要是真处分赫雷，"严打"将至，刑侦当然又是主力部队，怎么办？谁领着这帮刑警上阵？

连专管记录的秘书也停住了笔，他要看庄农是不是要给这个无能的赫雷处分，因为他是主管副局长，他的话有极重的分量。

庄农从众人扫向他的目光中，读到了一种压力，这压力就是这位书记说的杀一儆百。

"娘的，你就知道杀一儆百，还管不管别人死活？"庄农在心里暗骂了一句。他心里非常清楚，绝不能让处分变成事实。他可以在这样的会上撇清自己，把责任推给下属，这本来是会上来会上去的事情，一旦形成处分，况且是给赫雷，那岂不要全局哗然？

书记发怒，要处分自己的下属，说明撇清自己已获成功。下一步就得想办法如何扭转这个局势，以免事态扩大。庄农清了清嗓子说道："大家都知道，我这个人护犊子是出了名的，这回，我想再护一次。正如书记指出的那样，这次的问题十分严重，赫雷的责任也是严重的，再重的处分也都应当。但是，他正在领导刑警追捕人犯，我看是不是给他一个带错立功的机会，——带错，可不是戴罪。如果抓不到，再考虑处分问题。"

这几句话得到了与会者的赞同，几个局长也随声应和："是啊，人还得他领着抓，一旦处分，肯定影响情绪。"

也有的说："这件事儿，未必都是坏事，跑了个翟铁，却发现了杀害民警的凶手，也是一大成就嘛。”

纪检书记边听边微微摇头，显然，他依然坚持杀一儆百。

这时，坐在他身旁的唐巨成也朝他点了下头，表示认可大家的意见。

按道理说，作为新来乍到的一把手，唐巨成完全可以不点这个头，也就是不急于表示态度。本来，作为一个曾经在省公安厅政治处工作多年的副处长，他应当深谙这个道理。但是，唐巨成还是做了，而且做得有点提前。

究其原因有二：一是他看纪检书记对杀一儆百颇有兴趣，而且真想用赫雷开刀；二是对庄农的表演感到意外，至少，他已经看出，庄农不是一个光明磊落的人，这一套先揽后推的做法，就是一个政客在玩游戏。特别是听到说他一贯“护犊子”那句话，甚至感到有些反胃。

在今天上午坐车去查看几个派出所的时候，开车的司机感慨地说：“这些刑警真辛苦，以前很少拉他们，这么累，真是让人没想到。”

唐巨成就顺便搭话，想问个究竟。

司机说，赫雷一整天都在医院忙着给老伴转院、入院，本来已经请了假，可以陪陪老伴，可是，到了傍晚，他还是赶到了万家屯。这一忙，整整一宿没合眼，早晨八点钟又赶到局里。

这是一个司机讲述的亲身经历，为什么到了主管局长的嘴里，这一切都没有了，变成了对翟铁逃跑意向估计不足，给上级领导留下了赫雷是一个无能之人的印象呢？

更直接的印象，是昨天他随庄农到现场，让他感触最深的是，在那样混乱的局面下，赫雷指挥若定的风度，那是给他的第一印象。

他认定，赫雷是个帅才。

昨天认定的帅才，今个就要接受处分，这让唐巨成无法接受，就冲这个，他也应当提前表示态度。

纪检书记听了庄农两次发言，心情有些振奋，今天终于找到了一个可以杀一儆百的人，那就是赫雷，如果处分了他，一定会引起全局震动，那整顿纪律的效果将会更佳。尽管庄农说他“护犊子”等等，他都认为那是一种官腔，是不得不说的客套话，完全可以忽略不计。

至于其他局长七言八语也都是随声附和，没啥实质意义。

可是，跟着那些随声附和，唐巨成向他点了下头，让他实感意外。

实际上，与会的所有人都不知道，唐巨成和纪检书记是老熟人，他俩最初都在同一个县工作，前后脚调到省里，唐巨成去了省公安厅，他去了省监察厅。这次，为了充实基层（也有人说是为了培养省的后备干部）又脚前脚后一起到了道里区。开会时，为了保持严肃性，两个人谁也没谈及这些。

想要坚持处分赫雷的话，还未及说出口，却看到唐巨成也点了头，那意思很明确，他也同意大家的意见，这倒让书记为了难，看来，原本坚持想要拿赫雷开刀的想法，也不得不收了回去。

在许多人看来，在这次事关大局的会议上，正是庄农真的来了个“护犊子”，才保得赫雷没受处分。要是传出去，那就是关心、爱护干部的一段美谈。

纪检书记离会之前撂下了几句话：一是抓紧整理那些违法乱纪干警的材料，下手要重一些，该开除的开除，该劳教的劳教，如果不清除家里的害群之马，“严打”也搞不好；二是对赫雷要以观后效，要是再贻误战机，绝不客气！

区里领导走了，会上剑拔弩张的气氛也消退了。稍事休息后，党组会进入了下一个议程。

唐巨成传达上级指示，为了提高基层单位的战斗力，省、市委已经作出决定，本市各区公安分局由正科级升格为正处级（县团级）。

这对基层分局来说，无疑是一个特大喜讯！

其实大家早就知道了这个消息，唐巨成以省公安厅的副处长来分局担任“一把手”，就是这个变动的开始。

但是，这里有个难题，本来几位分局副局长原来都是副科级，这次，一变就是副处级，等于一跳两级。而只有庄农例外，他是个正科级。是变正处还是副处？要是他还当分局副局长，那应当是副处，只跳一级，明显吃亏了。要是跳两级，他不是跟一把手平级了吗？

庄农在这个事情上不置可否，他想通过这件事情，确实地探测一下，这个新来的一把手，究竟对他的态度如何。

唐巨成说，得把这个问题报请市局政治部定夺。

最后一个议题是唐巨成提出来的。他说："随着分局级别的提升，大家要考虑一下，公安内部自身的改革问题，看一看我们有哪些值得改进的地方。"

谈到改革，说到开放，大家都打开了话匣子。有的说，物价飞涨，个体户骗人，被咱们开除的警察成了大企业的老板，刑满释放的人当了什么公司的董事长，带着女秘书，出门坐奔驰……

主管治安和户籍的王局长思想活跃，开口闭口都是新名词，什么文化心理啦，超前意识啦，不一而足。

庄农认为他都是现学现卖，听到个名词就拿来卖弄，这是他最讨厌的。当然，他更讨厌的是纪检书记说的那四个字：年富力强。他一听到这四个字，就会觉得脸上无光。

会开到这个份上，他禁不住也想要说两句。

他说："要我说公安工作最好的时期，那得说是五十年代，那个时候，行动统一，步调一致，没有哪个警察闹工资，闹待遇。个顶个的都是一心朴实地工作。那时候的社会治安，路不拾遗，夜不闭户，每个区都是玻璃板水晶宫，一年到头也不发生几起案件。哪像现在，一天胜过二十年！"

反应机灵的王局长立马就进行反驳，说他是老旧的传统意识还没有改变，要回到过去，这就是农民的保守意识。有些人参加革命很多年，可思想意识还没走出"青纱帐"。

其实，庄农谈五十年代，不仅仅是要表明那个年代如何好，重要的是，他要新来的一把手知道，他是建国后就干公安的老干部。说不客气的话，我当警察那会儿，你还穿开裆裤呢。

在会上还谈到了干部取消终身制，大家各自报出了年龄。

庄农最大，五十八岁，唐巨成最小四十六岁，两人是一个属相，年龄正好差了一轮。

隔了几天，市局政治部副主任找庄农谈话，分局变为处级，唐巨成提为正处级一把手。他也只能提为副处级，与其他几位副局长同样都是副处级。

古人说的没错，人总是“不患贫，患不均”。当他是正科别人都是副科的时候，他有高人一等的感觉，而今，别人与他相同，庄农觉得明显吃亏，为什么他们副科的一提就变成副处？我可是多少年的正科，也是副处？

市局同志说，估计你会有不同意见，我们还有另一个打算，让你到市局政保处当副处长，暂代一把手，过段时间，再考虑提为正处。

庄农想了半天，摇头拒绝。政保处？清水衙门，过段时间再提正处？过多久？天知道。那还不如就在分局干下去，反正还有两年就到点了。

尽管他同意在分局继续干下去，但是他的心里却起了微妙的变化。他认为事情很明显，这里一大半是唐巨成的想法，他想把我挤兑出去？

没门！这刑警和预审两大部门我是把定了，只要我把着这两大部门，保管让你这个一把手光屁股拉磨——转圈丢人！

十四

手段

道里区公安分局的党组会和赫雷毫无关系，更不知道那天晚上他的命运在那张会议桌上连翻了好几个跟头。他还是在商场腾出的大办公室里，指挥着找“玉”的工作。

今天已经是第三天，深入到天河巷各个居委会的人已经把所有的住户和住房都查了一遍，没找到任何有用的线索。叫小玉的男的、女的，老的、少的倒是发现了不少，但是，经过筛查，都和逃犯毫无关系。

一连几天毫无进展，不光是刑警们对这个关于小玉的判断产生了怀疑，连赫雷自己也有些画魂儿了。

是不是从开头对这件事情的判断就是错误的？或是真像“张问题”说的，他们下了车，还可以走出很远，或是再打出租车到别处去，那我们在这儿摸来摸去不是瞎忙活吗？

包括昨天庄农打电话来也流露出了这个想法，他说，搞侦查切忌在一棵树上吊死，要考虑把网撒得再大一点。

昨天晚上他抽时间去了趟医大附属医院，看望老伴。让他感到欣慰的是内弟带着媳妇来给姐姐赔了不是。媳妇说，她看错了，老太太当年拿的是个铜的，镀金的戒指，不值钱，后来给了他们孩子拿着玩了。

事儿弄清楚了，老伴的气儿也顺了，病也好多了。

他离开医院又回了趟家，几天没有脱衣服睡觉，他觉得身上痒得厉害，可能又生虱子了。他换了内衣内裤，扔到了墙角，等老伴出院，再让她用开水烫一烫，才能把虱子消灭了。

在回来的路上，他也打了一辆出租车，上了车，开车师傅就问上哪儿。

他答道："天河巷。"

说完了他就想，翟铁要不是直奔这儿，能脱口就说出来吗？

他们的心情一定是尽快找个地方藏起来，不露面。因为他们一定知道，追兵就在后边，而且马上就会在全市布下天罗地网。

到了天河巷，他下了车，更加坚定了他的想法，翟铁和朱岗，一定就在跟前。就是挖地三尺也要把他们挖出来。

晚上八点多钟的时候，刑警们都陆续回来了，从他们沮丧的神情看，就知道今天又是两手空空。

赫雷不得不给大家打气，他说了他坐出租车的感觉，他仍然坚信翟铁和朱岗还在这一带，大家别松劲儿，明天继续去挖。

赵强对这样的摸排做法提出了异议，他说："当年这一带都是平房，最高的也就是二层楼。不论是临街的居民还是同院的住户，都是低头不见抬头见。谁不认识谁呀？"

大卢连忙补充道："就算你不出门，可全院只有一个公共厕所，拉屎撒尿都得往那一个地方去，你认识也得认识，不认识也得认识，对不？"

赫雷点点头，是啊，那时候，这个季节一到晚上，屋里没空调，热得睡不着，老人、孩子、年轻人都到院里来纳凉，在一块东拉西扯，谈天说地。

家庭主妇们也聚到一块，说买菜，说做饭，说针线活。谁家媳妇好，谁家小姑贤，都是一清二楚。

那时候，国家、社会都是封闭的，可邻里之间都是开放的。

现在可倒好，国家、社会开放了，邻里之间都封闭了。

吴昊认为，天河巷这一片高楼，都是"四全"房子。屋里有煤气、上下水、厕所，有的人家还安了个人电话。这可倒好，进屋把门一关，十天八天不出门，照样生活。

再一个奇特现象，就是不论谁家，只要一住进楼房，都像提防着什么，家家紧闭房门。门对门，隔道墙的邻居，也是“老死不相往来”。

尽管时代和环境都发生了重大变化，可是，我们的公安机关还是按照五六十年代的方法逐家逐户去摸排。

有的住户任你敲门就是不给你开，不开你也毫无办法。有的房子分出去了，从来就没人住过，那还用说，有人“趁”好几套房子呢。

刑警们坐了半屋子，大家七言八语地说困难，说办法。正在这时，庄农跟唐巨成进了办公室。

屋中一阵稀里轰隆移动椅子的声音，大家都站了起来。

有人给领导腾出了椅子站到一边。

两位局长一坐下来，庄农就说：“大家在这耗了好几天了，唐局非常惦记大家，一定要来看望。”

赫雷感到很意外。他领着刑警成年到辈子都是这样在外面奔波，哪里有重大案件，他就在哪里安营扎寨。有时候这起没破，那一起又发生，他就再扎一个营盘。最多的时候，有三四个营地，他就得像走马灯似的轮流转。

作为主管副局长，庄农隔三岔五就到现场来，有时候是点个卯，说几句鼓励的话就走。有时候也跟着讨论案件，甚至熬到下半夜。

那时候一把手还真是不常见到，除了年纪大，体弱多病也是个原因，血压高，血脂高，到点不睡觉就迷糊。大家都知道，他有这个毛病，来与不来，也没人计较。

让赫雷没想到的是，唐巨成新来乍到，作为刚到基层的一把手，有许多工作要熟悉，可这已经是第二次来探营了。

第一次，是在万家屯的现场。这才几天，他又来了。

来了就得说几句，看见一把手要讲话，赫雷带头鼓掌。大家也跟着一起鼓掌。

唐巨成说：“过去，在外县工作，没接触过公安工作。调到省厅以后，也不常下基层，下去接触的也都是政工部门。说实在话，我也听说过刑警工作很辛苦，可没想到辛苦到这个程度。这种超强度、超负荷的工作，我认为，已经是一个人能够承受的极限。”

赫雷听到这里，心里有点发热，这还是他头一次听到，一位分局局长当大家伙的面，说说刑警的辛苦。

全屋的刑警都聚精会神地听着，都感到这位新来的局长有水平，他说的话，让每个人心里都热乎乎的。

唐巨成接着说："现在讲提拔年轻干部，也重视学历，就是因为我念过夜大而被认为是高学历，才能到分局来当领导。我之所以能读夜大，那是因为我的工作是早八晚五，按时下班，准时去上课。你们却没有这种可能，也就失去了年轻化和高学历两个标准。可是，你们不攀不比，依然忠于职守，埋头工作，这让我非常感动。"

这几句话，不光是让赫雷，也让所有人感到意外，没想到一个领导也能说出这样掏心窝子的话。

赫雷扫了庄农一眼，看出他心里有些不太自在。是啊，平时，跟他也说起过，当刑警提拔太慢的话，他说过四个字："时也，命也。"想想可也是，谁让你没赶上机遇来着？谁让你当刑警来着？

唐巨成接着说："拿我和大家所付出的努力相比，再拿我和大家所得到的回报相比，我感到汗颜和惭愧。"

庄农斜睨了唐巨成一眼，因为开头那几句掏心窝子的话，已经让他大感意外，现在又说汗颜和惭愧，这是什么意思？一个领导怎么能当着下属的面说这些话？

不知是谁，听到领导说出汗颜和惭愧的话，已经激动得忘乎所以，竟然带头鼓起掌来。接着大家也跟着鼓掌。

赫雷一边鼓掌一边看着庄农，他也跟着鼓掌，显然不太情愿。

唐巨成连连摇手，显然，他不希望在这个时候听到掌声。

掌声骤然停止。

唐巨成接着说道："今天，我跟庄局还探讨这方面的问题，刑警们之所以这样辛苦，第一是治安情况恶化造成的。过去，咱们道里区，五十多万人口，每个月就算是发案高峰，杀人案也只是七八起，十来起。"他转头望着庄农问道："庄局，你是道里区的活历史，是吧？"

庄农点头："没错，五八年搞公安'大跃进'，咱们道里区，是全市第一个向市委报捷的，半年没发生一起够立案的案件。"

不知谁插了一句："还是'玻璃板'和'水晶宫'，是吧？"

庄农得意地答道："那是，夜不闭户，路不拾遗嘛。哪像现在，住在七楼八楼也得安铁窗户。"

唐巨成点了点头："那种日子再也不会有了，那时候是计划经济，人人靠工资吃饭，立案标准是二十五块钱。现在是市场经济，改革开放，人、财、物大流动。听说广东的社会治安也很混乱，为什么？广州市局的同志说，现在是东西南北中，一起下广东。"

赫雷点点头，这话说得在理。哈尔滨是省会城市，最近许多重大案件也有不少是外县流窜人员干的。

"我算过，二十五块钱，刚够买二斤红肠。可立案标准没变，这不就得把破案单位累死吗？"唐巨成接着说道。

这回是赫雷带头鼓掌，这话真的说到心坎里了。

接下来，唐巨成说到当前在天河巷的摸排工作。几天下来没有收获。可想而知，也是在预料之中。

他说："来之前，我和庄局议论了一下，现在的居民小区都是高楼林立，家家户户关起门来过日子。邻里之间没有来往，这样大兵团作战，以防火安全大检查的名义挨家走访，检查了一趟，没摸排出来，第二天你还能再去吗？傻子也明白，你到底要干什么。"

刑警们纷纷点头。

唐巨成道："所以庄局也认为，我们这套工作方法得认真地研究一下，换个思路，换个方法。"他把头转向庄农："你说呢？"

庄农轻咳一声，这是他准备发表观点的习惯动作，他说道："唐局来了以后，非常关心刑警的工作——"

唐巨成插话："这可是咱们门面哪，别的干得再好，大案、要案老破不了，百姓照样骂娘。"

庄农点头："所以，眼下这个案子，我看也要换个思路。这个重点不放弃，扩大搜索面积，在周边三个派出所的区域内撒网摸排。把刑警的力量放到重点监控和堵截上，火车站、公路要道口增派兵力。"

赫雷点头道："那就让大家早点回家，有的三四天没换衣服，身上都长虱子了，明天是星期天，大家休息一天。"

庄农朝大家挥了下手。

又是一阵稀里轰隆移动椅子的声音，刑警们像遇到大赦似的急忙忙地走了出去，生怕哪个领导再发一句话，把谁留下。

就像开闸放水似的，霎时间人已走光，屋里就剩下三个人。

屋子空了，才看出来这里多么脏、乱。

就这两三天的工夫，这帮人就把个收拾得干干净净的办公室，给糟蹋得一塌糊涂。满地乱纸，吃剩下的饭菜和碗筷，都堆在窗台上，引得苍蝇乱飞。长条凳上还扔着几床棉被，大概有人就睡在办公桌上、长凳上过夜，可起来却没人把被子叠一叠。

难怪有人说，这帮刑警走到哪里就祸祸到哪里。

庄农咂了咂嘴，刚要张口批评这里的脏、乱、差，唐巨成却先开了口："赫队，你该有想法。"

赫雷点点头，他来到这里的第二天，听取分布到居民委摸排的人回来汇报，说是一无所获，他就意识到，形势不妙。这一网下去，什么也没捞着，要是再撒第二网，那就是愚蠢。他只能扩大摸排范围，不走回头路。

今天下午，他就有了一个主意，这需要分局、市局，甚至省厅相助，才能办成。他想明天向庄农汇报，没想到连一把手也来了。

赫雷道："我们不能老是这样摸排下去，得上'手段'。"

所说的"手段"，就是技术侦查、监听、监控等等。

庄农果断摇头："往哪儿用？不成！"

庄农否定这个想法是有道理的。是啊，想要使用这些"手段"，那都得市局领导审批，像监听设备和监控设备只有省厅才有，请示起来，就算批准，也得过三五天，这工夫耽误得起吗？

更让庄农无法理解的是，这几个派出所，方圆几公里的面积，几万家住户，监控谁呀？

看到庄农摇头，坚决否定，赫雷只得住了嘴。

唐巨成倒是感兴趣，他知道赫雷不会无的放矢，便催促他：“说说你的想法，往哪儿用？”

赫雷道：“往逃犯的家属身上用。”

庄农的心里咯噔一下，他不由得埋怨自己，怎么当了这么多年的刑侦局长，连家属这一层都没有想到，都怪这几天心思没用在案子上。

赫雷没理会庄农的情绪，继续说道：“我派人查过，朱岗的家在外县，和本市没有关系。”

庄农插嘴：“翟铁有亲属在本市吗？”

赫雷道：“我也派人查过，也没有。”

庄农以为得了理，为了加重语气，他把两手一摊：“这不就结了，还是没有地方用啊。”

赫雷道：“翟铁的姐姐可以利用。”

庄农道：“上外地利用去？”

赫雷摆手道：“翟铁的姐姐大学毕业后，又得了硕士学位，被辽宁省科技厅当作科技人才聘了去。当初，他们省的科技厅和我们市的一个科研所，有一个共同研发的科研项目，已经进行了一年多。最近遇到了难点，需要他们共同攻关，翟铁的姐姐就是攻关组的成员之一，已经来哈尔滨好几次了，就住在科技研究所的宿舍。”

唐巨成问：“‘手段’就上到她的身上？”

赫雷点头：“是。”说着，他从怀里掏出一份折叠的报告：“我原本想明早上班，到局里再向领导报告。”说着，他把报告打开放到了庄农的面前。

庄农接过看了看，迟疑道：“这里有的‘手段’需要请省厅帮忙。”

唐巨成道：“市局你去跑，省厅我去找。”

庄农一听忙掏出笔签字："咱们这回也学着来个现场办公，我签完你签。"边说边把签完字的材料递给唐巨成。

唐巨成接过看了看也签了字："我俩分头行动。"

庄农缓缓点头。

看到这个和自己年龄相仿的唐局长的关切态度，赫雷心里油然升起一种激情，这种激情，会把他的破案劲头再提升一步。

十五

相逢

陶进和郑吉松这次来到火车站接班的时间，刚好是晚上八点，因为翟铁认识他们两个人，他们监视的位置选在了车站里面。陶进在天桥的上梯口，郑吉松在天桥那边的下梯口。

为了掩盖身份，也防止翟铁认出，两个人还穿上了铁路员工的服装。

一连三个晚上，都穿这套短袖铁路工作服，陶进觉得既合体又舒服，他真的喜欢这套工作服了。

一上岗，就有几辆列车从这里开往关内和更远的地方，也是监视人员丝毫不敢懈怠的时候。

在天桥上梯口，可以看清楚所有上天桥的旅客匆匆而过。这些年，大量的农民进城打工，人员流动性明显增大，好像全国十几亿人都在路上，不然怎么能趟趟列车都是满员。

忙完了这几趟车的监视，有两个小时的空隙时间，那就是在后半夜的时候，有几辆外来的车，外来的可以不去管它，关键是这个钟点还有一趟开往关内的慢车，这是罪犯最愿意乘坐的车，它的站点多，走走停停，有了危险或是作案后，可以随时下车逃走。

打发这两个小时的办法就是睡觉，快到点的时候，他俩被人叫醒，各自又站到了天桥的上梯口和下梯口。

这样的工作单调而又枯燥，瞪着眼睛打量所有的人，一会儿就两眼发酸，每次监视完，都让人感到极度疲劳。

就在慢车出发不久，又一辆灯光明亮的火车轰轰隆隆地开进站来。这趟车，本应当在慢车开出之前进站的，可是，它却在那辆慢车开走以后才进站，不知道什么原因，晚点了。

进站的火车不用去管它。

陶进感到浑身疲惫，他坐到了天桥上梯口的阶梯上，掏出一支烟，点燃了，慢慢地吸着。在天桥那边下梯口的郑吉松还没有过来，他要等郑吉松。

这时，从这辆晚点列车下来的旅客，都走上了天桥，像一股洪流似的从他的身边缓缓流淌过去。他抽完了烟，走到一盏明亮的白炽灯下，为的是让郑吉松很快就能看见他。

无数昆虫围着灯光在飞舞，有的落到他的身上。

他目送最后几名旅客走过身旁。

走在后面的几个人中，有一位身材高挑，穿浅色花格衬衣的年轻女士，提着一个不大的行李箱，脚步轻盈地从他身边走了过去。

陶进的目光被她吸引过去，不是因为她的体态和穿着，而是觉得她有些眼熟，似乎在哪里见到过这个人。

他正看间，只见那个女士也回过身来，直望着他。

他定睛一看，就认了出来，这不是翟丁吗！

翟丁也认出了他，快步走到近前，问了声："陶进，是你吗？"

陶进没想到会在这样的时间，这样的场合，见到当年心仪的女友，显得有些不知所措，只是连连答应："是我，是我。"

翟丁却大方地伸出手来："老同学，你好吗？"

陶进也赶紧伸出了手："我还好，你也好吧？"陶进觉得她的手很软，还有些凉。

翟丁对他这套穿戴很好奇，上下打量他道："你改行了？"

陶进是在执行任务，这个时候要见到熟人总是最尴尬的。更何况他又忽然想到，要抓的就是她的弟弟和哥哥，当然不能跟她说实情，便答道："那是……刚改的。我来……刚送一个朋友上车……"

翟丁半信半疑地望着他:“你的朋友走了，可不可以送我几步，老同学?”

“那——当然可以。”陶进感到有点懊悔，方才的话说得实在不够高明，弄得现在不好推辞:“来，站外有人来接你吗?我帮你提箱子。”

翟丁点头:“上车前，我发了个电报。”

陶进提起箱子，两人走出了出站口。

因为他们是最晚出来的，出站的人几乎已经走光。

车站广场依然灯光明亮，因为夜已很深，广场早已失去了白天的热闹与喧嚣，只有几辆拉夜活的出租车停在那里，显得十分空旷，倒好像一个结束比赛的大型体育场。

翟丁站在那里打量四周，没有人来接她。

“兴许你打的电报得明天才到呢，我来叫辆出租车送你吧?”陶进说道，但是，他却不知道该说把她送到哪里，单位，还是家?

“不。”翟丁摆了摆手，指着不远处一家亮着灯光的饭店道:“我饿坏了，你陪我先吃点东西，不然，我不等回到宿舍就得饿昏了。”

陶进想要拒绝，但又不好明说，便道:“有这么严重啊。不过，我可知道，这些饭店的卫生都不好，价格还贵，特别是这个时候，他们把夜班费都加到你的菜里。”他想用这些话来打消她的念头。

翟丁长叹一声:“我的老同学，你真是饱汉不知饿汉饥。我饿到这个份上，什么都不顾了，只要填饱肚子。”说着，她拉了陶进一把:“走吧，我请客，无须你破费。”

陶进此刻已经无法拒绝，两个人一起走进了饭店，趴在收款处睡着了的服务员醒了。

两个人拣了个干净地方坐了下来。

服务员揉着眼睛来到两人面前，递过一个大本菜单。

别看翟丁张罗要吃饭，可点菜还是个外行。

陶进说，谁点菜谁请客。

翟丁执意不肯，马上掏出钱交给了服务员。

陶进点了两个菜，两瓶啤酒。很快，灶房里响起了烹炒的声音。

两个人分坐在小方桌的对面，禁不住相互凝望着。

四目相视，两个人都在对方的脸上寻找过去的影子。

翟丁变得越来越俊美。

在陶进看来，她比当年下乡回来女大十八变的时候还美。弯眉、美目、红唇，加上高挑、苗条的身材，哪里还有当年“哭巴精”的一点影子？想起从小“过家家”相互亲嘴儿的情景，不由得一阵心慌乱跳。

翟丁看陶进的心情可大不一样。

从见到他那一霎起，一腔女儿家的爱恨情愁都涌上了心头，直到现在，她也是在用力克制着自己，尽量保持矜持的风度。

在翟丁的眼里，陶进还是那样憨厚、朴实而又壮硕。她真想紧紧地抱住他痛痛快快地哭上一场。

可她不能。

因为没有一丁点可能会让她实现这个愿望。他只能用淡淡的口气，冷峻的面孔来对待她，仅仅就是因为他已经是一个有妇之夫。

能把他拉到桌前相对而坐，她已经感到很满足了。

桌上一阵杯盘响，把两个人都拉回到了现实，原来，酒菜都已经摆好。

翟丁拿起酒瓶为陶进倒酒，陶进急忙用手捂着杯子：“我不喝酒，我现在滴酒不沾。”

翟丁拿着酒瓶的手停在半空：“怎么？你戒酒了？我知道，当初，你能喝一斤白酒。”

陶进连忙解释：“就因为喝了酒，出过大事，我再也不喝了，现在，滴酒不沾，我已经坚持好几年了。”

翟丁的手依然举着：“能为我们见面喝上一两口吗？好让我敬你一杯，以报答一直没能报答的恩情。”

陶进不解，恩情？什么恩情？他不知道翟丁为什么说这些话。

他只记得，在回城以后见过翟丁，甚至还有过现在看来既荒唐又非分的想法。

可后来——他当了警察，又当了刑警，现在还在到处抓她的哥哥和弟弟，对她有什么恩情？

不管想没想明白，陶进还是挪开了手，翟丁给他的杯里倒满了酒。

翟丁端起杯："看你懵懵懂懂的样子，我只能再重复一遍，我敬你一杯，是为了答谢你给我的一直未能报答的恩情。"

陶进还是不知所措，举起杯，忽然又放下问道："你怎么老说恩情？什么恩情？"

翟丁举着酒杯停在半空，看到陶进一脸茫然的样子，不无遗憾地冷冷一笑，用揶揄的口吻说道："你忘了！完完全全忘了？你不仅是一位见义勇为的勇士，还是一位能忘掉对别人好处的可敬君子。来吧，就为我们既是要好的同学，又是好邻居，干一杯吧。"

忘掉了对别人的好处？我忘掉对她什么好处了吗？陶进更是掉到五里雾中，他端着酒杯，只喝了一小口。

翟丁一仰脖，把一杯啤酒全喝干了。她放下酒杯，禁不住打了一个寒噤："好冷！"

陶进忙说："别喝得太急了，啤酒太凉。"

他哪里知道，翟丁是心冷。

翟丁故意做了个躬身施礼的动作表示道谢："多谢关照。"说着，她又端起了杯："来，为你的爱人和孩子干杯。"

陶进没有举杯，连忙把头摇了摇："我——还没孩子。"

"嗯——结婚好几年了，还没有孩子，够模范了，再喝一点吧？"这回，她只是说，却没有端杯，而是用一种埋怨的口气问道："陶进，你为什么不问问我的情况？"

"我——"陶进的手局促地在桌面上摸来摸去，沉吟半晌道："我多少听说你一些……"

翟丁向后理了理披肩的长发，惊讶地反问道："哦，你是怎么知道的？"

陶进又一次为自己的话感到懊悔，本想在她面前隐瞒自己的真实身份，结果却又不断地暴露自己。他不知道今晚为什么变得如此蠢笨。

既然如此，倒不如索性说个一清二楚，也免得将来因为欺骗老同学而感到内疚。想到这里，他向前倾了倾身子低声道：“你哥、你弟我都抓过，审讯时顺便问过你。”

翟丁两眼直盯着陶进问：“他们都说我什么？”

陶进道：“他们说你念大学，还搞科研，结了婚，嫁给一个大人物了。他俩都知道我小时候对你好。你哥说，癞蛤蟆想吃天鹅肉，你个臭警察，做他娘的春秋大梦去吧。”

翟丁静静地听着，点了点头：“他们是在骗你，我忙于工作，一直无暇他顾，再说，我本不想再回到这个地方，是临时接受一项研究任务。”她稍停片刻道：“你吃菜。我相信你，他们一定是咎由自取。”

“那是。”陶进点了下头，又压低声音道，“你哥做了个千元大案在逃，你弟也逃了，希望你能划清……不，能帮助我们，我相信你——”

翟丁直起了身子，又向后甩了下头发：“你相信我和他们不一样，是吗？”

陶进连连点头，用坚定的口气说：“是，那我知道，打从小就不一样。”

翟丁两眼直盯着陶进问道：“哦，我明白了，这才是你同意陪我喝酒的真实目的吧？”

陶进连连摆手：“不是，那肯定不是！我没想到能遇见你。可也想……让你——”

翟丁用幽怨的目光望着陶进：“陶进，你还是那么诚实，诚实得让人可怜。不过，你装扮铁路员工倒是很像，几乎骗了我。”

陶进喃喃说道：“那是工作，两码事儿。”

翟丁听完不再说话，她默默地喝酒，吃菜。

陶进看着她，心里也觉得可怜，这样一个美丽的知识女性，却落得孤影单身，他想在力所能及的情况下帮帮她：“你需要我帮你吗？”

翟丁连连摆手，语气坚定地说：“我不需要。我只是常常想，母亲死得早，父亲因为历史问题整天愁眉苦脸，借酒浇愁。别说男孩子，连我都有他的遗传因子。”她边说，扬了扬酒杯：“那个时候，我是‘可教育好的子女’下了乡，他们因为有劣迹只能留在城里。父亲死了，我回来奔丧，他们都在押。我去念大学，他们在犯罪，现在，一个个都变得不可救药。我可怜他们，但不同情他们，你能理解吗？”

陶进点头：“我知道，你跟他们打从小就不一样。”

翟丁问道：“你的工作一定很辛苦，怎么样？周围同志关系怎么样？上下级关系怎么样？”其实，她关心的事情不止这一两桩。

平时，没有谁关心过陶进这些事情，冷不丁回答这样的问题，他还得认真想一想，停了片刻，他说道：“大家都论哥们儿，挺好的。我进刑警队是赫雷把我要去的，我就一直跟着他。他办案的本事挺大，就是没有官儿命，到现在还是个副队长。”

翟丁认真地听着。

说完，陶进才想起，郑吉松可能在到处找他，忙说道：“你慢慢吃，我在这有任务，我得去找一下我的伙计，用不了二十分钟我就回来送你。”

翟丁摆了摆手：“恕不打扰了。天快亮了，你只管去忙。我只问你，你要抓到他们，我想要给他们送点东西，你能帮忙吗？”

陶进点头：“能。”

翟丁问：“那我怎么找你？可以到府上去吗？顺便拜望一下你的夫人，听说她特别漂亮。”

“不行，不行！”陶进连连摆手道，“我总不在家，她也不在家，你找我，就往刑警队打电话，46003。我不在，就让内勤转告我。”说完，他站起，想要转身离开。

翟丁也站了起来，一边伸出了手：“怎么？连再见都不说一声吗？”

陶进感到自己的失礼，急忙伸出手，翟丁紧握着他的手问道：“我问你，你被拘留的时候，看到过我给你写的信吗？”

陶进一脸茫然：“信？什么信？”他想抽出手，却没抽出来。

翟丁还想要说什么，却又把话咽了回去，她满脸痛苦地望着他，胸脯激烈地起伏着，半晌才喃喃地说："你……真的一封都没见到吗？"

陶进更是茫然，他恨不得发誓赌咒："我真的……压根儿没见过什么信！"

翟丁终于又恢复了冷静的神态，用埋怨而又充满深情的目光注视着他，紧握着的手顿了顿说道："我也一直相信，你的确……真的没有看到。"说完，她松了手。

陶进终于可以走了，走到饭店门口，还回头跟她扬了扬手说道："有事打电话。"

翟丁点了下头道："46003。"

走在空阔的广场，不知为什么，他有一种如释重负的感觉。可她问的事情都让他感到奇怪和意外，她是怎么啦？

她说对她有什么恩情？还有，问看没看到信？哪有什么恩情？哪有什么信？怎么问的都是些莫名其妙的问题，莫不是她……他连忙否定了自己，她很冷静，机敏，还有克制力。

她的胸脯那么高，那双眼睛也太撩人……想着想着，他忽而打了一个激灵。他突然想到一个问题，一个重要的问题。

她当初可是反革命子女，现在有这样的哥哥和弟弟，就是刑事犯罪的家属，身为一个刑警，是不是得跟她保持距离呢？

他的回答是肯定的，一定要保持距离！

郑吉松找不到陶进，就回到睡觉的房间去等他。

陶进回来了，就坐在床边发呆。

说来也怪，你越想忘掉她，可她偏偏老是出现在脑海里。

连郑吉松都看出问题来了，就问他："犴子，你小子怎么了？出什么事儿了？发什么呆？"

陶进只能摇头，扯过被子迷迷瞪瞪地睡了过去……

第二天一早，庄农亲自到了市局，找到主管技侦的副局长签字。副局长签完字告诉他，最近公安部下达新规定，动用技侦手段，要严格管控，必须要市局一把手签字。

本来，找市局一把手签字也不是什么困难事儿，可是，这不顺利的事儿就让庄农给碰上了。

一把手到沈阳去参加“三省一区”（辽、吉、黑加内蒙古）在“严打”期间联合作战的会议了。会议议程是两天，很可能市局局长在沈阳要多待一天，很可能要和沈阳市局交流一下打击流窜犯的经验。

这件事情又不能用电话请示，看来只能等他回来。

唐巨成也去了省公安厅，省厅的人答复得很干脆：“拿来市局领导批件，立即行动。”

想不到这件事情会因为领导不在而受阻。两位分局长经过合计，决定派谭中宇带着材料尽快赶往沈阳，请局长在会场审批。

当天中午有开往沈阳的火车，谭中宇带着材料上了车。

十六

小玉

翻过废品站的后墙，未等两脚站稳，眼前就有一个黑影，大吼一声，像座山似的压了下来，翟铁猝不及防，吭哧一声，就被压倒在地。

旁边也有人扑上来，把朱岗也按倒在地。

刚跳出来就被抓，让翟铁大感意外，他万万也没想到这里早有埋伏。

“完了！”这是翟铁的第一反应。但是，本能的力量让他还得尽力反抗。其实，也谈不上什么反抗，因为按着他的人力气太大，他几乎动弹不得，只能乱蹬腿脚。

接着，就听见稀里哗啦的声音，有人在掏手铐。

忽然，嘭的一声闷响，就听旁边有人嗷地大叫一声，朱岗便把压在身上的那个人掀出老远，重重地摔到地上。

枪响！翟铁吓了一跳。随着身边的惨叫，压在他身上的人忽然松开了，翟铁一个鲤鱼打挺站了起来，见两个人都去忙活一个嗷嗷乱叫的人，而这时朱岗已经提着一把手枪，窜进了前面的小院里。

翟铁紧跟着也窜了进去。

从小院再窜出去，听见了两声枪响，那是刑警胡乱射击。

两个人一口气跑到屯边的大街上，混入来来往往的人群中，才相信，他们已经死里逃生。

得尽快离开这个该死的地方，他们相互提醒，保持镇定，不能让路人看出惊恐和慌张。在街头徘徊片刻，刚好有一辆出租车驶来。

翟铁招手，出租车停到路边，翟铁钻进车中，坐到前座。

朱岗坐到后座。

去哪里？从外县逃来的朱岗对这个城市两眼一抹黑，而翟铁已经有了打算。上了车，他就告诉司机去天河巷。

只有在那里可以找到一个安全的藏身之地，因为那里有一个可以保护他的女人。

快到天河巷的时候，朱岗在车后问了一句：“去找谁？”

翟铁答道：“小玉。”

可惜，开出租车的王师傅没能听清身后的人说的是什么，连翟铁的回答他听得也有些差异。是“巧遇”？还是“小玉”？

赫雷的判断是正确的，他们说的是“小玉”。

判断正确不等于结果正确。

在众多的刑警和居委会苦苦寻找三天以后，不仅没有找到小玉，也没有查到任何线索，不能不让人们反过来怀疑这个判断。

其实，这并不奇怪，因为在这片刚刚搬进住户的新型居民小区里，有许许多多不为人知的神秘住户。

这个众里难寻的小玉，就是其中之一。

小玉今年只有二十三岁，小小年纪，却经历了其他任何人都难以忍受的身体和心灵的创伤。

她六七岁的时候，“文化大革命”闹得如火如荼。

当地的“造反派”在中央的支持下，成立了替代过去的省委和省政府的省革委会，并被誉为“新曙光”。

说不清楚为什么，本来一直都喊着对中央“听话”和“照办”的一些革命群众，忽然对这个权力机构产生了怀疑和怒气，连连发起“炮轰”运动。

有人“炮轰”，就会有人捍卫。

于是，全市的革命群众基本分成了两个大派，一派要誓死捍卫省革委会，简称叫“捍联总”，一派是要誓死打倒省革委会的，名叫“炮轰派”。这两大阵营势不两立，起初是用大字报对骂，接着就用棍棒交手，后来动用了机枪和坦克搞大“武斗”。

十六 小玉

小玉的父亲本是一个国营工厂的普通工人，为人老实厚道，还是车间的文艺骨干，想不到，也被革命热潮鼓动得激情澎湃，发誓要誓死捍卫省革委会，结果在一次武斗中伤重不治，撒手人寰，兑现了誓死的诺言。

过了两年，母亲带着她改嫁给了一个在农村为人盖房子、打井的黑包工头。因为那个时候不准任何私人从事建筑行业，他们干的都是黑包工。

也许是继承了生父的基因，小玉读书用功，还是班级的文艺活动积极分子，从小学到初中，年年都是班级的“三好学生”。

继父的生意时好时坏，还有几次因为黑包工被抓，不光是罚款，还蹲了拘留所。罪名就是“黑包工”。

人人都知道，拘留所是社会中最黑暗的大染缸。此人原本好赌，在监号里又跟一个赌棍学会了打麻将、推牌九时偷牌和换牌的技巧，从拘留所出来，他就一头扎进了赌场，经过实战检验，他学到的手法，果然一用就灵，让他大把赢钱，这样的刺激，让他几乎发狂。有时候一两个月转战在各个秘密赌场，赢了钱，就大吃大喝，直到挥霍一空。他变得嗜酒如命，逢喝必醉，逢醉必闹。整个变成了一个社会的魔头，家庭的灾星。

那一年，小玉十五岁，母亲得了感冒，发烧咳嗽，本来是可以吃药打针就能治愈的病，因为继父不在家，借贷无门，眼看着母亲病势加重转为大叶性肺炎，生命垂危。小玉就到处去找继父，因为那时赌场有人把门望风，还随时转移地点，他继父一听小玉来找，不但不出来相见，还偷偷转移了地方。

又挨了几天，小玉的母亲撒手归西。

继父回来把母亲火化埋葬，当天夜里兽性大发，竟然趁她熟睡之机，把她给强奸了。

少女时代，本是一个多梦的季节，小玉也有许多美丽的幻想和憧憬。她曾幻想当一名像台湾邓丽君那样的歌星，因为她唱起歌来，嗓音委婉甜蜜；她也曾幻想当一个影视明星，因为她有漂亮的脸蛋儿和高挑的身材，是学校和左邻右舍有名的小美人儿。

当然，她也曾幻想有一天会遇上驾着红帆的年轻船长，或是骑着白马的王子……

像许多心地澄明、天真纯净的女孩子一样，小玉也非常珍惜自己的贞操。可是，就在那个黑暗的夜晚，她的纯洁和贞节，被一个卑鄙污浊、满嘴酒气的男人粗暴地摧毁，这让她的心底，留下了永远无法抹去的伤痕。

那时，她年纪尚小，不懂得用法律的手段来保护自己。她怕说出去让人背后戳脊梁，甚至会被别人当成终生笑柄。

理想和美好一起被摧毁，她对一切都失去了兴趣，包括她曾经喜爱的语文和声乐课。每天背着书包出去，并不去学校，而是到处闲逛。

她曾在没人的地方绝望地痛哭，也几次想到死。

有一天，邻家女孩把她领进了一家舞厅，她立刻被绚丽多彩的灯光所吸引，为节奏鲜明的乐曲而陶醉。她愿意在这里疯狂地旋转，激烈地扭摆，以排除心里的烦忧。

她想在这里站脚立足，那只能先被舞厅老板所占有。后来又被几个高贵的客人带出去开房。一连几年下来，一切纯真和美好的东西都已丧失殆尽，她变成一个生活放荡、满腹狡诈的年轻女人。她抽烟、酗酒，并且极会撒谎。

当然，她心中埋藏着最深的仇恨，还是针对她的继父。她学会了报复和如何报复。她把报纸上登载的强奸少女被判处无期徒刑的案例拿给继父看。

看到继父眼里露出凶狠的光芒，她猜出这个凶狠的家伙，很可能要置她于死地。

她像许多电影里那些流氓妇女一样，跷着腿，抽着香烟，用漫不经心的口气告诉他，至今，她还在一个秘密的地方，保留着当时的证据。如果她万一死亡，那证据就会马上曝光！

除了强奸罪，还有人命，枪毙！

接着，她就要寻死上吊，吓得她继父不得不跪地求饶。

为了一泄满腔的愤怨，她的拿手好戏，就是不断地折磨和惩罚这已经年过半百的赌徒。

每每心烦和气恼的时候，就会来拿他出气。常常动手打他，破口骂他，甚至撕咬他的皮肉。她逼他去倒洗脚水，有一次，他稍有迟疑，她便把一盆水，统统扣到了他的头上。

那时，房地产生意刚刚起步，城市里到处在建高楼和大厦。她继父带领一个施工队，承建天河巷的居民住宅小区。

有了钱他还不忘赌博，有一次在赌场里他遇到了翟铁。

牌九桌上，一老一少，分别坐庄，各使诡计，各不相让，互有输赢。最后，两个人叫起号来，干脆就来个直接对垒——一揭两瞪眼！

老赌徒虽说牌技高超，架不住翟铁年轻气盛，手疾眼快，几把下来，老赌徒输了个精光。

也许是要做最后一搏，老赌徒语出惊人，赢了，翟铁把钱全都给他，输了，就把女儿送给他。

看热闹不怕乱子大。

周围的赌徒在一边起哄，各个都瞪大了眼睛，有人告诉翟铁，他的闺女，那是又漂亮又会来事儿，保证把你伺候得舒舒服服。

两个人又重新洗牌，三局两胜。

在众人的欢呼声中，翟铁连赢两把。散局后，老赌徒想要耍赖，翟铁掏出了刀子，要是说话不算，就地放血！

老赌徒乖乖地把翟铁领回了家。

也许是前生缘分，小玉竟然喜欢上了这个英俊青年。他们在一起姘居，到外地以游客的身份作案掏窃。

小玉会以各种手段，在闹市、在火车站、在码头，吸引游客的注意力，以掩护翟铁作案。

她已经变成了一个彻头彻尾的罪犯。

就在翟铁被捕的前些日子，不知用什么手段，老赌徒在天河巷小区弄到了一套两屋一厨的房子。为了摆脱女儿的折磨，他让女儿和翟铁住进了那里。

因为房子来的手段不可见人，两个人轻易不在院里露面。就算是翟铁和朱岗躲进这里，也无人知晓。

这个房子里除了一张勉强能够睡人的铁床，几乎没有什么家具。

朱岗一走进屋中，就被小玉的漂亮脸蛋所吸引。

翟铁立即感觉到了一种危险，朱岗是憋了多少日子没摸过女人的壮汉。朱岗的举止在告诉他，这个女人今晚他是占定了，因为在各种黑道上，女人从来都是陪衬和附属品，没有固定归谁所有之说。

可是，姘居这么长的时间，翟铁已经爱上了小玉，一个自己爱的女人，是不能和别人共同享受的。

他马上与朱岗商量，这屋里虽然有几个面包和香肠，仅能维持三个人几天的生活。趁着追兵未到，得让小玉赶紧去买点吃喝日用的东西，不然，几天几夜不能出门，哥几个都得饿死。

边说边向小玉丢了个眼色。

小玉从朱岗的眼色中不仅看到了色鬼的馋相，还看到了凶狠和蛮横。也许，为了占有她，他完全可以置翟铁于死地。想到这里，她向朱岗抛过一个媚眼儿道："这位大哥，瞧你身上这个脏，都闻到馊味了，你们俩都得给我好好洗洗，谁干净，我先伺候谁。"

几句话说得朱岗心里发痒，忙问道："在哪洗澡？"

翟铁告诉他，卫生间有淋浴。

朱岗一头就扎了进去，找到了龙头开始放水。

翟铁向小玉示意，小玉随手拿了几件衣服和化妆包，小心地开启了房门，两个人蹑手蹑脚地溜了出去。

朱岗洗完澡，一直等到天亮，也没见翟铁和小玉回来，才知道翟铁耍了他，但也无可奈何，只能躲在屋中，不敢出声。

这个朱岗，因为他妈把他生在芦苇地里，取的小名叫苇子。他的罪行，可以说是恶贯满盈。

他的祖辈是北大荒的原住民，如果追溯到远古，可能连接靺鞨和女真。对于过去，他一无所知，他从记事儿的时候，就是跟着爷爷、奶奶、父亲、母亲在地里劳作。春种，秋收，冬藏。

长到十五六岁的时候，他常常觉得身体发热，心情急躁，下边撒尿的东西常常硬起来坚挺不倒。

他家里住的是北方典型的南北大炕，等他长大了，便睡到北炕。夜里，他常常看见睡在南炕的父母以为他睡着了，就搂到一起乱拱乱动，他才知道，男女之间可以干那种事情。

那年夏天，他看见邻村的一个女孩走在树林边，把她拉进林中，扒下她的裤子，把那东西掏出来，在她下身胡弄了一阵。

女孩哭着回家，家长找上门来，说是要告苇子强奸罪。其实，两家都怕事态闹大，一家去吃官司，一家也坏了名声。万全之策，就是把这个女孩嫁给朱岗做媳妇。

一问，才知道，女孩比朱岗大两岁，长得挺丑，那也没有办法，只好娶到家来，尽管这样，他夜夜都把她弄得连连惨叫。

不到三年，那个丑媳妇就给朱家生了两个孩子。

本来，这样的生活，完全应当像祖辈和父母一样延续下去，直到朱岗老死，再由他的儿女来接续这样的生活。可是，就在那年过年的时候，一个去省城打过工的青年来到他家，一切都改变了。

喝酒的时候，大家自然要问起他在省城的见闻。那青年说起干活、挣钱都一带而过，说起省城的女人来，立刻眉飞色舞，说那省城的女人个个都像画上的、挂历上的美女。描眉打鬓，浑身带着香气，到跟前一闻，骨头都酥了。

女人身上有香味儿？那是什么味儿？

闻闻自己的女人，除了奶味儿就是尿臊味儿，从身上发散出的香味儿，到底是什么味儿？他一定要去找那样的女人，好好闻闻她们身上的味儿。

在夏天一段农闲时间，朱岗一心要进城，到了县城，让他眼界大开。原来，这里的人是这样生活，他们不用脸朝黄土背朝天，在屋里写字、说话，就能赚到大把的钱。

这里的女人穿得是那样单薄，大腿和胳膊都露在外面。

他真的闻到了那种沁人心脾的香味，那是从一个长发披肩，穿戴时髦的女人身上发散出来的。那女人很年轻，长得也很漂亮，裙子短得露着屁股蛋，隔着小布衫，能看见两个“扎儿”耸耸乱动。

那女人看见他那张不怀好意的脸，转身就走。

他舍不得这种味道，便跟在这个女人身后边走边闻。走了不远，却被几个警察拦住，原来，那女人向路边的警察报了警。

他被带到派出所，老老实实地承认了跟踪这个女人的事实，为的是闻她身上的香味儿。

这是一种怪癖，未必犯法，引得周围的人发出大声嘲笑，都说他是真正的“山炮”。

嘲笑之后，几个警察合计了一下，有人说这是个怪物，胖揍他一顿让他滚蛋得了。还有的想要从他的身上搞一搞“深挖”，看看他还干没干别的坏事儿，就把他给拘留了。

没有必要把朱岗从一个愚昧的“山炮”变成一个巨匪的责任全都推给社会和那几个警察。但是，有一点可以相信，如果没有这次拘留，朱岗可能还得回到山村去，继续种地直到老死。可是，这一次的拘留决定，彻底改变了他的一生。

假如，那几个警察到他住的农村调查一下，哪怕是拿起手摇电话，摇上几下，询问一下管朱岗那个村的公安特派员，情况也许就会大不一样。

但是，没有一个警察想要这样做，这对他们来说，也许是因为一时懒惰，也许是一次职务的疏忽，而这种懒惰和疏忽，不论是对朱岗，还是对死在他手里的冤魂，造成的伤害，都是无法挽回的。

没有谁能够谴责这种懒惰，也没有谁能够诅咒这种疏忽。它只能放在职业道德的天平上衡量，在承担决定别人前途和命运的时候，一定要对得起职业道德和天地良心。

拘留朱岗是执法者的随意！

谁也不会想到，拘留朱岗的严重性在于他认识了翟刚。

翟刚因为盗窃嫌疑被押在这里。

翟刚在这个县城里连续干了几个“疙瘩活”，最后一次又被堵到屋中，他从三楼跳窗户逃跑。结果在傍晚全城大搜捕中被抓到。

被害人认为像他，警察便把他拘留起来。

翟刚在逃跑期间，毁掉了一切不利的证据，也编好了假名字、假籍贯和假历史。

就因为有人指认说他“像”，审讯人员为了让他招供，使尽了各种办法折磨他，把手铐“杀”到肉里，把两只手一前一后铐起来，让他来个“苏秦背剑”，甚至把他反吊到房梁上。

翟刚咬紧牙关死不招认，他知道，他如果招供就得终生坐牢。

他报的名字，住址确有其人，这种做法叫冒名顶替。要是他们查对，也不会出错。打从心里说，他压根儿就没把这些审讯他的人放在眼里，因为他们除了会折磨他，再就是把桌上的一厚沓材料拍得啪啪响，“说不说？你的材料都在这里！”他知道，这都是在蒙人，他们拍打的鬼知道是什么材料，这样的阵势他见得多了。

他再也没碰到过像赫雷那样的凶神恶煞，他们也没有一个像赫雷那样，告诉你有指纹作为证据……后来，他也再三想过，也许，赫雷也是诈他，可当时因为没有应对经验，竟然吓得尿了裤子。而今，他连续被判刑，被教养，进出拘留所更是家常便饭，什么阵势他没见过？什么折磨他没受过？要从河里爬上来，还怕雨淋吗？

不论遭到怎样的折磨，他唯一的对策就是一个字：挺！

只要他能挺过去，他就能走出这里。

蹲了一个多月，挺了一个多月，直到所有的审讯人员都累得筋疲力尽，翟刚还是只字未吐。

从审讯的频率和态度上判断，他快要被释放了。

就在这个时候，朱岗进来了。

在拘留所里，翟刚反复回想多年作案的经验和教训，他几次失手，都是因为缺少一个替罪羊。这个替罪羊，得年轻，有力气，最好是力大如牛，再就是头脑要简单，让他干什么，他就会干什么。在危险的时候，就算是把他卖出去，他也不知找谁数钱去。

朱岗，这个被戏称为“山炮”的人，就成了不二人选。

翟刚告诉他，只要跟着他，他会有花不尽的钱，花枝招展的女人会像苍蝇一样跟在后面赶都赶不走。

隔了些日子，两个人脚前脚后被释放出来。

翟刚比朱岗早出来两天，等朱岗出来发现翟刚真的在等他，让他佩服得不行。两个人洗了澡，又一起下馆子，到了晚上翟刚给他找了两个女人，让他玩了个尽兴，从此，朱岗就死心塌地地跟定了翟刚。

朱岗第一次跟着翟刚作案，就对这个头脑冷静，胆大妄为的师傅佩服得五体投地。

过去都把撬门压锁入室盗窃称为“压疙瘩”。

这个名词也是来自“绺行”的黑话。压，就是破坏的方式，疙瘩，就是门上挂着的那把或铜制或铁制的将军锁。到了八十年代，这种锁已不多见，新建的居民小区，都用上了防盗锁、防盗门。这让许多靠“压疙瘩”为生的老贼们都望门兴叹。

翟刚是头脑清醒的贼，他不想坐以待毙。他相信那句话：“没有打不开的锁，没有钻不透的墙。”为了能够打开所有的锁，他进了关内一家专门制作防盗门的工厂做工，用了不到两个月的时间，就把这家制作的防盗门锁研究得极其透彻。他可以用一把万能钥匙，打开这家著名的工厂生产的所有防盗门锁。

他和朱岗入室盗窃，就像回自己家取东西，轻松自如。

为了拢住朱岗，在分赃的时候，他从不吝啬。在把偷盗的衣服、贵重物品交到销赃犯手中，变回现钱之后，朱岗总会把分到的一部分钱，寄回家中，以表明他在省城打工，挣钱不少。其实，他那个时候还没有见过省城是什么模样。

除了寄回家，朱岗把其他的钱，差不多都花到了女人身上。

过了一个多月，翟刚认定朱岗的确是一个头脑简单、对自己已经产生了依赖感的好助手，便带他到了万家屯。

翟刚发现了那个保险柜，便起了今后改偷盗保险柜的念头。因为凡是用保险柜装的一定是最为贵重的物品。

打开一个保险柜，胜过开十家房门。

他与朱岗再一次进入制作保险柜的工厂当学徒打工，终于掌握了制造和开启保险柜的原理。

把华俄道胜银行的那台被认为是最为复杂的保险柜成功打开，证明翟刚已经无所不能。

打开了保险柜，两个人又动了要潜入博物馆偷盗九宝金佛的念头。

假如说，通过共同作案和长时间的了解，翟刚已经认定，朱岗是个头脑简单又对他产生依赖感的人，那只能说是翟刚的一厢情愿。

如果我们承认客观事物会影响主观思维的话，那就得对朱岗刮目相看。

他出生在偏远山村的农家院里，从小到大，他看见的只有那山、那水、那牲畜、那土地。他的思维和认识，也只限于此。你说他活得浑浑噩噩，呆头呆脑都可以。像他进了县城，跟在女人身后去闻那种香味儿，没有谁不说他是个愚蠢透顶的“山炮”。

可是，他一旦进入复杂纷呈的大千世界，各式各样万花筒般的事物在他的周围出现，在他身上的潜质也被激发出来。

这种潜质是什么？他是从哪里来的？没人能够说得清楚。

也许，在朱岗身上就继承了肃慎和女真那些远祖们的优秀的基因。所以，在他决定跟着翟刚的时候，他已不再浑噩，但他还要以头脑简单的形象出现，以进一步获取信任。

就在他以表面上的头脑简单，而对翟刚百依百顺的时候，他也在不断地权衡自己的本领。就在他帮助翟刚打开道胜银行保险柜的时候，他认为，他的能力与翟刚已经不相上下了。

到了快过端午节的时候，朱岗忽然动了要回趟家的念头。之所以想要回家一趟，就是因为朱岗也和所有人一样，都有炫富和衣锦还乡的愿望。

他穿了一身浅色的高档毛料西装，提着一个拉杆皮箱，登上了去外县的长途汽车。

世界上有些事情真是奇怪，这无巧不成书的事情，竟然也能让朱岗摊上。他坐上汽车，摆出一付款爷的派头，还想要等长途汽车到达县城后，再从县城到山区这十多公里，要打一辆出租车回家。

可是，就在长途汽车发车后，坐在他同座的一位老太太发现他穿的浅色西装是自家被盗物品。

认出这套西装的原因很简单，西装上衣和裤子都有在干洗店干洗的时候缝的标记。

在另一个县客运站，乘客下车休息，老太太向一位身材矮瘦的驻站的执勤民警，报告了她的发现。

执勤民警把朱岗叫到了执勤室，直截了当地就问他这身衣服的来历。

朱岗回答得很轻松，在省城旧货摊上买的。

民警向上级报告情况。

上级对这个事情不甚重视，刑警队当时也派不出人手，就让执勤民警把嫌疑人送到县公安局来，做进一步审查。因为这个县城曾经发生十几起入室盗窃的案件，都没破获。

朱岗当时穿戴很得体，加上回答流利轻松，竟然让这位民警信以为真。他之所以向上级报告，有两个想法：一是有人指认赃物，这套浅色西装在经过核对后，应当返给被盗者；二是能让他提供购买西装的摊位，以便从销赃的线索去追查真正的犯罪分子。

此刻，汽车早已开走，天色越来越晚，反正县公安局距离汽车客运站并不很远，民警决定把他送过去。朱岗点头答应，甚至表示说，他有钱，要把这套西装返还给被害人，他也愿意。

民警对他印象不错，告诉他，要是他能把情况说清楚，很快就可以坐最晚的一班车，或是明天一早的车回家。

朱岗说，没有关系，早点晚点回家都行。

其实，在他刚被带到民警值班室的时候，他就注意到，这个身材瘦小的民警腰间别着一把五四式手枪。

对枪的兴趣，是他在万家屯隐藏的时候，听人家讲起辽宁悍匪“二王”一路从东北杀到南方的故事之后。从那时候起，枪，对于朱岗来说，就成了梦寐以求的奢望。

事实也确实如此，枪，对任何一个从事犯罪活动的人来说，都是可望而不可求的最高级的作案利器。枪，可以制他人于死地，甚至说，想杀谁，只要你对得准，就能杀谁！

今天，机会终于来了，就在眼前。他的眼睛一直在窥视四周，一旦有机会，他一定要夺取这支枪。

可惜的是，这位警察没有应有的警惕，不仅对此毫无察觉，更让人遗憾的是，他竟然轻易地相信这个穿浅色西装的青年只是图便宜，无意间购买了一件赃物而已。

从他戴上枪直到现在，他连想也没有想过，枪可以保护他，也可以害死他，他更不会相信，有人胆敢对他腰间的手枪产生妄想。

走出客运站，警察和朱岗几乎肩并肩走在马路上。

天色已黑，街道上行人稀少，县公安局就在眼前。

两人路过街边一个大门洞时，朱岗见四周无人，突然伸出两手，狠命地掐住了那个警察的脖子，像提个小鸡似的把他按倒在漆黑的大门洞里。

未等他再用力，那个警察蹬了蹬腿，已经死亡。

他摘下枪，消失在黑暗的街道中。

回家不成，朱岗又回到万家屯。

翟刚见到朱岗手中有枪，心生不安。

按老规矩的说法，“绺行”的人是靠活儿吃饭的。枪，发腥，是凶器，最犯大忌。

再说，朱岗有了枪，随时都可以置他于死地，两个人的主从地位显然已经发生了颠倒。

当天夜里，翟刚就溜出了万家屯，不知去向。

第二天下午，翟铁戴着手铐，逃进了废品收购站……

十七

痛哭

陶进离开后，翟丁又在饭店独自坐了好一阵子。

她打心里感谢老天的眷顾，能让她在数年后意外地在火车站见到常萦心怀的陶进。

她仔细地回想着两人的每一句谈话，让她不解的是，陶进为什么不知道他对自己有什么恩情？

她在被几个醉醺醺的恶少堵在了黑暗的墙角，有人撕开了她的衣服，她可能被侮辱，所以大喊救命，是因为她甚至感到死亡的威胁。

就在她一生遇到最大危险的时候，陶进突然出现，打伤了那个恶少解救了她。为此，陶进被关进了拘留所。

她无父无母，一个哥哥和一个弟弟都不知在哪里，一个不谙世事的孤身女孩如何应付这样的事情？她没有任何应对的办法，也无处去找答案。

在翟丁看来，那次出手相救，是老天的眷顾，无疑救了她一命。但是，由于要参加考试，她无法分身，就在考完试的第二天，走进了派出所，她要说明事实，以帮助陶进解脱厄运。

但是，她没有看到应有的效果。接着从魏预审那里得到一次比一次可怕的消息，陶进将被劳动教养！

看来，她无法帮助陶进解脱厄运，但总可以鼓励他不被困难吓倒。她给他写从书上摘抄下来的那些励志名言的信，希望他能像那些历史伟人一样，从困苦中走出来。

没有回音。

她觉得单纯的鼓励，也许不足以让陶进重新鼓起勇气，于是，她想到了在不少中外小说中，看到的忠贞爱情鼓舞人心的伟大力量。她在接下来的信中就向陶进倾诉对他的爱恋，甚至不惜直接抄录一些外国小说中浪漫词汇和感人的章节。可惜，这一切都如石沉大海。

从魏预审那里得到的间接答复是，陶进认为自己不配和翟丁在一起。

一切就这样了断了。

人生真如古人一首诗中所说："别后相思空一水，重来回首已三生。"

数年相隔，已是物是人非。而她对陶进的信任，还是一如既往。

但是，她不理解，为什么陶进不承认他对她有恩情呢？

还有，他说他根本没看见她写的信，这可能吗？

当初，以翟丁对警察叔叔的信任，她完全相信那位魏预审的话，并且很感激他，每次都能收下信，并向她透露陶进严重的案情。

但是，等到她得知陶进已经结婚，娶的就是这位预审的女儿时，她才感到似乎一直被人欺骗和愚弄。但那时她毕竟年轻，甚至反复怀疑自己的推断，世界上真会有这样伪善的人吗？那位态度和蔼的老预审，毕竟是一个身穿国家制服的人民警察啊。

随着年龄的增长，她才知道，不仅仅在人民警察中有这样伪善的人，甚至在受过高等教育的人中，也有同样伪善的人。

在一个偶然的机会，她看到孔子在什么地方说过这样的话，年轻的时候，他老人家是"听其言，而信其行"，到老了，经受多少岁月风霜和生活教训才知道要"听其言，而观其行"。

这位两千多年前的老人，说得多么精辟，多么准确。可惜，她看到这些警句的时候，有些太晚了。

那个时候，包括她在学校和走出校门参加工作，对老师，对同事，她都是"听其言，而信其行"。只有经历了成长和痛苦的教训之后，才知道，应该"听其言，而观其行”的意义。

她还认为，从她所经历的教训看，“信其行”，不行。甚至“观其行”也不够，要想真正看透一个人的本质，不仅要通过观察他的行为，还要研究和判断他的行为的真伪。因为有些人，很善于作出一些看似正确和庄重的举动，让你产生信任和尊敬，目的是实施更卑劣的欺骗。

为此，她要斗胆在至圣先师语录的后面，再加上这样一句：听其言，而判其行。

有时候许多人的行为就是谦谦君子。整洁的衣着，谦虚的笑容，满口仁义道德等等。可这一切都不是他的真实面貌，都是为了取信于你，讨好于你，从而达到深藏在内心的险恶目的。

原来社会这样复杂，不仅不能信其行，还要观其行，连观其行也不够，还得判其行，就是要研究和判断他为什么要这样做。

今晚，陶进说，他根本没看见过有什么信，她更加坚信自己的判断，那位看似对她态度相当友好，甚至能让人感到亲人般关怀的魏预审，撒的就是弥天大谎，也完全可以用“判其行”来判定，他是一个彻头彻尾的伪君子。

从“听其言，而信其行”到“听其言，而观其行”，再到“听其言，而判其行”，随着年龄的增长和社会经历的丰富，翟丁的思维出现了一个三级跳。她有理由相信自己已经成熟。

有了这个断定，让她心头一爽。但随之而来的，却又产生了另外的担心和忧虑，陶进跟这样一个伪善的人在一起，到底是怎样生活的？他能认清，这些年，他一直在遭受一个伪君子的欺骗吗？

说到底，原来，她心中最放不下的还是陶进。

直到东方现出鱼肚白，又有几辆列车进站，饭店也变得闹闹哄哄，她还坐在那里胡思乱想。直到第一班公共汽车出现在街头，她才走出饭店。

有几辆出租车在站前广场进出。有的还停到她的面前打招呼，她拒绝了，五块多钱的车费，要是不能报销，她个人承担不起，因为她的工资每月才六十二元，套用行政干部级别是二十一级。

回到研究所，看门的老头非常惊讶，问她为什么不打个电报来，单位好派车去接她。翟丁说她打了。

老头说，没有接到。

回到单人宿舍，她觉得头昏脑涨，便把厚厚的窗帘拉严，倒在床上。

尽管天色已经大亮，屋中还是昏黑一片。

黑暗应当带来深沉的睡眠。

平时，翟丁从不失眠，也有那种倒下就着的本事。今天，却意外反常。本来坐了半夜火车，加上后半夜也没休息。已经十分疲惫和困倦，本想上午补上这一觉，可是，躺在床上却无法入睡。

她强迫自己安静下来，紧闭两眼，希望什么都不想。可是，她做不到，就算是闭上眼睛，陶进那憨厚而又略带局促的样子，就会浮现在她的面前，总是让她心跳不已。

几次翻来覆去都无法入睡，她不得不翻身坐起，从床头柜的深处掏出半盒香烟，抽出一根点燃了，深深地吸着。

这也许成为她的催眠剂。

当研究项目进入关键的攻关时刻，她有时也难以入睡，只要她抽上几口烟，脑袋就会发晕，很快就会昏昏入睡。可是，她今天把一根烟吸到了底，也没有眩晕的感觉。

她的手上还留着他的手温，耳边还絮絮地响着低沉而浑厚的声音。这声音让她感到既熟悉又陌生，既贴近又遥远。

越是这样的朦胧，越是有一种魅力和诱惑，她希望那双强壮的臂膀能够紧紧地搂住自己，和他热烈地亲吻，甚至做爱。

她太渴望他的爱抚了。

在点燃第二根烟的时候，她的手有些颤抖，也许是尼古丁的刺激，她觉得浑身燥热，似乎奔涌着一股邪恶的热流，几乎让她难以自持。

终于，在连续吸着第三根烟的时候，她感到一阵像喝醉了酒似的眩晕。她掐掉烟蒂，重新躺到床上，希望这种人为的麻醉，能够让她获得片刻的解脱。

谁知，躺下不久，一种久违了的悲愤、悔恨和委屈一起涌上了心头。

她已经许久不再流眼泪，今天不知怎么了，心中发堵，鼻子一酸，眼泪竟然不知不觉地流了出来，泪水流过面颊，把枕头润湿一片。

眼泪流着，却止不住心中的悲痛，她竟然抽噎起来，最后，她再也无法控制，索性把头一蒙，呜呜地哭了起来。

她心中有怨有恨，既怨别人，也恨自己，她怨别人伪善，更怨自己命苦。不仅轻易相信别人，每次相信，都让她遭受痛苦的沉重打击。

她生来命苦。

从一落地，她就是“反革命子女”。因为他的父亲是内定反革命分子。

尽管如此，毕竟是女孩子，从懂事儿的时候起，翟丁的行为举止，就与家中的两个男孩大不相同。他们每天在外面疯跑、打闹，惹是生非。她就安安静静地坐在家里，做那些能够从附近一家工艺美术厂揽到的外加工活儿，做纸花，做绢花，绣枕套，做麦秸人儿。按规定，做一个纸花，只有几厘钱，要做七八个纸花才能挣到一分钱。别看这样，积少可以成多，最多时候，一个月做下来，也可以挣到七到八块钱。

她喜欢读书。知识，对她永远有一种吸引的力量。在“停课闹革命”的时候，她还到学校被砸乱的库房里，拣回一些高年级的书，回到家里读。

随着年龄的增长和“文化大革命”的步步深入，哥哥和弟弟也越发变得放荡不羁，整天在外面寻衅滋事，还不时往家里偷东西。甚至有一次哥俩还偷来一台老旧的吉普车，整天开着满街疯跑。

她知道，哥哥和弟弟都很聪明，他们从小也都有强烈的求知欲望。当他们兄妹三人天天上学的时候，尽管因为家庭出身的缘故，都不能戴红领巾，也许是为了争气，哥哥和弟弟的学习成绩，在班级里都是名列前茅。

可是，“停课闹革命”才不到两年，他的哥哥最先变成了横行邻里的小流氓。

她不明白，搞“文化大革命”为什么不让孩子们读书？假如能够继续让哥哥和弟弟读书，他们何至于此？

在他们最该受到启蒙和教育的小小年纪，“革命”却毫无理由地剥夺了他们的读书权，她不明白，革命和斗争与这些未成年的孩子有什么关联？

他们招谁惹谁了？

看到哥哥成天价威风八面，翟铁也跟着他狐假虎威。接下来，她就看见家中忽然会有成袋的白面和大块的猪肉。很快，派出所的警察就常常光顾家中，不时把他们两个叫到派出所罚站，甚至罚跪。

时隔不久，奇怪的现象出现了，那些派出所的、公安局的警察也都没了踪影，报纸上说，这帮警察十七年来，一贯执行反动路线，统统得接受改造。

社会治安全部由革命群众来管理，理由非常充分：工人阶级既然能够领导一切，焉能管不好社会治安？派出所住进了工人纠察队，可奇怪的是，没过几天，翟刚、翟铁都戴上了工人纠察队的袖标。

警察的缺位，令整个社会完全无法无天。连工人纠察队的袖标，也是可以花钱买来，甚至自己制作的。

原来，翟刚对父亲多年挨批斗，早已怀恨在心，这次有了机会，他决心报复。他领着清一色戴着工人纠察队袖标的一批年轻人，去揪斗那些批斗过他父亲、领过警察到他家来的居民委和治保会的老头老太太，警告他们谁也不准再批斗他们的父亲，吓得翟丁跑到邻居家去躲避。

第二天，一个什么造反团，用大卡车运来几十个人，运到了大杂院的大门口。下车的人，各个头戴柳罐斗的帽子，提着棍棒和皮带，把翟家团团围住，要把翟家父子全都抓走，拉上车，在全市进行游斗。说这里发生了反革命分子的反攻倒算。

就在这时候，翟刚的那些狐朋狗友和纠察队员，提着大刀、长矛、火药枪蜂拥赶来，双方在翟家门前发生了一场械斗。

提着棍棒的造反派，打不过大刀、长矛、火药枪，纷纷败逃。

从此，戴着工人纠察队袖标，专以打、砸、抢和偷窃为主的“翟家帮”逐渐成形。

这样的混乱长达一年之久，翟刚、翟铁也都威风了一阵子。就在这个时候，上面又有了新的指示，让知识青年到农村去，接受贫下中农再教育。

“广阔天地”和“建设新农村”的口号几乎像磁铁一样，吸引了像翟刚和翟铁所有的青年人，他们积极报名，甚至可以说争先恐后。

那些重新掌权的居民委老太太，像串通好了似的，借着手中掌握审查和分配下乡青年大权的时候，趁机给了翟家最严厉的报复和打击！

说翟刚、翟铁不光是反革命子弟还有劣迹，绝对不能上山下乡，他们没有资格到广阔天地去。

只有翟丁算是可教育好的子女，但也不能像陶进那样去生产建设兵团，只能去偏远的山村。

因为要去山区的农村插队，一切都得靠自己准备。天气已冷，翟刚把他最喜欢戴的一顶真正的解放军军帽送给她。要知道，军帽不仅暖和实用，还是当年年轻人最时髦的象征，听说为了抢一顶军帽，有的被抓去判刑，有的甚至还闹出过人命。

翟铁不知从哪儿给她弄来一套草绿色的棉军装，让她穿得暖暖和和去了遥远的山村。

因为是可教育好的子女，在农村也不能成为依靠对象，几个家庭出身不好的女孩子，被送到离县城几十里的一个偏远山村，都被安排在一个废弃的仓库住宿。

没有火炕，只有铺着稻草的木板。

冬天来了，新盘起的炉子，是屋中唯一的取暖设备。因为没有煤，只能烧树枝和柴火，所以要不停地向炉子里“添火”。

等到孩子们都睡着了，炉火也随之熄灭，温度急剧下降，屋中开始结冰。

早晨起来，翟丁吓了一跳，怎么深蓝色的麻花被，一夜之间变成了白色？用手一摸，才发现被子上都是白霜，脚下的被子，拽也拽不动，原来，被子已经被冻到了墙上。

东北地区每到冬季天寒地冻，本来就是农民“猫冬”的时候。可是，来了这么些想要“大有作为”的孩子，总不能让他们也跟着“猫冬”，为了让他们有所“作为”，生产队长就让他们去修牲口圈，刨井台的冰。

刨冰，震得两手虎口撕裂，蹚着深雪上山去砍柴，手和脚都被冻红冻肿，但是，为了锻炼和改造自己，翟丁下决心不怕任何困难，要做到和朴实的农民一样，锻炼成长，争取转变成为一个无产阶级的革命者。

农民到了晚上，就得早早睡觉，因为山区没有电，点油灯又很费油，甚至是不允许的。城里来的孩子们没有天一黑就睡觉的习惯，他们只好到山上去砍松树明子回来点上当灯。

松树明子点燃后，冒出浓浓的烟，发出吱吱的响声，还有一股油脂的怪味。起初，有人闻了呕吐，但也只能坚持，他们要借着这点光亮看书，因为这就是命运的安排，这就是生活。

翟丁从小就对物理、化学极有兴趣，在家做“外活儿”的时候，她就给无线电厂做过半导体的零部件。她还凑过材料，亲手做过一台简易的半导体收音机。来到村里，这种手艺派上了用场，她给村民修好了六七台出不了声儿的半导体收音机。

但是，她见到这里的农民既不勤劳，也不朴素，他们懒惰，还很愚昧。难道这就是他们应当虚心学习的农民吗?

冬天谁也不出门干活，差不多都是三五成群聚到几家去赌博，去看一种长条的纸牌。

有病无处就医，而是找邻村的一男一女两个巫师来跳神，看着“大神”“二神”丑陋地高唱和扭跳，有些村民虔诚地跪地祈祷。

她在“广阔天地”里看到了愚昧和无知，但却不敢下这样的结论，因为她是来接受他们改造的。

在日常交谈中，她听得出，不少村民对人民公社和生产队也有诸多不满，甚至也有人说，把他们这些城里的孩子弄到农村来，就是糟蹋了前程。

难道，这就是她要学习的贫下中农吗？翟丁心中不由得发生了疑问。

但是，她马上告诫自己，自己总是看到农民的缺点，一定是自己阶级立场还没有转变，这是很危险的，以后一定要看到他们的优点和高贵品质。

终于迎来了春天，他们跟着农民学习播种，锄草。可是，由于农村生产资料归集体所有，农民并不珍惜种子，有的偷回家去做饭吃掉，甚至还有的偷出种子到城里贩卖。

但是，她也看到了农民的同情心，因为库房太冷，一开春，生产队长就领几个农民把墙重新抹了，还在屋中盘起了两铺火炕。

五六年的时间，就这样过着，熬着。这期间，除了给父亲奔丧她回过一次城，再也没离开过那个山村。就是借着这次回城的机会，她把父亲留下的积蓄，大部分都买了书，有初中课本、高中课本，她要带回去学习。在她看来，她无法承受脸朝黄土背朝天的生活。她为自己设计着未来的前途，那也只有学好文化知识，才能从生产小队到大队，再到公社去，沿着这条路走完一生。

等到第四个年头，她被调到生产大队当会计。生产大队，相当于村的建制，那里有电灯，还有一台手摇电话。她每天可以看书到很晚。

到了第二年的秋天，公社派人修好了停了好几年的大队广播站，从大喇叭听到说“华主席万岁”，才知道毛主席已经逝世，“四人帮”垮台了，知识青年可以返城了。

她重新回到了家。

家，只有四壁，这里已经很长时间无人居住。翟丁打扫整理了两天，总算是可以坐下来读书背课，准备报考大学。

谁知道，几个流氓在路上围住了她，这一个意外，彻底改变了陶进的命运，也彻底摧毁了她和陶进的关系。

她终于走进了大学的校园，是读书改变了她的命运。念大学的时候，她的成绩优异，几乎每次考试都是名列前茅。她是为数不多的靠全程奖学金读完本科的学生之一。

大学毕业后，她被分配到一家省级科研单位工作。不到一年，翟丁已经有两项科研成果问世，显然，她已经成了单位的中坚力量。

也许是到了谈婚论嫁的年龄，可她心中总是难以排解对陶进的思念。她知道这是不现实的，也是危险的，她必须放弃，彻底放弃。

在单位，有一位科研处的副处长年轻英俊，对她特别关心，也许是为了忘掉过去，翟丁与他成为朋友关系。孰料，这是一个善于玩弄女性的伪君子，他第一次与翟丁单独相处，就动手动脚。

翟丁尽管出身寒微，却是个极其自重的女性，她认为，不经过婚姻殿堂，她一定守身如玉。

遭到翟丁的拒绝不久，这位风流倜傥的副处长就与一个新来的漂亮女助手交上了朋友，接着就在办公室发生了关系，由于事不机密，被领导发现，闹得满城风雨。

翟丁得知后，气愤难平，她认为，这是又一次被伪君子欺骗。尽管她知道该“观其行”，甚至“判其行”，可她仍然无法洞察伪君子的狡诈。

生活，怎么这么难啊？

想想真是后怕，假如他不及早暴露，一旦与他生活在一起，那该是何等可怕的恶果？

单位调查发现，这位副处长以处朋友、搞对象为名，与三个女性发生了不正当关系。在他交往的女朋友中，没能得逞的只有翟丁。

领导认为，他已经构成了流氓罪，便报请公安机关，把他开除公职，送劳动教养三年。

经过这段经历，翟丁对感情问题已经心如止水，两年多来，不曾起过任何波澜。奇怪的是，今天意外见到陶进，竟让她旧情复燃，甚至产生了邪念让她难以自持。

终于可以蒙着头放声一哭，也算是一次痛苦和委屈的宣泄，也许哭了许久，她的心才渐渐平复了许多。后来，就迷迷糊糊地睡着了。

一觉醒来，已近中午。她洗漱后去食堂吃饭，在路上，她突然又告诫自己，想念陶进，那绝对是不现实的，甚至是危险的，必须尽快忘掉和放弃。万一越过雷池，必是两败俱伤。

为了坚定自己的决心，她把这件事情当成对自己意志与性格的考验。也许，只有把它提高到意志的高度，她才能管束住自己。

在食堂里，一个家在万家屯的资料保管员，绘声绘色地讲述他听到的万家屯警匪大战的惊险情景。据他所说，傍晚，两个匪徒持枪与警察对射，双方混战一个多钟头。匪徒打伤一名警察，从容撤退。后来才发现，原来匪徒是从事前挖好的地道里逃走的。

翟丁听了一阵阵心头发冷，不管讲述者有没有添油加醋的成分，可以肯定的是，翟铁惹了滔天大祸！

出门的时候，看门老头见到了她，连连说："太不像话，太不像话！"

翟丁不知道他在说谁，便问："谁太不像话？"

老头道："你打的电报，我一看日期，应当昨天就到，可才给送来。"

翟丁笑着说道："我不是到家了吗？"其实，她心里还有点庆幸，要是昨晚单位派人去接，她还能见到陶进吗？

刚回到办公室，桌上的电话响了。她拿起听筒，电话的另一方传来一个女人柔和的声音："姐，是我。"

她听得出，这是翟铁的女友，名叫小玉。当然，她最关心的还是翟铁，忙问道："铁子在哪儿？"

对方回答："我俩在一块。"

事实上，翟丁和翟刚、翟铁三人一直都有联系。

翟刚和妹妹接触不多，翟铁则不然，他对姐姐一直有一种依赖感。他认识小玉之后，就把她带去姐姐工作的城市，让她帮他相看。

翟丁对小玉的印象很好，她真希望他们能有一个家，最好再有个孩子，能把翟铁拴住，不再去胡作非为。当然，她也愿意帮助他们做一些正当的事情，市场上就有不少有劣迹和前科的人，都在做正当生意，有的还发了财。现在，全国的形势是改革开放，私人也可以做大买卖。要是能挣到钱，何必去干那些违法的勾当？

每当说到这些，翟铁都连连点头，说姐姐说得对。想想这些年的遭遇，让他不寒而栗。虽然也得到了些钱，但是，与这些年遭到的追捕、打骂和侮辱相比，也并没占到什么便宜，相反，有时候想想真是得不偿失。

他也几次痛下决心，坚决金盆洗手，改邪归正！

想做生意得有本钱，十来年的"绺行"生涯，偷一个花俩，设想过攒钱，但他没有攒下什么本钱。

翟丁和小玉都把自己辛辛苦苦攒下的钱拿出来，让他去做服装生意。

可是，翟铁几次做生意都不成功，虽没大赔，却也没挣几个钱。原因是，做生意就得起早贪黑，一旦早起，他一天都会犯困。一旦遇到抬价、砍价，他就会心烦意乱。他认定，自己天生就不是做生意的料。

这大概就应了那句话：恶习难改。

也许很多人都不知道，像吸食毒品一样，做贼也会上瘾。并且，做贼的瘾，和吸食毒品的瘾一样，也很难戒掉。

看见别人兜里的钱可以拿到自己的手里，要是不拿，就会自认是傻瓜。

把手伸到别人衣兜里的紧张和担心，以及掏到之后的庆幸和快感，都是强烈的刺激。

这种伸手的紧张和担心，以及成功后的庆幸和快感反复出现，久而久之，就会产生一种惯性。这种惯性留在大脑皮层里，会形成一个灶区，也就是兴奋点。据说人的大脑里，有一种东西叫多巴胺，上瘾，就是它惹的祸。

曾经产生过紧张和快感，到了成为惯性发作的时候，你必须用同样的行为才能满足。一旦行为不足以满足这样的兴奋和快感，就会心烦意乱甚至手足无措，这就是说，你已经成瘾了。

不仅是吸食毒品，人所共知，吸烟，酗酒，赌博，男女偷情，统统都会让人成瘾。

也许人们不会相信，杀人所产生的刺激，也会让人上瘾。

人类生理学还应当加上一条定律，就是——凡是有刺激的行为，都会让人上瘾。

翟铁当然不会知道，一听到砍价和涨价他就会心烦意乱，正是由他大脑中受过那种刺激，多巴胺兴奋发作而产生的。假如，这个时候，他能够成功地从别人兜里偷出钱财，他就会产生庆幸和快感。

因为不论是抬价还是砍价，都是嘴上的功夫，完全满足不了脑内多巴胺的需求，这种拧巴，怎不让他心烦意乱？

像去年春节前，翟刚和翟铁哥俩忽然一起找到翟丁，说是要改邪归正，到关内做正当生意，让她帮忙给找个单位挂靠。翟丁就找到本单位刚成立的劳动服务公司出介绍信，让他们给代购一批服装。这哥俩果真从广州买回一批流行的服装，服务公司也得到一笔可观的收入。

小玉在电话里说还要和翟铁一起到关内去做生意，说本市一家商贸公司要派卡车去关内送货，可以带上他们，但要单位的介绍信才能同行，希望翟丁能够帮忙。

这次与以往不同，小玉的声音虽然轻柔，却像重锤一样砸到翟丁的心上。她意识到，这是他们要逃出本市想出的办法。有了介绍信，就能坐上送货的卡车，这样的卡车是不要检查的。

一想到这些，翟丁就觉得浑身颤抖，全身的血往上涌，握着听筒的手抖得更是厉害。她不知道该怎样答复，是同意还是拒绝，只能诺诺应答，甚至没有能够听清楚小玉后边说了些什么，就急忙扔下电话。

放下电话，她依然觉得浑身发冷。翟铁显然是想和小玉一起逃出去，对于一个闯下滔天大祸的弟弟，她帮还是不帮？

翟丁的道德底线，甚至人生的价值观念，都在这一刻经受着最严峻的冲击和考验！

最终，积淀在翟丁内心深处的善良的人性和正直的是非标准占据了上峰，她不能，也不应该去帮助这个闯下滔天大祸的弟弟，尽管他是自己的亲人。

那下一步应该怎么办？

她万没有想到，他们会从掏兜、撬门的贼，发展到与警察枪战，并且敢打伤警察后逃跑。

她也听说过“二王”持枪杀人的事情，如果发展到那一步，将会给社会造成多大的危害？

假如，这样严重的后果，是在自己帮助下得逞的，自己岂不也成了这个社会的罪人？

一种社会的责任感在她心里油然而生，她已经无法再顾及亲情，必须避免和制止这种危害社会的现象继续发展下去，她应当具有这个能力和办法，因为陶进曾要求她这样做，并且留下联系电话。

想到这里，她定了定神，又拿起电话，拨着号码，每拨一个号码，她的手都在颤抖。

话筒中响起了短促的铃声，接着是一个女人的声音：“你好！”

听到这一声问话，翟丁才意识到，她是在给刑警队打电话。她忽然责问自己，我怎么打到了这里，那是多么可怕的地方。

她手中的话筒突然变成了一块烧红的烙铁，像被烫着一样，她急忙把它扔掉，啪的一声，话筒又落到了电话机上。

她一屁股坐到椅子上，额头渗出了冷汗，不停地大口喘息。

因为她已经意识到，她要把这件事情说出去，她的弟弟有可能要付出生命的代价！

十八

监控

谭忠宇从沈阳返回，带回了市局一把手同意对翟丁实施监控的批示。

唐巨成拿着批件到了省公安厅。

省公安厅的技术人员会同市局、分局的赫雷一起研究具体方案。

科研所的保卫科长报告说，翟丁刚从总所过来，是总所的科研骨干，省所的研究项目也由她来主持，这两地都有她的办公室和宿舍，她此刻正在宿舍休息。两位技术人员以检修电话的名义进了科研所，来到了翟丁的办公室。

他们首先在电话上，在屋角隐蔽的地方都安装了无线窃听器。在翟丁到食堂吃饭的时候，又在她住的宿舍里安装了窃听器。

为了掩人耳目，他们又检查了其他几个办公室的电话，便撤了出来。

两位技术人员在不到百米的一间宾馆房间里进行监听。

赫雷已经提前进到那个房间。

时隔不久，监视器就发出信号，被监控对象在通话。

录音设备同时启动。

一个从外面打进的电话停断后，翟丁又向外打电话，对方刚说了一句“你好”，电话又被停断。

听了录下的电话中谈话内容，赫雷立即做了部署。

马上派人到电话局，查出与翟丁通话的那个电话所在地，并在电话所在地周围进行布控和调查。

电话的内容是，小玉让翟丁帮助开到南方购买服装的介绍信。后面的话，翟丁没有听清，赫雷已经弄清，说是要办好了，晚上再打电话，就来取。

赫雷立即调人来到科研所周围布阵，要是翟铁和朱岗来取，立即抓捕。要是小玉和他人来取，严密监视进行跟踪，直到找到她的落脚处。

最后一个问题是，赫雷想要弄清翟丁给谁打电话，那应当是能给她开介绍信的地方。

他用一台电话，模仿电话里的拨号盘转动发出的声音，来核对找寻她拨出的号码。很快，他发现了让他大吃一惊的电话号码，这个号码竟是他最熟悉的刑警队的电话号码——46003。

他马上把电话打到刑警队，问内勤萧娟是不是接过这样一个电话。

回答是肯定的。

赫雷掉到了五里雾中，这到底是怎么回事儿？

整个下午，接下来录到的都是翟丁与同事讨论科研项目的谈话。

去电话局的人传回了消息，电话局查出了与翟丁通话的电话是一台刚刚安装在街头的公用电话。这个公用电话，距离天河巷很远，至少隔着半个街区。

这是为什么？难道小玉不在天河巷吗？

赫雷告诉他们，在电话附近布控监视，并在附近调查，把翟铁和朱岗的照片发给委组干部，让他们帮助查找。

下班后，翟丁回宿舍。

赫雷感到奇怪，翟丁为什么没有去给小玉开介绍信？

守候在科研所门前的刑警们没有任何发现，是不是小玉也改变了主意，不来取介绍信了？

赫雷走到窗前向外观看。

天色渐晚，街道上已经亮起了路灯。

这个宾馆和科研所仅一墙之隔，从这里可以看到科研所的全貌。与其说赫雷在观看，不如说他在思索。

“姐，我是小玉。”这是第一句话。

看来，在天河巷寻找小玉是正确的。

让赫雷无法解释的是，翟丁在电话里已经答应，可为什么没有行动？

也许，翟丁在办公室就能开出介绍信。因为窃听装置无法看到影像，他找来科研所的保卫科长询问这件事儿。

保卫科长摇摇头。科研所的介绍信管理很严，翟丁是请来的科研人员，在她的办公室不可能有介绍信。

最后留给赫雷的疑问就是，翟丁为什么要给刑警队打电话？打给谁？为什么又忽然挂掉？

赫雷百思不解。

她想报案吗？为什么又挂断电话？

改主意了？

直到下班，她也没有去办介绍信，赫雷已经下了肯定的结论，翟丁并不想帮助他们。

就在赫雷离开窗户的时候，他突然想起了陶进，他想起，在陶进刚刚调进刑警队的时候，让他去抓翟刚，他说，他跟翟刚是在一个大杂院里的“起小儿”，问问该不该回避。

那就是说，他跟翟铁、翟丁也应当是“起小儿”。

他马上离开宾馆，来到火车站找陶进，他要进一步了解一下陶进和翟丁的实际关系。

陶进还在火车站蹲守。

他今天是白班，到了八点钟才可以交班。

这几天，陶进再也没有回家，他不愿看到那座空房，就算是魏蓉蓉在家，他也不愿意看见那张冰冷的脸。

郑吉松是一个喜欢刨根问底的人，见他该回家的时候不回家，就反复追问他为什么。陶进不得不告诉他，魏蓉蓉有外心了。

怪不得陶进这些日子发傻犯茶，原来是他媳妇已经出轨了。

其实，郑吉松在这几年，也听到一些关于老魏嫁闺女要的那些手段。所以，他同情陶进，就鼓励他："把那个勾搭你媳妇的家伙找出来，我帮你胖揍他一顿。再甩掉那个骚货。"

陶进却摇摇头。

郑吉松气得双手叉腰，大瞪两眼看着陶进，好像要从陶进脸上找出什么："我就不明白，就你这犴子脾气，怎么就甘心戴这顶绿帽子？当这个王八头？"

陶进听他说得难听，挥拳要揍他。

郑吉松连连告饶，悄声告诉他："老魏是个老狐狸，他的女儿本来就不正经，嫁给你，就是为了给她遮丑。"

陶进无奈地点点头："这我也都知道一些。可是你知道不，我是怎么当的警察吗？要是没有老魏，我当时大概就得送劳动教养了。"

郑吉松点头，他像舞台的演员似的把右手放到胸前，朝陶进深鞠一躬道："先生，我十分同情您的遭遇。"

陶进也拿他没办法，气鼓鼓地道："骂完我啦？少来这套假模假式。"

就在这时候，赫雷来了，他把陶进找到一个背静地方，开口就问："你最近见过翟丁吗？"

陶进点头："一直没见过。就是在昨天晚上后半夜执勤的时候，她下火车，在这儿见到她。"

赫雷有点惊讶："哦，刚刚见过？"

陶进点点头。

"说说经过。"

陶进道："就是在下天桥的地方见到的，我把她送出站，她说饿了，就到那边的饭店吃点饭。然后我就走了。"

赫雷问道："没送她回去？"

陶进摇头："没价。"

"是你跟她说了刑警队的电话号码吗？"

陶进点头："我估计她跟翟铁和翟刚都能有联系，就告诉她，他俩都在逃，要有情况，就打电话。"

赫雷微微摇头：“有情况打电话？她能干吗？”

陶进有些迟疑，他不知道留下电话号码究竟是对还是错，便说道：“我以为她跟他们不一样，从小就不一样。”

赫雷疑惑地望着他：“你以为？你这么有把握？”

陶进点头：“俺们也是‘起小儿’。”

赫雷听完，从他手里要来了摩托车的钥匙，告诉他，就在这等着，别离开火车站。

赫雷到站外找到了摩托车，径直开到分局。他要向庄农副局长汇报监视情况，并提出他的下步想法。

正在和唐巨成部署全分局开展“严打”斗争的庄农眼下忙得很，用他的话说，叫“脚打后脑勺”。但是，他还是抽出时间听取了赫雷的汇报。

他对监视翟丁的进展感到高兴，他告诉赫雷，尽管有了进展，但是，对公路道口和火车站的监视，也不能松懈。

接着，赫雷又汇报了陶进和翟丁见过面的情况。

明显看得出庄农的脸罩上了一层乌云。

赫雷说道：“估计翟丁往刑警队打电话，就是要找陶进。”

庄农的看法却是反面的：“会不会是想要陶进帮助他们逃跑？”

赫雷果断地摆手：“她要想帮助他们逃跑，就应当去开介绍信，显然不是。也许，她想……”

庄农打断他的话：“哥哥和弟弟都是惯犯，她能好得了？”

赫雷道：“据陶进说，她和他们不一样。”

庄农哼了一声，不再说话。

赫雷道：“根据这个现状，下步打算是想让陶进直接去找翟丁，把情况问个清楚。”

庄农一听就连连摇头：“一个刑事犯罪分子的家属，又跟小玉通过电话，应当把她传唤到分局进行询问，不交代，也有足够的理由把她押起来。”

赫雷连忙摆手道：“不成，不成。人家可是科研人员，知识分子，还有所成就。

弄不好会有影响。”

庄农果断地挥了下手：“什么影响？马上就要‘严打’了。政策改了，你不知道吧？”

赫雷摇摇头。

庄农道：“中央决定，从现在起，连续三年，在全国范围内开展严厉打击刑事犯罪和危害社会治安犯罪的斗争。”

赫雷点点头。

这些年，身处刑侦第一线，他深知“文化大革命”以后，令人担忧的后遗症逐渐显现。社会治安状况已经江河日下。要案、大案、特大案件频频发生，社会震动，舆论哗然，已经堪称“乱世”。“严打”，来得正是时候。

庄农道：“对待刑事犯罪，要从重、从快处理一批。现在的政策是，可抓可不抓的，要抓一批，可判可不判的，要判一批，可杀可不杀的，要坚决杀一批，这是不是‘大掉个’了？还管什么知识分子不知识分子？”

赫雷不由得暗自惊讶，他以为，“治乱世，用重典”应当从严、从重打击，但是，这政策“大掉个”，着实出乎他的意料。但是，对翟丁的下步意见他仍然坚持己见。他说：“46003 的电话，就是陶进告诉她的。我分析，她接完小玉的电话，就是要找陶进，也不排除想要举报的可能。我们要是来个顺水推舟，她到底是何居心，不也就弄清楚了吗？”

庄农反问：“让陶进找她，以私以公？”

赫雷胸有成竹：“以公。就说上级知道你回来了，让我找你谈话。动员家属规劝逃犯，也是在情在理。”

庄农又转着手中的铅笔，不作声。

赫雷望着他。

半晌，庄农终于作出指示：“让陶进去和翟丁谈话，必须有单位保卫科的人参加。”

赫雷点头：“这一点不用顾忌，就让他们在有录音监控的办公室谈话，比有人在场还清楚。”

庄农摆手："不行，有人在场，对他们两个人都会有政治压力。"

赫雷点点头。

庄农又用郑重的语气说道："告诉陶进，别看他们是'起小儿'，翟丁可是刑事犯罪家属，这样的人，只能利用，不可信用。一个刑警，一定要和她划清政治界限，今后也不能有任何私人来往，这是个阶级立场问题。老赫，你、我都得对干部负责呀。"

赫雷点点头，表示照办。

赫雷又开着摩托车赶回火车站。

陶进还在等他，两个人沿着站台边走边谈。

听说要让他去见翟丁，陶进连连摇头，说实在话，他不愿意再见到她。除了他明显地感到翟丁对他还有旧情，怕招惹闲话。还因为见到她，就让他想起那些陈年旧事，心里就感到几分苦涩。

赫雷不得不如实告诉他："下午，她放下小玉的电话，接着就往刑警队打电话，她是啥意思？"

陶进惊讶："他给刑警队打电话？"又连连摇头："我猜不出来。"

赫雷："你装糊涂，她就是要找你。"

陶进已经明白，赫雷对翟丁已经用上"手段"了。

陶进来了犟劲，还是摇头："那找谁去不行，非得我去？"

赫雷也来了脾气："我说你小子还跟我'拿一把'是不是？她从那时候挂断电话，再没了动静，她是不是在做思想斗争，这时候，你不上去拉她一把，还得等我给她下传票吗？"

陶进明白了赫雷的用心，他当然不愿意对翟丁采用法律手段，便道："谁跟我一起去？"

赫雷道："上车站派出所，换上警察服，就你自己去。谈话的时候会有保卫科的人在场。"

陶进问："啥时候去？"

赫雷道："她现在还在宿舍休息，你马上就去，让保卫科的人找她到办公室谈话。”

陶进意识到，对翟丁的监控已经是全方位的了。

接着，赫雷又告诫他必须遵守的纪律：翟丁是刑事犯罪家属，只能利用，不能信用，今后要划清政治界限，不能再和她有私人来往，等等。

陶进对这些话很反感，他不满地看着赫雷问道：“要是信不着我，就派别人，用不着这么婆婆妈妈的。”

赫雷为难地咂了咂嘴，这是领导告诫的，他必须要传达。他听得出，庄农最后那句要对干部负责的话，可谓语重心长。

赫雷想了想，把摩托车的钥匙放到他手中，拍了拍他的肩膀：“去吧，我信着你了。”

十九

暗示

听见敲门声，翟丁打开宿舍的房门，看见科研所保卫科长站在门前，十分诧异，甚至有点慌乱。

保卫科长客气地通知她，公安局有一位同志要见她，正在办公室等她。

翟丁心中一紧，她知道这一定是为翟铁的事情来的。尽管时值盛夏，还是觉得身上有点发冷，她回身取下一件外衣穿在身上，走出门来。

走进办公室，她不由得愣住了，原来陶进穿着一身橄榄绿色的警服，一本正经地坐在那里。

陶进一见翟丁走进，立即从沙发上站了起来，板起了面孔问道："你就是翟丁同志吧。"

想不到，陶进竟然像个陌生人似的打起了官腔，翟丁不知道他的葫芦里卖的什么药，也只能站在那里机械地点头："我是。"

一对沙发对面摆着一把椅子。

这是翟丁的办公室，隔壁就是实验室。这把椅子是实验室的，现在却摆到了这里，显然是让她坐的。

陶进果然向那把椅子伸手示意。

翟丁顺从地坐到椅子上。

陶进和科长坐到了沙发上。

三个人坐成一个三角形。

保卫科长对这次谈话很重视，监控一定是发现了重要情况，才会派人来直接谈话。这三角阵势就是他摆出来的。毕竟翟丁是请来协助攻关的科技人才，他不希望在这里出现什么纰漏，便抢先做起了思想开导工作。

听到大义灭亲和检举有功的一些话语后，翟丁不管科长还在说教，望着陶进道："陶进，你到底来想问什么？"

听见翟丁直呼陶进的名字，保卫科长感到意外，便问道："原来，你们认识？"

翟丁望着科长莞尔一笑，轻声说道："我俩是'起小儿'，就在一个大院长大的。"

原来两人是这种关系，这让科长大感意外，他扭头望着陶进。

陶进本来想就这样一本正经地谈下去，不料却让翟丁轻轻一点，就戳破了这层关系，也只好点头。

科长显得有些尴尬，便拿起茶几上的暖壶站了起来："既然你们都是熟人，那就慢慢聊，我去倒开水。"

陶进刚要伸手拦他，科长已经走了出去。

屋中只有两个人，翟丁的心情放松了许多，她望着陶进轻声地问："你也是来教训我的吗？"

陶进依然板着面孔，他的手莫名其妙地在半空画了一个圈，用严肃的口吻说道："我是来说服你的。"

"说服我？"翟丁疑惑地问。

陶进接着又提高了声音问道："你往刑警队打电话，是找我吗？"

打电话？翟丁心中猛然一惊，她似乎明白了陶进画的那个圆圈的意思。作为一个科研人员，当然知道那些录音、录像的监视工具。难道我也被人监视了吗？想到自己处于这样可怕的境地，翟丁身上即刻渗出一层冷汗。她不敢说话，只能连连点头。

陶进依然大声问道："你找我，有什么事情吗？"

翟丁一时不知该如何回答，只是喃喃地说："没事儿，没啥事儿，只是……想问候……"

陶进心里暗自道："这个蠢人。"随即用手指了下桌上的电话，又把手握成拳头放到耳边。

这是一个像哑谜似的提醒，翟丁恍然明白，陶进在提示她要讲接到的电话。她镇定了一下便说道："是这样，我下午刚上班，就接到一个人打来的电话，要我帮他们开一张介绍信。"

"是谁打来的？"

"是我弟弟的一个朋友，电话里说，铁子跟她在一块。"

"那你为什么要打电话给刑警队？"陶进依然大声地问。

翟丁似乎已经明白应当怎样回答，便说道："我想问问你，我该怎么办？"

陶进又问："这还用问我？你给他们开介绍信了吗？"

翟丁摇头："我没开。他们也再没有找我。"

陶进点头："经过公安机关考虑和组织研究，认为你能够和政府站在一边，所以，在必要的情况下，我可以跟保卫科商量，可以给他们开一张介绍信。假如他们再找你，应当马上告诉我们。"

翟丁点头："可以。"刚刚进到办公室见到陶进，她心中还抱有希望，也许，谈完话，可以请他到宿舍小坐。现在看，那都是非分之想。陶进一脸冰霜，分明是在向一个逃犯家属交代党的政策。

陶进接着问道："打电话的是你弟弟的女朋友吗？"

翟丁点头："应当算是，他俩相处的时间长一点。"

陶进追问："她叫什么名字？在哪住？"

翟丁道："电话就是她打的，叫小玉。"

陶进心里咯噔一下，不由得暗暗佩服赫雷，这个老家伙，他总是对的。他忙追问道："她叫什么名？在哪儿住？"

翟丁答道："姓谢，原住在十二中的后趟街，一条胡同，叫……"

陶进问："是景和胡同吗？"

翟丁点头："听说后来搬到一个新建的小区。"

陶进问："能说得更具体吗？"

翟丁摇摇头。

保卫科长提着暖水壶走了回来，他给两个人各倒了一杯水，便说道："等了这么半天，才开。"

陶进向科长介绍说，翟丁阶级觉悟很高，政治敏感性很强，接了电话，就要向公安机关报告，今晚谈话，还帮助我们弄清了不少情况，并代表公安机关向科研所和翟丁表示感谢云云。说完，站起身就要告辞。

科长却加以挽留说："二位既是老朋友，也是多年不见，咋不多留一会儿，唠唠家常。"

陶进一边谢绝，一边伸出手和翟丁握手。

翟丁也伸出了手。

他感到翟丁的手冰冷，僵硬。

走出科研所大门，他没有去找摩托车，径直走到隔壁宾馆大堂。

赫雷要他谈完话到这里等他。

进了大堂，却见到了郑吉松。

郑吉松告诉他："赫队带人去了什么胡同，让我俩到天河巷派出所待命。"

陶进知道，赫雷一定是从监听里听见了景和胡同。

他跟郑吉松走出大堂，去找摩托车。

郑吉松紧跟在陶进身后问道："我听说你去找翟铁的姐姐，她长得怎么样？漂亮不？"

陶进不回答，只是大步走着。

郑吉松紧走几步，张着两手拦到他的面前："你倒说话呀，她漂亮不？"

陶进用力推开他："不漂亮，丑八怪。"

郑吉松还是不饶："不能！翟铁长得那么精神，他姐姐能差吗？"

陶进气得把拳头一挥："你再唠叨我就真揍你了。"

吓得郑吉松一下子蹿出老远，他知道，陶进的拳头老厉害了。

到了快半夜的时候，赫雷带着张春祥等五六个刑警来到天河巷派出所。他们在景和胡同查找到两家姓谢的，其中一家有个女孩叫小玉，现在搬到了天河巷二栋楼四门601室。

601室？查过，叫不开门，据五楼的人说，无人居住。几个人对那个房间还有印象。

赫雷挥了下手道：“别指望现在还有群众愿意支持我们，闹腾那十几年以后，还有多少群众向我们举报坏人坏事？”

几句话引出了张春祥的问题，他满怀感慨地说道：“这个问题，不是群众的问题，是警察的问题。”

把问题推给警察，引起大家的反感，人们七嘴八舌地反驳他。

“警察咋啦？我们这么白天黑夜地干，谁看见了？”

“是啊，有了成绩，连老婆孩子都不能说，你说亏不亏？”

张春祥胸有成竹，他制止了大家的反攻：“先听我说完。春天，大伙都知道那起杀人案的问题，咱明明知道隔壁的一家，从窗户能看见凶手出入，可是你就是把刀架在他脖子上，他也不告诉你凶手是谁，这是啥问题？”

陶进插嘴：“那倒是。我跟他家老头谈了半宿，他就说一句话，啥也不知道，你说可气不可气？”

张春祥道：“赫队，你以为现在的警察，还像你们五六十年代的警察呀？给老百姓办好事，天天下居民委，各个‘百家熟’？”

赫雷点点头。

张春祥继续说道：“现在可倒好，谁不知道，好几个当年打砸抢的家伙，就是通过走后门进来的，也穿上了这身皮。现在，只要有关系，什么驴球马蛋都能当上警察。”

几句话，说得大家不住点头。

“这帮家伙，各个都抢占肥缺，有权有势，到处吃、拿、卡、要，有人说现在是警匪一家，你信不？”说到激动处，他一手掐腰，一手高举，像演说似的问赫雷：“你说，这是谁的问题？”

赫雷不得不点头，听说“警匪一家”这几个字，他打心里感到委屈，可是，一条鱼腥一锅汤，有什么办法？现实就是这么残酷。

郑吉松也大发感慨："后门都是领导开的，要没好处，谁给你开后门？瞧那几个小子，都占着有权有势的地方，干啥？捞本呀。像这刑警队，光受累，不讨好，又没有油水，就算八抬大轿，人家也不来。"

陶进也有话要说："说这些有啥用？警察要想重新扬眉吐气，就得靠哥们儿卖命干，把大案破了，别让人家小瞧咱们。"

赫雷点头道："这话在理儿，等庄局来了咱们就研究办法，先把朱岗和翟铁拿住，再说别的。"

正在这时，庄农走进来，议论戛然而止。

这个小区的房间大都是一个格式，赫雷在纸上画了一张那个601房间的草图。

门，是木门，可以一脚踹开。进屋，是一个客厅，左边是厨房，右边是卫生间，对面是两个并排的房间。

翟铁看来不在，屋中就算只剩朱岗一个人，要是破门而入，也必有一场枪战。

破门强攻，算是下策，不管是刑警还是朱岗，肯定有死有伤。不到万不得已，绝不能用。

上策是骗开房门，进屋以后，伺机抓捕。

怎么个骗法，让大家颇费脑筋。

众人七嘴八舌一阵议论之后，郑吉松忽然伸手制止大家说话，高声宣布："我有办法了。"

众人一起望着他。

只见他把手一扬，指着棚顶的管灯说道："在外面把通往他家的电线给掐了，他一定会出来查看。那时候就下手抓。"

有人喊好。

赫雷摇头："我来的时候，在那儿布控，看了六楼的窗户，是黑的，你掐电也没用。"

有人问："是不是挡着窗帘？"

赫雷摇头："不知道，没法看清，也许根本不点灯。"

众人又是一阵摇头。

陶进突然心生一计，他把桌子一拍："有了！他不是有卫生间吗？用抽水马桶吗？咱把他的下水道堵上，再装成检修的工人，进入他家检修。"

赫雷也兴奋地把桌子一拍："想一块去了，这招最妙！"

庄农也连连点头："妙计！妙计！问题是要从哪儿堵？"

陶进没想好具体办法，赫雷却早有谋划，他道："从五楼那家堵，只要六楼一冒漾，检修工就去六楼找，不修不行，要不就破门，只要他们在屋，不可能不开门。"

接着，要请专业下水道检修工人帮忙，还要到五楼的居民家中去做他们的工作，让他们同意把自家的下水道堵上。

赫雷估计，今晚不能行动，要动也得明天上午。他把陶进和张春祥留下，让其他人都回家休息，明天早上八点准时到这里集合。

二十

擒拿

翟铁不在这里，鬼知道他什么时候溜走的，分局的刑警和朱岗互不认识，伪装下水道工检修骗开房门这一招，看来是可行的。

赫雷带着陶进、张春祥和水道检修工，悄声来到那幢楼的五楼人家。

靠着委主任的带领，叫开了五楼人家的门。

这里住着一对老夫妇，看样子像是从农村刚进城里，这里是道里区少有的新建小区，曾被称作“红眼儿楼”，就是说，不少人为抢这里都红了眼。一问，才知道，他们的儿子在某房管部门当官，这就是“近水楼台先得月”吧。

张春祥在前两天查防火的时候到过他家，问他们六楼有没有人居住，他们连连摇头，说是不知道。

据赫雷判断，到了夜深人静的时候，他们肯定能听见楼上的脚步声，至少，他们能够听到马桶冲水的声音，可是，他们就说不知道，你有什么办法？

听说来了警察，还要堵厕所的下水道，两位老人不知所措。

赫雷只能告诉两位老人，情况紧急，希望他们全力协助。不擒拿六楼的坏人，大家都有危险。

两位老人只能诺诺应允。

水道检修工人说，堵塞这条下水道非常容易。当初，为了检修方便，在建楼的时候，在五楼以下的每一家暴露在墙边的下水道粗大的管子上，都安着一个大阀门。

关上阀门，六楼下水道就会完全堵死。

赫雷向水道检修工做了一个果断的手势，水道检修工旋转阀门，严严地堵死了六楼通往下面的下水道。

下边的问题是最关键的，就是说，什么时候六楼的厕所才能冒漾？

水道检修工看了看："这么粗的管子，要想灌满得放两水箱水。"

看来，只能等到明天上午才行。

赫雷又问两位老人，听见楼上有动静吗？

直到这时，他们才点头，听得出，楼上只有一个人。

一切安排就绪，赫雷带着几个人撤了出来。

刑警大卢拿着一个对讲机和派出所民警还在这院里蹲守着，防止朱岗在今夜逃走。

赫雷带着陶进和张春祥回到派出所，他们三个人就在这里休息睡觉，等待明天执行抓捕任务。

郑吉松却没回家，他在等陶进。

陶进一见郑吉松感到惊讶，平时，一听让回家，郑吉松差不多总是第一个蹿出去，今夜，这么晚了，他怎么还没走。

他是在等陶进回来，要跟他把腰间的手枪调换一下。

原来，陶进随身带的是反修式手枪。这种枪，是"文化大革命"期间本省一家兵工厂按着五四式手枪的样子仿造的。外表样式和五四式一模一样，毛病就是有时候卡壳。

郑吉松带的是正牌的五四式手枪。眼见赫雷要带着陶进去抓持枪逃犯，便感到担心，万一陶进的手枪卡壳可怎么得了？他见到陶进，便把他叫到一边，把枪掏出来道："换一下。"

陶进明白了郑吉松的意思，心头一阵发热，关键时候还惦记着枪别卡壳，这才是生死弟兄。

他掏出手枪，解下枪纲，把反修式手枪递给郑吉松，接过了五四式手枪，拴上枪纲，拍了拍他的肩头表示感谢。

郑吉松叮嘱道："下手狠着点儿！"

陶进点点头。

郑吉松又朝他挥了下拳头，转身走了。

陶进也举起拳头挥了一下。

回到屋中，三个人坐到一起，赫雷做了明天的现场分工。

赫雷自任现场指挥，一切要看他的眼神、暗示行动。

陶进是第一主力，下手捉拿、贴身肉搏，甚至开枪射击都是他先下手。赫雷估计，凭陶进的力气，足以撂倒朱岗。

张春祥的任务是策应，到时候抓胳膊，按腿，戴手铐。万一手铐不好用，就用绳子绑。

赫雷负责夺枪。

三个人各带一副手铐，张春祥还带了两条捕绳。

最后一条，万不得已，就地击毙！

陶进点头："他整死警察本来就是死罪，要是就地击毙，也是罪有应得。"

张春祥说："也对，那就省了审判的麻烦。"

赫雷道："我说的是万不得已。得经过审判，押赴刑场，那才解恨。"

研究完了，已是半夜时候。

派出所没有多余的值班床，陶进和赫雷、张春祥就在办公室的桌上收拾出两个桌面，弄了些卷宗和废报纸当枕头，躺了下来。

张春祥躺下说了声"我睡了"不到两分钟，就发出鼾声。

尽管关了灯，可赫雷和陶进两个人都翻来覆去睡不着，谁也没有张春祥那样没心没肺，倒下就着。

想想明天就要下手的一场抓捕，既是遭遇战也是肉搏战，甚至还可能是相互对射的枪战，吉凶祸福谁都难以预料，不用说，两个人的心里都有些紧张。

睡不着，陶进就索性坐起来抽烟。

赫雷也坐了起来。

看见赫雷也坐起，陶进忽然问道："你在车站跟我说完话，要走了摩托车，是不是回分局汇报去了？”

赫雷点头：“这么大的事儿，能不汇报吗？”

陶进追问道：“庄局是啥意思？他是不是要把翟丁抓起来？”

赫雷有些惊讶：“你怎么知道？”

陶进道：“猜的。”

赫雷看了他一眼：“不是没抓嘛。”

陶进道：“那是你的主意。”

赫雷越发疑问：“这你也知道？”

陶进道：“也是猜的。”

赫雷有些惊讶：“唉——你小子心眼儿不少哇，啥事儿都让你猜中了。”

陶进道：“庄局平时对待犯罪家属就挺狠，这回也得一样。”

赫雷点头：“这个话，你说得对。其实，庄局的态度也有道理。我也知道，没有一个家属不知道逃犯下落的，你信不？”

陶进点点头。

“可是，我跟她单位联系过，人家说，翟丁是个很有成就的科研人员。再说，你告诉了她刑警队的电话，她真就打了。最重要的一条就是，我信了你的话。你不是说，她从小就跟她的哥哥、弟弟都不一样吗？”

陶进叹了口气道：“是不一样。不过，我这两次和她见面，怎么发现她有点神经兮兮的？”

赫雷问：“她怎么啦？”

陶进掐灭了烟，又长叹一声道：“那天后半夜在饭店吃饭，她说，要答谢我对她的恩情。我就纳闷，我对她有什么恩了？”

赫雷皱起眉头想了想，忽然问道：“当年，你们俩什么时候分的手？”

陶进想了想：“从我被拘留以后再也没见过她。”

赫雷问：“当初被拘留，还记得吧？”

陶进道：“那当然记得。”

赫雷问：“那你不知道你为什么被拘留吗？”

陶进道："记得，我酒后行凶伤人哪。"

赫雷又问："你为什么行凶伤人？"

陶进摇头："酒后无德，寻衅滋事呗。开始还要送我劳动教养呢。"

赫雷不再吱声。

黑暗的办公室里一片寂静，听得见墙上一个老式挂钟的咔咔声。

对于陶进和魏蓉蓉的婚姻，分局也只有几个老人儿看出一点端倪，赫雷当然是其中之一。

最初，赫雷认为陶进是个傻狍子。

陶进在派出所工作时，赫雷见过他几次。他发现陶进除憨厚、朴实外，还很聪明、机敏，更重要的一条，他能吃苦耐劳，是个做刑警的好材料，遂向庄农建议把陶进调进了刑警队。

屈指算来，陶进在刑警队干了已经三年，他聪明机敏的长处得到了发挥，渐渐地成了赫雷所倚重的主力。

听到翟丁说陶进对她有恩，赫雷忽然意识到，陶进当初见义勇为，可能当时救的就是翟丁，只不过他当时喝得大醉，一切都不记得了。

他不得不佩服老魏，虽然办的是家事，使的招数全是兵法，用当时流行的话说："那就是高！实在是高！"

他跟老魏有师徒之谊，庄农跟老魏也有过几年共事的交情，在调陶进进刑警队的时候，两个人就有过心照不宣的默契，谁也别捅这个马蜂窝。

谁都担心，万一陶进知道真相，这个"犴子"脾气要发作起来，谁知会造成什么后果？

停了片刻，赫雷忽然问道："郑吉松跟你捅咕什么？"

陶进知道赫雷这是要把话岔开，便道："他把我的反修式拿去了，把他的五四给我了。他怕我的枪万一卡壳，就麻烦了。"

赫雷道："想不到，这个小子还挺仗义。"他略作思忖道："说到枪，我就想起我刚当警察那会儿，那是我到派出所的第二天，就是跟着老同志去处理一桩邻里纠纷。他腚后别着一把二八匣子，挺长的苗子，露出一大截在衣服外边，加上准星，就像个大钥匙。”

陶进听得出他说的就是他的岳父大人，他听说老魏有个外号就叫“大钥匙”。原来是这么来的。

“那个老娘们儿，那个不讲理。跟咱们老同志大吵大喊，简直就是咆哮。把他也气得愤愤的。我就只能干坐着生气，也插不上嘴。后来，处理完了，出来的时候，我就问他，她把你气成那样，你那枪是干什么用的？你说滑稽不？我以为警察气极了就得动枪呢。”

陶进便问：“那时候，你多大？”

赫雷道：“十四周岁。”

陶进笑着说：“还是个小屁孩儿呢，懂啥？”

赫雷叹了口气感慨道：“少不更事嘛，有什么办法。想不到，三十来年变成这般老气横秋。”

陶进更正道：“你已经变得老谋深算，可我呢？”

赫雷望着他道：“一样，从少不更事到老练成熟，所以，我希望你越来越老练，越来越清醒，不论处理什么问题，包括家庭问题，都要冷静。”

后面的几句话说得特别深沉。

陶进领会了赫雷说这一席话的目的和深意，特别是“包括家庭问题，也要冷静”这句话，让他印象深刻。

夏天，天亮得特别早，东方露出鱼肚白，两个人才倒在桌上睡了过去。

不到八点钟，派出所就有不少群众来办事，赫雷和陶进只得爬起。

张春祥还在那打鼾，陶进推醒了他。

吃完早饭，三个人带着水道工人工作服、铁丝、竹批子等工具，朝那幢楼房走去。

走在半路，赫雷掏出对讲机，跟蹲守在那里的大卢联络。

大卢说，六搂一切正常，五楼堵了下水道，全院都知道了。

走到楼房前，陶进就扯着嗓子喊：“谁家下水堵了？是哪个门儿？大清早就去找？”

一委组干部站在门前喊："是这个门的五楼。"

张春祥大声抱怨道："你们去找，也不说清楚，俺们以为是院里的马葫芦堵了呢。"

赫雷也喊道："下回再找说清楚，背着这么多东西，容易吗？"

陶进也大声道："我以为还得下井呢。"

三个人把工作服都扔到院中。

赫雷道："就是便池子堵了，杀鸡不用牛刀，把扳子和钩子带上就行了。"

三个人边走边说笑着走进楼中。

委组干部领着三个人走到五楼，敲开了房门。

老夫妇脸色憔悴，可能一夜也没睡好。他们说，听到了楼上走动的脚步声，还有水箱放水声，还是只有一个人。

赫雷看了看卫生间的棚顶，已经有些水珠渗出，不用说，六楼的马桶肯定已经冒漾了。

赫雷用扳子敲了几下管子，便示意上楼。

三个人都掏出枪，顶上了子弹，锁上了保险。

赫雷让委组干部照顾两位老人，便带着陶进和张春祥走出了房门。

五楼到六楼有两段楼梯，各有九级，一共十八级。

赫雷朝张春祥挥了下手，张春祥提着一根粗铁丝做的通条，上前叫门。

陶进站到他的身旁。

按预定计划，张春祥上前叫门，一旦门开，陶进就扑上去抓人。

张春祥咚咚地敲着房门，边学着用山东话喊着："老乡，楼下冒水了，要检查是谁家的下水道堵了。开开门。"

门里边没有动静。

张春祥又敲了两下，还没有反应。他回头喊道："工长，这屋里头没有人，咋办？"

赫雷道："没人不行啊，楼下的水漏得哗哗的，这么着，小陶，你去把组长叫来，让他看着，做证明，得把门给他启开。"

陶进也跟着喊："是啊，不启开门，谁也修不了，楼下漏的那个样，还有法过吗？"

张春祥忙道："先别急，我再敲敲，说不定人家是睡早觉呢。"说着，又咚咚敲了起来。

就这时，忽听里面传出一声粗声粗气的喝问："谁？"

几个人险些被这声音吓了一跳。

张春祥忙道："俺们是修下水道的，你下边五楼漏水了，哗哗的，是不是你这堵了？"

里边又传出一句话："等着。"

陶进与赫雷本是平行站在台阶上，估计里边要开门，陶进抢前一步，把赫雷挡在了身后。

赫雷已经掏枪在手。

门，砰的一声开了。

门前垂着一道塑料珠子串成的门帘，一个高大的身影在门帘后面一闪，他应当就是朱岗。

门开了，未等张春祥和陶进走进，朱岗已经闪出老远。

这个家伙戒心不小。

赫雷走到门口，撩开门帘，望着朱岗，埋怨道："小伙子，怎么整的？五楼的棚顶漏得哗哗的。"

朱岗已经站到窗边，不说话，只是两眼紧盯着他们。

他穿着一件深色的夹克衫，他的右手一直揣在右边的斜兜里。

显然，他已经有所准备。

屋中的几扇窗都开着，他肯定能够听见几个人进院时候那一顿乱喊。眼前的事实是，便池的水确实冒漾了，淌了一地，来了三个下水道工人找到他家，既合情又合理，再不开门，几个人有可能破门而入，所以，他必须开门。

厕所在房门左侧，张春祥走到门边一看，大声道："你看看，水都冒了漾了，可地是水，插不进脚哇。"

陶进想向朱岗靠近，走前两步："你给找个什么垫着，好进去。"

朱岗向后退着，指了指陶进面前的一个矮凳。

陶进弯腰把矮凳拿了起来。

朱岗又退了几步。

朱岗和陶进两人相距有四五步，陶进似乎想要动作。

忽听赫雷喊了声："把凳子拿过来！"

陶进明白，这是赫雷不准他动手的命令，便把矮凳拿到厕所里面。

张春祥踩着矮凳，用通条在坐便池乱捅一气。

赫雷站在厕所门外问："怎么样？能通开不？"

张春祥喊："不管用。"

陶进问："是不是管子堵了？"

赫雷道："可能，走吧，到五楼把管子卸开看看。"

张春祥从厕所里出来。

赫雷道："走，到五楼卸管子。"他说着推了两人一把。

张春祥和陶进撩开门帘走了出去。

赫雷向朱岗道："一会儿还回来，俺们把五楼的管子卸开看看。"说着向门口走去，他撩开串珠门帘，走了出去。

赫雷所以要两人出去，因为他认为在屋中无法下手。

陶进向朱岗靠近，那是极其危险的，他清楚地听见一声轻响，那是打开五四手枪保险的声音。想必，那时朱岗的手指已经扣到了扳机上。

赫雷最后一个走出，门帘已经垂下，门还半开着。

赫雷是在屋中一瞬间想好这个方案的，就是要在朱岗关门那一瞬间抓住他。他走出门来，发现陶进已经藏到了门后。不由得一阵欣慰，陶进已经领会了赫雷的意图，要等朱岗来关门。

赫雷和张春祥走出门来，下了四五级台阶，就紧贴墙边隐蔽着，两脚还踏着楼梯，发出趿拉的声响，装出下楼的样子。对这个狡猾凶狠的敌人，不能露出丝毫破绽。

门还半开着，这对朱岗来说是极为恐怖的。

门，是朱岗躲藏的一道屏障，朱岗一定会来关门，他不敢开着房门暴露自己，哪怕是一小会儿。

果然，陶进刚刚藏好，就听见了脚步声，朱岗已经向门边走来。

陶进绷紧了全身每一根神经。

朱岗走到门边，站到了那一道塑料串珠门帘前，已经能够听得见朱岗紧张的呼吸声。

现在，殊死对立的双方只隔着一扇门板。

陶进屏住了呼吸。

就这时，他听见用手抓到门把手的声音，门，向里面移动了。

陶进不知道朱岗是用哪只手来抓门把手，不管是哪只手，反正已经到了非上不可的时候，只见他身子一转，旋到了门边，伸出双手抓住了朱岗的一只手，狠命向外一拖。

朱岗惊得噢地叫了一声，也许是陶进抓得用力过猛，就听咔嚓一声，朱岗把木门上的把手生生给拽了下来。

也许这一拖力气太大，朱岗拽掉了门把手，身子还打了一个趔趄，陶进接着往下边就踹了一脚。朱岗的右手还在兜里，但一时还没摸到扳机，就被摔倒在门槛上，赫雷和张春祥一起扑了上来，把朱岗死死地压倒在地上。

赫雷忽然发现陶进抓的是朱岗的左手，连忙去找朱岗的右手，未等把他的右手抓住，朱岗已经扣到了扳机，砰的一声，枪在衣兜里响了，子弹射到了水泥地上，又飞溅到了不知什么地方。赫雷抓到了他的手，却无法把那支枪掏出来，接着张春祥也按住了他的右手，尽管这样，又是砰的一声，朱岗决心拼死挣扎，又开了一枪。

情急之下，赫雷举起自己的手枪，照着朱岗硕大的脑袋狠命砸了下去。

吭哧一声，朱岗头上挨了重重一击，四肢一软，脑袋一垂，昏死过去。

陶进还在死死按着他，连声大喊：“铐子！铐啊！”

其实，张春祥早已掏出手铐，只是无法给他戴上，朱岗的手腕太粗，铐子无法合拢。

赫雷又喊："绳子！绳子！"

张春祥忽然想起，自己还有捕绳，连忙掏出捕绳，把他捆了个四马倒拴蹄。

赫雷终于从朱岗的右兜掏出了那支五四手枪。

大卢和蹲守的几个民警跑了上来，见朱岗被捆得结结实实，大家一起上手，像抬一头死猪似的把他抬了下去。

陶进和张春祥都靠着墙大口喘息。

赫雷也想靠墙休息一会儿，谁知刚往墙上一贴，浑身却已发软，顺着墙就滑坐到了台阶上，接着，浑身冒出一层冷汗，显然，是他用力过猛，已经累得虚脱了。

郑吉松和几个刑警走了上来，赫雷有气无力地挥了下手："搜查。"

几个人进屋搜查，赫雷想要站起，却没了力气，他不得不向陶进招手："拉我起来。"

陶进的体力已经恢复，只是觉得两只胳膊有些酸疼，他把扯掉的门把手拿在手中看了看。

张春祥告诉他："留着，当个纪念。"陶进随手就把门把手扔给了他，伸手拉起赫雷架着他向楼下走去。

走到五楼，赫雷等人走进屋中，委组干部还等在这里。

赫雷被放到椅子上，一边喘息，一边向两位老夫妇表示感谢。

看到赫雷满头大汗的样子，老头说像是虚脱。

老太太立即沏了一碗红糖水端给赫雷。

委组干部说，她也是才知道，这位老大爷在农村当过赤脚医生。

张春祥打开下水道管上的阀门，水流声哗哗响起。

朱岗已被押走，庄农和唐巨成也来到院中。

院中站满了人，几乎全楼的居民都出来观看。

赫雷喝了红糖水，觉得身上渐渐有了力气，他挣脱了两个人的搀扶，坚持自己走出楼门。

三个人精神抖擞地一露面，众人立即发出一阵欢呼。有人高喊感谢警察！还有人喊“警察万岁！”

这是他们第一次看到这样感人的场面，心里都热乎乎的，觉得这警察算没白干，就算拼死拼活也是值得。要按张春祥的话说：“这个问题，可是警察的荣誉问题。”

唐巨成把三个人让上了汽车，迎着一片掌声，开出院子。

天河巷派出所所长说，抓出了持枪杀人犯，给小区里清除了一大隐患。他已经让所里食堂买了一只鸡，炖上了，午间他请客。

吃饭的时候，唐巨成宣布要给刑警队请功。庄农宣布，明天是周六，全体参战人员放假一天，礼拜天也照常休息。礼拜一上班，大家就要精神饱满地参加“严打”斗争。

陶进吃了几口就坐到一边，赫雷看在眼里，就走过去问他怎么啦？陶进说，他的两只胳膊疼得厉害，连拳头都不敢攥。赫雷告诉他，可能是用力过猛，肌肉拉伤了，让他到医院去看一看。

二十一

心事

赫雷中午吃完饭，离开天河巷派出所，骑着自行车回家，快到家的时候，突然想起一件事儿，在路过街口的杂食店花了五分钱，用公用电话给刑警队打了一个电话，他让赵强三点钟开摩托车来接他去拘留所。

食杂店老板常看到赫雷穿着警服上下班，知道他是公安局的，就问他：“听来这打电话的人说，公安局在天河巷小区跟一个持枪杀人犯交上火了，打得可厉害了，说有几个警察化装冲了上去，把那家伙活捉了，你听说没有？”

赫雷摇头：“我还没听说。”如果他要说听说了，老板一定大有兴趣，也许得问个没完没了。

赫雷回到家中，发现一大惊喜：老伴正在院里一根横穿全院的绳上，搭晾刚刚洗过的衣服。

她是今天上午出院回家来的。

赫雷说，不该出院就干活，再累着，更麻烦。

老伴说，在医院闲得慌，人都养胖了，不干活哪行？

赫雷问她怎么出的院。她说，分局的车，去接那个受伤的大于出院，就一块给送回来了。

赫雷到现在还是觉得浑身没力气，回家来就是想要睡一觉，恢复一下。本来是想睡他一下午，最好到晚上来个连轴转，一准能歇过乏来。

可他已经通知赵强来接他，他只能睡两个钟头。

赫雷这些年睡觉养成一个习惯，说睡几个点，到时候准醒，就像脑子里有个闹钟似的。果然，差十分三点，他就醒了。他洗了把脸，觉得浑身舒服多了，也有了力气，毕竟才四十出头，身子骨还行。

三点整，门口响起喇叭声，赫雷走出院门，看见赵强正围着那辆刚调拨来的湘江 750 转圈，还用脚踹那几个轱辘。

他在检查三个轮胎的气压。

因为是新车，需要磨合，速度不能太快，赵强边开车边问："不说是参战人员全都放假吗？"

赫雷道："有一个犯人着急处理，这几天都耽误了。"赫雷指的就是那个还在单独牢房关押的老孟头。

赫雷已经感到，这次"严打"来的势头很猛，要说连政策都"大掉个"了，就意味着一切都要从严。老孟头只是抓来的当天晚上审过一次，然后就扔到单人牢房，没人再问。

对他怎么办？留着等"严打"开始再处理？要说判处十年以上，也是轻悄儿。可赫雷觉得他交代得还算彻底，能够抓到朱岗，首先是从他嘴里突破的。

更重要的是，他那个废品站，是一个藏污纳垢的地方，要是把他建立为耳目，很可能钓来大鱼。更重要的是，他记得曾经向他说过"君子一言"，说话得算数。

他之所以想到这些，是他想到了另一点，他当初是个有身份的人，现在毕竟在收废品，做正当生意，这一点也算是难得。他可能还收赃，但是，从全面考虑，用老孟头，利大于弊。

赵强是去年从工厂选调到公安局来的，这样二十几岁的小青年，补充到刑警队有二十来个，赵强是其中的佼佼者，能写，能说，能干。今天赫雷是想让他做审讯记录，要是真能建为耳目，就交给他领导。

老孟头盼赫雷来提审，就像是盼星星盼月亮。今天上午，他看见朱岗头缠着绷带被押了进来，也松了一口气，抓到朱岗，他的罪过就能减轻不少。

没想到，赫雷当晚就来了。

说老孟头盼提审，一大半原因是他待在单人牢房，也没人说个话，更让人焦急。

一进审讯室，见到赫雷他就问，这次有没有人伤亡？他以为，伤亡越大，他的罪就越大。

赫雷告诉他，非常顺利。

老孟头长嘘了一口气，他又问："博物馆也没事儿吧？"

赫雷点头："没事儿。"

说到博物馆，当然会想到九宝金佛，赫雷记得老孟头说过，他很了解这件宝贝的来龙去脉。其实，进一步弄清楚九宝金佛的根源，也是赫雷想要提审他的一个原因，社会上的说法已经很多，从南诏国到吴三桂，再到胡举人，不知老孟头又能说出什么。

孰料，老孟头讲的是另一版本的九宝金佛。

"从辛亥年孙文闹革命，推翻了大清国，我们继续在京城追踪金佛，历经无数战乱，段、蒙、严、孟四家已经很难再聚到一起了。只有追踪来到东北的十来个人，还跟着段家小姐来到哈尔滨，以开绸缎庄为名，继续追踪胡举人的后人，那时候，胡举人的后人在东北军担任混成旅长。

"当年，我的父亲就觉得这种追踪的前途和命运堪忧，他说，我们就算找到金佛，又怎么办？南诏国已经没了上千年了，把它放在哪儿？就凭我们几家能保得住这样的宝贝吗？"

赵强头一次听到这样的奇闻，心情感到十分振奋，他飞快地记录，力争字字不落。

"就在直奉战争爆发时，胡旅长率混成旅入关作战。段小姐相信他一定会随身带走金佛，决定随军追踪入关。可是，她一去就没了消息。

"我父亲认为胡旅长会将金佛藏在家中，当时请日本浪人虎贲郎帮助夺回金佛。后来，虎贲郎从胡旅长家的金库中偷出了金佛，我们都信以为真。

"可是，宝贝这个东西就是邪门儿，谁见了都会变心。"

赫雷点头，人在财富面前，最容易暴露的就是贪婪的本性。

"等到日本人占了东三省，虎贲郎当上了哈尔滨的特务机关长，他就绝口再也不谈金佛的事情。当时说好了的，虎贲郎只要夺到金佛，就交给我们，他会得到大笔的金钱和绸缎。

“谁料，虎贲郎见到金佛就变了心，迟迟不交金佛，他就把它供奉到日本特务机关的佛堂里，变成了他们的保护神。十多年后，严家公子，蒙家小姐，我们都长大了，我父亲带领我们几次下手，也都未能成功。但我们有的是耐心，一心等待机会。

“直到光复日本宣布投降，虎贲郎死后，日本人还想把它带回国，这是我们夺回金佛的最后的机会。我父亲带领严家公子和蒙家小姐，跟踪到大连，从就要登船回国的日本人手里，冒死将金佛偷回。为此，我父亲受了重伤，一年后撒手归西。”

说到这里，老孟头的眼圈有些发红。

赫雷问：“那个金佛最后落在谁的手里？”

老孟头说：“光复后那几年，一直都在严家公子手里，他跟蒙家小姐住在一起。成了家，就住在大连。”

赫雷又问：“后来呢？”

老孟头道：“据说，严家公子风流成性，在大连又喜欢上了一个‘二毛子’姑娘，两个人甚至住到了一起。蒙家小姐尽管有了身孕，一气之下，还是带着金佛离他而去。”

赵强已经记了七八篇笔录，还在刷刷地写着。

“直到那年十月一日，新中国宣告成立，在咱们省博物馆，摆出了据说是胡家后人捐给国家的九宝金佛，我也去看了，才知道。原来胡旅长为了保护金佛，使了一个‘狡兔三窟’的计谋。”

“狡兔三窟？”赫雷倒是头一回听说。

狡兔三窟，就是要以假乱真，目的就是让我们找不到真的在哪。据说胡旅长当年曾经秘密找到了一位当年俄国沙皇宫廷的工匠，按照金佛的模样，用加彩琉璃造了两个惟妙惟肖的假金佛。

据说其中一个被苏联远东的情报头子得去。

“加彩琉璃？造得像吗？”

老孟头说：“像，能以假乱真。另一个，胡旅长就把它放在家里，就是为了让别人找到它，不再去追他手里的真金佛。这个假的就叫日本人虎贲郎偷了去。因为我们谁也没见过真的，都以为这个就是真的。”

赫雷问道：“你说的严家公子叫什么名字？”

老孟头道：“严玉森。”

严玉森？赫雷对这个名字，觉得有点耳熟，可以肯定，他没有直接接触过这个人，但是，他是从哪里听到过这个名字，一时却无从想起。

金佛的事情已经大体了解，赫雷又问道：“你家的地下室和夹壁墙是怎么修起来的？”

“刚子干的。”

“什么时候修的？”

“今年春天，主要是刚子和苇子干活。”

赫雷不解：“刚子为什么要费这么大力气，修这个东西？”

老孟头苦笑道：“还不是让你们给抓怕了。”

事实也是如此，这几年，赫雷对绺窃和压疙瘩的惯犯非常重视，打击的力度一直不小。逼得这些人想方设法，甚至挖空心思要保存自己。废品站的防空洞变成了地下隐蔽室，就是被逼出来的招法。

还是那句话，窃贼保护自己的手法，总是能走在刑警们的前头。

赫雷要把老孟头建为耳目，就会变被动为主动。练武的人称这种做法叫借力打力。

赫雷问他：“你要是回去，翟刚还会再来吗？”

老孟头突然睁大了眼睛，不相信听到的话，便急切地反问：“您说什么？”

赫雷加重语气说道：“你要是回去，翟刚还会再来吗？”

老孟头急忙回答：“会来！会来！一定会来！”说完他又叹了口气：“可我……哪还能回去？”

赫雷道：“我有一个前提，我知道，你一定会答应，但是，我不光是要听你回答，还要看你的行动。”

老孟头痛快说："不就是要抓刚子和铁子吗？他们要是不来，我去访他们，有了消息立刻就向您报告。"

赫雷："假如你不干活，或是假干活，你知道我会怎么办吗？"

老孟头对这一点一清二楚："再抓回来，加重处罚。"他沉吟片刻说道："你说过君子一言，我不够君子，也不配当君子，但我知道变牛变马，才能报答政府对我的大恩大德。"

把老孟头送回监号，赫雷让赵强写一个申请建立耳目的报告。

赵强把赫雷送回家，老伴特地炒了几个菜，留着赵强在一块吃晚饭。赫雷和赵强都喝了酒。

说实话，陶进和赵强都是赫雷的亲兵爱将。

别看赵强年纪轻轻，可看问题有主见，也敢主持正义，干起工作任劳任怨，是同龄人中的佼佼者。

这孩子让赫雷心生同情是因为他出身寒苦，自幼父母双亡，是跟着姥姥长大的，从小就捡煤核，拉小套（在道路上坡的地方，套上一根绳子，帮助把手推车推到坡顶，每次可挣一毛钱），稍大一点，就跟着那些搞黑包工的人盖房子当力工。刚开始让知识青年上山下乡的时候，他就谎报年龄跟着去了内蒙古大草原。等到返城的时候，他被安排到铁锅工厂当工人。

说起他一心想要当警察，还和他一次遭遇有关。他的舅舅在农村政策放宽后养了一头猪，本想在年底杀了卖几个钱。可一进腊月，就让人偷走了。

舅舅跑了几十里山路到了管辖派出所报案，派出所的警察爱搭不理，记了他个名字，就让他回去等信儿。

等到过年开春也没有消息，舅舅对他说起这件事情，流了眼泪。

就是这件事情让他气愤不已，他下决心，要是自己有机会当警察，一定帮着老百姓破案。去年赶上公安局扩编，从工厂招收警察，赵强就报了名。

想起当初要当警察的动机，真是既单纯又可笑。而今当了刑警，赵强是一心要干出个样儿来。赵强在草原当过赤脚医生，队里谁有个头疼脑热也都找他，他的公文包里不光有卷宗、笔录用纸，还有他自己配的中草药。

听说，他正给张吉顺的妈看病呢。

两个人坐到了一起，三杯下肚，自然就要说起队里的一些事儿。赵强对陶进的印象挺好，说他有头脑，干活肯卖力气，就是有点愚。这自然是说他对魏蓉蓉的容忍态度。

赫雷倒有不同的看法，他认为陶进当初是让老魏给蒙住了，现在，他也不是不明白，可就是一直不愿捅破这层窗户纸儿。

赵强点头，要是真把老魏给抖搂了，后果肯定两败俱伤。陶进现在忍着也有道理，谁让你当初不明白来着。

俩人这顿酒喝得挺痛快，赫雷也听到了不少刑警们那些掖掖藏藏的事情，一瓶龙江方瓶喝到见底，才算罢休。

送走了赵强，已经十点多了。老伴铺好了床，两个人一躺下，老伴就主动钻进了赫雷的被窝，两个人搂在一起亲亲热热地做了一次爱，算是对这些天劳累困苦的一次解脱。

第二天是周日，是文物贩子和古董商聚合的日子，赫雷估计，小尤的爷爷肯定得到场，吃完早饭，他骑上车子，就奔向极乐寺。

极乐寺是有六十多年历史的佛教寺院，都说佛门是清静圣地，其实，几十年的风风雨雨，这里一点都不平静。就说“文化大革命”时候吧，这里所有的和尚都被强迫还俗，大的寺院改成了卫生辅料厂。

按说，恢复佛教活动也就才几年吧，这里的香火已经越来越旺。每天前来烧香拜佛的善男信女络绎不绝。据老和尚说，打从极乐寺建起来，也没见过这么兴旺的香火。

赫雷不信佛，他甚至连极乐寺也没进去过，但他对宗教一直有一份好奇。他不明白为什么给皇上磕头，磕了几千年，包括像前些年的“三敬三祝”，说没，呼啦就没了。

中国历史上多次灭佛，十年“文化大革命”灭的更是有过之而无不及，怎么环境稍一宽松，这里的香火又旺了起来？这头又磕上了？当然，他更不明白的是佛教为什么有这么强的生命力？毁也毁不了，灭也灭不掉。他想研究研究，但是没有这个闲工夫，看来，也许得退休以后吧。

借着佛门的兴旺，墙外一些捣弄古董的文物贩子就总往这一块聚。这才两三年的时间，加上政府有意扶植，墙边的古董店已经开了十多家。一到礼拜天，地摊也是一家挨着一家，有时候能摆出几十米长。

平日来的人还不算多，就是到了周日，这里常常挤得水泄不通。

赫雷沿着地摊看了看，什么玉啊翠的老玩意儿还真不少，日常用的，家庭摆设的瓶子、罐子，几乎应有尽有。有的大声叫卖，有的几个人凑在一起嘀咕。这里不光是新货老货的集中地，还是社会人生的百态图。

地摊后边是挨排的仿古小门脸。门上大都挂着匾额，有的写着什么斋，有的挂的是什么堂，不一而足。

小尤的爷爷没有门脸，就是说他不是坐商，他属于贩子，到处转悠，手里有货，眼力也好。有买的，价钱给的好，货就出手了。看见好东西，价格便宜，下手就捞来了。贱买贵卖，见利就走，永远是古董行的经营之道。

赫雷从没见过老尤头，但他相信，准能把他找出来。

这不，前面有几个人围着一个上了年纪的人，七嘴八舌议论他手里拿着的一个饭碗。

老者说："光绪年间，青花碗，别看是民窑，可做得精巧，多薄？至少十二块钱。少了别拿。"

赫雷摇了摇头，一个饭碗十二块钱，真是不可思议。

可是，那几个人还真有要买的意思，价钱讲到了十块钱。

老人说："成。"

交钱，给货。真还成交了！几个人拿着碗走了，老人又开始转悠。

赫雷看他的长相，神态，心里大致有了谱，便走到他身边低声道："请问，您是不是尤老先生？"

老人一愣，点头道："正是。请问您——"

赫雷道："我姓赫。"

老人吃了一惊，几乎喊了起来："您就是赫……"

赫雷忙伸手示意，噤声。

老人马上住嘴，也低声道：“您来是问那个——”他伸出一只手，把食指弯了个钩，比画出一个“九”来。

赫雷点点头。

他抬起头左右看了看：“走，到那一家去，好好聊聊。”他指了下不远处一家古董店。

赫雷点点头。

两个人朝前面的古董店走了过去。

这个门口也挂着一块匾，从落款看，还是个大名人写的，不过，只要稍加注意，就能看出，那也是个冒牌的。

店内光线很暗，玻璃栏柜里面摆着不少玉石、玛瑙、铜器等装饰品和小挂件。古董架上摆着坛坛罐罐，显得屋里挺满登。老板不到五十岁，但是已经发福，他看见老尤头带着一个陌生的中年人走进来，便满脸带笑迎了上来。

老尤头道：“这位是我的朋友，外地来的，净做大买卖，‘兰’可‘海’去了。”“兰”是行话里钱的意思。“海”了，就是钱太多了。

老板连忙让座，忙问赫雷喜欢什么？

老尤头觉得能把赫雷说成是朋友，心里感到很有分量，便伸出手又做了个“九”的样子：“人家不看小东西，就看这个。”

老板一见，知道来了大买主，忙从怀中掏出一张照片：“是这个吗？”

赫雷接过一看，照片上正是那尊九宝金佛。

老板故作神秘地说道：“全世界九大奇珍异宝都镶在上面，红、蓝宝石，和田黄玉，还有凝翠。凝翠，听说过吗？”

赫雷点点头：“宁要凝翠一方，不要翡翠一车呀。”这是那天在博物馆看金佛的时候听说的。

老板立马伸出大拇指：“行家。您能给个什么价？”

赫雷想不到说了几句就谈价钱，便说道：“货在哪儿哪？我总不能冲着照片就给价呀。”

老板咂了咂嘴："货有，不在我这儿。货主说，价格合适，才能见货。"

赫雷确实不知道该出多少价，便道："先听听老板的。"

老尤头也附和道："是得先听老板的，货主有话没有？"

老板得意地伸出了一个手指。

老尤头道："十万？"

老板大声道："一百万！还是美元。"

"啊！"老尤头惊得嘴张得老大，半晌合不拢。

因为得知了狡兔三窟的故事，赫雷挥了下手："不值。真正的金佛早就让国家收藏了，这个——"他指着照片道："仿的。用彩色琉璃仿的。"

老板连连摇手："不可能。我亲眼所见，真儿真儿的，难道我干了半辈子古董，连宝石和琉璃还分不清吗？"

老尤头问："我这朋友来了，那可是有实力的主儿。你得说点真格的，别像忽悠那些主儿似的，云山雾罩的。"

老板向赫雷俯下身来，像是要说点悄悄话。

老尤头走到门口向外面看了看，关上了店门。

老板压低声音道："对着真人不说假话，那我就说说看见这个东西的经过。能看到这件宝贝，那是真不容易。最初，是一个老太太，兴许是看我这门脸的风水好，倒冲我这儿来了。"

"后来呢？"老尤头着急地问。

老板道："她先是把这张照片给我看，我说这是什么，不就是个佛吗？她说这可不是普通的佛，这就是传说中的九宝金佛。我半信半疑。她说，要能帮她把金佛卖出去，分三成给我。我说，那得让我看看货才行。隔了两天，老太太又来了，说是让我去看金佛。"

赫雷和老尤头都认真地听着。

"我当时觉着好像真有这回事儿了，看这老太太，说话斯文，举止得体，像是一大户人家出身的人。我就说，只要让我看到，我一定给您卖出去。"老板说着，忽然想起："咳——咋没给贵客沏茶。"

老尤头道："我来。"

这几年，去南方的人多了，把人家喝功夫茶的样子也学了回来。有些人也弄些小壶、小碗沏水喝茶。

老尤头拿过暖壶沏上茶，倒给赫雷一杯。

这不是茶杯，是酒盅。

老板继续说道："老太太当时就答应了。最先，是告诉我晚上八点，到马迭尔宾馆的大堂等候。我准时到了，接着，老太太来了，让我跟她到附近一个小旅馆去。"

老尤头道："我看，这有点像电影里特务接头似的。"边说，也给老板倒了一小杯。

老板接过，一口就喝干了（敢情是他渴了）："可不是嘛。我跟着她到了附近一个小旅馆，老太太开门进了房间。我也跟着走进去。可就怪了，房间里黑咕隆咚，挂着窗帘，没点灯。我要点灯，她又不让。"

老尤头拿过空杯，又给他斟满一杯。

老板道："房间小，屋里黑，也能看见还有两个人影，床上放着一个一尺见方的盒子。老太太让我站到床边，她慢慢地打开了盒子。"

赫雷凝神听着。

老尤头也忘记了倒茶，提着暖壶听着。

老板道："盒子打开，扯开一块绒布，一团光华就把我的眼睛给晃花了。眼前是一尊有红有绿，五光十色的释迦牟尼佛。那眉眼，那神情，简直是活了。我登时就呆在那儿了。"

赫雷问："什么材质做的？"

老板："老太太给我讲，这是红宝，这是蓝宝、祖母绿，这是和田黄玉，通身是黄金打造。底座是凝翠和绿松石。"

老尤头追问："你看得准吗？"

老板十分自信："我不带'走眼'的。这么多年，我见多了。"

老尤头缓缓摇头："你上次给我讲，我心里就画魂儿，说实在话，要说你看玉，那我是服气，只要你一上手，看一眼，就能分出哪块是南阳玉哪块是岫岩玉。可这红宝石、祖母绿也不是平常人能见到的，你就敢肯定都是真的？”

老板摇摇头：“没错，镶在那么贵重佛像上的那还能假？”

赫雷摇摇头，他对这种推演式的结论不以为然。他摇了摇头：“老板，彩色琉璃做好了，照样！”

老板信誓旦旦：“这位老弟，就说这座金佛，我要是‘走眼’，你就把这小店给我砸了。”

老尤头又递给赫雷一杯茶。

赫雷：“你还能联系到卖家吗？我见识见识怎么样？”

老板拍着胸脯：“当然可以。”他从怀中掏出了一个纸条：“我这有电话，45367，歌舞团，找魏蓉蓉。”

赫雷一惊，不由得浑身一抖，茶杯险些从手中滑落。

老板再三保证可以联系到卖家，联系妥了就告诉老尤头，再让老板看货。

赫雷当即提出，他与老尤头深交多年，他现在就委托老尤头当这桩生意的全权代理，多少钱，用美元还是人民币，怎么兑换，是转账还是现金，全由老尤头说了算。

离开古董店，天近中午，老尤头一定要请赫雷吃饭，以便进一步商量一旦要看金佛，怎么应对。

两个人走进一个小饭店，拣了个僻静地方坐了下来，各要了一杯啤酒，边喝边聊。

赫雷对琉璃和翡翠一窍不通，难以再说出什么办法。

老尤头这两年在古董市场泡的时间不算短。除了倒卖老怀表、鼻烟壶挣了钱，也买过几件喜欢的玉器小摆件。对许多人，因为年纪老，见识多，他都可以充一充内行，而面对赫雷，他不敢瞎说一句话，不用说，这酒喝得就有点拘束。

老尤头只是说：“估计，这金佛的照片洗印了不少，前些日子碰到的那个港商，拿的也是这样一张照片。”

赫雷问：“还能联系到他吗？”

老尤头点点头："能，我有他的名片，是香港一个什么公司的老板，姓林。"

赫雷想弄清楚，翡翠和琉璃到底有没有区别。

以老尤头的看法，区别肯定是有的，翡翠是雕刻出来的，琉璃是熔化以后浇灌出来的，那能一样吗？

赫雷知道了狡兔三窟的事情后，他断定，老太太领古董店老板看到的那尊金佛，一定是彩色琉璃做的。

他向老尤头讲了这件事情，老尤头点头同意，他认为，老板当时肯定蒙了，也许是没看清到底是什么。

要是老太太卖琉璃金佛，赫雷觉得没有必要介入。谁知道，半路杀出个程咬金，怎么魏蓉蓉也卷了进去，还成了联络人？这就让他不得不费点脑筋，这也是他决定让老尤头全权代理，继续周旋下去的主要原因。

可以肯定，魏蓉蓉要是掺和进这件事情，对陶进、对老魏，都不会是什么好事儿。

这就是尔虞我诈的险恶的江湖啊，哪是她插手掺和的地方？

离开极乐寺，他骑车到了分局。虽然今天是周日，他满可以休息，可他放心不下，便来到了刑警队。

果然，刚进办公室，赵强就迎了上来。他把一份材料递给赫雷，告诉他，要把孟玉成建为耳目的计划受阻，庄农不同意。

赫雷接过材料来到庄农办公室。

庄农正和张吉顺谈着什么，两个人谈得十分兴奋，发出了哈哈的笑声。

赫雷走进，两个人的笑声戛然而止。

赫雷站在门口不解地问："笑什么呢？说给我听听，也笑一笑。"

张吉顺摇头："你听了绝不会笑。信不？"

赫雷当然不信。

张吉顺说："我问你，无产阶级文化大革命，结束几年了？"

赫雷算了一下："从七六年粉碎'四人帮'就算吧？"

张吉顺点点头。

赫雷道："七年了。"

张吉顺得意地说："记得有一句话，七八年再来一次吗？"

赫雷心里反感，知道他又要开讲继续"革命"，便故意说道："什么是七八年？不记得了。"

庄农疑惑道："老赫，这么重要的'语录'你都忘了？"

赫雷道："的确忘了。"

张吉顺道："不管你忘不忘，七八年再来一次的预言就要实现了。"

赫雷估计他又想云山雾罩地吹什么，便故意搅浑道："是你说的预言吗？实现什么啦？"

张吉顺得意地说："从七六年算起，星期一就开始严打斗争，刚好是七年，不是再来一次了吗？"

赫雷坐到庄农对面："这是打击刑事犯罪，两回事儿。"

张吉顺道："要说那十年的'文化大革命'那是全民的。这次严打斗争对那些有腥味的，是以法律的名义进行的。换汤不换药，明白吗？"

这种观点赫雷还是头一次听说，他反问张吉顺："照你这么说，这是运动又来了，是不是？"

张吉顺毫不含糊："当然了，没完。我早就说过，别放松阶级斗争这根弦儿，赫队，你就是没听进去。"

赫雷心中忽然腾起一股怒气，就是这个张吉顺总是在队里批这个，损那个，加上他又是刑警队的老人，弄得一些小青年对他敢怒不敢言，连流行歌曲都不敢唱。现在又跑到局长这儿，借着"严打"的形势说事儿，不外乎为了表明他有政治远见。

张吉顺还浸沉在得意之中，没有注意到赫雷的脸色，接着说道："赫队，我可提醒你，像陶进跟反革命子女和刑事犯罪家属的双料货接近的事情，那可是阶级斗争的新动向。"

赫雷气得几乎要爆发，但他忽然想到这是庄局的办公室，便压着怒火说道："你出去！我有工作向局长汇报。"

慑于赫雷的态势，张吉顺还想说什么也只能咽了回去，说了声“等着瞧”就悻悻地转身走了出去。

庄农一直在手中转着一根铅笔，冷眼看着张吉顺和赫雷的神色，看见赫雷来了气，愣把张吉顺给赶了出去，便笑着说道：“你跟他较什么真儿？我看你是真生气了。”

赫雷喘了一口粗气：“活儿不干，整天批这个，损那个，做继续‘革命’的春秋大梦，什么玩意儿？”

庄农：“你让他‘作’去，他整天不忘阶级斗争，不就是想证明他比别人有政治远见吗？”

赫雷还没消气儿：“那也不能把‘严打’和政治运动整到一块去。”

庄农：“你要听他说，还有更邪乎的呢。他分析说，这次‘严打’是打击以刑事犯罪手段致富的人，再下一个‘严打’，就是打击那些以经济手段致富的人。这不就是说下一把就要消灭个体户了吗？”

赫雷道：“怪不得他这些日子这么洋棒呢，好像又要拉起造反团似的。”他调整了一下情绪，对庄农道：“不说他了，说说这个耳目吧，我想详细汇报一下我的想法。”

庄农把手一摆，给他一个封门儿：“不行，别汇报了。‘严打’开始我还想拿他顶个数呢。”

赫雷不肯罢休道：“不差他一个。有些事情不能写进报告里，赵强也不知道，只能我来口头汇报。”

庄农一听，便有了兴趣，铅笔也停止转动：“什么事情？”

赫雷道：“他跟九宝金佛有关系。”

庄农不理解：“他怎么会有关系？”

赫雷：“当初，从云南到京城追踪金佛的是四家，段、蒙、严、孟。他就是孟家的后代。”

庄农不以为然：“金佛在保险柜里，后代还有什么用？”

赫雷：“他说，狡兔三窟，当年胡举人的后人做了两个假金佛，就是为了金蝉脱壳，我刚从极乐寺古董店回来，现在古董市场要卖的，可能就是假金佛中的一个。”

庄农问：“卖假金佛管他干什么？”

他想说魏蓉蓉的事情，却又咽了回去，便道：“那也得纳入视线之内，这种东西一出江湖，最容易引起血雨腥风。”

庄农点头：“那倒是。”

赫雷接着说：“抓翟刚、翟铁，还得靠这个废品站。所以，我想先把他办个取保候审，出去等着他们。要是没有用，再把他抓回来，该怎么处理就怎么处理，一点也不耽误。”

庄农问：“他们还能回去？好马不吃回头草。”

赫雷道：“这个老头在江湖涉水很深，放他一马，说不定有大收获。”

庄农将信将疑：“你对他那么有信心？”

赫雷道：“毕竟年纪在那儿，刚光复的时候，他偷了黑道人物，手指头给剁去两截。”

庄农叹了口气：“我总是让你牵着鼻子走，是不是？”他拿过材料在上面签了字。

赫雷道：“让我牵着走，兴许能破大案，别让张吉顺牵着走，也做继续革命的梦。”

庄农把材料推到赫雷面前：“我？继续‘革命’？五十八岁了，还有多高的蜡头？我就是想革也革不动了。”

赫雷站起告辞。

赫雷回到刑警队办公室，把材料交给赵强，让他到拘留所办理取保候审的手续，再定好接头地点和时间，第一次接头，他要参加。

赫雷离开分局，骑着自行车回家。早晨离家的时候，老伴说要去把老岳母接来住几天，老太太主要是想外孙女。

赫雷的家住在安正街的一条胡同里，他着急回家是想看看老岳母。

赫雷的两件心事都已经有了头绪，让他感到心身轻松，肚子也有些饿了，他骑着自行车拐进街口，情不自禁地哼起了小曲儿。

这些年，以邓丽君为代表的台湾歌星的歌曲涌进了大陆，随着各式各样的录音机的出现，走到哪儿都能听见“何日君再来”“送你送到小村外”……

尽管听到不少，赫雷还是没学会歌词儿，只是会哼哼几句曲调，他觉得在这个轻松的时刻，哼几句，还是挺对心情的。

他只顾哼唱，却没注意，一个与他相对而来的自行车，停到了他的面前，拦住了去路。

赫雷急忙刹车，一看对面的人，连忙下了自行车，他万没想到，拦在他面前的竟然是新来的局长唐巨成。

赫雷连忙打招呼："是唐局啊，这是上哪儿？"

唐巨成手扶着自行车，面带微笑，没有回答，却反问道："你家，就在这跟前儿吗？"

赫雷点头："是，就在胡同里，有工夫来坐坐。"说着，他搬动了下自行车，准备跨上车子走。

唐巨成朝他招了下手："我现在就有工夫，可以到家里坐一坐吗？"

本来，这说"有工夫来坐"，就是句应酬的话，可唐巨成倒是来了个实在，还真要去坐坐。

赫雷说啥也没想到，唐巨成要到他家去，这个要求不仅让赫雷感到突然，更感到意外，他竟一时愣住了："这个——"

唐巨成看出赫雷的为难，便问："有啥不方便吗？"

赫雷忙说道："没有，没有。就是屋里太窄巴，也没什么……准备。"说实在的，局长在这个时候要到家里去，对赫雷来说，是有点不方便，关键是毫无思想准备呀。

正赶上饭口，上司要到家里去，这该怎么招待？

唐巨成可能看出了赫雷的为难，便笑着说道："老赫，不用你大操大办，瞧——"他从挂在车前把的布兜子里拿出一瓶酒："看，我自带的龙泉方瓶可是部优产品，还有一只李老大的烧鸡，也是本市的名牌。叫弟妹炒个花生米就行了。"

看来，这个唐局长是非要进赫雷家坐坐不可了。

赫雷只好答应："那就请吧。"说着，便推着自行车在前面走着。

唐巨成也下了自行车，推着车子跟在后面。

二十二

探访

推开院门，是一个小院。煤棚、拌子棚各占了一大半，剩下的地方只是一条通道，两辆自行车都推了进来，就得侧身通过了。

未等进门，赫雷的老伴开门出来，她原本想跟赫雷说什么，直到近前，才发现赫雷身后还跟着一个人。

赫雷忙介绍道：“这是分局的唐局长。”

赫雷在家肯定不常接待客人，听说来的是位局长，老伴顿时有些慌乱。

她与赫雷年纪相仿，从脸色看，就知道是大病初愈。身体也有些发胖，说不准这是发福，还是水肿。

唐巨成忙打招呼：“弟妹，你好哇。”

老伴一边应承，一边为难地看了赫雷一眼，她心里埋怨，领着局长这样的大官儿到家，也不提前打个招呼。她忙不迭地点了点头，扭身就跑回到屋里，在床上、地上，东一把西一把地拾掇起来。

屋中实在很狭小，但很干净。除了一张双人床、桌子、立柜等家具，还剩几米的空间。

还有另一个房间，是女儿住的。丈母娘来了，就住在那里，女儿得到邻居家去借宿。

厨房里的炉子连着几根铁管子，这就是冬天烧火取暖的土暖气。

可能这一带经常停水，厨房里有几个铝锅和塑料盆，都装着满满的水。

估计女主人还在里屋拾掇，唐巨成有意在厨房多站了一会儿。

赫雷走进屋中，发现局长并未跟进，急忙转身相请。

唐巨成从布兜里掏出烧鸡，交给赫雷老伴：“弟妹，找个盘子，我跟老赫喝两盅。”

老伴一边拾掇，一边为拿什么招待局长犯愁，想不到，局长自己带来了酒肴。她歉意地接过来：“哪能让局长破费？真是不好意思。”

唐巨成把手一挥：“我听说老人来了，分一半过去。老哥愿意吃炒鸡蛋，家里有吧？”

老伴连连说“有，有”，就忙活起来。

趁着唐巨成跟老伴说话，赫雷在里屋把那张靠边站的饭桌支了起来。摆上一把椅子，又去找茶壶茶碗。

从打进胡同口，他就犯嘀咕，干了快三十年，分局长换了七八十来个，别说是一把手，就连副局长也没有谁到自己家里坐坐。

唐巨成今天的举动，让赫雷大感意外。但是，看他带着酒和烧鸡，又在胡同口相遇，赫雷意识到今天的巧遇大概是他蓄谋已久的，只不过是以偶然的形式出现罢了。

说实话，唐巨成的用心，还真让赫雷给猜着了。

从县委到省厅，唐巨成在夜大读的都是法律系。调到道里公安分局来当一把手，行前，市委领导与他有过一次谈话。

领导的话，言简意赅。让他到分局去，就是让他更接近基层，贴近实战。更重要的是，让他观察和解剖这只“麻雀”，要为即将到来的公安工作改革提供思路。

准确地说，从解放初期算起，人民政府已经管理这座城市，长达三十七年之久，公安局当然是这个管理机构的最重要部门。

人们经常把警察称作国家机器，可是，这部机器既不是钢铸的，也不是铁打的，而是一群有血有肉，有情有欲的人组成的。这些人，都是从计划经济时期走过来的，有的甚至是经历过伪满洲国时代。也许，没有谁能明显感觉到社会在转型，正在发生着深刻而又剧烈的变化，大家照吃，照睡，照样上班。唯一的感觉就是，粮票、布票没什么大用处了，什么议价粮、议价布在市场也都可以买得到了。

明天，会变成什么样子？将来，会变成什么样子？这些基层民警和刑警无人关心。

可是，唐巨成必须关心，他要看这部运转了近四十年的机器，哪里老化了，哪里失灵了，哪里腐烂了。

来到分局七八天了，开过两次党组会，一次是例会，一次是区委纪检部门参加的会。两次会议上，唐巨成都是就事论事，丝毫没有透露关于未来改革的设想。

但是，庄农两次发言中，都提到了五十年代印象深刻的“玻璃板”“水晶宫”。他不明白，为什么庄农对那个用“大跃进”方法，通过弄虚作假、漏报瞒报方法获取的成绩津津乐道。

事后，有的分局长说，庄农拿五十年代的经验说事儿，一是摆资格，二是吓唬人。几个人的结论，都用了一个时髦的词汇，副局长庄农的思想，还没走出“青纱帐”。

还有人说，庄农从警时间不长，就在各种运动办公室工作。那个运动可不是体育运动，像早年的清理中内层运动的办公室，就把不少公安老干部稀里糊涂地清理出了公安系统。

接下来他又接任了对外叫“反胡风分子领导小组”的副组长，其实，对内就是内部肃反办公室。六十年代初，他是分局的“四清”运动领导小组的副组长，接着又当上了分局的社教领导小组的组长。“文化大革命”时候受到冲击，让另一派给保护下来，直到“文化大革命”结束，他又当了副局长，主管刑侦。

正因为他一直领导分局的各式各样运动，提拔得比别人都快，是全分局除了分局长之外的唯一的正科。

打从“文化大革命”结束以后，运动不再搞了，没了呼风唤雨权势，总让人感到没落，庄农年纪渐老，对日常工作只是应付而已。

唐巨成去过几个派出所,这里才是公安工作的最底层。工作任务涉及四方八面，甚至杂乱无序，民警们承受着超负荷的劳累。

他两次见到在第一线领导侦查破案的赫雷，从人犯逃跑，到大于负伤的危险，从逐门逐户的摸排，到昼夜轮替蹲守。他认为，这样过度付出，很快就会把他们拖垮。

当然，只有他两脚踏进赫雷的家，才会让他暗自吃惊。他万没有想到，一个全市赫赫有名的刑警队长的居住条件会是这般寒酸。

屋中，除了这张靠边站的饭桌，所有的家具估计都二十年以上高龄，想必都是结婚那会儿置办的。他还注意到，那件单门立柜下边的一条腿断了，垫着半块砖头。

墙上挂着一个刻着“新婚纪念”的玻璃镜子，由于水银剥落，已经不能清晰地照出人形，但下面刻着的二十多个人的名字，还清晰可见。显然，这是当年结婚时候，集体送的一件礼物。

镜子旁边是一台老式的座钟，正在那里强打精神走着。这倒引起了唐巨成怀旧的思绪。小的时候，他家里也有这样一台座钟，奶奶每天都要擦拭它。钟顶的铜马，两边的纹饰，总是金黄锃亮。

老伴进了屋，先是单腿跪在立柜边，接着又撅着屁股从立柜下面掏出了两个铁盒罐头，上面的灰尘足有铜钱厚，看样子已经保存了几年以上。

唐巨成看出这是要拿罐头招待他，连忙上前阻拦：“弟妹，这罐头不能动，得留给老人吃。”

老伴捧着罐头气喘吁吁地站在那里，看着赫雷。

赫雷忙摆手：“看什么？起开就是了。”

老伴刚要往外走，唐巨成跨到门口堵着她：“弟妹，我看出来了，你家并不富裕，这罐头连老人来了都没吃，我能咽得下去吗？”他看她还把罐头拿在手里不动，便伸手夺过，又蹲下身去放回到立柜下。

赫雷也只能朝老伴挥了下手，老伴急忙回到了厨房。

又等了一阵，老伴从厨房端来了撕碎的烧鸡，还有一盘炒鸡蛋，一盘花生米。

唐巨成拿起酒瓶，给自己和赫雷的杯里倒了酒，他端起杯来，朝着赫雷道：“来。喝一杯。”

赫雷坐到了一个方凳上，也端起酒杯，面带着愧意说道：“这倒成了你招待我了。”

唐巨成笑着把酒喝干道：“我这可就是反客为主呀。”

赫雷也喝干了酒，笑着说道："那可是三十六计的一计呀。"

唐巨成又倒上酒："我可是计划的计。"

赫雷笑道："不论是计划还是计谋，其实，都是那一个'计'。"

唐巨成道："都不管他，你也看出来了，我是无事不登三宝殿，我今天来，就是想听听你对当前刑警工作的看法。"

听到唐巨成说明来意，赫雷陷入思索，稍顷，他把酒杯放到桌上："老虎吃天，从哪儿下口？"

唐巨成道："你是个刑警队长——"

赫雷忙做了个暂停的手势，纠正道："副队长，正股级。"

唐巨成歉意地点头："是，副队长。你是上有主管局长，下有众多刑警，一旦发生案子，你就是上挤下压的豆饼干部。一定有苦衷，说说你感受最深的。"

赫雷点头，脸上露出一丝苦笑："豆饼干部也好，面包干部也好——"

未及赫雷再说下去，唐巨成急忙打断他的话："你说说，什么样的是面包干部？"

赫雷哼了一声："工作舒舒服服，养得白白胖胖，外面纸包纸裹，往那儿一戳，花里胡哨地蒙人，可一摁就瘪了，你说，这样的干部还少哇？"

这个比喻很形象，唐巨成的脑海里，立刻出现了他所共事的几个面包干部。

赫雷转入正题，接着说道："我对刑警的感悟，最重要的一条，就是跟古人相反。"

唐巨成来了兴趣："愿闻其详。"

赫雷道："古人说，千军易得，一将难求。要我说，对于刑侦战线，是将帅易得，干探难求。"

唐巨成喝了口酒："何以见得？"

赫雷把一大块几乎被煎红的鸡蛋，夹到唐巨成面前的碟子里："吃鸡蛋。"

唐巨成吃了口菜，端起酒杯和赫雷碰了一下。

赫雷把酒喝干，唐巨成把一条鸡腿放到他的碟中。

赫雷道："每次发生大案，都是局领导、刑警和现场勘查员，脚前脚后到现场。

这个时候，就要看现场勘查员能不能找到犯罪证据。”

唐巨成点头：“蛛丝马迹。”

赫雷问：“这跟局领导有啥关系？”

唐巨成问：“好像按规定，领导也不能进去是不？”

赫雷：“人家勘查现场的时候，领导和我们一样，都在外面等着。”

唐巨成点点头。

赫雷道：“等到人家勘查完了，照相、提取痕迹都做完了，大家要听现场勘查情况的详细汇报。要有疑难问题，才可以进现场再行研究。”

唐巨成点点头。

赫雷道：“所有的勘查情况都集中到一起，局长就可以划定破案范围。有人以为这很难，其实，都是说瞎话。”

唐巨成微微摇头。

赫雷问：“你不相信？我告诉你几句话，你就能指挥破案。”

唐巨成：“请讲，我也学一学。”

赫雷：“一般在公企内部，多为内盗或监守自盗。在单位破案就可以说，此案以内部追查为主，但不能放弃外盗的可能。”

唐巨成点头：“我明白了，两头堵？”

赫雷：“没有一个领导只说一点。这还不好干吗？这些套话，官话谁不会说？领导说完就走了，剩下就是我们这些傻狍子在那儿傻干。”

唐巨成道：“这就要看干探的本事了。”

赫雷道：“说对了。刑警出去查线索，就是寻找嫌疑人，有时候，嫌疑人就在你面前，那就要看侦查员的本事，能不能识破。”

唐巨成问道：“我先问你一个基础问题，什么人能当刑警？”

赫雷毫不犹豫地回答，显然，他对这个问题早有答案：“想要建功立业的优秀中青年警察。”

唐巨成：“莫非说，我问的这个问题，对于你来说，是一个老问题？”

赫雷点头：“我对陶进就说过，年轻时候当刑警，吃苦受累，能扛得住。等到老了，想一想年轻时候吃过苦、出过力也是安慰。别像你老丈人似的，当了一辈子警察，一个案子都没破过。”

唐巨成：“陶进？抓朱岗的那个？”

赫雷点头：“第一主力，他抓住朱岗的手，用力往外拖，朱岗死不撒手，两个人把门把手都拽了下来，那得多大的劲啊。陶进说，他的两个胳膊后来疼得不敢攥拳头。”

唐巨成点头：“用力过猛，肌肉拉伤了。”他停顿了一下又问道：“听说这个陶进跟一个犯罪家属好到一块去了？”

赫雷登时火起，他啪地拍了下桌子，桌上的杯筷都跳了起来：“这是什么人在背后乱搞名堂？”

老伴可能听见动静，急忙跑到屋门外，向里观看。

唐巨成连忙道：“别发火！我也是刚听说的。”

赫雷喝了口酒压了压火：“话能传到你一把手的耳朵里，我也不问是谁说的了，我就说一句话，陶进去找翟丁谈话，是庄局和我研究批准的，当时谈话有监控，可以做证。此后再没有接触，怎么能这么说话伤害别人？”

唐巨成摆手道：“好，咱们不说这个事儿了。你说这领导干部的能力，我还真有感触。我那年遇到一个女人被杀，一个当官的就说，估计是情杀，但不能排除仇杀或是见财起意。我当时就想，真有经验，说得太全面了，敢情，这都是套话。”其实，他是想起了那天与庄农一起同赫雷研究上“手段”时候，庄农的种种表现，让他对赫雷的这个说法，有了更深的理解。

赫雷：“破案的关键不在领导，而在于有没有干探！干探！外国小说里的福尔摩斯永远胜过苏格兰场，就说明了这个观点。”

唐巨成问：“我们分局有没有干探？”

赫雷果断地：“没有，也不可能有。”

唐巨成问：“为什么？”

赫雷道：“路线、政策决定的。”

唐巨成更为不解：“路线、政策？”

赫雷道："我们公安工作的方针是发动群众，依靠群众。你要是个人想办法，那就叫神秘主义和孤立主义办案，是要遭批判的。"

唐巨成："依靠群众也没错，就怕是偏重极端，抹杀个人的积极性。"

赫雷想了想说道："说到这些，我想起当年在派出所的时候，发生了案件，我们就是去站岗警卫。一天夜里，我当班，就看见市局一位刑警叫石云步，我至今记得他的名字。他一个人在发案现场转来转去，先是钻过板障子，又钻回来。我后来才知道，他在寻找犯罪分子的行动路线。后来，果然他把那个案子破了。我听说，他破过很多大案，他就是一名干探！可是，不久，当时有个清理中内层的运动，因为他有一个亲属在香港，尽管从来没有任何交往，他还是被调出了公安机关。"

唐巨成默默地点头。

赫雷："有人说，调走他的原因很复杂，海外有关系只是一个借口。他能破案，必遭许多光喊依靠群众却破不了案的庸人嫉妒。"

唐巨成叹了口气："可惜了。"他端了端酒杯却又放下："你也是干探，处境还好吗？"

赫雷："好，因为我比石云步聪明，我破了案，从不说是我破的。一是群众，二是领导，功劳都是别人的，所以我还在继续干着。"

唐巨成禁不住发出一阵唏嘘："也只是一个副队长。"

赫雷一摆手："我不计较官职，只要让我领着破案，我就感到知足。只要让我拿主意，说办法，案子一破，我就有成就感。"也许是因为三杯下肚，赫雷的话有点直了。

唐巨成问："你看眼下刑警队，谁是干探？"

赫雷毫不含糊地回答："陶进。脑力，体力，都行，还能吃苦。最重要的是他有份责任心。"

唐巨成感叹道："是啊，当刑警，不光是当刑警，只要是当警察，就是重任在肩，没有这份责任心，再有本事也白搭。还有谁？"

赫雷想了想："张春祥，大卢，大于，还有小赵强，都是苗子。"

唐巨成又问："吴昊怎么样？"

赫雷撇了下嘴："典型的面包干部。"

唐巨成反问："何以见得？"

赫雷："他压根就没搞过案件，想的、说的都是纸上谈兵。什么欲擒故纵，什么步步为营，都是空谈一气。他忘了最根本的事情，就是翟铁的话不能相信，万家屯是万万不能进。"

唐巨成道："可也有人说，正是这一招欲擒故纵才把朱岗引出来，破了大案，为牺牲的警员报了仇。这是奇功一件啊。"

赫雷的火又上来了，他刚想拍桌子，却见唐巨成的眼睛紧盯着自己，便又把手缩了回来，只是愤愤地说："这本是意外事件，别当成功劳到处显摆。枪响了，大于伤了腿，要是那一枪把大于的命要了呢？还得替大于报仇不是吗？侥幸成功，就别再贪功了。"

两个人谈完了刑警又说了一阵子关于"严打"的路数，杯里还有一点酒，唐巨成端起酒杯："今天我是受益匪浅，有些事情是顿开茅塞。我支持你培养几个干探，给刑警争光，给警察争气。"他看了下表："哟！快九点了，来！"说着把酒喝干。

赫雷的杯里有大半杯，端了起来："我这些年从来没这么痛快！干。"说着一饮而尽。

唐巨成从椅子上站了起来，一回身，看见身后的墙上挂着一个两叉的鹿角。

一个角叉上挂的是一串佛珠，另个角叉上挂的是一副手铐。

唐巨成心中一震。

赫雷看见便解释道："手铐是去年抓人的时候，叫他给挣坏了，挂着留个念想。佛珠是那年出差到南方，在一个寺院里买的。"

唐巨成道："我在想，这两件看似对立的东西挂到了一块，倒让我产生了一点灵感。"

赫雷笑了："我挂了一年多，也没悟出什么名堂。"

唐巨成有些激动，他拍了下赫雷的肩膀："你看，手铐是惩恶扬善，佛珠是救苦救难。要当一个好刑警就得既要有霹雳手段，又得有菩萨心肠。你说对不？"

赫雷只能连连点头。你还别说，这位唐局，还真有点学问，挺能联想的。

离开了赫雷家，唐巨成骑着自行车回家。

一路上他还反复琢磨赫雷的一些话。

想要找赫雷私下谈谈，是从那次有纪检书记参加的党组会上，听到庄农一番话后产生的。而之所以今天要来，是因为今天上午在分局，在他的办公室里，有一场不愉快的谈话。

唐巨成向庄农传达了市局的一个决定，鉴于分局改制，庄农只能提半格，晋升为副处。

这也许并不出庄农的预料，这也让他断定，这个小老大跟他不是一个心眼儿。

唐巨成看庄农听到这个消息，并没有意外反应，倒觉得老同志有颗大度之心，接着就问他给赫雷、陶进、张春祥报功的事情。

庄农先是说了陶进和犯罪家属的关系，接着又说了吴昊在这次破案中的贡献，没有他的欲擒故纵，哪能引出朱岗？

唐巨成越听越觉得走了味儿，怎么这功劳之中还有吴昊？

但他还没意识到，这是一个心有城府，颇有从政经验的人，对他心存不满的一种反抗方式，说穿了，这就是官场里的暗中较劲。

正因为出现了大相径庭的说法，他决定听听赫雷的看法。他从政工科打听到了赫雷的家庭住址，就在胡同口埋伏下来，赫雷一拐进街口，他就迎了上去，还真有点像偶然巧遇。

之所以要来这一手儿，唐巨成也有他的顾忌，他担心，万一赫雷嘴不严实传了出去，他也有足够的理由解释，在一个中层干部家门口偶遇，到家看看，也是顺理成章嘛。

二十三

苦恼

一连三天，陶进的两只胳膊一直疼得厉害，大臂、小臂和胸前的肌肉都疼。尤其是第二天睡觉醒来，疼得他龇牙咧嘴，连攥拳头的气力也不敢使。陶进担心，这两条胳膊可别废了。

原因很简单，由于平时不锻炼，抓朱岗的时候用力过猛，两臂的肌肉拉伤，这种病，连大夫也没什么好办法，只能慢慢恢复。

早晨上班不久，刑警们就被谭忠宇喊到了后院二楼大会议室，参加全分局机关干警大会，由唐巨成局长传达中央关于“严打”斗争指示精神。

近百人坐在会议室中，刑警们集中坐在会议室的一侧，聚精会神地听着，因为他们将是这一场斗争的主力部队。

唐巨成宣布了道里区“严打”领导小组的名单，组长是区委书记，副组长是检察长、法院院长和唐巨成。领导小组的成员有庄农，主管治安的王副局长。让大家最感到意外的是，还有赫雷。

陶进坐在谭忠宇身边，明显地感觉到谭忠宇神情很不自然。他皱了下眉头，嘴角也动了几动，似乎在嘟囔什么。

这也难怪，以前这样的职务，都是由他来当的。

赫雷坐在靠近墙角的地方，一直低着头在本子上记着什么，头也不抬，看不出他的真实表情。

新局长来了，赫雷就越过谭忠宇成为了“严打”领导小组的成员，陶进心里有点兴奋。看来，在刑警队那不干活儿的人整干活儿的人的时代，就快要结束了。

会议结束，刑警们回到办公室，郑吉松就模仿记者口气问谭忠宇："请问先生对今天会议有何感想？"

谭忠宇没好气地说："干活去！案子没破几个，耍贫嘴一个顶俩。"

在办公室一角，张吉顺趴在桌子上写着什么。

从在会议室开会，张吉顺就在本子上写着什么，回到办公室他还在写，这就引起了郑吉松的好奇，他悄声地溜到张吉顺的身后，抻着脖子偷偷看着，看了一阵，他突然喊了起来："你小子，记变天账啊！"

这一喊，把张吉顺吓了一跳，他急忙合上本子，大怒道："你偷看别人写东西！我上法院告你去！"

郑吉松张着两手大喊大叫："你小子有尿，就念给大家听听。"

张吉顺不肯念，他把本子揣到怀里大步走了出去，一边走一边喊："我上法院，上法院告你去！"

几个人关心地问道："他写的是什么？"

郑吉松卖关子："我没看清。"

有人泄了气："那你瞎喊什么？"

郑吉松得意地道："这你就不懂了吧，这叫兵不厌诈！他肯定有鬼，这不把他给吓跑了？"

陶进也想问什么，忽然，内勤萧娟喊："陶进，你的电话。"

陶进走到电话前抓过听筒："我是陶进。"

对方道："姐夫，我爸爸说让你下班来家一趟。"

电话是小弟打来的，陶进问道："小弟，有啥事儿吗？"

小弟用恳求的声音说道："姐夫，我爸要说什么，你别生气，行吗？"

陶进感到不妙，但他不愿让小弟担心，便说道："我不生气，我啥时候生过气了，是不？"

小弟："那你晚上吃了饭再来呗。"

陶进更加糊涂，这些年，他在老丈人家吃顿饭，不是常事儿吗？怎么还让我吃完饭再去呢？他不愿意多问，便答应道：“好吧，我吃完饭再去。”说完便放下电话。

他一回身，却见郑吉松站在身后。

陶进生气地问：“你又偷听我打电话？”

郑吉松连忙摇手：“我什么也没听见。”

赫雷走进办公室，大家又静了下来。

赫雷看了看大家：“拿出个大干的架势，先抓紧把手里人犯尽快结案，检察院到分局办公，批捕以后，法院就地宣判。”

谭忠宇补充一句：“这就叫从重从快。”

赫雷道：“郭黑子案子在谁手？”

大卢举手：“在我这儿。检察院让补充侦查。”

赫雷：“你带两个人把郭黑子团伙尽快结案，把没抓进来的人全抓进来。”

大卢说了声：“得令。”

赫雷又对陶进道：“你和小郑马上去拘留所，把朱岗的案子赶快结了，‘严打’第一案，就先拿他开刀！”

郑吉松来了个香港范儿，举手敬礼：“Yes sir！”说完，回身扯着陶进就走了出去。

出了分局大门，来到摩托车前，陶进让郑吉松开摩托车：“我的两个胳膊疼，你开吧。”

郑吉松说：“还是你开，两手攥着车把一震动，就像按摩，可舒服了，好得还快。”

陶进让他帮忙把火打着。

郑吉松连连踹着摩托车的启动蹬，陶进就问他：“你看到张吉顺到底写些什么啦？”

轰的一声，摩托车打着了火，郑吉松骂道：“这个浑蛋，他前边写了不少，我看见的是：严打就是一场新的阶级斗争，一定要掌握领导权。”

陶进犯了寻思：“他写这些干什么？”

郑吉松道：“别理他，不是个东西，我听老同志说，这个小子‘文化大革命’占了不少便宜，想造反都想魔怔了。”

陶进道：“我看，以后就管他叫张魔怔得了。”

“行，我准给他叫响了。”郑吉松说着坐到车斗里。

陶进跨上摩托车，他忍着两臂疼痛，将车开上马路。开了一阵，两臂从疼痛变成酸麻，感觉好多了。

开过几条街，发现马路边挂了不少红色横幅标语，这都是宣传部门在为“严打”制造声势和气氛。

郑吉松眯着眼睛皱着眉头大声说：“这要是把‘严打’改成‘造反有理’，可就有点像‘文化大革命’开始的样子了。”

陶进摇头，他不相信“文化大革命”还会重来一次，哪怕是变相再来一次。因为他与郑吉松不同，郑吉松不看任何报纸、杂志，不听广播也不听新闻，只是听歌曲，听京剧。

陶进一直对政治新闻感兴趣。

在前几年，就看过报纸上登过一个建国以来的什么决议，那上边说，“文化大革命”是一场动乱，也有人说是一场浩劫。不论是动乱还是浩劫，要是再来一次，那不就全得完蛋吗？

为了压倒摩托车的轰鸣声，陶进大声喊道：“现在那些当官儿的，不少当年都是被打倒的，遭的罪比咱们还多，他们能愿意再来一次？”

郑吉松也喊道：“对！凡是想要再来一次的，都是魔怔！”

到了拘留所，他们对朱岗的审讯到了下午就全部结束，他不仅承认了杀害那名警察，也承认了跟着翟刚撬门（应当说是用万能钥匙开门）入室盗窃的罪行。案卷订好以后，检察院的批捕科已经到了拘留所，案卷完成登记手续，就交给了检察院等待批捕。检察院工作人员说，今晚审批，明天上午法院看完卷，就能宣判。

这么快？

这让陶进和郑吉松都感到吃惊。

交上了朱岗的案卷，已经到了下班时间，郑吉松提出要请陶进到附近一家小饭馆吃饭。

陶进知道，郑吉松还是听见了他和小弟通话的内容。

吃饭时郑吉松问陶进："你老丈人找你有啥事儿？"

陶进摇摇头，不知道。

郑吉松问："魏蓉蓉在家吗？"他已经不再称她是嫂子，就是不再承认她是陶进的老婆。

陶进摇摇头。

这些天，她一直不在家，据单位说她请假了，说是要到北京报考什么艺术院校。

郑吉松问："那她到底是怎么打算的？"

陶进有点发急："我能知道吗？我忙得多少天不回家，回家也不见她的影，我上哪儿知道去？"

郑吉松又问："那你到底是什么打算？想过早点离婚没有？"

陶进道："我没打算，走一步看一步。想过离婚，但我不能提，更不能先提，那样人家会骂我没良心。"

郑吉松问："她要是一辈子不提呢？"

陶进叹了口气："那我也没办法。"

郑吉松来气了，他用筷子戳着盘子说道："那你就认可，一辈子当……那个，那个？"

陶进无奈地说："我没有办法，你说我戴绿帽子，我也知道，可我说了她也不会承认，我又没有直接证据，怎么办？"

郑吉松火气更大，用筷子指着他："你呀，你呀！你是干什么的？你动动小指头，拿她不是小菜一碟？"

陶进点头："那倒是容易，可你知道，那样一来，不光她要出丑，连她全家都得出丑，我更觉得过意不去。"

郑吉松依然愤懑："你知道不？老魏当初就没安好肠子。"

陶进道："谁让我当初不知道来着，还感激得不行。可再想想，我不是都得到了吗？媳妇、房子，还当上了警察。"

郑吉松气得把筷子往桌上啪地一摔："你太窝囊！以后出门别说认识我，我嫌丢人。"

陶进只得点头道："行。"

吃完饭，郑吉松开着摩托车把陶进送到老魏家门口，就开车走了，这回他是生了陶进的气，这个人看起来虎超超的，咋这么窝囊？要是换了我，早就人脑子打出狗脑子了。

陶进下了车，在这个熟悉的门口站了几秒钟，稳定一下心绪，便走上前去按门铃。

从接了电话，他就一直在琢磨这位老丈人半年来的变化。脾气越来越怪，说话有时候着三不着四。在他看来，所有的原因只能归结于一条，那就是今年二月份，他退休了。

老魏生于1923年，属猪的。他对一生经历都很满意，家庭有一儿一女，工作也是一生顺利，可是到了临老却惹来了两个不愉快。

第一个不愉快，是他参加革命的时间问题。

他记得清清楚楚，他到哈尔滨青年干部学校报名的那一天是刚刚建国后的十月三号。

在几十年忙忙碌碌的时光里,他从未对参加革命的这个日子有什么想法。可是，干到快六十了，突然才知道，他要早参加三天，就是建国前的干部，应当办离休，差这三天，就是退休，别看只差一个字，这离休和退休的待遇，可差着一大截呢。到哪儿也买不着后悔药。

六十年，人生一甲子。老魏的生日小，小到不能再小，是腊月三十那天，属于一夜连双岁，大过年的生个儿子，当年家里可是高兴了一阵子。

可没想到，六十年后，也就是在大过年的这一天下午，政工科的小干事骑个车子来到他家，把一份退休通知书送过来了。

看到通知书上的"退休"两个字，老魏心里登时就觉得发堵，不光是又让他想起差的那三天,还有这通知书,你过几天上班再送不行吗？偏赶这大过年的来败兴！

像许多人一样，老魏在前几年也拍着胸脯说，我可快盼到退休了，这回我该玩就玩该乐就乐，好像很愿意退休似的。其实，这些话都是言不由衷。等到正式拿到通知书，没有谁的心里不感到悲凉的。

起码有一条，只要让你退休，那就说明你已经老了，也不适合再干工作了，不管你体格多棒，也会让人想到，自己的人生已近暮年，换句话说就叫人生无多，谁能不生感慨？

像许多人一样，老魏也热爱自己那摊工作，整整干了一辈子的工作岗位，哪能没有感情？但是，就因为老了，必须离开这个岗位，一时间，谁都觉得难以割舍。

难以割舍，也得割舍，按照佛家的人生八苦来说，这就叫爱别离苦，属于八苦之一。个中滋味只有当事者才能体味吧。

这些七滋八味都搅和到了一起，你说老魏这个年能过得舒畅吗？

说实在话，老魏到点退休，就像秋天里一片发黄的叶子，从树上飘落下来一样，在局里、在社会上没有丁点反响。

但对老魏本人来说，那可是换了一个天地。

至少，每天早晨不再早起，想睡到什么时候，就睡到什么时候。

时间，对他已经不再重要，几天不戴手表也没察觉。饿了就吃饭，困了就睡觉，真是过上了优哉游哉的日子。

可是，这样优哉游哉的日子过了一个多月，好像感到自己的神经反应有些发木。他有时候常常呆坐出神，有时候在一个地方，不知不觉能坐上个把钟头，既不知道自己想了些什么，也弄不清自己没想什么。

最可笑的是有一天早晨刚过六点钟，他忽然醒了，忙着穿衣服洗脸刷牙。等忙完了，他到厨房去吃早饭，却发现厨房空空如也，他这才想起，自己早已经无班可上了。他只得脱了衣服，又重新躺在床上，不知道为什么，心里一紧，鼻子一酸，眼泪竟然流了出来。

老伴是个操持家务的能手，吃的、穿的、用的，家里的活哪一样也不用老魏伸手。两个人过了这大半辈子都是夫唱妇随，其乐融融。

就在退休在家的这些日子，他才发现，老伴原来是个每日每时都喋喋不休，说个没完没了的碎嘴子。过去上班总是早出晚归，没听她唠叨多少。这回，两个人天天面对面，可是有了条件，一天到晚说个没完，好像要把憋在肚子里大半辈子的话，都得倒出来似的。

开头几天，说得起劲，听得也入耳，因为老魏还真不知道自己的左邻右舍还有那么多的新闻和旧闻。可是架不住日复一日，春天过去到了夏天，老伴的话还是没有尽头，新闻讲过了讲旧闻，旧闻讲没了，讲更旧的旧闻，直到把老魏的耳朵磨出了茧子，老伴的话就像关不上的水龙头，哗哗哗地没个完。

老魏心里就是一个字儿：烦！

幸好，分局为了让这些离退休的干部老有所养，专门开辟了一个活动室，他就天天往那里跑，下棋、打扑克、搓麻将，不到晚上不回家。

这天下午，他在厕所蹲马桶，有两个人进来，边说抓朱岗的事情边小便，说到抓朱岗，自然要说到陶进，他就侧起耳朵听。

一个人说，陶进跟一个“起小儿”的相好又“拉嘎”上了，那女的，不光长得漂亮，还是搞科研的，听说刚离了婚。

老魏的脑袋立刻嗡的一声，“起小儿”的相好？他的脑海即刻出现了一个人的身影，那就是翟丁。老魏觉得这个消息非常重要，他一定得想办法弄个一清二楚。

翟丁跟陶进又“拉嘎”上了？

老魏责怪自己，这几年放松了警惕，对这样重大的事情竟然一无所知。怪不得女儿这大半年就常常跟他抱怨，说陶进借口工作忙，经常不回家。她怀疑他有了外心，实在过不下去，就打算和他离婚。

老魏对这个消息半信半疑。有一次，他见到了谭忠宇，顺便问起陶进的情况。老谭告诉他陶进成了刑警队的主力，被赫雷整天拴到了裤腰带上，老赫多忙，他就多忙。

老魏放心了，刑警忙起来，那是没白天没黑夜。他让女儿也要放心，陶进确实忙，没有工夫扯犊子。

人的一生总会有一些难以忘记的人和事儿，在老魏心里，翟丁就属于这样的人和事儿。因为她写给陶进的那些信太恳切、太深情。尽管这些信统统被他付之一炬，但是，那满篇流利的文字，发自肺腑的痴情，都给老魏留下了挥之不去的印象。他知道，这是他必须严加防范的人。

陶进结婚后的那几年，他大致掌握着翟丁的行踪。她上了大学，毕业后没有再回来……这种关注，一直到多年之后。

这些年，看到陶进和蓉蓉过得还算和睦，他也就不再关心翟丁的事情了。

有人说，回忆是人生暮年的安慰剂。这话很有道理。

老魏坐在家里发呆的时候，也常常想起过去的事情。对女儿婚姻的成功安排，必然是他回忆的主要内容。

直到这时候，老魏也一直以为一定是有只上帝之手把陶进送到他的面前。本来，一起看似再平常不过的治安案件，在他的手里却有那么多大起大落的变数，真是让人匪夷所思。

老魏这个人就是这样，只要选准对自己有利的目标，他决不动摇。

接下来，他会巧妙而又准确地把握住每一个环节，步步向前推进，直至达到目的，这一切，说明老魏不仅有运筹帷幄的智慧，更有决胜千里的能力。女儿终于可以逃避一切污言秽语，名正言顺地走进了婚姻殿堂，其结果是皆大欢喜。这当然是他一生堪称得意的杰作。

至于这样或是那样对待翟丁是否得当，不在考虑之列，他的做法并没有违反法律，至于是不是有违做人和做事的道德，则可忽略不计。谁让你不谙世事，谁让你死心塌地信任那个笑容可掬的老预审来着？

飞蛾投火，你怪谁？

可是，今天蹲在马桶上听到的消息，却给了他当头一棒。他怎么也想不到陶进竟能如此大胆，去搞现在流行的婚外恋。他有了婚外恋，不把自己的宝贝女儿给坑了吗？

但是，老魏可不是那种听风就是雨的人，他得弄把握了，不能把在厕所里听见的消息当成真凭实据，他再一次找到谭忠宇，就是要从这个专搞政治思想工作的教导员的嘴里，核对这个消息的准确性。

这回，谭忠宇说话口气跟上回可大不一样，他告诉老魏，翟丁和陶进，不光是“拉嘎”上了，她为了帮他破案，还“大义灭亲”，揭发自己弟弟，不然，陶进能抓到朱岗吗？

在谭忠宇的口里，还有新的消息透露出来，说是抓到朱岗，陶进应当立二等功，张春祥和赫雷应当记三等功。可市局知道了陶进的这些事情，把他的二等功给拿下了，就给了刑警队记了个集体三等功！这一下子可倒好，把人家张春祥和赫雷也都给耽误了。

老魏听了登时就感到心跳加速，血压就升了上去，但是，为了准确无误和万无一失，他还向谭忠宇询问了消息来源。谭忠宇告诉他，这是老领导亲口说的，那还能有错?

老领导？老魏心知肚明，那就是庄农。

谭忠宇说得没错，这些话都是从庄农嘴里说出来的。

其实，仔细品味庄农的这些话，事实上并没有多大的出入。

翟丁和陶进，的确是“拉嘎”上了，为了帮他破案，还大义灭亲，揭发自己弟弟，不然，陶进能抓到朱岗吗?

这话有什么错处吗？没有。事实不也正是如此吗？可为什么像“大义灭亲”、捉拿朱岗这些可圈可点的正义行为，从这些人嘴里说出来，怎么就变成了酸味儿呢?

作为主管刑侦的分局副局长，庄农就是用这样的语气向市局政治部反映这次行动的。当然，人家也听出了这里的贬斥味道。而这正是庄农想要达到的目的，因为在上报得奖的人中，没有吴昊，凡是上报的人都不是“他的人”。庄农就是要用主管局长的力量，去影响奖励的结果。

究其原因，还是因为从提级的事情上，唐巨成先让他吃了大亏。事后他也听到了消息，不给庄农晋正处，正是唐巨成的意见。

在听到这个消息的时候，他就有了既定方针，那就是让他光屁股拉磨——转着圈地丢人。

评功不理想，至少会给人留下两点印象。第一，唐巨成初来乍到，在市局说话没分量。第二，来了新局长，也未必就打大胜仗。

这就是中国语言的奥妙之处。这个“拉嘎”，是地方土语，有人说是从满语转化来的，可以解释为人与人之间的交往。但是，这两个字，一旦用到男人和女人之间，就有点不正当的意味。

老魏当然深谙话中的含义。想当初，翟丁对陶进那就是热恋，而今，不但“拉嘎”上了，还帮助他破了大案，抓住了朱岗，这接下来，两个人还不得打得热火朝天？

不行！绝不不行！不能让这些年在陶进身上付出的心血付之东流。

不行！绝对不行！不能让自己的女儿吃这个哑巴亏。因为那是他的女儿，女儿吃亏就是他吃亏，甚至比自己吃亏还要难受。

想到这些，他顾不得回家，就坐到院子里的长凳上，盘算下一步的具体行动方案。

他要双管齐下，而且要两手出击，一手按住陶进，一手打击翟丁。他又衡量了一下按住和打击的方法，按住陶进容易些，打击翟丁尚需找到她的单位和住址。

那就先易后难。

回到家中，天色已晚，他就叫儿子明早给陶进打电话。让他来一趟，要好好教训教训这个兔崽子！

小弟不知爸爸为什么对陶进发这么大的火，估计晚上来肯定不能像以往那样管他的饭。

听见门铃声，出来开门的正是小弟，他悄声问：“你吃饭啦？”

陶进点头：“吃过了。”

小弟又趴在他耳朵边说：“爸妈说啥你也别生气，听我的，啊！”

陶进看了他一眼，这个小家伙，今个是怎么啦？有点絮絮叨叨的。

进了方厅，看见两位老人板着脸，分别坐在长沙发两端，把对面的一个单人沙发留给了他。

起初，陶进以为是两位老人吵了架，让他来劝架。可是刚一坐下，就觉得苗头不对，两人对陶进都是板着脸怒目而视，显然，他才是今天被共同进攻的目标。

魏民彦劈头一句话就把陶进打得蒙头转向：“听说你在外面搞‘破鞋’？”

陶进像是挨了重重一击，又像是被人把一桶装着粪便的脏水突然扣到头上，一时间竟被噎在那里，既无法反驳，也无法应答。

这是从何说起？怎么冒出这么一句最埋汰人的话来？

老魏怒睁二目，虎着一张脸，倒让陶进想起多年前，他被押在拘留所后第一次被老魏提审的情景，那一次，他劈头盖脸第一句话是：“听说你一贯在外面打砸抢？”

那一次，他极力要证明自己是一个安分守己的年轻人，极力要挣脱套在他脖子上的那条“打砸抢”的绳索。他从家庭根正苗红，小时候当“三好学生”，说到成为兵团开荒标兵，并且在兵团秋收的火线上光荣入党。返城以后，他在派出所当联防队员……

而今，他又看到老魏与当年一样咄咄逼人的神态，尽管今天的绳索比当年更加令人窒息，语言也更为污浊，对他人身的伤害也更大，而他却坐在那里紧闭双唇，一言不发。

老魏看到陶进不加反驳，认为他已经默认确有其事，便喝问道：“你为什么干这种勾当？”

陶进还是安静地坐在那里，一言不发。

这些年来，特别是他进入刑警队，跟在赫雷身边之后，通过侦破一起起案件，他的思维和眼界开阔了不少。就算没听到翟丁说的那些见义勇为和有关恩情的话，他也意识到，他当初进入拘留所后，能够转危为安，并当上警察，并非老魏个人的功劳。至于把女儿嫁给他，他当初的确是感激之至，甚至不知如何才能报答这样的大恩大德。

可是，这几年随着个人社会知识和生理知识的增加，他认定魏蓉蓉在跟他结婚前，并不止和一个男人有过性关系。更让他难以容忍的就是，在婚后第二个年头，魏蓉蓉对跟他做爱就完全失去了兴趣。陶进认定，从那时起，她再一次出轨了。

要按当年的牛脾气，陶进他会立即把这个家一拳砸得粉碎。但是，这些年他一直都没有这样做。首先，因为陶进遇事为别人想得总是太多，也就是为老魏一家考虑得太多。这也是他的一大弱点。那时候，老魏还在治安科工作，陶进一旦爆发，老魏会即刻声名扫地。那个时候，老魏对陶进很关怀，丈母娘对他也算是疼爱有加。

当然，还要说到赫雷这几年言传身教的影响。因为陶进对他几乎是言听计从，用时髦的话说，赫雷是他的偶像，他是赫雷的拥趸。处理一切问题都要冷静，这是赫雷经常提醒的话。有了这么多的因素，加上一切还都在纸里蒙着，那就维持一天算一天。

陶进相信，魏蓉蓉总有离开他的一天，因为对她十分了解，她的心气太高，不光是这个家留不住她，恐怕中国也难留得住她。

想到这些，陶进确实不想再说什么。

“蓉蓉哪一点对不住你？”这是丈母娘的质问。

想到自己如花似玉的姑娘，跟着这样一个负心汉生活在一起，一定受到莫大的委屈，老太太不由得悲从中来，眼泪已经含到了眼圈上。

“蓉蓉说你总不回家，我还替你解释，说你忙。”也许老魏真的这样讲过，现在显然为这种袒护而懊悔，语气也有些悲壮：“可哪个刑警像你？谁没有老婆孩子？谁像你似的不顾家？”

这二位老人，对自己女儿的信任和袒护，可以说无以复加。在他们的眼里，自己的女儿嫁给陶进，绝不能受半点委屈。

陶进还是不吭声。

老魏翻眼看着他。

陶进的这一做法并未让老魏感到意外，理屈词穷，他有什么好说的？可他肚子里还有一大堆从昨天晚上就准备好的话，他要一股脑地倒出来，不然，憋的滋味很难受。

“人活在世上讲什么？得讲良心。你低头看看，你怎么穿上的这套警服？你回家看看，你怎么住上的这套房子？我为你付了这么多的心血，可到头来，你能干这种事儿！你还有半点良心吗？”说话间，声音有些颤抖，语气也不够连贯，看来是真的动了肝火。

陶进忽然想到他最近看过的一篇文章说，男人到了五六十岁也有更年期。这个时候，心生烦躁，甚至语无伦次等等。他好生奇怪，他以前从未听说过，男人也有更年期。可现在他活生生地看见了，眼前这位老泰山，听风就是雨，有雨就打雷，简直就是糊涂透顶！就是一个男人更年期的活典型。

能看见一个处于更年期的老人猛烈发作，让陶进感到十分可笑。

这篇文章就登在《知识就是力量》杂志上。

知识，看来不只是给人力量，还能为人们创造改变命运的信心和勇气。大概就从这一刻起，陶进下定了从来没有下过的决心，就是要冲破这个几乎让人窒息的囚笼！

冲破牢笼，可以像火山爆发，烈焰飞腾，可以像江海决堤，席天卷地。但是，赫雷那句‘对家庭问题要冷静’的话，却像紧箍一样，紧紧地勒在他的头上，让他不能，也不敢作出任何冲动之举。

从前，他听到老人喋喋不休的埋怨，常常做一些解释，以求这个牢笼能够松快一点。今天，他不想做任何解释，既然已经决定了，心也就静了。他只求一件事儿，那就是尽快离开这里，尽快！

他欠了欠身，低声说道："你们要是说完了，那我就回去了。"

老魏对陶进的态度深感意外，这小子今个怎么啦？既不承认，也不否认，还想一抬屁股就走，没门儿！他马上又虎起面孔说道："从明天起，你下班就得回家，你要不回来，我就豁出老脸，天天到刑警队门口等你！"

简直是信口胡言！连这样的话也说得出口！陶进感到自己的忍耐已经到了极限，有一股怒火从心底陡然升起，脸色也变得铁青，两只眼睛像鹰隼一样紧盯着老魏。他不由自主地攥了攥拳头，由于用力过大，每个指节都发出咯咯的响声。

他觉得全身滚烫，已经变成一座即将爆发的活火山。

老丈母娘发觉了陶进的变化，心中一阵慌恐，忙叫道："行啦，不说啦，你快回去吧。"

小弟及时地跑了过来，拉起陶进："走，姐夫，我送送你。"

陶进站了起来，他觉得有点头重脚轻，好在有小弟的拉扯，总算走出了家门。

小弟一直挽着他的胳膊，两个人并肩走向汽车站，拐过街角，小弟忽然悄声说道："我姐姐去北京，是跟一个叫欧阳化雨的人走的。"

陶进点头，表示他知道这一切。

"我姐姐决定要跟你离婚。"小弟又说道。

陶进对魏蓉蓉的这个决定毫不知情，忙问道："这你怎么知道？"

小弟附在他耳边道："她走之前，在家里写离婚书，我偷看着的。"

这一天终于实实在在地来了，他的心头不知是喜是悲。

一路上，小弟显得忧心忡忡，他拉着陶进站在路边说：“姐夫，我知道，我姐姐不对，可是老人也挺可怜，你会来看我们吗？”

除了小弟，他不喜欢这一家的任何人，他也不想欺骗这个天真纯洁的孩子，便摇了摇头。

“可我会想你。”小弟不舍地说。

陶进用力地拍了拍他的肩头：“等高中毕业就报考公安大学，毕了业，咱俩一块跟着赫队搞侦查，好不好？”

小弟连连点头，伸出小手指头：“就这么定了。”

陶进也伸出小手指头和他拉到一起：“拉钩算数，一百年不许变！”

车来了，小弟催促道：“快回家，听广播。”

陶进问：“听什么？”

小弟道：“女排，冠亚军，今晚对日本，郎平，快开始了。”说着，他做了个挥拳砸球的姿势。

女排的比赛，已经成了全国人民最大的牵挂。每一场较量，甚至每一个球的输赢都和国人息息相关。

那时候，有的人家已经有了电视机，有人管它叫小电影。一尺见方的红色塑料壳子，前面有一块玻璃板，小电影就在那上边演。不过，一个大院里，谁家要有这个小电影，要是遇到像女排比赛这样的时候，可就别想消停。不等开始，屋里就挤满了左邻右舍。有的干脆就把电视搬到院里，这样一来，一个院子就是一个加油的场地。

打从开春，老魏就想买一台，虽然准备了钱，就是见到有这么大的麻烦，最终还是放弃了买电视机的念头。要是有了好节目，他就到邻家，去和大伙一块挤着看。

陶进上了车，朝小弟挥了挥手。

车外，小弟也连连朝他挥手，脸上充满凄楚和留恋，也许，他不会再轻易见到陶进了。

陶进走了，老魏怒气不消，他对今晚的训诫甚为不满。一是嫌自己力度不够，没有骂他，竟然让他如此洋棒。

他站起身来，倒背双手在屋里走了几圈，突然又想起一个好办法。训诫陶进，这是扬汤止沸，何不给他来个釜底抽薪？

对！他知道翟丁经常来省科研所，科研所的保卫科长，是当年从市公安局调过去的，两个人不仅熟识，还在1964年一起下乡搞过社教。

“社教”是当年一场声势浩大的群众运动，全称叫社会主义教育运动。主要是在基层和农村割“资本主义尾巴”，解决“四清”和“四不清”的矛盾。所以有人也把它称为“四清”运动。

搞运动，总是要整人的，社教工作团的任务，就是带领广大农民中的“可依靠对象”去整那些“四不清”的农村干部。

整到最后把农民养鸡、养猪和自留地都当作资本主义尾巴割掉了。

当时，两个人都在一个工作组，负责一个村子的“教育”工作。老魏“点子”多，常常整得那些村干部叫苦不迭。

社教搞了不到两年，史无前例的“文化大革命”就在全国发动起来了，不知道是怎么弄的，社教工作团又变成了刘少奇的复辟资本主义工具，纷纷被农民给轰了出来。两个人幸亏扯得快，要不然，也得像那些团长和团员一样，挨一顿结结实实的胖揍。

两个人的家相距不远，那些年见面还聊两句，这些年不常见面，但总不至于“相忘于江湖”吧。想到这里，他匆匆出门，找这位保卫科长，帮助他完成釜底抽薪的艰巨任务。

二十多分钟的路，因为心急，走得老魏气喘吁吁。到了楼前，却有点发蒙了。眼前共有三幢五十年代盖的干部楼，挨排的楼房，红砖尖顶，五六层高，为了表示待遇平等，盖得是一模一样，老魏一时记不起科长住在哪一栋，就围着这三栋楼房转起圈来。

从敞开的窗户里传出喊声和加油声，老魏才想起今晚有女排比赛。要是平时，他早早就到邻居家去占个好位置，今天，顾不了许多，做好釜底抽薪，保护家庭安全才是最重要的。他转了一圈，没有找到，想问问邻居，偏偏遇不到一个人，家家都在听广播、看电视。人们都说女排比赛可以“净街”，这回让老魏体会最深刻。

正在老魏一筹莫展的时候，巧了！那位科长正骑着自行车迎面而来。老魏上前拦住了：“我就是来找你，在这儿转了好几圈儿了。”

“啥事儿？”科长一只脚撑到地上，连车子都没下。

这种姿势就表明人家不想耽误时间多谈，老魏只得长话短说：“有个翟丁常来你们那儿做临时工作？”

科长点头：“有。”

老魏道：“他跟陶进是老相好，现在又‘拉嘎’上了。听说还帮助他破了案，抓了朱岗。”

科长点头：“是。”

老魏道：“那女的是反革命子女，又是犯罪家属，双料货。陶进是我女婿，他俩弄到一块，准得扯犊子。我想找你帮我教训教训她！”老魏一口气把想法全都亮了出来。

这些话，科长是皱着眉头听完的，半晌没有吭声。

老魏接着说道：“明天一早，我上单位找你，咱俩一块找她，当面给她个……”

科长两手扶着车把，终于开了口：“我说老魏，你是不是以为还是咱俩搞‘四清’的时候啊？什么反革命子女，犯罪家属，都能随便扣上？你是不是还抓阶级斗争啊，怎么还整出个什么‘双料货’？”

老魏听出科长的话音儿是对他的话不满意，便想辩白几句。

科长一挥手，制止了他，接着说道：“人家翟丁现在是科技工作者，她的专利发明让部队选中了，说是可以运用于国防科技。”

老魏有点不知所措，他压根就不能相信，一个不起眼儿的翟丁，会有那么大的神通。他立马就猜透了，这就是科长不愿帮忙，用大话蒙他。老魏岂能受制于这点把戏？便道：“明早我去和她谈，不用你操心。”

科长呸地吐了他一口：“谈个屁！她让部队调去了，你上大连找去吧，只怕你进不了门儿，那儿可是秘密研究基地。”

老魏反问：“她走了？”

科长道：“你女婿是找她谈过话，我全程在场。没发现扯什么犊子。谈话第二天，翟丁就去了大连，再没回来，还怎么扯？”

老魏一时哑言：“这……”

科长望着老魏，用教训的口吻道：“老魏呀老魏，你都退休了，就多玩玩，多乐呵。别吃饱了撑的没事，一天到晚扯犊子！”说完蹬上自行车，头也不回地走了。

老魏被晾在那里，当然气不打一处来，望着远去的背影，愤愤地大声骂道：“你……你他妈的才是扯犊子呢。”

陶进下了公共汽车走到家跟前，发觉屋中亮着灯，有点奇怪，莫不是魏蓉蓉回来了？

走进屋中一看，果真是魏蓉蓉回来了。

陶进望着她好生奇怪，她怎么突然回家了？

她穿着睡衣、拖鞋，蓬松着头发，正对着镜子梳理。看来，她已经回来好一会儿了。

陶进走进来，她没有回头，只是朝桌上抬了抬下颌：“看看那个。”

陶进这才注意到，桌上放了一张写着字的纸，他顺手拿了过来，第一行字稍大些：离婚申请书。

下面写着一些小字，最下面有魏蓉蓉的签名，还有年月日。

小弟说得对，她果然写了离婚书。

魏蓉蓉首先提出离婚了。这也是陶进在心里一直企盼着的一天。

可这一天真到来的时候，他心里还是有些许的酸楚。但是，想到总算能够打碎这个囚笼，这种酸楚很快就消失了。他忽然想到那两位老人，不由得重重地叹了一口气：“你爸妈会同意吗？”

魏蓉蓉冷静地回答道：“我早已经不是答应嫁给你那时候的傻瓜了，我有我要追求的前途，自己的路。不过，我还想告诉你，先不要把你我之间的事情告诉他们，免得节外生枝。”

陶进点点头。

魏蓉蓉说：“我是从北京特地赶回来的，还要赶回去，时间紧迫。希望你配合一下，抓点紧。”

陶进用一种冷冷的口气说道："在你需要结婚的时候，要我配合，想不到离婚的时候还得配合。"

魏蓉蓉用轻蔑的口吻说道："当初结婚的时候，你不懂什么叫配合，都是我爸爸一手操纵的。现在，我想你会愿意配合的。因为我听说，你已经寻找到了你的初恋情人了。"

陶进冷静地说道："用不着倒打一耙，你知道我不会干那种事情。你就说我该怎么配合吧。"

魏蓉蓉梳理好头发，转过身来说道："这是报给单位的申请书，单位同意给开介绍信，法院才能受理。你明天上班就到分局开一张介绍信，争取上午就到法院去。"

陶进不知道要分局开这样的介绍信需要什么手续，为难地咂了咂嘴："这么急吗？我没开过这样的信，不知——"

魏蓉蓉道："不会有麻烦，你把这张申请书拿给你的领导看，他们一定会给开的。"陶进把申请书叠好揣进兜中，问："是先到法院还是先到民政科？"

魏蓉蓉道："如果分割财产没有争议，就先到民政科。"

陶进道："那就先到民政科吧。我净身出户，啥也不要。"边说，他转身走进卫生间，把牙刷、牙膏、肥皂、毛巾装进一个口袋里，走了出来。

魏蓉蓉望着他，用一种带着歉意的口吻说道："我知道，这些年你什么都知道，却一直委曲求全，我对不住你。"

陶进大气地把手一摆："说这些干啥？绿帽子是你给我戴的，现在你又帮我摘了，咱们都扯平了。"他的目光落到墙上的结婚照片上，他走了过去，从电影胶片做成的相框中取出了照片，一撕两半，把自己的那半揣进兜中。

魏蓉蓉看着撕碎的照片，叹了口气，缓慢地脱着上衣："陶进，我知道对不住你，我今晚儿想伺候你，让你好好报复，好好发泄一下。"

她说话的语气还算真切，动情。可是，陶进心里却泛起了一阵厌恶，他用蔑视的目光看了她一眼，冷冷地说："我嫌脏。"说着，转身推门走了出去。

魏蓉蓉像是遭受了奇耻大辱，登时气得两颊绯红，她抓起桌上的钢丝头刷朝他打了过去，可惜，门已关上，咣的一声，头刷重重地砸在门上。

二十四

是你

魏蓉蓉是和欧阳化雨一块从北京回来的，要做两件事情。

一是魏蓉蓉要和陶进办离婚手续。

自从欧阳化雨答应带魏蓉蓉去美国以后，魏蓉蓉对美国关于结婚的法律法规就十分关心。她幻想能跟欧阳化雨在美国的大教堂举行结婚典礼。披最美丽的婚纱，在最豪华的宾馆举办豪华宴会并到乡下别墅举办富有诗情画意的乡间舞会。她听说美国有规定，不是处女的女人结婚，必须出示离婚证书，不然，是不能登记的。

这个说法，不知是真是假，不管真假，也得把离婚手续办了，不然，万一到了美国，真的有这个规定，那可怎么办？

就为这，她一定要回来跟陶进办一个名正言顺的离婚手续。

第一个目的顺利达到。当天下午她就来到了博物馆，要与欧阳化雨一起，完成第二项任务，用假金佛把真金佛替换出来。

作为博物馆保管部的领导到文物仓库拿文物，不管是对文物例行检查还是进行清理，就像在自家书房拿东西一样方便。

欧阳化雨得知省文化厅已经打了报告给国家文物局，估计国家文物局很快就会批复，把金佛上缴国家博物馆收藏是早晚的事儿。

留在他权力范围内的时间已经越来越少，他必须尽快办好这件事情。

他为这一天做了长时间的准备，做了精心谋划。

从去年年底，他就把真金佛的照片散布到全国几大文物市场，为的是招徕买主。

没多久，香港一个大买家就派了一个行家来到哈尔滨，就是跟老尤头在古董店见面，又去饭店吃饭的那位港客。

宣扬九宝金佛重出江湖，不仅是要引起买家的注意，更要引起文物部门乃至警方的注意。果然，时隔不久，省委宣传部、文化厅领导和警方就来检查金佛的安全。

所有的领导都看到了，金佛安然无恙地放在保险柜里，也就没人再去追究市场上流行的说法是真是假。

图谋得逞，难免心中得意，就这一丝得意却被赫雷看在眼里。

接下来，宣传部长建议把金佛上缴国家保管，倒是出乎欧阳化雨的意料。他不得不抓紧下一步行动。

欧阳化雨让母亲把一位颇有名气的古董商请来，观看假金佛，为的是通过他的眼力看一下假金佛一旦开箱查看，能否蒙混过关。

古董商看后认为就是真的金佛，足见假金佛做得何等逼真。

接着，他用同样方式，把那位港客请到旅馆观看金佛。港客看后，也信以为真，还把金佛抱在怀中拍照留念。

作为一个文物行家，欧阳化雨知道，打眼一看，假金佛可以蒙骗很多人，甚至一些行家里手。但是，经不住专家学者细心观察，毕竟材质不同，用十倍放大镜就能看出破绽。

他想要卖的是真金佛。

以欧阳化雨估价，琉璃做的假金佛只能卖十万美元。

只有真正的九宝金佛，才可以卖到一千万美元。

只有有了一千万美元，他和魏蓉蓉到了美国才可以进入富人行列，享受一辈子富贵荣华。

因为有条件和能力拿到真的金佛，他就要舍弃假金佛。当然，要拿出真金佛，必须把假金佛放进保险柜。这不仅要应对随时都可能来看金佛的官员和检查，当然，最重要的是要应对上缴这一关。

以往向国家文物局上缴贵重文物，都是在北京验收。只要在省博物馆启运前把木盒打开大家看一看，就算通过检查，便可装箱启运。至于北京的专家发现是假的，那应当追究中途运送是否被人掉包。

一切准备就绪，欧阳化雨相信这个计划已经万无一失。他与魏蓉蓉又去北京，与港商谈判，他以一千八百万美元起价，双方反复讨价还价，最终还是按着欧阳化雨的价格底线，以一千万美元谈成。剩下的就是要等待和寻找行动的机会，拿出真金佛，然后交货和付款。

真是天赐良机。

和他一起负责开启库门和保险柜的助手朱天明要回老家结婚，只有这几天，两把钥匙都在欧阳化雨的掌握之中。

魏蓉蓉常到博物馆来，馆里的人都跟她很熟，甚至连她与欧阳化雨在这里过夜，也都习以为常。

魏蓉蓉的到来，没有引起任何人的怀疑。

到了后半夜，两个人一起行动，打开了库房门，再打开保险柜，把真金佛和假金佛做了调换，又锁上保险柜和库门，便已大功告成。

第二天早上，借着出去吃早餐的机会，把金佛带回家中，藏到了一个认为最保险的地方，两个人又一起去了北京。

魏蓉蓉去北京的理由，是报考中央舞蹈学院。欧阳化雨离开单位的理由更为充分，他从省医院开出一份诊断书，说是怀疑他的肺里长了什么东西，希望到北京能够得到确诊。

他们这次到北京，是应那位买家之约，请他们到香港去，看一看他的资产规模和经营实力。然后就是要看着他把一千万美元，存进刚为他们在美国开设的银行户头里。但是，这笔钱，只有在货到之后，密码才能生效，才能真正归欧阳化雨和魏蓉蓉所有。

就是这一次北京之行，中途又出了岔子：陪着魏蓉蓉从北京火车站附近的宾馆走出不远，欧阳化雨的钱包被偷了。

孰料，就是这样一个偶然发生的盗窃案件，几乎彻底改变了所有介入者的计划和安排。它再一次证明了一个颠扑不破的真理，一个偶然事件，可能会改变许多人的未来和命运。

那是因为太大意，钱包就斜插在裤兜里，露了一大半在外面。

按理说，贼偷了这个钱包和一次普通的行窃并无两样。对于欧阳化雨来说只是小小的经济损失。也许只有千万分之一的可能让一个人偷到手才会引起轩然大波。这个人就是追踪金佛几十年的老核桃皮严玉森。也许是冥冥之中命运的安排，也许是南诏国祖先有灵，偷走他钱包的恰恰是严玉森。

本来，严玉森不缺钱，他有很多钱，钱多得都不敢带在身上。他把钱分藏在好几个地方，不仅在哈尔滨，在好几个城市，都有他藏钱的“窑儿”。

他藏钱的办法不复杂，手段也很简单。哈尔滨的这个“窑儿”就在靠近松花江的北五道街一家小旅馆里。

因为他常来常往，旅馆的人都认识这个来自河北的老采买。临走的时候，把一些提不动的杂物和没看完的书存放在旅店的保管室，下次来住的时候取出再用，理所当然会得到旅店的帮助。

他在其他城市的“窑儿”，也都是这样隐藏着。

他从遣返开往原籍的火车上溜了下来，立即就来到这家旅馆。服务员见到他比以往憔悴，便以为他身体欠佳。严玉森说他这些天经常加班，现在就想好好睡一觉，然后去洗个澡。

他从保管室找出存在这里的提兜，进了房间。

他打开提兜，发现存着几千块钱的存折依然完好，他掏出来揣在兜中睡了过去。一觉睡到下午，他出去洗了澡，理了发，又到附近的一家储蓄所取了一百块钱，花了十几元买了几件衣服，感觉饿了，他看见香喷喷的鱼和肉，馋得直流口水，但是，他强迫自己不沾荤腥。因为蹲拘留所肚子没有丁点油水，要是贪吃，吃得太饱，轻者撑坏胃肠，重者可以撑死。

要是猛然吃得油水太大，一准跑肚拉稀不说，还兴许落下毛病，沾了油腥就拉稀。这是多少被撑死的人和他亲身体会取得的经验，堪称宝贵。

他到一家小饭店吃了一碗炸酱面，又回到旅馆睡觉。

第二天早上，他换上刚买的衣服，又去吃早点：稀粥、馒头、咸菜。中午才去吃了一碗他最爱吃的肉菜。直到三天后，他觉得精气神都已经恢复，便花了二十四块钱买了一张去北京的18次火车的卧铺，因为他跟翟铁有约在先，出去以后，两人在北京站前广场会面，不管等上多少天，不见不散。

他把换下的旧衣服和存折又装进提兜里，放到服务台的保管室，便在当晚登上了列车。

火车在隆隆声中一路南行。他半躺在卧铺上，眯着眼睛养神。

方才在上车的时候，他看到两个小青年在“挤车门”，干着“钳工”活计，看到这些徒子徒孙的拙劣手法也能屡屡得逞，不由得想起了被他点石成金的高徒“贼王”黄德利。

一个当初拄着双拐沿街乞讨的瘸叫花子，经过他的点化，现在已经成为名副其实的全国掏窃高手，几乎获得了所有“绺行”人的拥戴，成为近百年来，横行中国，响当当的一代贼中之王！

严玉森不想当贼王，他像中国历代文人一样，只想当“王者师”。

成名以后的黄德利，颇为骄横，对当初严玉森给予的帮助和点化，不仅不承认，甚至对他本人也不太买账，严玉森也不太在意。他知道，没有哪个人在当了皇上之后，会承认自己的江山是靠别人的智慧和能耐打下来的。

古今中外概莫能外。

车过山海关的时候，熟睡的严玉森突然被心区一阵剧烈的疼痛扰醒。他急忙掏出怀中的宝葫芦，倒出十几粒救心丸吞了下去。

这样的疼痛让他有些吃惊，甚至感到像大夫说的有点预后不良。因为这样的疼痛在半年前已经发作过一次。一位老中医诊断后，让他随身带着这个由他亲手配制的救心丸。

二百多小米粒似的救心丸，装在一个拇指大小，葫芦样的小瓷瓶中。像这样属于急救的药，就算是蹲拘留所，看守也会让带在身边，以防不测。

正因为有了这样特殊的条件，严玉森便对这个小瓶打起了主意。他挖空了底部，做了一个夹层。下面装进了十几粒用蛇毒做的药丸。这些像大米粒似的剧毒药丸，速溶于水，无色无味。

他这样做，为的是在必要的时候能够了断自己，因为他毕竟是江湖中人，可能随时遭遇各种不测。但是，他更希望在危险和关键时候能够了断他人。当然，他主要想用于了断他人。

救心丸下肚，心区疼痛很快就得到缓解，但这反倒更增添了担心，因为那位老中医告诉他，这个药是治疗心瘀血滞的药。后来才知道，中医讲的心瘀血滞，就是西医说的心肌梗死。通过吃药的疗效来反证疾病，现在他可以确信无疑，他得的就是心肌梗死。他查过好多医书，也问过一些大夫，不论古今中外，对此病都无良策。所有人都说，应对此病，一是休养，二是急救，急救不及，就得呜呼！

心区不再疼痛，他也无法再睡，便倚在铺上陷入沉思。

他最先想到的还是黄德利。

这些年，瘸着一条腿的黄德利在“绺行”已是名声大噪，不少年轻人都以拜在黄家门下为荣。严玉森也看过《易经》，尽管没能看懂，皮毛还是知道些许。他有所担心，黄德利在“绺行”中如日中天，可惜，中午一过，就是下午，也就是到了物极必反的时候了。

“严打”已经开始，其势难以阻挡。黄德利这个“贼王”的偌大名声就会给他带来杀身之祸。严玉森料定，他难逃此劫。

这样，他就不能不想到翟铁。他真的逃了出去，除了说明自己计谋高超，也得说翟铁机灵和富有胆略。还有，就是他那种不怕硬、不服输的劲头，这都让他喜欢。他老来无后，而且已是重病缠身。他很希望找一个能够在他死后，为他去焚香、烧纸的人，他不想在阴间一无所有。

他也见过翟刚，也听说在万家屯有一个隐蔽的藏身之处。但是他嫌翟刚太粗鲁，言谈举止过于放肆，他在许多方面跟黄德利颇为相似，他不想再培养出第二个黄德利来。

他到了北京，正是末伏，闷热难当。下了火车，他寻遍了火车站广场和候车室，也没有找到翟铁，也许他还没有来到北京。

就在他到处寻找的时候，他发现前面有一对挽臂而行的青年男女，男的裤兜里的钱包露着大半截，两个人只顾亲热说话，对其他全然不顾。

“绺行”里有个不成文的规矩，干这行的人，看见该拿的不拿，下回你想拿就拿不着。

这个钱包那就是不拿也得拿，严玉森把手一伸，钱包立即到手。那对男女毫无察觉，继续说笑着向前走去。

人们常说，人生总是前程未卜，吉凶难料。甚至一个小小的意外和偶然，都会彻底改变人的遭遇和命运，古往今来，无数事实都证明了这一点。此时此刻，正在挽臂交谈的两个人绝不会想到，一个钱包的丢失，会关系到他们的身家性命。

到手的钱包，不应当长时间放在自己手里，需要尽快“洗”（检查）一下，然后就把它扔掉。

严玉森进了候车室的厕所，找了个蹲便处，关上门，掏出钱包进行清理。

钱包虽然发鼓，里面装的大都是三元和五元票，总共只有一两百块钱，这让他有点失望。钱包是黑色皮革的，制作精巧，手感柔软，好像是外国货，很招人喜爱。但不能留，这可能变成直接罪证，没有一个“绺行”人会保留这种东西。他要把它丢进便纸篓中。

这是按着“绺行”的一般规律办事，钱包和证件还可以找到，这也算是一点阴德。

可是，人世间有许多重大的事情，并不是按着普遍规律发生的，有的就是由某个“偶然”引发的。

假如，严玉森在丢弃钱包的时候，不是多看了一眼，那么一切都将一闪而过，不留任何踪影和痕迹。

可是，严玉森此刻偏偏多看了一眼。

钱包的夹层里露出了照片的一角。

照片一角是绿色的，像佛像的莲花底座。

严玉森心中一动，急忙把照片抽了出来。

这是一张六寸的彩色照片，照片上正是让他们段、蒙、严、孟四个家族追踪长达千年之久的九宝金佛！

严玉森的两眼像是聚了焦，直勾勾地望着照片。他屏住呼吸，严格地说，是一霎间停止了呼吸。他有些目眩，两只手也有些发抖，他怕照片从手中脱落，不得不把它紧紧地抱在胸前。

他终于看见了三十七年前从他手中丢失的那个金佛。

但是，在一九四九年十月一日之后，不仅是他，四个家族的其他人也都放弃了寻找，是那一天，为了庆祝中华人民共和国成立，省博物馆展出了一件由胡举人的后人献出的九宝金佛。

无疑，那是真正的九宝金佛。

但是，这张照片上的九宝金佛是哪一个？真耶？假耶？

他又一次翻弄钱包，在里面找到了一张名片，上面是北京一家宾馆老板的名字，他知道，这家宾馆就在火车站附近，莫不是他们就住在这里？

他把钱包翻了个干干净净，连一片纸片也不放过，统统揣到怀里，便把钱包扔进了便纸篓里，走出厕所。

此刻，严玉森的注意力完全聚焦到这一男一女身上，甚至把翟铁都扔到了脑后。

他找到那家宾馆观察，那一男一女果然住在二楼的一个房间。他便以假名字登记，住进了他们的对面房间。

当严玉森得知那个英俊高大的男人是省博物馆的保管部负责人的时候，他明白了一切。

他见到他们多次与几个香港人接触，亲密交谈，便猜出了这一对男女来到北京的目的。

原来，他们是借职务之便，想要把金佛卖掉。

他趁俩人外出的机会，用万能钥匙开启了他们居住的房门，他到处寻找，并没有发现金佛，也许，他们并没有把它带在身边。但是，他已经弄清楚了这个男人的家庭住址，道里区尚明街 17 号。

当天下午，两个人退了房间去飞机场，他们要赶飞往广州的航班。

严玉森心情激动起来，毕竟他的身上流淌着这几个家族的血液，神圣的使命感和庄严的责任感一起涌上心头。严玉森决定返回哈尔滨，在那里也许可以找到被隐藏在什么地方的金佛，不论真的假的，他都要夺回来，绝对不能允许被他们私下卖掉。

严玉森和段、蒙、孟三家后人的想法是一致的，就是说，可以默认和容忍九宝金佛被国家妥善保管，甚至当成镇国之宝，也算是一个理想的归宿。但绝不能容忍被人以职务之便盗取并卖掉，更何况是卖给香港人。那样，这尊金佛就可能流转到国外古董市场，在众目睽睽的拍卖会上，被人当作商品买来卖去。这是任何一个负有使命的人无法容忍的，也当然会成为世世代代为追讨金佛付出血汗和生命的南诏后人的奇耻大辱！

严玉森觉得心跳加速，甚至有点热血贲张，浑身充满了力气（梗塞的心肌血管大概已经疏通了）。经过精确的盘算，他认为，他最重要的是得到金佛，既然金佛没有带在他们身边，回到哈尔滨就在尚明街守株待兔，等着他们回来，再见机行事，是为上策。

就在欧阳化雨和魏蓉蓉去广州的时候，严玉森却返回了哈尔滨。

回到哈尔滨已是晚上，毕竟是北方，让人感到些许凉意，他就在尚明街附近找了一家旅店住了下来。安顿完住宿，他走出旅店沿着街道寻找 17 号。

17 号是一处独门独院。

由削成尖形的木板结成的院墙很严密，院中有一座铁皮盖儿的铁路官房。这样的房子，都是当年俄国人修中东铁路时候盖的员工住宅。墙很厚，刷成米黄色，屋里面大都是三室一厅，宽敞明亮，冬暖夏凉，这是当年俄国铁路系统中高级职员的住所。

这里的院门紧锁，想必院中的房门也是紧锁着的。

他靠近这所院子仔细观察，发现房子的几个窗户都镶着拇指粗的铁栏杆，显然，这是一个防护严密的人家。隔街有一家小饭店，既卖夜宵，也卖早点。他进了饭店，要了一凉一热两个菜，二两酒，自斟自饮，一边与服务员搭讪。

他以羡慕老毛子铁路官房冬暖夏凉为由头，问到了什么人住在这样好的房子里。

服务员告诉他，这家住的是一个老太太，以及她的儿子儿媳。前几年两口子闹离婚，媳妇回了娘家再也没回来，听说已经离了。

吃完饭，天色已黑，严玉森围着院子转了一圈。他看到围成院子的板障子一些地方已经破损，只要稍加用力就能掰断木板，从缝隙中钻进院去。他断定，有什么宝贝也不能藏在这样的院子里，他围着房子走了一圈，看到连厕所的小窗户都镶着铁条。

屋中只有一扇窗户透出忽明忽暗的光来，估计老太太独自一人在看电视。

他坚信，这个严密和坚固得像堡垒一样的房子里，就藏着那尊九宝金佛。想到了九宝金佛，严玉森杀机萌生。他本来打算在这里守株待兔，但是，他想到了这个家中只有一个老太太，心中忽然涌起了大胆的冒险冲动。这冲动，就是每次作案前的紧张与兴奋交织在一起的心情。

有了这种心情，他浑身血流加快，全身的肌肉就绷得发紧，口里发干，微微有些喘息，就这心神合一的奇特感觉，每每让他得胜而归。这几乎成了让他万无一失的吉兆。

像许多惯走江湖的高手一样，严玉森也极为相信兆头。他觉得这兆头就是上天在冥冥之中给他的一种助力，推动他必须把想要做的事情尽快做完，而且还会一顺百顺。

有了这些想法，他改变了守株待兔的打算，他把一块板障掰开，像一条蛇似的从缝隙中钻进了院中。

房前有一个突出的门斗，还有几步台阶。他迅速登上台阶，来到门斗前，掏出万能钥匙准备开锁。

等他摸到锁，心中却咯噔一沉，这是一种结构极为复杂的外国暗锁。记得那是在几十年前，他也碰见过这样的锁，却一直没能打开，难道这一次也要望锁兴叹，铩羽而归？

严玉森可不是一个轻易承认失败的人，他灵机一动，就一个老太太还不好办？骗开门。

他的儿子在北京，现在也可能在广州，就以他儿子为借口。

想到这里，他便用力敲门。

半晌，屋中传出一个字的问话：“谁？”虽说只有一个字，却听得出恐惧和胆怯。

门上有一个门镜，估计天黑了里面也难以看清什么。“加急电报——北京来的！”严玉森大声说道。

屋中又问：“你是怎么进来的？”听声音的确是一个老太太。

严玉森马上回答：“钻板障子进来的，院门敲不开。快拿手戳，加急！十万火急！北京来的。”

“你把电报从那个投报口投进来。”

严玉森这才发现原来门上有一个可以塞进报纸的投报口。

严玉森道：“不行，不盖手戳不能给电报，快去取。”

“你投进来，明天再来盖戳。”

严玉森道：“不行！不先盖戳不能给电报。我可告诉你，送电报的人都下班了，我是看见北京，还是加急才送来的，你要不盖戳就明天再送来吧。”

听到连声催促，加上“北京”“加急”几个字，老太太乱了方寸，屋中一阵脚步声，可能是去取手戳了。

片刻，门锁响了几响，嘭的一声开了一道窄缝，一只手从门缝伸了出来，手指间夹着一个手戳。

严玉森喜出望外，他不看手戳，伸手用力一拽门，哗啦一响，却没有拉开，原来，这门上还连着一个铁门链。

这样的门链，严玉森见得多了，他把自己的手伸进门缝，再向里一推门。

门紧紧地挤压着两个人的手，老太太疼得乱叫起来。

严玉森的手顺着门链一摸，便找到了挂在门框上的连接处，他再向里推门，忍着手腕被压的疼痛，用手指一挑，门链便离开了沟槽，哗啦一声垂到门框边，他忽地猛拉开门，进入门斗中。

眼前一位风韵犹存的老太太，已经吓得说不出话来，她惊恐地大瞪两眼踉跄着向后倒退。

严玉森回手把门关死，一步步向女人逼近，压低声音，恶狠狠地说道：“我从北京来，你儿子让我来取一件东西。”

因为声音带着凶狠，显得十分恐怖。

女主人还在本能地向后退着，不料，身子滑过了用废挂历纸做的门帘，两脚被门槛一绊，扑通一声摔倒在地上，倚着门框大口喘息：“你……想要……什么？我都给。”

严玉森把已经散乱的门帘向边上一掠，又向前逼近一步，用充满威吓的声音说道：“我要什么？我就要——九宝金佛！”他怕女人坐在地上拿什么东西反抗，说着伸手抓住她的头发，猛地把她从地上薅了起来。

女人惊慌得浑身发抖，她大瞪两眼望着严玉森连连说道：“没听说过……没听说过。”说话的声音已经沙哑。

他们此刻站在通往内室的过道中，严玉森从兜中掏出了那张照片，为了能让她看得清楚，伸手按下了墙边的开关。

啪的一声，灯亮了。

他把照片递到女主人面前。

照片色彩斑斓，正是那尊九宝金佛。

女主人看了一眼照片，又抬头看着严玉森。

灯光下是一个头发稀疏、面容清瘦的人，脸上布满皱纹，但他的眼睛却闪着猎猎凶光，十分可怕。

此刻，严玉森也在打量她。

尽管上了年纪，身体有些微胖，她依然很漂亮，看得出，她年轻的时候一定是个绝世美人儿。由于过度惊恐，她的脸色像纸一样苍白。

四目相对。

突然，那女人悲怆地喊了一声：“森哥哥——”两手一张，紧紧地把严玉森抱进了怀中。

这是怎么啦？严玉森心头猛地一震，他听见了四十年前只有一个女人喊过的声音。

随着女人的哭泣声和紧紧拥抱，严玉森明白了眼前究竟发生了什么。真是无法想象，天下怎么如此之小？一对分手近四十年的男女，能在这亿万人海中，以这样残酷的方式相遇在一起。

原来，眼前的这个女人，正是当年带着金佛弃自己而去的蒙爱玉。

愤恨、仇怨、悲情许许多多复杂而又让人痛心的回忆，一起涌上了心头，这一瞬间，显然是怨恨占据了一切。严玉森怒冲冲地挣脱她的两手，把她推到一边，恶狠狠地说道："滚！你个臭娘们儿，这么多年，你害苦我了！快把金佛给我！"

这一刻，严玉森觉得自己分外仗义，现在，他不是来偷和抢，而是名正言顺地索要，因为这座金佛不论是真是假，都应是属于他的。

严玉森用力很猛，蒙爱玉一个趔趄撞到了墙边，她就势跪倒在地上，用膝盖在地上挪动几步又扑到严玉森的身边，双手抱住他的双腿，呜呜地放声哭了起来，边哭边连声嘶喊："你这个挨千刀的，怪我害苦了你……呜呜……你要是不整天跟那个二毛子姑娘……混在一块，我……"蒙爱玉说不下去了，她只能匍匐在严玉森的脚下呜呜地哭个不停。

真是造化弄人，本来是一桩入室抢劫，现在却意外地遇到了故人，严玉森一时没了主意，但他仍然没有忘记今晚来此的目的，便大声喝问："金佛在哪儿？给我！我要带走它。"

紧抱着严玉森大腿的蒙爱玉眼珠转了转，也许，她想好了应对面前变故的万全之策，她止住了哭声，抓着严玉森从地上站起，又搂着他的脖子，用一种哀怨而又深情的眼神望着他，轻声说道："森哥哥，你喊什么？到这儿，就是回家了，到里屋坐吧。"

回家了？

听到又一声"森哥哥"，严玉森的眼圈一下子就红了，鼻子也一阵发酸，回家，这两个字太让人感慨了。

本来，不论是穷人还是富人，只要长大成人，就都应当有个家，这不是走遍天下都说得赢的理儿吗？

可这三十多年，严玉森却是孑然一身过来的。这些年，他玩弄过很多女人，有的也姘居过一年半载，只是不敢与她们成家。他知道，只要成了家，就无法掩盖自己的真实身份，一旦知道他的一切，他认为所有的女人，都会毫不犹豫地把他举报到当地派出所。

也许，这就是严玉森内心中最柔软的那一部分，他也非常想有一个温暖、和谐的家，甚至还非常羡慕有家的人。

有时走在马路上，偶尔可以从敞开的窗户里看到一个家，不论是在说笑，还是在吵架，他都停留下来看上几眼，羡慕不已。

而今天晚上，竟然用这样狡诈的手段，找到了一个家，但是，他不敢肯定这里就是自己的家。可是，没有办法，他已经不能用抢和夺的手段获得金佛，只能走一步看一步。他觉得这个家，也许就是一个布满地雷的危险区域，他只能小心翼翼一步步试探着前行。

他长长地叹了一口气，不由自主地迈动脚步，跟着蒙爱玉走进客厅。

看到严玉森的态度明显软化，蒙爱玉的脸上露出了惊魂稍定的笑意，她拿起桌上的暖壶给他倒了一杯水，放到他的一边："坐吧，喝口水。"

这声音既亲切又温柔，让他想起那个遥远的年份，他又望了她几眼，确实是她，就是那个和他在一起生活了好几年的女人。只不过她已经老了，体态有些发胖还鼓起了肚子，可是，他自己不也老了吗？从年轻时的白面净皮，变成了而今的老核桃皮。

此刻，蒙爱玉的脸上露出了亲昵的表情，她把严玉森推坐到简易的沙发上，点燃了一支烟，先抽了几口，又递给他，便偎坐在他的身旁。

严玉森接过烟抽了一口，长长地嘘了一口气。

蒙爱玉把水杯推到他的跟前，他动也不动。

蒙爱玉拿过水杯先喝了两口，又端到严玉森的嘴边。

严玉森真的口渴了，他斜睨了她一眼，连连喝了几大口。

蒙爱玉把水杯放到桌上，两只手又钩着严玉森的脖子，轻声问道："现在，你还跟她过吗？"

严玉森一时没明白她的意思，反问道："跟谁？"

蒙爱玉娇嗔地噘起了嘴："谁？还有谁？那个玛露霞。"

严玉森这才想起，她问的是那个叫玛露霞的二毛子姑娘，便连连摇头："早就拉倒了。"

蒙爱玉接着问:“又找了没有?”

严玉森摇摇头。

蒙爱玉把他抱得更紧:“没事儿,你找多少都没事儿,反正我是老大。”

严玉森环顾屋中,墙上挂着一张母子二人多年前的合照,相框也是用废电影胶片做的。

有一件事情让严玉森一直感到奇怪,就是他第一眼看见欧阳化雨的时候,就觉得他很像一个人,像谁,他一直说不准。他想过在拘留所见到过的人,又觉得都不像,到底像谁,他一直没想出来。

蒙爱玉又给严玉森倒水,边问道:“你怎么不问问我,这些年,我是怎么熬过来的?”

严玉森知道她又嫁了人,不然,她的儿子怎么能姓欧阳?他不愿意问,因为那会引起他的妒恨。

“你不问,我也得说。”蒙爱玉端起水杯又喝了一口,把杯子放到严玉森面前:“你那时候,整天跟那个洋妞泡在一块,还记得吧,你住在人家家里,要给人家当倒插门儿的女婿。”

严玉森不耐烦地说:“说那些陈芝麻烂谷子干什么?”

蒙爱玉却道:“你不爱听,我也得说。那个时候咱们家里藏着你和我哥夺回来的九宝金佛,可谁也不知道那是个假的,对吧?”

严玉森点头:“日本人把它保护了那么多年,谁能想到会是假的?”

蒙爱玉接着说道:“记得有一天,孟家玉成来找我,说是段家大哥派他来的。”

严玉森反问:“孟家?孟玉成?”

蒙爱玉道:“就是你们那个‘兄弟帮’,手指头叫人给剁掉的那个。”

严玉森点点头。

“他说段大哥告诉他,说你让俄国人收买了,那个玛露霞就是鱼饵,他们要钓的是九宝金佛,一旦九宝金佛到手,肯定会把你杀掉,接着也会杀掉我,让我赶紧离开大连。我跟着他,带着九宝金佛,连夜到了哈尔滨。”蒙爱玉说着却抽抽噎噎地哭了起来。

“你见到段大哥了吗？”严玉森慢慢地陷入回忆当中。那个时候，他跟玛露霞爱得是何等疯狂，别说要九宝金佛，就算要他的心，他也会毫不犹豫地扒出来，双手捧给她。可是，她从来就没有说起此事，甚至可以说，她根本就不知道九宝金佛这回事儿。

可是，最后他们还是分了手。那不是她不爱他，而是一个苏军驻旅大的副司令官插了进来，他也爱上了玛露霞，便整天提着把手枪要找严玉森决斗，以决定玛露霞到底归谁。

严玉森风流倜傥，聪明过人，也有胆量，就是不会玩枪，他知道，一旦遇上那个神枪手，他一定得命丧黄泉，不得不东躲西藏。

因为他不敢决斗，玛露霞认为他不够男子汉，更不够英雄，便转头投入了那位英雄的怀抱。

由此，严玉森得出一个结论，外国女人就是这样，不值得留恋。

玛露霞的确深爱过自己，因为他既英俊又潇洒。但这却不妨碍她再去爱那位副司令的英勇和果敢。当然，让玛露霞最后感动的是，那位副司令为了表明爱自己，敢于决斗，不惜牺牲性命的英雄气概。

看透了玛露霞的爱情观，严玉森便能够慢慢从失恋中解脱出来，不然，他会变疯的。

妻子，离家跑了，情人，也没了，严玉森最终是鸡飞蛋打，无处着落。这是他一生中最大的败笔。

后来，他到哈尔滨寻找，蒙爱玉杳无音讯，直到他参加了“青干校”，算是参加了革命队伍。谁知命途多舛，因为贴错了会标，严玉森又锒铛入狱。从此，他走进了“绺行”的江湖。

人的一生大都如此，既复杂又简单。

蒙爱玉指着屋中说：“段大哥当年就住在这里，我来了，把金佛交给他，就住了下来，当年，我就生了这个男孩。”

严玉森忽然想起：“你走的时候是怀了孕的。”

蒙爱玉用鄙夷的眼光看了他一眼：“你还能记得我怀孕？”

严玉森用肯定的口吻说："没错，你是怀孕了，你吃不下饭，总是呕吐，我还找过郎中给你看病，郎中说你有喜了。这是我的儿子，没错！怪不得我看他像谁呢，原来，他最像我。"说着，他从沙发上站起，走到照片前。

蒙爱玉撇了撇嘴："亏得你还想着这些，段大哥拿这个孩子像亲生的一样，直到他前些年去世。"

照片上的欧阳化雨只有二十多岁，英姿勃发，胸前还戴着一枚毛主席大像章，蒙爱玉也像一个古典美人，端庄貌美，戴着一枚小像章，这张照片一定是拍于十多年前的"文化大革命"时期。

严玉森喜欢这个年纪的欧阳化雨。

但是，严玉森心中还是有所怀疑，他回身望着蒙爱玉问道："这孩子为什么姓欧阳？"

蒙爱玉道："你要问这个，那可是说来话长。"

严玉森又回坐到沙发上，表明他要听下去。

蒙爱玉轻叹一声道："这事情还得从段大哥说起，当年，为了追踪九宝金佛，我跟那个日本人虎贲郎住到了一起。那个时候，段大哥还是认为真金佛一定在胡家。他便跟他妹妹跟踪胡旅长去了关内。后来，他妹妹为了让胡旅长保护金佛就嫁给了他，为了保护妹妹和金佛，段大哥就化名欧阳淳，在胡旅长手下当兵。再后来，日本军占了东北，当年的宣统皇帝，又在满洲登基坐殿，年号康德。"

严玉森屏神倾听。

"胡旅长本是满洲正黄旗人，便带着兵马归顺了康德皇帝，谁料到，康德六年，日本军进攻苏联，胡旅长那个时候是北满军管区司令，也被调到前线。不料，连段家妹妹一同被炸弹炸死。段大哥也受了重伤。等到他的伤养好了，就到铁路部门上班。"

严玉森渐渐释怀，连连点头。

"等到光复，我们去大连追踪日本人带走的那尊金佛，段大哥依然在哈尔滨到处寻找胡旅长带着的那尊金佛。他开了一个古董店，就是怕真正的九宝金佛流到古董市场去。"

严玉森问道："看来段大哥早就知道，日本人守着的那个是假的，为什么还让咱们冒死去追？"

蒙爱玉道："我也问过段大哥，他说，假金佛也是金佛，也不能让日本人带回国。"

严玉森点头道："我知道，段大哥一直嫉恨日本人。"

"这个孩子三岁那年，中华人民共和国成立了，真金佛也在哈尔滨露了面，原来是胡旅长的后人把它献给了国家。"

严玉森道："展览那天我也去看了，看仔细了，也能看出真假的差异来。"

蒙爱玉道："我们当初没见过真的，哪能分辨得出来。可那天我和段大哥也去了，我还抱着孩子。"

严玉森道："看到真金佛归了国家，心也算是落了地。"

蒙爱玉说："段大哥说，打从康熙年间，段、蒙、严、孟四家这十几代人，一代接着一代追踪金佛，没有让它流出国外，没有让它毁于战火，最终归于国家，也是不幸中的万幸。可是他还是放心不下。"

严玉森问："他还担心什么？"

蒙爱玉道："保管在省博物馆，也得有人看着，要是看着的人见宝起意，监守自盗，那该如何是好？"

严玉森问："他有什么办法？"

蒙爱玉点燃了一支烟，还是先吸了几口，又交给严玉森："段大哥那时候开设古董店已经好几年了，他人特聪明，看东西又仔细，没多久就成了古董行里的鉴定高手，人送外号叫哈尔滨第一眼。"

严玉森点点头。

蒙爱玉道："为了确保金佛万无一失，段大哥关闭了古董店，以欧阳淳的名字进了博物馆当上了文物保管员。孩子六七岁那年，他听说俄国人的道胜银行老房子要扒，金库门要当废品卖了，他便去要了下来，安到了博物馆的文物库，连'文化大革命'那么多红卫兵砸了一天也没砸开。"

严玉森点头赞道："我知道，段大哥一生为金佛真可算是鞠躬尽瘁，他是怎么死的？"

蒙爱玉道："因为博物馆认为是老欧阳当年把道胜银行的库房门挪到了博物馆，才保住了这一馆珍贵文物，是给馆里立下大功。所以在老欧阳生病的时候，赶上上山下乡，尽管孩子也到农村去报了到，博物馆还是一直把他算借调留在馆里，这孩子也没真正下过乡。"

严玉森问："他得的什么病？"

蒙爱玉叹了口气，声音也变得有些哀伤："他一辈子就是两大嗜好，除了古董就是喝酒，哪天也得七八两酒。最终还是死在肝硬化上。生病那几年，他把鉴定古董的本事都传给了儿子，他要咱们段、蒙、严、孟四家，世世代代不论有男孩女孩都要进博物馆工作，一定要看好这尊金佛。"

严玉森压低了声音说道："可我知道，这孩子想要把金佛卖到香港去。"

蒙爱玉无奈地说道："有什么办法？他一心想要出国去，我又没有钱，怎么办？我知道，他打金佛的主意，但是，他卖的是咱们从日本人手里夺回来的那个假的。"

严玉森道："可不像，我担心他在博物馆工作，会不会把真的给卖了？"

蒙爱玉道："那不成，他不能那么干，要是干了，这段、蒙、严、孟四家谁也不会答应。"

严玉森摇头："别再老说这四家了，段家的人在哪儿？"

蒙爱玉道："这孩子就是段严两家的独根苗。"

严玉森问："那孟家呢，那个孟玉成还在世吗？"

蒙爱玉道："听说还在，混得也不行，靠收废品破烂活着。"

严玉森叹了口气："着哇，数来数去这四家敢情就剩了这么一根独苗苗。"

蒙爱玉道："是啊，就剩下他了，他又要出国，我怎么办？"

严玉森问："他要是出国，谁来守着这真金佛？"

蒙爱玉："这些年我也想通了，国家这么太平，金佛放在那里，也算万无一失，还看着它干什么？"

严玉森点头："可倒也是。"

蒙爱玉看了看表："时候真是不早了。"说着她又偎坐到严玉森身边，抚摸着他的脸说道："这些年，说实话，我呀，就盼着有个人能和我做个伴儿，想不到，老天爷又把你给我还回来了，这一惊一喜，真像做场梦似的。你洗一洗，上床吧。”

一个温柔女人的亲切抚摸和亲吻，激起了严玉森心中的欲火，他也抱着她亲吻了几口：“我刚洗过澡，干净着呢。”说着就伸手解她的衣扣。

蒙爱玉偎在他怀里撒着娇说道：“不行，谁知道你跟哪些野女人睡过觉？得洗干净了。”

欲火中烧的严玉森不由分说把她抱了起来走向床边，说道：“我多长时间都没碰女人了。一会儿，上了身，你就能知道。”

说完，他顺手关了灯。

二十五

奔娄头

“严打”领导小组成立的第三天，街道上就贴出了大张的画着大笔红对号的布告，这是枪毙罪犯的告示。

这一次一共枪毙八十多人，算是这么多年来处决人犯最多的一次。

当然第一名，就是那个开枪打伤大卢的朱岗，后面还有郭黑子等等一干刑事罪犯。

这可以说是第一次打击。

这次打击足够严厉，依照赫雷的看法，就是把该判长刑的罪犯，毙了，把可杀可不杀的，杀了。把该判短刑的人，判长了，把可判可不判的判了，这样的第一次打击不算警察的真本事。

目前，全区还有几十起多年积压未破的重大案件，要是能在这次“严打”期间破上十几起，把多年逃脱在外的罪犯抓到，才叫真正的“严打”，那才是为“严打”尽了力量。

当然，口号还是老口号：“依靠群众，发动群众，开展‘严打’斗争！”但是，赫雷对这些口号有自己的看法：口号就是口号，喊喊而已。

想到这些，他先是把刑警们分成了五个侦破小组，再把这些未破案件统统拿了出来，按地区划分，分配给各个小组，每组分到十多起案件，先易后难，能破多少算多少，到年底算账，再评功摆好。

陶进是第一小组的组长，郑吉松、大卢、赵强外加两位年轻的刑警，他们六个人，一共领到十二起案件。

在这十二起案件中，有一起就是，翟刚掏窃一千元的重大案件。因为翟铁逃跑，翟刚也没抓到，这起案件成了遗留的老大难案件。

“严打”的消息一传播，许多“老惯儿”都躲了起来，有的跑到外县，有的躲到乡下，谁也不愿意在市里引颈挨刀。

翟铁、小玉和翟刚到底在哪里？

这些都成了侦破小组必须解决的难题。

道理再明显不过，想要破案就得有线索，线索从哪儿来？首选的办法就是去找耳目，要靠耳目来提供。

陶进和赵强要去找小尤和老孟头。

大卢和张春祥也都有自己的耳目，陶进让他们分头去找，三天后集中研究各个耳目报告的线索。

改革开放的力度越来越大，政策也越来越宽松。小尤的爷爷在古董市场的生意颇有进展，现在，他已经不是走东串西的古董贩子，前几天就挤进了那家店铺，摆了一个栏柜，成了名副其实的买卖古董的坐商。

玻璃面的栏柜里摆着老旧的怀表、手表、玉件、铜钱，还有两块铜镜，往栏柜里边一坐，不光能卖货，赶上机会还能收进点便宜货。除了周六、周日古董店都不开板，其余时间，爷爷就带着小尤骑着自行车，到城市周边的村屯，去收罗古董和旧货。

离哈尔滨东南几十里，就是当年占了中国半壁江山的大金国的京城——上京会宁府，现在叫阿城县。

据说，八百多年前，这里可是城墙高筑，宫殿辉煌。开国皇帝完颜阿骨打的儿子金兀术，率领大军灭了北宋，在汴梁还把大宋朝的两个皇帝给俘虏了，再跨越千山万水押解到这里，可以想见该是何等气势。

后来，蒙古铁骑踏遍了欧亚大陆，大金国也灰飞烟灭，这里逐渐荒芜，几百年后，只剩下残垣和宫殿的土基。

当地百姓在种地的时候，还能捡到些铜钱和小玉件，运气好的时候，还能碰上一面铜镜还有带钩什么的。要是随手捡来的东西，能卖上个三块五块，甚至十几块，那就是一大收获。所以，尤家爷俩经常是满载而归。

离开阿城再向南，就能到吉林省地界，那一带农村能买到坛坛罐罐。运气好的时候，兴许还能碰见一两件明青花。

这天傍晚，祖孙两个算是有收获，兴冲冲地骑着车子往回赶路。太阳落山的时候，俩人饿了，恰巧路边有一个小饭店。两个人把车子停到饭店门前，把收罗的旧货提着进了饭店。

饭店里灯光昏暗，两个人找了个座位坐下点了两个菜，这才看清，里边桌坐着三个人正在那里吃喝。

其中一个人小尤看着眼熟，想了一阵，没想起是谁，直到看见他前额挺突出，这才想起，他叫“奔娄头”，曾经在“翟家帮”混过几天，后来听说去了关内，跟几个大贼在一起，怎么今个落到这穷乡僻壤来吃饭？

按着小尤的本意，他不愿意再搭理他们，自己现在过着舒心日子，何必再去招惹是非？可是想到赫雷和陶进吩咐，又觉得使命在身，他犹豫片刻，想了想怎样开头交谈，怎样伪装自己的身份，便朝那边桌举了举酒杯。

“奔娄头”也是“绺行”的高手，跟“翟家帮”混在一起的时候，总觉得干得不过瘾，翟刚和翟铁在本市早就成了名牌货，往那一站，只要有反扒刑警在，就得盯着他。一旦有了大案，不管是不是他们干的，也得当嫌疑对象。这是何苦？想到这些，“奔娄头”决心到外地去开辟自己的天地。

他到了关内，在沧州的集市上开始干活，他发现这里的人都特别傻，傻到把钱装到皮包里，好像不知道世界上有贼似的，大半截露在外面，任你偷走了都不察觉。这一天他干得挺顺手，可不料，在开往济南的火车上干活的时候，他却被人发现，丢钱的旅客扯着他不放，乘警也从另节车厢赶了过来，说来也巧，刚好黄德利带着一伙人也在这趟车上。黄德利见他身高体壮，手脚也麻利，便让几个同伙扯开了丢钱的旅客，又缠住了乘警，他得以跳下火车逃跑。从此，“奔娄头”对黄德利感激不尽，跟定了黄德利，成了他的贴身保镖和打手，专在关内几个人口密集的城市保护着黄德利“干活”，常常赚得钵满盆满。

多强的贼也怕“严打”。这不，全国范围的“严打”刚刚开始没多少日子，黄德利身边有好几个惯犯都“掉了脚”。不少贼吓得屁滚尿流，东躲西藏。

多少人都“掉了脚”，唯有黄德利不肯认输。“沧海横流，方显老黄本事”，这是他常常挂在嘴边上的一句话。

这也正好说明，黄德利是个有野心的人，当然，他的野心倒不是进入仕途，加官晋爵，而是一心要在江湖上扬名立万。

要是谁真的能在“绺行”里立个头名大万儿，那就得说是贼中之王，给贼当王也是王。据说，在中国江湖最近几百年里，也没听说谁够得上“贼中之王”这个称号。

想要当贼王，就得有人维护，为拉拢人心，黄德利就让“奔娄头”到东北来，给几个被捕哥们儿的家属送生活费。

被捕以后还有人来送生活费，这可是新鲜事儿，谁不赞扬黄大哥为人仗义？这不，为了感谢黄大哥，哥几个正在这家小饭店招待“奔娄头”。在这么小的饭店招待来送钱的人，显得有些寒酸，可因为这是附近唯一的饭店，“奔娄头”也只得将就。谁想到，在这穷乡僻壤还能见到熟人。

小尤见“奔娄头”跟他点了下头，就跟爷爷说了声：“你先吃着，我遇见个熟人儿。”说着，端着酒杯走到“奔娄头”桌前。

“奔娄头”给他拉来一个凳子，举起酒杯，俩人碰了下，便把杯中的酒喝干，又向那两个喝酒的人介绍：“这是哈尔滨的朋友。”

小尤坐下和那两个人点了点头，吃了一口菜，便问道：“听说混得不错，把哥们儿都忘了。”

“奔娄头”连连摇头：“什么不错，成天价提心吊胆的。”

小尤明白了，这说明他还在干老本行，便问：“是不是来找个‘暖窑’（安全地方）？”

“奔娄头”摇头：“来替朋友办件事儿，还得走。”

这时，一个吃饭的人道：“那就让这位朋友帮你找找呗。”

“奔娄头”点头道：“我欠一个朋友的钱，他在南边‘掉脚’了，我想把钱还了，给他妈，做人得讲信义不是？”

小尤点头：“那是。没有信义，谁还跟你玩儿？”

“奔娄头”道：“我光知道他住在北仓胡同17号，不知道这个胡同在哪儿，问他两个也不知道。”

小尤想起来，“奔娄头”不是哈尔滨人，是从外地流窜过来的，这里离哈尔滨百多公里，那两个当地户也许能知道一些主要街道，可让他们找这条小胡同，那可就有点难处。

小尤点头：“我知道，这么着，我跟我爷爷下乡去收破烂，正要回去，我搁车子带着你，帮你找。”

“奔娄头”摇头：“不用，我坐长途汽车进城，兴许还能抠个‘死倒’（睡熟的乘客）什么的。明个一早在防洪纪念塔那见。”

小尤又倒了一杯酒，俩人端起碰了一下：“不见不散。”

自从爷爷知道小尤为刑警队做耳目，就对孙子的这种行为表示支持。特别是在见到赫雷之后，老赫的能力和魄力，都让老人深感敬仰。

他认为孙子的路走得也很对，打从他认识了那个叫陶进的刑警，尽管他有时候还会和那些人在一起，实际上，他已经不再干掏兜的勾当，而今跟着去淘些古董和旧货，也就是要练他的眼力，能够认出真货假货，将来或许能成为一个古董商或是收藏家。

在骑车返回城里的路上，他让小尤告诉陶进，那个联系金佛的古董商挂了多次电话，都无法找到歌舞团那个叫魏蓉蓉的人，还有消息说，九宝金佛已经找到买家了。

第二天上午，小尤通过电话，把陶进约到了最早跟赫雷一块见面的那家招待所，向他原原本本地说了见到“奔娄头”的事情。

说起“奔娄头”，陶进还有些印象，大个子，脑袋长得奔娄儿瓦块的，好像还有点兜齿儿。

这就奇了怪了。

“严打”期间，所有带腥味儿的人，都躲得远远的，没谁敢再露面。而一个在关内流窜多年的贼，不但敢溜回来，还要讲信用，要还什么债，这事儿听着就有点新鲜。

北仓胡同不在本区管辖，到底是什么人被捕了，跟“奔娄头”有什么交情，这是马上需要弄清楚的事情。陶进一面安排赵强去查北仓胡同，一面找赫雷报告，他隐约觉得这桩事情不那么简单。

因为小尤跟“奔娄头”约定在防洪纪念塔见面的时间是下午四点，陶进约小尤下午两点再见一面。

中午时分，去查北仓胡同的赵强回来了。据当地派出所掌握，北仓胡同17号，住了三户人家，其中一家姓陆，这家一个二十七岁的男青年去年刚结婚，一向行为不端，曾经因为掏兜被抓过几次，还被教养三年，这一年多一直不在家，去向不明。

赫雷听完陶进和赵强的汇报，两点钟也来到了招待所。

不知道为什么，小尤一见到赫雷就有点拘束，他先把爷爷告诉他九宝金佛可能找到买主的事情说了。

赫雷听了只是点头，让他先说“奔娄头”的事情。

小尤刚说到在乡下小饭店吃饭见到“奔娄头”，赫雷就告诉陶进，立刻派两个人到这个外县小饭店跟前的村屯去调查，尽快查清楚，请“奔娄头”吃饭的人到底是谁。

此刻，在赫雷的心里已经画好了一张图，按照“奔娄头”的路线，可以在防洪纪念塔抓，但那一定会把小尤暴露出去，最好的办法是嫁祸到请他吃饭的乡下人身上，那样，也许会得到意外的效果。

再一个办法，就是在他到北仓胡同还完债，再抓捕，这样也可以嫁祸到姓陆的人家。

下午四点，小尤骑着自行车准时来到防洪纪念塔前。

足足等了十多分钟，“奔娄头”才露面。小尤骑着车子载着他朝北仓胡同蹬去。

其实，“奔娄头”比小尤还早二十分钟就来到了防洪纪念塔，他一直躲在一片树丛后面，观察周围的动静。小尤到了之后，他依然在观察，直到最后判定周围确实没有警察埋伏，他才走了过来。

一边蹬着自行车，小尤问：“哈尔滨地皮太紧，我也想躲一躲，可不知道上哪去。”

“奔娄头”毫不犹豫地告诉他：“进关，去找黄大哥。”

小尤问：“关里那么大，上哪去找黄大哥？”

“奔娄头”拍着他的后背道：“从山海关到北京，再到济南，干‘绺行’的，没人不知道黄大哥。”

自行车东拐西拐，穿过了几条马路，终于来到了北仓胡同口，小尤停住自行车：“17 号，就在里边，你自己找去吧，我回去了。”

“奔娄头”下了车一把拉住他：“你别走，等我马上就出来，你不想找黄大哥吗？就冲你帮我这回忙，我告诉你怎么找。”

小尤点头：“你去吧，我等着你。”

“奔娄头”转过身去，迈着八字脚径直朝 17 号院走去。

北仓胡同口有一家杂货铺，里面卖冷饮和面包、饼干。小尤推着车子来到门前，停好车子，走进去买了一包饼干，就坐在杂货铺的门前台阶上边吃饼干边等着他。

胡同里偶尔有人进出，只是不见“奔娄头”的影子。足足半个钟头过去了，这让小尤产生了担心，他从旁门溜走了，还是被抓了？

直到把一包饼干吃光，才看见“奔娄头”大摇大摆地走了过来。

小尤把自行车推到胡同口，埋怨道：“干啥去了这么长时间？不就是送钱吗？撂下就走不就得了。”

“奔娄头”坐上了自行车后座说道：“上火车站。”

小尤耸了耸鼻子：“你擦香水啦？身上这么大味儿。”

“奔娄头”喜滋滋地说道：“你的鼻子还真灵。实不相瞒，我进了他家一瞧，就他媳妇在家，我就说，想要钱，得让我干一下。”

小尤问：“干啦？”

“奔娄头”：“我是霸王硬上弓，她是半推半就，就上了炕。妈的！这个骚货瘾头真大，我要下来她都不让，最后把我累得实在不行了，就跑出来了。”

小尤鄙夷道：“干朋友的媳妇，还说讲信用，狗屁！”

“奔娄头”还嘴硬：“可我把钱也真给她了。”

小尤道：“算你仗义，我反正没媳妇，不怕你们背后祸祸我。你说，上哪儿去找黄大哥？”

“奔娄头”拍了拍他的后背：“把我送到火车站，再告诉你。”

小尤一个刹闸，自行车停到了路边，他气冲冲地说道：“坐车去吧，我不侍候你了。”

车子一歪，“奔娄头”两脚站到了地上，不解地：“怎么啦？”

小尤道：“我才不去找什么姓黄的呢，没一个好揍的！”

说完，他跨上自行车就要蹬走。

“奔娄头”一把抓住了后座：“告诉我怎么去火车站？”

小尤指着不远处一个停车站：“上那儿坐车，坐三站。”说完蹬着车子匆匆走了。

“奔娄头”看了看左右，朝那个停车站走了过去。

小尤之所以急于要甩开他，是他打心里对这个家伙产生了厌恶，更主要的原因是他看见陶进身着便装，骑着摩托车从身边疾驶而过，并且停到了很远处的路边。

小尤急忙骑着车子赶了过去。

到了摩托车跟前，陶进问：“他和你在车上说了些什么？”

小尤没有马上回答他的问话就急着问：“他自己走了，要是他不去火车站，怎么办？”

陶进道：“你放心，从打防洪纪念塔那儿就有人跟着他，就是不知道你们俩在车子上说了些什么。”

小尤呸了一声：“这个王八蛋，真不是人揍的！进去半个多钟头，出来我闻着他身上有香粉味，就问他，是不是擦了粉。他说，他把人家媳妇给干了，还说人家是骚货。”

陶进点头：“我听说过他，说这个家伙是雁过拔毛。”

小尤道：“我还说，哈尔滨地皮挺紧的，也想到外面躲一躲。他让我到关里去找黄大哥。”

陶进疑惑地重复着：“黄大哥？”这是他第一次听到这个名字。

小尤道：“他说从山海关到北京，到济南一提黄大哥，‘绺行’没人不知道。”

陶进点头："你回家吧，我去火车站，你有事儿给我打电话。"说完又开动摩托车向前奔去。

"奔娄头"从公共汽车上下来一看，眼前果然就是火车站，他买了一张站台票，又看了看火车时刻表，发现他要坐的那趟车得两个多小时后才发车，他觉得肚子有点饿，就到站前饭店去吃饭。

他在饭店磨蹭一阵子，离开车还有半小时左右，他走出饭店向候车室走去。

他刚走进候车室门口，不由得一愣，原来他看见昨天在农村那两个请他吃饭的家属站在门边。他不由得停住脚步，诧异地问道："你们怎么来了？"

一人吞吞吐吐地说道："你……不是要走吗？我俩……我俩来送送你。"

另一个人也说道："是……是送送你。"

"奔娄头"也是个很警觉的人，从他们忐忑的神情中，他似乎看到了什么不祥之兆。他不回话，急忙转身要走。还未等他转过身来，一只大手猛地抓住了他的一只手腕，接着手铐就锁住了他的双手，又一个人问道："送钱的就是他吗？"

两个农民连连点头："就是，就是他！"

"奔娄头"不甘就缚，想要挣扎一下，却觉得两个手腕从背后铐得很紧，他稍一动弹，就疼痛难忍，只好作罢。

大卢在他身后抖了抖手铐，警告道："别自找苦吃。"

赵强抓着"奔娄头"的胳膊，对那两个农民说道："谢谢你们积极协助政府，你们都回家吧。"

两个农民连连点头匆匆走了。

"奔娄头"朝那俩人吼道："我日你们八辈祖宗！"

直到把"奔娄头"押进预审室，他一直叨叨咕咕地骂那两个家属，这个移花接木，让"奔娄头"深信不疑，就是那两个人出卖了他。

"严打"期间被抓，"奔娄头"深知个中厉害，也许此次真的在劫难逃，他的心一直咚咚猛跳，他甚至在押解路上想要跳下摩托车，宁肯摔成重伤，也可以弄到医院去，兴许还有逃跑的机会。

可是，他被塞进了车斗里，身子蜷缩成一团，大卢差不多二百斤的分量，又开两腿实实在在地坐到他的肩头上，让他实在无计可施。

审讯室里是个巍巍然的架势。

陶进坐在主审的位置，赵强的面前摆了一厚沓笔录纸。

“奔娄头”被大卢推了进来，反扣双手坐在一把椅子上，刚一坐下他就喊疼，让把手铐松一松。

陶进向大卢示意。

大卢把他的一只手铐解开，又铐到了凳子上。

看到几个刑警这样谨慎地对待他，“奔娄头”心里越发发毛。他多次被抓过，每次他都侥幸逃脱或是被从轻发落。从没有像今天这样，进了审讯室连铐子也不摘。他心中不住地叨念老天保佑，老天保佑……

这是一个很奇怪的现象，好像所有的贼都非常迷信，在他们看来，只要祈祷上苍，真的就能化险为夷，连像严玉森那样的高手也不例外。如果真是这样，那上苍、神、佛岂不都成了窃贼的同案犯？

陶进看出了“奔娄头”心里的慌乱，便用手指敲了敲桌子道：“先回答我两件事儿：第一，你从哪里回来的；第二，谁让你回来的。”

“奔娄头”本想胡编一通，可忽然想起，他是那两个农民举报抓进来的，他们一定会把他说的一切都原原本本地揭发出来。但是他还是可以在其中打一些小埋伏，他略做思索说道：“我从济南来，是一个姓黄的个体户说欠这两家钱让我替他来还账。”

陶进问道：“姓黄的就欠这两家的钱吗？”

“奔娄头”用肯定的语气说：“就这两家，要是再有别人你们就判我的刑。使劲判，越长越好。”

陶进冷笑一声：“判刑？你想得倒是美，你看了前几天的‘严打’布告了吗？在公园抢劫的枪毙了，连奸污妇女的高干子弟也枪毙了，你信吗？”

“奔娄头”摇头，他光听说过“严打”，没看到什么布告。

陶进告诉大卢，去给他取一份布告来。

大卢走了出去，转眼就拿了一叠布告走了回来，那是专为单位宣传用的缩印版，他把那叠布告塞到“奔娄头”手里。

“奔娄头”拿在手里看了看，心中暗暗吃惊，怎么一下子毙了这么多？他逐页看着，渐渐地，头上冒出了冷汗。

开头十几个都是杀人放火有命案在身的人，到了三十几名以后，就是抢劫和“压疙瘩”的罪犯，他不曾想到，连这样的人也都枪毙了，怪不得说他想判长期徒刑是想得美呢。

“奔娄头”拿布告的手不住地发抖。

陶进轻声问道：“你比那些人怎么样？”

布告从手中掉落到地上，“奔娄头”已是大汗满头。

大卢指着地上布告问道：“你是想死想活？”

“奔娄头”脑袋嗡嗡作响，他没听见大卢说什么。

陶进用力拍了下桌子：“想什么呢？说话！”

脑子里嗡嗡的，能够什么都不想，耳朵里什么也听不见，是一种解脱，可惜，一声震响又把他敲回到现实之中，他机械地张了张嘴问道：“让我说？说什么？”

陶进知道，“奔娄头”感到极度恐惧，因为感觉到死亡的可能，他已经彻底蒙了，现在必须把他拉回来，让他感到尚有一线生机。他望着“奔娄头”说道：“我看出来了，你怕死，对吧？”

“奔娄头”机械地点了点头：“谁不怕？”

陶进点头：“说得对，谁都怕死。可是万一有条活路，你愿不愿走？”

“奔娄头”回答：“谁不愿？”

陶进道：“好，那我就告诉你，你说的姓黄的，我们早就知道。我也实话告诉你，我们是光听见辘轳把子响不知道井在哪儿，你要是把他说清楚，兴许能有一条活路。”

“奔娄头”这才看见布告掉到了地上，他又低头看了几眼，便问道：“兴许是什么意思？”

陶进道：“兴许，就是你说的内容，到底有多大的作用，要是起的作用大，你活命的机会兴许就大。”

“奔娄头”：“我从前年就洗手不干了，我也听说过有个姓黄的，可我对他也不太了解。”

陶进：“你见过这个人吗？”

“奔娄头”：“就是一走一过，别人说那就是黄大哥，我瞄了一眼。”

陶进气愤地把桌子一拍：“妈的！你就瞄了一眼？‘奔娄头’！你骗我们的办法太简单了吧。”

坐在一边的大卢站了起来，气愤地走到“奔娄头”面前，伸手抓住他的前胸衣襟，把他提了起来，大声喝道：“你说不说真话？”

“奔娄头”装出委屈的样子：“我说的是真话呀！”

砰的一声，大卢挥手用力一拳，把“奔娄头”打得拖着凳子摔出老远。

他倒在地上连连叫喊：“警察打人！警察不准打人！”

大卢上前又把他拖起来，喝问道：“说不说真话？你小子真是个滚刀肉。你说警察不准打人，我也知道，警察不准打好人！打你，就是为民除害！你这浑蛋还想再挨几下子吗？”说着，当胸又给了他一拳。

“奔娄头”已经摔了一身灰土，他被反扣着双手拉回到凳子坐下，不停地喘着粗气，惶恐地望着陶进。

陶进不说话，他掏出一支烟点燃了慢慢吸着。

赵强和大卢也都一起望着。

屋中没有一点动静。

这是双方在做无声的心理较量。

“奔娄头”一直感到奇怪，那两个得了钱的“土路咔”（农民）怎么会再“掘”（举报）他？在被塞进摩托车的时候，他就想，他这趟回哈尔滨到底哪里出了纰漏？他忽然想到了吃饭的时候见过小尤，可又一转念，小尤也不可能，要是小尤“掘”他，那在防洪纪念塔那儿他就得“掉脚”不是吗？

可还有让他想不通的事情，凭着他和公安角力这么多年，他大致也知道一些公安常识。

要是那两个农民“掘”他，抓他的应当是郊区公安分局，可他怎么被抓到道里分局来了呢？

“奔娄头”心里非常清楚，在这些问号都没打开的时候，他只能装傻充愣。

经过短暂的较量，陶进已经认定，他是一个久经沙场的惯犯。政策教育、皮肉之苦，对他这样的人不起半点作用。但是，通过这一阵交锋，他已经看到他的弱点——怕死。

平时，一个人距离死亡很远的时候，都能拍着胸脯说不怕死！可真的来到死亡跟前的时候，半斤八两也就分得清清楚楚了。

一个专干损人利己勾当的贼，一切都是为了个人享受，焉能不怕死亡？关键是，如何让他真的感到死亡就在面前，到那个时候，为了自己活命，他会抛弃一切江湖信条，更不会顾及任何哥们儿义气。

陶进掐灭了烟蒂，用徐缓的口气说道：“你当初跟‘翟家帮’混在一起，是道里刑警队挂了号的人物。从你这回一下火车，我们就发现了你，本该那个时候就抓你，可有人说，你这趟回哈尔滨一定有重要事情，我们就想看一看，你到底回来干什么。”

“奔娄头”聚精会神地听着，生怕漏掉一个字。

陶进继续说道：“你干的事情果然不小，你不光是下农村，还在市里活动，至于你都干了些什么，你自己知道，可我们也知道。”

“奔娄头”又紧张起来，让他担心的是“市里活动”这句话。

陶进道：“现在是‘严打’期间，处理你这样的就像碾死个臭虫。大卢，把他押起来。赵强，准备材料把他报捕。”

大卢站起来，解开铐在凳子上的手铐。

陶进和赵强也站了起来。

眼看审讯就结束了。

站起来的“奔娄头”忽然又坐下来：“我坦白，我彻底坦白跟黄大哥的关系。”

陶进又坐了下来：“说吧。”

“奔娄头”道：“黄大哥是济南一个个体老板，开宾馆饭店，我在那住宿，他听说我是哈尔滨人，就说他当初欠几个人的钱，让我回来帮他还了。”

陶进问：“怎么欠的，欠什么钱？”

“奔娄头”道：“是他刚开买卖的时候本钱不够，借的。”

赵强在记录。

陶进把手一挥：“你要坦白的就是这些吗？”

“奔娄头”道：“就是这些，千真万确，要是撒谎，你们就枪毙我。”

陶进看赵强把记录写完，就招呼“奔娄头”：“来，看一下笔录签个字。”

“奔娄头”凑到桌前：“我不认字，按个手印吧。”

陶进点头。

赵强打开桌角的印台盒，大卢把他的手铐解开，“奔娄头”揉了揉被煞出一道深沟的手腕，把手指在印台盒里蘸了蘸，在笔录上按了个手印。

“奔娄头”被带了出去。

赫雷走了进来。为了不打扰陶进的审讯，他在外面等了好一阵子。

陶进向赫雷汇报，“奔娄头”是个难啃的骨头。

赫雷道：“我跟小尤和他爷爷谈过了，‘奔娄头’是个大贼，他的身后有巨大的秘密，必须撬开他的嘴。”

陶进摇头：“这个小子经验太多了，这些阵势他都见过。”

赫雷想了想：“把北仓胡同的那个女人找来，就用她，打垮他。”

陶进点头：“我带赵强去，把她拉来。”

赫雷点点头。

到了晚上九点多钟，“奔娄头”再一次被带进了审讯室。

因为他已经被押进拘留所监号中，腰带和鞋带都被扣押，他是提着裤子趿拉着鞋进来的，整个一丧家犬的模样。

审讯的人还是陶进、赵强和大卢。

刑警们晚上不休息，继续提审他，说明案情重要，这样简单的道理“奔娄头”自然清楚，但他下定决心，不再多吐半个字，看你们能奈我何？

他坐到椅子上，左顾右盼，显得神态很轻松。

陶进开始问话：“在哈尔滨市里，你还去过哪儿？”

“奔娄头”想了想，有些事情是绝对不能承认的，便答道：“没有。”

陶进很少遇到这样狡猾的罪犯，他不由得怒火中烧，便大声问道："要是有人证明你去过呢？"

"奔娄头"咬了咬牙道："枪毙我！"

陶进又问："你难道真以为我们没有证据吗？"

"奔娄头"："有，就不用问，拉出去毙了就得了。"

陶进压着心头怒火问道："你想好了吗？"

"奔娄头"冷静地点头："嗯哪。"

陶进突然大声喝道："你狡猾抵赖，想找死吗？"

"奔娄头"依然坚挺："我说实话，你们不信，我也没有办法。"

陶进又大声喊道："把她带进来！"

审讯室的门打开，一个二十多岁的年轻女人神情惶恐地走了进来。

陶进指着"奔娄头"："是他吗？"

那女人一见"奔娄头"，即刻大喊着，发疯似的扑了上去，连抓带挠，连连喊着："你个坏蛋，强奸犯！"

大卢急忙上前把她拉开。

那女人连哭带喊："政府做主哇，强奸犯！要枪毙他，替我出气呀！"

大卢把那女人推了出去。

接着，赫雷走了进来。

"奔娄头"见到那女人一下子就惊呆了，连抓带挠他都没有反抗，甚至连赫雷走进来，他也没有看见。

赫雷轻咳一声。"奔娄头"又是一愣，定睛一看，不由得一阵发毛，怎么这个谁要倒霉才能遇见的赫雷，坐到了审讯的位置？

赫雷问道："听见了吗？那女人告你强奸！"

"奔娄头"急忙申辩："我啥事也没干，她是诬告。"

赫雷："你撒谎要分对谁，我们在她家的床单上发现了你的精斑，这你还能抵赖吗？"

"奔娄头"忘了这个罪证，听到赫雷已经点了出来，知道这是无法抗拒的，便喃喃地说道:“是她愿意的。”

赫雷:“可她告的是你威胁她，犯的就是强奸罪。”

“奔娄头”深知这个罪名担待不起，急忙分辩道:“我也没刀没枪，怎么能犯强奸罪?”

赫雷点头:“你是没刀没枪，可你是用语言威胁，不同意就不给钱，就要整死她!”

“奔娄头”连连摆手:“前边的话我说了，她一听，就脱裤子了，后边的话我确实没说，没说，真的没说。”

赫雷道:“她是这样检举的，是人证，加上床上有你的精斑，是物证。如果我们就这样信了，你的强奸罪，是不是就可以定性了?”

陶进插嘴道:“你看布告了吧，好几个高干子弟强奸妇女，都枪毙了，何况是你?”

这次审讯，成功地把死亡的恐惧切切实实地推到了“奔娄头”的面前。

“奔娄头”从椅上一刺溜就顺势跪到了地上，连声哀求道:“赫队，赫队长，你是青天大老爷，你一定能分清楚，她是和我通奸，我绝不是……”说着，他呜呜地哭了起来。

赫雷不耐烦地把手一挥道:“我没那么多工夫，为你去分辨通奸还是强奸，这‘严打’时期，我还想带着手下，去找能立功的案件呢。”

陶进道:“赫队，你忙你的，我们就按强奸罪把他办了得了。”

赫雷站了起来。

“奔娄头”还是跪地不起，连连叩头，喊声越来越响:“赫队长，你要是能分辨清楚我是通奸，就是搞个‘破鞋’，我让你和陶同志都立功，立大功!”

赫雷冷冷一笑:“吹牛啊，你能知道什么?”

陶进道:“瞧你个小样儿，还让我们立大功?谁听你瞎忽悠?”

“奔娄头”挺直身子道:“我告诉你们，哈尔滨有一百多人都到关里去了，他们自己称呼叫‘南下支队’。”

赫雷心里咯噔一下，一百多人?“南下支队”?这是多大的鱼?得用多大的网才能捞上来?接着，他又告诫自己，别急，小心拽上个空网来。

陶进也望了赫雷一眼，他是在问，这是真的吗？

赫雷问道："你也算一个吗？"

"奔娄头"道："我也算是，我们都跟着黄德利大哥，他号称是全国掏窃一把高手。"

赫雷向大卢示意。

大卢把"奔娄头"搀扶起来，还给他拍了拍身上的土。

赫雷告诉大卢："给他倒杯水喝。"

大卢端过一杯水，递给"奔娄头"。

"奔娄头"一口把水喝个干净。

陶进甩给他一支烟，大卢拿过打火机给他点燃。

显然，他得到了审讯中的高等待遇。

"奔娄头"深吸了一大口烟，缓缓地说："我要是把这个底儿全都抄了，能给我个机会吗？"

赫雷点头："我看行。"

"奔娄头"明白，自古以来，通奸和强奸的官司是最难打的，女人为了自己的面子，常常把和男人通奸说成是被强奸。

女人一旦告你强奸，你就浑身是嘴也说不清。现在就面临这样一个关口，精斑留在床上，那叫证据确凿，自己底儿潮得很，再加上一个强奸罪名，在这"严打"的时候，说挨个枪子儿，也不是难事儿。为了自个能够活命，也只有这一招，不得不把黄大哥扔出去。他心里暗暗叨念：黄大哥，兄弟为了活命，可就对不起了。他又吸了一口烟："那——你们记吧。"

赵强拿起笔。

"奔娄头"道："在离济南不远的一个小火车站的广场对面，有一家三层楼的饭店，一楼是餐厅，二楼、三楼都是客房。那儿就是黄德利的大本营。"

赵强全神贯注地记录着。

"奔娄头"接着说道："二楼、三楼都有假墙和假门，黄德利就住在三楼。哈尔滨的几个大手都去过。"

陶进问："见过翟刚吗？"他一直惦记这个头号任务。

"奔娄头"点头："见过，住过二楼。我俩还跟几个弟兄说过，不论谁，在什么地方'掉脚'了，南下的事情绝不能说，说了就是天大的娄子，那可是万万不得了的事情！"

赫雷问道："你跟黄瘸子关系怎么样？"

"奔娄头"道："我跟虎蛋算是他的跟班，也就是保镖。"

"虎蛋是谁？"

"也是哈尔滨人，他不会偷，长得五大三粗，缺点心眼，就是死心塌地跟着黄瘸子。"

赫雷把大卢招呼到跟前，悄声说了几句什么。大卢匆匆走了出去。

"奔娄头"接下来就开始点名，说出了哈尔滨去关内行窃的人名和外号，一口气说了六十多个。

到了十点多钟，庄农和唐巨成一起来到了审讯室。

他俩先后传递看着审讯笔录，直到把笔录全都看完，才接下来听"奔娄头"的供述。

半夜十二点，"奔娄头"的供述告一段落，他被带回监号。根据赫雷的意见，他被单独关押。

唐巨成、庄农跟赫雷、陶进等几个人，对这个突然发现的重大情况做了一番研究。

首先得确定"奔娄头"供述情况的真实性。

陶进认为，"奔娄头"的供述是可信的，他为了活命，不打强奸官司，就把这一宝押在揭发这件事情上了。

庄农有所顾虑，这么多的贼南下，我们怎么没听到一点风声？

唐巨成也赞同这个观点。

赫雷认为，他已经说了六十多人的名字和外号，明天查一查谁在家，突审一两个，反证一下"奔娄头"的供词。

突审和确认的任务交给了陶进。

二十六

夫妻、父子

分别三十多年还能见到蒙爱玉，让严玉森感到既高兴又心酸。

高兴的是自己在晚年，终于有了一个可以落脚歇息的巢穴，心酸的是，要是没有当初的分手，他何至于沦落到今天这般田地？

旧情重燃，蒙爱玉把全部的余热，都投进了严玉森的怀抱，而严玉森也投桃报李倾其所爱，让这个孤身多年的女人也获得了极大的满足。

她给严玉森洗换了全套的衣服，彻底地消灭了盘踞在他身上数十年之久的虱子和污垢。得知他心脏有毛病，她带他去找最好的心内科医生，每天监督他按时吃药。

这才几天，严玉森就明显发胖了。

但是，严玉森未必就能适应这样的生活。

这几十年，尽管他从未离开过城市，甚至有时身处闹市，为了躲避法律和正义的打击，他用假身份和欺骗手法，躲避着所有的人，他觉得自己就是一只孤独前行的狼，一直在荒野中匆匆奔走。

而今，他被拖进了一个温暖而又舒适的家中，因为一时无法适应这样的恬静和安详，反让他不时产生阵阵惶恐。

是狼，就应当藏身于草丛里，岩缝中，而不是去面对医生的检查和讯问，更不能走进闹哄哄的菜市场，为几分几厘钱讨价还价。

蒙爱玉发现严玉森不愿外出，他把自个整天锁在屋里看书，看报纸，不愿离开一步，甚至连院子他都不愿去。她也不勉强，反正这点家务她已经做得很习惯了。

比如，十天半个月就要卖一些家里攒下的废品。

儿子订了不少报纸和杂志，大多有关美术和文物，他看完随手一扔，她问他还要不要，他就是俩字：扔掉。

打从段大哥去世，这十多年，她的废品总是卖到一个地方，那地方离家挺远，在万家屯。

从很早的时候，段、蒙、严、孟四家就有约定，这四家的男人，可以娶外姓女人，而这四家的女人不准嫁给外姓人。

这样的规矩当然与南方部族风俗有关，更重要的是严防这四家秘密外泄。可也有例外，像段家小姐就嫁给胡举人的儿子胡旅长做偏房，之所以被原谅，因为她此举为的就是看守九宝金佛。

其实，当年南诏国的少数民族地区还有更为奇特的风俗，比如说，一个村的男人大都战死，活着的男人，就要用陪睡的方式去伺候所有成年的女人。反过来说，要是男多女少，女人就得挨个伺候成年的男人。

废品站的老孟头早年丧妻，一直未娶。按理说，在蒙爱玉守寡的时候，应当把老孟头接回家来，但是，两个人都知道，无法跨过欧阳化雨这一关。

欧阳化雨讲排场爱虚荣，绝不会让这样一个身份低微的人进得家来，再做他的继父。

但是，一鳏一寡，日久难免生情，蒙爱玉只能借着送废品的机会与老孟头陈仓暗度，聊慰性的饥渴。

如今，严玉森来了，蒙爱玉且喜且忧。喜的是严玉森可以在她家里名正言顺地生活，因为他是欧阳化雨的亲生父亲，欧阳化雨就算是再挑剔，再不情愿，也不能把生身父亲赶出门去；忧的是，没有严玉森的同意，她不能再去伺候那个一直吃着西餐，颇具绅士风度的孟玉成。

但是，蒙爱玉也不是没有担心，现在，儿子没在家，他俩过了几天舒坦日子，儿子一旦回来，爷俩相见，会是什么样子，她心里一直打鼓。但她一再向严玉森保证，儿子一定会很高兴。

其实，严玉森对这一切都做了两手打算。他是为了夺取金佛才闯入这家的，不想遇到了蒙爱玉，让他脱身不得。他之所以同意住下，其实就是为了等候欧阳化雨，他要劝欧阳化雨彻底打消出卖金佛的打算。

他还想告诉欧阳化雨，真的金佛不能卖，连那个假的也不能卖，因为那是他拼着性命从即将回国的日本人手中夺回来的。

这些话，他都说给了蒙爱玉，蒙爱玉说，她一丁点都不知道儿子要卖金佛的事情，等儿子回来，一起劝劝他。儿子很孝顺，也特别听话，她的话，他一定会听的。

当然，还有另一个不能告人的原因，就是全国都在开展“严打”，虽然说严玉森在公安机关没有太多的案底，这个时候，要能有这样一个安全的藏身之地，也不能不说是一大幸运。

趁着蒙爱玉下厨房或是出去买菜的机会，严玉森几次仔细检查了屋中每一个角落，以图找到藏在家里的金佛。可是，任凭他调动多少经验和智慧，都没能找到。最后，他只能责怪自己，对这种俄式铁路员工住房的结构太不熟悉。

晚上，蒙爱玉卖了废品回来，下厨房炒了两个菜，又开了两瓶啤酒，两个人边喝边谈论着。蒙爱玉说起街上把流氓、“破鞋”都挂着牌子游街，还听说枪毙了不少人。

严玉森从报纸上已经看到了这些消息，一直盘算着这场风暴能刮多久，以他之见，至少得到年底，当然，他希望能够在这个家住到那个时候。

吃完饭两个人又看了一阵电视。到了快十点钟的时候，蒙爱玉准备铺床睡觉，可就在这时候，严玉森听到一阵开门声，他立即警觉地从简易沙发上站了起来，心一下子提到了嗓子眼。

蒙爱玉一听，忙道:“是儿子回来了。”说着就放下手里的被子，急忙迎了出去。

进来的正是欧阳化雨，他拎着一个行李箱，斜挎着一个双肩包，可能是长途颠簸，显得有些疲惫。

蒙爱玉忙上前接过双肩包。

欧阳化雨走进客厅才看见在母亲卧室门口站着一个陌生的老人，他一下子竟然愣住了。

欧阳化雨和魏蓉蓉一起到了广州，买家林老板又派人把他们俩送到了惠州。到了晚上，让他们乘坐一艘渔船，偷渡到了香港。一路上大吃海鲜、土特产，到了香港，两个人被安排住进了豪华的五星级酒店，算是极尽享受。

第二天，林老板派车把俩人接到他的珠宝公司参观。在生产车间，他们看到了用外国机器，不停地轧出各种花色的金戒指和珠宝项链。俩人眼界大开。

按照公司规定，凡是能够进入制造车间参观的客人都是贵客，每人可以获赠一条珠宝项链或是一只金戒指。

当然，两个人各执其一，皆大欢喜。

接着二人又被接到了澳门，住进了葡京大酒店，在楼下的赌场里，魏蓉蓉手气极好，赌什么赢什么，两个人赢得钵满盆满，欢天喜地。

尽兴之后，俩人又被从原路送回广州，这次，林老板为二人买了直飞北京的机票，并亲自到机场送行。

香港一行，欧阳化雨看到了林老板珠宝公司的实力，对他的购买能力不再怀疑，遂敲定，下周在北京林老板以投资建厂名义将足数美元存入银行，待欧阳化雨确认所有权后即行交货。

带着即将成交的喜悦，两个人坐火车返回哈尔滨，他本想带着魏蓉蓉来见母亲，但魏蓉蓉说，她长时间坐车形神疲惫，最好是休息一个晚上，明天早晨稍作修饰打扮再来。

欧阳化雨把魏蓉蓉送到没有了陶进的家，便打出租车回到家中。

蒙爱玉看见欧阳化雨发愣，忙说道："化雨，快来见见，这可不是外人，这是你的亲生父亲啊。"

欧阳化雨听到这个介绍更加愕然，他看了严玉森一眼。

严玉森只能朝他拘谨地点了下头。

他这时又注意地看了看欧阳化雨的脸庞，高宽的前额，有神的眼睛，高壮的身材，难怪，他最初见到他，就觉得他长得很像一个人，像谁，他一直没能想起来。

像谁？到底像谁？直到今天，他才明白，原来欧阳化雨长得最像自己。

严玉森的心里已经涌起一种怜爱的舐犊之情。这种情感，大概是人类，其实也不只是人类，也可能是一切动物都具有的所谓天性。

他希望儿子能够承认他，甚至上前拥抱他，他也会抚摸儿子，亲吻儿子，哪怕是把一切的爱都给他，以弥补这几十年来作为父亲的深深遗憾。

欧阳化雨以为听错母亲说的话，便反问道："妈，你说他是谁？"

蒙爱玉拉着他的手，激动地说道："孩子，这就是你的亲生父亲，你就是他的亲骨肉哇。"

欧阳化雨又斜睨了严玉森一眼，从嗓子眼里挤出了两个字："父亲？"

蒙爱玉连连点头，眼泪也忍不住流了下来："是啊，他就是你的亲生父亲，他找咱们娘俩找了几十年，吃了不少苦，说来也巧，总算是找着了。这不，一家人又团圆了。"

今晚，欧阳化雨的心情十分复杂，既有即将成交的兴奋，还有担心变故和意外的紧张，甚至也可以说，越是到成功的边缘，心里越是充满了恐惧。因为这个生意太大，充满太多风险。

让他万没想到的是，偏在这个时候，那个行为诡异的老人，却出现在他的家中。

他稍微冷静，就已经认了出来，这个身材高瘦的、满脸皱纹的老人，曾经在北京和他同住一个宾馆。

当时，魏蓉蓉凭着一个女人的敏感，曾经提醒过他，说这个住在对面房间的老人，像一个鬼魂，走路轻飘飘的，经常尾随在他们身后。

可不知为什么，这个像鬼魂一样的老家伙，竟然坐到了自己家里，母亲还称，他就是自己的生身父亲，这也太吓人了！

这不就是活见鬼了吗？

欧阳化雨拍了拍母亲的肩头，制止她的哭声，用充满疑问的眼光望着严玉森，语气生硬地问道："你到底是什么人，从哪儿冒出来的？"

严玉森原本以为他听到母亲的介绍，会恭恭敬敬地站到自己面前，叫一声爸爸。不料，他听到的，却是像在审讯室里听到那样的冷冰冰的喝问。

是什么人？从哪儿冒出来的？

这种话，对任何人都是一种侮辱。不要说他内心的狷傲，就是从年龄和辈分，严玉森都不能接受这样的质问，他也用同样冷冰冰的口气回了他一句："我从山沟里来，是讨饭进到这个家门的。”

如果说欧阳化雨的问话是一支投枪，严玉森的回答就是一记冷箭。

蒙爱玉被这俩人溅出火花的问答吓得有些发呆，她不知所措地望着两个人，一时竟说不出话来。

严玉森的回答带着凌人的傲气，让欧阳化雨一时心里发堵，他气鼓鼓地对母亲道：“妈，给他点钱，让他再回到山沟去。”他推开蒙爱玉，愤愤地说：“我不认他是我父亲！”说完扭身推门走进他的卧室。

像被一盆冷水从头浇到脚跟，严玉森忽然觉得身上一阵发冷。已经升腾起来的父爱和舐犊之情，已经被彻底浇灭。他的脸色变得像纸一样苍白，心区发出一阵尖锐的剧痛，他急忙一手捂着前胸坐到了沙发上。

蒙爱玉一看，吓了一跳，知道他要犯病，急忙跑过来，拿起桌上的药，倒出几粒，送到严玉森口中，又给他倒了一杯水，看着他把药服了下去。

足足过了五六分钟，严玉森头上冒出了一片冷汗，接着，又长长地出了一口气，脸色才逐渐地泛起了血色。蒙爱玉用手揉搓着他的前胸低声说道：“这孩子见你眼生，你别生气，别着急，等我去劝劝他，让他来给你赔个不是，再认你这个亲爸爸。”

严玉森不说话，只是点了点头。

蒙爱玉安抚下严玉森，便到欧阳化雨的卧房去跟他说悄悄话。

药力发作，疼痛消失，严玉森的全身肌肉也松弛下来，他很想去偷听他娘俩说话，可是，身体依然发虚，难以动弹。他知道，像那次在火车上一样，他又刚刚跨过了死亡的门槛。想不到，自己的身体竟然这样不顶用，一种英雄末路的感觉，让他从心底涌起一阵悲凉。

是这几粒药让他还活在这里，想想一生的争和斗，就这样撒手归西，还能得到什么？真是人死方知万事空！

蜷伏在这个温暖的窝里，不仅能躲过“严打”，至少还能多活上几年，看来这才是人间正理。有了这样颠覆性的想法，他希望把一切都抛在身外，管他什么金佛，什么真和假，只要能够活命，就已别无他求。

他不再想偷听什么，只管闭目养神。

在欧阳化雨的卧室里，娘俩的谈话也在紧张地进行。但是，他们说话声音极小，怕的就是他来偷听。

欧阳化雨先告诉妈妈："这个老家伙在北京就跟踪过他们。"

蒙爱玉解释说："那大概是他发现你像他，就想弄个究竟，这不，他就找到家里来了。"

欧阳化雨追问："他确实是我亲生父亲吗？"

蒙爱玉发誓赌咒，一点不错。

欧阳化雨想了想，就说："我认他也行，别让他管我的事情。你们俩该怎么过就怎么过，我也不管。"

蒙爱玉有点为难，她说："严玉森不让你卖金佛。"

欧阳化雨果断地说道："那不行，香港也去了，都跟人家说好了，下周在北京交货，我要是不交，人家不会答应，说不定还能要了我的命！"

蒙爱玉有些惊慌无措："那可怎么办？那可怎么办？"

欧阳化雨沉着地说道："你别管，我有办法。到时候，我带你一起走，把他自己扔在这儿。"

蒙爱玉问："那你认不认他？"

欧阳化雨胸有成竹："认，我还没吃饭，我请他喝酒。"

蒙爱玉不解："你想干什么？"

欧阳化雨不耐烦地："告诉你不要管嘛。"

蒙爱玉点头："好，好，我不管，你只要认他就行，来吧。"

欧阳化雨跟着母亲走出卧室。

来到严玉森面前，蒙爱玉关切地问："你身体怎么样？"

严玉森点头道："早就好了，没事儿了。"说着，他还举了举双臂显示他健康有力。

蒙爱玉道："事情有点太意外了，孩子不了解你的情况，也难怪他有想法，你也别怪他。我说了你这些年的辛苦，他就说……"她回身招呼欧阳化雨："还不快叫爸爸。"

欧阳化雨站到严玉森面前，恭敬地说："爸爸，都怪我不知道情况。这些年，你辛苦了。"

听到叫了声爸爸，严玉森感到心头震颤，他的眼圈也有点发红，怎么说也是自己的亲骨肉，他连连点头，和善地说道："你也辛苦了，坐车累了吧，早点歇着。"

欧阳化雨好像心情很兴奋，他对母亲道："妈，我在车上没吃饭，肚子还真有点饿了，你去掂对两个菜，我们爷俩喝一杯。"

蒙爱玉连忙答应："好啊，那敢情好，你们坐着，我去弄。家里有啤酒，菜也是现成的。"

蒙爱玉刚刚走出去，欧阳化雨也说道："我去帮她弄。"说完也走了出去。

体力的恢复，让严玉森的思路敏锐起来，他明显地感到，欧阳化雨并不愿意和他坐在一起，他不由得怀疑他的诚意。再回味他方才叫爸爸的情景，就觉得里面夹杂着某种虚假。

听到厨房里挪动碗碟的声音，他知道蒙爱玉在忙着热菜。他不知道欧阳化雨在干什么，便悄然站起身来，走到门边。

从这里向外看，看不到厨房，但能看到客厅里，欧阳化雨正从一个小柜里向外拿一瓶酒。

蒙爱玉连忙出来阻拦："你拿那瓶茅台酒干什么？那可是你爸留下的。"

欧阳化雨口气坚决："这个时候，什么都得豁出去！"

毕竟，这娘俩都不是江湖中人，也从未遇到这样急切的特殊情况，当然也就没有那么高的警惕性，他们在说这两句话的时候，忘记了压低声音，被严玉森听了个清清楚楚。

严玉森打了一个激灵，连茅台酒都能豁出去，他们想干什么？

想到方才欧阳化雨的虚伪，联想到豁出父亲留下的茅台酒的决心，严玉森觉得身上一阵发冷。显然，他已经掉进了这娘俩精心设计的无形的陷阱之中。也许，这娘俩早就下了决心，不管什么祖宗不祖宗，遗训不遗训，就是想拿着金佛去换取大把的金钱。

严玉森对此已经明确表示阻拦，成了他们的拦路虎，就为这，他们今晚一定会除掉他。

严玉森是何许人也？他是具有在江湖操盘能力的教头，岂能让这娘俩就把命给要了？再说了，抛弃祖先的遗训，把金佛换成美元和港币，那谁不会？严玉森不光有这个本事，当然更有这个资格，怎能眼睁睁地就叫他们拿走，自己闹个两手空空。

想到这里，他伸手摸了摸怀中的那个既可以救命又可以害命的小葫芦，他下定决心，今晚，不是鱼死就是网破！

稍顷，酒菜已经摆到餐桌上，蒙爱玉招呼严玉森入座。

严玉森坐到欧阳化雨对面。

蒙爱玉拿着一瓶还没启封的陶质瓶装茅台酒，摆放在桌中央。

欧阳化雨擦着瓶上的灰尘。

蒙爱玉俯身到严玉森的脸边悄声说道："这是存了十多年的一瓶酒，今个就是为了招待你，他才舍得打开的。"这种温情和亲昵让严玉森感到一阵心醉，但是，他的眼睛却一直紧盯着欧阳化雨的手，将心比心，他担心欧阳化雨在开启酒瓶的时候做什么手脚。

欧阳化雨点燃了一根火柴，烧掉酒瓶口上的封漆，把酒瓶打开，立刻满屋都飘散着浓郁的酒香。

欧阳化雨倒了三杯酒，把两杯酒分别摆到了严玉森和妈妈面前。他端起自己跟前一杯酒，面带笑意对严玉森说道："今个是咱们家真正的团圆，爸，我敬你一杯。"说着喝干了杯中酒。

严玉森看到欧阳化雨先把酒喝干，也端起酒杯，把酒喝干。

蒙爱玉端起酒杯闻了闻称赞道："这么香的酒我也喝一点。"说着，她喝了一小口。

欧阳化雨看来酒量不小，他接着又给自己和严玉森倒了一杯。

听到欧阳化雨叫了一声爸，严玉森的身上又有点发热，眼眶也有点湿润。可是，想到自己身在陷阱之中还动起了感情，又觉得简直就是迂腐透顶！他必须让自己的心肠硬起来，才能在眼前的巨大财宝争夺中占据上风，便在心中连连暗骂自己："老糊涂！真是个蠢货！"

蒙爱玉把一杯酒喝干，接着又给严玉森和儿子倒满了酒，三个人又端起杯，欧阳化雨说自己酒量不行，只喝了半杯。

严玉森又把酒喝干了。

几杯酒下肚，欧阳化雨对母亲下了逐客令："妈，你先去睡吧。我们爷俩再喝一会儿。"

蒙爱玉也说："我是喝急了点，有点头晕，你们爷俩好好唠一唠。"说着，便离开餐桌走进里屋。

现在大概已是半夜时分，随着蒙爱玉的离开，餐厅里一下子静了下来，静得听得见厨房墙上时钟的嘀嗒声。

半夜，也称子时。古人说，子时可"与天地合其德，与鬼神共吉凶"。在这座外观典雅的住宅里，想要"与天地合其德"已不可能，看来只能"与鬼神共吉凶"了。

餐桌上，两个男人的角力已经开始。

他们四目相望，都在冷峻地对视着对方，这眼光里既有威慑，也有轻蔑。

两个人显然都想震慑对方，当然谁也不肯示弱。

最终，还是欧阳化雨沉不住气，开口说话："你在北京跟踪过我们。"

严玉森点了点头："是的，还住在一个旅店里。"

欧阳化雨依然对视着他："你可能是我爸爸……"

严玉森打断他的话："不是可能，而是肯定，你就是我当年的模样。"

欧阳化雨点头："好，就算你是我爸爸，而我想你找我们几十年，恐怕真正想的不光是我们母子二人。"

严玉森摇头："几十年前的事情，我早就忘了，你妈妈说我找了你们几十年，那是骗你。要不是你偶然失误，也不会把我引到这个地方。"

欧阳化雨这才意识到，他丢失的皮钱夹，造成何等严重的后果，便问道："你想染指那件东西吗？"

严玉森语气坚定："当然！"

欧阳化雨突然提高了嗓音："你休想！你想要的东西已经被锁进博物馆的保险柜，这个金佛和你毫无关系！"

严玉森冷冷一笑："看到你这么幼稚，我不得不叫你一声孩子，你知道吗？那个金佛是我冒着生命危险，从将要归国的日本人手里夺回来的，我才有权决定怎么处理。"

欧阳化雨也冷冷一笑："你也别拿几百年前老祖宗的规矩来吓唬我们，我们这一代人不听那个，我们认的就是美元。别再编这些故事骗我们，它在谁的手里，谁就有权决定怎么处理它，懂吗？这就叫所有权，懂吗？"

严玉森立即反问："我要是不承认呢？"

欧阳化雨果断地说："你不承认又能算得了什么？我告诉你，我妈妈保管它足足四十来年，它早就属于我了，我劝你尽早放弃！"他的话依然强硬。

"那我要是不肯呢？"严玉森两眼直望着他。

欧阳化雨的两眼也直瞪着他，语气冷峻地问："那我就得问问你，你得想好了，你已经这把年纪了，在金佛和性命之间，你选择什么？"

"金佛！"严玉森毫不含糊地回答。

"好！"欧阳化雨忽然脸上绽出了笑意："这才像我的爸爸。"他又给严玉森和自己倒了一杯酒："来，再喝一杯。"

严玉森也端起酒杯，两个酒杯碰了一下，各自喝了下去。

接着，严玉森又拿过酒瓶，给两个杯里都倒了酒，问道："你为什么不问问，我在儿子和金佛之间，会选择什么？"

欧阳化雨端起杯又和他碰了一下，两个人又把酒喝干了。

欧阳化雨道："我不用问，在金佛和儿子之间，你也会选择金佛。因为你跟你的儿子并没有什么感情。"

严玉森又给两个人的杯里倒上了酒："好！明白人，这才是我的儿子。"说着，他掏出了小葫芦，打开盖，倒出几粒药来，放到口中，喝了口酒，把药吃下："你说得对，我的年纪是太大了，不得不靠吃药来维持。"他又抓过酒瓶，晃了晃："所剩无几了，来干了它。"他抓着酒瓶，为欧阳化雨倒满了酒。

接着，他又给自己的酒杯倒酒，刚好倒满，酒瓶已经空了。

严玉森把酒瓶放到桌上端起酒杯，摇晃着脑袋，含混不清地说道："我不行了，我看你都成双影了。”

听着严玉森说的舌头已经发硬，欧阳化雨心中暗暗高兴：“来，来他个一醉方休。”说着，把酒喝干了。

严玉森端着酒杯，只喝了一半，便把酒杯放到桌上，只见他脑袋一垂，身子便趴到了桌面上。

欧阳化雨稳稳地坐在那里，用一个胜利者的眼光冷冷地看着他。

从进家门见到他那一刻起，欧阳化雨就把严玉森看成一个乡巴佬，高估一点，也就是一个最近几年卖些农副产品，有了几个闲钱的乡巴佬，甚至可以到北京转一转，如此而已。今晚，在茅台酒面前，他控制不住自己，过量贪杯，最终醉成一摊烂泥。

足足过了几分钟，他听见严玉森发出轻轻的鼾声，便站了起来，用手推了推严玉森。

严玉森毫无反应，只是鼾声越来越响。

欧阳化雨断定严玉森已经烂醉难醒，冷笑一声道：“我亲爱的爸爸，对不起了，你好好休息吧，你儿子这回可要远走高飞了。”他走到厨房踮着脚，从最上层的隔板上小心地搬下一个被油烟熏得发黑的铝锅。

他小心地把锅放到椅子上，打开锅盖，铝锅里装着满满的面粉。

他从面粉里小心地挖出了一个木盒。

只有天知道，欧阳化雨会把这件无价之宝用这样简单的方法，藏在这样公开的地方。

也就是这样最简单的方法，最公开的地方，才会让严玉森费尽脑筋找遍了家里所有能藏宝的地方而一无所获。

欧阳化雨吹掉木盒上的面粉，打开木盒看了一眼，放心地把木盒放进双肩背包中。他走到里屋卧室，看见母亲在床上已经睡熟。

他曾经答应妈妈一旦把严玉森灌醉，就带着她一起离开中国。

其实，这话就是骗她的，因为魏蓉蓉根本就不能容忍身边总有这么一个老太太。

在母亲与情人之间，他要选择情人。

在母亲和金佛之间，他必然选择金佛。

欧阳化雨自言自语道："好吧，就把这个家，留给你们两个老家伙吧。"说着，他转身走到餐桌前，发现严玉森还趴在桌上均匀地打着鼾。他伸出手指，在他耳边拧出一个脆响，得意地走到厨房门口，去背双肩包，还要提走行李箱，出门打个出租车，到魏蓉蓉那里去过夜。

就在他弯下腰的时候，忽觉得脑袋一阵眩晕，他想要直起身，却觉得周身忽然冰凉刺骨，胸口猛然胀了起来，几乎无法喘息，他想喊叫一声，却无法发出声音，接着扑通一声，栽倒在地上。

听到声响，看见欧阳化雨倒在地上，严玉森睁开两眼，面带阴冷的狞笑，缓缓地直起身来，拿过欧阳化雨用过的那只酒杯，把自己杯中那半杯酒倒了进去，端着杯转身走进卧室。

床上的蒙爱玉睡得很熟，严玉森把她扶了起来，蒙爱玉半睁睡眼地望着他，懵懵懂懂地说道："睡吧——"

严玉森把酒杯送到她的嘴边："好酒，再喝点。"说着，把酒都倒进了她的嘴里。

蒙爱玉咂了咂嘴，把酒咽了下去。

严玉森放下她，把酒杯揣到怀中，走到厨房找到一块抹布，把床上、柜边、餐桌，凡是他触摸过的地方都仔仔细细地擦了一遍。

他打开地上的双肩包，拿出木盒，轻轻打开，看到了那尊闪着幽光的金佛。他一眼就断定，这不是他从日本人手中追回的那尊金佛，一定是放在博物馆的那尊真金佛。

他在木盒外面又包了一件衣服，装进双肩包，背在肩上，关闭了屋中所有的灯，推门走了出去。

院中，一片恬静。

那一夜，天空晴朗，星斗满天……

二十七

情报

俗话说，养兵千日，用兵一时。这话一点不错。

老孟头自被放出去，一直没有反映任何情报。昨天，赵强和张春祥约他见了一面，也没有任何收获。他说，废品站出了事，估计一段时间不会有人再来了。

跟他谈完话，赵强甚至怀疑，赫雷把他建为耳目，是不是看走了眼？这么个糟老头子，废品站又闹出那么大的响动，谁还敢跟他接近？

可是让人想不到的事情时常发生。到了傍晚六点多钟，刚刚来值夜班的赵强，就接到老孟头从公共电话亭打来的电话，他说，他得知一个消息，说是一个叫严玉森的人回到了哈尔滨。也就说了这么几句话，电话就断了。

公共电话亭在街头出现不久，万家屯就装了一个。没几天，这个日夜站在街头的新奇玩意儿，就被好事之徒给拆了个七零八落。不光是万家屯的公共电话被毁，城市闹市街头的电话亭，也没有几个能用的。有的投币口被塞进了碎铁片，有的耳机被拆掉，有的干脆整个电话机被拆掉，几乎所有的电话亭都连遭厄运，各个像残兵败将站在街口。

安装电话亭不但没给城市增光，反而暴露出社会道德的低下。

为了杜绝这种损人不利己的行为，报纸、电台都发表文章，批评一些人极其缺乏公共道德观念。

那时候，不仅仅这座城市如此，全国各地大致相同。而今，能够看见所有的电话亭都能亭亭玉立，不得不感叹，这里彰显的就是中国社会的进步。

老孟头得到了严玉森回到哈尔滨的消息，想要报告上去，真不是件容易的事情。他报告的事情首先不能被别人听到，所以，他就不能到装有公共电话的小商店去打，他跑出几里地，终于找到一个完整的电话亭。他投进硬币，拿起耳机鼓捣半天才通上话，刚说了几句就断了线，他不知道还得继续投币。

就这样，一个情报说了不到两三句话，就没了下文。

赵强是个很认真的人，他意识到，老孟头想要报告的事情，一定会有某种意义。

他立即向当晚带班的副队长吴昊做了报告。

吴昊当晚要上夜校去听课，便做了简单布置，让他查一下，有没有谁知道严玉森是个什么人，有没有案底，说完就急匆匆地走了。

赵强与拘留所通电话，还真查到了，拘留所拘押过一个叫严玉森的人，办案人就是张吉顺。

张吉顺今晚也值班，赵强找到他一问，张吉顺回答很简单，一个“盲流子”，遣返了，可能又“流”回来了，仅此而已。说完了他也要出去，问他干什么，他神秘地笑了笑，不说。

赵强有点纳闷，今晚，这两个人都有点神神叨叨的。

赵强真猜对了，他们两个今晚要到同一个人家去，为了不暴露意图，两个人分头离开了刑警队。

今晚要到这家去的还有一个人，那就是庄农。

不到七点钟，三个人先后进了一家独门小院。

院里有一幢俄式的二层楼房，这幢楼里就住着一户人家，就是本市的杜副市长，他的夫人是道里区委组织部的副部长。

这里是首长之家。

在一楼的餐厅里，摆了一桌宴席，放了瓶陈年茅台酒，餐桌周围放了四把椅子。

按理说，来了三位客人，加上首长夫妇，应当摆放五把椅子才对。据说副市长今天有重要会议，脱不开身。

其实，这是托词，杜副市长并没离开这幢楼房，他就在楼上的书房里批阅文件，只是有意回避罢了。

副市长夫人今年五十刚刚出头，由于保养得法，看上去也就是四十多岁的样子。她长得很俊秀，加上沉着干练的举止，明显地透着领导干部的风范。所以，许多人，不管年长年幼，都一律称她为于大姐。

这位于大姐，当初是一个军工厂的技术干部，“文化大革命”时才崭露头角，也正好验证了那句话，沧海横流，方显英雄本色。

就是在工厂两派斗争最激烈的时候，她所属的那一派由于头头无能，看着就要被另一派压垮，就在这时，当年把于秀莲改名为于红的这位女中豪杰挺身而出，用一张大字报就把对立面的头头彻底打垮，那张大字报的标题就是“尤某是资本家走狗的孝子贤孙！”

其实，这个贴大字报的于红，就是那一派头头尤某的妻子，也就是小尤的妈妈。

夫妻两人因为政治观点不同分站两派，在这一派最危急的时候，能够大义灭亲，而且能把对立面的丈夫一炮轰倒，于红功莫大焉。由于众望所归，她被一致推选为这一派首领。

于红与尤某离婚已是必然，小尤被判给了爸爸，接着，老尤又被“最大的关怀”去了远在山区的五七干校，留下小尤跟爷爷相依为命。

于红领导这一派首先解放老干部、老领导，让他们领导生产，多造军工产品，支援全世界无产者继续革命。革命热火朝天，生产蒸蒸日上，这个工厂成了本市、本省的先进典型，全国“工业学大庆”的标兵。

接着，省革委会派来了级别很高的工作组，总结这里的经验，要树为全国的先进典型。工作组的组长是部队的首长。

这位首长刚刚丧妻，经人撮合，两个人结成了革命伴侣。

这位首长在“文化大革命”期间转业到地方，在道里区担任副书记兼组织部长，家也搬到了干部大院。

他有个儿子，从小在部队大院就仗着老子势力胡作非为，父亲转业到了地方，随着年龄长大，他不再去搞那些淘气孩子式的恶作剧，而是结帮拉伙欺负女孩子。

当年，围住翟丁想要非礼的那几个孩子中，就有这位小衙内。

虽然被陶进打伤的不是他，带头找到分局要对陶进兴师问罪的，也不是他的爸爸，但是，区委副书记兼组织部长的官位，足以护住自己的孩子。

这位“衙内”，这些年来没少让于大姐操心，别看不是己出，那得比亲生儿子还要疼爱，于大姐先是把他送到部队去锻炼，可他受不了站岗、训练的苦，调到机关工作，又无法完成最简单的工作任务，因为他不认识多少字，念书的时候，他最赞赏的，就是那位在考试时候交了白卷的先生。当然，他也多次交过白卷，只是没闹出太大的响动而已。没等“文化大革命”结束，他就被部队清理回到地方，不论是在部队还是在地方，他身边总有一批狐朋狗友以搞对象为名玩弄女性。

道里分局治安科长周大立从翟丁被欺负那次，就盯上了他，只是碍于首长的威势，不敢轻易下手。

不得不说这个治安科长也真有耐心，这一晃多少年，他一直不停地在搜集这帮人的犯罪证据。慢慢地，他查出了这个团伙最核心的秘密，原来，他们很早就给自己的团伙起了个名字就叫“采花团”。这回，终于等到了“严打”的时机，周大立迅速组织材料，拿出当年和这几年查实的证据，很快就确定了抓捕的名单。首当其冲的就是这个“采花团”的团长杜衙内。

周大立怕消息漏风，把材料直接送到分局长唐巨成那里。唐巨成看后怒不可遏，这帮主要由高干子弟纠合而成的团伙，这些年，有证可查的，就强奸、轮奸了女孩子五十多人,以搞对象的名义奸污女孩子不下百人。因为事关多位首长的孩子，长期没人敢捉拿或是打击。

唐巨成也铁了心要捅这个马蜂窝，他把材料带到市局，请市局局长们审查定夺。

市局几个主管领导也十分慎重，经过秘密关门研究，逐一审查罪证，再三审时度势，决定要一举铲除这个十恶不赦的“采花团”。为了保证抓捕成功，他们决定由武警战士来执行抓捕任务。

没有不透风的墙，除唐巨成之外，分局还有一位领导得知了这个秘密抓捕计划，这就是庄农。

他如何得到这个消息，无人得知。但是，他觉得必须尽快让杜副市长有个心理准备，最好能有个未雨绸缪的办法。他经过斟酌，决定把传递这个消息的任务交给吴昊，他要找的人，不是杜副市长而是于大姐。

这样安排的好处是，让于大姐对吴昊有个好印象。因为分局干部提拔，尽管已经由地方党委的块块管理，变成垂直管理。就是说，分局基层干部的提拔，由市局政治部报市公安局党委集体讨论决定，但是，作为地方党委的区委组织部仍有重要的推荐权和建议权。

庄农知道唐巨成已经向市局上报，把赫雷提拔为刑警队队长，把陶进提拔为副队长。

这与庄农的打算大相径庭。庄农的打算是，让吴昊担任刑警队长，张吉顺担任副队长。在市局，庄农没有多大的争夺能力，上次，由于唐巨成作梗，他那半格没提上去，便是自己实力不济的证明。为此，他把赌注押到了区委组织部的推荐权和建议权上。

吴昊在区委组织部见到了于大姐，直截了当地提出建议，赶紧让孩子躲一躲，躲得越远越好，不然，不仅他本人会有生命危险，而且还将要危及领导们的政治前程。

于大姐不光知道孩子的作为，也知道这次“严打”的威力，她跟杜副市长紧急商量，决定让孩子当夜就离开哈尔滨，去关内他一个老战友的家里躲一躲。

杜衙内逃离哈尔滨的第二天晚上，数十名武警趁着夜色开始抓捕“采花团”团员。

抓捕人员也来到杜副市长家中，结果可想而知。

几天后，第一批枪决罪犯的布告发出，不能不让杜副市长和于大姐惊出一身冷汗，多年来，和他们孩子一起为非作歹的几个高干子弟，都被处以极刑或是死缓。只有他们的儿子现在还活在世上，要不是庄农和吴昊暗中报信，他们此时该去为儿子收尸了。

“采花团”已被摧毁，对杜衙内的追捕已经停止，周大立又去忙活其他案件。杜副市长认为应当对庄农和吴昊表示一下，只是他不想出面，而是由于大姐张罗。

在餐桌上看见张吉顺也大大方方地坐了下来，吴昊有些不解，在跟庄农交谈中才知道，原来，张吉顺跟杜副市长两人有更秘密的交情。

说穿了，简直有点不可思议，既是同乡，又是同村，年龄只相差两岁。实际上，他们是杜家的两个亲兄弟，只是在小时候，弟弟被父亲送给了自己的妹夫，改名叫张吉顺。

这层神秘的关系，在公安机关，大概庄农是少有的几个知情人之一。能把亲兄弟的关系隐藏几十年而无人知晓，足可想见官场之中的人际关系深奥到何等程度。

餐桌上欢声笑语。庄农把自己对刑警队干部提拔的意见告诉了于大姐。

作为组织部的副部长，于大姐对赫雷也是早有耳闻，副队长当了多少年，就是耗，也得扶正了。她心里十分清楚，想要舍赫雷而提吴昊，不光是市局难以沟通，恐怕在全局干警中也难以服众。

要是能把吴昊提拔为刑警队的一把手，显然对杜家十分有利。儿子这一出逃，不知道得躲到哪年哪月，能不能抓得到，有吴昊这样一个可信的人，那可是至关重要的。

“我知道从业务上说，赫雷是无可挑剔的。这个人在政治上怎么样？你们了解吗？”于大姐边说，边把一块鸡肉放到张吉顺面前的碟里。

张吉顺立即作出反应：“我了解他，他反对改革开放，上次提名他为后备干部的时候，我就写过一封信，寄到了市局政治部，把他打了一个趔趄。”

于大姐点头：“我们应当把他的言论总结一些，让更多的领导知道。”

吴昊点头：“那我们就分头去写，多寄几个地方。”

于大姐欣慰地点头：“小吴，我们这都是为了你呀。”

吴昊庄重地起身站起，双手恭敬地举起酒杯，激动地说道：“我谢谢大姐，为表示谢意，我干了这杯。”说着，一仰头，把酒喝干。

严格地说，吴昊自打来到刑警队，思想上也起了几度变化。刚来的时候，尽管是为了镀金，他工作起来还是认真卖力的，对赫雷也敬佩有加。有赫雷在前面挡着，他计划在这里干上一年之后，再到其他部门去晋升正职。可是，才过了半年多，庄农就向他透漏，他可以取代赫雷当刑警队长。

表面上看，庄农是对他父亲帮助装修房子的报答，其实，他有更深层的想法，不论多少想法，总归就是一个目的，就是为了打击唐巨成。

可以想象，如果吴昊真的当上了刑警队长，赫雷一定不服，也许全体刑警都不服气。要是吴昊再给他来个瞎指挥，赫雷一定心存不满，说不定就能撂挑子。只要赫雷一撂挑子，唐巨成可就有好看的了。

在这样具体而又实际的诱惑下，吴昊的心态产生了变化，他开始相信社会上流传的一句话："说你行，你就行，不行也行。"所以在万家屯抓翟铁的时候，他才敢于站出来独当一面，从而来挑战赫雷。

不料，事出蹊跷，他闹了个鸡飞蛋打，不得不又回到原点，对赫雷唯命是听，全力辅助。

"严打"开始，庄农就派吴昊去找于大姐。他知道，这就是通风报信，这就是泄露机密，做与不做，倒让他费了思量。

从小到大，他的老爸是他的领航人，他回到家中把事情原原本本地告诉了老爸。

这确实是一件棘手的事情，不答应，立马得罪庄农和于大姐。别忘了，杜衙内的老爸可是本市的副市长啊。答应吧，万一泄露——严格说，他们不担心杜家父母，而担心的是那个杜衙内，他一旦被抓，要是掉到赫雷手里，他有什么事情能不说？他有什么事情敢不说？

老吴一直相信一条真理，世界上的任何事情，都是风险与机遇并存。他由此想到了杜副市长的权限，杜副市长主管本市城建和房产局，权力不可谓不大，现在刚刚提倡个人开发房地产，赢利的关键就在于土地的价格。假如，搭上副市长这条船，拿到最便宜的土地，老吴就要转行去搞房地产开发。

老吴一锤定音，立马就把"严打"的事告诉了于大姐，说的话比庄农更进一步，不是什么未雨绸缪，而是让孩子快跑。

老吴所以下此决心，是心里已经有了对儿子最不利的后路打算。

自从把这些话告诉了于大姐，吴昊就彻底地上了庄农这条船。

既然上了船，就得掌好顺风帆。既然赫雷是眼前的唯一拦路虎，整垮他，也只有不择手段！

至于陶进想当副队长，注定也是难上加难，庄农早就定制好了一顶大"帽子"，到时候只要一扣，他就百口难辩。

这顶"帽子"就是，跟刑事罪犯家属勾勾搭搭，逼迫自己老婆离婚。老实说，这样思想品质的人，当警察都未必合格，更不用说提拔重用了。

张吉顺给庄农倒满了酒，端起自己的酒杯说道："我先谢谢庄局。说心里话，原来，有陶进挡着，我对能不能提拔为副队长心里还真没底，要是能抓住陶进这根'小辫子'，我张吉顺还惧谁呀？"

两只酒杯碰到了一起，各自都把杯中酒喝干。

吴昊也趁机对庄农大加夸赞，说他是"运筹于帷幄之中，决胜于千里之外"！说得庄农禁不住心花怒放。

几件大事商议已毕，剩下来就是指点江山，评论政局。这方面张吉顺最有发言权。他最大的反感就是出现了个体户，说明资本主义在中国已经全面复辟。更有甚者，还把国家土地让外国有钱人来开发，这不就是出卖国土吗？从中央到地方，这些决策者，统统都是卖国，个个都是新型汉奸！

庄农对张吉顺的许多说法不以为然，有的甚至是嗤之以鼻。就拿个体户来说，他就持相反观点。个体户有什么不好？他前两天就到一家个体饭店吃过饭，菜码、味道比那些国营老店强多了。

但对让外国人在南方买土地、建工厂，他就心存反感，特别是日本人在那儿还买了地，这明明是在蚕食中国领土，这不就是引狼入室吗？

于大姐也心生感慨，她透露说，老杜当初被内定为一机部的部长，主管全国的军工生产，那是要进京掌权的。可现在，当了个副市长，连常委班子都进不了。

庄农点头补充说，是啊，在区委，于大姐早就应当挑头。

说到这里，庄农又忽然感觉到了什么。奇怪呀，这位杜副市长怎么没进市里的常委班子，而且仅仅差这么一小步，就迈不上去，这对像他这样身居高位的人来说，可不是什么好兆头。

宴席直到九点多钟才散，庄农回了家。吴昊和张吉顺都要再回到局里值夜班，回去的晚些可以，漏岗可是大事儿，尤其是在这个节骨眼上，两人都不想出现这样得不偿失的纰漏。

但是怎么回去，得有点技巧，吴昊先到，就说是夜校刚下课。张吉顺过个十几分钟再回去，就说是跟几个战友喝酒去了。

看见吴昊回来，赵强向他报告关于对严玉森的查证情况。吴昊听说是个盲流子，也点了点头道："明个，你去见见老孟头。"

赵强从吴昊的身上闻出了浓烈的酒味。他心里暗道："上什么狗屁夜校？净扯犊子。"

果真，十几分钟后，张吉顺哼哼呀呀地唱着样板戏走了进来。

赵强劈面就闻到一股酒味，他把张吉顺招呼道跟前问："嘿，魔怔上哪喝酒去了？"

张吉顺顺口回答："国营饭店，请几个当年一块造反的战友。"

赵强道："我知道你从来不上个体饭店，我问你喝的什么酒？"

张吉顺没想到赵强问得这么详细，想了想便说道："玉泉方瓶，咋的？你想喝啊？"

赵强把手一挥："少跟我来里根儿楞，你跟吴队喝的是一个瓶里的酒，是不是茅台？"

张吉顺顿时哑口无言，其实，他在刑警队除了赫雷谁都不惧，但有一个例外，就是他从来不敢得罪赵强，尽管他见面就喊他"魔怔"或是"张魔怔"，他都点头答应。让这个"魔怔"恭敬有加，可是非同小可，说到底，这是由赵强独到的本事所决定的。

原来，张吉顺的母亲从前两年就得了一种怪病，在一个月中会无缘无故地昏厥好几次。到各地医院检查都说是癫痫病。不管用了多少治癫痫的药，都不见效。

这样毫无前兆的突然昏厥，常常会造成重大伤害。张吉顺对母亲一向很孝顺，他到处请人看病，总不见好，甚至连杜副市长也亲自出面，找了几家医院也都说没辙。

谁也想象不到，这样一个让张吉顺苦恼不已的家庭负担，却让赵强轻而易举就给解决了。

原来，赵强下乡在内蒙古地区，当过赤脚医生。那里也有一位妇女得过这样的病。医院也是无法治好。有一天，一个老喇嘛路过这里，刚好赶上妇女发病，他用一个纸卷的细管向她的鼻子里吹了些药面，孰料，这个妇女竟然苏醒。那位喇嘛把药方告诉了赵强，让赵强继续为她治疗，治疗的结果是，妇女发病次数越来越少，直至最后痊愈。

在刑警队，赵强对张吉顺也很反感，但这并不影响他对张吉顺母亲的治疗。现在，他母亲每月的发作次数也越来越少，张吉顺对赵强更是感激。

但是，他还是对赵强的鼻子感到了兴趣，便跟他开起了玩笑："我说小赵，你当刑警是瞎材料了。"

赵强反问："怎么瞎材料了？"

张吉顺道："你该去当警犬，那你的鼻子作用就更有用了。"

赵强当胸给了他一拳："你骂我！"

张吉顺嘻嘻笑着："你鼻子真管用，好使。"

赵强哼了一声，转身走开。

张吉顺的头脑毕竟有些简单，他不曾料到，他这句话恰好暴露了真相，那就是说，赵强的判断是对的，吴昊和他都说了谎，俩人的确喝的是一个瓶里的茅台酒。

那年头，能喝上茅台酒可不是一般人。

刑警队的值班室在一个大房间里，里面摆了七八张铁床、木床。每夜值班的刑警就轮流睡在这些床上。因为被褥不经常换洗，既有臭虫也有虱子。赵强爱干净，他就不睡这些床，宁肯睡在大办公室的沙发上。

沙发紧挨着一个碎了玻璃的茶几，上边放着一台老式电话机。

许多人值班都不愿意睡办公室，因为在后半夜被电话吵醒，总是很难受的。为了不沾上虱子，赵强宁可被吵醒。

果然，就在凌晨三点多钟，电话响了。

赵强在蒙胧中，伸手抓过耳机，只听了一句他就立即跳了起来："什么？你再说一遍。"

对方几乎是在喊叫："我是省博物馆的保卫，有人进了博物馆，要偷博物馆的文物！"

赵强也喊道："抓到没有？"

对方喊道："跑了！"

赵强道："好吧，保护好现场，我们马上过去。"

他扔下电话，径直跑到值班宿舍，向吴昊道："省博物馆报告，发现有人要偷文物。”

吴昊睡得正香，却被吵醒，说了声：“让张吉顺跟你去。”说完又翻身睡了过去。

赵强去推张吉顺，张吉顺被推得翻了个身，只是不醒，依然呼呼大睡。气得赵强用力一推，张吉顺一个翻身从床上掉到了地上。

扑通一声，张吉顺重重地摔到了地上。他醒了，也恼了，朝赵强大声喊叫：“你干什么？想要摔死我呀？”

赵强连连道歉：“对不起，使劲大了。别喊了，吴队让你跟我去省博物馆，那儿出事儿了。”

张吉顺躺在地上不动：“我摔坏了，腰疼。”

吴昊掀被子坐起大声喊道：“第一组，马上出发！”

刑警队值班一般是七八个人，为了处理紧急事情分成两组，第一组除了张吉顺还有两名刑警，那两名刑警都是和衣而睡，闻声马上下了床。

张吉顺还是趴着不动。

赵强领着两个人走了出去。

吴昊想喊张吉顺让他上床去睡，却听见他趴地上发出了鼾声，便倒在床上又睡了过去。

赵强骑着摩托车拉着两名刑警赶到了省博物馆。

当地派出所的民警已经赶到，正和省博物馆的保卫人员在拉一道绳子，算是划定警戒线。

赵强把摩托车停到楼边，走到大楼近前，为了能看得清楚些，他一直开着车大灯。

一位保卫道：“博物馆正在维修，掀开了房盖，不想今晚就招来贼了。”

赵强问：“检查没有？丢了什么？”

保卫道：“还没检查，文物库我们打不开。”

省博物馆三面临街，只在东边有一条宽敞的通道，通道有一道铁门，里面有个警卫室。

看得出，贼就是从临街的东面爬上楼顶的。好像是没等掀开楼顶的铁皮，就被发现了。

从楼上垂下一条绳子，地上堆着一些碎砖头。可能这个贼就是扯着绳子，再登着一楼和二楼的窗棂爬上楼去的。

赵强感到警卫室和绳子垂下的角度是一个盲区，看来这个贼对选择在哪儿上楼，是经过精心研究的。

“你们是怎么发现的？”赵强走进铁门，边走边问。

保卫有点含糊地说道：“是这个……”

走到警卫室门前，赵强发现警卫室的门玻璃被打碎一半。

赵强又看了看地上，有半块砖头，显然是从现场那边扔过来的。

“这是怎么回事儿？”赵强拿起砖头问道。

保卫说话依然吞吐：“是……扔砖头砸的。”

赵强追问：“谁砸的？”

保卫只得说出实话：“我睡着了，大门外扔进一块砖头，打碎了玻璃，把我砸醒了。”

怪了！

贼，怎么会把保卫砸醒？

“你看到了什么？”赵强追问。

保卫说：“我提着警棍出来，看见两个人朝那边跑了。”

“两个人？”赵强还是一脸疑惑。

天亮了，街上的行人多了起来。

许多人看见这里拦起了绳子，纷纷驻足观看。

八点刚过，赫雷带着几个人赶到这里，赵强向他报告了这里的情况。

赫雷也看了被砸坏的警卫室的门，又带着人进入省博物馆察看，现场勘查员爬到了楼顶进行勘查。

还好，省博物馆的文物没有任何损失，估计是他们刚刚爬到楼顶，没等钻进去，就被保卫发现，他们顺着绳子跳下来，逃跑了。

算是一场虚惊。

赫雷带着大家走出省博物馆大楼，赵强忽然捅了赫雷一下，低声道："你快看对面。"

赫雷一看，发现老孟头站在对面的人群中。

赫雷低声道："带他到接头据点去，我一会儿过去。"

赵强点头，他离开大家，转到人群后面。

老孟头已经走出人群。

赵强走到他身边低声道："你到中央大街南头那个招待所等着，我和赫队一会儿就过去。"

老孟头点头："快点啊，有大事儿。"

赵强点点头。

老孟头匆匆走开了。

省博物馆长告诉赫雷，北京已经同意接收九宝金佛，过两天就要安排人力护送到北京去。

赫雷又到库房门前察看一番，并告诉他们，这场虚惊算是一次警钟，要对省博物馆的安全情况做一次大检查，金佛送走之前一定要加强警卫力量，确保万无一失。

安排完了，他就坐上了赵强的摩托车，直奔接头的小旅馆。

这个小旅馆是个二层小楼，是铁路车辆工厂办的招待所，属于大集体性质。从所长到服务员都比较可靠，赫雷就把它借用为临时接头的据点。

只要进门说找206房间的客人，服务员就会把他领到任何一个空闲的房间等候。

赵强和赫雷走进招待所，服务员就告诉他们，客人已经到了，在203房间。

两个人匆匆上楼，打开房间门，老孟头果然等在那里。

他一见赫雷就急忙道："急死我了，翟刚回来了！"

赫雷一惊，忙扶他坐下道："别着急，慢慢说。"

老孟头道："我昨天傍晚打电话给赵同志，报告说是严玉森来哈尔滨了。我是在公共电话亭里打的，不会弄，说着就断了线。"

赫雷问："姓严？四大家之一？"

赵强也有些着急:“严玉森就是个盲流。快说翟刚在哪儿?”

老孟头道:“昨天晚上半夜时候,有人把我弄醒了,我坐起来,开灯一看,吓了我一跳,是翟刚站我床边。我问他,你怎么还敢回来?他让我马上穿衣服,跟他去干一个活儿。”

赫雷问:“什么活儿?”

屋里有暖瓶、茶碗。赵强给老孟头倒了一碗水。

老孟头接过,喝了一口道:“走在路上,他跟我说,听说省博物馆维修,把房盖的铁皮掀了,他算计好了,从房盖可以下到二楼,从二楼掀开地板,就是库房,他有本事能用两把钥匙打开保险柜。”

赵强问:“他要偷九宝金佛?”

老孟头点点头。

赫雷问:“他找你干什么?”

老孟头道:“他说有几件撬地板的家什,他带不上去,要我给他拴到绳子上他再拽上去。”

赫雷道:“再帮他望风?”

老孟头道:“就是。到了省博物馆楼下,他把一条绳子钩到了楼顶上的女儿墙上,嗖嗖几下子就爬了上去。我俩来的时候,就看了那个警卫室,里边的人睡着了。我就趁他爬楼的时候,捡了块砖头,扔到大门里边,把警卫给砸醒了。我说有人发现了,那个警卫光站在那儿喊,不敢过来,他就顺着绳子溜了下来,赶紧跑了。”

原来如此。

赫雷问:“翟刚呢?”

“我俩跑了几条街,他让我回家,他就奔火车站去了。”

赵强问:“要布置堵截吗?”

赫雷看了看表:“黄花菜都凉了。他说他从哪来没有?”

老孟头想了想:“说了个地名……沧州。对,是说从沧州来。”

赫雷自语道:“哦,他也南下了。”

翟刚确实是南下了。

他就是在济南和一个刚从哈尔滨来的同伙交谈中，偶尔听说，省博物馆正在维修，把房盖都揭开了。

翟刚以为，他那套开启保险柜的本事可以用上了，便决定回哈尔滨。

回到哈尔滨出了火车站，他直接奔向省博物馆。

果然，那里正在进行大规模的维修。

省博物馆建于八十年前，是二十世纪初由沙俄工程师设计建造，整个赭红色的大屋顶是用铁皮覆盖的。原本，这里是一家大型商场，解放后被改建为博物馆。由于年久，屋顶铁皮有的地方已经开裂，时常漏雨，大修就是趁着少雨的几天，抓紧更换屋顶的铁皮。

十几个工人在屋顶忙碌，几条起吊器材和铁皮的绳索垂在墙边。他首先要找潜入博物馆的路径。

屋顶在维修，并不影响开馆，门前陆续有人买票入馆，他也买了一张票，走进馆内。

在展品馆转了一圈，又趁机走到工作区，他终于弄清楚了揭开的天棚和文物仓库的关系。走出博物馆，他直奔万家屯。他知道老孟头被押了几天又放了出来，现在还继续收废品。以他对老孟头的了解，这个老家伙是轻易不会被打败的。他能出来，一定是公安局拿他无可奈何。

翟刚从来都是靠直觉想问题，而且是想了就做。从来没有反复思考这回事儿，这就是他的思维方式，因为他的直觉很少欺骗他。这次，判断老孟头也是如此，直到从省博物馆楼上扯着绳子跳下逃跑，他一直认为，老孟头是真心在帮他的忙。

翟刚跑到火车站，找了趟南去的火车就坐了上去。由于一夜未睡，上了车他就倚在窗边上睡了过去。

“绺行”里有句顺口溜：“要走字儿，神鬼难拿；走背字儿，喝水塞牙。”

所说的走“字儿”，走“背字儿”，都是指中国古钱说的。有人专门用扔大钱儿来占卜，猜到有字的那一面，预示走运气，猜到无字的背面就是不走运。这回，翟刚走了“背字儿”。

他背到什么程度？背到他睡着了，叫人认了出来。

认出他的是一位老太太。

这位老太太，是翟刚在大杂院的老邻居，动迁后，搬到新楼，他们还是邻居。她还是那幢楼的治安员。既是治安员，对本居民组的男女老少大致都有个了解。她对翟刚可以说是知根知底。他除了被拘留、被判刑的日子，在家时间不多。特别是“严打”以来，派出所多次到她家打听翟刚回来没有，并叮嘱一旦有翟刚的消息，要立即报告。

老太太坐火车到锦州，儿子和媳妇都在那里工作。最近儿媳妇要临产，她去伺候“月子”。本来，她是坐在另一个车厢，那节车厢的厕所坏了，她走到了这节车厢，一眼就认出了正在睡觉的翟刚。

她顾不得上厕所，连忙跑到餐车，找到了乘警。

乘警一听也不敢怠慢，一边派人监视，一边通知车站的公安，用铁路电话跟当地派出所联系。很快传回消息，翟刚是重要逃犯，一定要抓住，还特别提醒，抓的时候一定得多加小心！

火车已经快到长春火车站了，乘警决定在长春站停车时把他抓捕，立马交给车站派出所。

车还未停，翟刚就在睡梦中被几只大手扭住，押到车门口。

车一停，他就被拽下了车，长春站派出所的民警给他戴上手铐，直接送到了铁路公安拘留所。

翟刚被抓获的消息即刻传到了刑警队。

刑警们像听到特大喜讯一样相互庆贺。

抓到了翟刚，就意味着千元大案已经告破，再加上他盗窃博物馆未遂，要按张春祥的说法，这小子就该走“铜”（枪毙）了。

赫雷马上找来大卢和张春祥，让他俩马上开一张介绍信，有什么车坐什么车，必要时候坐货车，尽快赶往长春，把翟刚押解回来。

他还特意嘱咐，对翟刚先要审讯。第一，要审清他如何做的千元大案；第二，赃款去向；第三，是不是给了翟铁一百块钱？

这几项审讯都很重要，审清千元大案，可以给翟刚定罪。

审清他确实给过翟铁一百元钱，可以给翟铁定罪。

审完后，把他押回哈尔滨。

要带两副镣子，一副手铐，一副脚铐。

手铐要锁在背后。

脚铐要锁在座椅的凳腿上。

千万不能让他跑了！

二十八

现场

按照当初大批判的说法，赫雷这个人的缺点，就是光顾拉车，不愿看道儿。

这个道儿，可不是走的道路。这个道儿指的是“阶级斗争”“路线斗争”。

说实在话，要想当一个好刑警，真没工夫去看这些道儿。

从当警察那天开始，赫雷就给自己定了一条标准，这个标准就是两句话：“清清白白做人，认认真真破案。”

说起这两句话，还真有点来头。

那是“三面红旗”举得最高的时候，“大跃进”的号角吹得最响的时候，也是老百姓开始挨饿的时候。远在吉林山区的老爹，从赫雷写回的家信中得知，儿子被调到分局刑警队当了刑警。

在老爷子的认知里，刑警就是抓人的。说是专抓坏人，可万一抓了好人怎么办？再加上赫雷和老伴那时候刚刚处对象，老爷子要亲眼见一见未来的儿媳妇，就风尘仆仆地来到了哈尔滨。

老爷子见到了准儿媳妇，感到十分满意，算是放了心。他还有不放心的，就是不知道赫雷能不能一辈子当个好警察？

老爷子在哈尔滨住了两天，跟儿子唠了两个晚上。说起他在伪满洲国的时候挨打的一段经历。

那是康德十一年的冬天，腊月十八（他至今记得清清楚楚）因为赫雷的奶奶生病想吃大米饭，当儿子的冒着危险，弄回了半斤大米，做了一顿米饭，剩下的熬了稀粥。

谁知道，刚刚吃完饭，派出所的警察进门来查户口。警察的鼻子可真尖，硬是闻出了屋里有大米饭的味儿。接着就把老爹抓到了派出所，罪名就是满洲人（中国人）吃大米饭，经济犯。

先是一顿暴打，接着就弄到院子里，院子里有一口水井，天冷冰挺厚。警察抓着老爷子站到冰上，然后就踢他的脚，这样，他的脚下一滑就摔到冰上，再薅着头发往冰上撞。几个警察连踹带摔，把他折腾个半死，直到半夜家里凑上钱，才赎了回来。

那个时候已经六七岁的赫雷，对此也有很深的印象。听了老爷子的讲述，依照赫雷这些年当警察的经验判断，警察一定是接到了别人的密报，不然，不会那么巧就去查户口。

这一句话，点破了老爷子心中十几年的谜团。他忽然想起，对呀！咱们院西头就住着一家日本人哪。

从那以后，老爷子落下个病根儿，见了警察心里就发慌，离老远就躲着走，直到解放后还是这样。也亏得当初到山沟来招警察的人说是去做保密工作，要是说去当警察，老爷子死活也不能同意。

现而今，儿子不但当上了警察，还当上了刑警，在老爷子看来，这刑警就是当年的宪兵，穿便衣，有时候还带着胳膊箍。要是让他们抓着，不是被送去当劳工，就是被送矫正院，再不就是被送到什么研究室去当“马路大”。

为了说明共产党领导的警察和伪满警察大不一样，他把老爷子领到了他当派出所片警时候常去的几个治保会干部家里。居民干部都说，小赫当了六年片警，净帮助老百姓办好事儿了，那可真是从不拿群众一针一线。

也许还带着当年老八路的光荣传统，刑警队听说有家属来了，接待都非常热情。当时的刑警队副队长庄农，特地在食堂为老爷子多买了一个菜，外加一个二两的馒头。吃饭的时候，他连夸老爷子为党培养了一个好警察。

不论是从民还是从官，老爷子得到的对于儿子的印象都不错，就放心回去了。临走，给赫雷留下一句话，他说：“咱们当警察，可不能昧良心。”

在他的心里，伪满警察那样打他，欺负他，就是没良心，昧了良心。他听了居委干部的话，觉得孩子当警察还是有良心的。

当然，他始终没露出口的心事是，要是儿子这些年当警察昧了良心，他一定要把他弄回老家去。

果真是这样，老爷子临走时留下的一句话，管了赫雷一辈子。

不管是清白做人，还是认真破案，听起来也很平常，甚至还有剽窃之嫌。其实，不论是标准也好，格言也罢，都是说来容易做时难。

一个人的一生，如果能认真做到格言的一句话，哪怕是几个字，也算是难能可贵。

赫雷的确是有这么一股子轴劲儿，他说了，就想做到。可以想象，一个刑警要真做到清白和认真，该是何等艰难？按道理说，认真破案，能不能做到每案必破？最初，他也曾心胸万丈，他信奉一句话："没有破不了的案件，只有做不到的工作。"这句话从理论上讲是完全正确的。事实上，赫雷没有做到这一点，世界上也没有谁能够做到这一点。

但是，要把每年的刑事案件破案率达到百分之八十，甚至是百分之九十以上，他要背负多大的压力？

每天都要面对刚刚发生的案件，那叫现案。每年、每月都会有一些破不了的案件，那就叫积案。刚发生的现案要破，陈年积案也要破，赫雷的脑子一天到晚都在现案和积案这两个圈子里打转转，啊还有闲工夫去琢磨官场的人际关系和路线是非？

你不琢磨这些没关系，可有人专门琢磨你呀。这不，这几个月来，赫雷就明显地感觉有点不对劲儿。

这得从万家屯说起。那天，决定带翟铁到万家屯，是领导早已决定了的，却偏要派人到医院里找他听取意见。他心无遮拦，口无遮拦，说了几句话。后来，他听说领导向上级汇报的时候，把决定意见推到了他的身上。

他不明白这是为什么。

对那天吴昊的一些表现，他本不以为然，认为年轻人有点趾高气扬，也是可以原谅的。

但是，也就是从那时开始，他明显地感到庄农对他有些冷漠，继而吴昊对他说些冷言冷语，让他感到不快。

他希望一心一意去侦破案件，谁也别打扰他。可是，现实总是逼着他像鲁迅说的那样“横站”，不得不予以应对。

想到应对，这也得说唐巨成那天有意或是无意偶然到他家造访和点拨，让他得到一些启发。看来，身边的确有人心存不善，他必须抽出一点时间来认真一下，必要的时候，也得应对一下。

当他听赵强说，张吉顺和吴昊各自提出理由离开刑警队，脚前脚后回来，一个说是上了夜大，一个说是请战友喝酒，但他们两个人喝的是同一种酒的时候，赫雷皱起了眉头。

值班期间外出喝酒，这本身就违反纪律，再加张吉顺被从床上推到地上，也不出现场的表现，赫雷意识到，从刑警队清除这个魔怔的机会来了。

在赫雷和赵强返回局里的时候，两个人一起来到了唐巨成的办公室。

唐巨成正在为杜衙内的意外逃跑感到恼火。当时，他看了治安科长周大立送来的材料，知道案情重大，两个人简单交谈几句，他没与任何人商量，就决定要亲自办这桩大案，立即带着报告到了市局。

可是，接下来的抓捕却让唐巨成大失所望，七八个人到案，独独缺了第一号主犯。

这个案子办得不漂亮，很不漂亮。

唐巨成是一个追求完美的人，至少，他来到分局亲手抓的第一个案子，应当完美些，可偏偏出了这样的纰漏，他心有不甘。

赫雷和赵强走进办公室，唐巨成让赵强关严了房门，就向他俩说起杜衙内逃跑的事情，让他们通过侦查手段，尽快找到杜衙内。

赫雷听完，咂了咂嘴低声道：“他的家长都是高级干部、党员，不能轻易使用侦查手段。”

唐巨成告诉他：“市委和市局领导都有指示，同意我们这样做，不然，无法抓到这个团伙的主犯。”

但是，赫雷还是摇头，他说，要侦查一个副市长，他还从来没干过，估计得省委一级批准才行。并且说，要让他做，那得写报告上报审批，谁的口头指示都不能算数。

唐巨成原以为，市委和市局领导都有了说法，是可以执行的。谁料，偏偏遇见赫雷这么一个犟种，非得要审批不可。市里还好说，要是报到省委去，谁知道啥时候能批下来？

其实，赫雷有自己的看法，不就是个逃跑的衙内吗？只要把任务交给刑警队，杀鸡焉用牛刀？

接着，赵强把昨晚吴昊和张吉顺喝酒的情况，讲给了唐巨成。

唐巨成也认为，这是拔掉张吉顺的好机会，立即找来了政治处负责纪律监察的高副主任。

唐巨成对处理这样的刺儿头很有办法。他告诉小高，先找当晚在场的刑警核对：第一，他是不是喝酒了。第二，为什么不出现场。第三，搜集一下他平时的言行，再找他谈话。宣布两条，第一条，调离刑警队；第二条，暂时不分配工作，停职反省写检查。

小高对执行这个任务很有兴趣，他说，他研究张吉顺这个人已经很长时间了，想了一套整治他的办法，一会儿就试试看。

回到刑警队，还有陶进和郑吉松在等着向赫雷汇报。

根据“奔娄头”提供的外号和名字，他们查找到二十四个人，都有前科劣迹。

他们找到其中被押在拘留所的两个人，经过提审，费了好大的劲儿，才撬开他们的嘴。两个人都承认，哈尔滨“绺行”的人，确实有不少人进了关，这些人统称“南下支队”。

“南下支队”大致活动在河北和山东。具体说，他们大部都活动在从河北沧州到山东济南这一段的火车上。

赫雷问：“他们听说过黄大哥吗？”

张春祥道：“听说过，都说他是中国掏窃一把高手。”

赫雷反问：“谁给他封的，还是自称的？”

陶进道：“他们都这么说。”

赫雷稍作思索道：“再探！”

陶进答道：“得令。”

郑吉松不解：“你俩干啥呢？”

赫雷道：“你没看过京剧吗？再探，就是继续复查。”

郑吉松也说道：“那我也——得令。”

陶进道：“探马得令以后下场，领导也再做准备呀。”

赫雷反问：“你怎么知道我没准备？”

几个人还在斗嘴，内勤萧娟跑进办公室，大声道：“赫队，尚明街 17 号，娘俩死在屋中，赶快去现场。”

赫雷急忙站起，招呼陶进和张春祥：“快，上现场。”

陶进问萧娟：“通知法医了吗？”

萧娟道：“我先找的他们，快到了。”

等到赫雷、陶进和赵强开着两辆摩托车来到尚明街 17 号的时候，法医的勘查车已经停在院门口。

派出所的民警已经站到院门口，这里不用拉警戒线，围观的群众都站到板障子外面。

赫雷带着众人走进院中。

正在房门边检查痕迹的一位勘查员看见赫雷走进院中，忙跑过来说道：“赫队，这案子挺蹊跷。母子两个人一个死在床上，一个死在客厅里，没有外力伤痕，死因不明。”

赫雷倒背着两手，走到房门前向里面看了看道：“勘查完了，麻烦请你告诉我们一声，我们等着哪。”这话说得听起来有点带刺儿。

勘查员忙道：“赫队，别人不让进，你得进去。”

赫雷摆手：“我不进去，我就在这儿等着，听你们的报告。”

一个勘查员出现在门口喊道：“赫队来了吗？”他看见赫雷就站在门前，忙道：

“科长找你，咳！是——请你。”

赫雷执拗地：“我懂规矩，你们勘查不完，我就不进去。”

勘查员马上改用央求的口气道：“赫队，你是老领导，科长说一定得请你进去做指导。”

赫雷无奈地摊了下手：“理，都是你们的。”说着，迈步走进屋中。

从不进现场到走进现场，是有原因的。

当初，现场勘查员的编制一直是在刑警队，也就是说归赫雷管。打从去年，上级决定，现场勘查单独成立一个部门，叫刑侦技术科，跟刑警队平级。一旦独立成军，就常对刑警发难。

最经常的指责就是说，刑警们不按规矩办事，有的比勘查员还提前进入现场，东摸西动，有意无意对现场造成了破坏。

赫雷听到这些话，在刑警队当着大伙的面发了好几回火，批评那几个叫人数落的刑警是猪脑子，没长记性，是窝窝头翻个儿——显大眼儿！

他这么发火，其实是做给刑侦技术科看的。他不满他们有话不找他说，一个劲地在局里散布，造成刑警不懂勘查知识的影响和后果。

所以，今天上现场，他就下令，所有刑警谁也不准提前进入现场。谁要抢先进现场，就是猪脑子！

但是，技术科长派人找他，一定是遇到了什么需要商量的事情。况且，又是两条人命的案子，且不可因为一时赌气误了大事。

赫雷走进客厅，就看见躺在地上的一个男人。

走到近前，他一眼就认了出来，死者正是曾经接待过他们的省博物馆的文物保管部长欧阳化雨。

科长一见赫雷，忙走过来：“老领导，屋里的电视机和衣物都没动，不像是入室抢劫。这个死者是省博物馆的。”

赫雷点头：“我见过他。”

科长：“我是担心……”

赫雷点头：“你想得对。”他回身告诉一位勘查员：“去把赵强叫来。”

科长道："这里还有一个旧铝锅，装的全是白面，我就没弄明白，这是怎么回事儿？"

一个里面装着面粉的大号铝锅，放在死者旁边的一把椅子上。

赫雷看了看铝锅，半锅面粉中间有一个不太明显的凹陷。他想了想道："面里好像是装过什么东西。"

科长还要问什么，赵强走了进来："队长叫我？"

赫雷道："你马上到省博物馆去，先让他们察看一下，保险柜里的九宝金佛还在不在，再把他们的领导接来。"

赵强在屋中耸了耸鼻子："酒味，这屋里有酒味，喝过酒。有啤酒，还有茅台酒。"他问赫雷："赫队，闻到了吗？"

赫雷也闻了闻，点头道："是有点儿，说明他们喝酒了？你不提醒，还真没人注意。"

赵强点头："没错，是茅台酒，不过跟魔怔他们喝的可不一样，这是陈年茅台。"

技术科长惊讶地说："嘿！赵强，你可神了！上我们这儿来吧，搞技术，现场勘查，可比你现在强多了。"

赫雷驳斥道："干啥呀？当我的面撬行是吧。"

科长道："发挥特长嘛，他的鼻子太灵了。"

赫雷道："你想发挥？我还想发挥他的特长呢。"他对赵强道："别听他的，赶紧去省博物馆。"

赵强点点头走了出去。

赫雷又俯身看那个铝锅问道："照完相了吗？"

有人答道："照完了。"

赫雷又问："指纹呢？"

科长道："找了，没有发现。"

赫雷端起铝锅看了看锅底问："锅盖呢？"

科长道："在那边查找指纹呢。"

一位勘查员把锅盖拿了过来："上面一定是擦过了，没有发现指纹。"

赫雷把锅盖盖上，端着它环顾屋中，厨房上层隔板摆着坛坛罐罐的地方有一个空隙，他把铝锅摆上去，刚刚合适。

赫雷又对一个人道："把管这片的民警找来。"

一位民警应声走进来，原来，他就站在过道那儿。

赫雷问："这个男人是不是省博物馆的？"

民警答道："是，叫欧阳化雨。"

赫雷又问："老太太呢？"

民警道："是他妈，姓蒙，蒙古的蒙，叫蒙爱玉。"

赫雷忽然用拳头捶了一下自己的脑袋："嘿！我明白了。"

技术科长看见赫雷的神态有点异样，便问道："怎么啦？"

赫雷道："这里可能牵扯一桩旧案，是在几十年前，不是，应当是说一千多年前。"

科长摇头："不懂，什么案子能扯那么远？"

张春祥和大卢走了进来。

他们把翟刚从长春押解回来，关进了拘留所，刚回到刑警队，就听说这里发生了特大案件，立马赶了过来。

赫雷一见他俩，说道："你们两个回来的正好。你们骑陶进的摩托车，赶紧到万家屯去找老孟头，他要是安然无恙，就把他带到这里来，越快越好。"

两个人匆匆走出。

陶进一直站在院中等候，他不知道什么时候叫自己。他知道，每当发生大案，赫雷都会把最重要的任务交给他，他对这一点充满自信。

不料，大卢出来就把他手里的车钥匙抢了过去。

陶进问他干什么。

大卢道："旧地重游，上万家屯。"说着跟张春祥匆匆走出院门，发动摩托车，轰的一声，就没影了。

他们刚走，郑吉松开着一辆摩托车，拉着几个刑警来到了现场。

院门已经大开，摩托车径直开进了院里。

陶进一看，他骑的是政保科的摩托车，怪不得他当时没跟上来，原来去借车了。当年小郑在政保科干过一年多，跟科长关系处得不错，现在，发生了大案，支援一下也是应当的。

郑吉松下了摩托车，见院里没几个人，便问："他们都没来？"

陶进道："都派出去了。"

郑吉松："你等我呢？"他以为陶进没接受任务是因为他还没到。本来嘛，他俩是一个小组的。

陶进道："没找我。"

郑吉松刚要说什么，赫雷从屋里走出来。他看见郑吉松，便喊道："吉松，来一下。"

郑吉松匆匆跑过去。

陶进和几个刑警站在原地看着，两个人说着什么，走进了屋中。

走进门斗，赫雷就问："你认识魏蓉蓉吗？"

郑吉松点头："认识，那不是嫂子吗？"

赫雷道："过去是。你带两个人，立即赶到陶进那个家，或是老魏家，去找魏蓉蓉，要是发现她，立即把她扣住。带到局里去，听见没有？"

郑吉松一头雾水："为啥要抓她？"

赫雷正色道："执行！我没工夫解释。"

郑吉松点头："是！执行。"说完转身要向外走。

赫雷叮嘱一句："别让陶进知道。"

郑吉松又答应一声"是"，便匆匆走了出去。

到了院中，郑吉松走到摩托车旁，把火打着，招呼两个刑警上了车。

陶进问道："干啥去？"

郑吉松含糊地说："那个……那个……"他边支支吾吾，边跨上摩托车，一加油门，冲了出去。

陶进一脸糊涂，他不明白，今儿个是怎么啦！连郑吉松都派出去了，自己还在这儿站着？

这时，赫雷又走出屋门。

因为身边还有两三个年轻刑警，他不知道是不是给他们分配任务，便站在那里等着，谁也没挪步。

走下屋门台阶，赫雷就朝他招手：“你过来。”

陶进一溜小跑来到赫雷面前。

赫雷道：“知道被害人是谁吗？”

陶进摇头，因为赫雷有话在先，现场勘查不结束，刑警不能介入，他们谁也没问屋里的事情。

看到陶进摇头，赫雷道：“你现在回到局里去，继续查找‘南下支队’的人，那个案子一刻也不能停。”

这是个什么任务？发生这么重大的案子，让他还去查“南下支队”，这不就是让他离开现场吗？他不愿意走，又不敢明说，就找借口说道：“我的车让大卢他们开走了。”

赫雷不耐烦地说：“走回去，这才多远？都惯坏了，离开摩托车，还一步也不走了呢。”

方才在局里还“再探”“得令”呢，不知为什么，赫雷这么一会儿就来了脾气，他只能装着满头雾水转身朝院门走去。

他刚走到门口，几辆汽车先后来到院门外，一字排开。

原来是市局、分局的主要领导，都到现场来了。

想想方才，赵强、大卢，连郑吉松也都是开车离开的，唯有自己步行回去，还是查老案子，为什么会这样？他百思不解。

看到市局、分局领导都来到现场，他意识到，这是道里区，或许也是全市多年未有的重大案件，他似乎有点感觉，是不是被边缘化了？

更严重点说，他是被驱逐出现场的。

此时此刻，他还不明白为什么。

此时此刻，还有一个什么也不知道的人，那就是魏蓉蓉。

从北京回来与欧阳化雨分手，魏蓉蓉回到了与陶进曾同住的那个家。

陶进已经离开这里，在刑警队值班室住了几个晚上，最终，还是回到妈妈那里去了。

魏蓉蓉一个人睡在床上，连做了几个好梦。她梦见自己进入了一个像天堂一样的地方。

那里奶流成河，白花花地淌着。蜜做的面包，就像果子一样长在树上，可劲儿吃，随便拿。

还梦见她穿着镶金嵌银的婚纱，和欧阳化雨相拥相挽，一起走进巴黎圣母院的教堂，那个丑陋的阿西莫多在为他们敲钟……

多日来少有这样的安静，这天，她醒得很晚。想到今天就要出发，她要回趟家，向父母做一个告别。她告诉他们说，她考上了北京舞蹈学校，先要到国外去深造，时间可能很长。

妈妈听说女儿不但考上了北京的舞蹈学校，还能出国深造，当然有说不出的高兴。

老魏当然也有值得骄傲的资本，他添油加醋地告诉女儿，他怎么把陶进好顿收拾，把翟丁也吓得离开了本市的战果统统讲给了她。他满怀豪情地告诉魏蓉蓉，有老爸在，女儿就不会受半点委屈。

魏蓉蓉耐着性子听完了爸爸的讲述，便站起来要走。

老魏两口子觉得有些遗憾，女儿出国深造，是大喜的事情，应好好欢送一下。可是，女儿以事业为重，一切都这么匆忙，离别在即，也只能说句一切保重吧。

小弟帮她提着行李箱送她走出家门，一直走出很远，小弟忽然问道：“你跟姐夫离了婚，为什么不告诉爸妈？”

小弟的话中透着埋怨，至于为什么不告诉老人，魏蓉蓉只有解释：“这是他们当年胁迫我嫁给陶进的恶果，是他们一手造成的。想想他们年纪大了，不想让他们再受刺激。”

小弟又长叹一声道：“姐，我看那个欧阳化雨不如姐夫，我怕你……”

魏蓉蓉道：“小弟，你还小，不知道什么叫理想和抱负。”说着，她掏出几张十元票递给他：“留着，买点有用的。”

小弟不接钱，却伸出双手紧抱住她：“姐，不想让你走，我有点怕……”

看着小弟的举动，魏蓉蓉心中一酸，是啊，帮助欧阳化雨偷换出九宝金佛，就是弥天大罪！正如小弟所担心的那样，就算是真的出了国，欧阳化雨又会怎样？一切都在未知之中，但是，事已至此，一步走错，下面就是步步走错，不走怎么能行？

她只能安抚小弟，说一切都会顺利的，边说边把钱塞到了他的衣兜中，伸手拦了一辆出租车，把行李箱放到座位上，坐了进去。

魏蓉蓉说了句："尚明街。"

小弟站在道边连连向她招手。可是，出租车里的魏蓉蓉连看也没看，车就急速开走了。

小弟站在道边一直呆呆地望着。他知道，姐姐说的一切都是谎话，假话。他不明白，为什么一个人有了什么理想和抱负，就必须欺骗亲人，抛弃家庭。要是这样，他一辈子也不愿要这样的理想和抱负，因为他不愿意欺骗亲人，更不愿破坏一个家庭。

出租车拐过几条街来到了尚明街口，刚拐进来，出租车司机就感到情况不对，前面街边站满了人，还有几辆汽车也堵在那里。

魏蓉蓉告诉司机再往前开，她想知道到底出了什么事儿，是交通肇事还是打架斗殴。

狭窄的街道已经站满了人，汽车又走了不远，只好停下。

魏蓉蓉发现人群最密集的地方离欧阳化雨家不远，她心中有些不安。她让司机把车停到路边，她下车看一看，马上就回来。

司机在倒车，魏蓉蓉快步走近人群，她越走越感到害怕，因为人们围观的正是欧阳化雨的家。

穿着上白下蓝警服的警察，戴着红顶子的警车，进进出出的人们，一切都说明，这里发生了大事！

还未等她走到近前，围观的人们的议论让她已经知道，果真出了天大的，在她看来，甚至比天还大的事情！

"娘俩都死了！"

"男的叫欧阳化雨，是省博物馆的。"

“死多久了？还有救吗？”

“救个屁！都挺尸了。”

再多的议论她已经听不见了，头脑里忽然变成一片空白，她的手脚似乎都在抽搐，幸亏她倚在一棵树旁，才不至于瘫倒在地上。

不知过了多久，随着冷汗从身上的汗毛孔向外散发，她的头脑也渐渐清醒过来。一阵微风吹来，她觉得脊背发凉。她擦了把额头的汗水，看清了四周的人群。她想起出租车还在等她，她的行李箱还在车后座，这里已是是非之地，必须尽快走开。

面对突然发生的重大变故，经历了这样巨大，甚至可以说是摧毁性的打击，仅仅经过几分钟的恐怖和空白之后，她竟然还能够清醒地站在地上，还想到应当尽快离开，魏蓉蓉对自己的抗打击能力感到意外和惊讶。

欧阳化雨死了，破案追查必然牵扯到她。赫雷要找她，可能陶进也要找她，他们可以藐视她，甚至奚落她，包括押进拘留所。她无法忍受这一切，她必须走，走得越远越好。

她扭身返回，坐进了出租车，告诉司机：“去火车站。”

司机边开车，边从倒车镜里看了她一眼，魏蓉蓉正冷静地扭头望着车窗外。他不明白，这个女人在这里转了一圈想干什么。

这时，郑吉松等人开着摩托车，刚刚来到她昨晚住过的那个家。

赵强已经从省博物馆回来，馆长和保管部小朱也来了。

他们首先向公安部门报告了一个让大家放心的消息，出了那次盗贼事件，他们加快了向北京送金佛的步伐，他们刚把保险柜中的九宝金佛拿出来，经过检查以后打包装箱，派了多人护送，已经登上了去北京的列车。

他们还确认，死者就是欧阳化雨，他经手的文物库房，要进行认真的查点，有情况他们会及时报告。

此刻，现场勘查已经基本结束，眼前急需对尸体实施解剖，以进一步查明死亡原因。

领导已经作出决定，尚明街专案组由赫雷全权指挥，工作地点就设在管辖派出所。

正在向车上搬运尸体的时候，大卢把老孟头拉来了。

他跑到院中，看到蒙爱玉的尸体，连忙跪倒在地放声大哭。

看到老孟头，赫雷放了心，至少，段、蒙、严、孟四个家族中还有人在，他让大卢把老孟头送到派出所去，先跟他谈一谈，详细问一下，看他能提供什么有用的线索。

尸体被运走，现场勘查员和法医纷纷从屋中走出来。

赫雷安排民警看守现场，便带着大家走向隔着两条街的派出所。

所有人都集中到派出所的会议室。市局领导和唐巨成、庄农坐在长条桌的桌首，赫雷坐在桌边，刑警们有站有坐，挤了三十多人，首先要听技侦科长汇报现场勘查情况。

现场没有打斗和搏击痕迹，他们找到了一个陈年茅台酒的酒瓶和杯碟。死者肯定喝过酒，赵强的判断是正确的。

现场已经被人仔细打扫和擦洗，在几个可以接触到的部位，没有找到有用的指纹。

案发时间，也就是死亡时间和具体死因，要等解剖后才能确定。

赫雷对现场勘查的结果感到失望，连指纹都没找到，等于没有任何抓手，这无疑将增加破案的难度。

但是，大卢的汇报中提供了突破性的消息，老孟头百分之百地把杀人凶手指定为严玉森。

就在前几天，蒙爱玉亲口告诉他，欧阳化雨的生父严玉森，找到了他们娘俩。现在，这娘俩都死了，严玉森不见了，那杀人凶手不是他，还有谁？

几个刑警报告，在对周围邻居的走访中，有人反映，她家中的确来了一个老头，不常出门。

一听说到严玉森，赵强立即报告说，他查过这个人，曾在分局拘留所蹲过二十多天，后来被以盲流身份遣返。

庄农问：“有没有他的照片？马上让群众辨认。”

赵强说：“没有。”

赫雷让技侦科按照群众的描述画一幅严玉森的画像，拿到拘留所，让大家确认一下。

赵强说，张吉顺就是办案人。

有人说，张吉顺让政治处找去谈话了。

庄农的脸上露出一丝疑惑，他是主管刑侦的副局长，奇怪的是，找张吉顺谈话，怎么没人跟他打个招呼？

有人提出异议，要说严玉森真是欧阳化雨的生父，父亲怎么会杀死儿子和妻子？

也有人说，会不会是严玉森也叫人给杀了，或是被劫走了？

赫雷不愿意听这些捕风捉影的胡思乱想，他敲了敲桌子，告诉大家："这个案子第一条就是找到严玉森，都去认认真真查线索，少给我像侦探小说似的瞎编故事，我不听。"

会议乱乱哄哄地开了一个多小时，最大的收获就是，可以确定严玉森就是第一号嫌疑犯。

解剖室打来电话，母子两个人都是死于中毒，死亡时间是十二个小时前。毒物已溶于水，无色无味，可能是一种蛇毒。

几位领导分头讲话，鼓励大家深入细致地开展侦查工作，争取在最短的时间内侦破此案，为"严打"作出新贡献。

领导们退场后，赫雷又对下步工作做了分工。这时候，郑吉松垂头丧气地回来了。

他们没有找到魏蓉蓉，空手而归，据邻居说，她早上提着一个漂亮的行李箱子出门了。

"估计是上了火车站，要不要马上堵截？"郑吉松问。

赫雷没答复他，只是把手一挥，让他坐到了一边。

赫雷说完分工，已经是下午两点多了，他让派出所给大家准备的午饭也搬了上来。

一人一个面包，一根香肠。

吃饭的时候，郑吉松又凑到赫雷跟前，他要带人去堵截魏蓉蓉，时间拖长，就困难了。

赫雷问道："你认为她会是杀人凶手吗？"

郑吉松摇头："那肯定不是，她昨晚在家睡觉啦。"

赫雷叹了口气："那抓到她会怎样？"

郑吉松摇摇头，觉得这话问得本身就很奇怪，他无法回答。

如果说博物馆经过检查金佛安全无恙，赫雷估计，这惹祸的根苗，就是那尊假金佛。从古董市场那个老板说，再也找不到魏蓉蓉，他想到，金佛可能有了新买主。

他有个初步推断，新买主可能就是严玉森，他可能是欧阳化雨的父亲，但不能因为有了这层关系，就说他不是杀人夺宝的凶手。对于专案组来说，找或是不找魏蓉蓉都为其次，抓到严玉森，才是第一号任务。

可一旦把魏蓉蓉抓起来，对老魏家会造成怎样影响？对陶进又会造成怎样影响？虽然说现在离了婚，可社会舆论会是什么样？

思前想后，斟酌再三，赫雷叹了口气道："等研究一下再说吧。"

郑吉松只能点点头。

怎么研究？什么时候研究？赫雷都没说。其实，对魏蓉蓉的事情再也没有研究，甚至也没人提起过。

魏蓉蓉就这样滑了过去……

二十九

尤母

在赫雷带着大多数刑警赶赴尚明街17号现场的时候，张吉顺因为昨天晚上值夜班，就有理由来得晚些。等他走进刑警队的时候，除了内勤萧娟，还有两个年轻的值班刑警，刑警队里一天到晚从来没这么安静过，看似有点像人去楼空的样子。

张吉顺一看，感到惊奇，便问道："这么冷清，人呢？都干啥去了？"

内勤萧娟瞥了他一眼，没好气儿地说道："干啥去了？都玩去了。"

张吉顺知道这不可能，好奇心促使他继续追问："不能，都干啥去了？"

萧娟还在顶撞他："我非得告诉你是怎么的？你又不是领导。"

张吉顺被顶得没趣，转身问那两个刑警："你们两个小子，昨天晚上不是也值夜班了吗？"

两个刑警点点头。

"那怎么还来这么早？"

"发生大案子了，回来看家。"年轻人没人敢顶撞他。

张吉顺刚要问什么大案，另一个刑警向他使了个眼色。

张吉顺顺着眼神来了个一百八十度的转身，发现政治处的高副主任坐在门口。他马上打趣地说道："政工干部深入基层来了，有何贵干啊？"

"找你。"高副主任说得很轻松。

张吉顺感到惊奇："找我？啥事儿？"

"谈话。"

“谈啥？”

“谈你的错误。”

张吉顺几乎跳了起来：“哈！我有错误？我有错误吗？你们才有错误！否定“文化大革命”成果，我早晚跟你们算这笔账！”

高副主任道：“你先别喊，我问你，‘文化大革命’要干什么？”

张吉顺立即变得神采飞扬，他大声说道：“打倒走资派！在无产阶级专政条件下继续革命！”

高副主任又高声问道：“为什么要打倒他们？”

张吉顺情绪越发激昂：“他们要篡党夺权，搞什么个体户，复辟资本主义！他们把国土卖给外国人，是大汉奸！”

高副主任突然问：“你是不是有个外号叫魔怔？”

张吉顺毫不隐瞒：“有！怎么的？”

高副主任问：“这个魔怔是啥意思？”

张吉顺被问得有些发蒙：“你说啥意思？魔怔，就是魔怔。”

高副主任：“不对！魔怔，就是‘谋政’，阴谋的谋，政权的政，你甘当‘谋政’，就是想要谋取政权！就是为了篡党夺权，是不是？”

张吉顺不解：“我是在捍卫无产阶级革命政权！”

高副主任大声问：“你要篡党夺权，该当什么罪？”

张吉顺十分不解：“我要篡党夺权？是你说的？”

高副主任：“是你自己喊的，谁叫你‘谋政’你都答应，这不是狼子野心昭然若揭吗？你还有什么可说的？”

张吉顺还是不明白：“我答应，就是昭然若揭吗？”

高副主任喝道：“张吉顺同志，现在我还称呼你为同志，现在，根据你的狼子野心，革命人民要一致声讨你！我代表上级宣布，你调离刑警队，停职反省，认真进行检查，写出检讨材料，求得革命群众的谅解。”

萧娟和两个刑警在一边简直看呆了，这是一出什么戏？两个人一来一往说了些什么糊涂话？多滑稽。

你还别说，张吉顺还真的听到心里去了，他十分认真地问："是不是要我隔离反省？"

高副主任道："是反省，不是隔离。"

张吉顺问："我能回家吗？"

高副主任道："能！上班来，到后勤跟勤杂人员在一起，也可以管管他们。"

张吉顺又问："我能管他们？"

高副主任道："可以，后勤又不是党政机关。"

张吉顺点头："我写了检查交给谁？"

高副主任道："交给我。"

张吉顺说了声"是"，两脚一并，朝高副主任敬了一个礼，转身走了出去。

萧娟第一个喊了起来："高主任，你这是唱的什么戏？"

那两个刑警也惊讶地望着他："高主任，你可真神了，他跟我们可矫情了，怎么那么听你的？"

高副主任自豪地说道："你们不知道吧？这是我这半年多才发现的，我越看他越不正常。我就问大夫，他们说，有一种间歇性的精神病，只要把他带到那个情景中去，他就会发作。"

萧娟连连称赞："你太了不起了，有人说，他一直还活在'文化大革命'里，我们还不信呢。"

高副主任道："你们也别夸我，我也是蒙着试一下，他要是不受这个，我就说跟他开玩笑呗。"

萧娟不由得发出感叹："天呐，我们整天跟一个精神病人在一起，好多人都带枪，这太危险了。"

一刑警道："幸亏没给他配枪。"

高副主任道："你们放心，只要他不进入这种特定的情景，他好着呢，比正常人还正常。"

一出戏演完了，高副主任要去写报告，他的报告会这样写：经过检验，张吉顺同志确实已经患有间歇性精神病，又名造反综合征，故建议尽快把该同志调离公安机关。

高副主任刚走，陶进无精打采地回来了，他没看见方才那一出好戏。

一位刑警问：“陶哥，听说死了娘俩，是干什么的？”

陶进摇头：“我进院就在那儿等着，根本没进现场，不大一会儿，赫队就让我回来，继续办以前的案子。”

萧娟奇怪地望着他：“陶进，你到现在还不知道死的是谁吗？”

陶进摇头：“我没问，我是想，一会儿法医和技侦科，不得详细介绍现场勘查情况吗？”

萧娟大声道：“陶进，我说你就是个傻狍子！你知道不？死的是欧阳化雨和他妈！”

陶进一时竟愣住了，说不出此时此刻心里是惊讶还是担忧，但他立刻就想到了魏蓉蓉，忙问道：“那蓉蓉呢？”

萧娟把嘴一撇：“还问蓉蓉呢？她没影了。方才治安科的人说，郑吉松到她家，去找蓉蓉，老魏一听就火了，骂郑吉松诬蔑他姑娘。”

陶进道：“是，他一向认为，他姑娘是天底下最好的。”

萧娟道：“小郑也没客气，说你姑娘搞的那个姘头死了，要找她问情况。老魏当时就气得连嘶带骂。等小郑走了，老魏的半拉身子不会动弹了，话也说不出来了，他家就给治安科打电话，急忙送医院了。”

中风了！想想这些年受的指责和窝囊气，陶进一时倒也觉得解气，便说道：“他一辈子拔横横，这回可倒好。”

一刑警道：“是治安科周科长来我们才知道的。”

萧娟指着陶进道：“你呀，幸亏离婚了，算你走运，要不，说不准还得吃瓜落儿呢。”

陶进道：“那也不是我主动提的，是她要出国，非离不可。”他似有所悟：“我才明白，赫队这是让我回避。”

萧娟道：“才明白？要是早听大姐的话，跟她吹灯拔蜡，你早就解放了，我说你就是个傻狍子嘛。”

萧娟三十出头，是两个孩子的母亲。爱人是省公安厅的一位处长，她在家里是一把手，在刑警队里，也是这百十号人的大管家。

她业务熟练，办事认真，更重要的是她性格直爽，口无遮拦，这也是大家尊重她的地方。

当初，她就对陶进的婚姻极为不满，认为老魏是借着权力要手段，欺负老实人。后来听说魏蓉蓉又有了婚外恋，她更是愤愤不平，甚至劝陶进赶紧离婚，可是陶进就是迈不开这一步。

她说得多了，他爱人就阻拦，人家都说，宁拆一座庙，不拆一家婚，你说这么多干啥？

下午快下班的时候，郑吉松骑着摩托车回到刑警队，把钥匙交给陶进，传达了赫雷的一项新指示。

让他俩去拘留所查一下，那几个判死缓的干部子弟，要是没送走，就抠一下那个杜衙内的去向。详细情况，可以问一下治安科长周大立。

陶进弄不明白，赫雷这是怎么啦？不说是“南下支队”的案子一刻也不能停吗？怎么又让他去找周大立？

治安科长周大立比赫雷还大两岁，在分局算是科长老资格。这次“严打”让他露了一把脸，他长期调查的这个由不少干部子弟组成的“采花团”，终于遭到了灭顶的打击。

可是，周大立对这个案件的审判结果感到有点意外。

他非常清楚，这帮中高级干部的孩子走向犯罪，既有主观原因，也有更多的客观原因。许多孩子是在“文化大革命”期间“停课闹革命”，父母进牛棚，没人管教而学坏的。

“我不理解，怎么判这么重？”周大立第一个问的就是唐巨成。

唐巨成从办公桌里拿出一份报，对周大立说道：“这是上级刚刚发来的一个内参。文件中说，全国几个省市都出现了像河北省唐山市的‘菜刀队’那样的犯罪团伙，他们疯狂抢劫、杀人，强奸、轮奸妇女，在国内外已经造成极为恶劣的影响。”

周大立点头：“咱们区也有几个杀人强抢的团伙，十分嚣张，许多女工不敢上夜班，这样下去，怎么得了？”

唐巨成继续念叨：“特别是1983年6月16日，在呼伦贝尔盟喜桂图旗，8名十几岁的社会闲散青年酒后滋事，残忍杀死了27名无辜者。你听听，27条人命啊！其中包括75岁的老人和2岁的幼儿，并有多名女青年被强奸、轮奸。这帮犯罪分子同时还犯有抢劫罪、爆炸罪。这起极为罕见的特大凶杀案，在当地引起巨大的混乱，震惊全国，给社会造成极大的危害。虽然被害者的亲人和当地广大人民群众集体上书，要求把所有罪犯全部处以死刑，但经审判后只有两人被判处死刑，群众不服，甚至激昂愤怒，有关部门答复说，其他罪犯都不够判处死刑的法定年龄。后经查证，有几个人是假报了年龄。”

周大立点点头，这件事情他也听说了。

“‘六·一六’案件震惊了中央领导。此后，党中央综合各方面的意见，果断作出了严厉打击刑事犯罪和经济犯罪活动的决策。”

唐巨成又拿出公安部的一份文件：“看看，这里是这么说的。今年7月19日，党中央同志在公安部长刘复之呈上的报告批示道：‘这样四平八稳，解决不了问题。’必须严厉打击刑事犯罪，态度非常坚决。对严重刑事犯罪分子，包括杀人犯、抢劫犯、流氓犯罪团伙分子、教唆犯、在劳改劳教中继续传授犯罪技术的惯犯以及人贩子、老鸨儿等，必须坚决逮捕、判刑，组织劳动改造，给予严厉的法律制裁。必须依法杀一批，有些要长期关起来。还要不断地打击，冒出一批抓一批。不然的话，犯罪的人无所畏惧，十年、二十年也解决不了问题。现在是非常状态，必须依法从重从快集中打击，严才能治住。搞得不疼不痒，不得人心。这就是人民民主专政。要讲人道主义，我们保护最大多数人的安全，这就是最大的人道主义！严厉打击刑事犯罪活动是一件大快人心的事。先从北京开始，然后上海、天津，以至其他城市。只要坚持这么干，情况一定能好转。”唐巨成接着道：“‘治乱世，用重典’是古书上说的。这‘重典’重到什么程度才算‘重典’？没有谁能说得清楚。现在是非常状态，必须依法从重从快集中打击，从严才能治住。”

周大立点头：“是啊，站在被糟蹋的那些女孩子立场去想一想，再不打击这个

‘采花团’，现在的社会，已经变成了好人怕坏人，政府就是姑息养奸。”

唐巨成道：“但是，我一再强调，我们公安分局作为基层办案人，必须保证事实准确。这就是对人、对事负起了责任。这是让我担任区‘严打’领导小组成员以后，我想到的第一件事情。”

周大立点头：“这一点我敢保证，说实话，我报的材料，只有遗漏的，没有一点儿无中生有的事儿。”

唐巨成点头：“这就好。只要事实准确，我作为公安局长就问心无愧。你懂吗？”

周大立道：“我懂。”

唐巨成道：“‘严打’是国家在特殊时期采取的特殊手段，你要记住这句话。明后天，在全局干警大会上，我要传达这两个文件。”

周大立道：“这样的文件，应该早点传达才是。”

唐巨成颇有感慨：“是啊，按照老规矩，原定这两份文件的传达范围只限于县团级，最近，才来了个大突破，可以传达到广大干警。打破这个传达范围也是个不简单的事情啊。”

唐巨成想了想说道：“我再给你举个例子，就像突然有了紧急情况，一个地区要实行宵禁一样。只要实行宵禁，你夜晚上街就是犯法，就可以抓你蹲拘留。”

周大立道：“我明白了，特殊环境，特殊时期，就要用特殊的处理手段，是吧？”

唐巨成点头：“‘严打’是国内的迫切需要，也是当前的国家决策，我们必须认真执行，不能有半点含糊。”

周大立道：“有人说，严也得有个尺度。”

唐巨成道：“我不知道他们说的尺度是什么。咱们中国人说，杀人偿命，可外国有不少国家早就废除了死刑。要按他们的标准，像朱岗也不能枪毙，判个几十年，还得长期养活着。”

别看周大立是治安科长，他还真不知道，世界上还有废除了死刑的国家，他问道：“在那些国家，杀人可以不偿命吗？”

唐巨成道：“当然。”

周大立拍了拍胸脯说道：“这回敞亮了。今后，谁翻腾这件事情，我就用宵禁期间上街得蹲拘留，给他们解释。”

唐巨成告诉他，杜衙内一定要抓捕归案，要刑警帮忙，他们会有办法，治安科要做好配合。

周大立完全赞同这种做法，刑警这帮家伙，有的是招法。

果然，周大立和唐巨成刚谈完话，陶进和郑吉松就来找他索要杜衙内的照片。

身为一个女人，尤其是作为一个母亲，于红对儿子也是很想念的。

当初，离婚的时候，为了轻手利脚干革命，她与丈夫都能划清界限，用大字报把他轰倒，儿子算什么？在一个无产阶级革命者的心里，丈夫、儿子，统统都是儿女私情。既然要跟尤家这样“资产阶级走狗的孝子贤孙”划清界限，当然也包括这个孙子的孙子。

在夺取了工厂的领导权之后，继续革命的号角必须吹得更响，哪怕是再重新组建家庭之后，那也是革命的伴侣，战斗的家庭，更不能去想个人私事。所以，直到“文化大革命”结束，她根本就没想到过还有一个儿子。

当夫妇二人都调转到地方工作，有了一个安静的家庭之后，于红越发感觉她好像是缺了点什么。

不论是在办公室还是在家里，只要清静下来，她就会想起，她的儿子在哪儿？在干什么？他还好吗？现在，该长成什么样子？多高了？他漂亮吗？

这么多的疑问萦绕在心头，常常会让人坐立不安，说心里话，她很希望能去看看他。但是，她不能这样做，因为在和老杜结合的时候，她就信誓旦旦地说过，因为那个孩子不属于无产阶级，她永远不会再和他接触，也永远不会做那种阶级混线的事情。

老杜也有个儿子，按当时最流行的说法，“龙生龙，凤生凤，老鼠生儿会打洞”，理所当然就是革命的红后代。于红表示，愿意像亲生儿子一样待他，教育他，让他把革命的重担挑起来。

这些年，随着孩子长大，她发现这个“红后代”不论是去当兵，还是回到地方，他身边总是围着一群狐朋狗友，他总是一些卑鄙肮脏坏事的主谋。

她担心孩子会变坏，便向老杜提醒注意孩子的接触关系。

老杜妻子在世的时候，对孩子管得挺严，孩子也很听话。妻子去世，孩子没了娘，老杜对孩子就宠惯起来。同样是看待孩子接触关系这件事情，他和于红就截然不同。他认为，这是孩子天生具有群众领袖气质的优秀表现。

看来这个衙内变坏，是当爹的宠的。

于红听了，大惑不解，但她很快就进行一番“斗私批修”，及时地修正了自己的觉悟和观点。她认为，她自幼出身寒门，又曾嫁给资产阶级走狗的孝子贤孙为妻多年，当然无法慧眼识珠。

随着这一看法出现革命性转变，这个可能成为群众领袖的家伙越变越坏，最终成了一个专门骗奸、强奸、轮奸女孩子流氓团伙的龙头大哥，成了作恶一方的杜衙内。

于红曾想让他尽早结婚，好改掉这些恶习，说教言辞稍微严厉一些，反倒惹衙内大为不满，随即使了几招，立马就把于红给治服了。

他的招法很简单，就是到处散布消息说继母对他太坏，想让他出去独立家门过日子，以便把她自己那个儿子弄进家来。

继母虐待孩子，自来就遭人恨，这样的言论一经扩散，于红就有口莫辩。甚至老杜都跟她摊了牌。

老杜拿出了军人脾气，拍着胸告诉她，我既然有了儿子，我就能管好他，保护他。想把那个资产阶级孙子的孙子弄来，没门！

这回可倒好，老杜遭了一个现世报，要不是靠于红的关系及时通风报信，儿子跑得快，说不定他的脑袋早都掉了。

虽然说，那天的晚宴上她谈笑风生，心里却异常难过。客人散尽，她回到卧室，竟然掉了几滴眼泪。她开始想念自己的儿子。

他知道老尤到了农村又娶妻生子，给他落实政策调他回城，他都不干，显然是已经乐不思蜀。儿子跟爷爷在一起，过得到底怎么样？

老杜还在看文件，是因为明天他要带着市里的城建局长、房管局长、规划局长到沈阳去开三省城市建设规划会议，她要借家中空闲的时候，把儿子找来，跟她团聚几天。

今天是星期天，杜副市长一早就被汽车接走，直接去了火车站，在那里与几位局长会合，一同去沈阳参加会议。

送走老杜，于红给两个服务员放了假，她说自己在家，不用服务，让他们休假三天，等老杜回来再来上班。

这些服务员都是政府办公厅派来的。像要把儿子带进住所这样私密的事情，她不想让他们知道。

上午九点多钟，于红换了一件灰蓝色的外衣，乘坐公共汽车来到了极乐寺附近的古玩市场。

于红的下属不乏有心计的人，他们早就揣摩到领导的心思，把她儿子的活动场所替她摸清了。

每个周日，这里总是格外热闹，窄窄的不到百米的一条街道，两边摆着贩卖各种真的假的古董和小物件的地摊。反正是休息的日子，内行的，外行的，凡是有兴趣的，都来这里溜达。有的真能碰到罕见的真货，当然，大多数还是买些假古董自娱自乐罢了。

于红是第一次到这样的地方来，她寻找的不是真货、假货，而是儿子。她穿过小街人群，径直来到一家古董店。

可是，这家古董店门上落着一把锁。她以为找错了地方。

这是因为她不太了解倒卖古董人的活动规律。

一早，趁着摆地摊的人刚刚把货摆出来，他们都要从头到尾走上一趟，看到有什么真货、好货、便宜货，要抢先买到手里。

一般来说，地摊上的东西大多便宜，许多小贩见利就走。还有一些下岗的职工也来摆地摊，他们大多业务不精，对古董的价格也不甚了解，就算是拿着好东西，一旦遇到行家，也未必能卖上个好价钱。

这些真东西、老东西，一旦到了这些行家手里，那价钱，可就得打着跟头往上翻番。

小尤和他爷爷早早就来到这里，正在一家挨一家的地摊上寻宝呢。

祖孙二人走了大半条街，也算是有所收获。爷爷花了几块钱买了一块不走的老怀表。

其实，这是当年俄国人在东北修建东清铁路时候统一配发的铁路官表，尤爷爷一看，知道是油泥把机器滞住了，只要清洗一下，保证就会咔咔走动。修好了，准能卖出大价钱。

小尤喜欢那些清白色的小玉件，不管是和田玉还是岫岩玉，个个精雕细刻，拿在手里感到既坚硬，又温润，感觉十分特别。他也在一个地摊上淘到了一块足有百年之久的美玉。

俩人走回古董店，打开门锁走进屋中。

当初，老尤只在这里摆一个栏柜，而今，他已经把整个店铺都兑了下来，不仅栏柜的东西是他的，连货架上的坛坛罐罐，也都属于他了。

两个人没等坐下，于红就走了进来。

看见于红走进屋中，爷孙两个一起愣住了。

爷爷一见到她，大概就猜出了她出现在这里的目的，便捅了小尤一下："快叫妈。"

不管相隔多少年不见，小尤还是一眼就认了出来，这个女人就是他的妈妈，可他张了几下嘴，却没喊出声音来。

于红终于亲眼看见了自己的儿子，当年，她离开尤家的时候，孩子只有十三四岁，而今已经长成该娶媳妇的大小伙子了。

于红难以控制自己的感情，她上前一把把小尤揽在怀中，抱着他呜呜地哭了起来。

爷爷忽然觉得自己站在屋中有些不妥，他们之间，不论何时何地因何变故，母子关系是永远无法改变的。可自己就是个例外，别看已是一把年纪，他甚至说不清，他跟这个前儿媳妇现在该怎么称呼，为了避免尴尬，老尤就无声地退了出去。

看见母亲哭泣，小尤也流下了眼泪，他拉着于红道："妈，你坐，别哭了，我这不挺好的吗？"

于红坐到一个圆凳上，拉着他的手，又上下打量他："这些年，妈不在跟前，让你受苦了。”

小尤擦干眼泪，平静地说道：“没什么，我挺好的。”他说这几句话的时候，心里五味翻腾，多少苦辣酸甜都一起涌上了心头。他不哭，决心强忍着，努力使自己不哭出来。

于红轻声说道：“这几天，妈家里有空闲，跟妈去住几天好不好？”

小尤摇头：“我还得帮爷爷看店呢。”

于红道：“就住两天，你就回来。你去叫你爷爷，我跟他说。”

小尤点头，他走到店门口把爷爷喊了回来。

爷爷进门，于红从兜中掏出用纸条捆着的一整沓十元票，递给爷爷：“这些年，你带着孩子受累了，这点钱算我谢谢你。”

爷爷连连摆手：“他妈（他这个称呼叫得挺恰当），这可千万使不得的，自古以来，爷爷管孙子是情理当然，没什么好谢的，千万使不得。”他这话里含着潜台词，谁不知道，妈妈管孩子更是情理当然。

于红并没有听出这句话的味道，只看见了爷爷脸上有些诚惶诚恐，便说道：“这样吧，这些钱就算是我给孩子的，放到你这儿，你替他管着，孩子有个用项，好拿出来花。”

爷爷接过钱：“要这么说，我倒可以替他保管，省得他乱花。孩子，你记着，你妈妈给你的一百块钱，在我这里保管。”

小尤对爷爷收下这些钱心里有些难为情，他道：“妈，我不需要钱。”

于红道：“别这么说，钱还能没有用吗？不花，就攒着，到时候，妈还要给你张罗媳妇呢。”

爷爷把钱已经收起，他自语道：“从年轻就当账房先生，到老了，还给孙子管起账来了。”

于红道：“他爷，老杜爷俩都不在家，家里就剩我一个人，挺空的，我想让孩子去住一两天，你看行吗？”

老尤一时没回答，当妈的领孩子去住两天，没人能说不行，可他马上想到，孩子将来会不会跟他疏远，这可是他不愿意看到的，甚至是感到可怕的事情，他难道还能老来无靠吗？但是，他知道这一切无法阻挡，只是稍作迟疑马上就答道："行啊，他妈带去，我还不放心吗？"

于红向老尤道谢。

这倒让小尤有些为难，说实在话，妈妈在他心中的印象一直不是很好。当初，他记得"停课闹革命"的那几年，父母几乎天天吵架，他也知道妈妈贴过爸爸的大字报，还把爷爷捎带上了。甚至后来把父亲弄到乡下去，也是她决定的。他不知道该怎样对待这样的妈妈，至少，有一条是可以肯定的，她要不来找他，他永远不会去找她。

可是现在，妈妈来找到他，让他去，爷爷已经答应，他已无法拒绝，只好点头答应。

于红见孩子已经点头，便站起来跟爷爷告别，拉着他走出门去。

刚走出不远，爷爷忽然也跑出门来，朝小尤喊道："别忘了，小陶明天下午过来找你。"

其实，这是爷爷给孙子想要脱身留下的一个借口。

一旦，到时候母亲不放他回来，小尤便可以跟他人有约在先为理由，离开那里。

可能对儿子的接触关系格外重视，于红便问："小陶是谁？"

小尤答道："一个卖古董的。"

小尤当然知道小陶是谁。爷爷相信，一旦陶进来找，小尤不论在哪儿，都会回来。

在小尤心里，陶进和赫雷都是他的恩人。

于红带着小尤打了一辆出租车，来到离家不远的一家商店跟前。她指着橱窗里陈列的衣服，问他喜欢哪一件。

小尤摇头，他一件也不喜欢。

这是于红对儿子的一次测试，看他喜欢穿什么，从而判断他的价值取向。这是她近些年从小杜追求时尚中得到的启发。

小杜为了博得女孩子的青睐，什么时髦穿什么。从小尤对时尚服装的反感，她看出了他和小杜之间的差别。

对时尚服装没有兴趣，小尤却看到了商店门前一个小贩摊车上的几件旧货。他跑了过去，拿着一个看似普通的盛菜碟子，翻过来掉过去看个不停。

接下来便与小贩讨价还价，最后，他付了八毛钱买下这个菜碟。

这让于红大为不解。

小尤交了钱，小心地把菜碟揣到怀中。

于红提醒他，商店里的新碟子最好的才两三毛钱一个。

小尤得意地道："妈，你不懂，这是青花釉里红，清末的，在我们那儿，能卖到五六块钱。"

看来，这孩子已经走上了买卖古董这条道，能不能赚钱养家糊口，尚难预料，但总比老杜的儿子强得多。就冲这一点，她为自己庆幸，也感到自豪。

到了家里，小尤大感惊讶，他头一回走进这样宽敞、高大的楼房里。

客厅里摆着一台比家里炕桌还大的电视机，那上面出来的人儿，都是带颜色的。于红从一个两开门的立柜里拿出菜和肉，告诉他，这个柜子叫电冰箱，她要亲自为他做饭。

电视机打开了，里面播的还是过春节时候的节目，一男一女连扭带唱，接下来还有一个人吃鸡的节目，哈！太好了！这就是春节联欢晚会。

过年的时候，他和爷爷是从半导体收音机里听的晚会节目。那时候，光能听见观众的笑声，不知道为什么会发笑。而今，他亲眼看见了那块"鸡肉"像牛皮筋一样难啃的滑稽动作，小尤乐得前仰后合。

吃完晚饭，小尤被领进一个放着宽大浴缸的浴室，里面放进大半缸热水，他舒舒服服地洗了一个热水澡。

洗完澡，于红又拿出几件小杜穿过的衣服，让他挑，看好哪件就穿哪件。那些衣服都很时髦，也都很新，甚至没穿几次，有的干脆没上过身。

于红以为见到这些衣服他也会像看到电视一样乐不可支。出乎意料，小尤并不喜欢这些衣服，他的理由很简单，穿上这样的衣服人家会把他当成有钱人，再卖给他东西就会要高价。

于红黯然摇头，这样的儿子将来能有出息吗？

晚上，先后有两位客人来访，于红让小尤待在卧室里别出来。

见到了母亲，心里自然高兴，这是他几年来向往的一天。他百分之百相信，不管是他的爸爸，还是他的妈妈，总有一天会来找他。

他希望，不论是谁见到他，都会认为他是一个健康、诚实的有为青年，这样才能更喜欢他。

他多么向往爸爸妈妈的爱抚啊。

也许，正是由于他心里一直存着这样要得到父母夸赞的善念，那些年，他在滑往“绺行”的邪路上并没走出多远，在被陶进警告后，立即收手刹车，并成了刑警的帮手。

可是，十多年同住一个城市而不相往来之后，今天，妈妈真的来找他了。但是，这个相会，也许是因为来得太突然，也许是来得太晚，远远超过了他的期待，而让他感到意外和惊诧，甚至有些疑惑。

他觉得他见到的妈妈，不是他心里时常思念的那个妈妈。

让小尤感到有些不适应的是她那种领导干部气质。当初和父亲争吵的时候，她就是用压倒一切的口气，把爸爸顶得张口结舌，也许，这样的记忆留在心里刻痕太深。小尤跟她走了一路，直到让他躲进卧室，在小尤看来，她依然是那样压倒一切的神态。

卧室通往客厅的门没有关严，这不是于红的疏忽，因为于红不介意他能听到什么，而是不愿让客人看到他。

这间卧室里有大号的录音机，还有高级音响，墙上好像贴过什么，都已经被揭掉，只留下许多胶水的痕迹。

墙边有一排书柜，都锁着，好像已经经过了认真清理。

这里本是小杜的卧室。

客厅里的两个客人不是一起来的，先来的人嗓门大，进门就问：“杜市长走了吗？”

于红道：“走了，早晨走的。”

客人道：“我被调到后勤去了，是赫雷把我踹出来的。”

听到有人在说赫雷，小尤立刻竖起了耳朵。

客人道：“我把黑他的信写好了，你看看不？”

于红道：“我不看了，你直接寄到市局政治部就行了。”

客人的口气十分得意：“那好，我明早就寄，我这个重磅炸弹扔出去可就够他喝一壶的。”说完他就要走，这时门铃响了。

第二位客人来了。

俩人走了个对面，还打了个招呼。

第二个客人说话声音很小，弄得于红说话也压低了声音，小尤在他们交谈中只听到，三个字：“汉阳造。”好像是在谈论什么武器似的。

第二个客人也走了，于红来到卧室，问起这些年来尤家一些琐事，两个人唠到快半夜了，于红突然问：“妈妈给你做的饭香不香？”

小尤回答：“香。”

于红又问：“我要你跟我在这儿长住下去，你喜欢不？”

小尤不假思索就摇头：“不喜欢。”

于红不解：“为什么？”

小尤道：“那爷爷怎么办？他离不开我。”

于红道：“不可能，谁离不开谁呀。”

小尤道：“我就离不开他。”

这倒是个难题，于红不曾料到，这个孩子跟他爷爷还真有感情。

小尤接着说：“我怕他今晚睡不好觉。”

于红道：“你到我这儿来，他知道，不会的。”

小尤点头：“我今晚住在这儿，明早回去行吗？”

于红回答得也很干脆：“行。你睡吧，时候不早了。这是你哥哥的房间，他到南方出差去了，一时半会儿回不来，你就在这儿睡。”

小尤问：“那你睡哪儿？”

于红点亮了桌上的台灯道：“我在楼上。”说着走到门边，关闭了室灯道：“明早，我还给你做好吃的。”

小尤道："我也会做，我帮你。"

于红道："不用你。晚安。"

小尤不知道也该回答一句"晚安"，便点了点头。

于红关上房门走了出去。

回到楼上的卧室，像往日一样，于红把今天对儿子的所见、所感，做了一番回忆。她认为，由于长期和一个从旧社会过来的老人（资产阶级走狗）在一起，她经历十月怀胎生下来的儿子，已经变成一个地地道道的小市民。

他胸无大志，对奢华、权势、富贵，缺乏承受的欲望和勇气。他只顾眼前利益，满足于现实生活，除了那些坛坛罐罐和破烂货，不会认识其他。

假如真的传扬出去，说她的儿子，是个倒卖古董的小贩子，她的颜面岂不丢失殆尽？

老杜要是知道这些，该怎么想？按他的性格，一定会把他当成一个下等人而拒之门外。

想来想去，万全之策就是这样秘密来往，既可解思念之苦，又不影响自己的声誉和家庭。拿定了这个主意，她才安稳地睡了过去。

第二天早晨醒来，她就来到楼下的卧室门口，听了听里面没有动静，显然孩子还在熟睡，她开始做早餐。

原定，今天不打算上班，要跟儿子再亲热一天，有了昨晚的主意，她想让他吃完早饭就回到他爷爷那里。

早餐很快就做好，牛奶、面包、香肠，还有咖啡和水果，一应俱全，是一顿地道的洋早餐。其实，这也不是于红和老杜的早餐，只是今天为了向儿子炫耀才拿出了这些小杜喜欢吃的东西。

早餐摆到餐桌上，儿子还没有起来，她到卧室门外听了听，还没有动静。便轻轻敲门，还是没有动静，她拉开门，不由得吃了一惊！

屋中无人。

她匆匆走到床边，床上的被褥摆放依然整齐，他根本就没睡过。

她扭头看见，台灯下有一张字条，连忙拿了起来。

上写着一行歪扭的字：妈，我想爷爷，回去了，再见。

啪的一声，她把纸条拍到桌上，气愤地骂了一句："这个小兔崽子！"

其实，小尤离开这里的主要原因，并不单单是为了爷爷，而是他听到了有人在给赫雷写黑信。

在他心里，永远也忘不了，赫雷和陶进请他吃饭、喝酒的那次经历。那是他一生都会藏在心底的荣耀。

就从那天起，小尤觉得自己成了一名战士，特别是他把"奔娄头"拖进法网之后，心中更觉得充满自豪，只要全歼"南下支队"，他就觉得完全弥补了自己当年的过错。

既报效了国家，又保护了老百姓，这才是他久久向往的事情。

有人要给赫雷写黑信，还得向母亲报告，她是在干什么？

在他看来，有母亲在后面支撑，赫雷注定遭难。因为他已经意识到，母亲的官儿要比赫雷还大。他再也无法安睡，得赶紧跟爷爷商量。

决心要开溜，也不能不辞而别，他找出抽匣的纸笔，写了一行字。最后两个字写还是不写，他思索再三，最后还是写上了"再见"二字。

她毕竟是妈妈，时间长了不见，他也会想她的。

三十

病变

在东北，一早一晚，可以感到秋天的凉意，火车一进山海关，尽管也是早晨，却觉得闷热得不行。

虽然是在软卧车厢，头顶上的风扇一直转个不停，也没觉凉爽。严玉森被热醒了，再也难以入睡，干脆就坐了起来。

他抬头看了看放在顶部隔板上的行李箱，安静地放在那里，随着列车的行驶轻轻摇晃。

他在上车前对两个箱包都打开仔细看了看。双肩包里除了金佛，尽是些书籍和日用杂物，行李箱里散乱地装着一些衣服，他在箱子底层找到了几百元钱，算是意外收获。他把双肩包塞进行李箱中，用一把锁锁好。二合一，既可更好地保护金佛，也减少一个负担。

车窗外的景色匆匆闪过，列车正在急急向北京飞奔，他估计九点多钟可以到达，现在就得想好，到了北京，要把宝贝藏到哪里？

现在，祖先们代代相传，保管了上千年，追踪了几百年的宝物，终于落到了自己手中。他成了这件宝物的主人，他可以把玩它，欣赏它，他就是全世界最富有的人。

可是，随之而来的问题是，他在国内居无定所，这样的宝物他在哪里安放，在哪里欣赏？

为此，他动了一个念头，为了有地方安放金佛，他应当在北京尽快买上独门独院的一座房子。

这样的房子应当就在前门一带，大栅栏那里小胡同多，曲里拐弯，很容易隐蔽。

车速如飞，八点多钟，列车已经接近京郊，同在一个软卧车厢的两个老人准备下车，远在硬板车厢的儿子跑了过来，帮助他们收拾包裹。

看着这一家人在忙活，忽然，一件重大的心事涌上心头，严玉森的心头一紧。就算是买了房子，他还能把这个宝物保管几年？

几次心脏报警，让他摸到了阎王爷的鼻子。这种毛病来得急，没有预警，没有信号，说来就来，来了就要命！钻心的疼痛，死亡的恐惧，都让他苦不堪言，现在想想，还能惊出一身冷汗。这样重症疾病，随时都会有发作的危险，一旦再反复来一把，这宝物下场又该如何？

段、蒙、严、孟四家，只剩他孤身一人，老辈人的规矩还守得住吗？没有了四家族的人，他必须尽快寻找能够帮助他的人，想到这里，他脑子立马出现了一个人，这个人就是翟铁。

翟铁是在他的帮助下逃出来的，对他当然会感激涕零。他们曾经相约，两个人不论早到、晚到，一定要在北京火车站前面见面。

前些天，他来到北京，没有见到翟铁，他本应当等下去。可是，因为他掏得了欧阳化雨的一个钱夹子发现了九宝金佛的照片，又急忙返回了哈尔滨，直到从妻子和儿子手中夺得金佛。他再次返回北京，可以说，有意无意是心里有一个念头，就是因为在这里可以等到翟铁。

也许翟铁已经在这里等他好几天了。

火车即将进站，旅客们都提着行李和箱包涌向车门。

严玉森从隔板上拿下行李箱，也许是用力过猛，这一抻一拽，又让他感到心区发出一阵剧痛。

不好！又要犯病。他忙坐到铺上，从怀中掏出救命葫芦，从里面倒出了十几粒药，连忙填到嘴里，用舌头把药压住，让它一点点融化，据说，这样药力会发挥得更快些。

他坐在铺上一动不动，足足有三四分钟，才觉得心区的疼痛慢慢减轻，直到他可以站起身来，拉着箱子走向车门。

他是最后一个走下车来的。乘务员见他脸色苍白，关切地问他需不需要帮忙，严玉森摆了摆手，径直向出站口走去。

北京站是为庆祝建国十周年建成的，建筑宏伟，装饰华丽，是国内最大的火车站。这里，每天都是人的海洋，售票处、候车大厅、广场上到处都是熙熙攘攘的人群。

出站的人，都得从站台走进地下通道。这条通道长达百米，里面，你拥我挤地拥塞着喧嚣、嘈杂的人流。严玉森吃力地走在人群中，他觉得身后的箱子越拉越沉。

他浑身冒汗，身体已经十分虚弱，脚步也有些蹒跚，收票口服务员看到他，也关切地问："你是不是有病？要帮忙不？"

严玉森依然摆手，他拖着的是无价之宝，那是他连杀两命换来的。在它没有安顿好之前，他不能接受任何人的帮助，即使见不到翟铁。他也想出了一个安顿之策，现在就差几步之遥。

他走出收票口，看了看站前广场，果真没有见到翟铁的影子，他只好拖着箱子，径直穿过来往的人流，向小件行李寄存处走去。

在车站广场的西侧，一长列水果摊后面，就有几家小件寄存处。

这就是他想好的安顿之处。

每个车站都有这样的服务处，据他感觉，北京站的服务格外认真，由他们保管物品既安全，又可靠。存放的时间可以短，也可以存放三天五天，甚至更长的时间。

他走到寄存处的窗口前，仔细检查了箱子的拉锁和那把锁，但已经无力把箱子举到窗口，是一个工作人员从侧门把箱子拉进去的。

他告诉工作人员，他的箱子放到里边一些，要暂存三到四天。

服务员答应着把箱子搬到了里面，放到顶格的位置，又给他开了一张保管凭据和一块带号码的小铁牌，并告诉他，把凭据和铁牌保管好，他们是只认单子、牌子，不认人。

那就是说，万一凭据单子和铁牌丢失，谁都可以从这里把箱子取走，他们概不负责。

这些警告对严玉森来说都是多余的，他一生只要别人丢失，自己从不丢失。他从怀里掏出一个皮钱夹，把凭据单子连同铁牌一起放到钱夹里。

存好箱子，严玉森感到如释重负，长长地嘘了一口气，随手就把钱夹揣到了外衣的下兜里。

也许，这就是智者千虑，必有一失。严玉森从来不往外衣的下兜里揣钱夹，可是，偏偏这一次出现了一个例外（这是他心区疼痛的原因，让他有些慌乱），也许这是他一生中唯一的一次例外，谁料到，就是这样一个例外，再一次改变了金佛的去向。

他心区的疼痛又有些发作，他意识到，这次发作来势汹汹，应当即刻找个医院检查一下，或是住院治疗，再也马虎不得。他知道车站的东边，就有一家医院，他已经无力步行走到那里，他要到马路边打一辆出租车把他送过去。

他迈步向广场外走去，却发觉两条腿像灌了铅似的沉重，他一步一挪地穿过了熙攘的人流，走到了广场边上，再也站立不住，只好抓住身边一棵小树大口喘息着休息。

他一身外地人穿戴，这种大病缠身的形态，引起了附近闲聊的几个年轻人的注意，他们相互使了个眼神，一起向严玉森走了过来。

他们把严玉森围在中间，七嘴八舌地问着。

“大爷，你是不是病了？要上医院吧？”

严玉森点了点头。

又有人喊：“得叫辆出租车。”

这时，刚好一辆出租车停到跟前。

几个年轻人把他连推带拥地送到了出租车上，边喊着“上医院”。

出租车就开走了。

这时，远处一个穿花格衬衫的青年人匆匆跑来，他朝着开走的出租车边跑边大声喊道：“停一下！停下！”

出租车没停，他还要追下去，一辆有轨电车按着喇叭开了过来，他不得不闪到路边，出租车已经没影了。

这个追车的人就是翟铁。

眼看着出租车没了踪影，翟铁气得连连跺脚，他无奈地走了回来，却看见几个小青年聚在那里翻看一个皮钱夹。

他劈手夺了过来，压低了声音喝问："是不是'下'那个老头的？"

一个小青年诺诺回答："是他掉下来的。"

翟铁愤愤地说："你们好大胆，知道他是谁吗？"

几个青年摇头。

翟铁低声地："他是黄大哥的师傅，也是我师傅，知道吗？他要不是犯了病，看你们手指头还在不在？"

几个青年瞪大了眼睛，黄大哥的师傅？那还了得？

翟铁又命令他们："马上向东边出发，挨个大小医院去找，找到了，马上回来告诉我！"

一个青年问道："他叫啥名呀？"翟铁刚要说出名字，忽然感到不妥，"严玉森"这个名字是不能轻易泄露出去的，便道："不用问名字，就说刚送来的老头，不就行了吗？"

几个小青年点头跑开了。

翟铁打开钱夹看了看，里面有几十元钱，再就是一个寄存的凭单和一个铁牌子。他知道，这是严玉森在这里的小件寄存处存放了东西。他希望这些小青年能很快找到他，他再把皮钱夹送给他。

一直到了中午，几个小青年才无精打采地回来，他们说，一直找到建国门、朝阳门、东直门，家家医院都问了，都说没收过这么个老头住院。这偌大的北京，上哪儿去找？

翟铁急得连连唉声叹气。

其实，翟铁被这几个小青年骗了一把，他们根本就没有进医院去找。这个老头既然是黄大哥的师傅，我们偷了他的东西，再找到他，他不得把哥几个都宰了才怪。

还有人提醒，翟铁不说了吗，要不是他病了，咱们的手指头都没了。

就是啊，要是找到那个老头，该惹多少麻烦？

骗他，就变成理所当然。

这几个混混找不到，翟铁在北京人生地不熟，更是没辙。

翟铁是在朱岗被抓之前，就带着小玉从哈尔滨逃了出来。

他们在路上见到了“南下支队”的人，说起济南的黄大哥，各个都竖起大拇指。说他不光是手法高明，为人也义气。你听说谁给被抓的弟兄家属送钱来着？人家黄大哥多少年都是这么干的。

他开的那家旅馆，大家都愿意住那儿，既安全，又方便。况且，前些日子，翟刚就跟黄大哥一直在一起，他们以济南为根据地，两个人领一拨人驰骋南北，“严打”没开始那些日子，疯了一阵子，各个都成了万元户。

大伙都佩服得不行，就尊称黄大哥是全国“绺行”一把高手，翟刚被大家称为二把高手。

听说哥哥在济南，翟铁就带着小玉来到黄大哥的那家旅馆。

黄德利听说翟刚的弟弟来了，尽管翟刚不在，他还是尽地主之谊热情款待。谁也不知道为什么，只在济南住了一夜，第二天一早，翟铁就孤身一人愤而离开，来到北京等候严玉森。

在北京火车站前广场素来就有几个小混混，除了招惹是非，就是偷些鸡毛蒜皮的东西，翟铁一看，都是些“卡拉码子”，便给他们示范了几道掏窃的花活，转眼之间几十块、上百块钱就到了手，这些小青年羡慕得不行，就一起拜他为师傅。

翟铁也来了个慷慨大方，每个小混混都分得了几十块钱，让他们成了自己的死党。

他天天在等从哈尔滨开来的火车，今天，从远处看见了严玉森正被推上出租车，他飞跑而来，可惜还是晚了一步。

其实，出租车向东开了不远，就左拐把严玉森送到了长安街和建国门拐角的那家医院。

车停到医院门口，司机掀起了计程表，起步价，六块钱。

坐在后座的严玉森一摸兜，空的，再摸上兜，也是空的，他突然号叫了一声，两腿一蹬，昏死过去。

司机一见大吃一惊，急忙下车，把他从后座拖了出来，抱着他就往急诊室跑，一边跑一边喊：“大夫！快救人哪！”

几个护士跑过来，把严玉森放到一辆担架车上推进了抢救室。

打强心针，吸氧，点滴，用了种种手段，严玉森在第二天上午终于又睁开了眼睛。

其实，他早就醒了，只是听见身边总是有人走动，他不愿意睁眼，甚至再不愿意看到这个世界。假如他能这个时候离开这个世界，对他，也是一个彻底的解脱。

他丢了小件寄存处的凭单和铁牌，也就等于丢了九宝金佛。

杀了当年的妻子，杀了自己亲生骨肉，付出了这样惨重的代价，怎么老天会给他来了个竹篮打水一场空！

干的事伤天害理，得到的就是报应！这是他对自己行动的结论。

他不愿意睁眼，也就是不想吃药，他想要尽快了断自己的生命。他想起了不知是谁说过的一句话：“天作孽，犹可违；自作孽，不可活。”

三十一

惊讶

从治安科长周大立那里，找到一张杜衙内当兵时候的照片。

一看照片，就知道这是一个英俊小生。帅气和自豪的神气，再加上一身军装，说他是个电影明星也有人信。

郑吉松看了照片心里有气："咱们下乡的时候，人家去当兵，还提干，好事都让他们给占了，不公平！"

走出分局，陶进让郑吉松开摩托车，他的心里乱得很，没工夫去跟杜衙内比公平不公平。他还在惦记老魏一家人的遭遇，老魏中风了，谁在医院伺候他？小弟不知怎样了？魏蓉蓉到底去了哪里？为了查清欧阳化雨的近期活动，赫雷会派人找她吗？

郑吉松知道赫雷让陶进回避，也不敢跟他讲述案情，只能把摩托车开得飞快，风驰电掣地来到了拘留所。

陶进找看守一问，"采花团"活着的那几个，都在这里押着，至少下周才能把他们转到劳改队去。

先提审谁才能尽快追查出杜衙内的下落？陶进略作思索道："把判得最重的先提出来。"

看守把一个叫姚向东的年轻人提了出来。

陶进在预审室等着，郑吉松把人押了进来。

一进预审室，姓姚的一下子就愣住了。

陶进见他也是一个面目清秀的青年，可是却穿着一条又脏又破的裤子，这样的裤子连勤杂工人都不穿，这是拘留所给那些衣不遮体的人预备的。

陶进问："愣什么？坐下，你怎么穿这样的破裤子？"

姓姚的坐到椅上，说道："我来的时候，穿得太好了，华达呢的裤子，都叫人给扒去了。"

陶进问："让谁扒去了？"

姚向东小声说道："笼头。"

郑吉松有些气不过："不能这么熊人，你没找看守报告吗？"

姚向东道："看守搜查了，没找到。他们说，平时看我们这些当官的孩子就有气，这回可掉到他们手里了。"

陶进掏出小杜的照片，问道："认识这个人吗？"

姚向东探了探身子："认识。小杜。他是我们'采花团'的团长。"

新鲜！陶进头一回听说还有个"采花团"。

郑吉松问："有团长，还得有政委呀。"

姚向东道："有，枪毙了。"

陶进问道："那团长呢？"

"跑了，这小子不够意思，自个跑了，都没跟我们通报一声，要得着信儿，我们谁不能跑？"

"你估计，他能跑到哪儿去？"

姚向东摇头："他爸的战友挺多，准是跑到战友家去了。"

"平时，听说跟哪个战友关系好吗？"

姚向东："好像有个在湖北当司令员的，在上海当政委的，在成都当副司令的，跟他爸关系都挺好。"说着，他停顿了一下又问道："你姓陶吧？"

陶进诧异地点了下头："是。"

姚向东道："我一进来，就认出了你。"

陶进对他没有印象。

姚向东道："是恢复高考那年，你打过我，还蹲了拘留。"

这件事情在陶进记忆里是永难磨灭的。那个时候，他是帮助派出所工作的治安管理员。那天，他喝了酒，不知道自己干了什么，就被弄到了派出所，只是所长告诉他打坏了人，家长找来了，要蹲他的拘留。接着，他就遇到了魏预审，跟魏蓉蓉结了婚，后来就当了警察。

可以说，是这件事情改变了他的命运。

陶进后来反复问过自己，要是真的打了人，他为什么打？打了谁？怎么一点都不记得？

包括那次翟丁问他，他也说不清楚。但他隐约意识到，他打人可能是跟翟丁有关系。

很清楚的一点就是，从拘留所出来，他再没沾过一滴酒，因为他认识到了酒是多么厉害，它能让一个人对自己的所作所为一无所知。

他曾经在自己的笔记本上记过别人说的一句话：猴子变成人要经过几万年，把人变成猴子只需一瓶酒。

陶进就是这样把酒戒了的。

郑吉松对这件事情产生了兴趣，因为两个人在闲聊的时候，问过他，他说不清楚。这回，可以问个清楚了："他为什么打你？"

姚向东道："恢复高考，是1978年，离现在五年了，我要是从那时候就改了，何至于……"他忽觉悲从心来，呜呜地哭了起来。

郑吉松要制止他，陶进挥了下手："让他哭吧。"

郑吉松也连连点头，是啊，从一个娇生惯养的干部子弟，到一个死缓的囚犯，他是该哭一场。

哭了好一阵，姚向东抽咽着说道："那天晚上，我们在街边堵了一个漂亮女孩，是你家邻居。"

"女孩？是姓翟吗？"

姚向东点头："是。小杜让我们扒她的衣服，她就叫喊，这时候，你就过来了，把小杜推到了一边。我上去拦你，你回手就是一拳，把我的鼻子打出血了。那女孩就趁机跑了。"

郑吉松问："后来呢？"

姚向东道："后来小杜领着我们几个，一起上去打他，也没打过他，他喝酒了，力气贼大。"

郑吉松继续问："再后来呢？"

姚向东道："我回家说叫他打了，我父亲气得不行。"

"你父亲是干什么的？"

姚向东道："他那个时候，在省政法委当处长。当晚，他就领我上医院，一检查，就是鼻出血，没事儿。我现在说真话，是我爸爸让医生开的诊断书，写的是鼻骨骨折，塌陷。"

郑吉松啪地一拍桌子："你们当官的就这么祸害人，是不是？"

姚向东狠狠地捶了下头："害人等于害自己，这话一点不错。我现在为啥差点把命丢了？想想当初，我爸爸要不是那样护着我，要是严格管教我，我何苦……"说着，他又哭了起来。

陶进感到如释重负，终于弄清楚了翟丁为什么说有恩于她，也弄清楚了那天到底干了些什么。

这时，他想到了翟丁，她在哪儿？还好吗？

他又想到，自己已经是单身一人，可以找她了。老魏住进医院了，再也不应当怕别人说三道四了。

对于杜衙内的下落，姚向东能知道的也就这么多了，看他穿着那破裤子。陶进心中来了火气，把他送回监号，把裤子给他要回来。

十几个监号朝阳的方向，镶着胳膊粗细的铁栏杆，另一面，是有瞭望口的铁门。

打开铁门，里面二十多张青灰色的脸一起向外望着。

陶进把姚向东带到门前大声问道："谁把他的裤子扒去了？"

没人应声。

陶进又喊道："谁是笼头？"

没想到，"奔娄头"的脑袋伸了过来："是我。"

陶进感到意外："你这才进来几天，就当上笼头了？"

“奔娄头”谦卑道：“是管教让我管管监号。”

陶进冷笑：“说明你真是个‘老惯儿’。”他指着姚向东道：“你听着，他是我小哥们儿，五年前就认识了。你把裤子给他找回来，拿他的东西全还给他，听见没有？”

“奔娄头”连连应声：“一定，一定。”

提着大串钥匙的看守又加了一句：“谁也不准欺负他！”

姚向东向陶进投过一个感激的目光，走了进去。

未等关上铁门，就像变戏法一样，那条黑蓝色的华达呢裤子就出现在监号里的地板上。

咣当一声，铁门严严关死。

陶进又提审了另几个同伙，所知大致如此。

离开拘留所，还是郑吉松开车，他大声问：“你找没找翟丁？”

陶进摇头：“没找。”

郑吉松道：“傻狍子，你为什么不找？她是单身，你也是单身，为啥不往一块凑合？”

陶进摇了摇头：“我总是怕，就我这点文化，配不上人家大学生，还是什么硕士。”

郑吉松极力鼓动：“那怕啥？只要她有意思，管她是什么。你就得上！听见没有？上！”

陶进想想，觉得可也是，她要真有意思，就不妨试试。

开进市区，郑吉松突然想起：“今个是礼拜天，我妈说要包饺子，上我家去吃饺子。”

老尤头插上门刚要铺被睡觉，忽听到走廊里传来一阵咚咚的脚步声，他忙又把门打开，孙子回来了？

果然是小尤。

小尤一进门，爷爷就问：“咋啦？惹你妈生气了？”

小尤道：“没有，她让我在她家那栋楼里睡，我老惦记你，睡不着。”

爷爷心里一热，嘴上却不满地说道："惦记我干什么？没出息。"

两个人铺上被，上了炕，关了灯，在被窝里，小尤小声地把他偷听到的话跟爷爷学了一遍。

爷爷颇为气愤："这女人心不善，怎么能祸害他呢？我看那赫队，就是个捉鬼降妖的钟馗呀！"

小尤点头："是像，陶哥更像，大眼睛，黑脸膛，就是缺把连鬓胡子。"说着，他突然想起："那我妈不就是个女妖吗？"

爷爷道："妖，她倒不是，就是心不善。你明个一早就给小陶打电话让他到咱们的古董店去。"

小尤问："不去那家旅馆？"

爷爷道："咱们那儿多肃静，明个是礼拜一，没多少人。"

第二天一早，赫雷在刑警队分配完工作，陶进告诉他，小尤来电话，约他到古董店见面。

赫雷道："去古董店？我也去。"他要他们在古董市场探听一下，对尚明街案件有什么反应。

路上，他向陶进简要地介绍了欧阳化雨母子被害案的案情，作案人基本锁定了严玉森。

魏蓉蓉在欧阳化雨的事情上陷得很深，她已经离开本市，暂时不想抓她，看案情发展吧。

陶进边听边点头，他明白赫雷的心思，他就是想借上古董市场的机会，告诉他这些事情。

尤爷爷一见不光陶进来了，连赫雷也来了，十分高兴，便忙不迭地洗壶洗碗沏茶。

茶壶只有拳头大，几个茶杯只有酒盅大小。

陶进第一次见到这样的茶具，便问："这是干什么的？"

尤爷爷道："喝茶。这一套茶具，是南方来卖古董的人送给我的，这种就叫功夫茶。"

陶进拿起小茶杯看了看："这怎么喝？得喝多少杯？"

小尤烧开了水，爷爷接过水壶开始沏茶，他把水倒进壶里又倒了出来，再倒进开水，然后把四个小杯放到跟前往里倒水。

他把一个小杯端给赫雷，一杯端给陶进。

陶进一口把茶喝干，又苦又烫，他几乎要吐出来。

赫雷倒是见过这样的喝法，但也很不习惯。

爷爷道："当年在银行做事，不少同事是闽南和粤东人，他们都是这样喝，这叫功夫茶，我是几十年没这样喝茶了。"他把一个小茶杯端到唇边，吸吸溜溜地喝着，一杯茶喝完，咂了咂嘴："好茶，地道的铁观音，真香！"

赫雷和陶进家里，都没有喝茶的习惯，东北人差不多也都是这样，过年的时候，买上半斤茉莉花茶，讲究一点的，把茶叶装到用暴马子木做的茶叶桶里，来客人时才沏上一壶。这样，半斤茶足可以喝上一年。

杯里的茶喝干了，爷爷又沏上一壶。拳头大的壶里塞满了茶叶，也装不了多少水，就这样喝了倒，倒了再喝，在陶进看来，这么喝茶，真是得有点工夫，喝的就是一个折腾。

喝着茶，小尤道："我妈昨天来找我。"

陶进问："你妈是谁？"因为早就知道他父母离异，但他从来没问过这方面的事情。

小尤道："原来她叫于秀莲，'文化大革命'时改名叫于红。"

赫雷忙问："于红？在哪工作？"

小尤道："在区委组织部。"

赫雷和陶进惊得面面相觑，在道里区跺一脚，地都乱颤的组织部副部长，是他妈妈？

这！简直不可想象。

赫雷忙问："她知道咱们的关系吗？"

小尤摇头："不知道，我没说。"

赫雷嘘了一口气。

小尤道："昨天早上，我到她家。晚上，去了个客人，她让我在卧室别出来。我听见那个人说话，先说他调到后勤了，就是赫雷整的他，还说，写了一封黑你的信，我妈让他寄给市局什么部。说这封信就够你呛的。"

赫雷听后，默不作声。

陶进道："我知道了，一准是张吉顺那个王八蛋！"

赫雷点头。

小尤道："不一会儿，又去了一个人，他俩打了个招呼，先来的那人就走了。后来的说话声音特别小，像蚊子似的听不清楚。"

陶进问："他俩认识？"

小尤道："认识。我就听清楚三个字，说是汉阳造。"

爷爷插嘴："那是湖北汉阳兵工厂造的枪啊。"

陶进："他们说枪干什么？"

赫雷点头："他们不是在说枪，是在说人，逃跑的那个人。"

陶进有些激动，他用右拳击了一下左掌："对了！姚向东说，湖北的什么司令员是他爸的战友。"

赫雷道："说到一块了。"

小尤道："她留我在她家住下，我惦记着他们要害你，就给她留了个字条，偷着跑回来了。"

赫雷拍了拍小尤的肩头，深情地说了声："我谢谢你。"

爷爷道："赫队，你这就见外了，孩子有今天，我得怎么谢你？"

小尤道："我爷爷说你就是降妖捉鬼的钟馗，我说陶哥更像，就是缺少连鬓胡子。"

几个人都笑了起来。

赫雷道："钟馗可不敢当，抓贼破案倒是本行。你们听说尚明街娘俩被杀的事了吗？"

爷爷道："那还能不听说？那是多大的事儿啊。两条人命啊。"

赫雷问："都怎么议论？"

爷爷道："都说那个欧阳化雨有九宝金佛，还是金佛把他的命要了去，连他妈也跟着送了命。我想啊，这要是够上国宝，那就是国家的，国宝，国宝嘛。可个人要贪心，谁有那么大的造化？一准得丢性命。"

小尤道："爷爷说了，咱们要是发现了国宝，立马就上缴国家，千万不能留在手里。"

赫雷道："这话说得好，国宝，国宝，就该是国家的。"

这一阵子，光顾着说话，忘了喝茶，水有些凉了，小尤还要烧水，赫雷制止了他："我在那个案子上，是抽空来看看你们。还得赶紧回去。"

爷孙两个也不挽留，两个人匆匆走出。

走到街口，俩人上了摩托车。赫雷道："回分局，我去找唐局长，你去找周大立，让他派人到湖北汉阳去抓人。"

陶进答应一声，摩托车像离弦之箭一样飞了出去。

摩托车飞到了分局门口，戛然停在路边，就在下车的时候，赫雷问陶进："你跟魏蓉蓉的离婚手续，办利索了吗？"

陶进点头："利索了。我都搬回我妈家去住了。"

俩人走向分局楼门口时候，赫雷边走边说道："老魏耍了不少手段，把翟丁给逼走了，把魏蓉蓉嫁给了你，可你一直对老魏家感恩戴德。"

陶进点头："这些，后来我也知道了，可毕竟老魏帮我当上了警察。"

赫雷气愤地道："傻狍子！你当警察是居民委推荐的，市局审查的，少听老魏跟你里根儿楞。"说完，他倒背双手，大步流星地走了，把陶进一个人扔到了那里。陶进站在那里思前想后，赫雷说得不错，老魏蒙了他多少年，也管制他了好多年。可陶进一直把老魏当恩人看待，甚至戴上绿帽子，他也得忍着，甚至不能反抗，为什么？不就是把老魏当成恩人了吗？

赫雷是在事情彻底暴露之后，向他揭了底。老魏不是他的恩人，是他拆散了他和翟丁，把女儿嫁给他又让他戴绿帽子，用一句老话来形容老魏，他明明就是旧社会耍人儿的。

脚下一块小石头，陶进飞起一脚，踢出老远，嘴里骂了声："去你妈的！滚吧！"

直到踢出这一脚，他才觉得算是跟老魏和他的女儿彻底脱钩了。

为了加强党组织在公安机关的领导作用，上级决定在公安机关科、所级以上单位设立政治指导员，在处级单位设政治委员。考虑到道里分局的干部态势，为了巩固唐巨成的领导地位，上级决定，政委一职，由唐巨成兼任。

唐巨成既管行政又管人事，集两大权力于一身，实出庄农意外，最初，听说分局要设政委一职，庄农亦有意争取，即便争取不到，他也希望市局再派一个人来，好与唐巨成分庭抗礼。

政令一出，庄农明显意识到，他已完全处于下风，唯一尚可一博者，就是压制赫雷的提拔。谁知，人算不如天算，不论是写匿名信，还是暗中走人际关系，都难以奏效，他不能不怀疑自己的能力，难道自己几十年积累的政治能量，真的就不管用了吗？

也不能说完全失效，张吉顺寄出的匿名信，在市公安局党委和政治部还是引起了一场轩然大波。

最先打开信件的是干部处长，他看了几眼，就非常反感，怎么又来了？

他担任干部处长已有三年，接到道里分局要提拔赫雷为刑警队长的报告，已有两次。像这样的匿名信，他们已经接到三封。

他第一次接到匿名信时深感震惊，也颇为重视，甚至引起他对道里分局的人事管理不满。从信上反映的情况看，赫雷是一个独断专行、结党营私的警霸，以刑警队副队长的权势，抗拒领导，欺压下级，更重要的是政治上的反动，他反对党的方针政策，公开散布对现实极为不满的言论，等等。

真是难以想象，分局的政工干部是干嘛吃的？把这样一个人报上来提拔，简直就是官僚主义加主观主义。

为了表示对“人民来信”的重视，他要进行复查，他首先找到主管刑侦的副局长庄农，庄农看了匿名信，笑了笑说，赫雷是有点霸道，他当副队长，分局就没有谁敢去当队长，谁能骑住他？除非市局再派人来。

干部处长说，市局可以考虑派人。

庄农不表示反对，只是说，你们再派人来，两个人要是尿不到一个壶里，那不更是添乱吗？

处长没了主意，那该怎么办？

庄农道，还不如让他继续当个副队长，这个人在业务上还是可以的，以后再考虑新生力量，比较稳妥。

处长比较担心的还是这个人政治方面的可靠程度。

庄农告诉他，赫雷对看不惯的事情好表态，这也是他的毛病。匿名信里写的事情，都有些夸大成分，这我得为赫雷说句公道话。可话又说回来了，毕竟是群众反映嘛，哪有那么可钉可卯的？

作为一个主管刑侦的领导，庄农的话，可以说是无懈可击。既为赫雷说了公道话，也认为群众反映有些夸大可以理解，让干部处长心悦诚服。

他回到处里，便把提拔赫雷的报告和匿名信钉到了一起，放到存档的柜子里。对赫雷的提拔事宜，夭折了。

再一次提拔是唐巨成刚来的时候决定的，提拔报告刚报上去，贴着八分钱邮票的匿名信又到了市局政治部。

干部处长直接找到唐巨成说，赫雷这个人是不能提拔的。但是唐巨成毕竟跟赫雷有过几次接触，比如在万家屯发案现场，就凭直观感觉来说，他感到赫雷与匿名信里所说的大相径庭。尽管庄农还是认为匿名信中反映的问题还是不同程度存在的，他仍然坚持要把赫雷的提拔问题拿到市局党委会上去讨论。

在党委会上，干部处长的意见占了上风，他认为，赫雷再好，从这几次收到的匿名信来看，至少说，他有一个实力强大的对立面，工作再好，政治上不能团结群众，也是个问题。

是啊，提拔了赫雷会不会引起群众更大的反感？要是这样，就是因小失大，得不偿失。

也有人说，他已经是个副队长了，何必一定要为扶正这一小步，惹起一些是非来呢？

赫雷的第二次提拔意见，是在市局党委会上被否定的，这可是全市公安的最高权力中心。所有人都认为，赫雷已经命中注定，他当个副队长已是勉强维持，永远别想再向前迈出半步。

可是，唐巨成很快从庄农的几次表演中发现了一些言行不一的举动，慢慢地窥见了个中的奥秘，他觉察到了分局政治气氛的诡异，下决心要把赫雷提拔问题弄个清楚，查个明白。

他知道，一个刑警副队长，在公安分局的全盘工作中，承担了大半的压力，这样一个职位要是让一个“警霸”把持，不仅会葬送分局的工作和声誉，连他自己的政治前途，也会深受影响。

除了找赫雷周围的人谈话，唐巨成甚至借故到他家去探访，以便摸底。他从万家屯发案，再到朱岗被捉的一系列事件中，看到了一个真实的赫雷，最终，他得出了第一个结论，几封匿名信对赫雷的说法，不是夸大，而是无中生有，纯属捏造，甚至是诬蔑！

赫雷不是“警霸”，而是警界难得的奇才！

他不顾市局党委已有的结论，再次提出提拔赫雷为刑警队长的报告。这次，他亲自拿着报告去找干部处长和政治部主任，亲自向他们介绍赫雷的人品、能力和政治态度，甚至拍着胸脯说，他可以用政治生命担保，要是看错了赫雷，他愿意退休回家。

也就在这个当口，干部处长又接到了一封贴着四分邮票的匿名信，要说前两次贴着八分邮票，其实，看邮戳也是本市寄出的。这次贴四分邮票，可能是寄信者觉得多花四分钱不合算。

处长找出了前两次被存档的匿名信对照了一下，一眼就能看出，信都是出于同一人之手。

他带着三封匿名信和提拔报告，再次参加了市局的党委会。

等待这次会议的决定，对唐巨成来讲，如坐针毡。

终于，唐巨成接到市局政治部干部处长打来的电话，说又接到一封揭发赫雷的检举信，和前几次一样，都是匿名的。

唐巨成听说又有匿名信，脑袋嗡了一下，他担心，赫雷这次的提拔又得泡汤。

这不能不让他怒火中烧，他知道，这样的匿名信件，揭发的事情模棱两可，甚至云山雾罩。即使查到最后对所揭发的事情件件否定，也得十天半月的时间，不查，又不符合上级规定。不管查得清楚，还是查不清楚，他总能给领导造成这样一个印象：这个人，总有对立面。有对立面就不是好事，有对立面的干部未必就是好干部。

这就是匿名检举信的功效。

不料，接下来在电话里传来的却是让他感到意外的好消息，市局党委刚刚开完会，决定破例提拔赫雷同志担任道里公安分局的副局长，主管刑侦工作。

分局副局长？

越级提拔！

这是唐巨成连想也不敢想的事情，他以为，几次要把赫雷提刑警队长，不过是个由副科级到正科级的正常提拔，都屡遭失败，他怎么也想不到，市局领导比他还要胆大。

唐巨成又问，那匿名信怎么办？

对方说，上级有决定，在提拔干部期间，不写名字的匿名信、检举信，一律不查。

英明！

唐巨成只能用这两个字来形容。

接下来是通知，要唐巨成和赫雷马上到市局，市局和政治部的领导要与他俩谈话。

唐巨成放下电话，心情振奋，他要派人马上去找赫雷。

还未等他出门，赫雷来了。

唐巨成兴奋得像个孩子，他两手按着赫雷的肩膀，让他坐到沙发上，对他说道：“你坐好了，我有个意外的好消息要告诉你。”

赫雷不解地望着他：“什么好消息？严玉森抓到了？”

唐巨成道：“你整天就是想案子，这回是说你个人的事情，是大喜讯！”

赫雷微微摇头：“用唱戏的话说，咱家只有千忧，哪有一喜。”

唐巨成一字一句地说道："市局政治部刚刚通知，任命你为分局副局长，主管刑侦。"

赫雷摇头："这是越级提拔，不可能，开玩笑。"

唐巨成一脸严肃："你知道不？我是道里公安分局的一把手，局长兼政委，怎么能跟你开这个玩笑？"

赫雷还是摇头："要么，你听错了吧。"

唐巨成感慨地说："是啊，我最初也以为有误，分局报的是提为刑警队长正科级呀，怎么会越级提拔呢？"

赫雷也道："准是整错了，提个队长，折腾好几年，都没提上，还能越级提拔成副局长了？这绝对不可能。"

唐巨成道："老赫，打从改革开放以来，市局领导的步子迈得挺大呀。过去也说不拘一格降人才，说是说了，可到了动真招儿的时候，还得按程序办事。这回，能把你越级提拔，说明市局的改革可动真格的了。"

赫雷道："我是来告诉你，提拔我的事情，就别弄了，我听说了，又有人写了匿名信。你说，这是何苦的？每次报上去，都提拔不上，这还不说，每次都弄个一腚骚。"

唐巨成道："你说的匿名信市局已经收到了，这次上级有了明确规定，在干部提拔期间，揭发信、检举信不写名字的一律不查。"

赫雷疑惑地望着唐巨成："真的？"

唐巨成点点头。

赫雷感慨："一张邮票八分钱，组织部门查半年，这种阴招，害了多少干部？"

唐巨成依然沉浸在兴奋中："从对你的态度，我看到公安改革的春天真的来了。走吧，跟我去市局，领导要找你谈话。"

赫雷仍然难以置信："唐局，这事儿是真的吗？"

唐巨成伸手把他拉了起来："走吧，百分之百。"

路上，唐巨成说："我想好了，要是你主管刑侦，就让庄农把办公室倒出来，你搬进去。"

赫雷连连摆手："老领导了，千万不能动。"

唐巨成悄声告诉他："他在我隔壁，不安全。"

赫雷明白了，唐巨成怀疑杜衙内的事情走漏消息，是庄农偷听了他和周大立的谈话。

如果说，听到被越级提拔为分局副局长是一个喜讯。那么，另一个让赫雷震惊的消息，就是一个意外！

三十二

庄农

唐巨成和赫雷在市局谈完话，是和政治部的领导一块回来的。

赫雷回到刑警队，听到又一个令他惊讶的消息。

唐巨成马上在他的办公室召开有分局长和政治处主任参加的临时局务会议，政治部领导宣布了市局的任命决定。

和唐巨成一样，对赫雷的越级提拔，大家都感到意外。

唐巨成说："我跟大家一样，听到这个消息也感到有点意外。这就是说，我们平时，按部就班的东西太多了，改革开放的年代，就应当有点突破的东西。都说'不拘一格降人才'，什么叫不拘一格？我们谁也不敢出一点格，这一点，市局领导走到了我们前面，给我们作出了榜样。"

唐巨成在讲话的时候瞄了庄农一眼，明显地看出他的脸色发青，嘴唇也有些颤抖，想必，他的内心反映一定是最强烈的。

果然，会议一结束，庄农就要车去了医院。

当天下午，在分局二楼的会议室，召开科、所长以上干部会议。

这是一个中型会议室。

当初，这里摆满了那种坐板可以自动翻起的连体椅子，中间有两条通道。"文化大革命"期间，为了让群众押解和批斗走资派更加方便，临时掌权的造反司令张吉顺下令，把中间的一排拆掉，留出一个宽敞的过道。现在，要是召开全分局的科、所长会议，就得现加十几把凳子。

前面是用三个办公桌并起，蒙着一块红布的主席台。

台上坐着市局政治部的领导和唐巨成，加上几位分局长，只是庄农不在。

大家都看到了，在唐巨成的左手边，那一把椅子是空的，都以为一定是给庄局留的。

会议室里坐满了人，除了主席台上的人，大家尚不知道会议的内容。

刑警队的教导员谭忠宇和赫雷、吴昊也来到了会场，他们三个人坐到了一条椅子上。

大会开始，由政治部领导宣布市局任命。

兹任命，赫雷同志任道里公安分局副局长兼刑警队长，主管刑侦和预审工作。

与会人员先是愣了一下，突然，几十号人一起鼓掌，会场里爆发出一阵热烈的掌声。

掌声这么响，这么热烈，主席台上的人一下子也怔住了。

众人把目光一起投向了坐在长条椅上的赫雷。接着，不少人七嘴八舌地喊：“赫局！上台。”

“赫局，讲两句！”

唐巨成向赫雷连连招手，赫雷不得不站了起来，走向主席台。

唐巨成拍着身边的空椅，让他坐过去。

赫雷站在边上，让几位领导向里挪，他要坐到最靠边的位置。

没人那么不识相，会让赫雷坐到边上，自己挪到一把手身边去。

王副局长站起来，硬是把他拉到空椅上。

赫雷刚坐到唐巨成的身边，会场里又爆发一阵掌声。

这阵掌声的意思是说，赫雷的位置就应当在那儿，就应当是分局一把手的左膀右臂。

下边又有人喊：“赫局，讲两句！”

唐巨成把麦克风拿到赫雷面前，下面又是一片掌声。

赫雷看了一眼麦克风，他想要讲话，可出人意料，他开口就吐出一句脏话：“妈的！最担心的事情，还是发生了。”

所有人都愣住了，全场鸦雀无声！

赫雷这是怎么啦？他说了些什么？

赫雷也意识到自己出口有误，忙解释道："对不起，事态严重，我还没回过神儿来。"

他接着说道："刚才，省博物馆说，他们接到北京打来的加急长途电话，说是经过首都几位文物专家鉴定，他们派了好几个人护送到北京的九宝金佛，是假的！是琉璃做的！"

会场里即刻泛起一阵嗡嗡的议论声，怪不得赫雷没回过神儿来。谁不知道这个无价之宝，一旦丢失，就是天大的案子。

赫雷伸手制止了大家的议论，说道："两条人命，加上九宝金佛，道里区发生了有史以来的第一起通天大案！我借这个大会向大家提出要求，九宝金佛是国家至宝，所有科、所都要注意发现线索，一旦发现有关情况，要及时上报专案组，不得有误。"

接着，他环顾大家又说道："感谢上级信任我，我一定要用破获这起通天大案的成绩，回报组织的关爱和大家的鼓励。"

这次是唐巨成带头鼓掌。

会场又是一阵热烈的掌声。

参加这次会议，让市局政治部副主任和干部处长感到一次震撼。他们不仅看到了一个真实的赫雷。当然，对于政工人员来说，让他们意想不到的是，作出一个正确的任命，可以受到干警们这般热烈的欢迎。

九宝金佛要进北京，在首都文物界这也是一件轰动的大事儿。接到启运的消息，国家博物馆就通知了有关领导和知名专家前来做接收前的鉴定和鉴赏工作。说实话，有些领导和专家未必都是研究玉翠珠宝的，但是，他们欣然接受邀请，为的是一睹九宝金佛的真容。

接收仪式在二楼的文管部办公室举行。

省博物馆的护送人员，准时把装着金佛的箱子抬到了文管部。

首长和文物专家都等在这里。几家报刊的新闻记者也端着照相机，要记录这一重要时刻。

木箱被拆开，小心地取出里面的木盒。

首长和专家一起围拢过来。

木盒盖被小心打开，撤去蒙着的绒布，一片光华放射出来。

大家不由得发出一片赞叹声。

随着，金佛被小心取出，放到一个木座上。赞叹声听不见了，质疑的声音却叽叽喳喳地发了出来。

随着质问的声音越来越大，有的专家发出疑问："这尊金佛是用什么材质制作的？"

负责押送的小朱看着金佛也有些疑惑，前两天在省博物馆启运的时候，在众多人员的监视下，也打开木盒看了一下。金佛依然端坐，依然放射光华，便一致认定，九宝金佛安然无恙，可以装箱启运。他盖上木盒，便放到早已备好的木箱里。

孰料，今天把金佛取了出来，怎么看着就不顺眼了呢？想到刚听说欧阳化雨被害身亡，小朱浑身冒出了冷汗。

负责护送的是位副馆长，他的两腿已发软，说话声音也变得发抖，他请专家再仔细看一看。

随着专家们逐一看过，质疑的声音越来越强。

有几位专家还掏出了十倍的扩大镜，看了一阵，大家不约而同地得出肯定性的结论，整个金佛，除了黄金，其他部分都是用琉璃制造的。

琉璃！就是琉璃！

这个金佛是琉璃造的？

当年曾被邀请到省博物馆鉴定过金佛的专家，发表了看法，他说，金佛一拿出来，他就感觉不对，发光是发光，金佛发出的是柔和的，那叫宝光，而它发的光，是贼光。

另一专家看了看马上就作出结论："这些光不是宝物发出来的，是掺的一种荧光粉。"

"这是用上世纪的琉璃工艺技术制作的一件艺术品，虽然也有一定的收藏价值，但与真正的金佛相比，那可有天壤之别。”

假的！

辛辛苦苦护送来的宝贝居然是假的！

护送人员个个目瞪口呆。

副馆长觉得事态严重，便向首长道：“省博物馆前些日子搞修缮，有贼趁机要进库房偷窃，领导怕金佛有闪失，马上开库检查，发现金佛还在，就立即指示派人护送到北京来，以防意外。这都怪我们水平太低，没有辨明真假竟然把一个琉璃做的假金佛抬到了北京。我们刚听说保管部主任突然死亡，可能跟这个有关……”

首长指示，既然已经确定这是个假金佛，就请你们把它带回去，也许，破案还用得上。我们要向国务院报告，真正的九宝金佛，就是国家重宝，绝对不能遗失，更不能让它流落到国外。

副馆长只能诺诺称是。

九宝金佛被调了包，专家看过，说省博物馆送来的是假的，所有人都难以置信。不是锁在库房里，外加一个坚固的保险柜吗？那怎么还能出问题？

首都文物界发出一片质疑声。

很快，国务院、公安部、省委、市委都发来指示，必须尽快查清事实，侦破此案，九宝金佛绝不能流出国门！

省公安厅和市局刑侦处都派专人参加专案组工作。

赫雷和省市派来的侦查员一起到博物馆，研究真金佛的丢失过程，是谁，用什么办法，演了一出现实版的《狸猫换太子》？

今天，突然听到把赫雷提拔为分局的副局长，庄农总的感觉就像被踹了一个窝心脚。

一时间，他觉得心里发堵，脑袋发涨。

唐巨成说马上还要召开全局科、所长会议宣布，他就请假要去医院。

检查的结果是，他的血压高压一百七，低压一百一。

医生建议他住院治疗。

他拒绝了。

省博物馆九宝金佛被掉包的消息在全市迅速传开，就这小半天，就成了全市街头巷尾的议论话题。

庄农是在医院取药的时候听到议论，听了这个消息，他马上意识到兹事体大，他取了药，本想赶紧回分局去听听情况。

刚要转身，他马上想起，已经宣布他不再分管刑侦和预审了。他再回去，就是不知趣了。

让他们弄去吧，九宝金佛一丢，事态越大影响越大，自己可以坐山观虎斗，扒桥望水流。看他们一个个何等狼狈？想到这里，他觉得心里有一种得意的感觉，说这是幸灾乐祸，也不为过。

庄农是新中国成立不久就参加公安工作的，也是从基层派出所的外勤民警一步步走过来的。

那时候，新中国刚刚成立，抗美援朝战争激战正酣，社会治安混乱，敌特活动猖獗，每个基层派出所都是对敌斗争的碉堡和前哨。

当时，每个派出所只有十四五名警察，所长是带班，在所里值守。其余民警白天下居民委工作，夜晚要在所内住宿，不准回家，为的是能够组成五个俩人一班的出勤小组。

每晚出勤巡逻，是每个派出所的硬任务，出勤时间是从晚八点到第二天早上六点，也就是要等到那个叮叮当当的有轨电车出现在站台的时候，才可以回所休息。

那时候，在派出所里，只有所长才能佩带匣枪，外勤民警都是扛着三八大盖出勤巡逻的。

出勤巡逻，就是在本派出所的管区里走街串巷，扛着大枪走上两个钟头，一班到点回来，叫醒下一班，一共五班，谁也不准缺岗。最难叫的是下半夜两点和四点那两班。这两个班，是睡觉最香的时候，谁都知道，年轻人贪睡，懵里懵懂被叫起来，那真比砍一刀还难受。

庄农年纪小，个子矮，比三八大盖高不了多少，扛着大枪走着走着就睡着了。走路也能睡觉，还真不是瞎说。

夏天还好说，天亮得早。

冬天，两点到四点，那可是黎明前最黑暗的时候，也正是俗话说“鬼龇牙”的时候。哈尔滨的冬天最冷的时候，常常是零下三十多摄氏度，甚至四十多摄氏度，连鬼都能冻得龇牙了，何况是人？

扛着大枪出勤巡逻的岁月总算是熬过去了，庄农从一个派出所民警被提升为副所长，一共用了五年时间，接下来的那些年颇为顺利，因为他赶上了“大跃进”的年代。

在公安“大跃进”的誓师大会上，他代表全所向全市各派出所发出挑战。第一个提出争取半年内实现全所无案件、无火灾的目标。这一挑战，提前三个月实现。由他代表派出所，举着报捷的大字报，敲锣打鼓向市局报捷。过了三天，他就被提升为所长。

在向市局报捷之后，他又代表全市派出所向市委报捷，一时间，来派出所学习取经的人络绎不绝，庄农每天向兄弟单位介绍取得无案件、无火灾成绩的经验，一举成为全市派出所的排头兵。

在庄农任所长的派出所管辖内，无案件、无火灾的美好形势并没有保持多久，一年之后，一场大火不光是烧掉了当年的先进，也有人散布说，他向市局报捷那天辖区内就发生了一起入室盗窃案，他一直隐瞒不报。

更多的流言蜚语，让庄农的处境不妙，分局领导为了保护这个敢发豪言壮语的干部，便把他从派出所调到分局，担任刑警队副队长。也就是在这个时候，他发现了赫雷是个破案的能手，便把他抓到手中不再松开。

“文化大革命”期间，他与来分局军管的团长关系处得十分密切，又被提为区革命领导小组保卫部的副部长。“文化大革命”结束前，保卫部取消，恢复了公安分局的名称。他也就顺理成章成为正科级的分局副局长。

几十年从政之路，可以说是平步青云，这一路走来，倒让他悟出了一些道理，首先是心眼要活；二是机会要抓；三是话得会说；四是交往要宽。靠着这四大法宝，不论是波涛起伏的“大跃进”年代，还是云水翻腾的“文化大革命”时期，他都能像驾驭一叶扁舟的弄潮儿，穿波越浪，直达彼岸。比如说，交往要宽，他就是通过来分局的军管团长与他的上级老杜搭上钩的。

但是，这几年随着改革开放越来越深入，不光是让他不理解的事情越来越多，让他感到不满的事情也越来越多。

让他反应最强烈的是这样一件小事儿。

一个中学教师在“文化大革命”期间，因为散布反动言论，被当时的保卫委员会副主任庄农一锤定音，判了十年徒刑，关了几年之后，“文化大革命”刚结束，竟然被法院彻底平反，不仅恢复公职，补发了赔偿费，还提拔为副校长。

起初，庄农对这样的处理并没有多少想法，他在一次会议上说：“过去，抓谁，判谁，是当时的政策，现在给谁平反，也是政策。明天的政策要说今天的平反错了，再抓回来，咱们就再抓回来。咱们只是执行任务的工具。”

这话，听起来也无可厚非，可是有一次在区里开大会，这位副校长跟庄农走了个对面，不但没打招呼，反而呸地吐了一口，扬长而去。

这让庄农大为恼火，可是，又无法发作，只好忍气吞声。说实在话，这一吐，让他恶心了好几天，他心里真的希望能像张吉顺常说的那样七八年再来一次，到了那一天，他第一个想要抓的就是这个副校长！

说来也巧，要把一九七六年粉碎“四人帮”算作“文化大革命”结束的话，到今年整整七年，“严打”就开始了，连张吉顺都认为，这“运动”真的又来了。

可是，随着“严打”深入开展，庄农觉得唐巨成是把他从炕头，一步步挤到了炕梢。

现在，市公安局竟然打破常规把赫雷提拔为分局副局长兼刑警队长，就等于把他一脚从炕上踹到了地上，连炕梢也待不住了。

汽车把他直接送到区委门前，他径直上楼来到组织部副部长办公室，他不想“俯首甘为孺子牛”，因为咽不下这口气，他就要来个“横眉冷对千夫指”，他要向于红讨教，如何打一个反击战！

于红正在看报纸，眉头锁得挺紧，听完了庄农介绍对赫雷的任命，她放下报纸，半晌没有说话。

庄农觉得肚子里的疑问都应当一股脑地提出来，他想让于红把这些问题带到区委，再让杜副市长带到市里，从市委到区委，他要借力打力，把唐巨成彻底搞臭，直到把他搞下台。

他觉得自己有这个本事，可以跟唐巨成决一雌雄。

因为在他看来，从“文化大革命”一结束，特别是党的十一届三中全会以来，天下大势就有点像乾坤逆转。光是“四人帮”被判处死缓不说，不知又有多少人被打成余孽和“三种人”。而偏偏像老杜、于红这样靠造反起家的干部，不但没被打倒定罪，还能进入政界，依然掌握大权，想必这俩人的背后一定有一股不可小觑的势力。

这些人，别看他们大权在手，也算身居高位，但是，庄农早就看得出来，这些人，跟他有许多共通之处。除了对批判“两个凡是”大为不满，连对改革开放也是满腹怨言。特别是这次“严打”，竟然打到了杜衙内身上，只是靠着他偷偷送出消息，才让他们的儿子逃过一死，可想而知，他们心里的反感会有多么强烈！

正是有这样的救命之恩，庄农相信，对于他的一切要求，他们两口子都会全力帮忙。

当然，庄农更大的信心，在于他觉得反抗的理由十分充分，他本人是副处级，当初，多人都升格的时候，偏偏没有他，赫雷是副科级，凭什么一步提升到副处级？请问，共产党的组织原则到哪里去了？

他滔滔不绝地讲着，于红背着两手在屋中来回踱步，一直听到他讲完，才重新坐到他的面前。

庄农感到奇怪，没想到于红竟然拿出了这样一种漠然的态度，他心里有些不满。

于红从抽匣中拿出一份表格道：“下周，区委党校的处级班要开学，组织部提的是我，分局报的是你。”

庄农一把把表格抓了过来，果然，表上写的是他的名字，区委党校处级干部学习班，学习时间六个月。

他心中不由得暗骂，唐巨成啊，唐巨成，你小子可够狠的了，等我半年以后回来，你还不得把我一脚踹到十八层地狱去？

于红道：“我们要成同学了，指点江山，激扬文字，六个月，有多少话不能说呀？”

庄农一时不知该说些什么，他忽然想起一句话，忙说道：“一万年太久，我们得只争朝夕。”

于红点头：“是在争啊，老杜也接到通知，要他到市委党校学习。”

庄农的心里越发感到有些惶惶然，原来，我们这几个人是要来个“环球同此凉热”啊。

庄农忽然想起吴昊父亲跟他说过的一件事儿，便压低声音问：“给老吴的那块地，批了吗？”

于红点头：“就是靠‘只争朝夕’才批下来的，要晚报上来一天，他就没权了。”

庄农的心里觉得越来越沉，他禁不住长叹一声：“唉！难道，我们就这么看着他们整天价蚍蜉撼树，继续这么作下去？最终把我们各个都整趴下不成？”

于红冷静地说道：“庄局，你也得看到，人生和事业总有高潮和低潮，高潮来的时候，我们奋发猛进，低潮来的时候，也得懂得蜷伏爪牙忍受。”

庄农愤愤道：“这得什么时候忍到头？这一去就是半年，半年之后，说不定还有什么招法整你。”

于红道：“最近，老杜到沈阳开会，见到一个老同事，这个人可是有头脑，‘文化大革命’一结束，他就脱了军装，出了国，先是到苏联，后来又到美国。他跟老杜说，苏联控制的华约已经是分崩离析，社会主义阵营已经是风雨飘摇，一旦苏联出了大事儿，中国也好不了，让他等着看好戏呢。”

庄农没太弄明白这些话的深奥意义，这怎么还扯到社会主义阵营上去了？但是，出于礼貌，他只能连连点头。

于红看到庄农没有什么具体反应，估计他也没有那么敏感的政治头脑，便说道：“咱们还说眼前的吧。孩子的事情一出，给我们俩造成的影响都很大，特别是对老杜，简直让他抬不起头来。上党校，也好嘛，避开尘世喧嚣，好好琢磨琢磨下一步，也挺好。你说呢？”

这让庄农一时不知该怎么回答。于红说好，他只能是过年死个驴——不好也得说好，便连声答应：“好好，好。”

三十三

翟铁

这几天，对于翟铁来说，简直就是心焦如焚。

他揣着严玉森的存包凭证和铁牌，却无法找到他。几个小青年依然每天领五元钱经费，出去找严玉森。领了钱，并不妨碍他们继续跟他搞两面派，每天都去帮他找，等到把五元钱吃净花光，便毫不脸红地说一大堆谎话，告诉他，还是没有找到。

其实，如果翟铁当天也能够挨家医院找，不用费多大心思，很快就能找到，因为严玉森是在出租车里昏倒，被司机抱进来抢救的，医院不少人都知道。但是，他宁可花钱雇人寻找，也不敢自己出头。

因为他是在逃犯。

现在依然在“严打”期间，他确实不敢贸然在街上跑来跑去。没办法，只好深居简出，等待消息。

翟铁这次是独身一人从济南来到北京的，而且是赌气出来的。

起因全在小玉身上。

他带着小玉到济南，是为了寻找哥哥。可哥哥刚刚离开济南。

黄德利说：“你哥哥说要回哈尔滨干个大的，他不在，我就是你们的哥哥。”黄大哥不光说得热情，接待得更热情。

翟铁和小玉就在那家宾馆住了下来。

当晚，黄大哥就在饭店设宴招待翟铁和小玉。

席间，翟铁除了对黄大哥的招待表示感谢，还说现在哥哥不在，他明天就带着小玉到北京去，去会一位重要人物。

黄德利追问他要去会谁，翟铁故意隐瞒不说，怎么问也不说。黄德利想不到翟铁有事儿竟敢瞒着他，两个人在席间就闹了个半红脸。

翟铁跟黄德利不说真话，是心里有气，也是由小玉引起的。

他发现，一路上，每每听人说到黄大哥大方豪爽，仗义疏财，黄大哥技术高超无人能比，现在已经是一位腰缠数万的大富翁等等，小玉就羡慕得不得了。相比之下，她已经开始瞧不起翟铁，真是人比人得死，这些年，他钱没弄到几个，还叫人当逃犯追得东躲西藏。

而今，听说真的有人能够坐镇一方，既有财富，又受拥戴，这样的人当然会激起她无限向往。

这些关于富贵和金钱的传说，经常勾起小玉回忆自己的童年。

她记得是在她十几岁的时候，看过一部外国电影，一位漂亮的公主不光穿金戴银，还有许多用人围着她小心伺候。她打心里羡慕这样的生活，当然，她也希望像公主一样，再遇见一个白马王子，经过浪漫的恋爱，成为一国皇后。

这部电影给她留下的印象如此之深，她甚至厌恶自己投胎到一个贫困家庭，埋怨父母没有给她一个富贵豪华的家庭环境。等到稍长大，她明白了所说的公主都是人间幻想的时候，父亲却离她而去。母亲改嫁后死去，她又遭受继父摧残，这才让她慢慢回到现实中来。

在跟翟铁一起生活的日子，曾经有过短暂的快乐和享受，但是，她更多的是提心吊胆。

因为生性胆小，她干了坏事，最怕见到警察。

记得有一次，翟铁领着她在市场偷了一个外国人的钱包，里面除了有几十元人民币，还有美元和港币。到了午间，俩人在饭店吃饭。

有了钱，当然要享受一下，他们要了一盘㸆大虾，一盘葱烧海参。

就在她刚要把嘴里的一块大虾咽下去的时候，突然，两个警察走进了饭店，其中一个警察还朝他们这边指了一下。

小玉突然觉得浑身一颤，胃里一阵痉挛，大虾卡在了嗓子眼。

尽管很快就弄明白，这两个警察也是来吃饭的，用手一指，是看到他们身后有一个空座。小玉还是就此落下了一个毛病，吃饭时候，心里一紧张，就会不停地打嗝。

事实已经证明，她想要吃好、穿好、戴好，还想有个安全环境，跟着翟铁是无法实现的。他是逃犯，当前又在“严打”，说不定他哪天就会掉进去，自己当然也得跟着吃挂落。脱离翟铁重新找一个安全的依靠，是目前最大的希望。像黄德利大哥这样的人物，当然就是首选。

黄德利比翟铁大了七八岁。个头不高，小眼睛，塌鼻梁，还有一条瘸腿，在小玉的眼里，这一切都没有多大的障碍。因为黄德利也是她为脱离翟铁和险境寻找的一个桥梁而已。

至于此生想跟什么人生活在一起，小玉到现在还没有定论。反正她知道，她不但要追求最好，还向往着更好。

相比之下，她认为，黄德利比翟铁富有，并且比翟铁更安全，因为他不是被通缉的逃犯。就凭这两点，她当然要弃翟铁而选黄德利。

至于未来，不管碰到谁，只要钱更多，只要长得比黄德利好，一定也会是她下一个俘获的新目标。

有位名人说过一句话：人生就是永恒的寻找！

今晚，能与黄大哥在丰盛的宴席上举杯共饮，小玉当然会全力施展她的魅力。她不光一杯接着一杯和黄大哥碰杯喝酒，还连唱好几首悱恻缠绵的流行歌曲，直听得黄大哥如醉如痴连连叫好，把手掌都拍红了。

看到小玉有些失态，翟铁越来越感到不是滋味，他便硬拉着小玉离开宴席，回到房间安排她睡觉。

小玉也有些醉意，在翟铁帮助下脱了衣服，倒在床上竟然睡了过去。

谁知道，刚把她安顿好，就有人来敲门。翟铁开门一看，是几个哈尔滨的哥们儿要找翟铁去玩牌。都是好长时间不见的同行，翟铁难以推脱，便锁好房门走了出去。

黄德利今天一见小玉，立即就被她的美貌所倾倒，没想到翟铁这个小子还有这份艳福，有这么漂亮的美人儿陪着逃难。

黄德利出身于农村，见到的女孩子，都是粗手大脚的村姑。他手下的这帮弟兄各个也都是粗劣鄙俗，带在身边的女人也都土得掉渣。这小玉可是自幼在哈尔滨这座带洋味的城市长大的，她不光是长得俊俏，还能歌善舞，又见过世面，连穿戴打扮，言谈举止都与众不同，怎能不叫黄德利动心？

黄德利已经看出，小玉流露出万种风情，明明就是在向自己示爱，这更是让他心痒难耐。

尽管小玉醉了，又有翟铁在身边，这并不能挡住黄德利实现占有她的欲望，饭后，他让亲信找了几个哈尔滨的哥们儿，去找翟铁打牌，只是略施小计，就调虎离山了。

他让人开了房门，悄然进了翟铁的房间，见到小玉正睡在床上，那睡相正是画中的睡美人，黄德利性欲陡长。他脱了衣服，卸了假腿，像饿狼似的钻进了小玉的被窝。

因为不胜酒力，小玉已经迷迷糊糊地睡了过去，直到黄德利钻进被窝，才把她惊醒。她睁开眼睛一看，爬到身上的竟是黄德利大哥，心中又惊又喜，便伸出双臂抱住了他，两个人紧紧搂作一团，便是一阵云翻雨淋。

翟铁玩牌直到后半夜，回到房间，看见小玉睡得很香。本不想打扰她，便冲了个澡，躺到床上，谁知倒下以后却难以入睡。经历了多少日子的东躲西藏，今天终于有了个可以睡安稳觉的地方，他有了做爱的欲望，便动手去碰小玉。

小玉被捅醒了，就是一直不理他。翟铁不由分说就钻进了她的被窝。孰料，小玉就是不配合，她夹着两腿，就是不分开，气得翟铁连连扇了她几个耳光。

过去翟铁不常打她，每次打她，她都吓得乖乖听话。今晚可是大不一样。小玉不仅不跟他亲热，挨了打之后，竟然下了床披着衣服跑了出去。

翟铁也穿上衣服追了出去，只见她直奔黄德利的房间，咚咚几下就敲开了门。眼见着黄德利保镖虎蛋把她接了进去。

翟铁也追了过去，他连连敲着黄德利的房门，却没人开门。

这时几个哥们儿又围了过来，把他连推带劝地推回了房间。

一个哥们儿告诉他："在你玩牌的时候，黄大哥已经把她睡了，现在又跑到他的房里，这样的女人你还要她干啥？"

"再说，要是黄大哥看上了，你让也得让，不让也得让。这里是什么地方？这里可是黄大哥的地盘。看见他身边那个大黑胖子没有？他叫虎蛋，那小子缺心眼，可他就听黄大哥的。让他揍谁他就揍谁。"

有人劝他赶紧离开济南，走得远远的，当心黄大哥朝虎蛋使个眼神，他就把你给"做"了。

翟铁知道，虎蛋是黄德利的贴身保镖。黄德利让他打谁，他就打谁。让他杀谁，他就杀谁。

翟铁表面上装着满不在乎，嘴里说着，男子汉还能在乎一个臭娘们儿？同意马上离开，他当即收拾了一下东西，离开宾馆到了火车站，登上了去北京的火车。

尽管买的是个卧铺，可是翟铁躺在那里却是一夜无眠。

说心里话，翟铁对小玉还是有感情的。不管他这几年跟多少女人有过关系，大多是一夜之情。唯有跟小玉，俩人在一起同居很长时间，这次又陪着他到处躲藏，逃避追捕。离开小玉，他心头隐隐作痛，有种让人甩了的感受，他心中愤愤难平。但是，事已至此，他只得含恨离开那个地方。

他不知道黄瘸子把小玉硬给撬去，算不算夺妻之恨，反正他一辈子也咽不下这口气。他打算等到严玉森，再找到哥哥，拉上一帮人，一定要跟这个贼瘸子拼个你死我活！

来到北京，一连几天派出人去，也没能找到严玉森的下落，翟铁对继续寻找失去了信心。可是，他手里还拿着严玉森在小件寄存处寄存行李或是包裹的凭证和铁牌。已经过了这么多天，再不领出来，万一人家当成无主货物处理，或者一旦检查，一定会发现许多对严玉森不利的东西。

他一直等到晚上，又一班车到站，小件寄存处的人又多了起来，他便挤了过去。

等到他把寄存凭证和铁牌递了过去，工作人员就问："为什么这么长时间才来取？"

事先，翟铁就想到了这一点，他已经编好了一套理由。他说，这是他一个亲戚的，身体不好，存了包就住院了。现在还没出院，只好替他领回去，里边还装了点吃的怕都坏了。

工作人员相信了，说对这个老头还有印象，当时就看他身体有病。说着，从高处把行李箱提了过来，仔细核对了铁牌和箱子的号码，确认无误，才把行李箱交给了翟铁。

翟铁接过箱子连说谢谢，就拉着它离开了火车站。

出于对师父的尊重，他的东西不能随便乱动，可是，现在迫不得已。翟铁住在不远处的一个小旅店，他把箱子带进房间，关严房门，拉上窗帘，开启拉链上的小锁，小心地打开了行李箱。

行李箱中有一个双肩背包，再就是一些衣物。他打开双肩包，发现里面用衣服包着一个木盒子。他抖开衣服，把木盒放到床头柜上，仔细端详。

这个盒子十分精致，分量也很重，他猜不出里面究竟装着什么，让一个老头子千里迢迢带到北京来。

端详一阵，在好奇心驱使下，他决定打开这个木盒，看一看究竟。打开木盒，里面是一层红绒布，扯开红布，他一下子惊呆了！

蓝幽幽的一片祥光照亮了整个房间，他惊讶得大张着嘴，目不转睛地看着。他认得出，这是一尊佛像，是用金子造的。其他那些蓝的、绿的放光的东西，他不知道是什么，但是，那灿灿发光的黄金，他是认得的。

一尊佛像，用黄金铸成的，看样子，还是一个有些年头的老古董，这得值多少钱？

翟铁的心不由得一阵怦怦狂跳，他用两手按着前胸，怕心脏真的跳出胸膛。也就是在这一瞬间，他才明白，为什么严玉森千里迢迢带着它。

显然，这些财富都是严玉森留给他的，想到这里，他又马上纠正自己，不是什么严玉森给的，是上天给的。

是上天让他做这尊金佛的主人，也就是让他做普天下最有钱的人！

想想来到北京的一举一动，好像冥冥之中就是这样安排的。

既然是上天给的，那就得躲着严玉森，甚至有朝一日见到严玉森，也不能承认自己领出了他的行李箱。

这就是贼的真实内心。

得了大便宜，发了大财的幸运感觉，让他心情时时都处于亢奋之中。

当天晚上，他两手搂着金佛倒在床上，兴奋和激动得久久不能入睡。他有理由讥笑小玉福浅命薄，没有福分与他一起享受得到无价之宝的快乐。这甚至还得谢谢黄德利这个瘸子，如果不是跟他赌气离开济南来到北京，他怎么能够得到这尊金佛？

直到东方发白，他才迷迷糊糊地睡了过去。

一觉醒来，已是日出三竿。小旅店临街的窗外，响着行人的嘈杂声和汽车喇叭声。

他洗了把脸想要出去吃早点，却不免对金佛的安全感到担心，这该怎么办？

万一在他出门的时候，有人进到房间，来个顺手牵羊怎么办？尽管这样的可能性极小，可也不得不防。

还有，要是他去吃早点，一旦遇到刺儿，把他拿下，他回不到旅店，那该怎么办？

这可麻烦了，这是他做梦也没有料到的问题，有了财宝还寸步难离了。

他想把金佛装到双肩包里，背着出去吃早点。等到装好了，他又觉得不妥，吃个早点还背个兜子，也许会让人生疑。

想到这些他又把双肩包放到床上。

天哪！看来真是得宝容易，护宝难哪。

翟铁是个有心计的人，他决定不出去吃这顿早饭，也要想出一个万全之策。

他第一个想法是，在晚上把金佛带出去，到荒郊野外，找一个地方把它埋起来，再留下一个只有他自己能够认识的记号，等时机再挖出来，要么卖掉，要么带到国外去。

可是，想出这个主意不到几分钟，他又坚决否掉了。

不行！

现在这北京城到处都在盖楼，过去的荒郊都变成了闹市，等过两年他回来找，要是那里盖了大楼，该怎么办？

他再一个主意是让哥哥翟刚想办法保管，听说他在广东有几个黑道的朋友，专门从香港向大陆偷运私货，可以让他把宝贝先带到香港，然后再想办法弄到国外去。

想出这个主意，他又连连摇头，不成，不成！

哥哥翟刚也是个在逃犯，说不定哪天也有“掉脚”的可能，万一让他保存，岂不一样鸡飞蛋打？这且不说，他还担心的是，一旦哥哥看见这样的宝贝，要是起了贪心，想要独吞，该怎么办？别看是同父同母的亲兄弟，为父母遗产反目成仇的也不在少数，何况是这么值钱的宝贝。

他不得不重新再想办法。

翟铁毕竟是翟铁，他的聪明头脑足以支持他办好这件大事，最终，他想到了姐姐翟丁。

姐姐是科研人员，至少，人身安全会有足够的保证。她的人品他也了解，和他们哥俩正好相反，她好胜要强，从不占别人的便宜。

至于她见了这样的宝贝能不能动心，他也吃不准。但是，要说放到哥哥那儿是百分之八九十会被吞掉，放到姐姐那儿，这种可能性多说也就是占一半，显然，这比放到哥哥那里要安全许多。

几经权衡之下，翟铁终于下了决心，把金佛交给姐姐保管。

他立即拿起桌上的一个文件夹，抽出里面夹着的旅馆备用的信封和信纸，还有一支圆珠笔。

他趴在桌上费力地拿着笔，写了“姐”和“来”字以后，便停在那里，他要写姐姐来取，真是书到用时方恨少，他忘了“取”字怎么写。

怎么办？这难不倒他，他不会写，只是提笔忘字，他翻旧报纸，要是能在报纸上见到这个字，他就会认出来，再照着写上去。

有了。

房间每天都送一份报纸，他随手抓过一张，报纸第一版就有一行挺大的字：“中共中央近日发出通知，废除人民公社体制，建立乡、镇政府，争取明年全面完成”。

他从不读报，今天就为找一个“取”字，翻了翻报纸，却发现红火了多少年的人民公社要被废除的消息。他不明白，喊了这么多年“人民公社好！”“人民公社万岁！”怎么就要废除？不管这些，他就依样画葫芦在“来”字后面，写了一个“取”字。

下面，他又犯了难，取什么？这尊佛叫什么？只是说来取一个普通佛像，姐姐会来吗？

这也难不倒他，他依样画葫芦，把金佛像画上去。

可别小瞧了翟铁的绘画才能，他从小就喜欢画画。开始，只是在纸上乱涂乱画。受姐姐的指点，他才画人、画马、画汽车，画飞机、大炮……

今天要画个金佛，那是手拿把掐。

写好了，画好了，他开始写信封，姐姐的工作地点那些字他都会写，姐姐的名字也没问题，寄信地点应当写在信封下边。为这，他又动起了脑筋。写哪儿的地址？就写这个小旅馆的？万一信寄出去出点差错，岂不就暴露了自己真实的住址。

从窗户可以看见马路对面一家旅店的招牌，他就照着那家招牌上的几个字写下了地址。

现在就差一张八分钱的邮票。

服务台就卖邮票，他买了一张八分钱的邮票贴好，在门外不远就有一个绿色的邮箱。他看了看门外，一切如常，便走了出去。

走到邮箱跟前，他看了看四周，没人注意他，他把信掏了出来，心中默念了几句“老天爷保佑”便把信投进邮箱口中。

回来的路上，他买了几个面包和几节香肠，匆匆回到旅馆的房间。

他吃着面包和香肠，觉得浑身舒畅，既得到了无价之宝，又想到了安全保管这件宝贝的最好办法，他觉得他是世界上最幸福的人。

三十四

来信

“翟丁，你的信。”

研究所看门老张头夹着报纸和信件，脚步蹒跚地走进了翟丁的办公室。

翟丁正在桌前低头写着什么。

她发明的一个仪器，不仅可以用于工业生产，还可以用到军事科技上，因而引起了部队的注意。

从大连回来后，她就着手写报告向上级说明，近日，部队在实战演练时应用这项产品试验和取得的效果，并准备批量生产的具体意见。

科研单位的任务就是研究上级交办的一些研究项目，费用也是由上级划拨，有的时候要是赶上“小年”，只有几个项目，经费当然拨得就少。再加上前两年知青回城，一些科研人员和职工的孩子，都纷纷拥进来，机构越来越庞大，经费拮据，开支紧张就成了各个科研单位的普遍困难。

而翟丁的这项研究发明，却被部队看中，不但拨给了研究经费，还预付了批量生产的费用。这些钱到位，真的让科研所宽松了不少。

科研所也能挣钱了，这可是几十年从来没有的事情。

这笔经费到账，不但补发了所里拖欠员工的几个月工资和奖金，还在国庆节期间，给全体员工买了一些副食和粮油。这样一来，全所上下对翟丁不得不高看一眼。

但是，并非科研所所有的人对翟丁投来的都是赞美。

担任副所长的一位老科研人员，对翟丁就有不同的看法。他认为，翟丁的研究和市场挂钩，甚至和国家机关讨价还价，都是对科学研究的亵渎。科研永远是科研人员在实验室里的工作，努力完成国家交付的科研任务，把研究的专利跟金钱和利润挂钩，就是把科学研究引向了邪路。

一项研究和专利发明还能赚钱，这是翟丁从未想到的。但有一点她非常清楚，这是科研所整个团队的成就，也是他们这个团队的荣耀。所以，她对所里额外给她发一笔奖金的提法，干脆一口拒绝。

老张头每天把报纸送到翟丁的办公室，就是出于关心和感谢。

翟丁每天见到六十多岁的老人，费力地爬上三楼，把报纸送到办公室，都会说些感谢的话。可今天看到还有一封信，她扫了一眼，心里就一阵慌跳，她认得出，这是翟铁写来的信。

这些日子，翟丁可以说每天都在关心哥哥和弟弟的安危和命运。他们双双惹下大祸，在这样“严打”的时候，更是吉凶难料。

她既怕听到他们的消息，也希望能听到他们的消息。

这也是一种煎熬。

今天终于有信来了，是吉是凶，是福是祸，让人难料。

看到翟丁望着信发呆，老张头轻咳一声，转身走了出去。

这时，翟丁才想起，她还没对老张头道谢，连忙追到门口朝走廊里的老人喊了声谢谢，随即关严了房门，匆匆走回到桌前坐了下来。

她禁不住鼓起嘴巴，憋了一口气，再长长地吐出来。嘘这一口气，为的是让自己冷静下来，慢慢地打开信封。

几个歪扭的大字映入眼帘：

姐，来取。

下面是一幅笔道潦草的画，画的是一尊佛像，背后有两层火焰光，下面有很高的莲花座。

天哪！这是什么？

来取？就是取这尊佛像吗？

这就是说这尊佛像在翟铁的手中，也许很贵重，他手中的东西，不是偷的，就是抢的，毫无疑问这尊佛像就是赃物。

不管怎么说，她得到最重要的消息就是翟铁还在，还活着，这倒是给她一丝安慰。

翟丁的工作在离哈尔滨不算远的另一个城市，这段时间，也许因为曾经介入陶进寻找翟铁的过程，她对“严打”以来的一些消息较为敏感。她后来得知那个朱岗已被处决，翟铁还是没有下落。至少，开枪打死警察的不是他，开枪打伤刑警的也不是他。这样说来，他还不算罪不容赦。假如，他能够投案自首也许会得到宽大处理。

她还听说，哈尔滨的省博物馆有什么贵重的财宝被盗了，管理员也死了，想必陶进一定忙于侦破这起案件。

突然，她浑身一抖，她似乎记得谁说过，哈尔滨丢失的就是一尊金佛，而且价值连城。

那会是这一尊吗？

莫非说，这尊价值连城的金佛真的让翟铁给盗走了？盗走了不说，还要让她去取，这不是成心也要把她拉进泥潭，推进火坑吗？

想到这些，她不由得怒火中烧。

这一哥一弟，这些年给她带来的麻烦还少吗？现在又想要她去取什么佛像，她要是这么干了，不也是参与犯罪了吗？

想到这些，她愤愤地把信推到一边，傻子才会去取呢。

可转念一想，要是翟铁手中拿的果真是省博物馆丢失的那尊金佛，要是能让他把金佛交还给国家，岂不可以立功赎罪吗？

想到这些，她反而觉得弟弟来信还真的创造了一个机会，创造了一个当姐姐的可以挽救弟弟的机会。

但是，她知道，就凭她一个人根本无法完成这样的艰难使命，她需要一个能够有所作为的人帮助，找谁？谁能帮助她？

她理所当然地就想到了陶进。

从前，每当想到他，她都会脸红心跳，甚至感到十分局促。最近一段时间，她逐渐想清楚了，她为什么不能关心自己童年的朋友？为什么不能和他大方地接触？想到这里，她小心地把信揣好，继续写报告。

为了赶写报告，她没有去吃午饭，直到把报告写完交给领导，她说，她的哥和弟都不在家，哈尔滨老家的房子已经空了很久了，墙皮脱落，上下水的管子也都老化，她得请两天假，去收拾一下。

领导认为，既然报告已经写完，生产单位已经开工，她也该休息几天了，领导便破例答应她，放三天假。不够，还可以再续几天。需要单位帮助尽管说话。

当天下午，翟丁就乘火车赶往哈尔滨。

火车车厢，是一个陌生人聚集的场合。紧挨着你的，坐在你对面的，都是陌生人，有的来自天南，有的来自地北。也许，许多从不认识的人，一坐下就会成为朋友，社会逸闻，家长里短唠个没完。也许有的人一言不发，成为一名人间万象的看客。

翟丁的座位紧靠车窗，她一上车，就在看一本很厚的英文书，根本不理会周围是何等样人，或是在谈论什么。

但是，听到同座的几个人，谈到了哈尔滨的奇闻，这让她不得不侧起耳朵。

他们谈论轰动一时的省博物馆金佛被盗案。

一个人说："那金佛是唐代的宝贝，价值连城，解放初期被博物馆收去，还展览过，参观者人山人海。"

另一个人补充说，他的爸爸就看过展览，激动得回家都没睡好觉。

更蹊跷的是省博物馆的馆长死了，他妈也死了。

听说这个馆长跟一个警察的老婆好上了。这个女人，那可真够狠的了，能把姘头和他妈都害死了，现在到处抓她呢。

有人说："那女人，刚跟那个警察离了婚。依我看，就是那个警察跟他老婆为了弄到金佛使的美人计！"

她隐约感到他们说的这个警察就是陶进。她是一个智者，从不相信那些街谈巷议和坊间传说。但是，有句话让她听进耳中，就是那个警察离了婚。陶进真的离婚了吗？

下了火车，虽然刚刚过了国庆节，这座中国最北部的省会城市，就已经是树叶飘零，寒风凛冽。她无心去顾及那个空了好几年的家，直接就给道里分局的刑警队打电话，她想要见的不是陶进，而是赫雷。

这是她在火车上设计出来的一套计谋。

她渐渐感到怀里揣的这封信的分量越来越重，翟铁画的十有八九就是省博物馆丢失的金佛。可是，她现在还无法弄清陶进和他妻子到底怎么样了，真的是离婚了吗？

要是真的离婚了，她直接找他，会不会让他周围的人说三道四？

在火车上，连警察设美人计这样的议论都能出现，何况他再接触另一个女人？天知道人们又会议论些什么？

要是没离婚，那个人面兽心的魏预审——这是她理清真相后，对老魏下的定论——发现她单独找陶进，会不会再搞什么节外生枝？

她要先找陶进，一定会有人说她是通过私情办事。

有一千个理由，一万个理由，让她不能直接去找陶进，原因很简单，就是四个字：人言可畏。

那怎么办？她忽然想起陶进跟她说过一个人，是他的直接领导，副队长，名叫赫雷。他进刑警队是他要去的，此人一直官运不济……

这个人还在吗？

假若她直接找赫雷呢？这就是名正言顺地向公安机关反映情况，当然也一定会引出陶进。

是要使一点计谋，能够通过赫雷再把陶进引出来，这样的接触，就是顺理成章，就可以堵住所有人的嘴。

这就是她的计谋：公事公办。

唐巨成隔壁的副局长办公室早已变成赫雷的办公室，但是，赫雷还是很少在那里办公。因为他还兼着刑警队长的头衔，许多刑警队的事情还都要找他处理，他还是习惯在副队长办公室办公，这样也免得刑警们请示报告的时候，楼上楼下跑来跑去。

因为他现在是在两条战线作战，国庆节的假期赫雷只休了一天。

第一条当然是九宝金佛被盗和两条人命的特大案件。

第二条是陶进等人发现的，以黄德利为首的流窜犯罪团伙的案件，也不断有重要突破。

在国庆节的第二天，他们抓到一个刚从济南回到哈尔滨的“老惯儿”，他供述说，翟铁带着一个马子到了济南。

看来济南这个窝子是非掏不可了。

他给拘留所打了一个电话，让他们通知在拘留所审讯的陶进，不论多晚都要回来汇报审讯“老惯儿”的情况。

刚放下电话，郑吉松推门跑了进来，他匆匆走到赫雷跟前，嬉皮笑脸地压低声音说道：“有个女同志说要见你。”

赫雷不解：“女同志？谁啊？”

郑吉松依然低声道：“是陶进的那个……来了。”

赫雷心里一惊：“魏蓉蓉？”

郑吉松摆了摆手，继续低声：“是那个——那个。”

赫雷忽然想到：“翟丁？”

郑吉松笑嘻嘻地说道：“真不愧是刑侦局长，一猜就猜着了。”

赫雷道：“少来这些马屁奉承，她是来找陶进吧？”

“不是，人家口口声声说要找赫队长。”

赫雷不以为然：“她找我干什么？告诉她，陶进在拘留所审讯呢，晚上回来，叫她等……”

郑吉松打断他的话：“人家说了就要找你，有重要事情报告。”

一听说翟丁有重要事情，赫雷立马来了精神，忙问：“人在哪儿呢？”

“收发室。”

赫雷吩咐：“快叫萧娟接待一下，领到我这儿来。”

郑吉松连连点头，乐颠颠地跑了出去。

郑吉松并没有招呼内勤萧娟，而是直接跑到了收发室，他见到翟丁便自我介绍道：“我姓郑，是陶哥的铁哥们儿，我们局长让你去见他。”

翟丁感到意外：“局长？我不见什么局长，我要见的是一位赫队长，是个副队长。”

郑吉松笑嘻嘻地说道：“你这是啥时候的皇历了？产房里传喜讯，人家生（升）了。你见面再叫人家队长，人家还以为你瞧不起他呢。”

翟丁被他逗乐了：“哦，小郑，我真得谢谢你的提醒，这么说，他是官运亨通了。”

郑吉松热情地做了个请的手势，边走边说道：“敢情，时来运转嘛，挡都挡不住，跳格升的。”

一走进刑警队的办公室，他就向萧娟说道：“这位就是翟丁同志，是陶哥的起小儿，赫局让你接待一下。”

听到翟丁两个字，屋里正在说着什么的几名刑警，一起关闭了嘴巴，都转头惊诧地望着她。

萧娟一听是翟丁，先是好奇地瞄了她两眼，这大概是女人待人接物的习惯吧，接着便热情地让座，边赶紧收拾桌上一堆文件。

大卢听说是翟丁，马上殷勤起来，他走到翟丁跟前问道：“翟丁同志，您是不是要找陶进，我帮您打个电话？”

翟丁微笑着摆手：“谢谢，我要见赫局长。”

“大卢，你跟着瞎掺和什么？人家要见赫局长。”郑吉松在催促。

这时，刑警办公室里又挤进来好儿个人，他们听说翟丁来了，也都想看看这位久闻大名的美女。

翟丁感觉到了周围诧异和惊奇的目光，也听到了啯啯喳喳的议论声。显然，这一切并无恶意，她始终保持着矜持的微笑，应答着。

萧娟把一大堆文件分头锁进几个柜中，便向翟丁说道：“请跟我来。”

翟丁礼貌地点了下头，跟着萧娟走了。

郑吉松跑到大卢面前，学着他方才说话的腔调：“翟丁同志，您——是不是要找陶进呐？我帮您——”

他学得惟妙惟肖，说到“您”的时候，还故意加重了语气，逗得大家一阵哈哈大笑。

萧娟把翟丁领进了队长办公室，介绍道："这就是赫局长。"

赫雷是第一次见翟丁，他从座位上欠了欠身子表示欢迎，并伸手示意让她和萧娟坐到一侧的椅子上。

关于这个年轻女子有褒有贬的评说，赫雷已经听到许多。他亲自拟定过对她的监控方案，尽管那时只闻其声未见其人，可以说对她已经了如指掌，但是，这第一次见面的印象，还是让赫雷感到有些意外。

他第一印象就是把她跟魏蓉蓉做了一个比较。

魏蓉蓉长得很漂亮，可是，那是一种妖艳的美，甚至带着风骚。翟丁长得也很美，却是一种端庄的美，显得既矜持又高傲。她穿着入时，举止大方，通身蕴含着一种高雅的知识分子的风度。

他审讯过翟铁和翟刚，至今留有深刻印象。他弄不明白，同是一个母亲所生，为什么有的像高贵的白孔雀，有的却是凶恶的豺狼。

翟丁记得陶进对这位赫雷赞许有加，可是，有过跟魏预审打交道的教训，她的心里始终怀着一种警惕。

赫雷也意识到了这一点，为了缓和屋中的气氛，他首先说道："也许你不相信，我早就想过，要当面向你道谢。"

翟丁摇头："这不敢当。"

萧娟为她端来一杯水。

赫雷道："抓那个朱岗的时候（他故意不说翟铁）急得我们一塌糊涂，是你告诉了我们小玉家的地址，真的就在那把他抓到了。连我能当上副局长，都和你的帮助有关。你说，我要当面道谢，不应该吗？"

翟丁一直紧绷着神经，是怕万一在这里遭到冷遇。她保持矜持，是应付一旦遭到犯罪家属式的嘲弄和羞辱。

她唯一没想到的就是有人会向她道谢。

赫雷的话说得诚恳、真挚，出自肺腑。这不能不让翟丁为之感动。这反倒让她一时不知所措，也只能说些是我应该做的一类的话。

“我希望你能继续帮助我们，我相信你一定会站在正义和理性一边。”赫雷知道翟丁此次前来见他，一定有重要事情，这是他想尽快知道的，但是，他不能不打一个迂回：“我想——你大概是要找陶进吧？他在拘留所审讯，很快就能回来……”

不料，翟丁却打断他的话，连忙说道：“我不找他，免得像上次交谈，引出不少是非。所以，这次我要向您反映一点情况，这是公事，就得公办，与他无关。”

赫雷笑了：“越说无关越有关，陶进的近况你知道吗？”

翟丁摇头：“我对他的情况，一无所知。”

赫雷点头：“这我相信。你们都是中规中矩的好孩子。陶进最近离婚了，算是解脱了家庭的束缚。”

尽管有过多少猜测，翟丁听到这个出自领导之口的信息，心中还是一震，因为他对陶进的近况真的一无所知，这不能不让她感到有些惶惶然，是喜是忧一时还难以分辨，她只能连连摇头：“这些……我一点都不知道。”说着，她的脸颊变得绯红，心也慌跳起来。

“这个傻狍子。他也没给你写封信？”萧娟插了一嘴。

翟丁急忙解释：“我在外省工作，他不知道我的具体工作单位。”

赫雷道：“既然与他无关，还要公事公办。那我就先听一听情况好吗？”他怕这个话题扯得太远耽误大事。

翟丁点头：“是这样，昨天上午，有一个年轻人到单位找我，问我是不是翟铁的姐姐，我说是。他说翟铁在北京，让他来捎一个信儿，说翟铁让我到北京去取一件重要的东西。”

“北京什么地方？取什么东西？”

“这些他都没说，只是告诉我，我要是到了北京，不用我找他们，他们就能找见我。”

这些话都是翟丁编造的。

编造这样的情节并不困难，许多惊险小说都可以提供这样的范本。

这是她几经斟酌才决定的。

她认为不能让赫雷看那封信，那上面有地址，有佛像。万一，他们拿到地址，要派别人去抓，那该怎么办？或是他想要独自贪功，把陶进甩在一边，亲自去抓，那该怎么办？

赫雷听了连连点头："说要取什么东西？"

翟丁道："说是件贵重东西，没说具体是什么。"

尽管翟丁认为这个情节虚构得已经很完美，但是，在赫雷面前，还是无法过关，因为他发现翟丁对他谈的故事并不完整。

赫雷并没有表现出对这个线索有明显兴趣，只是说："你的哥哥和弟弟都很聪明，希望你能帮助我们动员他俩尽快投案自首，我以我的名誉担保，一定会从宽处理。"

翟丁点头道："我相信政府。"

赫雷又说道："如果说上次给你添了些麻烦，那是我们的毛病。我得表示歉意。这次可不一样，是你先找的我，至于我让谁来介入这个事情，哪怕是我让陶进介入的，都和你毫无关系。这一点，萧娟同志可以做证，对吧？"

萧娟点点头。

赫雷对萧娟说："翟丁同志从外地来，又提供这么重要的情况，一路辛苦，你带她去安排一个住处，等陶进晚上回来，我俩一块过去，再详细谈。"他望着翟丁问："你看，这样可以吗？"

翟丁站起："谢谢。"

萧娟带着翟丁来到分局大门口，一辆吉普车开了过来。

吉普车把她俩送到作为据点的那个旅店。

萧娟领着翟丁刚走，郑吉松和大卢就来到赫雷的办公室。他们问，翟丁干啥来了？为什么不先找陶进？

赫雷笑了："你们以为她是来找我的？这个翟丁，可真有心眼儿，人家是拿我当钓饵，好把陶进钓出来。"

大卢惊讶："她以为她是谁呀？敢跟你老爷子耍心眼儿？"

郑吉松问："要反映情况，找陶进能怎么的？最后还不都得到你这儿。"

赫雷："那怎么能一样？先找到我，再见到陶进，那是我让的，那就堵住了像你们这样净说闲话的嘴。”

郑吉松道：“她长得可真漂亮，比魏蓉蓉强多了。陶进真是个傻狍子，要是我，说啥也得先娶她。”

赫雷叹了口气道：“也许，这就是命吧。”

大卢：“她对陶进和老魏的情况一点也不知道？”

赫雷点头：“大概是。我觉得，她还有话没跟我说，说到底——”他无可奈何地叹了口气：“我还是当个敲门砖。”

用一句俗话来形容陶进这些日子，那就是王八掉到灶坑里——又憋气又窝火。

本来，离婚了，终于摘掉了绿帽子，是生活的解脱。老魏进医院了，半身不遂说不出话来，对陶进来说，是精神上的解脱。有了这两个解脱，陶进应当高兴，重新焕发精神才对。可是，事与愿违，陶进却感到精神压力越来越大，也越来越窝火，甚至觉得是一种折磨。

这些压力和折磨，不是来自单位，也不是来自同事和家庭，这压力和折磨来自他看不见，摸不着，但却无时不在的社会舆论。

一切都源于那起母子被杀案，源于价值连城的九宝金佛被盗案。开始，全市的舆论处于愕然状态。人们惊讶，错愕，因为不完全了解这母子情况，也不甚了解九宝金佛的价值。

可是，没过几天，对这对母子和九宝金佛各个版本的议论，像从烟囱里冒出的浓烟，迅速飞散到全市的各个角落。

其中，有一个说法，让陶进的母亲突然遭遇巨大的压力。这个说法是她在菜市场听到的。

她买菜的时候，几个男女在那里高谈阔论，一些刺耳的话，传到她的耳朵里。

一个吃早点的男人说：“知道那个死的欧阳化雨靠的女人是谁吗？是一个警察的媳妇，长得那可是漂亮。”

围观的人都竖起耳朵听着。

吃早餐的人越说越来劲：“谁是幕后黑手？就是那个把老婆当间谍派出去的

警察！”

围观的人越来越多，但是，陶进的妈妈还是听得清清楚楚。

“那警察让他老婆勾引那个省博物馆的人，摸到了九宝金佛的底细，然后就把他们母子统统杀死，跟媳妇夺得九宝金佛，一块逃到国外了。”

众人一阵叹息。

这明明是在说她的儿子，陶妈妈几乎晕了过去。

解脱的轻松，让陶进感到前所未有的舒畅，突击审查和追捕南下的犯罪团伙，也有了相当的进展，陶进的心情一直不错。可是，没过几天，这些没根儿没影儿的议论，也传到他的耳朵里，让他的心情一下子跌到了谷底。等回家看见母亲哭红了眼睛，心中纳闷，便追问究竟。

母亲说起她听到的议论，陶进心里更加郁闷。

说实在的，陶妈妈心里也知道，这都是一派胡言，她心里当然知道儿子和媳妇的关系，可是，儿子而今成了人们街谈巷议的中心，这一点，就让她无法承受。

面对汹涌而来的胡说八道，陶进和妈妈都无能为力。这抓不着扑不灭的流言，就像一团团迷雾，在全市迅速扩散，蔓延。

陶进曾不停地告诫自己，别听那些喇喇蛄叫唤，该吃就吃，该喝就喝，该干什么干什么。可是，许多事情就是身不由己，这不，嘴丫子烂了，舌头还无缘无故地起了个泡，沾咸、沾辣都疼得要命。再加上吃不香，睡不安，这些日子，陶进明显见瘦。

在拘留所，陶进和赵强从刚刚抓到的从济南回来的窃贼口中知道了一些有关翟刚、翟铁和黄瘸子在关内的信息。现在，他们手里掌握的犯罪团伙成员的人数越来越多，查一查已经上百。

除了像“奔娄头”和几个人在押，绝大多数都还逍遥法外，什么时候收网，这是陶进和赵强俩人急切盼望的。

快到下班的时候，看守所副所长通知陶进：审讯结束马上赶回分局，赫局有重要事情找你。

陶进开着摩托车与赵强在六点多钟的时候回到分局。

一进刑警队，郑吉松就迎了上来："陶进，你不知道，赫局为什么叫你回来？"

陶进摇摇头。

郑吉松道："知不知道萧娟哪儿去了？"

陶进不耐烦地道："她愿哪儿去哪儿去，我管她干什么？"

郑吉松道："咳，你这就不对了，人家是替你安排客人去了，你得谢谢人家才对。"

陶进问："赫局呢？我哪有什么客人？"

正说间，赫雷从里屋走了出来，看到陶进道："是有位客人找你，跟我一块去看看她。"

陶进还是一头雾水："找我的客人？是谁呀？"

郑吉松道："问什么？见了不就知道了。"

陶进点点头，跟着赫雷走了出去。

陶进开着摩托车，赫雷坐在车斗里。

陶进很想知道是谁找他，赫雷却一直卖关子就是不告诉他，弄得陶进也没辙，只好等到见了再说。

路上，陶进的脑筋也一个劲儿地转，他想到几个人，甚至想到会不会是小尤，还是他爷爷。

他唯独没想到翟丁。

要说他完全没想到，也不全对，他想到了翟丁，只不过一闪而过，他认为绝对不会是她。

翟丁被安排在这家旅馆唯一的套间。

所说的套间，就是卧室外面还有一个房间，摆着沙发和茶几，用来接待来访的客人。

来到房间门口，赫雷轻敲房门。

门开了，萧娟探出头来，示意二人进来。

听见敲门，翟丁已经从沙发上站起。

陶进一见，惊得大瞪两眼："你……你怎么在这儿？"

赫雷道："她就是我们要见的重要客人。"说着他坐到了沙发上。

陶进依然不敢相信："你怎么还成客人了？"他一脑门子狐疑，什么时候翟丁学着隔着锅台上了炕，瞒着他，直接跟领导打上交道了。

萧娟端来茶水。

陶进也坐了下来。

翟丁望着陶进，看着他比上次见面明显见瘦，心中感到一阵酸楚，便说道："我有一个情况要反映，就直接找了你的领导，没想到人家升局长了。给领导添了麻烦。"

赫雷道："不是麻烦，是重要的帮助。情况很重要，是关于翟铁的消息。我觉得陶进得听一听。"

陶进感到意外："你有翟铁的消息？"

翟丁点头。

赫雷看着两个人坐在那里，忽然觉得自己有些不太自在。

他对自己这个部下的了解已经入木三分。

这个年轻人，就是太重义气，重到让人感到窝囊的程度。

陶进对魏蓉蓉的背叛心知肚明，但是，碍着老魏的面子，不得不忍辱负重，几年忍受下来，憋了一肚子委屈，让他心神都受到一定的伤害。特别是最近欧阳母子被杀，九宝金佛被盗，社会上的流言蜚语对他又形成极大的压力。前几天，他怕陶进招架不住，找他交谈一阵子。还好，陶进一直用"问心无愧"这四个字来为自己解脱。

赫雷自打今天看到翟丁，思路有很大转变。这个转变，就是因为他以前听到对翟家太多的非议。反革命子女、犯罪的家庭，翟丁就算是个好青年，能好到哪里？

可是，今天他见到了翟丁，想法大变。

虽然，他跟这个神态矜持的年轻姑娘只是短暂的交谈，凭着赫雷阅人无数的社会经验，他已经看出，翟丁是一个有明确是非观念、极度自信、自尊的现代知识女性。他不由得为陶进担心，这个傻狍子，能有这个福分吗？

赫雷觉得有点不自在，甚至感到坐在这样一对青年男女之间有些多余。他知道翟丁并没有把情况全都告诉他，如果他继续坐在这里，仍然无法听到全部情况。

想到这一点，他意识到，不应当继续坐在这里，便对陶进说道：“还要告诉你，局里决定这件事情就由你负责。”他朝萧娟招了下手：“你跟我到市局去一趟，取几份材料回来。”说着站了起来。

萧娟会意地点了下头，走到门边。

翟丁也站了起来。

看到赫雷要走，实在是出乎意外，陶进有点慌神儿，他招呼道：“赫局，你不能走，这……”

赫雷道：“叫你负责你就谈，听听翟丁的情况，及时告诉我。”说着他挥了下手，和萧娟一起走出门去。

赫雷走出门外，望着萧娟无声地笑了笑。

想不到，一个堂堂公安局副局长，不仅让人当了敲门砖，还在最后落了个临阵退场。

赫雷的退场，不仅陶进，连翟丁也感到十分意外。

当然，他们都理解赫雷的良苦用心，心中不由得升起感激之情。

也许，这个让俩人单独相对的时刻，来得太过突然，两个人只能呆坐在那里，相互注视着对方，久久不说话。

终于能和陶进单独面对面坐着，翟丁心里不免有些许得意，这是她用绝顶聪明的策略争取来的时光，备感宝贵。

当然，她一直有许多话没有向他诉说，想告诉他那个魏预审如何欺骗了他们……那次在火车站见到他，回到宿舍她竟然失眠了。想到这些，她的胸膛激烈地起伏，心也慌慌地跳着。陶进终于离婚了，他们之间的羁绊已经消除，陶进终于坐到了自己面前，她再也不想放掉这个可以表达自己感情的机会，向陶进伸出了一只手，带着无限的疼爱，轻声说了句：“你瘦了。”

不知为什么，单独和翟丁这样面对，却让陶进感到心慌意乱。

几年婚姻压抑所造成的影响，让他甚至不敢面对翟丁的热情。虽然离婚后，他曾想过去找她，哪怕是给她写一封信，诉说一下自己的境遇。但是，因为他不了解翟丁的工作和她周围的人，也不能肯定她对自己究竟是什么想法，始终下不了决心。

有一次他甚至坐到桌前，已经提笔写了“翟丁”两个字，又马上撕掉。

他想到，翟丁是一名有独立研发能力的科技人员，至少是一名知识分子。也许，她的身边有许多科技精英和青年才俊，他怀疑自己是不是已经想入非非。

今天，看到翟丁隔着茶几伸到面前的手，听到她轻声的话语，心中再也不能平静。

他终于认定，这个从小时候一起过家门儿的“哭巴精”对自己依然一往情深。他果敢地伸出了手，紧紧抓住她的手。

两手相握，与以往不同，他感到翟丁的手热得滚烫。

桌面上，手与手相握，似乎有一股强烈的热流传遍了两个人的全身。两个人四目相望，谁也不愿松开。

可是，不管他们的心里还有多少激情和欲望想要表达，他们都必须尽力克制。能够相互拉手，就是男女之间情感的最高表达方式。

就这样紧紧地握手，她想继续握下去，不再分开。可是出于女性的谨慎和对现代科技的了解，翟丁还是主动抽回了手。

原因很简单。不光是翟丁，连陶进也无法肯定这个由公安部门安排的房间，能否保住俩人的隐私。留下她和陶进单独面对，会不会是这个狡黠过人的公安局长设下的一个陷阱？

接着，像当初提醒她一样，翟丁用手指着天棚画了一个圈。

这一明确的提示，让陶进的脑子一下子清醒不少。想到也许有许多人正在监听他们的一言一语，不管他心里有多少激情，都必须尽力收敛，不得造次。他正襟危坐，一本正经道：“局里对你反映的情况，很重视，希望你继续帮助我们……”

翟丁理了理一头长发，似乎也恢复了平静的心境，便问道：“因为我不熟悉这位局长，我只听你说过赫队长，有些情况没有全部向他透露，我要是现在都跟你说了，他会怪罪你我吗？”

陶进摇头道:“不会。赫局非常理解人，当然也会理解你的心情，怎么会怪罪你？”

翟丁仍不放心:“我是怕他怪罪于你。”

陶进摆手:“我？他更不会，是他让我来的，他怎么会怪罪我？”他似乎觉得翟丁有些多虑了。

“既然，你说得这么有把握，那我就——”翟丁说着，把怀中的那封信掏了出来，递给陶进:“我没给他看这封信。”

陶进接过信，看了看信封，抽出折叠的信纸，看到“姐，来取”几个字后，又铺开信纸向下看，当他看到那幅画时，身上像被针刺了一下似的，惊愕得瞪大了眼睛，竟然失声喊了起来:“天哪！九宝金佛！”

三十五

翟刚

吴昊带着张春祥在拘留所对翟刚的审讯，已经进行了三次，每次差不多都要耗费大半天的时间。因为在长春铁路拘留所的审讯，就没问出个子午卯酉，押回哈尔滨连审几天，也没有多大进展。原因就是翟刚太狡猾，太有应付审讯的经验，不是装糊涂问东说西，就是所答非所问。气得吴昊暴跳如雷，不得不使出刑讯手段，煞铐子，“苏秦背剑”，“上小绳”，甚至连扇他几个耳光。

这一切都无济于事。

连续两天的刑讯逼供，吴昊和张春祥已经筋疲力尽，翟刚还是拒不交代任何犯罪事实，甚至连那起罪证确凿的千元盗窃案，他都拒不认账。

“严打”时间紧，任务重，对一些人犯很难按部就班地把罪证一一搜集到手再进行处理。要想从快，最简便的办法就是依靠口供定罪。

说实在话，吴昊早已经认定，像翟刚这样的社会渣滓，就是不折不扣的人类害虫，要是他供出一千元大案是他干的，下一期布告就在他的名下打个红钩，一点都不屈枉。

可是，目前他和张春祥还拿不到翟刚一句有用的口供。他俩人不得不想出用刑讯逼供的办法，逼他开口。谁知，几天下来依然没有效果，吴昊不能不承认，翟刚是他有生以来见到的最禁折腾的人。

那个年代，说起这个“上小绳”，足以让人“谈绳色变”。据说，这个折磨人犯的办法是从劳改队传出来的，也是那个时候公认的最厉害的刑罚。

对许多人犯来说，你不用给他“上”，预审院就拿一根小绳在他眼前晃上两晃，有的就会吓得有啥说啥，甚至没有的也瞎说、乱说。

这就是“上小绳”的厉害。

“上小绳”能在那时候流行，是因为它简便易行，小绳的上法并不复杂。

翟刚能咬住牙关，任凭你煞铐子、“上小绳”就是不招、不供，而且“钢”甩的越来越硬，就是因为他挺过，也见识过。

那次，是在外县的拘留所，也就是在那里他认识了朱岗。那些警察上的小绳，比这次用劲更狠，勒得还紧，他都咬牙挺过来了。何况现在面临“严打”，他清楚交代犯罪的结果，别听他们再三讲坦白从宽，抗拒从严，只要你说了，他一翻脸，就得小命归阴。

这几天，每次提审都“上小绳”，他心里有数，那个吴队长不专业，劲使得挺大，用得却不是正地方。那个张预审不肯卖力气。可是，他蹦得更高，叫唤得比上次还响。上次挺，是为了早点出去，这次挺，可是为了活命。翟刚相信，只要能挺得过去，他就有逃出这个地方的办法。

小绳连上三次，他都牙口不撬。

毕竟这里早已经没有什么老虎凳、钉板和滚笼，也不敢灌辣椒水，就算是煞铐子和“上小绳”，也都得偷偷摸摸进行，至少，不能让区检察院管监所的人看见。

几天下来，吴昊不得不给自己下了一个自嘲的定义：对付翟刚，他已是黔驴技穷。

孰料，他回到分局向赫雷报告审讯一无所获后，赫雷却把手一摆说道：“你知不知道一句话：好汉死在证人手里？”

吴昊点点头，他当然知道这句话的意思。

赫雷说：“你审讯之前要是问一下或是查一下翟铁的案卷，那里就有他的证言，翟刚偷了钱，给了翟铁一百块。他弟弟的证言，那还有假？”

看来，赫雷也是想把翟刚尽快定罪。

吴昊一听这几句话，犹如醍醐灌顶，一下子又来了精神，他要马上去查，查到这些证言，就报检察院，就依照翟铁的证言给他定罪！

当吴昊把翟铁那两页证言笔录摊到翟刚面前的时候，翟刚的脑袋，就像被人打了一记闷棍，嗡地一声。

吴昊得意地看着他，等待着他的回答。

尽管是证据确凿，翟刚看了一眼，也知道说的都是实话。可是，就在这样的证据面前，翟刚的回答依然如故，他果断地说："他瞎说，我一分钱也没给他，我没这么多的钱。"

嘿！吴昊又被气得心里发堵，哪有这么顽固的罪犯？他弟弟检举他，他都不承认。吴昊累得已经懒得再给他"上小绳"，他找到检察院批捕科，希望根据他弟弟的证言把翟刚批准逮捕，然后最好让法院判处他死刑。

检察院批捕科长看了翟铁的证言笔录，认为可以采信。但是，科长提出来，最好有他本人的口供，不然，判刑可以，判长刑也可以，判死刑就会有阻碍，因为判死刑必须上"三长会"（公安局长、检察长、法院院长）合议，仅他弟弟一份证言笔录，谁不怕办成冤案？说不定就给你打回来，让你补充侦查，那就麻烦了。

吴昊对翟刚已经感到无计可施。批捕科长建议，别着急，先晾他几天，这批赶不上，等下一批，"严打"至少到年底，还得毙个三两拨。

从吴昊的手中看到翟铁的证言笔录，翟刚着实吃惊不小。能根据这份证言给他定罪吗？要在平时，这不可能，至少要三五份这样直接证明罪行的证言。可现在是"严打"时期，要是就按照这个证言对他定罪将会怎样？

定了他也不亏，因为他确实干了这桩坏事儿。

可就是因为现在是"严打"，他有可能被重判，严判，甚至"走铜"。

他是在火车上睡觉中被捕的，他后悔自己当时睡得太熟，刚刚睁开眼睛，就被戴上了手铐。

从被捕的第一分钟起，翟刚就寻找逃跑的机会。

可惜，直到被关进道里公安分局的拘留所，他还没有找到可以逃出这个地方的任何机会。

他拒不承认任何犯罪，但是，这里的警察仍然不会放过他。他太有名了，"翟家帮”的老大，谁人不晓？

他进拘留所的第一天，号里的笼头就给他倒出了位置，并且诚心诚意地伺候他。

每次提审回来，翟刚身上都是青一块、紫一块，浑身疼痛难忍，笼头就找几个人给他按摩，捶腰捶腿，让他能够舒服些。

连续审讯到第三天，忽然不再提审他了。同监号的人都向他表示祝贺，说他真有“钢”，终于挺过来了。

可是，翟刚却陷入恐怖之中。

据他观察，自从“严打”以来，差不多每隔一个月，就要毙一批，判一批。现在距上次枪毙已经有半个月了，可能会有十来天不提审他，再提审，大概就是宣判死刑了。

不行！我翟刚不能坐以待毙，一定要想办法逃离这个地方！

在这样里有民警外有武警严密看守的地方，想要逃出去，是所有人连想都不敢想的事情。

可是，翟刚不但敢想，还敢干。

用什么办法能够逃出这个铁笼，逃出拘留所？

翟铁逃出去了，他用的是骗术，这个办法已不再灵，他就是吹得天花乱坠，也不会有人带他出去。

到底用什么办法？翟刚早有准备，他要用别人不敢想，就算是想了，也不敢干的办法，从这个人们都认为不可能逃出去的地方逃出去。

在不提审的几天里，翟刚一直在磨一双木筷子。

为了吃饭，每个关在这里的人都有两个小铁碗和一双筷子，平时刷得干干净净，装在一个布口袋里。

一双木筷大约有八寸长，翟刚每天都在水泥墙上磨，渐渐地把它磨短，变成了六寸左右。

隔了几天，看守又拿着一大串钥匙来到他的监号前，喊着他的号码，说要提审他。

翟刚提着裤子趿拉着鞋，走出监号。不出所料，提审他的人是检察院的，除了向他宣布已经被捕，再就是动员他彻底坦白，争取从宽处理。

翟刚对被批捕表示不服，因为他什么坏事也没干。

检察人员回答说："事实俱在，证据确凿，不容狡辩。"

接下来就是让他在逮捕书上签字画押。

翟刚拒绝签字。

检察人员只好在逮捕书上写下一行字：已于一九八三年十月十七日向被逮捕人宣读，被逮捕人拒绝签字。

写完了，就把逮捕书装回文件夹中，扔下一句话：拒绝签字，抗拒从严，你没有好下场！

看守又把他关进监号中。

翟刚回到墙边倒在那里两眼直直地望着天棚，一言不发，他意识到，他的死期快到了。

想想也真可笑，自己不就是当了个贼嘛，当贼的目的是什么？不就是想吃喝玩乐，不用干活，不出大力。可是，回头想想，自己已经三十出头，不光是没家没业，就算有家也不敢回，再掰着手指头算一算，这三十年，也有差不多十年是在监狱和教养农场里熬过来的。

有了钱，穷吃涨喝，花天酒地，泡几个女人，不过如此，可蹲监狱的滋味，谁尝过？那是要多遭罪有多遭罪，想一想，没享多大福却吃了老大的苦，这不全都给扯平了吗？

不对。这几十年没享多少福，遭的罪却是数也数不清，光这小绳让人给上了多少回？享福和吃苦一比，不合算，太不合算了。

最不可想象的是，怎么弄到最后，还会把命也搭上？

有人天天上班，按部就班，虽然没有大富大贵，可也是老婆孩子热炕头，一家人其乐融融。

咳！早知如此，何必当初？

他后悔了。

不知什么时候，几滴眼泪流出了眼角，落到枕头上，这是翟刚有记忆以来，第一次落泪。

他摸了摸身边的筷子，得动手了。再不动手，怕是这个最后救命的机会也来不及了。

今晚就动手！

翟刚是想做就做的人。果真，到了半夜时候，翟刚起了床，他面对着墙，仰起头，大张着嘴，把一根筷子伸到嘴巴里。

他要把这两根筷子都吞到肚子里，造成自残。

一口没嚼烂的饭菜咽进肚子里，都会感到发堵，可以想象把一根木筷子吞到胃里会疼成什么样。木筷子一段段地穿过食道，钻心的疼痛让他两眼直冒金花，浑身不住地颤抖，豆粒儿大的汗珠从头上滚落。他感到胃在不停地翻腾，甚至本能地呕吐，拒绝接受这根异物。

在一阵剧烈的干呕之后，翟刚把心一横，一个大口吞咽，算是把第一根筷子吞到胃中。

吞下第一根后的剧烈疼痛，让他无法再吞第二根。

他甚至想到宁肯被枪毙，也不想再吞第二根。

可是，自己已经吞了一根，这一根能不能达到目的，他心中无底。要是狱方的医务人员一检查说，就一根，死不了，拖些日子也没关系，真要把时间拖到法院宣判时候，那可怎么办？

他还得再吞一根。

由于食道已经被划伤，再一根木筷又通过食道，会重新刺激伤口，他疼得几乎昏了过去。他这才明白为什么许多人犯都知道这个自残的办法，却很少有人敢干，实在是太痛苦了。

因为可能被枪毙的阴影笼罩在头上，他不得不再下更大的决心，把第二根筷子也吞到了胃里。

他不敢再躬腰，两根筷子直立在胃里，每动一下身子，都像刀割一样疼痛，他慢慢地躺了下来，还是两眼望着天棚等待着天亮。

清晨，送早饭的大桶推了进来。

就听见几个人犯在一起大喊：“快救命啊——他——快疼死了！”这令人发瘆的喊声，惊动了整个拘留所。

不少犯人挤站到栏杆前向外发问：“谁？怎么啦？”

有人答道：“翟刚，吞了两根筷子。”

这时候，人们听到了翟刚痛苦的喊声：“哎呀——疼死我了！”

整个监号突然变成一个乱了营的马蜂窝，一片嘈杂的嗡嗡声。

忽然，走廊的大门开了，值夜班的看守所长走了进来，大声喊着：“乱喊什么？都老实坐回去！”

他在这里有至高无上的权威，一鸟入林，百鸟无音。几句话后，整个监号又变得鸦雀无声。

只能听到翟刚痛苦的呻吟：“妈呀！疼死我了——”

所长背着手走到监号前大声问：“是谁？怎么啦？”

笼头站起来报告：“报告所长，是翟刚，他吞了两根筷子。”

所长冷冷地道：“翟刚，你他妈的真有‘钢’，能吞两根？”

翟刚不做回答，满脸作出痛苦状，口中不停地喊着：“疼死我了——哎哟——疼死我了！”

所长道：“你轻点叫唤，想混出去？我说了不算，那得等大夫来上班检查之后再说。”他朝着整个监所大声说道：“谁还想混出去？没那么容易，谁再吞两根我看看！小样！”

人犯自残的方法多种多样，看来，能吞下两根筷子，就是用这种方式自残的极限。

据说，也有打破这个记录的，那都是后话。

早上八点，上班以后，那个略懂些医术外号叫大力丸的老看守闻讯来到监所，让人把一直叫唤喊疼的翟刚抬了出来。

听说他吞了两根筷子，老看守有些惊讶，他知道，两根筷子太粗，不能同时吞下去。除非是先吞一根，再吞第二根。可那得多疼啊？一定是他只吞下了一根，却在这虚张声势。

翟刚被放到水泥地上，一直不停地呻吟和喊叫，就是为了引起这位老看守的同情。

老看守已经到了快退休的年纪，几十年来，他给在押人犯看病总是给些药丸吃，所以才得了这样的绰号。

犯人自残的目的很简单，也很明确，就是为了能够混出去，或是弄个保外就医来逃避打击，老看守对这一点心知肚明，所以把关一向严格。用他的话说是："人家辛辛苦苦抓回来的，从我手上溜了，那可不行。"所以，在他面前混出去也并非易事。

把翟刚的衣服掀开，他用手一摸他的肚子，翟刚便像被杀的猪，死命号叫，他用手轻按了几下，不由得暗自吃惊：真是两根，在胃里成交叉状。

监所里在押犯人中肚子里装着异物的有好几个，有的吞筷子粗细八号铁丝，有吞铝制的汤勺，都过不了大力丸这一关。因为他们吞的铁丝，事先都把两头煨圆的，暂时不至于造成胃部穿孔的危险。

这两根筷子则不同，这样交叉在胃里，就有四个点撑着胃部的内壁，极容易造成穿孔。再说，一个人为了逃避打击，都做到了这个分上，但凡有点恻隐之心，也得高抬贵手。

翟刚知道，自己遭如此大罪，能不能成功，可就得看这位"大力丸"了，他一边用哀求的眼光看着他，一边痛苦地叫喊："求求你啦，就算枪毙也不能让我这么死啊！哎呀……我疼死啦！你行行好，你长命百岁，救救我吧……"

老看守皱着眉头站起身来说道："叫车去，赶紧送医院。"

过了一阵，车来了，几个人又把翟刚抬到了车上。

两个看守跟着上了车，还给他戴上一副手铐。

就在把翟刚抬上汽车的这一刻，又有一个年轻人被押进了拘留所。

由于忙活翟刚，或是所有人的注意力都被翟刚所吸引，直到他被关进监号，许多人并没注意他。

其实，他才是一个值得关注的人物。

他就是被治安科从南方抓回来的流氓团伙“采花团”的团长，杜副市长的儿子杜衙内。

从水泥地上被抬起，又送到汽车上，这一折腾，翟刚又像杀猪似的连喊带叫，直到进了医院，上了担架车，他才停止叫唤。

两根筷子插在胃里很难受，其实，你只要不做大动作，不会很疼。但痛苦的喊叫是必要的，不喊、不叫、不做痛苦状，谁会同请你？又有谁会以为你疼得快要死了？

现在，他的目的已经达到一半，毕竟离开了铜墙铁壁拘留所。接下来，他要寻找的是真正能够跑出去的机会。

两个看守押着他拍 X 光片，确实有两根筷子以交叉的状态插在胃里。

接下来就是进手术室，打麻药，开刀手术。

柳叶刀切开肚皮，再切开胃，取出的两根带着血丝的筷子也被拍成照片，用以存档。

手术后，翟刚被送进了一间单人病房。

为了防止他乘机逃跑，这里放三个武警轮番看守。他的脚上带着一副十多斤重的脚镣，两个虎口一样的铁环铐住两个脚脖子，锈迹斑斑的拇指粗细的铁链一直垂到床脚。

医生说，手术很顺利，缝合得也很好。明天就可以进流食，估计用不了三两天他就能下地。

三十六

保命

治安科长周大立从南方出差回来不久，一个消息就传遍了分局：杜副市长的儿子——“采花团”的团长杜衙内，被押进了拘留所。

听说刚抓到的时候，他什么也不交代，气得周大立打了他两个耳光，他就吓得尿了裤子，踢里秃噜地如实招供了。

吴昊听到这个消息，不亚于晴天响了一个霹雳，他一屁股坐到椅子上，一时间，头脑里一片空白，不知该如何办好。

半晌，他才缓过神来，杜衙内小命难保，前些日子的付出，也都化为灰烬了。

现在，杜副市长和于红双双进了党校学习，谁都知道，这只不过是市、区两级机关要把他们二人挤出权力中心的第一步。

足见孩子的事情对俩人的影响之大。

第二步会怎样？这两个人在官场是沉是浮，关系到吴昊要不要继续帮忙的问题。

依吴昊的看法，这两个人的政治生命已经面临绝境，加上他们前些年的所作所为，想要重返权力舞台咸鱼翻身的可能性已经没有。对这样的人，伸手相帮是值得，还是不值得？这可是权衡下步行动的唯一标准。

究竟怎么办？

他一时拿不定主意，决定听一听老爸的想法。

午间吃饭的时候，他离开分局，来到爸爸刚刚成立的住宅建设公司。

因为拿下了土地，房产建设即将开始，老吴把办公室搬到了工地附近。

办公室就设在一间即将拆毁的房子里。

吴昊的到来让老吴感到意外，他听完了吴昊的想法，不能不对儿子发出一声抱怨："糊涂！你知道不？中国有句老话，船破有帮，帮破有底，底破了还有三千六百钉呢。你以为老杜这棵大树一倒，就啥都完了？"

吴昊点点头，似有所悟，也许老杜夫妇还有底和帮。

老吴继续说道："我要盖楼房，盖好几栋大楼，我没有那么多钱，就算是有，也不能用。我得向银行贷款，我要用共产党的钱盖楼，把挣的钱揣到我兜里，我才算好样的。"

吴昊点点头。

老吴道："你知道吗？好几个银行的行长，都是老杜当政的时候安排的。老杜能倒，这些人都能倒吗？就算剩下一两个，也就够咱们用了。"老吴说着打开抽匣，里面露出几捆十元人民币。他拿出三捆放到桌上："你装好，这些钱打点检察院跟法院，想办法把小杜的案子拖下去，拖得时间越长越好。我想，他们的父母也不能有过高的要求。"

吴昊点头："目的只有一个——保命。"

"对，哪怕判死缓都没有关系。"

吴昊为难地咂着嘴："他那几个同伙都毙了，他可是团长啊，要不毙他，怕是说不过去。"

老吴道："公安分局是铁了心要弄死他，不然，不会下大力气把他抓回来。现在的功夫就得下在检察院和法院身上。"

吴昊点头："我得试试，谁知道他们收了钱能不能把事儿办成？"

老吴似乎胸有成竹："只要他们收了钱，就会有办法。"

老吴说这话，自有他的依据。

当了几十年政府机关的干部，再怎么勤恳努力，都没有办法爬上高位，直到"文化大革命"开始，他还是个区政府管后勤的科级干部。

老吴可不是甘心沉沦的人，自己虽然没有能力爬上高位，便很自然地把希望寄托在渐渐长大的儿子身上。

当“文化大革命”的冲击，打破了一切原有的纪律约束和道德标准之后，他发现，自己手中掌握的后勤物资，也可以成为自己谋利的筹码。

为了儿子的前程所做的努力，无一不获得成功，从当上文艺小兵到提干，再到转业进公安局，每一步，都有老吴恰到好处的努力。

再接下来的几年里，老吴把兴趣转移到研究官场的关系学，他觉得发现谁是谁的人，谁喜欢什么，好哪一口，要是研究明白了，运用得好，就能做到“好风凭借力，送我上青云”，小人物也能有大神通。

本来，研究官场关系学，是为步步高升预备的。可是，一个干部到点退休的制度，又打破了他的好梦。那时，他已经五十有八，什么提拔也轮不到他了，无奈之下，他又看到下海这条路，本来搞建筑材料就已经赚得钵满盆满，再转到房地产开发，顺理成章。

托杜副市长的福，在最后的日期内，以最低价格，抢到了一块位于市中心繁华地段的土地。接下来，杜副市长又指了一条点石成金的路，想要贷款，就找白行长，那是自己人。

现在，贷款马上就要到手，偏这个时候吴昊来问，杜衙内的事情帮还是不帮？这正是个关键当口，岂有不帮之理？

凭借他对官场关系学的研究，对公、检、法三机关相互关系的了解，他为吴昊大致划定了一个进攻范围。

他告诉吴昊，尽管出钱、出人，全力以赴。在老杜两口子面前也不能吹牛夸口，更不必说太多细节。这样做的好处是，只是让他们知道谁在帮忙，一旦事成，该感谢谁就行了。

吴昊心领神会，晚上下班后，他约区检察院批审科的一位副科长想要一起坐一坐。这位副科长提出到一家刚刚开张的夜总会去消费。

说实在话，吴昊还没进过这样的地方，一切都得听他安排。

这位副科长看来深谙此道，他一进屋，从经理到小姐人人笑脸相迎，不光是吃喝，还找来两个漂亮女孩相陪。

吴昊乘机向他说起杜衙内的事情，又把两捆十元票塞到他兜里。

副科长一口承诺，这个忙一定要帮，而且一帮到底，连法院那边也由他打点，因为他跟刑厅的人是铁哥们儿。

两个人玩得尽兴，直到后半夜才离开。

费用当然由吴昊开发，一算账，差几十块钱一千元。原来，这里的东西贵得惊人，一瓶汽水三元钱。

第三天，分局就把对杜衙内的报捕材料送到了检察院的批捕科。

副科长看了卷宗之后，来到了拘留所，提审杜衙内。

审讯中，他用了一个借口，支开了记录员，轻声告诉他，要想活命，必须翻供。

哪知，这个衙内得知同伙已被枪决，吓得灵魂出窍，以为副科长说这样的话是试探他到底老实不老实，连连说，他向周科长说的强奸、轮奸女孩子的事情，都是实话，一句不假，打死也不翻供。

副科长气得七窍生烟，只得告诉他，我是你爸爸派来救你的，你要是不翻供，谁也救不了你！

只有听到这，杜衙内才转过神来，因为他相信爸爸不能不管他。他问，这供得怎么翻？

副科长问，他们打你没有？

杜衙内说，打了两个耳光。

副科长说，就说暴打你一顿，你受不了啦，才承认的。

记录员回来，副科长就让杜衙内把他教的话重复了一遍，他就带着这样的笔录回到检察院。

因为人犯翻供，说是被屈打成招，暂时不能批捕。

听说杜衙内翻供，把个周大立气得火冒三丈，他提出再去审他，这位副科长也要跟着，结果，杜衙内当着周大立的面不但不承认有过犯罪，还指责周大立不该打人。

检察院不批捕，就上不了“三长会”，杜衙内拖过了月底的一次判决。到了下一个月，上级政策有了些许变化，从“可杀可不杀的杀一批”，调整为“该杀的杀”。纵然是证据确凿，由于杜衙内一直不肯招供，又赶上政策有了调整，再加上吴昊等人对法院审判厅个别人的打点，杜衙内迟迟难以宣判，又拖了下来。

从“严打”的枪口下把儿子的命捡回来，吴家父子成了杜家的救命恩人。老杜甚至把那位美籍华人朋友也介绍给吴昊认识。

于红还为吴昊介绍了一个对象，女方是老杜战友的女儿，是大学毕业刚刚进入电视台的采编记者。

在市政府办公大楼三层，有一间宽敞而又明亮的大办公室，那就是杜副市长的办公室。在交接完工作，即将离开这间办公室的时候，老杜深情地向四周望了几眼。

尽管说上党校仅仅三个月的时间，他估计，他再也难以重新坐到这个权力宝座上了。

在权力格斗的战场上被打出圈外，让人心有不甘。但是，政界官场的现实就是如此，在这个格斗场上，总可能会有这样的一天。

他最大的遗憾是这个出局的时机不算太好，不但早了些，而且快了些。就在权力刚刚可以为自己谋取利益的时候，却不得不离开这个中心平台。

当然，这一切都是儿子惹的祸，无疑，也都是由于“严打”造成的。如果没有“严打”，他儿子和那些子弟们干的事情谁敢追究？

直到现在，他也无法理解，更无法接受，一群孩子，既没有杀人也没有放火，凭什么要判死刑？

他知道，“文化大革命”期间这些孩子“作”得是凶了点，可那时候谁“作”得不凶啊？他们把几个女孩弄到家里来，不过也就是听听双卡录音机，跳跳舞，玩点男女之间做爱的花样，怎么还能说成是“强奸”和“轮奸”？

“文化大革命”过后的这几年，蛤蟆镜、流行歌曲、喇叭裤都流行起来，年轻人愿意赶时髦，开什么派对，跳个什么贴面舞，私下里搞点性解放又有什么大错？

想到儿子可以保命，他略感宽慰。但是，一想到儿子将在大墙里度过一生，老杜禁不住悲从中来。

周末的晚上，市党校和区党校都放假，老杜和于红都回到家里。看到儿子的住房，不禁睹物思人，想到儿子还在牢房之中，老杜竟然掉下几滴眼泪。于红也陪着一阵唏嘘。

这时，保姆说，那位姓杨的客人来了。

姓杨的客人，就是那位美籍华人。这位杨先生半年前从美国来到中国，要在东北投资名牌化妆品，跟杜副市长的亲戚搭上了关系。因为他送的美国“三五”牌香烟，老杜抽着非常受用，一来二去，两个人就成了朋友。

老杨知道老杜的处境，不仅没有疏远他，反而来得更勤了，差不多一到周末他就会如期而至，每次都会给他们带来一些国外小巧的新鲜玩意儿和一些外国名牌化妆品。

今天，他带来了一台日本最新出的九波段的半导体收音机。

这台半导体收音机造得精巧、美观，比普通的香烟盒大不了多少。更重要的是它的功率强大，可以收听到世界各国的对华广播。其中，听得最清晰的就是《美国之音》。

老杨打开收音机，调了调频率，立即就传出《美国之音》的声音。也许是凑巧，播音员慷慨激昂讲述的就是中国正在开展的“严打”斗争。广播员说，中国正在搞一场非人道的滥捕滥杀！

这句话一下子把老杜两口子的心抓住了。

“听听美国人说得多准确。”老杨乘机说了一句。

接着收音机里传出的几句话让老杜两口子更为震惊：“在东北某个城市。几个正在恋爱年纪的青年人，和女朋友的正当恋爱和交往关系，也被当成流氓罪予以枪毙。据了解，他们许多都是干部子弟，这次‘严打’，显然与内部的权力斗争有关。”

老杜瞥了老杨一眼。

老杨正在得意地听着广播，显然，他对这样的宣传效果感到十分满意。

“这些滥捕滥杀的事情，在我们美国这样民主和自由的国家，是不可想象的。”老杨有意把“我们”两个字说得很重。

老杜听得出，这样的文章只有像老杨这样的人才能写得出来，说不定，这篇文章真就是这个老杨写的。

真是不可思议，从这台香烟盒大小机器里说的话，竟然能有这样大的能量，让于红也听得入迷。尽管它说的事情并不准确，但是，也可以让这些心中不满的人吐出一口恶气。

跟于红不一样，老杜听了老杨的话有些反感，他毕竟是从小当兵，直到当了副市长，也还知道，电台对外广播，可是大事，不说是句句拿准，也得有个八九不离十，因为他在位的时候，还分管广播电台，经常向电台的干部表达这一点。两相对照，他觉得《美国之音》说得太离谱，有些事情就是在那捕风捉影，这样的话，只能当作参考消息，听听而已。

老杜伸手把收音机关了，因为他突然意识到，这是在偷听敌台！

于红听得正在兴头，她伸手想要打开。老杜朝门外努了下嘴，向她示意——保姆！

于红急忙缩回了手。

这两年管得不那么严了，要是在以前，特别是在“文化大革命”期间，要是发现谁曾听过像《美国之音》或是莫斯科电台的华语广播，那是要定罪的。

看到老杜惶恐的样子，老杨又拿出一个耳塞子，只要把一头插进收音机的小孔，两耳戴上耳塞子，除了自己能听，收音机一点声音都没有。

嘿！这可真是想到家了。于红急忙接过戴上耳塞子，再打开收音机，听得更加清楚。

但是，这么听也有问题，一个人听，另一个就听不着。要是一个人戴一个单耳塞子，两个人得头碰着头，又不太雅观。

隔了些日子，老杨又拿来了几个同样的半导体收音机，各个都戴耳塞子。老杜和于红一人一个，连吴昊和他的女朋友也各得一个。

吴昊的那个给了他老爸，他不敢带到分局去，那帮小子，不光眼睛尖，耳朵也贼着呢。

这些人中听得最着迷的就是于红，她不光在家里听，还带到党校去听。但也不是公开听，她是熄灯就寝以后，躺在被窝里戴着耳塞子听。

老杜没敢把收音机带到党校去，他只是放假回来偶尔听听，尽管他听得出有些事情说得挺离谱，也还是想听。他为自己找到一个听的理由，他是在兼听，兼听则明嘛。

就这样，一来二去，他们都成了《美国之音》的忠实听众，也跟老杨成了莫逆之交。直到六年以后，在北京天安门广场闹起那场风波。头年冬天，杜衙内服刑几年后，终于在狱中得了重病，在春节前获得保外就医的机会回到家里。开春的时候，老杨就带着他去了北京。后来，这位杜衙内出现在天安门广场，成了那里的组织者之一。

那年，老杜夫妇都已退休，那些日子可是整天不离收音机，听完了《美国之音》听英国的 BBC。一句话，天天盼着儿子大事有成。

果然，事态发展如老吴所料，风波平息，杜衙内据说逃到了美国，吴家一如既往，老吴又开了新地号，吴昊和妻子照样上班。

接下来，老杜和于红都向自己的单位写了材料，表示坚决拥护改革开放，反对资产阶级自由化保证要跟儿子彻底划清界限，云云。

三十七

出发

惊喜之余，陶进在第一时间，以第一速度，把翟铁的那封信，交到了赫雷手中。

因为已经下班，赫雷赶到唐巨成家中把信交给了他。

唐巨成正在吃饭，他放下饭碗就跟赫雷研究起这封信来。

依赫雷的看法，这封信看来反映出几件事情。

第一个可能就是盗走九宝金佛是二人所为，最后落到翟铁手中。

唐巨成认为作案的还是一个人，也就是严玉森。这是现场勘查所证实的。我们得相信科学，相信自己的勘查人员。

赫雷点点头，他赞同这样的观点。

接下来的疑问是，既然是严玉森一人作案，九宝金佛怎么会到了翟铁手中？是给他的，还是他抢的？

这些疑问一时难以找到答案，当务之急是，立即抓到翟铁，把九宝金佛尽快夺回来。

唐巨成把剩下的几口饭扒进口中，跟着赫雷就去找市局局长，这样重大的消息，必须让市局领导和省、市委领导知道，最后的决策，也必须由市局最高领导作出。

省、市委的指示大致是一致的：尽快破案，一定要追回国宝，不能让其受到丝毫损伤。

赫雷向市公安局领导提出，最把握的是，打电话或打电报，让北京市局先把翟铁抓住，把金佛弄到手，我们再去取，如何？

领导摇摇头。

另位领导问："咱们自己拿不回来吗？"

唐巨成道："那是没有问题的。"

领导说："那就自己干嘛，省得搭人情。"

赫雷还想说什么，唐巨成向他使了个眼色，赫雷便闭了嘴。

唐巨成道："有他姐姐协助我们，一定会圆满完成任务。"

赫雷的想法被否定。

在回分局的路上，已经是夜间十一点多钟。不习惯夜生活的东北人早早就进入了梦乡。在稀疏的路灯照耀下，空旷的街道上少有行人，只有这一辆汽车匆匆驶过。

唐巨成告诉赫雷，这样重大的案子，只要我们有把握，领导不愿意让外单位插手，这样的想法我们必须理解。

赫雷点头，表示理解。理解是理解，要是不提前控制，一旦去了再扑空，可就不好理解了。但是，决定已经作出，他只能提出下步设想了。

他建议，翟丁的哥哥翟刚，自残住院了，应当让翟丁探望一下，最好能劝一劝他回心转意。

唐巨成表示同意，他认为，翟丁给我们的帮助太大了，让我们知道了九宝金佛的下落，理当给予一点特殊照顾。

回到分局，已近半夜，赫雷把刑警们召集到一起分配任务。

他的打算是，今晚由萧娟陪同，让翟丁去医院看一看翟刚。接着，要陪翟丁到火车站，乘火车回到她工作的城市，明天从那边直接买票上火车奔赴北京。

有人提议，让他们坐分局的吉普车回去，比坐火车能快点不？

赫雷摇摇头。

吉普车上路，就得走国道，102 国道的路况本来就不太好，顶多能开六十迈，又是夜间行车，车开得还要慢。别看离哈尔滨还不到三百公里，少说也得开上六七个小时，啥都耽误了。

坐火车，顶多四个小时，比开车送她快多了。

赫雷决定，再派两名刑警，暗中同他们一起上火车，以保护他们的安全。

赫雷带陶进等人坐半夜那趟车从哈尔滨出发，争取提前赶到北京，把那家旅店监视起来。

一切安排妥当。因为要出远门，赫雷给大家两个小时的时间，让大家马上回家做出发准备。

两小时后，火车站候车大厅集合。

因为要去北京，每个要出发的人心里都有些激动。说实在话，谁能出差去趟北京，那可是值得夸耀一辈子的事情。

因为北京在全国人民心目中的地位太重要了。

许多人都在电影正片放映前看过加演的新闻纪录片，开国大典时，毛主席在天安门城楼宣布中华人民共和国成立的场面，让人久久难忘。

还有，外国来宾访问的也是北京，因为毛主席就住在北京……

有的人在全国红卫兵大串联的时候到过北京，可那时候，见到的除了人群还是人群。就算是这样，要是给大家讲一讲亲眼见过天安门的高大、气派，还是让许多人羡慕不已。

谁的家里要是有一张拿着红宝书，站在天安门广场前照的黑白照片，一准是摆在最显眼的地方。

当然还有京城的土特产品，京八件，果脯，都是送礼的上品。难怪从北京回来的人，都是大包小裹的满载而归。

陶进从未去过北京，但他在兵团插队的时候，听许多来自北京的小青年夸过北京，那可是天子脚下，处处都透着皇族的权威和富贵，相互之间也都是以爷相称。特别是解放后，哪座城市能称得起是中国政治、经济、思想、文化的中心？那就得说是咱们的北京！

今天，终于能踏上去往北京的列车，即将看到雄壮巍峨的天安门，他心中不仅是激动，还有些慌乱。

心情慌乱是有原因的，因为翟丁来了。

陶进知道，翟丁这次来可谓用心良苦。她先见赫雷，再见到自己，完全是出于对他的一种保护，他为翟丁的一片深情所感动。

看到翟丁这样对待自己，陶进心中一直埋怨自己，没有把已经离婚的消息及时告诉她。

当初，陶进没有把一切及时告诉给翟丁，除了自卑，还有一个原因，就是他心中的担忧。

这种担忧，是他听到一些传言之后产生的。

其实，这些传言就是打从那个造反司令张吉顺被调离公安机关以后传出来的。

离开了这个有严格纪律的机关，张吉顺更加口无遮拦，他在各种酒桌上指名道姓地评论道里分局刑警队，说完了赫雷就说到陶进。

他敢打百分之百的包票，陶进永远当不了副队长。因为他跟个叫翟丁的女人，有说不清的关系。

究其原因，倒不是因为两个人有什么不正当关系，因为那个女人是戴帽的，是个反革命之女又是刑事犯罪家属，这几种关系加一块，那可就是政治问题。

其实，刑事犯罪家属，就是刑事问题，跟政治扯不上关系，可是到了张吉顺的嘴里，一切都成了政治，更何况是戴帽问题。

有人说，陶进离婚了，就该明媒正娶呗。

张吉顺说，要是真结婚，那更完了！连陶进也成了犯罪家属了。

这些话不久就传到了陶进的耳中。

是的。由于翟刚和翟铁这两兄弟，这许多年的种种恶行，翟丁一直戴着一顶犯罪家属的帽子。

陶进也知道，在翟丁的户籍所在地派出所，就有一本薄薄的档案，在档案的封皮上就写着“翟丁，刑事犯罪家属”。

为谁立档，就意味着可以对谁实行监视和控制，也就等于给谁戴上了一顶看不见摸不着的政治帽子。

这顶帽子是无形的，就像空气，无色、无味，但它却有千万斤的分量。它对任何一个人，都会形成一种重磅的威慑和强力扼杀。

它的可怕之处在于，平时没有谁会注意它，也没谁会计较它，但是，在你人生的某个关键时刻，它常常会像幽灵似的以出其不意的方式出现，继而会发挥举足轻重的作用，从而对一个人的政治生命和前途造成不可估量的影响。

尤其是对一个警察，而这个警察，还是一个共产党员。它的威慑力会更大，杀伤力会更强。因为在党内，刑事罪犯家属虽然不是罪犯，但一定是属于另一个阶级，除了无产阶级，就是资产阶级，资产阶级就是无产阶级的专政对象，不是革命，就是反革命，第三条道路是没有的。

陶进敢于和翟丁握手，是基于一种期望，这期望来自他对领导的信任。

陶进有理由相信，翟丁已经通过一次又一次正义的举动证明着自己，说明着自己，这已经有目共睹。

虽然说一哥一弟是同父同母所生，这种分不开、扯不断的血缘关系把他们紧紧地联系到一起，但完全不同的人生价值取向，让他们从小就走着大相径庭的道路，这一点要说唐巨成看不到的话，赫雷也是应该看到的。

陶进的期望，在于他对领导越来越有信心，相信领导会正确看待翟丁跟她的哥和弟之间的关系，虽然她在生活上曾经帮助过他们，却从没有包庇过他们，更没有参与他们的任何犯罪活动。难道仅仅因为血缘关系就被牵扯一辈子吗？

陶进知道，张吉顺说的那些话，有可能是庄农的观点。

有人说，“文化大革命”结束的这些年，正应当是中国潜龙腾渊的时候，中国这条潜龙，能不能跃出深渊，飞翔在天空，要看全党能不能打破“文化大革命”的思想束缚，真正地走出一条改革之路。

这样的路会是什么样的路，陶进不知道，但他相信给翟丁戴上政治帽子，就是“文化大革命”阶级斗争的表现，将来一定会打破。

他希望这次去北京能够顺利地拿回九宝金佛，然后他就向组织报告，他要与翟丁结婚。

他们两个人，至今还没有机会说上一句知心话，更没有花前月下的恩爱和缠绵，但是，他们两个人的手曾经握到过一起。

陶进当然记得，他与翟丁一共有三次握手。

第一次是在哈尔滨火车站前，他们俩的手握到了一起，那时，他感到她的手冷得像冰块。

第二次是在她的办公室，她的手有些微微发抖。

这次见面，他们又握了手，她的手柔软、滚烫、有力。

第三次两手相握，时间虽然短暂，但是，他们之间都已经感到，要相爱一生的真情挚感都已经全部传达和倾注给对方，连血液也相互流通，不然，两个人的手怎么会那样滚烫。

陶进相信，他的请求一定会得到组织的赞同，因为两个人的信任和情感，是在一场场正义与邪恶的较量中升华，翟丁的深情已经把他的心完全占据，他会爱她一生一世。

分手的时候，翟丁从随身的箱包中拿出一个小纸包，里面包着六十斤全国粮票，三丈布票还有二斤豆油票。这些粮票是翟丁用了两年的时间节省下来的。她因为几项科研项目外出开会，这些年粮食日见充足，会议招待经常可以免收粮票了。

还有一个意外收获，单位要通过抓阄来决定一张购买"永久牌"自行车票，翟丁有幸一举夺得。

翟丁也想有一辆自行车，毕竟是显示富有的三大件之一，手表她已经有了，那是一块上海牌的女士坤表，缝纫机她眼前并不需要，自行车确实需要。可单位里却有人比她更需要自行车，而且向她提出的交换条件很丰厚，十五斤粮票，加上六尺布票。

千万别小瞧这几十斤粮票，这些粮票，足够保证陶进母子两人在这两三个月内吃饱肚子。

全国粮食定量供应，陶进记忆深刻，大概那年他刚刚上学。那时候正赶上三年困难时期，粮食奇缺。饿，成了数亿中国人的最大敌人，全国人民都在为吃饱肚子而努力奋斗。

尽管想要尽快建成社会主义强国，也想在十五年后就超过英国，二十年后超过美国，就得节衣缩食，这大概是那个时候，人们对吃不饱的高度理解。可是，转眼过了二十多年，不光是没能超英，更没有赶美，连解决中国人吃饱、穿暖这样人生最基本的需求都没办到。

按规定，警察是轻体力劳动者，每月粮食定量只有二十七斤，后来又增加到三十二斤，其中粗粮二十五斤，大米或白面等细粮只有七斤。豆油二两，后来增至四两，最高时候供应达到半斤。

母亲是家务劳动者，粮食定量依然只有二十七斤。

说实话，就陶进的饭量，再加上缺油少菜，全靠主食填饱肚子，每个月他一个人就得吃掉四十多斤粮食。为了能让儿子吃饱，老太太大半月都是饿着肚子熬过来的。最近虽然说有了议价粮，到了月底粮袋子见底的时候，可以去买几斤。其实，议价就是高价，买多了，还真买不起。

陶进没有推辞就把粮票和布票接了过来，他把油票又交还给翟丁，因为油票是限地供应，外地的油票在本市不能购买豆油。

陶进听一直被饥饿折磨的母亲叨咕过，哪天能饱饱地吃上一顿大馃子（油条），她就心满意足了。又想到父亲临终的时候，想吃碗坛肉米饭没能如愿的情形，陶进不愿再出现这样的遗憾，这回有了粮票，他想用一斤粮票买上十根大馃子，先让母亲吃个够，剩下他再吃。

当然，能让陶进母子吃几顿饱饭，也是翟丁的心愿。

听说哥哥是因为吞了两根筷子住进了医院，已经开刀，翟丁心里既感到痛心又觉得怨恨。

说心里话，在翟家兄弟姐妹之间，翟丁从小就对弟弟翟铁多有疼爱，她对这个哥哥却一直没有什么好感。

翟刚从小就很霸道，用当地的话说就是驴性霸道。

他对父母，对弟妹，没有一点同情和关爱之心。

在粮食不够吃的那些年月，不管父母、弟弟、妹妹饿不饿，端上桌的饭菜，他得先搂饱了再说。

他因为偷窃被关进了拘留所，就托人捎信儿，让父亲花钱往外捞他。父亲没钱，也没办法捞他。等他出来就对父亲大为不满，抱怨自己没生在一个有钱、有势的人家。翟丁看在眼里，气在心里，但却不敢跟他顶嘴，他对弟弟、妹妹都是抬手就打，张口就骂。

而今，毕竟时过境迁，物事全非。他开刀住进医院，局里又特许她可以去看望他，一听到这个消息，对他的不满和怨恨，一下子通通抛到了九霄云外，毕竟是血浓于水，翟丁的心里还是急慌慌地想要见到哥哥。

到医院看望病人，怎么说也得带一点水果。

可现在已是深夜，店铺都已关门，到哪里去买水果？翟丁感到为难。

善解人意的萧娟看出翟丁的为难，她提出到火车站去，那里才有昼夜开门营业的商店。

吉普车从车站拐回来直接来到医院。

夜晚的医院也归于寂静，萧娟陪着翟丁一直走到三楼的特殊监视病房。

由于事前得到通知，看守的武警和翟刚都没有睡觉，特别是翟刚，他不停地催促武警，到走廊去迎着点儿，别让她走错了道。

显然，他也急切地想要见到妹妹。

住医院毕竟不能和蹲拘留所同日而语，看守也相对松懈些。翟刚住进医院的消息被他的几个同伙得知，有人也来看过他。除了给他带来一些点心和水果，还给他带来不少小人书（还暗藏着一把锉刀），开刀后的几天不能吃东西，他就把点心和水果给了看守他的武警和医护人员，也换来了不少同情和关照。

虽然脚上还带着沉重的脚镣，除了不能自由下地走动，看来，翟刚住院期间并不寂寞。

直到半夜一点多钟，走廊才传来急匆匆的脚步声，萧娟在病房门口向武警说了几句话，就停在那里，翟丁跟着武警走进了病房。

坐在床上的翟刚一见到她，两眼盯上了她手里提的那个网兜，忙喊到："丁子，你给我带什么来了？"

尽管都到了这般年纪，翟刚还是直呼她的小名。

翟丁走到床边，望着哥哥，放下手中的网兜，担心地问："你的伤口怎么样了？"

翟刚拍了拍肚皮："长得差不多了，可今天又挣开了线，又重新缝的。你到底拿的什么？快给我看看。"

原来，翟刚继续采取自残的拖延战术，每每伤口基本愈合，他就不顾疼痛，再次把伤口撕开，几次弄得床上鲜血淋漓。医生拿他也毫无办法，只好一次次给他缝合。

翟丁只能揭开网兜，拿出里面的水果和罐头。

翟刚把一个罐头递给看守他的武警：“弄开，你吃吧，我喝点汤就行。”

武警接过罐头，到处找合适的工具，想要起开它。

翟刚看到翟丁带来尽是些吃的，便埋怨道：“为啥不给我买几条烟来？我的烟快要抽完了。”

翟丁只能抱歉地说道：“我以为医院不准抽烟。”

翟刚朝那个年轻的武警得意地笑了笑：“这个病房我说了算，你说对不对，哥们儿？”

武警即将起开罐头，便说道：“没错儿。”

翟丁就没弄明白他俩之间的关系，怎么看守人员说了不算，反倒是被看守的人说了算呢？

武警起开了罐头，拿到翟刚面前，翟刚接过咕嘟咕嘟地喝了几口，又递给他：“剩下都是你的了。”

那武警也不客气，接过罐头坐到一边吃了起来。

当然，她最关心的还是翟铁的近况，便问道：“你知道铁子在哪儿？”

翟刚道：“跑到山东去了，跟小玉闹掰了。”

翟丁问：“怎么啦？”

翟刚气愤地说：“叫黄瘸子给撬去了。妈的，说是铁哥们儿，背后撬人家的女人，算是什么东西！”

翟丁问：“铁子现在在哪儿？”

翟刚道：“离开山东了，谁知他去了哪儿？”

翟丁估计他也不能知道铁子最近的确切消息，便说道：“政府让我来看你，是希望我劝劝你，老实交代问题，争取个从宽处理。”想到这里，她心中不由得一阵酸楚：“净是你们两个这些年闹腾的，连我都成了刑事犯罪分子家属，见人就矮三分。”

这样的话，在翟刚听起来毫无疑义，他撇起嘴，哼了一声：“那谁让你也姓翟来着？我坦白？我坦白他们就能饶我啦？拉倒吧，你知道个啥？唉——他们怎么会让你来看我？”

翟丁没料到翟刚还会反问她，便应付说道：“啊，是托了人，他们才让我来看你的。”

翟刚当即反问：“托谁？是不是托陶进那个小子？”

翟丁只能点头。

翟刚点燃了一支烟抽了几口道：“别理他，兔崽子当了警察就变了心，把你给甩了，等我好了见着他，我饶不了他！”

翟丁没想到，说出陶进，却惹来哥哥这么大的火，她估计下面可能越谈越不投机，便想告退。

翟刚看出了翟丁的意思，便道：“你没买烟，就给我点现钱。”

翟丁不知道这样是不是允许，便问那位吃罐头的武警：“同志，我可以给他点钱吗？”

武警道：“给吧，我明个给他买烟去。”

翟丁真没想到，他跟看守处得这么近乎，便掏出了二十元钱，放到了他的床头：“你省着点花，回监号以后好好交代问题。”

翟刚朝她诡异地眨了眨眼睛，撇了撇嘴说道：“回监号？丁子，你就听我的信儿吧。”

翟丁听了他的话，点了点头，便转身跟那位武警说：“那我走了，谢谢你这么照顾他。”

武警已经吃完了罐头，站起说道：“都是应该做的。”

翟丁听了哥哥的话，她心里越发不放心，因为她看见了哥哥那种特有的狡诈的眼光，还撇了撇嘴。

他从小就是这样，每当看到他怎样的眼光，她就知道，他心里准是又在打什么坏主意了。

走出门外，萧娟还在等她。

翟丁向萧娟说了武警和他一起吃罐头，还要帮他买烟的事情。

萧娟道：“对待像翟刚这样把性命都当儿戏的犯人，管也没有用，哄着他，只要他不逃跑，就行。”

翟丁还想说，他准是在打什么坏主意了，但她又没有把握，只好把话又咽回肚子里。

走出医院，他们赶到火车站，几个人分头上了火车。尽管他们都坐在一个车厢，却都保持一定的距离，彼此之间互不讲话，明天，他们还要保持这样的阵势换车直达北京。

这些天的夜晚，翟铁是抱着金佛进入梦乡的。

自从寄出那封信，他就天天掐着手指头算日子。这封信应当在第二天最晚是在第三天能到姐姐手中，她接到信，一定会感到惊讶，就会马上收拾东西、再请假，也许当天晚上就能上车。

要是顺利，她应当在第四天早晨九点多钟到达北京站。

要是早晨不到，那还有早晨在东北上车，晚上到达的一趟车。这就得一早一晚两次到车站去等候。

他应当把金佛装在双肩包里，背在身上，在火车站一旦见到姐姐，马上把双肩包交给她，并且让她立即返回东北去，不能在北京多作停留。然后，他就可以轻手利脚地远走高飞了。

他不时眺望马路对面的那家旅店，他在信封上写的地址就是那里，几天下来，看到那里平静如常，他放心了许多。

终于等到了第四天的早晨，他按照预想的计划，背着双肩包，提前十多分钟来到了火车站的出站口，等候那趟火车。

火车准点到达，又过了十多分钟，来自东北的旅客陆续走出来。

他站在出站口的人群中，有意站到一个高个子的身后，为的是时刻躲避熟人的眼光，望着鱼贯走出的人们，希望能尽快看见姐姐的身影。

他相信，就算是在万千人马中，他一眼就能认出姐姐的身影。

他估计，姐姐一定会像平时一样，穿一件有细条纹的浅灰色的西装上衣，露出白色的衬衣领，衬着一头乌黑长发，下身穿一件同样颜色的裙子，拎着一个小号的行李箱，脚步轻盈地走出站门。

这样的装束，他会一眼就认出来。

可是，直到出站口再没人走出来，他也没见到姐姐的身影。

她没来？

至少是没坐这一趟车来。

他无奈地叹了口气，觉得有些失望，但还抱有希望，因为还有下一趟车，那得等到傍晚时候。

火车站广场总是人头攒动，上车的，下车的，你进站，我出站，你来我往，摩肩接踵。翟铁无精打采地跟在人群中往旅店走，到离旅店还有几十米的地方，抬头看了一眼马路对面，却让他大吃一惊！

马路对面那家小旅店门口正站着几个人，其中几个人体格健硕，一看就知道，这不是普通的旅客。

“刺儿！”

翟铁对警察的敏感几乎是与生俱来的，特别是对反扒刑警，尽管他可能不认识，仅从举止他就能看个八九不离十。

翟铁不由得打了一个冷战，怎么会这样？凭着经验和敏感，从穿戴打扮，他感觉这些“刺儿”不像是本地的，倒好像是东北来的，可他们怎么找到他在信封上写的那家旅店来了？

他在人群中放慢了脚步，甚至连连后退，终于退到一个角落，站在那里大口喘息。

他不敢再回到自己住的那家旅店去，他相信，那些人要真是从东北赶来专程找他的，在那家旅店找不到他，马上就会撒下大网，在车站四周搜查堵截，他要回到自己住的旅店，也许会被堵个正着。可那里还有他从小件物品寄存处取出的严玉森的箱子，这该如何是好？

一时间翟铁的心情从天上掉到了地上，他心里涌起一个不安的疑问，莫不是姐姐也出事了？这才把东北的警察引了过来？

接着，一个新的想法出现在他的脑海，我是不是太紧张了？那些人就算是东北来的“刺儿”，能肯定就是来抓我的吗？

翟铁摇了摇头，不一定。

姐姐那边真的出事儿了吗？也不一定。

那慌什么？

翟铁心情稍安甫定，向广场边上走了几步，他还要仔细观察一阵再说。

就在这时候，突然间一个大手掌啪的一声拍到了他的肩头，吓得翟铁一蹦老高，刚想要拔腿就跑，却被人紧紧抓着双肩包，动弹不得。

遭了！

天哪！这就“掉脚”了？

三十八

虎蛋

赫雷和陶进等人查找了发往北京的所有列车，发现一趟能够最早赶到北京的列车——莫斯科到北京的国际列车。

这趟特快列车的特点是只停大站，进入中国境内除满洲里而外只停哈尔滨、长春、沈阳几个省会城市，于第二天早晨抵达北京。

这趟列车的列车员既有中国姑娘，也有苏联女孩，个个年轻漂亮，和蔼可亲。车厢里宽敞明亮，速度极快，能坐上这样的列车，真是一种享受。

车上乘客不多，每个人上了车都找到了座位，因为车厢里很安静，赫雷几个人上了车就昏沉睡去。

天快亮的时候，赫雷醒了。他望着车外冀东平原的美丽风景，想起了中国一句古话，将在外，君命有所不受。

有了古人这句教诲，赫雷在火车上反复思索，终于打定了决心，他不能到北京孤军奋战，必须求得当地公安机关的配合与协助。

当然，他也知道，这就是擅改上级决定。

因为市局领导不同意跟当地公安机关联系，让他到了北京只要抓到翟铁，拿到九宝金佛，立即返回。

赫雷从一开始就反对这样的决定。这不光是狭隘，甚至还有自私。他认为，领导们所以拒绝和当地公安机关合作，就是怕别人分享这份光荣。

更严重的是，领导们把一切想得过于简单和顺利，以为已经有了翟丁的帮助，已经有了翟铁的住址，一切都是手到擒来。

就这样，决定还是作出来了，唐巨成表示坚决遵照执行。

可是，他没跟来，他对北京的活动已是鞭长莫及，现在是赫雷可以独自做主的时候。

更改领导决定不是一件小事儿，但是，赫雷还是执意要做，这并不是他要一意孤行，而是出于实战的考虑。

尽管有了翟丁的举报，也知道了翟铁确切的住址，假若我们能够及时通过长途电话或是通过国家公安部，请北京市公安尽快介入，提前把翟铁抓获，把金佛缴获到手，有何不可？

但是，那样一来，哈尔滨公安局就不是抓获人犯，缴获金佛，而是派人去押回人犯，取回金佛。远不如派员亲手抓到人犯、缴获金佛凯旋，领导可以到车站迎接，报纸、电台有影有声，那该是何等风光，何等有面子。

赫雷坐在国际列车上，就反复思索，到底该不该改变领导的决定。

他不想图那个风光和面子，他肩上担着重担，不光是那尊金佛，还有欧阳化雨母子的两条人命案。

联想到这个命案，当然就让他觉得翟铁来到北京并非偶然，既然已经把杀害欧阳化雨母子的罪犯认定为严玉森，此人一直没有消息，翟铁在北京的出现，似乎让赫雷意识到什么。北京之行绝不是抓人缴获那样简单，带着一群人生地不熟的东北汉子在北京横冲直撞，最终的结果可想而知。

但是，赫雷就是赫雷，当列车平稳地驶进北京火车站的时候，尽管赫雷已经下定决心，可他还想先到信封上写的那个小旅馆掏一把，要是掏着了，还则罢了，要是掏不着，对不起，那就得干一把“将在外，君命有所不受”了。

无疑，这样的做法，当然是最稳妥的，就算领导知道了他“君命有所不受”，他也有理由解释。

显然，他为自己留了一条后路。

列车停稳，几个人相继下车到站台上。列车乘警联系的一位车站的民警已经在那里等候，他带领大家从员工出入的出站口走了出来。

通过那位车站值勤民警的指点，赫雷带着人找到了翟铁在信封上写的那家旅店。

这是一幢二层楼房，规模不大，只因为紧邻着火车站，进出旅客络绎不绝，看来生意挺红火。

想到翟铁和金佛都在这里，赫雷不得不采取最把握的措施。

因为在这一行人中，翟铁认识赫雷和陶进，为防打草惊蛇，几个人先走进了附近一家商场，赫雷站在玻璃门前，悄声地分配任务。

他先让两名刑警守住前面正门，再派两名刑警去找后面的门窗，堵好了前后之后，赫雷让张春祥带着对讲机先以找人的名义，到旅馆内察看一下，看看信封上写的106房间的情况，再做定夺。

几个人掏出了对讲机，对好了波段。

一切安排妥当，张春祥走进了旅馆。

来到旅馆的服务台，张春祥一眼就看见了106房间，就觉得不对劲，那个房间的门没有关严，透过门缝可以看见，里面住的是一对老年夫妇。

他问服务员楼下还有没有房间，他的腿有毛病不能上楼。

服务员告诉他，楼下已经全都住满了。

张春祥说，我看你这楼下的房间都是两张床，有没有住一个人的，我和别人合住一间也行。

服务员摇头，这楼下住的都是两个人，还有带孩子的，得加床。

张春祥无奈地摇了摇头，走了出来。

赫雷站在玻璃门里看到张春祥很快就从旅店走了出来，还朝守在门口的两名刑警摇了摇头，知道发生了意外。当然，他还不知道，站在马路对面广场边上的翟铁，正在惊慌地看着这里的一切。

张春祥匆匆走进那家商场告诉赫雷，地址有问题，至少106房间不对，里面住的是一对老两口。

赫雷禁不住长叹一声，他最担心的事情出现了！

他望着玻璃门外的车站广场，再向周围一扫，广场两侧有数不清的大小旅店，翟铁究竟住在哪一家，哪一个房间？

张春祥看到赫雷面呈难色，便说道：“怎么办？一家家查？”

赫雷摇头道：“人生地不熟，查个屁！”

陶进似乎明白了赫雷的心思，便说道：“找当地吧。别耽误了。”

赫雷点头，他让张春祥带着人，继续在这家旅店周围布控，没有他的命令不准轻易离开。如果发现情况，随时报告。他估计，派出所离这里不会太远，对讲机能够得着。

张春祥点点头。

赫雷推开玻璃门，带着陶进走了出来。

按理说，站在马路对面广场边上的翟铁，是能看到赫雷和陶进走出商店这一幕的。可以预想，一旦他认出堵住那家旅店的人是赫雷带来的，翟铁可能一个跟头就尥出十万八千里。

他太怕这两个人了。

可是，事出蹊跷，偏偏在这个时候，翟铁叫人在背后拍了一掌，吓得魂飞天外。

惊恐万状的翟铁回头一看，原来是黄德利的保镖，外号叫虎蛋的家伙，笑嘻嘻地站在他的身后。

翟铁气得回手就给了他一拳，直打得虎蛋嘿嘿直乐。

也恰恰就在这个时候，赫雷和陶进匆匆走出那家商场，迅速消失在路边的人流之中。

世界上有多少事情就是这样偶然发生，又偶然错过？

如果赫雷一行人不是从员工出入口走出，经过出站口的时候一定会被翟铁发现，事情就是这样偶然，这是双方第一次相互错过。

也许，人生的命运，就是在这一次次意外和一次次偶然之间，变得不可捉摸，更不可把握。

翟铁这一次的“偶然”，就是这个虎蛋给造成的。

“虎蛋”这个词儿，出于东北的一句俚语，山神爷的卵子——虎蛋。

“山神爷”在东北话里是对老虎的尊称，而那些身材彪悍，性格粗野，干事儿鲁莽的人，常被叫虎蛋。

用虎来形容一个人，是极高的赞美。

用虎蛋来形容一个人，明显的就是贬义。

虎蛋，是在东北某县的民政部门办的孤儿收养院里长大的。

听说他的父母都是某国营工厂的工人，在新中国成立初期，车间发生了重大生产事故，双双遇难。那年，他不满周岁，便被送到了孤儿院。为了感谢党的养育之恩，凡是这里收养的孩子都改成一个姓，姓党。

小党长到十六岁，初中毕业，便被送进了一家国营大型机械制造厂当了一名工人。

小党干活从来不怕脏，不怕累。每当车间有重要突击任务，他还处处起带头作用，加上他为人坦诚，还积极要求进步，不到两年，就光荣地参加了共青团，成为许多年轻人羡慕的带头人。

小党好像浑身都长着文艺细胞，能歌善舞，还爱好文学，最爱看的是小说，什么《杨家将》《岳飞传》《林海雪原》《三国演义》……能看到什么看什么。有了点文学的底子，说出话来就有点文绉绉的，有时候还转上两句。

他进厂不到两年，刚好赶上全国发动了“无产阶级文化大革命”。

小党根正苗红自不用说，当然地成了车间“革命派”的领头人。

起初，全厂很快就把厂长、书记、副厂长、副书记统统关进了牛棚。科室领导和车间主任全部靠边站，成立了“红色工人造反司令部”。小党也成了司令部的一名指挥员。

为了响应“你们要关心国家大事，把文化大革命进行到底！”的伟大号召，造反派们纷纷走上了街头。

他们首攻的对象就是市政协的那幢大楼。

他们把工作人员全部集合起来，让革命的站一边，不革命的站一边。

当然，所有人都往革命的那边站，连那几个白了胡子的老政协委员也想往这边站。但是，他们想要混进革命队伍的企图未能得逞，各个都被戴上了高帽，被彻底批倒批臭！

然后，革命造反派们将市政协大楼查封，并在楼门前贴上了大字标语，上写着：“无产阶级专政毋庸协商！”

第二天，他们又冲到市人大的办公大楼，勒令全体工作人员停止工作，大门口贴的是：“工人阶级领导一切，毋庸监督！”

用革命的激情去“砸碎一个旧世界，建立一个红彤彤的新世界！”让小党整天价热血沸腾，他到处讲演发动群众，甚至一连几天几夜不眠不休地写大字块、大字报和大批判文章，把厂里那些厂长、书记和技术专家、工程师一个个批得威风扫地，狼狈不堪。

当时，有一位跟他一块冲锋陷阵的女孩，似乎已经喜欢上他。

但是，小党那时自有革命理想，造反革命远远没有成功，走资派还没全都打倒，怎么能顾及儿女私情？他对人家的反复示好不理不睬，气得那女孩骂他是个“傻蛋”，再也不搭理他。

接着，造反司令部有人提出，既然厂里这些大大小小的当权派十七年来，一直带领我们走资本主义道路，简直是罪大恶极！可他们现在还住着近百平方米的房子，享受着楼上楼下电灯电话的资产阶级生活。而我们许多要“领导一切”的工人们还没有房子住，这就是最大的不公！

司令部决定下达一份公报，限所有的厂当权派、走资派，在五日内搬出原来住的宽敞房子，另行安排住处，违者强行搬出！

当权派、走资派个个叫苦不迭，但是，这是发自厂无产阶级司令部的命令，必须执行。有的公然抗拒不搬，到了第五天，革命群众蜂拥而至，不由分说，把家具被褥统统扔到楼外。

房子是倒了出来，可没有多少是分给工人的，造反司令却搬进了最大的一套三室一厨的房子。

许多人对司令表示不满。

但是，司令说这是造反司令部一致决定同意的。

小党第一个跳出来反对，他是造反司令部的成员，从来没有听说过这样的一致决定，他连夜写出大字报，贴在工厂大门口，吸引了许多工人在上下班的时候驻足观看。

小党在大字报里说，造反司令说话骗人，他还说，如果我们许多领导人，像法国巴黎公社的个别领导人那样，不顾群众利益，而只顾满足自己的贪婪和私欲，很快就会把革命引向失败的深渊，云云。

小党以为他贴的大字报一定会得到全厂的呼应，从而把那个司令赶出那幢楼房，多分几个没房的工人进去。谁知道，他的大字报刚贴了出去，这位司令就被推选为工人造反的代表去了北京，还受到了江青和康生等人的接见。这一下子，人家可就是七字加两点——斗（抖）上天了。

他回到厂里，看见大字报还贴在那里，不由得一腔怒火上心头，便下决心要整治这个无法无天的对立面。

他找几个心腹研究策略。

小党根正苗红，岁数不大，还是孤儿，身家历史上都找不出毛病，就得从现实下手抓他的把柄。

在那个一切事务和行为都变得极端的社会环境里，任何一个行为都能被无端地上纲上线，小党当然难逃此劫。

事实上，造反派们从现实下手，当时抓到的把柄确实有些荒唐，甚至荒唐到难以想象的程度。

说荒唐，是他们从粪坑里捡回了小党拉屎的擦腚纸，擦腚纸能变成反党证据，在中国几千年的历史长河中，只有那个时候才能发生。

那个时候，上厕所擦屁股没有专用的什么纸，用的都是废纸，废稿纸、废报纸、香烟盒，更有甚者还用砖头、瓦块、高粱秆。

这天中午，他随手抓起一张废纸，就去了车间外的茅房。当然，他不知道，从那天起，他的一举一动都在人家的监视之下。

那茅房既是最简陋的，也是最原始的。外面是木板围墙，里面是用水泥板搭的四五个蹲位。几个人可以同时蹲在那里。

小党刚上完厕所回到车间不久，司令部几个戴红袖标的工人就咋儿巴呼地拥了进来，不由分说就把小党绑了起来。

小党也是有造反派脾气的人，当然不能受这个气，他大喊大叫，质问为什么。

小党是这个车间的群众领袖，许多工人也都围了上来，跟他们理论。就在双方僵持的时候，造反司令用两个手指头擎着一张上面还沾着粪便的擦腚纸走了进来。

他大声喝问小党："这是不是你刚上茅房用的擦腚纸？"

小党点头，这是厂造反司令部发的一份公告，因为时过境迁，扔得哪儿都是，用它擦屁股又怎么啦？

"你看到没有？"司令把擦腚纸翻了过来，朝着小党大声喝问道："这里有什么？"

小党这才想起，厂里造反司令部的公告上有一个固定的图案，就是木刻的侧面的戴军帽的领袖像，下面还围了半圈葵花。

小党的脑袋嗡地一响，他怎么一时糊涂，没想到这个茬儿？

那司令还用手指头擎着那张擦腚纸，大声说道："鉴于——他用伟大领袖——"拖了一阵子接着道："——的像，擦屁股，你们说，这——是可忍，孰不可忍！"

几个戴红袖标的人带头高喊打倒小党，还要踏上千万只脚，让他永世不得翻身。车间工人一见小党竟然犯下如此大罪，也跟着大喊打倒，随后，小党被押出了车间，暴打一顿后，直接送到了道里区人民公社保卫部。

人民公社保卫部就是当初的公安局，但当时的权力可要比公安局大得多。这个地方，已经把原来公、检、法三个部门的权利合而为一。

在工人阶级领导一切的年代里，为了认真贯彻中央关于彻底改造公检法的指示，所有公、检、法三机关的人，不分男女老少，从 1968 年 8 月都背着行李和洗漱用品离开哈尔滨，被分头集中到外县的几个地方去接受揭、批、斗、改的思想改造，时间长达一年半之久。

而今，不仅是这个公社的保卫部，全区十多个派出所的警察也都来了个大换血。警察被集中到外县改造去了。工人和学生的造反派们成了无产阶级专政的主力军。

保卫部的部长就是一位最早扯旗造反的工人领袖。

小党被押送到保卫部，政治保卫组的几个工人和学生人一看，是党把你培养长大，而今不思图报，反而敢于糟蹋伟大领袖，是可忍孰不可忍？

因为“革命不是请客吃饭”，上来就是一阵拳打脚踢。

接着就开始审讯，小党承认了用带有领袖像的废纸擦了屁股，是罪大恶极，还签字按了手印，接着就被押进了拘留所。

因为那张擦腚纸是唯一证据，可上面还沾着屎，如何入档保管就成了问题。最终研究了好一阵子，有人出了个主意：先用两片玻璃板把纸夹起来，用口取纸粘好，再用一个布文件袋把玻璃板装好，就可以订到卷宗里了。

在“处理意见”一栏中，政保组的人一致认为，对这样胆敢糟蹋伟大领袖的人必须严加惩处，便写上“我们怀着对伟大领袖的深厚感情，决定将其送交劳动教养三年”的字样。

夹着两块玻璃板的卷宗，很快就送到了分管政治案件保卫部的一位主管副部长桌上。

副部长看后批示道：“如何处理他，是表达我们对伟大领袖感情的重大问题，故应逮捕法办，并判刑五年。”显然，副部长对伟大领袖的阶级感情，要比政保组的人更加深厚。

那个时候，公社保卫部也效仿公安局，每周由一把手主持，召开一次集体定案会。

在定案会上，意见产生分歧，与会的领导人中，有好几个人比副部长的阶级感情还要深，还要厚，便提出，对这样胆敢糟蹋和污蔑伟大领袖的现形反革命分子，至少要判他个十年八年的。

最后，得一把手拍板。

从教养三年，到判刑五年，再到判刑十年或是八年，看来，这些人对伟大领袖的感情是一个比一个深厚，这倒让一把手犯了难。

想想连他也感到后怕，因为他也曾撕块报纸就擦屁股。现在，哪张报纸上没有伟大领袖的语录、头像？至少也得有那三个字吧。一旦被人抓住，后果如何？天知道！

他看了看夹着玻璃板的卷宗，心里一阵发堵，觉得处理这样一个擦屁股的事情有些荒唐。可是，据说厂里已经把他从拘留所拉回厂里开过几次批斗大会，全厂的工人们群情激昂，一致要求严惩。他要是从轻或是不予处理，说不定明天就会有成百上千的工人拥到保卫部门前来揪斗他，甚至把他打翻在地，再踏上千万只脚，也许，他就会因此永世不得翻身。

为自身计，他不能轻易放过这个人，权衡一阵，最终还是找到了一个办法，他拍板定案，折中大家意见，以现形反革命罪定性，判刑六年。

与会众人纷纷点头。

小党从被揭发的那一刻起就感到无比悔恨，他无论如何也不能原谅自己犯下这样滔天大罪。

他认批、认斗，拳打脚踢他都忍受，连判刑六年他也认为都是他应得的惩罚，因为他觉得万死都不足以谢其罪孽。

他很快就被送到了劳改农场。

他认为，就算是在监狱，他也要做到对伟大领袖的“三忠于，四无限”。他不光是出力干活，为了维护监狱的革命秩序，他还不断地反映那些牢头狱霸们的可恶行径。

因为他能写善画，加上罪名荒唐，狱方就让他写标语，画宣传画，也算是对他格外关照。

可是，有一天，他要到建筑工地去画黑板报，那里是由监狱犯人承建的一座六层的高楼，即将封顶。有的犯人提出，他们干到哪里，黑板报的宣传就应当跟到哪里，小党就把黑板往六楼扛，刚到四楼，忽然，他就失足掉了下来。

事后好多年，狱方才从犯人内讧的口供中得知，小党是被一个狱霸从五楼给推下来的。

从楼上摔了下来，幸亏被脚手架挡了几下，掉到地上，身体多处受伤，还没死。他被紧急送回监狱的医院，一直昏迷了三天三夜。他被救醒了，命算是保住了，可他的举止行为却大不一样了。

他的饭量突然变得很大，一个人要吃两三个人的定量，连吃了几天，身体就已经见胖。医院认定他的脑垂体受到伤害，不得不把他又送回监狱，关进单人牢房，继续为他治疗。

最初那些日子，他不记得他是谁，也不记得为什么被关进监狱，一切都恍如隔世。

据说“文化大革命”期间，受到冲击最小的地方就是监狱，所以这里一直保持着当年的管理制度，对人犯的负责态度几乎没变。在治疗长达一年之后，他逐渐恢复了正常，能够想起些往事，只是反应有些迟钝。

可惜，当年的帅小伙不见了，他变成了一个身体臃肿，行动拙笨，做事有点缺心眼的大块头。据医生说，要不是治疗及时，他会一直胖下去，长下去，直到长死，胖死。

也就在这时，被弄到外县集中改造的老公、检、法人员，历经一年的折腾，又重新回到各自的岗位。还是在改造期间，有些人就听说公社保卫部处理过一起擦腚纸的荒唐案件。没等坐稳屁股，法院的几位同志就决心要重新审查这起案件，他们找到了原始卷宗，重新走访调查，并写出一份报告，呈送给由公、检、法三长参加的定案会。

会议决定撤销原判，宣布无罪释放，但是，为了办案人和与会领导的政治安全，还是给他拴了一个尾巴——犯有严重政治错误。

还住在那幢大房子里的工厂造反司令，现在已然是厂革委会主任，他认为鉴于此人犯有严重错误，不能回厂就业。从此，他就流落街头。

幸好，他在监狱里认识了翟刚这帮人，出了监狱就跟着他们成天混饭吃。他唯一的用处，就是能给他们当保镖，吓唬那些被害人。

一米八几的大个子，二百多斤的体重，满脸都是黑胡楂子，简直就是一个巨无霸。由于他行动笨拙，举止鲁莽，人们当面和背后都叫他虎蛋。

他听了总是嘿嘿一笑，瓮声瓮气地说道：“虎蛋就虎蛋，虎你妈个蛋！”

从傻蛋到虎蛋，好像他一辈子也没活明白。

他既不能偷，也不能抢，白白养一个大块头，早晚得出事儿，谁也不愿意总领着他。

他常常兜里一文钱也没有，有时还饿肚子，翟铁倒是挺同情他，有时就塞给他几个零钱。

可偏就在这个时候，倒有人相中了他，这个人就是黄德利。

黄德利那时候已是腰缠万贯的大富翁，他成天担心有人会惦记他的钱财。他需要找一个保镖。

在他的心目中，这个保镖应当是个彪形大汉，站在那里就能吓人一跳，他还应当缺点心眼儿，叫干什么就干什么，能像狗熊一样忠诚。

虎蛋就是最佳人选。

从此，虎蛋就跟了黄德利，这一跟，就是三四年。在这三四年里，黄德利像养一只猎狗似的养着他，除了管他吃喝，还给零花钱，隔三岔五还给他找个女人，让他发泄一阵。

虎蛋也就真的像一条狗一样，时刻尾随在黄德利的身旁，他那个大块头形象，也能让其他团伙的人增加几分畏惧感。这正是黄德利所需要的。

黄德利有个私心眼儿，他平日身上不带太多的钱，每当偷够一定的数量，或三千，或五千，他就让虎蛋往老家送一趟，几年下来，送了十多次，无一差错。

翟铁到济南的时候，虎蛋正往黄德利的老家送钱，俩人并未见面。

自打翟铁离开济南去了北京，黄德利从小玉嘴里已经知道，他要跟严玉森在北京火车站见面。

分手数年，黄德利对于严玉森这个当初把他领上黑道的师傅，已经有些淡忘了。他现在有的是钱，不光有钱，手下还有几十人，还有这家旅馆为基地，可谓赚得钵满盆满，最近又得了小玉这样的漂亮女人，黄德利不由得心花怒放。

他已经远远胜过行为谨慎的严玉森。这就叫只有状元徒弟，从来没有状元师傅。

可是，他觉着最近“严打”的风声是越来越紧，报纸上抓贼和破案的消息越来越多。尽管这些年，他在山东和河北也收买了几个铁路和地方的警察，这些人也都给他打过包票：只要弟兄在，保准黄大哥平安无事。

可黄德利还是有点不放心，他知道这几个人不单吃他的钱，谁的钱他们都吃，万一吃谁吃出毛病，不信他们不想拿他立个大功。

这时，他有点想念严玉森。他这位师傅，不光是黑道高手，对政府、对警察的策略和手段，也都了然于胸，此时该何去何从，是进是退，是显是隐，真想听听他的主意。

所以，当翟铁离开济南的时候，他就派人盯住了。

盯住翟铁的人一连几天都在火车站前广场游逛，可一直没有什么发现，严玉森一直没有露面，只有翟铁还蹲在附近小旅馆里。

这几天，在黄德利的旅店里陆续又来了七八个客人，看黄德利跟他们见面的亲热劲，就知道他们也是“行里”人，但是，听他们的口音南腔北调。原来，这其中有从西安来的，还有两个人是从武汉来的，最远的来自广州。

他们都是各地“绺行”的头面人物，这次相约来到济南，就是为了前来拜会黄德利，因为中国近百年还没出过全国掏窃一把高手。

顾名思义，全国掏窃一把高手，就是全国的贼中之王，其实，这等于把黄德利送到火炉上烧烤。这个名声一旦让警察知道，树大招风，尤其现在“严打”时期，不玩命抓你才怪！

也许来人中就有不服气的，甚至想跟黄德利上车较量一下，但是，慑于眼前的形势，大家也都不想在这个节骨眼上再冒风险，有本事过两年再较量，眼下是研究如何躲过“严打”这一关。

黄瘸子本来酒量就不大，自打当了贼王，因为害怕酒后误事，干脆就把酒戒了，吃晚饭的时候，桌上就没摆酒，为的是要商量几件大事儿。

黄德利以茶当酒敬了一圈，说出了他的想法。

这些日子，他和不少人研究过躲避“严打”的办法，最终归纳出一条，就是借助共产党的政策，来个借力打力。

现在，政府不是大力号召无业青年从事个体经营吗？在座的可都是无业青年，黄德利要大家利用这个政策，回去马上申请办理工商营业执照，开商店，摆地摊，一个人当老板，几个人当伙计，派人到福建和广州去进服装和家用电器，倒腾回来，可以在当地卖，也可以到风声不紧的县城摆摊、做生意。给政府的印象就是金盆洗手，改邪归正。

可有一点，进货、卖货都得奉公守法，必要的时候舍点小财儿，干点好事儿，当个好人，混个好名声。

有人点头，说这个办法好，不光是能洗白咱们的身份，还能当老板挣钱，一举两得。

黄德利的第二招是要借“严打”的机会清理门户，把那些吃里爬外的，明里暗里举报几个，防止秘密外漏，以利东山再起。

最后，黄德利指着自己的脑袋说道，像他这样名声在外的秃头虱子，躲得越远越好，哪怕是进深山野庙当和尚老道，也比蹲风眼儿（拘留）强。

一席话说得在座的人心服口服，黄大哥不光是技艺高超，还有点计谋韬略，实在令人佩服。

随即有人提出，要大家代表西北的、中原的、南方的、东北的“绺行”人，一起拜黄德利大哥为“绺行”的瓢把子。此话一出，几个人纷纷站起，一起朝黄德利拱手施礼，黄德利也站了起来给大家还礼。

从此，黄德利就成了当今“绺行”的第一盟主。

饭后，他就催促大家尽快离开，因为他感到济南已经不再安全。

事后，有些好事之人就把这次聚会，说成是全国贼代会，会上，各路代表选出了全国的贼王就是黄德利。

就在这顿饭刚刚吃完，一个铁路警察给他打电话，告诉他，济南警方已经注意到他，让他尽量避避风头。

避避风头，自打出道以来，他已经几次面临险境，每次都靠他沉着镇定，及时转移而化险为夷。

今天，当然也不例外，得到消息他立即动身，那几个人走后，他把小玉留到济南照顾这家旅店，这样，就会让她找到女主人的感觉，更重要的是，一旦出事儿，她就是一个挡箭牌。

他嘱咐了小玉一些注意的事情，立即带着几个人离开旅店去了火车站。他要把这些人带到哪里？

他选择了济南以北，隶属河北省管辖的廊村。

为什么要选择廊村？这与它的地理位置有关。因为这个小县城虽然属河北省管辖，却是左靠北京，右靠天津，要说大城市搞“严打”声势浩大，那像廊村这样的小城市多数是走走过场。

还有一点就是这里的交通发达便捷，每天都有数不清的公共汽车、火车来往于天津和北京之间。万一有个风吹草动，走起来也方便。

还有更重要的是，廊村最好的宾馆，有一个副经理，这个人既是那个铁路警察的老铁，在廊村公安局里也有能传递消息的内鬼，可以说，住到这里保险系数是最高的。

登上火车已经是后半夜两点多钟，正是旅客睡意正浓的时候。选择这个时间上车，是因为黄德利的偷瘾发作，手又有些发痒。

与小玉厮混这些日子，他没再登车去探囊取物。像许多职业窃贼一样，多年在脑海中产生的紧张、兴奋和快意的刺激，已经形成周期循环。一段时间不再制造和产生同样的刺激和兴奋，心里就会感到空虚、烦躁，甚至心慌意乱而坐立不安。

借着这次紧急转移，要是能找到一两个可以下手的对象，既能得到一笔钱财，又能过一把手瘾，何乐而不为呢？

这是一列逢站必停的慢车，灯光有些昏暗的车厢里还有些座位，十几个人一上车，就见缝插针，几乎坐满了车厢。

且不要以为这些人是随随便便就坐下的，他们坐在距离黄德利多远的位置，都是大有文章的。

这些规矩不是由谁具体规定和设计的，一切都形成于十余年合伙犯罪的经验和习惯的积累。

黄德利喜欢这样的排兵布阵。

几个年轻人坐在稍远的地方，有的坐在车门边，为的是能够尽早发现从另个车厢走来的乘警。

几个身强体壮的人，围坐在黄德利身边，不用说，虎蛋站在离他最近的地方。想作案，他就是一面墙，要是一旦“响”（被发现）了，有这么个虎超超的大块头往那一站，谁还敢上前？只要相持个十分钟、八分钟，火车可能就有一站，到那时，他们就可以簇拥着黄德利下车，逃之夭夭。

“文化大革命”结束以后，市场经济逐渐活跃，乘坐火车外出经商和打工的客流不断增加，人一多，钱也多了，再一拥挤，也为这伙惯偷、惯盗提供了作案的方便。一两年下来，也有不少贼腰缠万贯了。

可火车的车次和规矩却一成不变，像这样晚上从济南出发，第二天早晨到达终点的慢车，一年到头，这样拉着旅客慢慢悠悠地逛荡着。

你也别说，就这样的慢车，到了年关靠节的时候，就越发满登。特别是到了年跟前那几天，车厢整个就变成了装沙丁鱼的罐头，挤得连个插脚的地方都没有，连行李架上都坐着人，简直就是人摞着人。

这个时候，正是这帮家伙大展身手的时候。你瞧这些贼，个个像泥鳅鱼似的在人群中钻来挤去，串着车厢干活，挤这一趟下来，满身臭汗，应当说偷个一两百也不在话下。

黄德利瞧不起这样的贼，他认为这是出蛮力，得小钱。因为在人多拥挤时候下手，掏的只能是“上盖儿”（外衣上兜）和“后门”（裤子后兜）的零钱。他要得的是大钱，那就得干“青子”（刀片）活儿。

要说人家是全国掏窃一把高手，那可不是浪得虚名。

这帮贼，哪个不是无法无天，哪个不是惯走江湖？哪个没蹲过拘留，进过劳改队？谁服过谁？谁怕过谁？谁不想在高手云集的“绺行”里扬名立万？要想让人服，那就得露上几手。

说这话还是“文化大革命”那会儿。一天后半夜，也是坐在这样的慢车里，一个贼“捋”（检查）了身边一位熟睡的旅客，发现他的前裆有一个鼓包。觉得是钱，足有千把块。可是，这些钱都缝在里边的裤衩兜里，外面隔着衬裤还有外裤。他是干着急，拿不出来。

十元票凑成千元得一百张，厚厚的一沓，放在哪里出门在外都不安全，最保险的办法就是在裤衩缝个兜，装在里面，再把口缝上，用的时候，找个没人的地方，最好是去厕所，拆开线，拿出来就可以了。所以，那时候有不少人在商店是解裤子掏钱买东西的。

这是绝大多数人出差在外，都在采用的安全措施。

这个贼偷不出来，就想找别人试试。也有几个贼换坐到他的位置，想下手也都没辙，这时，有人想到也在同车伺机作案的黄瘸子，他不是本事最大吗，也许就是要将他一军——让他来试试。

黄瘸子来到还在昏昏熟睡的旅客身边，用手一“捋”，发现在前裆里果真鼓着一个包。他观察片刻，果断地掏出藏在衣缝里的单面刀片，放在两个手指间紧紧夹着，慢慢地从他的裤兜伸了进去。

几个贼有的站在旁边给他把风，为的是看他怎样下手。

单面刀片原本是一种刮脸用的刀片，商店就有卖的。但黄瘸子用的单面刀片是自己做的，仔细点看，还能看出是双面刀片改制的。

平时，这种刀片不是装在兜里，而是用胶布粘在衣缝里，藏在哪道衣缝最稳妥？就在前襟扣眼的折缝里。

放在衣兜里不安全，万一警察搜查，最容易被发现。一旦警察发现你带着“青子”，准把你当个大贼，还得怀疑你是个技术惯盗。

藏在前襟锁扣眼儿的那道折缝里，是最安全的，万一遇到警察搜查你就主动把衣扣一解敞开怀，神仙也发现不了。

片刻之后，只见他的手在那人的裤兜里动了几动，顺手就夹出来了几张十元票。

神了！

几个为他把风的贼眼睛都看直了。

动了“青子”能拿大钱，没有哪个贼不知道这个道理。可是至今没有谁敢真正使用“青子”拿到过钱。黄瘸子动“青子”的高超手法,可真是让这些人开了眼界。

说起动“青子”，不少贼也在干，他们干的只是割皮包、背兜，干的都是浮皮儿的活。

直到现在，外出的人们还认为，把钱缝在裤衩兜里是最安全的保管方法，就是因为没有几个贼，能够像黄瘸子那样动“青子”。

这得说，是真能耐。

单就那两个手指能夹住刀片，就是一大难题，就算是夹住了，从裤兜伸进去，那一刀不光是割破裤兜，还得割破衬裤，再割开裤衩兜，连割三层，不被发觉，谁有这个本事？

这一刀进去，不光是要快还要准。这个力道的拿捏，那真比医生的手术刀还要准。

割浅了，一刀割不破，就算前功尽弃，因为谁也无法再补第二刀。

万一割重了，割了人家大腿，那不就出大事儿了吗？

为什么一定要从裤兜进刀？就把他前裆割开不就成了吗？

不行！

从前裆下刀，一旦割开，极容易把人弄醒。

从裤兜进刀要的就是技术。

最里层的裤衩兜已被齐齐地割开，黄瘸子分三次把里面的钱全部抽光，下车一点，整整一千块。

过了几天，他在另一趟火车上，把一个熟睡旅客上衣扣解开，从前怀的兜里割出了两千多元。

几把“青子”活儿，让黄德利名气大震，几个走南闯北的老贼，首先朝黄德利竖起了大拇指，恭称他为全国掏窃一把高手。

他们几个差不多都有二十几年的贼龄，有的不光偷遍了中国，还偷到了日本和东南亚，什么样的贼没会过？要说能把“青子”玩到这个地步，不能不说百年“绺行”，黄德利是第一人。

黄德利也知道自己的短处，那就是他的腿脚不利索，一旦出事儿，他跑不掉。所以，他只要作案，就需要身边有人保护着。几年下来，黄德利已成巨富，他开了旅店和饭店，就是为了养一些人，能够死心塌地保护他。

虎蛋就是他最得力的一个。

黄德利所以能成为全国掏窃一把高手，还有一点无人能及。

这十多年来，多少贼被抓拘留、教养、判刑？像翟刚、翟铁也都是几进几出，弄得臭名远扬，邻里街坊都防着他们。在这些大大小小的贼群里，唯一例外的就是黄德利，人家偷了十多年，都成了巨富，从来没掉过脚。

有几次危险，都在保镖们的掩护下得以脱险，所以直到今天，尽管他差不多已经偷遍全国，可全国各地公安机关却没有一份关于黄德利犯罪的案底。

就这一点谁能不服?

车出济南，过了德州和沧州，车上的人越来越多，过道里都站满了人。几个年轻的贼站起来，想要串车厢寻找作案对象。

黄德利的右小腿装的是假肢，没法在这样人挤人的车厢里挤来挤去，每遇这样的环境，黄德利总是安静地坐在车厢的一角，闭着眼睛养神。

更何况他们这次出来是避风，当然不想招惹是非，手再痒也得忍着。他让人告诉他们，不得轻举妄动。果然，几个人又重新坐下。

黄德利闭了一会儿眼睛，竟然睡了过去，他真的忍住了。

天快亮的时候，火车停到廊村车站，他们一群人簇拥着黄德利下了车。

来到这里，他住进了宾馆的套间，几个手下住在隔壁。

在宾馆住下不久，他就把虎蛋打发到北京，要他到北京火车站去找监视翟铁的两个人，问问有什么情况。

为什么要派虎蛋去?因为这几件事情都很重要，找盯着翟铁的那两个人，还要找严玉森。他担心那两个人也许掉了脚，得派一个信得过，既没有劣迹，又没有案底的人。这样的人在他周围只有一个人，那就是虎蛋。

更保险的是，虎蛋兜里还揣着一张平反冤案的证明信。

虎蛋这几年跟着黄德利，不用偷，也不用抢，就有吃有喝，虽然他已经年过三十还没有娶媳妇，可隔三岔五黄德利也会给他找个女人。能搂个女人睡觉，让他感到过得挺滋润。

随着时间的推移，他受伤的脑力也有所恢复，人也明显地瘦了不少，说话比以前流利许多。他对黄德利的尊崇和忠诚都与日俱增，总的来说，这条狗是越来越听话了。

所以如此这般，除了黄德利的话，虎蛋再没有什么是非观念，也不听任何人的话。前些日子，有一个团伙成员公然顶撞黄德利，黄德利只用手一指，虎蛋就冲上去，一拳就把他打昏在地。

黄德利权衡半天，觉得只要自己住在宾馆不出去，估计也不会有什么风险，这才决定把虎蛋派出去。

谁料到，虎蛋在火车站没找到那两个盯着翟铁的人，晚上便在候车室里睡了一宿，第二天早上，倒是看见翟铁背个双肩包，在人群里晃悠。

虎蛋当年跟翟刚、翟铁哥俩的关系一直很好，自从跟了黄德利，两个人再没见过面，这一分手也有三四年的时间。难怪他见到翟铁就想吓他一下子。

这一下子真把翟铁给吓着了。

三十九

祸根

旅馆的地址是假的。

尽管大家都是信心满满地乘车进京，可在下车后的第一次出手，就扑了个空，不能不说大大出乎众人的意料。

尤其是陶进更觉得不得劲，因为他担心这一扑空，大家会不会怀疑翟丁情报的真伪和目的。

还好，这个出手扑空的情况，还没有打乱赫雷的方寸。可能这样的结果也在他的意料之中。

不论真假，这个旅店还必须监视。

赫雷让张春祥带着几个刑警继续监视那家旅店，他则带着陶进去找管辖车站周边旅店的派出所。

毕竟是首都的派出所，一看规模就知道，人数、建制都是高配，很可能跟哈尔滨的分局是同级的。

见到了所长，赫雷掏出证件，做了自我介绍。

得知来人是哈尔滨市道里公安分局的副局长，孙所长连忙把他们让到会议室，吩咐内勤女民警沏茶倒水，叫人给东城分局刑警队打电话，请他们派人参加接待。

按照规定，赫雷应当拿着哈尔滨市公安局的介绍信，先到北京市公安局刑侦处联系，刑侦处经过研究，再把他们介绍到下属分局的刑警队，只有在分局刑警队的配合下，才有可能来到站前派出所开展工作。

赫雷知道，就算是他拿着介绍信，这样从上到下介绍过来，落实到实战单位，至少得一天的时间。

实战单位是哪里？

就是这个北京站前派出所。

当初，从对“奔娄头”和几个流窜罪犯的审讯，赫雷就得知，所有流窜犯罪的活动都是随着铁路列车和沿途火车站，加上翟铁透露的小旅店，北京站就是他们此次外出的重要战场。

因为上级让赫雷抓到人，取到金佛后立即返回，市公安局根本就没有给他开任何介绍信。这也难不倒他，他相信，只要他说明情况，任何一个公安派出所都会热情协助。

站前派出所的态度，验证了他的想法是准确的，孙所长不光是找分局刑警队，还找来了副所长和教导员一起听情况介绍。

不到十分钟，东城分局刑警队的一位赵副队长和两名刑警开着一辆摩托车来到了派出所。

赵副队长不过三十岁，一看就是一个精明过人的刑侦干才，他看见赫雷就叫老前辈，管陶进叫大哥，显得十分亲热。

一经接触，大家都像自家人一样轻松谈笑，因为大家都知道，刑侦战线本来就没有什么地域之分，不论你是首都还是地方，都需要相互配合。

很快，会议室里已经坐了七八个人，一起倾听赫雷介绍欧阳化雨母子被杀案和金佛被盗的情况。

毕竟是京城的干警，都懂得什么叫全国一盘棋。几个人一听介绍，就知道兹事体大，便直接提出，赫局让我们干什么，尽管吩咐。

陶进从公文包中，拿出了几份带有翟铁照片和严玉森的画像的通缉令，分给了众人。

赫雷接着说道：“我们获得情报，一个叫翟铁的逃犯就住在北京站附近的一家旅馆，我们按照地址去找，发现地址却是假的。”

孙所长接过信封看了看，对身边的一个人道：“马上通知车站周边旅店的治安联络员，立即来所里开会。”

那个人听后，马上走出了会议室。

赫雷知道，这里不仅仅人流如潮，周边的旅店更是星罗棋布，交通线路密如蛛网，每天人流量足抵一个中小城市。他不得不钦佩，这样复杂的治安局面，似乎都在派出所民警的掌控之中。

在等待开会的期间，孙所长让民警搬进一些椅凳。赫雷问那位赵副队长，在车站有没有咱们的耳目，能不能从他们的嘴里了解些情况。

赵副队长点头：“有，这个会开完，就去约耳目谈话。”

不过五分钟，就有与会者陆续走进派出所会议室，十分钟左右，会议室已经坐满，二十几个旅店的治安员，差不多都已到齐。

孙所长把严玉森和翟铁的通缉令发给大家传看。

严玉森没人认识，孙所长要大家记住这个人的体貌特征，老“核桃皮”，是杀人凶手，发现及时报告。

翟铁的通缉令传到第三个人手里，就有了反应。

一位年近五十的治安员看了通缉令道：“没错，就是他！这个人就住在我们旅馆里。”

声音虽轻，却产生了震动，会议室里的所有人都一起转头来望着他。

赫雷心中大喜过望，忙问道：“你是什么旅馆？”

陶进和几个民警也闻声围了过来。

老治安员道：“京安旅馆。”

“在什么地方？”陶进忙问。

“就在车站西北角。不过，来时候，我还给106房间送过开水，人还没回来，一早就背了个兜子出去了。”

陶进低声跟赫雷说道：“他是不是出去接那趟车？”

赫雷点头：“可能，要接不到人，他也该回去了。”说着，他掏出对讲机，要和张春祥通话。

可惜，也许是相隔较远，叫了几声毫无反应。这个警察手中最先进的设备在关键时候不玩活儿。

赵副队长向身边的两位刑警下令:“去，把那个房间控制起来，等候哈尔滨的同志。”

两位刑警起身匆匆走了出去。

孙所长拉着赫雷来到大门口，喊了几声，终于有了反应，对讲机里传来张春祥的声音:“赫局，是我。”

赫雷按着按钮说道:“赶快到车站西北角去找京安旅馆，把周围监视起来，把周围监视起来。”

对方回答道:“明白。找京安旅馆，监视起来。”

不到几分钟，张春祥就找到了隔着几家商铺的京安旅馆。那两位北京的刑警已经弄清了翟铁所住的房间。

那位治安员说得对，人的确不在房间，下步怎么行动?

大家都在等待赫雷的指示。

此刻，身在站台上的翟铁也把目光移到了自己住的旅馆门前。

先是两个人匆匆进了旅店，接着，站在那边旅店附近的几个“刺儿”也走了过来。翟铁的心跳在加速，如果说方才他还有所疑问的话，现在他已经完全断定，这些人就是奔他来的。

他一面庆幸自己离开了那家旅店，逃脱了被抓的命运，一方面又为姐姐担心。她一定是出了什么纰漏，才让这些人找到了他的住处。

他后悔给姐姐写信，听说，公安局可以对信件进行检查，他写信之前怎么就忘了这码子事儿?

按理说，发现这样的危险，早就应当逃之夭夭，跑得越远越好。但翟铁不仅好奇心很强，还总有侥幸心理。他认为，眼下躲在广场的一角是安全的，他想知道，到底是谁在抓他，接下来还会发生什么?

谁料到虎蛋吓了他一大跳!

好在片刻就安定下来，他捅了下虎蛋，让他站着别动。

虎蛋不知他要干什么，便直挺挺地站在那里，翟铁转到他的身后，从他的身后向那边观看。

张春祥从京安旅店向赫雷报告，翟铁不在房间，房间里有一个行李箱。

身在站前派出所的赫雷很想去看一看那个房间，他刚想到这里，马上就有一个不同的观点拦住了他，且住！

从他接站的时间来计算，他一直怀疑翟铁就在跟前，至少，他还应当在站前广场。

如果他跟陶进出去，很有可能被他发现。

赫雷拿起对讲机对张春祥说道："继续守候在那家旅馆已经没有意义。进房间搜查，把所有东西统统带回来，往回拿的时候要注意隐蔽。所有人在广场四周布控，我估计他还在站前广场，得想办法拿住他！"

赵副队长明白了赫雷的担心，便说道："我开侉子把东西取回来。"

北京人管三轮摩托车叫"侉子"。

赫雷点点头。

赵副队长走了出去。

翟铁站在虎蛋背后看了一阵，知道大势已去，便颠了颠身上的双肩包，拍了拍虎蛋："走吧，不能回去了。"

说完，两个人溜出了广场，上了一辆开往市中心动物园的无轨电车。

赵副队长用侉子把行李箱送到了派出所，赫雷打开一看，觉得这不应当是翟铁的东西，里面装了几件衣服，都是老式的涤卡中山装，粗布衬衣，还有几盒救心丸。还有一套刚刚出版的《三国演义》上、下集。

陶进仔细看着每件衣物说道："我看这都是老年人的东西。"

赫雷点点头，他也倾向这个判断。几件衣物洗得都很干净，加上这么多的救心丸，看来，不光是个老年人，还有严重的心脏病。

要说老年人，他和陶进不约而同地就会想到严玉森。因为案发后从对严玉森调查中得知，翟铁押进拘留所，就跟严玉森在同一个监号。

赵副队长道："据旅店的人讲，他来的时候就是一个人，这些天，一直是他一个人住在那里，不太出门。"

陶进忽然拍了一下脑袋，向二人做了个手势："我明白了。"便拎着行李箱走进会议室。

赫雷和赵副队长也跟了进来。

陶进道："我分析会不会是这样：严玉森在哈尔滨杀死了欧阳化雨母子，带着九宝金佛来到北京，中途又被翟铁害死，他得到了金佛和行李箱，然后写信给他姐姐让她来取金佛。"

赵副队长还在思索，没有吱声。

赫雷在一边说道："严玉森可是经过几个朝代的老贼，从他在作案现场那样冷静来看，不会轻易被害。"

赵副队长忽然想到："他带那么多的救心丸，会不会是——"

赫雷突然打断他的话："病了，病在哪儿了？"

赵副队长一拍桌子："想到一块去了！"

一位北京的刑警脚步匆匆走到赵副队长跟前，低声说道："接头的事情都安排好了。"

赵副队长站起道："走，我带你们去见一个人，是在车站卖大碗茶的。"

大碗茶，那可是北京独有的一种大众饮料。

顾名思义，大碗茶，就是端着大号粗瓷碗喝的茶。

本来，出门在外就容易着急，还得准时赶点地上下火车，就更让人上火，再加上天热，没谁不口干舌燥，就这时，要是老远听见有人高声吆喝着"二分钱一碗的大碗茶"，不信你不来一碗。

二分钱不算什么，要是能够解渴又败火，谁还不想端起粗瓷大碗，一仰脖，咚咚咚地一口气灌下去，喝个痛快。有时候要喝茶的人得排队，这车站广场的大碗茶摊就别提多红火了。

据说，老北京早些年卖大碗茶的都是挑着挑子，带着板凳。走到人多的地方，放下凳子，支起大茶壶，就开卖大碗茶。到后来，城门跟前、繁华道口、桥头桥尾、老正阳门火车站的站口，都有固定的茶摊儿，搭个凉棚，一张桌子，摆一溜粗瓷碗，加上一个人搂不过来的龙嘴大铜壶，高声吆喝着，吸引着口干舌燥的过往行人，端着大碗来一顿牛饮。

这样端着大碗喝茶，不是为了品茶的滋味，就是为了解渴。说来，这也得算是一种茶道，是属于大众茶道。

新中国成立十年大庆的时候，北京有十大建筑一起落成，这北京火车站就是其一。打从火车站一建成，这儿就成了天南海北进出北京的一个大站口。

不用说节假日，就是平常日子，每天成千上万的人在这里进进出出。在北京火车站的站前广场摆摊卖大碗茶，那可是占了生财宝地。这里，除了有东城区服务局的茶摊儿，还有一家个体的大碗茶摊儿。

个体户也能在寸土寸金的地方摆摊赚钱，那得说是道行不浅。但索子可不是靠后门，找靠山。人家就是托近些年改革政策的福，才能进入这寸土寸金的地方摆摊的。

索子是满族人，爷爷当年是提笼架鸟玩遍京城的八旗子弟。到了父亲这一代家境败落，不得不挑着担子去卖大碗茶。到了他这一代，身强力壮的时候赶上“文化大革命”，索子也不上学了，跟着一群混混去当红卫兵，到处打砸抢，到了上山下乡的时候，也跟着去了北大荒。

去了不久，就因为吃不了苦跑了回来。回到京城，就跟一些游手好闲的人去偷鸡摸狗，继而发展到替人打仗，追讨欠债。终于有一天，把人打成重伤而锒铛入狱。

去年刑满释放以后，索子感到前途茫茫，不少国营大厂的工人都放假在家，有的干脆丢了饭碗，说那叫下岗，也叫待岗。何况是他这样底儿潮的人，想找个工作挣碗饭吃，岂不是难上加难，谁知道他能“待”到猴年马月去。

孰料，这几年政府政策的一些变化，让索子获得了意外的惊喜。

街工委找到索子，说是上级为了稳定社会治安，对表现好的劳教和判刑满释放的“两放”人员安排工作。

索子正是文件所说的“两放”人员，出来以后再没跟那些人来往，整天在家闲待着，当然就属于表现好的了。按照政策规定，被安排工作的人应当有教育意义，说穿了，就是要找个典型。索子的情况大致靠谱，也就成了落实这项政策的典型代表。

安排工作，干嘛？索子大字不识几个，能干嘛？

爷俩合计了好一阵子，最后决定，还是去卖大碗茶。

他们把扔在院子墙根多年的圆桌和龙嘴大铜壶找了出来，修好了，擦亮了，老爸帮着买了些野山茶，这大碗茶的茶摊儿，就在火车站广场支了起来。

开始的日子，靠老爸来吆喝。

“大碗茶嘞——大碗茶！二分一碗儿的大碗茶！”那声音豁亮不说，还带着抑扬顿挫，透着地道的北京味儿，离老远就听得见。

龙头大茶壶是用上等紫铜打造，擦得总是锃明瓦亮，纤尘不染，冲泡出来的茶也显得有滋有味。凉茶装在铝制的大桶里，碗洗得也干净，茶水有凉有热，还有不凉不热的，为的是满足各种人的需要。这爷俩卖大碗茶，卖的就是爽快大方，一碗不够，再来半碗，免费。给五分钱，管够喝。就这样一个小茶摊，别瞧摊位被挤在广场边缘，有时候围的是里三层外三层。

北京的大碗茶就是这么卖的，一边吆喝着，一边用龙嘴大壶冲泡。喝的人大碗灌肚，热气腾腾，提神解渴。喝的就是个粗犷、痛快，还带点野味和豪气，最受庶民百姓喜爱。

火车站广场上还有区服务局摆的茶摊，这个茶摊位置好，占地面积也大。可人家是国营单位，卖茶的都叫服务人员，是挣工资的，不管卖多卖少，每月都开那些钱，人家才不去扯着嗓子喊呢，少来些喝茶的，就少受累，这点道理谁不懂？人家不光不吆喝，连茶壶都改良了。理由是茶壶上有个龙嘴，那是“封资修”的东西，得来个革命。这不，龙嘴大铜壶换成新式大铝壶。壶是换了，“命”也“革”了，可京味儿没了。

索子爷俩摆茶摊是为自己挣钱，卖不了茶就没饭吃，不光吆喝得卖力，服务得也热情周到。爷俩都穿着白上衣，还戴白帽子，往那一站，显得既干净又利索。有时候老爷子吆喝累了，索子接着吆喝。

要是几趟火车前后脚进站，旅客路过得多了，爷俩就一起吆喝，那听起来，简直就是民俗唱法的男声二重唱。

有些人不单是为了口渴才来喝茶，特别是一些外地人，花钱就是要体味一下老北京的感觉。再加上这里的回头客多，生意那叫一个红火，每天进个几十块钱是不在话下。

说实在的，索子爷俩从来没见过这么多的钱，要是这么挣下去，用不了两年，爷俩就成万元户了。索子乐得在晚上数钱的时候就唱“党的政策放光芒，照到哪里哪里亮”。

好政策是“照到哪里哪里亮”，可也不能全都照着。说能把“两放”人员都安排了，也不现实，街工委选中了他，这个工作安排的典型，算是选对了。上级管政法的领导要是来检查对“两放”人员的安排情况，准把领导们都领到索子这儿来。

火车站一天到晚总是人流熙攘，士、农、工、商进进出出，五行八作南来北往，情况是要多复杂有多复杂。这个大碗茶的摊位一支上，就引起了赵副队长的注意。在他们设摊不久，赵副队长就把索子建为耳目。

索子早年曾在底层混过，还蹲过监狱，不少在车站活动的“绺行”老手都认识他，在他这里歇脚喝茶，谈天说地就显得随便和自然。当然，他也掌握了不少这帮人的活动信息。

接头地点是在附近一家旅馆的房间里。索子听说是哈尔滨来的刑警专门是为翟铁来的，索子看了照片便不无遗憾地说道：“前几天常见到他。今个也就差几步，方才我还看见他来呢。”

赫雷忙问：“在哪儿？”

索子说道：“就在广场边上，那儿有一块广告牌。他跟一个黑胖子在一块。站了一阵子上无轨电车走了。”

赫雷急得一拍桌子，忙问赵副队长：“从那儿能看见京安旅店吗？”

赵副队长点头：“能。”

赫雷遗憾地点头，他知道，翟铁再也不会回到那家旅店了。

陶进道：“你是什么时候发现这个人的？”

索子想了想：“一个礼拜吧。我见他跟几个人混在一块，就问他们，这个人是哪儿来的。他们说是东北来的，是个老手。说是在这儿等个人。”

陶进问：“他说等谁没有？”

索子想了想："说是等他师傅。"索子看赵副队长一直望着他，便解释道："他一把活也没干，我以为他是个'山炮'就没理他。"

赵副队长问："他跟谁接触？"

索子道："臭李子那一伙。"

赵副队长点头，成天混在火车站有四五个掏窃犯罪团伙，臭李子是其中较大的一伙。

赫雷问："你见过他的师傅吗？"

索子摇头："没见过。今天跟他在一起的胖子是不是，我不知道。"

赫雷认为，索子谈的情况基本对路。那就是说翟铁来到北京站是为了等他的师傅，他的师傅大概就是严玉森，很可能至今还没等到。看来，说翟铁杀严玉森夺得金佛，就不太对路了。

赵副队长问："看见臭李子没有？"

索子道："他们都是吃下午班的。"

原来，这几个掏窃团伙为了避免冲突，自己有分工，有的是早晨来，专偷上午下车的旅客。有的是下午上班，专偷傍晚和晚上的旅客。但是，因为开展"严打"，这些人已成惊弓之鸟，什么上午班，下午班，早就乱了套，要找到他们也不是容易事儿。

与索子分手，众人走出接头的旅店。赵副队长部署几位北京的刑警，马上去查臭李子的家，想办法尽快拿住他。

陶进把张春祥等人也调了回来，大家坐到派出所研究下一步工作。

下午找臭李子是重要一环，还有更重要的是翟丁也要到北京。如何利用她的到来引出翟铁，也得小心安排。

因为没能抓到翟铁，又发现了严玉森的物品。看来，北京的工作已经是整个案件的重中之重，瞧着一天的进展，这些工作也不是一时半会就能结束的。赵副队长为赫雷等一行人找好了住处，也为即将来北京的翟丁和萧娟、赵强安排了附近的旅馆。

真是人算不如天算，想不到形势变得这般复杂。原打算手到擒来便可凯旋的计划，变得不可捉摸，不可预测。现在摆在赫雷面前的问题，就是要弄清楚，翟铁到底见没见到严玉森？如果没见到，怎么会有他的行李箱和金佛？严玉森到底在哪里？这些问题不弄清楚，下一步的工作怎么干？弄不好，会鸡飞蛋打，翟铁跑了，严玉森找不到，最后落得个两手空空。

赵副队长安排得越是周到，越让赫雷心里感到不安。因为他临时改变了上级规定，与北京的刑警发生了接触，如今案情发展到了这个地步，他将越陷越深，这就让赫雷陷入从未有过的苦恼之中。

按照刑侦工作的规律，赫雷的做法并无大错，但是，他担心有人会指责他：抓不到人，就回来嘛，宁可抓不到人，破不了案，作为一个基层公安机关的干部，不论你是在外还是在内，都无权更改市公安局领导的决定！

很多人会这样做。

要当个好干部，就是得听上级的，上级怎么决定，就怎么执行，这是千古不破的规矩。一切行动听指挥嘛，抓不到人，立即打道回府。案子虽然破不了，可办案人不承担一丁点责任，这就是规矩，要是换成庄农，他一定这么做，不仅是庄农，很多人也都会这样做。

但是，赫雷不会这样做，他这些年做的许多事情，并不全是按着领导意图亦步亦趋完成的。他眼里的目标，心里的重点，往往不是领导的教导和指示，而是案件和罪犯。

赫雷知道，改变了上级决定，一旦大功告成，也绝不能说改变上级决定才取得成功的，一定得说是上级计划周到，决策英明。

要是不成功，或事出意外，毛病和错误全得是你的，那你就得吃不了兜着走。

思前想后，斟酌再三，赫雷依然决定要在北京干下去。就算是拿不回金佛，他也要把翟铁和严玉森的去向弄清楚。哪怕他回到哈尔滨受批评受处分，也要给接任者蹚出一条破案的路出来。

在关键时刻，敢担当，是一个优秀刑警的基本素质之一。

陶进当然没有赫雷那么多的忧虑，首先是因为他不知道哈尔滨市公安局的领导究竟是怎样决定的。尽管临行前唐巨成也当大家面说过，一切严格按照领导的指示办，他也认为这是一套官话。对他来说，按照赫雷的意图办，也就是按领导的指示办。况且打从来到北京，赫雷的指挥和决策并无不当之处。

但是，陶进有陶进的担心，他最担心的就是翟丁。尽管分手不久，他心里总是想起她。甚至担心她连夜乘汽车赶回去，再换火车，身体能不能吃得消，甚至担心她路上颠簸会不会生病……

他不时关心那趟列车的到站时间，目前是正点运行，临近北京会不会晚点？说实话，这是陶进有生以来第一次对另一个人如此挂念。

怀着同样挂念另一个人的就是翟丁，她从离开陶进，就一直担心他的安危，他连夜出发到了北京会顺利吗？会有什么风险吗？有时候，她会劝告自己，净瞎操心，那么多年没见着，他当个刑警，经过多少风雨？不也都过来了吗？话虽是这么说，心里也很明白，可还是放心不下他。

这就是情感的眷恋。

两个人一旦从心底真的爱上了，就会有这样那样的莫名的思念和关切。也许，这就是爱之愈深，关之愈切吧。

也有人用科学观点解释这一切，说是两人相爱越深，大脑中的“巴比胺”释放得越多，两个人的感情就会产生依赖，甚至非理性的冲动和思念。

像翟丁和陶进这些莫名其妙的担心和疑虑，就属于这个类型吧。

列车即将到达北京的时候，翟丁按捺不住心中的急切和思念，只身站到车厢一端的门口向外望着。

车外的景物从玻璃外面飞一样向后掠过，列车隆隆向前，她感到离北京越来越近，也离陶进越来越近，每到一个车站，她的心都会感到一阵宽慰，她希望能够见到一个平安无恙的他。

太阳落到地平线下，天渐渐暗了下来，远远看见北京的万家灯火，翟丁轻轻地舒了一口气，北京终于快到了。

要按地区差别计算，北京天黑的时间，要比东北晚半来个钟头。火车进站的时候，已经接近八点，天还是完全黑了下来。

翟丁离开车厢，萧娟一直观望着她，这是她的一项重要任务：翟丁必须时刻在她的视线中。

列车准点驶进北京火车站，翟丁提着行李箱走下车来，萧娟和赵强也隔着几个人下了车。

下车的旅客都挤在一条狭长的地下通道里，提着大包小裹向前蠕动，足足走了十来分钟，才走到验票出站口。

出站口外，灯光分外明亮，不少接站的人挤在一起，有的翘首张望，有的打着写着旅客名字的牌子，翟丁不知道走出站台会遇到什么，只能在接站人的前面稍站一下，以期能够看见接她的人。

稍停片刻，周围没有任何反应，她扫视周围，也没有发现翟铁的身影，便拉着箱子走进了人群。

只是这一扫视，她看见萧娟在她的左面，赵强在她的右面，尽管中间都隔着几个人，万一有什么情况，他们都会立即施以援手。

走进接站的人群中，再走一两步就穿了过去，人群后面是一片人少些的地方，她想站到那里去等，自身的目标能够更大一些，更容易让翟铁看见。

就在她走进人群的一刹那，翟丁突然觉得拉着箱子的手被人碰了一下，接着，一个纸团塞到她的手中。

她急忙回头想看清楚是什么人，只见身后一个瘦小的影子忽地一闪，便钻出了人群，她再抬头看去，早已没了踪影。

接下来，她发现在身右侧的赵强不见了。

翟丁心情有些紧张，三步两步穿出人群，站到一处灯光下，打开了手里的纸团。

纸团上的字写得并不潦草，笔画也算流畅，这显然不是翟铁写的。

纸条上写的是：今晚到廊村大众旅馆 203 找我，铁子。

什么人塞的条子？这个人像条泥鳅似的只在眼前一闪就不见了。她能感觉到是一个身材瘦小的年轻人，穿浅色衣服，长什么模样却没看清。但有一点是肯定的，绝对不是翟铁。

翟丁走了几步停在那里，向四周张望，也许，能在人群中发现翟铁。

看了半天，也没有看见翟铁的影子，但是，她一直相信也许翟铁就在周边，她一切都要小心行事，她向不远处的萧娟偷偷示意，两个人一前一后匆匆向广场边走去。

这时候，有一群下车的人走过身边，一个拖儿带女的家庭走了过来，翟丁利用他们为掩护，把纸团塞给了萧娟。

张春祥从不远处跑了过来，像是来接客人的，见到萧娟就连连招手接过她的兜子。萧娟把纸条塞给他，低声说道："纸条上说让她到廊村去。"原来，萧娟也借着这一家人的掩护把纸条看了。

张春祥点头，也压低声音道："得请示赫局。"

翟丁向前走了几步，站在那里东张西望。

当萧娟和张春祥从身边走过，她大声问道："同志，请问，我要到廊村去在哪儿乘车？"

张春祥道："真巧了，我们也要去廊村，咱们就一路同行吧。"

翟丁连说谢谢，跟着两人向广场外面走去。

张春祥忽然发现："赵强呢？"

萧娟道："刚出检票口，他就不见了。"

张春祥道："他发现什么了，一定是跟下去了。"

翟丁在后面说道："他大概是发现那个塞纸条的人了。"

赵强的确发现了塞给翟丁纸条的那个年轻人，就急忙跟了上去。

广场上人来人往，加上天色已黑，想要跟踪一个人，又不被发现，难度着实不小。加上这个小子走几步就回头，看来也有点反侦查的经验，一般的警察还真难对付。

但是，赵强比他更聪明，离他很近，反正人多，就算他回头，也未必就能发现有人跟踪，两个人就这样脚前脚后走到了广场外面。

到了马路边，赵强急忙停住脚步，转身躲到一根电线杆后面。原来，在马路边停着一辆出租车，车边上站着几个人，一个又高又壮的大个子朝那个人连连招手。

那小子跑了过去，几个人急忙钻进车里，出租车迅速开走。

赵强张望一阵，看着那辆车越走越远，马路上再也没有出租车开过，他只好转身走回广场，去找翟丁和萧娟。

好像短时间再没有火车进站，下车的旅客大都走出了广场，一时间广场倒显得有些空旷，赵强在广场转了一个大圈，也没见到翟丁和萧娟。

周围都是陌生的面孔，也分不清东南西北，刚刚分手不到五分钟，赵强就变成孤家寡人了。

赵强并没有慌张，他大致推想他们的去向。他估计，他们这么快离开广场，一定是赫雷派人把他们接走了，既然能把他们接走，就一定会派人等我或是找我，他的下一步就是站到广场亮处等人发现他。

果然，他在亮处站了不久，张春祥就出现了。

张春祥告诉赵强，赫雷、陶进和翟丁、萧娟都到了前面的旅馆，要他赶快过去。两个人便匆匆离开广场。

这是一家国营旅馆，三层楼房，房间清洁宽敞，又紧邻着火车站，生意当然红火。根据赵副队长的安排，他们把最宽敞的三楼套间倒了出来。

赫雷和赵副队长都看了纸条，几个人正在商量去廊村的办法，赵强和张春祥走了进来。

赵强报告跟踪情况，一共四个人，上了出租车，开走了。其中有一个家伙长得又高又大，坐在前座，后边挤了三个人。

赵副队长问："开往哪个方向？"

赵强摇头，他刚下火车分不清东西南北，只说道："我背靠火车站大楼，站在道边，出租车往右边开走了。"

赵副队长伸出胳膊比了比："向东，可能就是去廊村。"

赫雷问赵副队长："那个大个子，是不是索子说的那个人？"

赵副队长点头："可能。"

陶进问赵强："你记住车牌号了吗？"

赵强忽然一拍脑袋，叫了起来："呀！忘了这码子事儿了。"

赫雷忽然把脸一沉："这叫怎么跟踪的？"

赵强接着做了个鬼脸说道："京 B0386，逗你们玩呢。咱是干啥的？这样大事儿能忘吗？”

赫雷瞪了他一眼：“吓我一跳，都什么时候了？你还有心情开玩笑？”

赵强：“我就是看你们一个个太严肃了，才想让你们轻松轻松。”

赵强的目的并未达到，屋中的气氛没有丝毫缓解。他不得不承认，完全没有取得预期的效果，这是一场幽默未遂。

赵副队长记下了出租车的车牌号，他要想办法让出租车公司尽快找到这辆车，也许，会得知这四个乘车人的更多情况。譬如，他们在哪儿上的车，在哪儿下的车，在车上都说过什么，等等。

如果翟丁要进入廊村大众旅馆203房间，就有一个人身安全问题。现在，除了翟铁，又冒出了好几个人，大个子、送纸条的人，这些都是什么人？一旦翟丁进入那个房间会不会出现什么意外？

赫雷认为，最好能在这几个人赶到廊村之前，我们的人能够进入那家旅馆，并占据有利的位置。

赵副队长点头答应，现在，北京的人是无法做到这一点，出租车可能已经快到通州了，就是飞，也撵不上了。他要马上与廊村公安局联系，请他们派侦查员协助提前住进那家旅店。

大家都认为，这是唯一可行的办法。

赵副队长说着起身走出房间，他要打电话请示分局领导之后，再与廊村公安局联系。

他刚走到门口，一个北京的刑警走进屋中，他告诉赵副队长，在候车室里把臭李子抓了个现行。

“太好了！”赫雷一拍沙发站了起来，他招呼张春祥和另一位刑警跟他一起去审讯臭李子，让陶进、萧娟和赵强配合翟丁，赶往廊村。

赵副队长和赫雷几个人匆匆走出，赵强从旅店服务台那里找到了一张火车时刻表，查了一下，发现三十分钟后有一辆慢车途经廊村站。

陶进要大家马上出发去赶这趟慢车，有什么具体想法，到车上再研究商量。

从旅店赶到火车站就得十多分钟，几个人立即下楼，奔向火车站，终于赶在发车铃响的时候，匆匆登上了火车。

赵强通过跟乘警联络，几个人进了一间空着的软卧包厢。

陶进对下一步行动做了这样的设计。

到站以后，萧娟要和翟丁一起下车，也许有人在站台等候，就说是两人在车上认识的，为了安全才结伴同行。

如果站台没有人接，就直接去大众旅店，两个人要不要一起进入房间，得见机行事。

尽管是一趟慢车，因为路途很近，只用了半个钟头火车就到了廊村站。

实际上，从北京到廊村长途汽车十分方便，乘坐火车并不是最佳选择，列车只停靠不到一分钟，下车的乘客寥寥无几。

翟丁和萧娟与陶进、赵强分别从两个车厢下了车，在站台上并没见到有人来接翟丁，两人就在站外叫了一辆拖着个方棚子的机动三轮车，坐了上去。

机动三轮车刚要开动，萧娟忽然说道："哎呀！我的钱包怎么不见了。"一边说着，提着旅行袋下了车："师傅，你先等等，我到亮处找一找。"说着，走到了路灯下，打开了旅行袋。

翟丁对萧娟这一举动完全没有想到，她怎么会把钱包乱放一气？弄得现在到处乱翻？

其实，萧娟并不是找钱包，她是看到车站再没有第二辆三轮摩托而有所顾虑：假如他们坐的车开走了，那陶进和赵强跟不上怎么办？她是在以找钱包为借口，拖延一点时间，要是有车来，好让陶进、赵强也能坐上车。

萧娟在那里翻了半天，果然看见远处有一辆三轮车开了过来，她大叫一声找到了，便跑上了三轮车。

陶进和赵强上了第二辆三轮车。

两辆三轮车一前一后向城里驶去。

大众旅社位于十字街的街口，是当地一家大型的国营旅馆。一楼是接待的厅堂和对外的餐厅，二楼是住宿的客房。

自从来到廊村，虽然住进了当地最好的一家宾馆，黄德利心里还是惶惶不安。他先是派出绰号叫狼青和别子的两个人去寻找翟铁，以求尽快能够找到严玉森。

接着他又把虎蛋派了出去。

说实在话，打从虎蛋一离开，黄德利就有些后悔，派谁也不该把他派出去。没了虎蛋在身边罩着，他就觉得自己的房间门总是开着。平时，他俩总是住在一个套间里，外间就睡着虎蛋，虎蛋睡着了就打呼，挺响。可就是这呼噜才能让黄德利睡得安稳。

今晚，没有了虎蛋，也就没有了呼噜，这空荡的套间静得让人感到可怕。尽管他晚上不仅把两道门都上锁，还挂上门链，再用椅子顶着。就算是这样严实地关了房门，这一夜他还是睡得极不安稳。

他刚刚睡熟就连做噩梦，不是梦见自己被抓，就是梦见几个已经被枪毙的人，又来到他的跟前。特别是那个郭黑子，满脑袋都是鲜血，还朝他发出阵阵怪笑，那意思明显是在说，你怎么还没死?

他突然惊醒，看了看表，刚好是半夜十二点。

他不由得冒出一身冷汗，半夜子时，正是天地相交，鬼神相遇的时候。可他偏偏梦见了横死的恶鬼，这不能不说是大不吉利。

黄德利非常相信算卦，凡是他算卦，那些能掐会算的先生都说他是一员福将，上天护佑，神鬼难拿。可是，这些日子他越来越感到心虚，方才这一场噩梦，吓得他心惊肉跳，甚至感到危险的逼近。他再也无法安睡，悄悄下了地，套上假腿，蹑手蹑脚地走到窗前，小心地掀开窗帘的一角向外观看。

街上一片寂静，路灯照着空无行人的街道，偶尔还有一两辆电动三轮车发着噪声驶过，看不出有一丝危险逼近的征兆。

他又回到床边，卸下假腿坐下，他不想再睡觉，怕再梦见那些怪模怪样的死鬼，特别是郭黑子的笑脸。

他就这样披着被枯坐着，尽管头昏脑涨，两眼干涩，也不肯倒下。现在，睡觉，对于他来说已经变成一件恐怖的事情。

就在这样迷蒙和混沌的意识中，他忽然想起多年前看到的凄惨一幕。那是一个妇女，在火车上发觉藏在怀中的五十多元钱被偷了，不顾一切地大声哭号，想要跳车寻死，那声音让人听了十分胆寒。

他知道那钱是被“奔娄头”偷去的，事后，他问“奔娄头”：“你听见那女的哭得多惨？那是给他女儿治病救命的钱。”

“奔娄头”说：“她惨？咱们坐大牢，下大狱，一待就是好几年，惨不惨？谁同情咱们了？”

黄德利点头，说的也是，他们个个都是几进几出，早就变成黑了良心，铁了心的惯盗惯窃，它们仇恨这个社会，仇恨一切兜里揣着钱的人，他们就是要偷他们，抢他们，直到把他们弄得倾家荡产，才解心头之恨。

自己虽然还没进去过，也得做好准备，他必须多偷，偷更多的钱，不但进去待几年，家里人有吃有喝，就算是老了，不能动弹了，钱也花不完才行。

他几次听人家说，南方，特别是广州，家家都从国外往家汇钱，有钱的人多了去了，不拿白不拿。

他打算只要躲过这场“严打”，就带人南下去广州，到那里再偷他个钵满盆满，才能更显这全国掏窃一把高手的本事。想到前面还有更大的财路在等待自己，黄德利心里略觉舒服不少，困倦再一次向他袭来，他倒到床上，蒙上被子，睡了过去。

第二天，一整天依然没有虎蛋的消息，黄德利更感到焦虑不安。天黑后不久，那个能联络公安局内鬼的旅店副经理二奔来上夜班。

就在二奔刚接班不久，有一个人匆忙走进宾馆找到他，两个人悄悄说了几句话，那个人就急忙离开，二奔急忙上楼找到了黄德利，告诉他一个十万火急的紧要消息：北京公安局打电话，要当地公安局刑警队马上派人来监视旅馆。

黄德利心中一惊，要是说北京市公安局盯上了这家旅馆，那就意味着，他派出的那两个人可能已经被捕了，他马上就意识到这就是大难将至，他必须尽快逃离此地。虎蛋还没有回来，究竟虎蛋是否被捕，命运如何，已经无法顾及，他把隔壁两个马仔喊过来，帮他提着手提箱下了楼。

宾馆门前常常停着揽客的出租车，他走出楼门，果然见到一辆出租车停在那里，他把出租车喊到近前。

出租车来到门前停下，黄德利要拉门上车，却见又一辆出租车疾驶到门前。车一停，前车门一开，却见虎蛋下了车。

黄德利喜出望外，他认为这一定又是天神护佑的结果，在紧急关头虎蛋及时赶回来，他又看了看那辆车的后座，不仅坐着他派出的狼青和别子，两人中间还坐着翟铁。

他顾不上多说，便对虎蛋道："都上车，马上都去天津，那儿有两桩生意要签合同，得贪黑儿过去。"

就在他着急离开的时候，从北京开来的那辆出租车的司机却下了车，把那个司机也喊下车来，两个人在一起嘀咕着什么。

不光是后车司机下车了，狼青和背着双肩包的翟铁也下了车。

黄德利不由得一愣，翟铁怎么来了？

狼青跑到黄德利车前，趴在车窗边跟他说了几句什么。

说完，狼青跑回车前，招呼着翟铁下车，走进了旅馆，紧接着黄德利也下了车，把虎蛋也叫下了车，一起走回旅馆。

两个司机商量完了，走到车前，看见车中只坐了几个年轻人，只好站在车外等着。

从北京来的出租车里下去了三个人，只剩别子一个人抽着烟坐在后座，直到把烟抽完，几个人才匆匆走出旅馆。

黄德利上了前车，虎蛋和狼青上了后车。

前车司机上了车，对黄德利说道："老板，去天津黑灯瞎火的，回来还是空车，您得给一个车一百块钱，得先给钱。"

黄德利一时火往上涌，他知道司机这是明敲他的竹杠，但是，逃命要紧，他只能连声答应："一共二百块钱，我来付，先给。"说着，他从手提箱里拿出了两沓十元票，递了过去。

原来，这个从北京来的司机开车不久，就从车上几个人的闲谈中听出了端倪。原来，他拉了一车贼。他仗着路熟，一路加大油门来到了廊村。收了车费，却见又有人叫了另一辆车，而且他们还都是一伙的，看到黄德利着急的样子，他便明白了八九分，就跟那个司机一合计，两个人就来了个“趁火打劫”。

本地这位司机胆子有点小，他怕半路出什么事儿。北京的司机告诉他，没关系，两辆车前后照应，谅他们也不敢。

一百块钱，十张十元大票，那得拉几天活才能挣出来？要论实际价格，黄德利更得上火，规定是不管上哪儿，只要上车，哪怕是跑遍全廊村也只收五块钱。好家伙，这回一趟天津，就挣一百块钱！大概，只有钱才能让胆小的人也壮起胆子，当地的司机收了钱，数了一遍，揣进衣兜中，挂挡加油，头前带路，就开了出去。

北京来的车紧紧跟随，两辆车连夜上路，直奔天津。

等到陶进、翟丁等人坐着两辆机动三轮车来到大众旅馆的时候，廊村公安局刑警队的人早已经等在这里。其结果可想而知，两路人马双双扑空。

四十

报应

臭李子这几天点儿有点背。

因为这几天京城的“严打”气势很猛，又有一批人被押往刑场执行枪决。判处之重，超乎想象，让许多有腥味的人为之胆战心惊。

臭李子不敢再到火车站去“干活”，就跟几个人在一个背静地方玩“二十一点”。开始，手气还不错，赢了几十块钱。可是接着玩下去他就连走“背字儿”。赢的几十块钱很快输进去不说，连兜里的本钱也掏了出去，最后，不光是老本输个精光，还倒欠了三十多块钱。

赌场没朋友。

平时在火车站一块相互掩护“干活”的哥儿们，在赌场上一点也不客气，这里的规矩是，下次再玩之前，必须还钱，要是不还，就别再跟哥们儿混。

臭李子并不感到沮丧，他这个人有点自我托大，在火车站干活，他总是快进快出，得把就走，轻易不会“掉脚”。凭这几年在车站打夜班的经验来看，就车站那些“雷子”（北京黑道对警察的蔑称）他还真没放在眼里，他在车站干了半年多的“钳工活”，虽然也有几次惊险，迄今依然安全无恙，就是最好的证明。

尽管有这般的自信，毕竟赶上了“严打”，谁也不愿往枪口上撞。可是，欠下的赌债靠什么还？臭李子万般无奈，也只能在天黑的时候，壮着胆子来到了火车站。

因为好几天没来，不知道车站公开的和秘密的警察有什么变化，他从无轨电车下来没敢贸然行事，也不像以往那样，先到广场边索子的茶摊喝上一碗茶，再去寻找机会下手。而是一直在广场溜边儿，两眼东瞧西望，就是想看看哪是警察没有照顾到的死角。

你别看平时臭李子屡屡得手，那是车站的反扒刑警没把他放在眼里。今个可大有不同，每个刑警都得到赵副队长的指令，谁见到臭李子，立即捉拿！当然最好是拿现行。

臭李子刚在广场边转了半圈，远远就看见一批旅客熙熙攘攘地涌出了检票口，他不用问就知道，这是从上海来的客车到站了。这些旅客来自大城市，兜里“兰头”（钱）都挺“海”（多），这个当口，一向是他们下手的好时机。

他向四周看了看，没发现什么异样，只是在远处有两个铁路警察在候车室附近巡逻。也许是连续“严打”把警察都给累着了，连走路都是懒洋洋的。这样例行巡逻对臭李子没有任何威胁，他疾步来到检票出站口的大门前，像接客人似的，迎面站到出站的人流中，找寻下手的机会。

为了防止无票乘车，损害国家收益，北京站出站口检票是出了名的严格。不光是没票的人难以混出去，就连半大孩子没买半票，也会被查出来，到旁边去补票。每个出站的旅客，都得把一寸大小长方形的硬卡片举在手上，让检票员在上面撕一个小口子，才能出站。

上海到北京的票价接近三十块钱，每个要报销的人，都会小心保管那张硬卡片。刚好，一个中年人刚走出检票口，就站在人群中从怀里掏出钱夹装车票，装好车票，合上钱夹，也许是由于匆忙，他顺手把钱夹揣到外衣兜中，而这个人恰恰就站在臭李子面前。

机会，就这样来了。

这样的机会不是常遇到的，必须及时下手。就在那个人从他身边走过的一瞬间，臭李子把两个手指伸到那个人的外兜里，顺势把钱夹掏了出来。

钱包很鼓，估计里边有一百多块钱。

一旦得手就要急速离开，这是臭李子的习惯，就在他急忙把钱包装进怀中，回头转身的一刹那，一只大手突然拉住了他。臭李子心头一凛，知道大势不好，忙用力想要甩开这只大手，哪知，一副锃亮的手铐一闪，他的两手就被牢牢地铸在了一起。

臭李子浑身一阵冰凉，他最害怕的事情发生了。接着，有人薅住他的脖领，把他从人群中拖了出来。

接站的人群一阵骚动，继而便归于平静，也许大家都已司空见惯，谁也没有为臭李子的命运骤变表示一丝惊讶。

臭李子被两个便衣刑警押送到了车站派出所。

那个被偷的旅客也被找到，赵副队长吩咐一位刑警录取他的证言，记录他讲述的被偷经过。

有人从臭李子的怀中掏出了钱包，当着他的面一清点，里面有八十多块钱，二十多斤全国粮票。

臭李子估计，就这个钱数，按照平时，判他三年有期徒刑是绰绰有余。现在是“严打”期间，他会被判多少年，心里一点底都没有。

心里没底，前途难料，是最让人感到可怕的。臭李子感到心头一阵阵发冷，浑身起了一层鸡皮疙瘩。

一直在旅店等待消息的赫雷听说抓到了臭李子，不由得喜出望外，他带着张春祥急忙赶了过来。

原本赫雷要等廊村那边的消息，可是，那边的消息迟迟不到，让他添了几分担心。他到现在也没弄明白，翟铁怎么会让翟丁去廊村？到了那边，又会发生什么？陶进和翟丁从傍晚出发已经走了大半夜，那边到底怎样了？这不能不让赫雷心里添堵。

抓到了臭李子，可能更多地了解翟铁在北京的活动情况，从而可以找到翟铁的接触关系。譬如，他是和小玉一块逃跑的，为什么一直没有发现小玉的线索？当然，他心里还有些期望，譬如说，他到底在这儿等谁？这个“谁”字，就让他产生过不少联想。

会是那个严玉森吗？

看到赵副队长与赫雷和张春祥一起走进，负责审讯的民警把被掏的人和对臭李子审讯的两份笔录，交给了赵副队长。

赵副队长拿过笔录看了看，又交给了赫雷。

看过笔录，赫雷知道臭李子是在出站口被抓了现行，他对掏窃的犯罪过程已经一一供认。

蹲在墙角的臭李子，看上去只有二十四五岁，神情沮丧地蹲缩在那里。赫雷估计他的贼龄至少也得有六七年，这中间还可能有两三年的教养或是判刑。

他被允许抽烟，因为双手戴着手铐，只好捧着两手，一口接一口地抽着。可见，他的心情已经十分慌乱。大概，他已经料得到"严打"期间被抓现行的后果，不光是神情沮丧，也许是因为恐惧，身子微微有些发抖。

"掐了。"赵副队长向臭李子发令。

臭李子忙把烟熄灭，把剩下的烟蒂装进兜里，连忙站了起来。

赵副队长道："这些日子我就想拿你个现行，今天你送上门来了。不过，你时运不错，进'局子'（拘留）之前还有个立功的机会，愿不愿意争取，那就得看你的态度了。"

臭李子弓腰点头，连说"我愿意，愿意"。

赵副队长朝赫雷摆了下头："这是东北来的公安领导，问你什么要据实回答，听见没有？"

臭李子继续弓腰点头："一定，一定。"

赵副队长站起，朝赫雷点了下头："你们谈，我去办点事儿。"

赫雷点点头。

赵副队长走了出去，臭李子两眼直勾勾地望着赫雷，他不知道这位东北来的领导会问他什么，他希望能得到一个机会，让他逃脱这次厄运的打击。

赫雷第一句问话就让他失望。

赫雷问他，为什么今晚要到火车站来？

他只能回答："不为什么，妈的，没钱了，想找两个钱花花。"

赫雷问他为什么不找个工作，偏要干这犯法的勾当。

臭李子说因为被劳动教养过，他想找工作，妈的，没人要。

一问一答，看似闲谈，实为摸底。通过这几句话，赫雷大致了解了臭李子的性格。他是属于那种平时胆子挺大，遇到事情就哆嗦的色厉内荏胆小鬼。看得出，他现在已经被吓破了胆，跟他不必太费口舌。

掌握这一点很重要，这将决定赫雷采取什么策略对他进攻。

至于听他说话，总是带着“妈的”俩字，那是老北京人的口头语，可以忽略不计。

赫雷向张春祥歪了下头，张春祥从贴身的笔记本中拿出了翟铁的照片问道：“认识这个人吗？”

臭李子往前凑了凑，看了照片一眼，便点头道：“认识，他叫铁子，是打哈尔滨来的。”

赫雷问：“他在车站作过案吗？”

臭李子点头：“作过，有一回教我们‘下皮子’（掏钱包），他让我们看着。妈的，干得确实麻溜。”

“有个女的跟着他？”

臭李子摇头：“没见过。”

赫雷想了想，觉得翟铁在北京火车站附近住的时间不短，一定还有其他目的。要是就为了掏窃，他不会选择这里。他也不会不知道，北京火车站的反扒力量一向很强。

“他除了下过皮子还干过什么？”张春祥问道。

臭李子道：“他一般不出旅店，妈的，挺小心。我们看得出他是个大手儿，就冲他不大敢出门，肯定是个有案潜逃的，他说他在这里是等他师傅。他俩有个约定，在北京站，不见不散。”

听到“师傅”两个字，赫雷心里咯噔一沉，但脸上毫无反应，只是顺便说了句：“这么大的手儿，还要什么师傅？”

臭李子点头：“是啊，我们也说，妈的，您就是高手，就是师傅。”

赫雷问道：“他怎么说？”

“他说，我的师傅那是哈尔滨‘绺行’的开山师祖，那才叫神通广大。想拿什么，那是伸手就来。”臭李子还带着钦佩的口气道。

赫雷问："他师傅来了吗？"

臭李子点头："来了，妈的。"

张春祥有点着急，忙问道："你见过吗？"

臭李子点头："见过。"

"长什么样？"

"妈的，是个老头儿，瘦得像麻秆，一脸褶子，病了。"

可想而知这几句话会在赫雷和张春祥心底掀起多大的风浪，但是，两个人尽管心跳像打鼓，可都强按激动稳坐在那里。

张春祥从公文袋中掏着严玉森的画像，不由自主他的两手都有些发抖，他把画像拿出来问："是他吗？"

臭李子看了看道："妈的，有点像。"看了一阵，他下了定论："是他！妈的，就是他。"

张春祥拿着画像，迫不及待地还要追问下去，赫雷示意打断了他的话，他依然用平稳的口气："说一说你见到他的情况。"

这就是张春祥与赫雷的差别，赫雷想要不动声色地问情况，可是，张春祥想要继续追问的着急样子，还是让臭李子看出了端倪，原来，他们着急想知道这个老头子的情况。

臭李子伸出舌头舔了舔嘴唇道："我想喝口水。"他知道，这是他提出要求的最佳时机。

赫雷示意张春祥给他倒一碗水。

臭李子喝着水，又问道："抽支烟行吗？"

赫雷点头。

张春祥要把从他身上搜出的大半盒烟和火柴扔给他，赫雷又制止了道："别给他，他还有半根，在上衣兜里。"

臭李子一愣，他自己倒是忘了，赵副队长跟他说话的时候，他掐了烟，还剩下半截烟，装到上衣兜里。

臭李子佩服地看了赫雷一眼，从兜中掏出了那半截烟。点着了，吸了几口说道："那天，妈的，他是打从东北车上下来的，走到我们跟前看来是犯病了，手捂着心口，要摔倒的样子，我们就把他扶上一辆出租车，让他去医院，六毛儿趁机下了他的'皮子'。妈的，车刚走，铁子就着急忙慌地跑来了，说那就是他师傅。"臭李子手里的烟抽到根儿了，张春祥又扔给他一根。

臭李子拿烟屁股点燃了烟，又深吸了一口道："车开远了，喊也听不见，跟前也没有车，没法追，妈的，铁子急得直跺脚。"

赫雷点头。

臭李子接着说道："铁子看见六毛儿正在那'洗皮子'，知道是掏他师傅的，妈的，一把就夺了去。还说要不是他师傅有病，小心你的手指头。我们一听都吓够呛。接着，铁子就让我们挨家医院去找。"

赫雷问："找到了吗？"

臭李子道："铁子自己不敢出头找，他让我们帮他找。我们就管他要车钱和饭钱，他每天给我们五块钱。"

"找到了吗？"

"我们几个一合计，妈的，就算找到了也不能告诉他。六毛儿下了他的'皮子'，妈的，老头要是一急眼，还不得收拾我们。再说，要是找到了，妈的，他还能老给哥们儿钱吗？"

张春祥忍不住还是插嘴问道："你们知道他去了哪个医院吗？"

臭李子点了点头："知道，妈的，就在前面的区医院。"他又追加了一句："知道也不告诉他。"

赫雷问道："你知道他是什么病吗？"

臭李子道："心脏病，好悬死了。"

赫雷问道："他现在还住院吗？"说着，他看了张春祥一眼。

臭李子摇头："那谁知道？反正头几天他是在那儿，也许早就死了呢。"

张春祥明白赫雷的意思，听完了这一句，匆匆走了出去。

片刻，张春祥领着赵副队长走了进来。

赫雷道："他已经讲了。"

臭李子不明白，这就讲完了，他问道："我这能算是立功吗？"

赵副队长没回答他，望着赫雷。

赫雷道："你算是立了一功。我姓赫，是哈尔滨道里分局的副局长，你到法庭可以说，我认为你有立功表现，你也可以让他们找我，我给你出证言。"

臭李子一听，敢情这一位是个官儿，真是求之不得，心里一急，便扑通一声跪倒在地上。连连说道："您可是个大官儿，说话可得算话。妈的，人都说贵人多忘事儿，您可千万别忘了。"

刚好，火车站派出所的民警进来要带走他，赫雷大声说道："我忘不了。"

臭李子被带走了，赫雷忙问："区医院在什么地方？"

赵副队长问："离这儿不远，还能在那儿吗？"

赫雷道："头几天是在那儿。"

赵副队长道："赶紧去，就在建国门一拐弯儿那儿。"说着，他领着赫雷和张春祥急忙走出。

出门，上了赵副队长的侉子，直奔区医院。

据说，后来在法庭上臭李子果然说出了这件事情，法庭没找赫雷，直接找了赵副队长。赵副队长根据赫雷的说法，给法庭写了一份证明臭李子立功的证言。根据这份证言，法庭判了他有期徒刑三年半。

廊村公安局的同志和陶进等人来到旅店，都后悔来晚了一步。

听说人早已经乘坐两辆出租车离开廊村，现在，唯一能做的工作，就是对住在这里的几位客人进行一番调查。他们找来服务员查看店簿，发现对这几个人都没有任何登记。

首先是廊村公安局的同志大发雷霆："太不像话，住了这么多人竟然都不登记，这样的旅馆简直就是无法无天！"

副经理沉着应答："我们买不到店簿，没法登记。"

这算什么理由？两位公安大为光火："廊村没有，北京天津也没有吗？"

副经理回答道："治安科说，店簿只能买他们的，买别人的不行。"

现在，不少机关和科室单位都在搞创收，办法是五花八门。因为旅店是由治安科管理，他们控制店簿买卖，就是创收的办法之一。

质问的人哑了火。

赵强偷偷向陶进暗示：这家旅店肯定有毛病！接着，手指着楼上问道："楼上查过了吗？"

一个廊村公安道："来了就查过，什么都没留下。"

对于住在旅店的人这样匆忙溜走，陶进感到意外和可疑。但是，他还有更大的怀疑，他怀疑廊村公安内部有人给旅店通风报信。

旅店大堂里灯光昏暗，只在顶棚点着一支度数不大的管灯，照得人们脸庞都发着青绿色。翟丁看在眼里，心里感到一阵阵的慌乱，她忽然觉得浑身有些发冷，不由得后退了几步，坐到墙边一个破旧的沙发上。

就在当地公安人员训斥旅店经理的时候，翟丁把目光投到大堂另一侧的楼梯上。那里是个黑暗的角落，木制的楼梯直通二楼。

她忽然觉得身上陡然一凛，似乎听到一个飘忽、纤细的声音——姐姐！我想你……

这声音好像很远，只有翟铁才会这样喊她。

翟丁惊出一身冷汗！

她急忙观看四周，几个人还在那边说着什么，一切毫无变化，她不能不认为，这只是一种幻觉。

简直是匪夷所思。本来，以为来到北京就可以找到翟铁，找到翟铁就可以大功告成的事情，却出现了这样多的波折。现在，她按着新的约定找到了这里，他又不在。这不能不让翟丁心中产生急躁和万分不安。她想不出还有什么办法，能在像北京、天津那样大城市中找到弟弟。

产生这样的幻觉也是必然的，她太担心弟弟的安危了。

也许她应当冷静下来，再冷静些，因为有陶进和她在一起。

姐姐！我想你……

又是一声，这次的呼喊显得更细，更遥远。

也许，幻觉也有改变人体行动的力量，她把目光再次投向那个黑暗的木制楼梯，也许，呼喊姐姐的声音就是从那边传过来的。

缓缓地站起身来，一步步朝黑暗中的木质楼梯走去，她刚刚迈出几步，有人来拉她的手。

陶进与赵强轻声商量几句，便向廊村的两位同志说："感谢你们的协助。我们决定返回北京，听领导下一步的指示。"

萧娟过去拉着翟丁一起走了出去，翟丁神情恍惚地跟着她，直到被风一吹，才意识到，她已经走出了那家旅店的大门。

两辆机动三轮还没走远，他们又被喊了回来，四个人与廊村的警察告别，就上了三轮车返回火车站。

在路上，陶进向车夫打听开汽车去天津的道路。

车夫告诉他，去天津的国道离车站很近，在铁路道口还有栏杆，二十四小时有人看管。

陶进又问，在哪里可以买到手电筒。

车夫说在火车站对面就有一家昼夜商店，那里可能有。

几个人在火车站前下了车，付了车费。正赶上一列从北京开出的列车到站，三轮车拉着客人离开火车站。陶进把大家召集到一起，说了他的下步计划。

陶进说，我们来到廊村扑空，其中必有原因。北京来的出租车也改变计划，去了天津，这显然很不正常。

坐在三轮车上一阵颠簸，翟丁的心绪又回到了现实。她想起，方才，她一直跟着下车奔了旅店，可又莫名其妙地折了回来，不由得问道："到底是出了什么问题？"

陶进叹了口气："我们扑空了。我担心，是我们内部出了问题。"

赵强："廊村。"

萧娟问道："翟姐，你是不是要上楼去？"

翟丁摇头："我不知道，我心里很乱。"

陶进点头："我们到了这里，就得听人家的。现在不去管它。我们要研究这几个事情。第一，我们怎么才能弄清，两辆车都坐的什么人。这是最主要的。第二，他们今天去了天津的什么地方。”

赵强认为，逃走的人有可能就是黄瘸子一伙人。住旅店，坐出租车跑长途，谁有这样阔气？

几个人都同意点头。

翟丁急于想要知道，这些人究竟去了哪里。因为对弟弟的担心，让她有点支撑不住了。

陶进道：“我们要从这两辆出租车上想办法。”

怎么想？用什么办法？这是大家最急于要知道的。

陶进说：“这两辆出租车肯定要返回，我们就在铁道口拦住他们。”他晃了晃手中的手电筒，要大家马上到铁道口的那个值班房去。

大家一致赞同，这是一个好办法。

道口值班房里只有一个值班员，年近五十，姓刘。他看过了陶进、赵强和萧娟三个人的警察工作证，相信了他们的警察身份。

接着，听说他们要拦两辆出租车，就连连摇头。上级有明确规定，不是火车通过，不准放下栏杆。再说，不知出租车什么时候经过，这里路过的汽车很多，你怎么拦？

陶进自有办法，他告诉老刘，火车通过该放栏杆就放栏杆一点也不影响。其他时间该放行其他车辆一律放行，只拦那两辆出租车。

老刘说那不可能，周围那么黑，两辆车一前一后有的是，你总不能凡是两辆车都拦吧？再说，等到你看清了，车就过去了，你拦谁啊？

陶进说，拿上手电筒，走到一百米开外，站到路边，等见到那两辆出租车开过来，就发信号，这边就下杆，准来得及。

大家这才明白，陶进为什么要买手电筒。

老刘说，亏你想得出，只有这样才行。

不用陶进吩咐，赵强便拿着手电筒向远处走去。他知道在这个时候，他应当做什么。

看着赵强隐没在黑暗中，陶进让萧娟领着翟丁到附近找个旅店休息。翟丁坚决不肯，她一定要第一时间听到弟弟的消息。

赵强走到百米开外，用手电筒向这边晃了晃，陶进朝他扬了扬手，表示他可以看到。

老刘和陶进都站到道口岗亭的外面，好让萧娟和翟丁在里边休息。

萧娟和翟丁两个人挤坐在唯一的椅子上，萧娟靠在一边打盹，翟丁毫无睡意，她两眼一直盯着亭外。

道口有一盏高挂的路灯，拦截过往车辆的漆着红白颜色的栏杆直立在路边，远处是漆黑一片，时而有车灯照射过来，接着是载货大车隆隆驶过。看来，深夜时候，极少有小轿车上路。

原本以为到了北京就能找到翟铁，找到翟铁，就能拿到金佛，拿到金佛就能返回哈尔滨。现在才知道，那时她想的该有多么天真。

从北京到廊村，翟丁的心就一直悬着。到了廊村再次扑空，给了她沉重打击。她还没有遭受过这样从满怀希望到连连扑空的折腾。她忽然想起在旅馆里有人呼唤“姐姐，我想你”的声音，那是铁子吗？怎么那么纤细，微弱？

她的头开始剧烈的疼痛，太阳穴的青筋嘣嘣乱跳，这显然是血压升高的标志。但她一直尽力掩饰心中的焦灼与不安，以免大家为她担心。

萧娟似乎察觉到了翟丁的心情变化，她不时挽一下她的手，为的是给她些许安慰。也许，只有想到是与三个刑警在一起，翟丁的心才略感宽慰。

从哈尔滨到北京，又从北京赶到了廊村，这是翟丁与陶进近距离接触最长的一次。一路上，翟丁不由自主地在用一个女人的细心观察着陶进。她发现陶进说话不多，偶尔说出的每句话，用词都非常简练、准确。这大概是他当刑警养成的习惯，譬如他跟赵强，就很少用语言表达什么，两个人似乎用眼神和手势就能相互沟通。

特别是从北京赶到廊村，陶进发现人已经乘坐出租车出走，尽管他已经想到有人通风报信，却丝毫没有看出他心情慌乱。

他用平静的神态和当地的警察交谈，说是要回到车站赶回北京向领导汇报。当时，听到这些话，翟丁的心里已经彻底失望，也许再也难以找到弟弟。可是，现在他却安排大家在这里堵截返回的出租车，亏得他想出这样的办法，也许，这就是查找翟铁等人去向的唯一办法。

这大概就是刑警的智慧吧。

陶进和老刘挨坐在岗亭的水泥基座上，两眼看着天津方向。

夜已渐深，车辆越来越少，连扑向那盏灯的昆虫也越来越少。有时候十几分钟、半个小时也来不了一辆车，浓密的黑暗中一片寂静，听得见远近的蟋蟀和一些昆虫的叫声。

夏末秋初的深夜，要在哈尔滨，那应当是秋风生凉的时候。可是在北京依然是潮湿闷热，尽管这个道口地处郊外，还是让陶进等几个来自东北的男女不停地出汗。萧娟身子发虚，从一下火车就汗流浃背，身上的衬衣已经湿透。她说，本该出好几年的汗，这两天都出来了。

赵强一个人蹲在百米开外的黑暗中，更是寂寞难耐，陶进怕他睡着了，想要朝他扔块石头，等他刚站起身，赵强那边的手电连连晃动，原来，他看到了远处拐弯的地方开来了两辆轿车。

老刘急忙站起连声说道："准是他们，这时候没有别的轿车。"说着，他搬动杆头的一块压铁，放下了栏杆。

栏杆中央，还有一个发亮的红灯，离老远就能看见。

接着，两辆轿车的车灯照了过来，老刘还拿出了信号旗站到了栏杆前面，连连晃着。

两辆车一前一后开到了栏杆前，一起停了下来。

果真是两辆出租车。

陶进走到第一辆北京出租车前看了看车牌号，京 B00386。

赵强也跑了过来，看了看车牌号道："就是这辆车。"

陶进向他们出示了警察工作证，让他们把车开到了路边。

车停到路边，老刘又把栏杆搬了起来。

两个司机先后下了车，陶进告诉他们说："你们拉的两车人，都是我们要抓的坏人，但你们只要告诉我们，他们在哪里下的车，在车上都说了些什么，就跟你们没有任何关系。听懂了吗？”

两个司机诺诺应承，他们意识到了拉的两车都是坏人，甚至还趁机敲了他们一杠子。可没想到，半道上杀出了程咬金。

北京的出租司机姓孟，廊村的司机姓颜，两个人等乘车人都下了车，才找了个小饭店吃饭。两人一报姓名，敢情碰上了孔、孟、颜、曾，是一家。两个人又喝了几两酒，论起了哥们儿。

廊村的老颜年长两岁，是哥，北京的司机是弟。老颜原本打算让老孟赶回廊村在家住一宿，明个早晨再揽个去北京的活儿，来回挣钱，这就全齐。

可还未等到家，就让警察给拦住了，他明白了眼前的事理，便抢先说道：“这趟活儿，我们哥俩多挣了两个，可这一路，越听他们说话，心里越是扑腾，我也听出了他们不是好人，就想尽快把他们送到地方……可是……可是。”不知为什么，他突然吞吐起来。

赵强瞟见那个北京的司机连连向廊村的司机使着眼色，便问道：“你们到底把他们送到了什么地方？”

北京的司机抢先说道：“一进天津，走了不远到了海河桥，他们就要下车，黑灯瞎火的，我还真没看清那是什么地方。”

赵强向陶进干咳了一声，陶进会意地点头，他也看出了这两个司机之间的区别，回身看了看，见翟丁和萧娟就站在身后，便说道：“赵强，你们三个上前车，我坐后边车，回北京。”

赵强和翟丁、萧娟要上车，北京的司机连忙拦到车门前，大声说道：“哎哎，警察同志，咱们得先说好了，我回北京是空驶，没关系。人家廊村的司机上北京，可亏大了呀！”

赵强道：“你按车上的里程表收钱，我们都坐过出租车，一分都不少给。”他曾坐过一次出租车，可他说“我们都坐过出租车”，就是在吹牛。

至少，陶进就没坐过，翟丁只是去外地时坐过一两次，萧娟更不用说，一个内勤每天都是从家里到单位，再从单位回到家里，更没坐过出租车。

赵强不但坐过出租车，还知道他们都是按照车上的仪表盘里的里程表计算价格。说着，第一个坐进了车前座，接着，翟丁和萧娟也坐了进去。

陶进朝着站在岗亭外的老刘招了招手，说了声谢谢，便坐到了后车副驾驶的位置，老刘摇了摇手里的旗帜，算是还礼。

廊村的司机老颜叹了口气，无奈地打着了火，挂上挡，跟着前车向北京方向驶去。

想不到，打了一辈子雁，临老临老，还能让雁啄了眼。

严玉森清醒过来，最懊恼的就是这件事情。一想到钱夹被偷，他就觉得心头发紧，监视仪表上的心跳就高达一百多下。医生一看，就得立马抢救，严玉森入院的头三天，就被抢救过五六次，一步也没离开过重症监护室。

也许，这三天的药物足以抵得住他的心痛，到了第四天，他的心跳已经平稳，便被转到两人住的普通病房。

经过几天的折腾，严玉森也多少想开了些。尽管丢了寄存凭证，他还是抱有一线希望，要到火车站寄存处去问一问，他存的行李箱是否还在。

他不能求医护人员帮忙，甚至不能让同病房的人知道。他就在第五天觉得身体稍有好转的时候，趁着吃完午饭，医护人员都休息的时候，穿了外衣溜出医院，打了一辆出租车，来到了火车站。

找到了那个小件物品寄存处，赶巧还是那个收包的人当班。严玉森一说当时存包的情况，他马上想起来了，取走了，拿牌的是你的一个亲戚，说你病了，是你让他来取的。

严玉森急忙追问他的亲戚长什么样。

保管员问：铁牌不是你给的他吗？

严玉森摇头说，他住院的时候，好几个亲戚的孩子去看他，是趁他有病给偷走的。

保管员对严玉森产生了同情心，便仔细回想，想了一阵告诉他：大个儿，长得挺精神，头发有点自来卷。

严玉森想了想，莫不是被翟铁拿走了？但愿是他。

火车站的人还是熙熙攘攘，但是，以严玉森的眼光，他明显地看出气氛不同。

不光是到处贴着有关“严打”的标语，连巡逻警察的眼神都变得凌厉起来，他知道，这里不是他久站之地，他必须尽快离开这个地方。

到哪里最安全？

旅店、宾馆一定要反复清查，当然还是躲在医院的病房里最安全。

尽管丢了钱夹，他身上还揣着好几百块钱，打针、吃药连床费，也用不了几个钱，这些钱足够他住到消停时候。

想到这里，他又打了一辆出租车，回到了医院。

回到病房，医生护士还没上班，同屋的病友午睡还没醒，他躺到病床上，便默默叨念：天神保佑，别让别人拿走金佛。

虽说可能是翟铁拿走了行李箱，严玉森还是感到金佛去向渺茫，不由得心头又是一阵难过。下午护士查房，发现他心跳又有些过速，不得不再来一番急救，到了晚上总算是转危为安。

看来，严玉森在这医院里，且得住上一阵子。

过去说人算不如天算。

这回得说：罪犯算，不如警察算。

这天晚上，严玉森吃过晚饭，正与同室病友闲聊，一位护士带着一位穿白大褂的医生来找他，说要带他到三楼做一项检查。

严玉森下了床，趿拉着鞋，跟着护士走了。

接着又来了两个护士，要同房间的病友搬到别的病房去。

病人搬走了，屋中一时无人，赫雷和赵副队长，还有一位北京分局的痕迹检验员一同走进了病房。

关严了房门，痕迹检验员对严玉森的床头柜、床上、床下，一一进行了仔细搜查。

在床头柜的抽匣深处，找到了一个缠着胶布的救心丸小葫芦。

检验员戴着手套打开了小葫芦的瓶塞，发现里面已经空了，倒了几下也没有药掉出来。这是个空瓶，他还留着干什么？

赫雷拿过来看了看，胶布缠在葫芦底部，他晃了晃，里面发出声响。

赫雷把葫芦药瓶又交给检验员。

检验员小心地揭开胶布，发现葫芦药瓶的底部有一个小洞。

几个人几乎同时轻声惊叫起来：夹层！

孔洞里有几粒浅黄色半透明的小药丸。

赫雷明白了，他要检验员立即化验这几粒药丸。

检验员说，这个医院就有这样的化验设备，过去，他们就有过合作。

几个人走出病房，一起来到了医院的化验室。

化验的结果很快得出，这几粒浅黄色的小药丸含有毒性极强的眼镜蛇毒。

一粒，足可让十几个人丧命。

在楼上，严玉森在等待拍一张胸透的片子。开始是机器不好使唤，等机器好用了拍的片子又不理想，折腾了足有二十分钟，也没有完全成功。那个穿白大褂的男医生，始终帮着忙活，一直不离严玉森的左右。

还别说，张春祥穿上白大褂，样子、说话和动作也是斯斯文文，倒也挺像一个医生。他的任务是死死看住严玉森，绝对不能出任何意外情况。

严玉森对此毫无察觉，来了个不认识的医生，也未曾引起他任何想法。因为这个医院有不少外地省、市来进修的医生，东北人也不少。

负责拍片的医生说，今晚拍不好没关系，你不是在这住院吗？明天早晨再来拍。严玉森只能点头答应，张春祥又搀扶着他回到病房。

其实，说要给他拍片子，就是把他从病房调出去，以便开展搜查，所以那台机器里根本没装片子。

严玉森回到病房门口一看，即刻呆在那里，病房怎么变样了？

房间里只剩下一张病床，且横到了墙边，床头边摆放着两台极为复杂的医疗器械，他认得，一台是他用过的呼吸机，一台是心脏起搏器，两个戴着口罩的医生坐在一旁。

在床的对面摆了一张办公桌和三把椅子。

桌子上摆着纸张和笔。

更重要的是这病房里的主角已经不是医生，连搀他进来的那个人也脱了白大褂，虎视眈眈地站在他的身旁，另三个人也都面容严峻地看着他，从这几个人凌厉的眼神中，他看到了恶狠狠的杀气，严玉森不由得倒吸了一口凉气。这不是警察找上门来了吗?

脱了白大褂的那个人，指了指床边，示意他坐到床上。

严玉森顺从地坐了过去。

坐在最外侧椅子上的人做了自我介绍:“我姓赵，北京市公安局的。但是，要找你的不是我们，是他们，哈尔滨公安局的人。”

严玉森缓缓地点了下头，他心里已经明白了。他转头望着坐在中间的那位中年人。

中年人自我介绍:“我是哈尔滨道里公安分局的，我叫赫雷。”

“赫雷”这两个字，好像有一股撞击的力量，严玉森忽觉心中一堵，身子不由自主地歪了歪，身边的张春祥急忙抓住了他。

赫雷道:“你有病，而且很重，所以我们要在医院的病房里和你谈话。你可以坐着说，也可以躺着说，有什么不舒服，可以马上治疗，听明白了吗?”

严玉森点头。现在，对于他来说，重要的不是采取什么姿势谈话，而是怎样应对这突然降临的凶神恶煞。

严玉森是个思维缜密的人，他既然做了这通天大案，就想到过各种后果。他料到，对于欧阳化雨母子的死，一定会追究到一个在他家住了好几天的老男人。但是，不会有人知道他姓甚名谁，因为他从来没和邻居说过话。

有人在院中见过他，那就要画影图形，并且能在两三天以后把图形分发到全国，让全国捉拿一个满脸皱褶的老男人。

两三天的时差，是他敢于离开哈尔滨来到北京的原因。如果一切顺利，按时间算来，而今，他应当带着金佛，行进在中缅或是中港澳的边境线上，也许这个时候，他已经成功地进入外国，并且顺利地卖掉了金佛，摇身成为身在国外的亿万富翁了。

可惜，不是天不从人愿，而是病不从人愿。若没有心脏病急性发作，他何至于如今还躺在医院里?

捉拿一个满脸皱褶老男人的通缉，轻易不会传达到医院里，只要他按部就班地治病、缴费，每次都精心地保管病愈后回单位报销的单据，就不会引起别人的怀疑，他至少可以住到年底。

孰料，连这个美梦也被骤然打破，北京的刑警和一个叫赫雷的哈尔滨刑警，这几个追命无常的到来，真的说明自己的厄运已经降临了。

“赫雷”这个名字之所以让他心里发堵，是因为他在哈尔滨的“绺行”人口中听到过“谁要说话不算，出门遇见赫雷”这样的话。

一个人的名字被用来发誓赌咒，足以说明他在“绺行”的震慑力。这样一个人突如其来地站到自己面前，严玉森不禁心头一惊。

但是，严玉森毕竟是经过旧中国和新中国两个时代的老贼。黑道江湖的磨砺，早已把他的心变成了一块冰凉的铁石。他一辈子是用别人的财富养活自己，甚至到了老年。为了一尊金佛，可以毫不犹豫地杀掉自己的发妻和儿子。

古人云：“一阴一阳之谓道。”

打从有了贼，有了罪犯，也就有了警察。有贼便有警，有警因有贼。这一对生死冤家相生相克几千年，大概还得一直克下去。

严玉森知道今天遇见了克星。

但是，本能的反应是不能束手就擒，从犯罪和作案开始，他就加上了十二万分的小心，哈尔滨的现场，不会找到任何证明严玉森有罪的证据。况且，今天是在医院里，他可利用的条件也不少，那就必须充分利用。想到这里，他忽然抖动起身子，作出一阵抽搐状，接着就身子一软，从床上想要滑到地上，幸亏张春祥手疾眼快，把他死死抓住，拖到床上，严玉森就势一躺，紧咬牙关，紧闭双眼，作出一副垂死的样子。

赫雷向医生努了下嘴，两个年轻的医生立即推着呼吸机来到床边，把一个面罩罩到严玉森的脸上，一边用听诊器检查他的心脏。

听了一阵，医生向赫雷示意：没事儿。

赫雷走到床边，低声对严玉森说道：“你可以继续装下去，我们有足够的时间看你表演。”

严玉森戴着呼吸面罩躺在那里不睁眼，也不说话。

赵副队长走到呼吸机前看了看，伸手关上了输气的阀门。

不大一会儿，严玉森动手扯掉面罩："憋死我了。"说着连连大口喘息。

医生上前摘下氧气面罩。

赫雷拍了拍严玉森的肩膀道："还戴不？"

严玉森缓缓地摇头。

他没有想到，治病救人的呼吸机，能把他憋得这样难受。

赫雷回身从桌上的文件夹中拿出一张老旧的照片。这是一张旧式结婚典礼的合影照。他把照片拿到严玉森的眼前晃了晃说道："这是你在伪满洲国的康德十一年，跟蒙爱玉的结婚照，伴郎是姓孟的。"

听到赫雷说出了老孟头，严玉森心中一凛，他瞥了照片一眼，那是四十多年前的照片，谁还会保存它？

老孟头！天哪！我怎么把他忘了？看来，他还活着。不用问，这照片就他能拿得出来。

赵副队长在一旁喝道："回答，是与不是？"

严玉森无奈地点了点头。

赫雷收回照片放到文件袋中。

他出示这张照片，是根据严玉森生病现状的临时决定，他希望这场审讯能够速战速决。

赫雷坐到椅子上，拿过身边刑警的审讯笔录看了看，上面是这样写的：

审讯人赫雷向他出示当年结婚的老照片问：这是你伪满洲国康德十一年的结婚照片，伴郎是姓孟的。

严玉森闭眼不看。

赵副队长问：是与不是？

严玉森看了一眼，点头。

赫雷看完把审讯笔录扔到一边，现在，他还需要让严玉森承认罪行。他朝严玉森说道："我想，有一件东西是你一定想要看一看的。"

听到这句话，躺在床上的严玉森急忙坐起身来。

赫雷道："我知道你最想看什么，但是，你要先看这个。"说着，他的手里出现了那个装救心丸的小葫芦。

严玉森听到赫雷说让他看最想看的东西，他立即以为是九宝金佛，不由自主地腾身坐起。看到小葫芦，知道上了一当。

想不到赫雷轻而易举地就让他坐了起来。

"这不是我的东西。"严玉森想以攻为守，抢先说话。

赫雷把小葫芦在手上掂了掂："你的指纹虽然凌乱，但是几个点的形状完全相同，抵赖是不行的。"

赵副队长道："跟你玩的就是证据，指纹终生不变，全世界都不重样，这点知识你能知道吧？"

严玉森默不作声。

赫雷把小葫芦又掂了掂："这底座夹层的东西已经化验，跟欧阳化雨和孟爱玉肚子里的毒药完全相同，你怎么解释？"

这无法解释，也不需要解释，严玉森知道，找到作案工具，再找到工具的使用者，就等于案件已破。

他不由得叹了口气，原来，被捕、破案就这么简单。

赫雷看到身边负责记录的刑警，还提笔等着。便说道："咱们按规矩办事儿，我们不打你，也不骂你，但你要据实回答，这瓶药是不是你的？"

严玉森点点头。

赵副队长又大声喝道："说话！别找不自在！是不是你的？"

严玉森看了赵副队长一眼，他对"找不自在"这句话心知肚明，一旦惹恼了这几个人，说不准他们会怎样让他"不自在"，事已至此，他不愿意再让自己"不自在"，便回答道："是。"

记录的刑警写下了一个"是"字。

赵副队长继续追问："是不是你使用这里的药，害死了欧阳化雨和孟爱玉？"

严玉森不再说话，这个问题让他一下子陷入无尽的痛苦之中，不管他当时如何凶狠，连杀两命。可是，这两个人都和他的生命息息相关。妻子、儿子都死在自己的手中，就是为了那尊让人丧心病狂的九宝金佛。

半晌，他像是供述又像自语地喃喃道："因果报应……天理报应。我能被人下了'皮子'……寄存牌儿……丢了……"

他语无伦次，但是，因为掌握全部案情，赫雷还是听明白了。

说了一阵他不再说话，看得出，他感到最大的悲哀是金佛已经从他的手边溜走，什么叫鸡飞蛋打？什么叫竹篮打水？都让他一个人摊上，严玉森不能不痛苦不已，甚至肝肠寸断。现在，他甚至宁愿饱尝皮肉之苦，任凭怎样追问，也不再回答其他问话。

看到严玉森的脸色变得蜡黄，两位医生轻声商量几句，马上一起俯身床前，一个用一根胶皮筋扎住他的胳膊，另一个医生给他注射强心药物。

记录的刑警记下了赵副队长的问话，却没有严玉森的答复，他只能擎着钢笔停在那里。

赫雷低声问赵副队长："他回不回答重要吗？"

赵副队长回答道："当然……"却忽然止住了嘴，继而改口说道："我明白了，根本不重要。"

听到了这样的回答，赫雷捅了赵副队长一下，示意跟着他出病房，两个人来到走廊里。

赫雷坚定地说："不管他身体怎么样，只要他有口气，我就要把他押回哈尔滨去。我要对哈尔滨的老百姓有个交代。"

赵副队长点点头，他理解一个刑警的心情，但不无担心："他要是死在路上呢？我看他确实病得很重。"

对此，赫雷似乎早有预料，他说道："我要哈尔滨派医生来接他，尽量让他活着回到哈尔滨接受审判。"

赵副队长为赫雷的执着所感动："哈尔滨的医生要是马上赶来也得后天才能赶到，我让北京的医生护送他去哈尔滨。第一，他们可以马上动身，第二，他们熟悉他的病情，抢救起来也方便。"

赫雷摇头，他觉得这样的想法本身就是奢望，难以实现。

赵副队长说：“你的想法能感动我，我想也能感动他们，我去做工作。”

赫雷感到心中有股热流在奔涌，他为赵副队长的理解和热情所感动，诚恳地说道：“赵队，我替被害人谢谢你。”

这样的对话，只有在刑警与刑警之间才能理解和认同，因为他们在侦破案件的时候，心里不光想着上级规定的破案指标。一个好刑警心里还有另一个目标，就是要为被害人报仇。

老远就看到北京火车站楼上的大钟，时针已经指到凌晨两点。两辆出租车载着四名乘客开到了站前派出所门前。

去廊村时，陶进、赵强等人是从旅馆离开的。这次带着出租车回来，还要取两位司机的证言笔录，这些工作应当在当地派出所进行，毕竟他们是外地来的警察。

一路上，北京的司机挺矫情，先是说他开出租车一年多，多大的官儿都拉过，什么人没见过？上到国家政治，下到百姓心情，他无所不知。至于他今天拉的这几个人，一上车他就知道他们不是好人，他对让他连夜赶回北京心里不满，说这是让他疲劳驾驶，出了事情，你们得负责任，云云。

廊村的司机没有北京司机那么大的谱儿，倒是跟陶进说了不少关于拉这趟活儿的事儿。他说，车前坐着的是个瘸子，别看瘸，上下车还挺灵活。

陶进问他：“是哪条腿瘸？”

司机说：“是右腿，安的假腿。他不注意搂裤腿儿我看见的。”

陶进又问：“他们在哪儿下的车？”

司机说：“是在天津火车站。我琢磨着他们就有鬼，上车的时候说要到天津签合同连夜得赶去，可到了天津又要上火车，纯粹骗人。”

陶进问：“从北京来的那辆车里的人也是在火车站下车吗？”

司机道：“一块下的车。”

陶进问：“他们说没说要坐火车上哪儿？”

司机摇头，他又想了想道：“那个瘸子说，趁天不亮杀个回马枪，不知是什么意思。”

陶进自言自语：“天不亮，杀回马枪？”

京津国道还算宽敞，头前带路的北京出租车开得飞快，闹得后车司机直埋怨：“黑灯瞎火的，开这么快干嘛？”

陶进让他想想：“一路上那些人还说过什么？”

他想了想，叹了口气：“等到地方再说吧。”

陶进只能点头。

一走进派出所，所长就向陶进报告了一个特大喜讯：“严玉森抓到了！哈尔滨的那起特大杀人案破了！”

陶进、赵强和萧娟都乐得差点蹦起来。

可陶进只高兴了一半就叹了口气：“还得说是赫局，三下五除二就把特大给拿下来了。可我们……咳！”

赵强捅了一下陶进：“别唉声叹气的了，赶快分头取笔录，人家司机还没睡觉呢。”

陶进随身带着一个扁平的黑色公文包，里面装着一沓空白证言笔录，一沓审讯笔录。他拉开三面拉锁，把公文包平放在桌上，撕下几张证言笔录用纸，分给萧娟和赵强。

萧娟道：“让翟丁姐回宾馆休息吧。”

翟丁一听连连摇手：“不，我不回去，回去也睡不着，我跟你们在一块。”听到破获特大杀人案的消息，看他们这样辛苦终于有了成果，翟丁也为这些刑警们高兴。可是，她总是有一种隐忧堵在心头，翟铁到底去了哪里？他会不会遇到什么不测？

陶进理解她的心情，来到北京连连扑空，翟铁去向一直不明，你就是让她睡觉，她也无法睡着。

一位民警把陶进和廊村司机领进一间空闲的办公室，陶进让他说一说瘸子上车的详细过程。

司机老颜想了想道：“他们把我喊到旅店门口，先是那个瘸子要上车，可从北京来的几个人下了车，一个人跟瘸子说了些什么，瘸子带着人又回去了。”

“后来呢？”

“隔了有十多分钟，瘸子和那几个人都回来了，上了车。后车的老孟就来跟我商量，得敲他们一下子！我就仗着胆，要了一百块钱。那瘸子痛快地就给了我。一路上，他们都不说话。我从倒车镜看见，坐在后边的两个人时不时地往后看，像是挺害怕的样子。就是到了天津那瘸子说了句话：趁天不亮，杀他个回马枪。”

笔录很快就写好，老颜签了字，还按了手印。

忽然，他又想起一件事儿。

老颜告诉陶进，那瘸子二次上车，抱着一个红蓝条的包，是个双肩包，一直抱在怀里没撒手。

陶进心里咯噔一沉，忙问：“他头次上车没带吗？”

老颜想了想：“好像是没带。”

陶进忙找来赵强问：“你问过老孟没有，翟铁跟没跟着去天津？”

赵强道：“我问了，他说到了旅店门前，那个背着双肩包的高个，的确下了车，跟着进了旅店，后来都回来了，稀里呼隆都上了车，他就跟着前车走，去天津。车后边坐几个人他也没在意。”

陶进感到奇怪：“怎么车拉几个人还记不住？”

我也问过他，他说天黑，车里车外一般黑，谁注意那些？

两位出租汽车司机来到派出所一看，这两男两女的确是破大案的刑警，心里平添几分敬重。陶进要给每辆车十元的车费，两个人一起摇手。

北京的司机说：“我回来就是空驶，拉了你们几个，还有个说话的，不然我就得睡在半路上。”

陶进认为廊村的司机老颜应当收车费。

老颜说道：“不瞒你们说，我俩把钱都挣足了。一趟天津就销了他一百元，好人的钱，就不收了。”

陶进也乐得这样，这次出差的钱都在萧娟那里保管，带的本来就不多，能省就省吧。

刚刚送走两位司机，赫雷和赵副队长回来了，大家都围上去听他们讲发现和审讯严玉森的经过。

赵副队长说，跟医院已经商量好，派一直为严玉森治疗的医生和一名护士跟随把他押回哈尔滨。

医院那里一切都成定局，赫雷心里踏实多了。他现在急于想知道，陶进等人追踪翟铁的情况。

陶进就把他们赶到廊村扑空的情况说了一遍，接着又说了他们在道口堵住了返回来的出租车司机，赵强把两份证言笔录拿了过来。

赫雷看完了两份笔录，认定领着这伙人逃走的，一定就是黄癞子。这一点大家都没有疑问。

翟铁跟黄癞子混到了一起，让赫雷心中有着不祥的预感。

他方才去了站前寄存处，通过工作人员描绘的体貌特征，他判定是翟铁取走了严玉森的行李箱。现在，他不仅担心翟铁的安全，更担心金佛的去向。

那个北京来的高个背双肩包的情节，让赫雷产生了联想。赫雷根据多年反扒的经验，发现掏窃犯罪有一个共同的规律：他们平时不会多带任何没用的东西，更不会背个双肩包到处作案。不论是背着，提着，还是挎着个包，一是逃跑时候会变成累赘，二是容易暴露。今天，翟铁却背着双肩包，乘车去廊村，那可以说，双肩包一定非常重要，他有必要怀疑，那尊九宝金佛会不会就在他的双肩包中？

如果说，翟铁离开北京，跟着那伙人去了廊村，再去天津，那金佛的命运可真就凶多吉少了。

因为翟丁就在身边，赫雷对这一切担心没有任何表现，他只是说，能想到堵回程的出租车，算你们有头脑。他让萧娟带翟丁去旅馆休息，把陶进和赵强留了下来，他向翟丁说："因为今晚我要押解严玉森回哈尔滨，有些工作要跟陶进和赵强部署一下。"

翟丁知道赫雷部署的事情会有很多机密，她不便多听，便要自己回旅馆，让萧娟也留下来。

赫雷不同意，一定要萧娟陪她一起回去。加上萧娟催促，翟丁只好和萧娟一起离开。

两人刚走，陶进就向赫雷报告，在取完笔录以后老颜突然想起，说那个黄瘸子在二次返回上车的时候抱着一个红色的双肩包。

赫雷的脸上立刻就阴沉下来，问：“翟铁呢？”

赵强道：“后车的司机说没注意他上没上车。”

赫雷以为这不可能，司机怎么能不知道车上拉着几个人？

陶进道：“这也不奇怪，尤其是黑天。我就干过这样的事儿。那年冬天，有一次我开摩托车去接郑吉松，以为他上了车，开车就走。那是个冬天我带着皮帽子，他喊我也没听见。开出好远，我跟他说话，他不答应，回头一看，车后座根本没人。吓了我一跳，我按原路又把车开回去，看见郑吉松在道边冻得跺脚呢。”

因为司机无法肯定翟铁就在车里，赫雷认为就有翟铁不在车上的可能性，这就意味着可能要出问题。

其实，这个担心早就憋在陶进的肚子里，只是因为翟丁在场他一直没有流露而已。

赫雷让两人根据司机听到的谈话，估计这伙人会去哪里。

赵强说：“他们在天津火车站下车，是不是在火车站跟前有窝子，就在那周围隐藏起来？”

但是，陶进不同意这个看法。说实在话，从坐上出租车，他就一直在琢磨这伙人去了哪里。他最后根据黄瘸子说的要“杀回马枪”的话，认定他们一定是回到了出发地。

赫雷点头，他和陶进的看法基本相同。可以想象，在这样“严打”的形势下，黄瘸子匆匆离开老巢，不来北京而是去了廊村，这就值得研究。他要作案一定找繁华和热闹的地方，廊村不具备这样的条件，而他却去了那里，无疑，就是为了躲藏。

通过前些日子审讯“奔娄头”，已经掌握黄瘸子在济南火车站附近开了一家旅店，那里就是他的老巢，他所说的天不亮杀回马枪，是不是又溜到了自己的老巢去？

根据陶进的判断，一定是他在廊村提前得到了我们要去的消息，才匆匆逃跑的。不然不会走得那么匆忙。

黄瘸子的去向不难推测，可翟铁和九宝金佛的去向不能不让人担忧。

翟铁本来是要在北京火车站等候翟丁的，可为什么他改了主意，不在北京见他的姐姐反而约她到廊村？而到了廊村，他又莫名其妙地跟着黄瘸子一块走了，这都是为什么？

就在几个人百思不解的时候，那位廊村的出租车司机突然又回来了。他见到陶进，一脸苦相地忙说道："陶同志，我上了大当了！"

陶进让他坐下："慢慢说，到底怎么啦？"

司机坐在椅上道："我这趟挣了一百块钱，加上白天挣的，一共一百二十三块钱，我寻思回家跟老婆显摆显摆，可路上一掏兜，一分钱也没啦。"

听说司机丢了钱，派出所的值班民警也凑了过来，问道："你把钱放在哪儿了？"

司机一拍大腿："就放在这右边的裤兜里了。"

陶进问："是那个瘸子挨着你坐着？"

司机道："是啊，可还隔着换挡杆，离好一大截呀。"

陶进点头道："他可是个神偷，一定不肯吃亏，才偷了你的钱。"说着，他从兜里掏出十块钱放到他的手里："这回你该拿着了，这是好人的钱。"

司机愧意地接过钱："真是不好意思，要不，回家还真是不好交代。"

赫雷道："你没防住他，也不奇怪，他是掏兜贼里的一把高手。"

司机把钱揣在兜里点头道谢："我这也算是跟高手过了一把招，值了。"

陶进道："没关系，等到抓到他，一定先把你的钱追回来。来，你得跟民警说一下经过，一百多块钱，够立案了。"

值班民警把他领到另一间办公室，还得取他一份说明丢钱经过的笔录。

赫雷把这几天在北京追踪的情况在脑子里过了一遍电影。

通过卖大碗茶的了解到臭李子，再通过臭李子找到翟铁的师傅，最终抓到严玉森，这条线索简单而又顺利，明天，他就可以带着严玉森，风风光光地返回哈尔滨。

可是，追踪翟铁断了线，让他的兴奋大打折扣。

人人皆知，九宝金佛是国家至宝，说它是特级文物也不为过。一旦有所闪失，作为一个承担追踪任务的刑警，该如何交代？

首先，他担心翟铁怕暴露马脚把它毁了；他也担心一旦黄瘸子掺和进来，会不会经过黑道把它弄到国外去。

他决定让陶进、赵强与小娟和翟丁继续追踪下去，明天一早就赶赴济南，先查清楚黄瘸子是不是回到了他的老巢。

他回到哈尔滨，把严玉森关押起来，要与检察院一起，对他作案的情节进行一次详细的审讯。此外，他还要办几件事情，其中一件就是逐级上报，请求公安部在全国海关发出通缉令，严格控制翟铁和黄瘸子等人出境。

然后他要尽快赶到济南，与陶进等人会合。

陶进同意赫雷的安排，但他提出，翟铁没有找到，翟丁再跟着意义已经不大，他想让赫雷把翟丁一起带走。

赫雷摆手，他经过仔细思量，反复权衡过翟丁留下的利与弊。最终，他下了决心，让翟丁留下来，与陶进一起行动。

赫雷感到翟丁对翟铁不但有吸引力，还有感召力，一旦和翟铁遭遇，有翟丁在场，事情一定会很顺利。他说道：“如果查到那家旅店，就让萧娟和翟丁住进去，看有什么反应。”

陶进无可奈何地摊了下手，嘟囔道：“人家也不是警察，何必跟着去冒那个风险？”

赫雷把脸一沉，口气严肃地说道：“怎么？就得警察该冒风险？就为了她弟弟，她也应当付出代价，这是她当姐姐的责任。”

赫雷这话有点不讲理。

当姐姐的都该负责任吗？未必。翟丁拿到信，完全可以私下行动，或是不行动，但也不告诉警察，你又能奈何？

人家主动来反映情况，这回倒扯着不放了，不但不放，还担上责任了。陶进觉得赫雷最近，严格地说是在当了分局副局长之后，脾气有点看长。这大概是自古以来官场的通病。

官升脾气长，要是连赫雷这样精明的人也不能免俗，那就真的可以说是通病了。

四十一

牵“羊”

早上六点半，张春祥和区医院一位医生，加上一名护士和一名刑警，乘坐救护车把严玉森押送到北京火车站。

几个人用担架车把严玉森推进了贵宾候车室。

赫雷和赵副队长已经等候在这里。

陶进和赵强也跟随着一起来到站台，两个人都有好奇心，想看看这个“绺行”高手，又连杀两命的严玉森，到底是个何等样人。

严玉森躺在担架上两眼紧闭，他的鼻孔里插着一根橡皮管子，连着旁边一个鼓鼓的氧气袋，为了防止管子脱落，鼻子下边还贴着一块橡皮膏。

他的两眼塌陷，颧骨突出，脸色蜡黄，满脸的皱褶又深又密，看上去像一张揉皱的黄表纸包着个骷髅头。

看到凶手归案，每个参与破案的刑警心里都会感到欣慰。可是，陶进却觉得赫雷的任务完成得既快当又利索，不管严玉森在路上是死是活，他回哈尔滨都有了交代。

大家都是一起出来的，人家的任务完成了，人犯抓到了，那叫鞭敲金镫响，人唱凯歌还。

他是负责追赃的，现在连人影还没看着，更不用说追回赃物了。怎能不让人感到心焦上火？

要按照陶进的想法，赫雷应当留下来，领导他们继续追踪翟铁和黄瘸子，这押送严玉森回去的任务交给张春祥也能完成，未必要他亲自押送。

可是，不知为什么，赫雷就这样决定了，愿意得执行，不愿意也得执行，那他只好执行。这叫什么？这就叫官大一级压死人。

大厅里的扩音器里播出了列车开始检票的消息。服务员打开了贵宾候车室通往站台的大门。

张春祥推起担架车，众人跟随着一起来到站台。

软卧车厢门已经打开，张春祥和众人抬起担架上了车。赫雷和赵副队长紧紧地握手，道别。

英雄相惜，两个人这几天变成了最好的朋友。

陶进和赵强也与赫雷告别，赫雷再次强调要让翟丁配合作战的想法。

陶进只能点头答应。

赫雷要他们尽快赶到济南，他回到哈尔滨放下严玉森，交给检察院就争取赶过去。还要随时保持联络，必要时候到邮局打明传电报。

赫雷上了车，担架被送下车，赵强上前接过担架，列车徐徐开动了。

赵副队长朝站在车窗边的赫雷频频招手，两个人真有点依依惜别。

赵强扛着担架走到车站广场，交给了救护车，便要和陶进赶往旅店，再过半个小时，就有一趟途经济南的火车发车，赵副队长建议他们坐这趟车。还未等他们走出广场，就看见萧娟和翟丁已经提着几个包裹匆匆赶来。

原来是萧娟查看了火车时刻表，也查到了这趟火车，估计他们两人会回来取包裹，再与他们赶回车站，为了节省时间，她便提前结了账，收拾了他们两个人房间里的东西，一起带了过来。

赵副队长领着几个人又进了贵宾候车室。

离检票还有十多分钟的时间，翟丁把陶进叫到候车室的一角，轻声问他对翟铁去向的想法。

她告诉陶进，昨晚回到旅店几乎没有睡觉，她一闭眼，就好像听见翟铁在叫她，就算是迷迷糊糊地睡着了，也会看见翟铁笑呵呵地站在面前，简直让她忧心如焚。

陶进也知道她心里的担忧，但没想到她夜不能寐。经过这几天的折腾，翟丁明显见瘦，再熬几天，她非得大病一场不可。

陶进不知道该如何安慰她，说真话，他觉得翟铁带着九宝金佛又跟黄瘸子搅和到一起，当然是凶多吉少。但是，要把这话直接告诉她，她肯定难以承受。也许是情急能够生智，他忽然想到赫雷的话，便说道："赫局希望你继续参加战斗，要战斗得像个战士，你老把姐弟感情放在第一位，就当不了好战士。"

这话对翟丁当然有所触发。

当初，她把有关九宝金佛的那封信交给公安机关，除了有她想见陶进的个人目的之外，更重要的还是因为她意识到国家公民和一个科技工作者的责任。在弟弟犯罪和国家利益之间出现矛盾的时候，她毫不犹豫地选择了保护国家利益。至今，她不为这个选择而后悔。所以，当听到陶进让她做个战士的时候，她坚定地点了点头。

她没说更多的话，因为她的心里对"战士"这个称谓，已经认同。

大厅里的广播又一次播放发车的消息，两个人急忙走到检票口，萧娟和翟丁前后脚走了出去。

赵副队长在检票口与陶进握手道别，他不能到站台送行，那样会暴露陶进和赵强的身份。

在北京这几天几夜，赫雷、陶进深受感动，尽管身处异乡，人生地不熟，但是，不论是审讯还是抓捕人犯，就像在家里一样方便，赵副队长为他们提供了一切可能的帮助。

陶进用力握了握赵副队长的手道："你不愧是北京的警察，有咱国家首都的风格。我向你学习。"

是啊，警察是北京的，可首都是全国人民的，要说在北京当警察不容易，原因就在这里。

赵副队长对陶进这两句夸赞感到舒坦，说明这两点做得都不错，便用轻松的口气说道："在自己家门口嘛，能帮上点什么就帮点什么，有什么可学的？等我去哈尔滨，你再帮我。"

陶进道："一定全力以赴。"

赵强道："我请你喝酒，喝六十五度的北大荒老白干。"

赵副队长连连摆手:“太高了，受不了。”

说着，陶进和赵强走出检票口，回身朝赵副队长挥了挥手，走向站台。

四个人都上了同一个硬座车厢，但位置却不在一起，萧娟和翟丁坐在车厢中部，陶进和赵强坐在尾部。

几个人几乎昨夜都没合眼，车开了，随着车厢均匀的摇摆，都昏昏欲睡。只有萧娟毫无倦意，她不是不困，是无法入睡。因为翟丁睡了，她就不能睡，再就是因为她这几天一直觉得身体不适，疲劳、乏力，夜晚盗汗。更让她不安的是，她今早起来，偶尔用手碰了一下右侧的乳房，觉得有个花生米大小的硬块，按一下隐隐作痛。

萧娟是属于那种性情泼辣的女人，当了警察以后，服装都是上级发的，不管肥瘦都得穿着，她对自己的仪表和身体状况都不太在意。但是，从未有过的乏力和疲劳，再加上右乳房下的肿块，让她隐隐感到不安。

如果在家里，在单位，她可以找个理由就到妇科医院去查一下。但是，她不会到公安医院去检查，因为那里都是熟人，你真要是得了不好的病，会很快传扬出去。

现在，她没有时间提出这个要求，也不可能提出这个要求。他们是身肩重任奔向济南，下一步会发生什么，谁也不知道。

刑警队只有她一个女同志，保护翟丁是她的任务，甚至无人替代她，她要是在这个时候提出身体有病，一定会有人把她当成逃兵!

列车进入河北境内，她也渐生困意，看见翟丁已经醒了，便趴在窗前的桌板上想要睡觉。翟丁挪开桌板上的杂物，为她腾出地方。就在似睡将睡的蒙眬间，萧娟忽然推翻了方才的一切担忧。也许，疲劳和乏力是这几天累的，再加上心情紧张。右乳房的硬块未必就是恶性的，长疖子也是正常现象，没什么关系。想到这里，她的心情一阵舒畅，很快就进入了梦乡。

翟丁醒来，去了一趟厕所，回来时看见陶进和赵强还在熟睡，便走回座位，从提包中拿出一本很厚的书，仔细地读着。

这是一本英文书，说的是西方正在应用的一种新的计算和书写工具，名叫电子计算机。

这个计算机通过敲打键盘，可以像打字机一样，打出连贯的英文单词和句子，还能进行复杂的计算，有人说跟人脑一样聪明，是未来极有发展前景的一项人类书写和计算工具的创新。

从1946年美国宾夕法尼亚大学经过四年研究发明的第一台，占地两亩多的超大数字电子计算机问世以来，到了50年代，美国又成功研发了晶体管的计算机，不仅体积缩小，计算速度也大幅提高。到了60年代，美国的IBM公司发明了集成电路电子计算机。

前两年，国外出现了智能计算机，能够根据存储的知识进行智能化的判断和推理，被称为第五代计算机。

翟丁在某部队研究所，与部队的科研人员共同研究一个军事科研项目时，见到过一台半人高的电子计算机，计算功能十分惊人，每秒钟可以达到数亿次之多。

当时一位资深科学家和她说，电子计算机将来一定要比人脑还先进，不仅能够用于计算，还能用于书写，是一项前途无量的科学发明。可惜，我们国家还没有多少人知道。

这句话给她刺激很深，她从那位科学家那里借了这本在国外刚刚出版的介绍电子计算机的书，一有时间就拿出来认真研读。她打定主意，国内一旦有计算机问世，即使动用所有积蓄也要买上一台。

列车隆隆向前，在列车上读书，让翟丁感到十分惬意。她十分专注，既可以排除他人的干扰，更可以消磨无聊的时间。

车进山东境内，萧娟睡醒了，她看到翟丁在看书，就问她看的是什么书。

翟丁告诉她这是一本关于电子计算机的书。

萧娟问:“电子计算机，不就是算数字吗？比中国的算盘怎么样？”

翟丁告诉她，这是不能相比的。像美国、苏联把人送上太空，就需要大量的计算，用的是代号叫286的电子计算机，用算盘是不可想象的。

说话间，列车到了德州车站，翟丁周围的乘客大都下了车，闲出了好几个空位。

赵强是在德州停车前醒来的，他的两眼一直不离翟丁那排座位。这是他的职业习惯，只要接受任务，他就一刻也不放松。忽然，他看见一个年轻人从另一节车厢走了过来。他不是找人，因为他两眼总是盯着行李架。

他穿着一件廉价的西服上衣，敞着前怀，脖子上还松松垮垮地系着一条脏兮兮的领带。内行人一眼就能看出，他系这条领带不是为了时髦，而是在下手偷盗时用以挡托的。

“挡托”也是一句“绺行”的术语。窃贼偷窃的时候，都害怕别人看见他的手。冬天，有人戴上一条长围巾，当他伸手掏兜的时候，就用围巾把自己那只手盖上，这个做法，就叫挡托。秋天，不能戴围巾，就用领带来挡托，也还算是方便。

这个家伙偏在快要停车的时候来别的车厢东张西望，肯定有鬼。果然，他在翟丁座位附近停住了脚步，看到行李架上有一个漂亮的行李箱，接着又看了看正在埋头看书的翟丁。

外国字！

赵强暗暗把陶进捅醒。陶进看了看，也点了下头。

这是个踩点的。

车一停，那个年轻人便混在几个乘客中间一起下了车。两人见到翟丁和萧娟旁边的椅上都空了几个座位，陶进捅一下赵强，两个人便拿着包裹坐到了翟丁隔道的一侧。

两人刚坐下，上车的旅客便涌进了车厢，奇怪的是，那个年轻人又回来了，而且抢先坐到了翟丁身边，一个五大三粗的汉子坐到了萧娟跟前。

跟在他俩身后的几个年轻人也散坐在近前。

赵强和陶进虽然没在火车上抓过贼，但是，凭经验他们看得出，这是一伙得偷就偷，得抢就抢的贼。

他们的目标就是翟丁。

盯上她的原因很简单，就因为她在看一本外国字的书。

近几年，国外的华侨纷纷回国探亲访友，据说他们在国外都是大把地赚钱，回国都想摆摆阔气，他们大都随身带着日元、美元和法郎。

这些人不光是钱多，还都挺傻，因为他们没见识过中国“绺行”窃贼的厉害。

再说，就是他们被偷被抢了也不知道上哪报案，有的因为语言不通，大多自认倒霉。

反正他们在国外挣钱多，丢个千八百的，也不过就是一个月工钱的零头，人家也不在乎。

据说，在河北、山东一带，这些日子偷窃和抢夺华侨和外国人的案件，一直呈上升趋势。

看来这几个家伙就是专门吃洋货的。

陶进向赵强递了个眼色，赵强起身装着去厕所走出了车厢。

翟丁对这一切毫无察觉，依旧在看那本外国字的书。

出于职业本能，萧娟明显感到这几个年轻人的行为不对头。当她看到陶进和赵强已经坐到跟前，不由得点了点头，不愧是刑警，有点眼力。

陶进虽然没有在火车上抓过扒手，但对他们的活动规律还是了解的。

德州的前一站是一个小站，估计停车一分钟，这个区间，火车要运行二十分钟。估计他们会在列车进站减速的时候下手，等列车一停，便会互相掩护跳下车逃之夭夭。

几分钟过后，赵强回来了，他向陶进示意，一切都已经办妥。

列车渐渐减速，陶进发现坐在翟丁对面的汉子袖筒里藏着一把尖刀。他向赵强示意，他抓这个带刀的汉子，赵强抓那个踩点的。

列车驶进了小站即将停车，那个壮汉站了起来，手举尖刀，指向翟丁大声喝道："老实坐着！"说着，就去拽她身边的挎包。而那个踩点的，起身去抓翟丁放在行李架上的手提箱。

萧娟一见，急忙伸出双手，紧紧握住那个壮汉持刀的手，她绝不能让这把尖刀伤着翟丁。

翟丁忽见面前出现一把尖刀，顿时惊得手足无措，她一松手，那本惹祸的书掉到地上。

那壮汉见萧娟敢抓他的手，大声喊道，你不要命了？

萧娟用力把他一推，那壮汉一个趔趄，忽觉脑后遭到重重的一击，他吼了一声刚要回身，一只大手抓住了他拿刀的手腕，用力一拧，疼得他哇呀怪叫，把刀扔到了地上，陶进用手中的五四手枪抵住了他的脑袋，又用力拧住他的胳膊，喝了一声：“跪下！”那个壮汉扑通一声，跪到了地上。

那个踩点的见事不好，刚要转身，赵强一手持枪，一手薅着他的头发，也喝令他跪下，他被薅得头疼难忍，不得不跪到地上。

身边还有几个散座的，一见二人被抓，急忙夺路逃跑，只见车厢两头都有乘警跑过来，他们一个个都被按到地上。

车厢里众多乘客站了起来，他们见到两个持枪的人，顺利地制服了抢劫的歹徒，都纷纷鼓起掌来。

列车又开动了，几个歹徒都被押解出车厢，陶进向萧娟做了个暗示，便与赵强跟着走了出去。

歹徒被押走，不少旅客积聚到翟丁的座位跟前，看她受没受到惊吓，几个人也夸赞萧娟胆量真大，敢去抓那歹徒拿刀的手。

这时，一位乘警走了过来，他说列车长要请两位到宿营车去，并帮着他俩提着行李走出了车厢。

旅途中出现的任何故事，都会很快传扬到天南海北，相信过不了多久，列车警察擒劫匪的故事就会传遍黄河两岸。

几个歹徒被带到了餐车里，被用几副手铐锁到了一起，在地上坐了一排。据乘警说，这几个家伙这半年来专在列车上打劫华侨和外国旅客，影响极其恶劣，这一次能一网打尽，真是大快人心。

陶进看得出，别看这些人年纪不大，各个是胆大妄为的老贼，现在，他们算是搂草打兔子，破了一个重案大案，重要的是，这里距离济南不远，他们会不会和黄瘸子有所关联？从动手的那一刻起，陶进不仅想要打掉这个团伙，更重要的是想要通过他们打开济南那扇门。

赵强望着陶进低声问道：“开审？”

陶进点头：“挑一个。”

赵强会意，他走到几个歹徒跟前挨个看了看，简单地问了几句，最终，他把那个踩点的人挑了出来。

陶进心中暗暗叫好，跟他想的一样，他要是挑，也准挑这小子。

看到赵强的举动，陶进就常想起郑吉松，他俩是一个小组的，在一起摸爬滚打干了一年多。可他的脑袋就是个榆木疙瘩，别说你给他暗示，就是你给他讲清楚了，他都能给你办糊涂了。

陶进不明白，同样都是刑警，为什么领会能力会有这么大的差距。

他跟赵强在一起才几天，两个人相互间用眼神就能说话。陶进方才说挑一个，就是让他先拣个软柿子捏。果然，他心领神会，把那个踩点的小子找了出来。

陶进决定，就拿他开刀！

审讯是在货车和宿营车之间的连接处进行的，这个人叫杨卓，外号叫秧子，开始他也装猛，只字不吐。

陶进抓着他的一个手腕向里按手铐的铁环，随着一阵咔咔作响，这只手铐大概已经煞到他的腕骨，疼得他龇牙咧嘴。

赵强向他交代政策："你说不说实话？现在可是'严打'期间，你们可是被抓现行的，想赖也赖不掉。"

他还在硬挺，连连辩解道："俺是好人，你们抓错了。"

陶进又抓过他另一只手腕，不由分说，咔咔几下就把手铐煞到了底，疼得杨卓叫了起来。

陶进不理会他，对赵强道："你去借副扑克，咱俩在这玩一会儿，看他能挺到什么时候？"

赵强答应要推宿营车的门，只听杨卓哀求道："给俺松松，俺受不了啦，手腕子快断了。"

赵强道："没事儿，我们都有经验，再煞几扣也没问题。等我俩摸完二十一点。"

陶进问他："说实话不？想说，就给你打开。"

杨卓咬了咬牙："俺说，快解开吧，受不了啦。"

陶进掏出手铐钥匙，要给他打开。赵强急忙阻止："这小子心不诚，你打开他就变卦了。"赵强有意识地唱个黑脸。

没等陶进说话，杨卓就抢先说道："俺不交代，就再给俺煞上。"

陶进用关切的口气说道："谁愿意折腾你？好好说，别遭二茬罪。"说着，打开了他的手铐。

杨卓伸手要揉。

陶进告诉他：“轻点揉，别把肉皮揉破了。”

杨卓两手交叉揉着手腕，低声问：“在这些人里，俺要是第一个坦白，能不能宽大俺？”

陶进道：“看你交代得彻底不，你要能检举揭发，还能立功呢。”

赵强插嘴问道：“你认识黄瘸子不？要能揭发他，就能立功。”

杨卓不假思索：“认识他，他是一把高手！”

陶进摆手制止了他，他想到，这是在火车上抓贼，一定得先给铁路警察一个见面礼，先把铁路的案子破它几起再说，便问道：“你们几个一共在火车上干过多少起案子？”

杨卓想了想：“也就是三十多起吧。”

陶进问：“都是华侨和外国人吗？”

杨卓点头。

“谁是头儿？”赵强问。

“剁子。”

“谁叫剁子？”陶进问。

“就是你抓的那个。”

“钱都放哪儿了？”陶进估计，这帮人抢了日元、美元未必能及时花掉。

“都一起交给剁子，他点钱数，换给俺们现钱。”他所说的现钱，就是人民币。

“他扒多少？”

“三成。”

“剁子的窑儿在哪儿？”

“他是济南人，大概在他家。”

陶进点头，他认为拿到了这些情况，已经可以给铁路乘警一个交代。便转而问道：“你怎么认识的黄瘸子？”

杨卓道：“起初，俺跟剁子在火车上‘滚大个’（偷行李），后来遇上了黄瘸子，他教给俺们掏兜，来钱快。这半年，他叫俺们抢车上的外国人。”

“你最近见过他吗？”

杨卓摇头：“他离开济南了，听说在天津。”

赵强问：“他是不是回来了？”

杨卓摇头：“没有，俺前几天还住在他的旅馆呢。”

赵强问：“旅馆里还有谁？”

杨卓道：“新来了个女掌柜，叫小玉。”

“小玉”这两个字，让陶进心里咯噔一跳。不光是在哈尔滨“挖”过小玉，这几天发现翟铁孤身一人，他也想过小玉的去向，今天，从杨卓嘴里蹦出这两个字，不能不让他产生联想。他忙问道：“这个是什么样人儿？哪儿来的？”

“二十四五岁，长得贼漂亮，哈尔滨来的，听说那儿的女人，各个长得都贼漂亮。”

小玉当了黄瘸子旅店的女掌柜，这倒是个新鲜事儿，是翟铁跟黄瘸子达成协议，共同经营这家旅店吗？

审讯稍有停顿，杨卓忽然反问：“你们是来抓黄瘸子的吗？”

赵强点头。

杨卓又问：“就你们两个？”

赵强道：“两个怎么的？你嫌少哇？”

杨卓摇头：“你们抓不了，他耳朵灵着呢。”

陶进听出这话中有话，便问道：“他怎么个灵法？”

杨卓忽然压低声音道：“俺是想立功，俺告诉你们，他在铁路公安里安插有内线。”

陶进也低声问：“知道是谁吗？”

杨卓摇头。

陶进遗憾地道：“看看，能立大功的时候，卡壳啦。”

杨卓歪着脑袋想了想：“前些年，倒是跟这个人见过一面，光是听说他的外号叫大奔。”

陶进继续追问:“长什么模样?”

赵强问:“是个警察?”

杨卓点了点头:“小个，胖子。”

列车又经停几个小站，看看已经快到济南了，审讯只能到此为止，两个人把杨卓带回了餐车。

赵强把杨卓和那几个人又锁到了一起。

陶进把乘警班长叫到另一节车厢，向他详细地讲述了杨卓的供词。

乘警班长对陶进帮助抓获这几个人感激不尽，一定要他到铁路公安局见见领导，当面表示感谢。

陶进答应了，但他对“大奔”的事情只字未提。

赵强走了过来，问陶进，能不能把这个杨卓当成耳目，派他去侦查一下那个旅店。原来是赵强在送杨卓的时候，杨卓主动提出要帮他们找黄瘸子。

陶进摇头，他觉得杨卓是属于不吃眼前亏的那种人，一旦把他放出去，他准会肉包子打狗，有去无回。再说，这样突击来的情况，都未经核实不知真假，怎敢轻易把他放出去?

他跟乘警班长说:“这个杨卓态度不错，要是情况核实准确，也得给他记上一笔，算是立了功，处理时候，得讲宽大。”

班长说他记下了，回去一定向检察院反映。

陶进也介绍了翟丁和萧娟的真实身份，班长答应，他一定会告诉处里领导，对她们两人特殊安排。

济南火车站到了，上下车的旅客很多。乘警早用铁路电话跟家里报告战功。两辆车已经停到了餐车和宿营车的门前。

先是把人犯一个个押进一辆闷罐车里，乘警们再把陶进、赵强、翟丁和萧娟让进了吉普车。

陶进与乘警们挥手告别，两辆车一起开动，迅速离开了火车站。

离铁路公安处不远就有一家铁路员工招待所，那里已经留出了房间。车行至招待所门口，翟丁和萧娟下了车进了招待所。

车开到铁路公安处门前，处里的几位领导已经站在门前迎接。

陶进一下车，就打量处长身后的那几位干警，看看有没有胖子在里面。

还好，处长姓梁，四十开外，身材高瘦，粗眉大眼，一脸憨厚相，后面几位干警也都不算胖。

陶进和赵强跟处长和干警们握手，有人带头鼓掌，看来，铁路公安处是把他们两个当英雄来接待的。

陶进和赵强被领到处长办公室。有人倒茶，还有人递烟。

陶进平时不抽烟，看见递过来的烟是“红双喜”，便点燃抽了起来。

处长说：“这半年叫这帮小子把俺们害苦了，他们专偷外国人和华侨。认得那个准，偷一个保一个。”

陶进道：“我们也顺手牵羊，这回是他们撞到枪口上了。”

处长有些兴奋地说：“你们这个顺手，可给俺们解决了大困难。外事无小事啊，领导没遍数地批评。这回好了，去了俺们一块心头大病。中午了，俺请你们吃饭去。”

吃饭就在职工食堂的一个单间里，除了两位科长，处长也亲自作陪，菜就是食堂的几个菜，就是多了几瓶青岛啤酒。陶进还是滴酒不沾，赵强倒是连干两瓶，口里不住地称赞：“挺好喝，跟哈尔滨啤酒差不多。”

吃饭期间，陶进低声对处长说：“咱俩说点秘密话。”

处长会意，把他领到隔壁一个无人的单间，陶进问他：“咱们公安处有没有人外号叫大奔的？”

处长道：“有哇，刑警科的副科长啊。”

“胖子？”

“对，是挺胖的。”

陶进道：“我俩顺手牵的那个姓杨的说，他就是黄瘸子的内线。”

处长先是一惊，几乎愣在那里，半晌，才缓过劲来，便说道：“俺明白了！怪不得呢，这半年多，他一带人上车，案子就没有了，他一撤回来，案子马上就发生。”

陶进叮嘱道：“你再审审那个姓杨的，弄准了，及早下手把他掐了。不然，我们抓黄瘸子也不好办。”

处长点头：“好，吃完饭就审，你俩也参加，一定得把这个叛徒内奸挖出来。不然，我这个处长的日子也不好过。”

公安处的拘留所就在后院，吃完饭，处长找来了管干部的政治处主任，把陶进和赵强领到一间预审室，吩咐看守把杨卓押过来。

看守把杨卓领进屋中，转身退了出去。

杨卓是手提着裤子走进来的，鞋上的鞋带和脖子上的领带都没了，只能趿拉着一双鞋，显露着一副在押犯的狼狈相。

他一见陶进就说道：“你真跟他们说了吗？俺可是第一个坦白的，你还说俺能立功呢。”

陶进道：“我说了，不然处长、主任怎么会亲自提审你？”

杨卓一听是处长提审，连忙说道：“处长、主任，你们问什么俺都说。俺要争取宽大，俺爸妈都病在炕上。”说着，眼泪流了出来。

处长问道：“你们怎么想到要专偷外国人？”

杨卓道：“听剁子说是黄瘸子让他找几个人，去干外国人。剁子就找了俺。开始俺不敢，俺说，偷外国人抓到判得重。剁子说外国人傻着呢，丢了钱都不知道上哪儿报案去。”

处长问：“这是什么时候跟你说的？”

杨卓道：“今年春天，刚过完年。让俺们就在济南局的圈里干。”

“为什么？”这句话让梁处长产生了警觉。

杨卓望了处长一眼：“说是济南局搞乱了，好把你弄下台。”

处长显然生了气：“这是谁说的？”

杨卓道：“剁子说，这是黄瘸子说的。”

处长又问：“俺当处长跟黄瘸子有什么关系？俺下台，他也当不了处长。”

杨卓道：“听说是黄瘸子的朋友能当上。”

“他的朋友是谁？”

杨卓有些吞吐：“这个……”

陶进催促他："这个什么？见了处长还不说实话！"

杨卓看了看四周小声地说："处长、主任，俺说了你们可别告诉别人。"

处长点头。

杨卓往前探了探身子，把声音压得更低，吐出了两个字："大奔。"

处长不动声色地点了下头："你见过他吗？"

杨卓依然小声："就见过一回，他到黄癞子那儿去拿美元。"

处长问道："你们偷的美元都给他吗？"

杨卓道："俺们偷的都交给剁子，剁子再交给黄癞子。黄癞子再给剁子现钱，剁子再分给俺们。"

处长不解："黄癞子绕这么大圈子收美元干什么？"

杨卓又有些吞吐："大概……大概……"

陶进再次催促他："大概个什么？说痛快点。"

杨卓道："俺没有真凭实据，就是猜，大概他是为大奔收的。"

处长用疑问的眼光看着他："你见到他，还能认识吗？"

杨卓点头："认识。"

处长向政治处主任耳语了几句，主任站起走了出去。

处长向杨卓道："一会儿，你站到这里看窗外。"

杨卓站到了窗前。

几分钟后，政治处主任领着几个人从窗外走过。杨卓朝外面指了指道："主任左边那个就是。"

陶进和赵强都探了下头，果然主任左边是个矮胖子。

处长按了下审讯桌上的电铃，门开了，看守走了进来。

处长吩咐道："坦白交代态度很好，给他换个好点儿的监号。"

看守答应着把他带了出去。

杨卓走到门口朝着陶进鞠了一躬，转身走了出去。

处长忽然皱起眉头长叹一声，想必此时他的心中一定是感慨万千："娘的！还想把俺整掉？真是好心换了个驴肝肺！"说罢，他转向陶进问道："你们这次来的主要任务是什么？”

陶进道：“说来话长。”

处长道：“那你就慢慢道来。”

陶进道：“前些天，哈尔滨发生了特大杀人案，母子两人被害，还丢了国家特级文物九宝金佛。现在，杀人凶手抓到了，九宝金佛还没有下落，我们怀疑是在一个叫翟铁的老贼手里，他跟黄瘸子刚离开廊村。估计是回到济南来了，翟铁的姐姐也跟来了。”

听了这一席话，处长陷入思索，作为一个老公安，他深知两个年轻人身上的担子是何其沉重，便问道：“下一步，你们打算怎么干？”

陶进道：“领导的意图是，想让翟铁的姐姐和那位女刑警住进黄瘸子的旅店，去找他弟弟，看看会有什么反应。”

此话一出，处长连连摆手：“不行，不能去，那里可能就是个贼窝，两个女同志进去，太冒险。到了俺的地盘，就得听俺的，听见没有？”

陶进觉得处长对他很热情，人家这样的担心也不无道理，只好答应道：“好，听你的。”

处长说完咂了咂嘴：“俺不让你们去，可到底得怎么个弄法呢？”

赵强在一边想了想说道：“处长，咱们能不能在这个胖子身上想点主意？不能让他光祸祸咱们。”

处长点头：“对。得让他出点力。”

这时，政工科长回来了，他关注方才杨卓认准了没有？

处长黯然点头：“他指认的就是大奔，一点不错。”

政工科长也有些伤感：“这就叫知人知面不知心，处长，你这些年没少栽培他，想不到他竟然想把济南局给搞乱了，想让你……”

处长感慨地说道：“人哪，就怕一步走错，错了第一步，以后就得步步错。这小子也算是作到头了。得想个办法收拾他。”

政工科长道：“先抓起来，连夜突审，定了罪就按‘严打’处理。”

处长摆手：“不急，要是就凭一个贼的指认就动手抓人，还是觉得嫩点。俺们眼下对黄癞子所知不多，你抓起他来，他要是不招，岂不麻烦？方才这小伙子出了个好主意，怎么能利用他一下？”

赵强道：“利用一下，就是多拿点大奔犯罪的证据，再拿点黄癞子的犯罪证据，这就叫一举两得。”

政工科长：“那可得用点脑筋。我看，一般的办法不行，得使用点出其不意的侦查手段。”

处长点了点头：“是得采取点出其不意的手段。俺想起来了。前几天国家安全局在青岛查案件，用过一种窃听装置，比手指盖还小，偷放在电话耳机里，犄角旮旯，在一百米以外都听得清清楚楚。”

政工科长道：“是，我也听说了，因为我们配合得力，那起间谍案件破获得非常成功。”

处长道：“为了表示感谢，国家安全局把一个又笨又大的录放机留给了技术侦查科，还送了几套窃听装置。把真家伙什儿都带回去了，说是用这个录放机也能搞窃听。”

赵强道：“我听说，在国外的商店里，相当高级的侦听和窥视设备就像商品似的摆在柜台里卖。”

处长点头：“部里的那位领导说了，今后我们国家的基层侦查部门也应当装备这些设备。”

陶进道：“这样的设备好是好，问题是怎么才能弄到黄癞子跟前？”

赵强道：“想办法弄到大奔身上。”

陶进摇头：“没把握。他也是搞侦查的，万一弄不好，再让他把我们侦查了，那可就麻烦了。”

政工科长忽然说道：“有了！借着检查电话线路的机会，把窃听器安到黄癞子旅馆的电话里，他俩总要通电话吧。”

处长点头：“这个主意不错，黄癞子那伙人做梦也想不到咱们还有这一手。”

拿定主意，陶进让赵强留在公安处，如果要进入那家旅店安装窃听器，就让赵强化装成电话检修工跟着进入那家旅店，以便于了解旅店的一些情况。他要去招待所，看望萧娟和翟丁。

四十二

耽搁

在列车上突然遭遇抢劫，而且还见到了有人把尖刀伸到了面前，这对翟丁来说真是一场意外。

惊恐和慌乱，让她一时不知所措，甚至把手中的书都掉到了地上。但是，萧娟奋不顾身地抓住了那只握刀的手，她想到了是和几名刑警在一起，心情很快就镇定下来。

接着，她又看到陶进和赵强都麻利地用枪抵住了罪犯的脑袋，终于制服了这几个胆大妄为的盗贼，这让人心惊肉跳的一幕，真好像在她面前演出了一场惊险动作片。

进了铁路招待所，翟丁和萧娟都感到十分疲惫，这也许与列车上的紧张遭遇有关。进了房间，两个人都和衣躺到床上，不一会就呼呼睡了过去。

直到中午吃饭也没人叫她们，这一觉竟然一直睡到陶进前来敲门。

翟丁在蒙胧中听到敲门声便坐了起来，她听见是陶进的声音，便下了床，就在她要去开门的时候，看了萧娟一眼。

萧娟还在床上熟睡，可是她出的汗把枕头都浸湿了。

翟丁开了门，让陶进看萧娟。陶进也吃了一惊，忙问："你前几天看她出过这么多汗吗？"

翟丁摇头："没有。可这两天她就说她很累，不知道为什么，连走道都懒得挪步。"

翟丁掏出手帕擦着萧娟头上的汗，也许手重了些，萧娟醒了。

她看见陶进站在床边，急忙问道：“有情况吗？”

陶进摇头：“没有，公安处要帮咱们搞侦查，我把赵强留在那里，过来看你们，你怎么出这么多的汗？”

萧娟拢了拢头发道：“现在倒觉得轻快不少，可就是没力气，也许是这几天折腾的。没事儿。”

陶进摇头：“这是你身上虚得厉害，我看，你得检查一下。我来的时候看见这跟前就是铁路医院。翟丁，你就陪她到那儿看一看。”

翟丁要搀她下床，萧娟推开了她：“我成七老八十啦？”说着就要下床。她刚站到地上就晃了几晃，翟丁急忙抱住她。

萧娟也感到意外：“咳——敢情还站不稳了。”

翟丁道：“娟姐，你真得去看看，也许你真的病了。”

萧娟摆了摆手：“不可能，我是没吃晌午饭，饿的。”

陶进忙说道：“我去给你买吃的。”说着就要转身出去。

翟丁叫住他：“别买了，上医院检查要紧。有些检查需要空腹。”说着帮助萧娟穿上鞋，拉着她就往外走。

翟丁拉得很紧，萧娟也无法挣脱，只好跟着她走出房间。因为是女同志检查，陶进也不好跟随，便说道：“我去找梁处长，让他跟医院说说，找个好大夫，好好给检查一下。”说着，便匆匆走下楼去。

回到公安处，找到梁处长，陶进告诉他，他们一起来的那个女刑警，好像是病了，请他跟医院说一声，找个好大夫给检查一下。

处长一听，立即拿起电话找了医院的领导，对方答应，一定找最好的医生给她做检查。

处长放下电话告诉陶进，公安处的技术侦查科派人与赵强去那家旅店查电话，放窃听器，已经出发了，估计一会儿就会有结果。

你别说，黄瘸子不光能偷，还有点经济头脑，他开的这家旅店距火车站不远，因为住在这里上下火车都很方便，生意一直不错。这两年，流动人口越来越多，旅店差不多是天天客满。

这些日子，旅店的经理换成一个二十多岁的东北娘们儿，这个女人不光处事精明，脸蛋漂亮，还说一口标准的普通话，许多住宿的、吃饭的不由得多看两眼，有的甚至没话找话跟她搭讪。当然，人们也在揣测她的真实身份，她到底是那位瘸经理新交的姘头？还是第几房太太？

这个旅馆业务繁忙，楼上楼下一共安了两部电话。

一部在经理室，一部在楼下服务台。两部电话都很忙，外边往这里打电话，常常占线。

可是，这两部电话从今天中午就出了毛病，不是没有蜂音，就是咔咔乱响，旅店的服务员只好打电话给电话局，请求前来检修。

足足过了半个多钟头，一个电话检修工才骑着一辆自行车驮着一个人，哼着小曲儿，慢慢腾腾地来到了旅店。

骑车的是赵强，坐在车后座的是铁路公安技侦科的一位侦查员。不用说，电话出毛病，都是技侦科与当地电话局保卫科商量后制造出来的。从上次配合国家安全局的侦听工作，铁路技侦科与电话局就建立了密切的协作关系，这次配合也是相当默契。

服务员一见来了电话检修工，忙着递烟倒茶。

两个人抽着烟，喝着茶水，不紧不慢地拿着服务台的电话拆开安上、安上再拆开，鼓捣了一阵，又跟电话局通了几句话，说是电话机和线路都有毛病，总算是修好了。

服务员拿起电话，蜂音是有了，说明可以打出或是接听了，可跟经理室还是无法打通。

赵强说："你们买的这些电话机都是副品，光图便宜，质量肯定差，看来，经理室的电话也坏了。"

服务员忙引着两个人上了二楼，来到经理室门前，轻轻敲门。

里面传出一个女人的声音："进来。"

服务员推开门说道："经理，修电话的师傅来了。"

经理办公桌前站起一个二十出头的漂亮女人，身材修长，模样也很漂亮，脸上还带着应酬式的微笑。让两人感到意外的是，她的办公室有一台二十英寸的彩色电视机。

谁家有台黑白电视机，那就够阔气的了，这家不但有电视机，还是彩色的，这在济南可是不多见的。

赵强看了一眼，电视里正播出京剧，一个身着盛装的女人正在咿咿呀呀地唱着什么。

赵强羡慕地说："带色儿的？走私进来的？"

女经理并不掩盖这一点，笑着道："香港过来的，你也想要吗？给你也弄一台？方便。"

赵强摇头道："买不起。两千多块钱吧？"

女经理道："买不起不要紧，有什么好节目，我通知你来看。"

赵强道："那我先谢谢你。"

见到她的第一眼，赵强就觉得有些面熟。原来，当初在哈尔滨追捕翟铁的时候，他见过小玉的照片。

拆开电话机，用一台仪器检查电话机里的线路，赵强为了进一步确认他的记忆，便学着当地口音，用不经意的口气问道："这位经理是新来的吧？"

女经理答道："时间不长。"

赵强又问："听口音不是本地人。"

女经理道："我是东北人。"

赵强连忙说道："碰见老乡了，你是东北哪儿呀？"

女经理答道："哈尔滨。"

赵强道："可巧了，我老家也是哈尔滨的。"

女经理："蒙人哪，听你的口音可不是。"

赵强道："光听口音不行，我是在哈尔滨道里区天河巷长大的，前年才到山东来的，这口音就变了。"

女经理惊讶地道："你家在天河巷？"

赵强拧着电话机的螺丝道:“天河巷，我家是坐地户，盖了小区，就上楼了。在四单元。”

女经理惊讶地瞪大眼睛:“四单元？还有这么巧的事儿？我家也在四单元。你家在几楼？”

天河巷，是当初追捕翟铁确定的落脚点，刑警们在那里转了好多天，赵强当然非常熟悉，但是，这楼层也不能说得太近了，赵强道:“我家在二楼，你家在几楼？”

女经理道:“我家住六楼。”

六楼，正是翟铁和朱岗的藏身之地，她是小玉无疑！

修好了两台电话，放好了窃听装置，两个人收拾起工具准备告辞，女经理要留他们吃晚饭。

赵强以离吃饭时间还早，还有两个活得去干为借口，便推辞了。

弄清小玉是黄瘸子开的旅馆的经理，也证明了杨卓说的话是准确的，也得算是他这次除了安装窃听器之外的一大收获，这就够了。

至于小玉为什么来这里，而且当了经理，这一切都意味着什么，那得跟陶进一块研究。

在刑警队这一年，因为不在一个组，平时，赵强跟陶进直接接触并不多。但是，就在抓捕翟铁和朱岗的时候，他发现陶进这个人不光勇敢，还有谋略。他对追踪翟铁的公开讨论到私下议论，都让赵强感到佩服。他似乎觉得陶进的智慧跟副局长庄农、赫雷也不差上下。特别是在廊村堵截出租车，更让他佩服得五体投地，他觉得陶进是全队水平最高的刑警。

安好窃听器，还得要监听配合，才能得知被监控对象的通话内容。就在赵强两人出发去修电话机的时候，监听的人已经在旅馆附近的铁路员工招待所选好了房间。

他们使用的录音设备,是从香港进口的,有两个录音卡盒的“三五牌”录放机。把方寸大小的录音卡往录音机里一放，咔地一按按钮，就能听到最新的流行歌曲。把这样的录放机一开，立马能开一个舞会，难怪有些戴蛤蟆镜，穿着喇叭裤的小青年，提着各式各样的录放机，走街串巷，边走边听，变成一道时髦的风景。

像一阵风似的吹遍中国内地的港台流行歌曲，都是用这些大大小小的录放机传播开来的。

别看眼前这个“三五牌”的录放机黝黑傻大，却有强大的录音和播放功能，在百米之外，只要对好窃听器的频率，就能清楚地听到想要听的声音，对于有价值的声音还可以按下按钮进行录音。

安装了窃听设备，未必马上就能录到有用的声音，只有长时间等待，才能有所收获。这是一件烦琐而又需要有耐力的工作，所以，监听就由技术侦查科的干部来担任。

赵强完成安装窃听器的任务，在铁路公安处找到了陶进，两人要到医院去看望萧娟。

医院接到了梁处长的电话，对萧娟的检查格外认真。先是让她抽血化验，又派出一位资深的内科医生，对她身体状况做了一个全面听诊和了解，然后就让她去做X光透视，做胸部检查。

萧娟走进了X光室，医生悄悄对等候在外面的翟丁说，这位萧同志得了一种不好的病，我让她去做X光检查，就是腾出时间，向你说明她的病情。

医生的几句话，让翟丁大吃一惊，不好的病？那是什么病？

“文化大革命”结束后的这几年，不少人常常陷入沉思，人们好像逐渐意识到，当年那种高喊着“下定决心，不怕牺牲”去参加一场接一场的武斗行为，既愚昧又无知。

更为愚蠢的是，那个时候，所有人在武斗战场上都会坚定地做到“轻伤不下火线！重伤不怕死！”

假如有谁在这个年代提出想健康和长寿，一定会被当作资产阶级的活命哲学遭到严厉的批判。

喊了十多年的“舍得一身剐”和“誓死捍卫”加上“一不怕苦，二不怕死”，再加上“狠斗私字一闪念”，人们好像已经完全忘记了自己，也忘记了生命和生活的真实和意义。

当“文化大革命”在“四人帮”被审判欢呼声中戛然而止的时候，人们忽然发现，原来，追求健康和吃饱穿暖的生活，才是人的本性。那种被蛊惑和煽动起来的所谓激情，只能是一时的冲动而已。从关心国家大事到关心自己健康的大事，大概是这几年在中国人心理上发生的最大变化。

近年来，人们已经可以公开谈论或是动手寻找滋养补品，不少家庭都泡上人参鹿茸酒，吃驴皮阿胶。继而是什么气功疗法、甩手疗法也应运而生，甚至有人不惧危险，往自己的身上注射从鸡的身上刚刚抽出的鲜血。

“打鸡血”风靡一时，说明人们对健康的需求已经到了饥不择食的程度。

人们越来越多地谈论生命和长寿的意义，当然就会频频谈到对人类生命危害最大的杀手——癌症。由于太不了解这种病的成因和预防方式，难免出现谈癌色变的恐惧。

翟丁不知道医生说的不好的病是什么病，她也不知道，萧娟万一得了那样不好的病，作为一个已经知心知意的朋友，在这远离家乡的地方，她该如何应对这样突如其来的情况。

翟丁急于想知道萧娟到底得了什么不好的病，却又忽然觉得，她不敢亲耳来听医生对那种无情的疾病介绍，要是想到像萧娟这样开朗乐观，甚至有点大大咧咧的人，生命会产生危机，她会难过，也会哭，甚至会手足无措。她现在唯一的想法，就是急于想见到陶进，甚至是赵强，让他们先去听这种不祥的病名，或是想想该为她做些什么。

就在翟丁慌乱无主的时候，陶进和赵强一起走进了医院，翟丁像见到救星一样忙向医生介绍：“这位是陶进同志，哈尔滨的公安刑警，也是这次来济南行动的负责人。”

女医生扫了X光室一眼，知道那里的检查还没结束，便低声对陶进说道：“初步检查，这位姓萧的女同志得的是淋巴细胞瘤。”

女医生说话的声音很轻，却不亚于在几个人的头上炸响了一个沉雷。

翟丁立刻惊讶地反问道：“是恶性的吗？”

医生缓缓点头。

翟丁立即跑到了一边，倚着一根廊柱，双手捂面呜呜地哭了起来。

陶进和赵强都呆站在那里，两个人你看着我，我看着你，一时间，谁也不知道应该怎么办。

癌，就是没法治好的病，那就是说，等待萧娟的只有死亡。

不能眼看着她死在外地，陶进能够想到的就是尽快向领导报告。他记得，赫雷曾告诉他，必要时候可以上邮局用电报报告，他拉着赵强道：“快，跟我上邮局去发个电报。”他转身告诉翟丁：“陪好她，千万别告诉她。”

翟丁连忙擦着眼泪，连连点头。

在去邮局的路上，陶进和赵强边走边琢磨着，电报字要少，究竟怎么说才能让赫雷明白？

两个人在电报局的柜台上，朝一位扎着两个齐肩短辫子的营业员要了一张电报用纸，先写好了收报人姓名和地址，陶进把琢磨好的五个字写了上去：萧得癌咋办。

下面还要写自己的住址，不然，赫雷没办法回电报。住址就得写济南铁路招待所。这真是让人无奈，电报每个字一毛钱，说事儿，只用五个字，可地址就写了七个字，而且不能用标点符号，因为电报里的标点符号也算钱。

电报送到柜台，那位短辫子姑娘看了看，用浓重的当地口音说道：“没你们那么傻的，公安局的，还住在铁路招待所，为啥不用铁路的电话。”

陶进道：“我们不是铁路公安，是地方的，跟铁路没有直通的电话。”

短辫子营业员道：“俺爹也是地方公安的，他在这里的铁路公安处借电话，打到哪里人家都帮忙。”

几句话提醒了赵强，他俯身从姑娘手中抢过电报纸说道：“谢谢大姐，电报不打啦。我们回去打电话。”边说，拉着陶进走出了电报局。

陶进也觉得人家提醒得对，既为我们省了钱，还能更便捷，关键是能把事情说清楚。

赵强对这个姑娘心存感谢，便说道：“人长得挺不错，心眼儿也挺好，可一开口，就侉了。”

陶进倒不觉得：“说本地话有啥不好？”

赵强带着遗憾的口气说道："我听不惯，还是哈尔滨人说话好听。"

陶进没想到，赵强把女孩子的口音看得这样重要，也许，这是他将来选择对象的一个标准。

这个电话不能在招待所打，两个人直接来到了公安处，看来，还得找梁处长帮忙。

梁处长听说女刑警得了这样的病，也感到着急。不过，因为当惯了领导，还是愿意发号施令。他与陶进已经很熟悉了，而且也很喜欢他，说出话来就比较随意，他一边拨着电话，直截了当地告诉陶进："你得让她赶紧回家，想吃啥就买点啥吧。"

陶进感到心中悲戚，点头道："也只能这样了。"

电话很快就接通，对方是哈尔滨铁路公安处的值班室，梁处长告诉他："打个市内电话。"

赵强急忙告诉道："46003。"

梁处长说了这个电话号码，但是，却听到了对方这样的回答："铁路公安，不跟市里打交道。"

梁处长知道对方在推脱，便大声说道："俺是济南公安局的老梁，俺要找道里分局的赫局长说话，有要紧事儿，你可别给俺耽误了。俺跟你们的处长是好朋友，别说俺找他告你的状！"

这话挺管用，对方马上就挂电话。

梁处长手捂着电话话筒说道："能唬就得唬着点，他新来的处长，我还不知道姓啥呢。"说完，自己先笑了起来。

除了记着刑警队的电话，陶进和赵强都不知道局长室的电话，对方把电话打到了刑警队，可巧的是赫雷刚好在那就接起了电话。

梁处长拿着电话话筒说道："他说一句，你给转达一句。"

陶进接过电话话筒说道："报告局长，萧娟病了。"

陶进以为这话得经过那位接电话的人从中转达，不料，却听到了赫雷的直接问话："什么病？"

赫雷的声音不大，却能听清楚，原来，那个接电话的人，把两个电话的话筒一颠一倒，对到了一起。

陶进大声说道："淋巴癌。"

赫雷不假思索："快让她回来。"

陶进道："不能让她察觉，得编个理由。"

赫雷问道："我想办法，你们住在什么地方？"

陶进答道："济南铁路局招待所204房间。"

赫雷又问："翟铁在哪儿？"

陶进答道："黄瘸子没回济南，翟铁可能和他在一起。"

赫雷问："找到小玉了吗？"

陶进答道："他在黄瘸子的旅馆当了经理。"

赫雷急忙反问："确实吗？"

陶进道："赵强见到她了，确认她以前就住在天河巷六楼。"

赫雷用疑问的口气问道："为什么不抓她？"

陶进道："刚刚安上了窃听器。"

赫雷："窃听器？哪儿来的？干什么？"

陶进道："铁路公安处有个'内鬼'，他们想抓他的罪证。"

赫雷道："这跟我们有什么关系？还耽误我们抓小玉！"

在一边的梁处长听到这里，一把抓过电话话筒说道："俺说赫局长，俺姓梁，是个小处长，很想求你的部下帮俺个忙。"

赫雷一听大感意外，怎么会杀出个处长来？忙说道："梁处长别客气，你需要什么就吩咐他们干好了。"

梁处长道："那俺就谢谢了，那俺就不客气了。"梁处长说着看了陶进一眼，陶进连忙点头。梁处长说道："你是想抓那个女经理，给俺一两天的时间，等俺把俺身边的内鬼抓了，俺再帮你。"

赫雷连声说道："听你的，听你的。"

梁处长把电话又给了陶进，陶进问道："你什么时候过来？"

赫雷道："忙完了我就过去。"

赵强在一边低声道："那个严玉森审得怎么样了？"

陶进马上问道："那个严玉森审得怎么样了？"

赫雷道："到检察院了。"

陶进问道："那你还有什么事儿？"

赫雷道："领导的事儿，你少打听。"

这句话让陶进感到很生硬，甚至有点嫌他多嘴，明显的是在呲哒（训斥）他，这也让陶进再一次体验到了官升脾气长的滋味。

陶进没再说什么，啪的一声，随手挂上了电话。

按理说，打这样一个不容易的长途电话，说到最后，作为下级，应当再问一问领导还有什么指示，最好是，得等着领导答复说，没有啦，才能放下电话。

可陶进什么话都没说，啪地就放下了电话。这个举动，让梁处长也看到了陶进的脾气。

赫雷最后那句呲哒陶进的话，梁处长并没听清，可他听到了那句话，"耽误我们抓小玉"。就从这句话里，他感到远在东北的这位副局长，对别人的事情并不怎么热心，陶进把电话一摔，倒让梁处长产生了想法。

他给陶进和赵强各递了一支烟，两个人都接了过来，点着抽了起来。

梁处长问："小陶，小赵，你们俩在局里都是什么职务？"

陶进吐了口烟："大头兵，刑警。"

梁处长又问："小赵，你还没成家？"

赵强点头："光棍一根。"

梁处长又问陶进："你呢？"

陶进道："离了，就老妈在哈尔滨。"

梁处长点了点头："那就上俺们这儿来吧，刚好把大奔拿下，小陶就当刑警队队长，小赵到技侦科当副科长。"

这句话把两个人都说愣了，怎么这么容易就能当上队长副科长？两个人相互看了看，陶进道："谢谢处长的好意，我得把这个案子干完了再说，金佛追不回来，我到哪儿都不甘心。”

赵强道：“我也是。等追回九宝金佛，我再来看你。”

梁处长点头：“俺明白，这就是当刑警的责任心。俺挺喜欢你们两个，就是喜欢你们这个劲头。估计，你们在单位，也不怎么得烟儿抽。要是想好了，就到俺这儿，放开手脚干。”

谈话间天色渐晚，忽然，梁处长接到了监听小组的电话，说是监听到大奔和二楼女经理小玉的通话，两个人原来一见钟情，等黄瘸子一走，大奔就奔了上去。

“大奔进了经理室，两个人正在亲热。”监听人员说道。

“亲热？就是干上了呗。”梁处长登时火冒三丈。

“正干着呢，呜嗷乱叫，再听下去，我们都受不了啦。”

梁处长：“你们马上出发，去逮着那对狗男女，给俺拿个现行回来！”

这时，陶进在一边连连摇手。

梁处长手捂着电话话筒问道：“咋的？”

陶进道：“不能拿现行，现在黄瘸子还没有下落，要把小玉抓了，黄瘸子受了惊，可就没法找了。”

几句话点醒了梁处长，他点了下头，向对方说道：“俺改主意了，先别动他。你们受不了，也得接着录，等他回来我再收拾他。”

听到对方答应，梁处长放下电话，感叹道：“小陶想得对，就是他回来也不能动，在没弄清黄瘸子下落之前，还得让他们接着亲热。”

赵强道：“这两人也太疯狂了，在经理室就干这事儿。”

梁处长道：“俺看这个小玉就是个狐狸精，跟黄瘸子搞上这才几天哪，又跟大奔干上了，把我的干部给拉下水了。”

陶进道：“先放她两天，我这也是为自己考虑的，我怕一旦吓跑了黄瘸子，那可就彻底抓瞎了。”

陶进这一打横，让梁处长看到陶进头脑比自己还清醒，便不住地夸赞了几句，最后还是那句话：“等抓了黄瘸子，你一定要上俺这儿来。”

陶进只能含糊答应：“到时候再说。”便和赵强起身告辞，因为他一直惦念着萧娟的病情。

梁处长一听萧娟得了不好的病，马上建议让她喝红茶菌。他说，这玩意儿能治百病，他刚喝完，再泡的还没长出菌来，不过，他知道有好几个人都在喝，他可以要一些来。

红茶菌就是让茶叶捂得长出毛来，再泡水喝。因为能防病，还能治病，甚至能治医院治不了的病，所以，一阵子风靡全国，哈尔滨也有不少人泡，有的还花样翻新，不光是用红茶、绿茶，还有茉莉花茶，硬给捂得发霉变质长出毛来，再喝用它泡的水，这就是科技界一大发现。

陶进说，哈尔滨也有，让她回家可劲喝去。

X 光的检查，很快就结束了，检查的结果让萧娟很高兴，医生说她的胸部、肺部都很正常。翟丁也装出高兴的样子，陪着她回到招待所，要等陶进和赵强回来一起吃晚饭。

陶进和赵强回来了，几个人来到招待所一楼饭厅，在这里吃饭的多是住在这里的客人和附近的铁路员工。为了给萧娟补养身体，翟丁特意到厨房跟厨师商量，补交两毛钱，外加二两粮票，为萧娟做了一碗面条，还卧了两个鸡蛋。翟丁在那看着把面条做好，又给端了上来。

热气腾腾的面条散发着扑鼻的香气，放到萧娟的面前，引得陶进和赵强都不停地咽着口水。

萧娟一看，十分惊讶地说，她在坐月子的时候，才吃过几次这样的面条。出差在外，真没想到，还能吃到这样的面条。

警察出差在外，按规定每人每天只补助三毛钱，谁都想用这三毛钱解决一天吃饭的问题，也只有这样，外出不但不赔钱，还能稍有盈余。

所以，要是花上两毛钱，外加二两粮票，吃上这样一碗面条，那实在是够奢侈的了。

陶进记得去年跟郑吉松外出，两个人领了一百二十块钱的差旅费。小郑有个毛病，说来也不算什么大毛病，他到了一个新地方，总愿意去找当地的小吃，再喝上二两酒。

两个人一起外出，总不能一个人吃着，另一个人看着，陶进尽管不喝酒，也得陪着吃。这样一来，有时一天要花一块多钱，这样外出肯定要赔钱。

为了填补吃出来的窟窿，就得在火车睡铺上想法子。上级规定，夜间坐火车超过六个小时不买睡铺，可补助睡铺钱的四分之一。这个政策就是鼓励大家尽量少坐睡铺，好给局里节省开支。两个人一合计，即使白天可以坐火车走，也要买晚上的慢车硬座票，为的是使坐夜车的时间超过六个小时，好领那四分之一的补助费。

分局财务那里有个火车时刻表，哪趟火车几点从哪儿到哪儿，查得那可是清清楚楚。

按着上级规定，两个人这一晚上不坐睡铺，每人可以得到的补助是八毛钱。加起来就是一块六毛钱，足以顶上白天的吃喝。

小账算得挺好，可是，人算不如天算，在火车上一实践，那叫个得不偿失。

一宿不睡觉，坐在硬板椅子上打盹，难受不说，肚子还容易饿。郑吉松两次下车在站台商亭买吃的，差不多花了一块多钱。天亮时两个人头昏脑涨下了车，一算账也没剩下几个钱。

回到分局一交账，报销了所有票据，加上补助费，只能报销九十多块钱，差二十多块钱，两人平摊补上。

这算是一次赔钱的出差。

按照小郑的算法，这次出差稳赚没赔，出去五六天，搭上十多块钱，算什么？你在家吃饭不也得花钱吗？更何况咱们还吃了那么多的好吃的。

这次出来的几个人，都没有郑吉松那样的嗜好，吃的都非常俭省。就拿招待所的饭菜来说，有六七毛钱一盘的宫保鸡丁，可谁也没买过。难怪，闻到这样香的面条就要咽口水。

萧娟不好意思把两个鸡蛋都吃了，先是要给翟丁一个，翟丁连连拒绝，实在相持不下，便端着碗上了另张桌子。

给陶进和赵强也都不要，还是她自己吃了，连汤都喝光了。

尽管在济南做了不少事情，但就追捕黄瘸子来说，其实是有所耽搁。

四十三

官场

至于赫雷该不该在追捕黄瘸子的关键时刻，亲自押送严玉森回哈尔滨，好几年后有人提起此事，还是有不同看法。

本来，张春祥足以完成此次押送任务，可是领导要亲自押运，谁能说半个不字儿？

其实，赫雷当然有自己的想法，谁把在哈尔滨造成轰动影响的杀人犯押送回去，都会受到热烈的欢迎并成为新闻人物，这是赫雷想要得到的。毕竟刚当副局长时间不久，应当找一个机会让大家都知道自己的名字。

可是，谁也不知道，赫雷急于回去还有一个心里的隐忧。因为他行前的那个忙碌的时刻，刑警队的教导员谭中宇在走廊里堵住了他，偷偷地向他透露了一个极为重要的消息。

昨天晚上，吴昊破天荒地请谭中宇吃了顿馆子。

酒至半酣，吴昊突然问他："你还是不是庄局的人？"

谭中宇明确回答："我老谭至死也不能忘庄局的提拔之恩。"

吴昊说："那就好，咱们帮助庄局重新杀回来。"

谭中宇感到惊讶："我听说要让庄局当副处级调研员，市局都定了，说他从党校回来就公布。"

吴昊道："谁愿意退出历史舞台？"

老谭问："那赫雷呢？那不是一个槽里拴俩叫驴？"

吴昊说："调走，市局领导同意了。让他上市局刑警大队。"

谭中宇不相信，唐巨成不会同意让赫雷离开。

吴昊轻松地说："把唐巨成也调走不就结了。"

谭中宇摇头："不那么简单，那局里的工作不就散了？"

吴昊说："你知道什么，得看清国内的政治局势。从中央到地方，有不少干部，特别是那些身经百战的老干部，对现在全国这些资本主义泛滥极为不满。你没看见吗？到处唱港台歌曲，人人都想捞钱……"

谭中宇点头，他也有同感。

吴昊越说越激动："你说，这还叫社会主义吗？整个是修正主义挂帅，资本主义复辟。所以，有不少领导干部，甚至是中央的干部，都想要重搞一场大革命，名字可能不叫'文化大革命'。"

老谭问："那叫什么？"

吴昊神秘地压低声音说："叫什么？现在这反对精神污染、'严打'，你就没看出什么苗头吗？"

谭中宇问："你是说再来一次'文化大革命'，不过名称变了？"

吴昊说："没错，就是这个意思。下一把，就是得总统、总理说了算，说不定你我都有很关键一票呢。"

谭中宇道："刚过完年，倒是看过一些消息，什么人道主义、什么异化的事儿，现在报纸上已经不说这些事儿了。再说这投票选总统，更是没影的事儿，我看不出有什么奥妙。"

吴昊说："你懂什么？刚开始批《海瑞罢官》的时候，你看出要搞'文化大革命'了吗？"

谭中宇摇头。

吴昊说："这不就结了？你的政治眼光太短浅，只能跟着明白人走。外国人的总统是老百姓选的，那才叫民主呢。"

谭中宇点头。

吃完饭，吴昊说："今晚的谈话哪儿说哪儿了，千万别外传，有的可是绝对秘密。”

回到家中，谭中宇一宿没睡好觉，这是吴昊硬把他给扯上了，他必须在庄农和赫雷之间作出选择，其实，这是他最不愿意掺和的事情。

他不愿意掺和，不是他对庄农忘本。他是庄局提拔的，跟着他干，省心。案子破不破有赫雷在那顶着，他就听庄局的话亦步亦趋就行了。

唐巨成一来，他就感到庄局老给他使绊，可明明看着唐巨成指挥抓朱岗，剿灭“采花团”，社会治安明显好转，让他也感到当刑警的自豪，连女儿都说，有的同学说长大了也要当警察……

这年头，保谁，打谁，可是决定自己政治前途的头等大事儿。保对了，打对了，保证今后可以青云直上。一旦弄错了，可能几十年就算白干了，说不定就是万劫不复。

第二天一早，谭中宇迷迷糊糊地上了班，到了分局的头一件事，就是到收发室去找报纸看。

只有局长室长期订有一份《人民日报》，他先翻看第一版的大标题，还是什么总书记接见总理，接见外宾和客人，顺序和提法都没有什么大变化，也看不出有老百姓选总统的意思。

到了中午，他又到资料室翻箱倒柜，找出了报道今年国庆节晚会的那份报纸，他从头到尾看了全部名单，还是在“文化大革命”期间被打倒的老干部居多，那些什么革命派、造反派一个都没有。看到这些，他忽然想到张吉顺，对呀，这些话他说得最多，几乎是成天挂在嘴上。

难道吴昊也魔怔了？

想到这里，他的全身忽然冒出一阵冷汗，亏得没信他的！

折腾了一天一夜，终于到了晚上，谭中宇自信判断已定，他瞅准赫雷在走廊的机会，把他拉到一边，悄声告诉他，吴昊说，唐巨成和你可能都调走，庄农可要杀回来了。

这一行动，就是表明他要“打”庄农，“保”赫雷。

赫雷一听，心里一惊，想不到才上任这么几天，就会有这样变动，他要调走，也无可厚非，换谁来都行。要是庄农回来，那就等于说是庄农把他挤出去的，被挤出去的滋味总不是好受的。

谭中宇的话，赫雷可是字字都记在心里，只是因为当晚太忙，还要安排陶进和翟丁等人外出的几件事情，实在没有工夫仔细琢磨，便对老谭说："我很快就回来，你多留点神。"

谭中宇神情庄重地点点头，表现出一副肝脑涂地也在所不惜的样子。

尽管赫雷心里揣着这样的心事，可在北京几天的工作中毫无外露，是查翟铁和严玉森毫不懈怠，他知道，能不能尽快侦破这起母子被害的特大案件，事关他的政治前途。

也许是机缘凑巧，当然还得说赫雷指挥到位，三下五除二，真就把严玉森给捉到了，这个能够崭露头角的机会他岂能放过？

果不其然，唐巨成接到赫雷要押解严玉森返回的电报，即刻向市局作了汇报。市局领导也认为，这是提振公安干警声威的好机会，便在车站月台布置了一个颇具规模的欢迎会。

列车到达市郊王岗车站的时候，市局政治部的干部就上了火车，告诉赫雷，张春祥和护士负责把严玉森从后边车门抬出去，直接上救护车，拉到布置好的监护病房。赫雷带着医生从前车门下车，接受领导的欢迎和献花。

火车一停，车门开启，月台上就响起一阵鼓乐声，市局和分局领导都在车门前等候。

赫雷一露面，就是一阵掌声。

市局主管刑侦和治安的副局长和唐巨成首先迎上前来和赫雷热情握手。

派出所两名女干警还抱来两捧鲜花分别献给赫雷和那位医生。

还有好几台照相机都挤到跟前，噼里啪啦好一顿拍。这是公安报和市里报纸的记者们在抓拍新闻镜头，到明天，赫雷手捧鲜花的照片，就会出现在各家报纸的版面上。

接着众人簇拥着赫雷坐进了一辆吉普车，欢迎仪式到此结束。

严玉森住进一间监护严密的病房，医生对他的身体进行了全面检查，发现他心脏的梗塞部分已有好转，这当然是在北京治疗的结果。

道里分局局长唐巨成和几位领导，当晚在一家饭店招待赫雷和陪同来的医生护士，还有张春祥和两位刑警。

席间，唐巨成和赫雷都没喝几口酒，好像心照不宣，两个人都有重要的事情跟对方说。

吃完饭，两个人回到分局，来到唐巨成的办公室。

副局长得胜归来，跟一把手好好聊聊，不会被任何人猜疑。

关上房门，唐巨成告诉他，他听到谭中宇的汇报，说是有人要把他们两个人都从分局踢出去。

赫雷点点头，说他走之前已经听到这个消息，当时重任在肩，不能顾及个人安危，只好出发。

唐巨成说，此行活捉凶手，为我们巩固地位加了分。

赫雷摇头说，也不尽然，表现突出，让市局领导有了想法，今天市局领导就问他，想不想到市刑警总队去，到那里主管全市的刑事案件，视野更宽，更能发挥他的能量。

唐巨成问赫雷，你是怎么想的？

赫雷说，我是你提拔的，你在哪里，我就在哪里干。

唐巨成对赫雷这样的回答十分满意，他说，就算是你和我都要走，也不能再让庄农回来。

原来，政见不同，忌恨竟会如此之深。这倒让刚刚步入领导层面的赫雷惊诧不已。

赫雷外出这几天，稍有空闲就琢磨这件事情。是谁有这样的本事和力量，能推动公安机关的人事变动，而且这样的变动，涉及的还远不是一般干部，而是分局局长一级的处级干部。

他首先想到的就是刑警队的副队长吴昊，但是，就凭一个吴昊，绝对掀不起这样的大浪。

在押送严玉森返回的火车上，随着火车有节奏的颠簸，他忽然想到一个人，一个女人。赫雷当时真有一种像判断案件似的灵光一闪，至少，他有六七成的把握认为，就是她！

这个女人就是区委组织部的于副部长。

她的儿子是“采花团”的团长，险些被枪毙，现在还在狱中服刑。唐巨成曾经怀疑，是谁为他通风报信，让他逃脱第一次抓捕？

当时，赫雷已经有一个怀疑对象，那就是庄农，因为庄农的办公室与唐巨成的局长室仅有一壁之隔。因为没有什么确凿证据，赫雷只能把这种怀疑藏在心底，毫不声张。

他知道杜衙内不是于副部长的亲生儿子，但是，她有一个当副市长的丈夫，这对夫妇的关系网可以说又广又密，像公安局这样重要的部门，不会没有他们的关系。吴昊是怎么进入公安部门的？这不能不让他想到吴昊的父亲。这个当年区政府的后勤主管，现在成了财力雄厚的房地产商。

也可以说，在火车的隆隆声中，一个周密的反击计划在赫雷的脑海中已具雏形。

唐巨成心里只有气愤，没有什么具体主意。他不得不向赫雷请教，有什么破解的办法。

赫雷的第一句问话，就让唐巨成感到没头没脑。

赫雷问：“搞房地产开发，是不是要动迁坐地户？”

唐巨成反问：“啥意思？”

赫雷道：“我要先捅一下吴昊的父亲，来打击吴昊这小子！”

唐巨成虽然不知道怎么个捅法，却感到总比没有办法好，就问从哪儿下手。

赫雷道：“想到这个问题，是我听说他用了不少刑满释放的人，帮他动迁坐地户，利用这帮人能干出什么好事儿？有没有违法行为？我前些时候，好像听说那里的群众闹过事儿。”

唐巨成道：“我也好像听说出过事儿，倒是没问最后处理结果。”

赫雷道：“让有关人去查一下。越快越好。”

唐巨成点头道：“明天就让治安科去查一下。”

第二天一早，郑吉松拿着几份报纸来到办公室，大家争抢着，观看着报纸上的大幅照片，赫雷捧着鲜花，满面笑容和市局领导握手。

这是身边的人第一次登上报纸，让大家感到分外高兴。赫雷来到刑警队，郑吉松立刻把手里的一份报纸送了上去，还连连夸赞：照片显得真年轻，看上去就是三十来岁。

赫雷对这样的恭维还是不买账，他说道：“我要像三十，你就像十八。”他看了看照片便把报纸揣到兜里，他要带回家去，让老伴好好地保存起来。毕竟这是人生的一段辉煌。

赫雷让张春祥把严玉森的逮捕材料报给了检察院，检察院立即派人对严玉森进行审讯，听说区法院的人也提前介入审讯。

也许知道一切都是大势已去，严玉森心情极为沮丧，他只是低声回答是与不是，难道像他这样作恶一生的人也知道忏悔？

估计，这种可能性也是有的，因为古人说过，鸟之将亡，其鸣也哀，人之将亡，其言也善。

公安机关抓紧报捕，检察院抓紧审讯，连法院都提前介入，公、检、法三家只有一个目的，就是抓紧时间，抢在严玉森自然死亡之前，在他的胸前挂上一个写着“杀人犯严玉森”几个大字、再用红笔打上一个大叉的纸壳做的牌子，把他拉到全市“严打”第六次公审大会的公审台上，宣布罪状，进行公审。

公审大会后，还要把他抬上站满法院法警的解放牌卡车，拉着他，走过全市最热闹的场合，引得人们纷纷驻足街道两旁延颈围观。头前开路的警车大喇叭，反复播放着他的罪行，然后开到市郊的刑场，等待那一声击碎头颅的枪响。

“严打”期间，上级对办案速度和量刑标准都有明确要求，那就是四个字——从重从快。

五天以后，严玉森的生命就是按照这样的设计结束的。

有所不同的是，当法警把严玉森拉到解放牌大卡车上的时候，他身子挺了几挺，接着就软了下来。大概是他的心肌梗死又犯了，这一次再没有人给他打针吃药。他登时气绝身亡。

押解的法警把这个消息报告了公审大会的指挥长。指挥长不假思索地命令：多派人，拉住他，让他站直了，一直到刑场！

……

早晨刚上班，治安科长周大立就接到唐巨成的电话，他带了份报纸来到局长室。

见了唐巨成，他把报纸递给唐局，说了句：“太突出个人了吧。”

唐巨成看了看，他在照片上只是半拉脸，不认识他的人看不出是谁。

周大立的话是根据老规矩讲的。多少年，领导老是让公安战士都当无名英雄，这回可倒好，领导自己的照片上了报，还登在了头版上。看来，这号召让大家甘当无名英雄的传统，就算是给破坏了。

当然，这话里话外，还有点醋劲儿。本来嘛，当初都是般大般的，现在，不光是当了副局长，还上了报纸。

说来这让周大立自己也感到奇怪，党和国家领导人、省市一级的领导人的照片，天天上报纸，他怎么一点感触都没有，怎么这赫雷的照片一登，他心里就酸溜溜的呢？

原来，嫉妒，这个藏在每个人心里的魔鬼，只是对身边的人发作。

周大立显然不知道，唐巨成布置的任务是赫雷的主意，要是知道，可能醋劲儿会更大。

治安科是除刑警队而外最为忙乱的单位，不管白天黑夜还是节假日，总得有人值班。因为他们不光是管理公共娱乐场所、印刷、刻字等特种行业部门，还管着非正常死亡和治安性质的案件。类似于上吊、割腕、跳楼、服毒身亡等非正常死亡案件，甚至包括聚众斗殴、扰乱公共秩序等，都得由治安科出面与派出所共同处理。

如果一个领导能做到遇事不乱，把件件案件处理得井井有条，就得说是个好治安科长。

周大立不光是对治安科日常管理做得有条不紊，他还有一个本事，就是对治安案件的预见性。譬如“文化大革命”期间，电影院萧条冷落了十来年，这一改革开放，电影院成了观众最多、最忙乱的地方。他就提前找影院经理和管理人员制定管理条例，堵塞管理漏洞。这些年，道里区内的几大影院从没发生过大事儿，还抓了不少贩毒和卖淫的，这个成绩应当算到他的头上。

再一个例子就得说是他对“采花团”跟踪调查。他一盯，就是五六年，最终把几个强奸、诱奸女青年的淫棍送上了断头台。这几件事儿，你真得说他周大立确实有股子韧劲儿。

唐巨成布置的任务是让他调查姓吴的房地产开发商，周大立立马心领神会。说他注意这个老板已经有半年多了，手里就掌握着不少材料。

唐巨成显然很高兴，他让周大立拿出有力的事实，最好是具有犯罪性质的事情，下午再具体研究。

周大立所以注意吴老板，是因为吴老板为了再开发一块小区的楼盘，遇到了一个最大的难题，就是几家坐地户以赔偿不足为由拒绝搬迁。

这几家刁民难不倒吴老板，他让吴昊找几个社会上的混混，组建了一个拆迁队，让他们去对付那些贪得无厌的刁民。

拆迁队队长是一个既偷又抢的惯窃，他的外号叫狼四儿。

这个家伙心狠手辣，刑满释放后失业在家。刚出来的时候，他也做过服装生意，因为不懂得买卖服装要注意季节，结果他定的棉衣和皮夹克等服装，直到五月下旬才到货，天眼看就热了，谁还会买棉衣和皮夹克？借了近万元的本钱不能总是压着，只得赔本贱卖，一场生意做下来赔了一多半。就在他还债无力、生活无着的时候，吴昊找到了他。

当天他就见到了吴老板，表示要牢记吴昊的知遇之恩，全力效忠老板，三天之内，把这些刁民统统赶出去。

老吴告诉他放手干，不走的就得给点厉害，打断肋条赔两千，一条腿赔三千块钱，别出人命就行！

老板有钱，吴昊有势，谁还敢阻挡狼四儿？

狼四儿为了壮胆，又找了几个哥们儿提着棍棒一起上阵，狼嚎虎叫大打出手，几家拒绝搬走的坐地户，有的被打断肋骨，有的真被打断了腿。

坐地户从未见过这样虎狼一般的动迁队，便联名上告到派出所和法院，要求对这样野蛮拆迁依法处理。

不论是派出所还是法院大都只能进行调解，因为不论是现行法律，还是治安管理处罚，都没有对因为动迁产生纠纷的处理规定，结果是，坐地户接受赔偿纷纷搬走了事。

拆迁队为吴老板立了一大功！

周大立回到治安科连打几个电话，迅速调集了当初派出所处理的记录材料，下午就拿到了唐巨成面前。

十几份材料没用多长时间就看完了，唐巨成咂着嘴有点犯难。这些事情已经调解完了。

他问周大立，有什么办法重新捡起来处理？

周大立拿不出好办法。

唐巨成又找来了管治安的王副局长，王副局长一看是吴老板的事情，连说拿不出办法。

唐巨成不认为他们是有意包庇吴老板，很有可能就是找不出办法来。无奈，他只得把赫雷找来。

赫雷像是一无所知地看着笔录材料，看完后，他向唐巨成道："调解。是解决拆迁队和被打居民的问题。但是，这里有一个主使者一直没有处理。"

王副局长问："谁是主使者？怎么证明？"

赫雷道："你看这份材料，被打的人说，狼四儿打他的时候说的话。"说着，他把材料递给了王副局长。

王副局长接过念道："狼四儿跟那几个打手喊道：'老板说了，打折肋条赔两千，打断腿赔三千，干他们！'"

赫雷道："这回找到主使人了吧？"

王副局长不得不点头。

周大立也看见了这几句话，可他认为，现在手里没有吴老板的直接证据，除非审讯狼四儿，他能揭发他老板吗？

几个人一起摇头，谁都知道，像狼四儿这样几进几出的惯犯，想要撬开他的嘴，那是十分困难的。

赫雷问道："狼四儿这么喊了，说是老板告诉的，这是间接证据。那么事后赔偿是多少？"

周大立掂着材料："是按这个数赔的。"

赫雷问："谁拿的钱？是狼四儿吗？"

王副局长道："那不可能，肯定是吴老板拿钱嘛。"

赫雷道："要是吴老板拿钱赔偿，就可以证明，是老板明码标价让手下去伤人，难道不是唆使犯法吗？"

几句话提醒了唐巨成，他一拍桌子："就这么干！定他个唆使犯罪，开个拘留证，先把他押起来再说。"

赫雷道："我建议，咱们先开传唤证，传到局里再审讯，不承认再押起来也不迟。"

唐巨成点头，对周大立道："动手吧！连夜突击。"

周大立点头称是，走了出去。

王副局长站起来问道："要没别的事儿，我也……"

赫雷向唐巨成递了个眼色。

唐巨成立即明白，他朝王副局长招了招手："老王，别走，研究一个事儿。"

王副局长不解地问："研究啥事儿？"

唐巨成道："防火科最近是不是有点松松垮垮，连续发生几起火灾，是不是管得不紧了？"

王副局长明白走不了，便坐了下来。

赫雷倒乘机走了出去。

直到唐巨成接到周大立的电话，说吴老板已经抓到。他才对王副局长说："今个就到这，明天找个时间再说。"

王副局长如遇大赦，这才离开了局长室。

道里公安分局治安科长周大立亲自出面到房地产开发公司传讯吴老板，而且不允许他打电话给儿子吴昊。

这是狼四儿跑到分局刑警队找到吴昊告诉他的。

吴昊登时觉得被人重重地踹了一个窝心脚，况且，这一脚来得特别突然、猛烈，简直让他有点发蒙了。

他一时没有回过神来，他不知道，也猜不出，周大立凭什么一点招呼都不打，就对他的父亲下了狠手。

今天下午的时候，他和周大立还在走廊里走了个对面，相互点了点头，没看出丝毫异样啊。

“人呢？人带到哪里去了？”吴昊着急地问。

狼四儿道：“看着是往拘留所方向去了。”他在那里蹲过，知道大体方向。

他刚拿起电话要给拘留所打电话，忽又觉得不妥，便放下电话匆匆走出门去。

狼四儿也跟了出来。

吴昊疾步走出分局大门，推起一辆自行车，告诉狼四儿：“赶紧回老爷子的办公室，把重要东西都收拾一下，能藏的都藏起来。”说着扔给他一把钥匙，他无法估计事态发展，也许下一步就会去搜查。

吴昊毕竟还年轻，也算是油梭子发白——短炼。他没有想到，要是能搜查，周大立还能费那个事，再来个二反脚？

这个机会留给了狼四儿，他收拾东西的时候，在一个抽匣里发现吴老板零用的几千块钱，让他中饱私囊。

吴昊骑着自行车飞快地来到了于副部长家。

这两家人也称得上是难兄难弟，当初，吴昊帮她家捞孩子，今天得找她捞自己的老爸。

于副部长处事一向沉着冷静，听到这个消息也是大吃一惊。这是她从来不曾想到的一个意外，公安分局凭什么突然把吴老板给抓起来了？

于副部长从座位上缓缓站起，她走到电话前拿起话筒连连拨号，片刻，她用沉稳的口气说道：“你想办法问一下道里分局，为什么把搞房地产的吴老板给抓起来了？……是，你说得对。……是，治安科办的。”

吴昊疑惑地望着她，不知道这个电话是给谁打的。

于副部长放下电话，望着吴昊说道："本来是想要各个击破，再把庄农请回来。没想到，唐巨成跟赫雷勾得这么紧。我看，你在道里区的好日子也快到头了，要赶紧挪个地方。"

"到哪儿？"吴昊一头雾水。

于副部长道："到市局去，想办法当周大立的上司，这个仇是一定要报的。"想起儿子被捕给他们带来的奇耻大辱和影响，于副部长就恨得牙根痒。

"可能吗？"吴昊心里没底，连自己爸爸被捉都一无所知，这件事情让他的自信极大损伤，他怀疑自己是不是有些无能。

于副部长胸有成竹："能。你对杜家恩比天高，我会全力以赴。"

吴昊感激地说道："谢谢。"

于副部长摆手："你我之间不说"谢"字。"

吴昊这才想起，不知道她方才打电话问的是谁，便问道："你方才打电话是给谁呀？"

于副部长神秘地笑了笑："市里领导，他会有办法的，你放心吧。"

吴昊站起身来："于副部长，我得走了，我还不知道我爸爸在哪儿呢。"

于副部长点头："你赶紧去找吧。"

吴昊告辞了于副部长，离开于家。这杜副市长还没在家，一个女人就能调动市级领导，可见神通之大。

吴昊心里略感慰藉，禁不住长长地嘘了一口气。但是，他还是觉得心头有一团乌云，缠绕在那里，让他全身紧绷，呼吸紧促。他隐约觉得抓他的爸爸只是个表层现象，似乎后面那看不见的利矛，是冲着他来的。

他无奈地长长叹了一口气，感叹：这就是官场。官场啊，官场，这里面的风险可是太大了！

但是，吴昊可不是轻易就"草鸡"的人。遭遇了风险，经历着风险，倒让吴昊有了一种想要冲破逆境的豪情。他重新估量自己的勇气和于副部长的能量，似乎觉得心里又有了底气。

他要赶往拘留所，要把老爸领回来，要是周大立不肯放人，就跟他来个鱼死网破。

在路上，吴昊又想起于副部长通电话的情景，还有那神秘的一笑。他觉得于副部长和电话另一端的人，有一种难以名状的关系。

凭着于副部长的工作能力和风韵犹存的姿色，她会把这两点利用到极致。

吴老板被周大立押到了拘留所，并对他进行审讯。

吴老板从没遇到这样的危急时刻，这一突然袭击，一时间，老吴有些惶恐，特别是被押进了拘留所，这更让他大感意外。一路上他就不停地回忆自己最近的所言所行，到底是哪里出了纰漏？让一位治安科长亲自来传讯他？

看到了拘留所的高墙和电网，还有沉重的大铁门，想到也许会长时间住在这样的地方，更让他慌乱不已。

下了车，进了审讯室。老吴心里更加发毛。不管老吴有多么丰富的社会经验，却从来没有被押进拘留所的经验，走了没几步，他就觉得裤裆里湿了一大片，他失禁了。

进了预审室，他看到一个四十多岁的中年人坐在审讯桌后面。

老吴被押进来，那个中年人朝他挥了下手，意思是让他坐到一个用铁链锁在地上的方凳上，老吴坐了下来，但是，慌乱让他全身不住地发抖。

周大立坐到桌子一角拿出笔来要做记录。

这让老吴心中一凛，这个中年人是谁？怎么会是一位治安科长给他的审讯做记录？

中年人开口问话，先是问姓甚名谁，家住哪里，老吴一一回答，周大立在忙着记录。

看着周大立把这些都记下了，中年人问："你手下的拆迁队，在动迁的时候，打伤了坐地户，有这事吗？"

听到问起这些事情，老吴心中感到有点踏实，答道："都处理完了，该赔偿的都赔了，他们都搬家了，那栋楼都快盖完了。"

中年人道："赔偿都是什么标准？是你给的钱吗？"

老吴道："除了动迁费之外，受伤的有的赔三千，有的赔两千。当然都是我拿的钱。”

“这个标准也是你定的吗？”中年人问。

“什么标准？”老吴有点摸不着头脑。

“打断腿给三千，打断肋骨给两千。”

老吴忽然觉得这样问话有什么不可知的目的，便说道：“这都是当地政府给定的。”

中年人忽然一拍桌子，口气陡然转为严厉：“可有人说，这话是你吴老板亲口说的！”

老吴不知回答哪些对自己有利，哪些有害，只好一律矢口否认，因为他相信一个规律，不论事大事小，凡是问的，什么都不能承认。

中年人的态度依然严厉，那两只眼睛里凶光闪露，让人不寒而栗：“姓吴的！你的拆迁队打伤坐地户，已经处理完了，但是，这件事情的起因，我们还没弄清楚，你手下的人一口咬定就是你说的，现在是传讯你，你要一一说清还则罢了，要是不好好回答，那可就对不起了！”

老吴头上冒汗：“莫非说，还能……”

“不是还能，而是准能，你不知道这是什么地方吗？你要不说清楚，那就得进到拘留所好好反省反省。”

老吴的心又乱跳起来，忙问道：“我能不能问一句，您是谁？”

中年人用平静的语调回答道：“赫雷。”

老吴身上一抖：“是……赫局长。”

赫雷道：“分局副局长。”

老吴心中更加慌乱，他曾听儿子多次说到这个家伙，今天他又看到了报纸上有他的照片，他知道，此时此刻，他遇到了最大的克星。他不得不用哀求的口气说道：“赫局长，看在我儿子的分上，你能给我指一条路吗？我实在是怕蹲拘留，工地上几百人还在干活呢，这损失我担不起呀。”

赫雷道：“其实，事情本来没什么大不了的，你为了让他们放心去搞动迁，说了几句大话。可是，那帮人拿着当令箭了，到处去喊，还真的打伤了人，尽管已经调解处理，但你说没说过这些话，我们要问清楚，你说应当吗？”

老吴连连说道：“应当，应当。”

赫雷道：“我认为，这是你一时口出狂言，必须接受教训，承认就好，可以让你回去。”

老吴似乎觉得有了转机，便问道：“我要是好好接受教训，赫局长，您真能让我回去吗？”

赫雷道：“我是你儿子的直接领导，在一个锅里抡马勺，我要是说话不算，怎么面对他？”

老吴点头，赫雷这话说得挺到位，况且自己还真的说过这样的话，要是现在说了有机会回去，何必等进拘留所再说呢？想到这里，他又问道：“赫局长，我可是把身家性命都押到你的身上。”

赫雷有些不耐烦：“你怎么婆婆妈妈的？也许用不了多久，你儿子就会来看你，我要是骗了你，你能不告诉他吗？”

老吴连连点头：“那我就承认，我确实说过那些话。”

周大立插嘴道：“说了哪些话？”

老吴道：“我是说过，你们干吧，打折腿赔三千，打折肋条赔两千。”

周大立边记边问：“什么时候说的，在什么地方说的，跟谁说的？”看得出周大立真是业务纯熟，问的每句话，都在节骨眼上。

老吴一一做了如实回答，周大立做完笔录，给他念了一遍，又递给他让他看了一遍，然后让他亲笔在最后页写上：笔录给我念过，我也看过，记录正确。最后，让他在钉在桌角的印泥盒里，蘸了红印油，挨篇都按了手印。

一切都办理妥当，赫雷用温和的语气说道：“你态度不错，本来事情不大，就是想要弄清楚你到底说过这话没有。说了，老实承认，接受教训，不过如此。你要是态度顽固，那就可以追究你唆使犯罪，对不？”

老吴在裤子上擦着手指上的红印油，连连点头道：“对，对。一点不错，您说得太对了。我也是个科级干部，受党的教育多年，说出这样的话，真是太不应当。”

赫雷按了下桌角的电铃。

一个看守走进来："局长，啥事儿？"

赫雷道："你看看吴昊来了没有？他要是没来，就打电话给刑警队，通知他来一下。"

看守道："早来了，就是没敢进来。"

赫雷道："叫他进来，让吴昊写一个具保材料，把他爸爸领回去。"说着他站起身来，走出了预审室。

第二天下午，周大立把吴老板的材料装订了一个卷宗，封面犯罪性质一栏写的是：唆使犯罪。

里面有一份案件受理批示书，在办案人意见栏，周大立写的是，该人认罪态度较好，可取保释放。

在领导批示栏是赫雷的批示：同意。

里面还有一份具保材料，担保老吴以后奉公守法，随传随到，担保人是吴昊。

唐巨成告诉赫雷，就在把吴老板带走不到半个小时，他接到市局一位副局长的电话，询问此事。他用"不知道"进行搪塞。

没料到人家说，你老唐跟赫雷研究的罪名，怎么还说不知道？

赫雷不由得倒吸一口凉气，看来，决定传讯之后把王副局长扣在这里是正确的，要不，恐怕连老吴的影子也抓不到。

唐巨成道："市局领导最后说，是上级主要领导要我问的，你们掂量着办，别弄得不好收拾。"

赫雷问："他说没说是哪位领导？"

唐巨成摇头。

他对这一切顺利结束感到十分满意。唆使犯罪的罪名定了，他本人也承认了犯罪事实，这一切都板上钉钉了。取保释放，这一招更绝，要是吴昊再敢兴风作浪，说不定就可以把老吴起诉到检察院批准逮捕。

这一套组合拳打得那叫稳、准、狠！

不过，唐巨成心里也有一点感触，他已经意识到，轻易不能惹像赫雷这样的刑警，他们反击的办法太高明，太狠！

周大立把这份材料交给了唐巨成，唐巨成把它锁进自己办公桌的抽匣中。

也就在赫雷到刑警队听几起案件进展汇报的时候，突然接到了陶进从济南铁路公安转过来的电话。电话转得虽然大费周折，但基本内容还是清楚了。他得知小玉在济南，还有就是萧娟得病了。

赫雷没想到陶进会挂断电话，这让他对这个平日上阵破案最依赖的刑警产生了一些看法。真没想到，这个陶进的骨子里还真有点傲气，用不好，小心让他尥蹶子踢一脚。

其实，陶进对赫雷还是一百个尊重和信任，只是赫雷官升脾气长有时候让他难以接受，这一点，赫雷永远也意识不到，他也无法意识到——官升了就得有点脾气，这样一来，两个人的关系就有点别扭。

四十四

翟刚

穿着深绿色的制服，挎着深绿色的帆布大兜子，骑着绿色自行车的电报投递员，来到了铁路招待所门前。

他把一封封着口的电报交给了刚刚上班的服务员，这是从哈尔滨发来的加急电报。电报交到刚刚吃完早饭的陶进手中。

陶进打开一看，电报只有几个字：家人出国萧速归。

为了省钱，还没有标点符号。

赵强和翟丁端着稀饭和咸菜，用筷子穿着一个馒头走出饭堂。

陶进把电报给他俩看了看，翟丁道："看看有没有上午的火车，让她早点回去。"

赵强问："她一个人走行吗？"

翟丁道："她现在还不知道，她要是回去再有人护送她，她准会怀疑。她跟我说，她最怕得的就是那种病，可不能让她有半点察觉。"

陶进道："是啊，她要察觉，说不定到不了家，走到半道就得吓死。你们先把早饭给她送去，我去给她联系火车票，一路上让乘警照顾她。"

两个人走上楼去，陶进也匆匆走出招待所。

上午十点二十分，有一列慢车开往牡丹江，陶进为她买了一张硬卧的下铺，慢车时间虽长些，睡在下铺，可能舒服些。

萧娟的爱人是省公安厅外事处的副处长，精通英语、俄语，可以说是年轻有为的领导干部。前年、去年都出过国。今年年初她婆婆去世了，丈夫要是一走，上学的孩子没人照顾。

用爱人出国做要她回去的借口，这个谎编得挺好，不漏破绽。

连在国内出差都十分难得的时候，能够走出国门，当然为人羡慕。它不光是手里持有外币，还可以在回国后，用外币换成外汇券，在国内购买副食和高档家电，如照相机、录音机、电视机、电冰箱等在国内难以买到的东西。谁的家里有这几大件，那就算是高档生活。

不过萧娟却感到十分遗憾，任务没有完成，她要离开战场，再说，她跟翟丁处得十分投缘，现在就要分手，还真有点舍不得。

翟丁挽着她的手，陶进和赵强提着她的包裹一起走上站台，提前上了车厢。这是陶进和乘警通融的结果。他还把医院检查的材料也偷偷给了乘警，让他在下车的时候交给来接站的人。

进入车厢放好包裹，几个人依依惜别。翟丁和萧娟紧紧拥抱，两个人都掉了眼泪。萧娟跟陶进紧紧握手，大声叮嘱他："傻小子，翟丁能看上你，算你好命，人家可是搞科学的，你可不能欺负人家！"

陶进看了翟丁一眼，只是嘿嘿笑着连连点头。

开车时间快到了，几个人下了车，站在月台上向萧娟招手。

列车徐徐开动，萧娟在车窗前向外面挥手。

挥手自兹去，萧萧班马鸣。

此地一别，不知还能不能再见到这位热情爽朗的大姐，几个人不由得黯然神伤，翟丁的眼泪噙在眼眶里，无比伤感。

月台的两侧停着长长的列车，这辆列车刚刚开走，月台另一侧的列车已经放人上车，众多的旅客沿着车厢匆匆走着，有的拖着、扛着大包小裹拥塞在车门前，你推我搡抢着上车。

翟丁和陶进、赵强三个人，还没有从方才的伤感中解脱出来，他们默默地沿着月台空旷的一边走向出站口。

人们经常感叹世事难料，萧娟的遭遇就是一例。在人们都把癌症当成死亡的同义词的时候，人们都在盘算她还能活多久。据说这种淋巴细胞癌在全身扩散极快，死亡率也极高。

当然，最难预料的还有这熙熙攘攘的大千世界。

就在三个人怀着忧伤默默前行的时候，翟丁心中忽然一惊，错愕地停住了脚步，她似乎又听见一个柔弱纤细的呼声：姐姐——

这呼声曾在廊村的旅店出现过，再就是在梦里。她在梦里几次见过弟弟喊着姐姐朝她跑来，脸上还是笑嘻嘻的样子。

月台的一侧空旷无人，月台的另一边人声熙攘，背包提兜的旅客正在蜂拥登车，她茫然四顾，自然把眼光投向了站台的另一边，也许，铁子正在人群里望着她，喊她。

人们常说世事难料，就是说，许多事情发生得太偶然，太诡异，甚至可以说完全出乎所有人的意料。

假如没有这偶然驻足一瞥，翟丁、陶进、赵强这三个人应当走出火车站，再回到招待所，去等候监听结果。可是，就是这意外的一瞥，彻底改变了这一切。

翟丁向挤车的人群瞥了一眼，突然看见了一个最熟悉不过的身影，在最初的一瞬间，她似乎难以相信，但又真真切切。反正不论她是不是已经确认，或是不是看清楚，但她已经本能地用极为惊讶的声音喊了一声："哥哥！"

陶进一惊，哥哥？她的哥哥应当是翟刚啊，怎么可能？翟刚不是被抓到了吗？后来听说他吞食异物，被送到医院开刀，怎么会在这里上火车，并被翟丁认了出来？

此刻的翟丁已经变得十分激动，她迈开大步，急忙向站台另一侧的那辆火车奔去。

陶进和赵强也跟在后面奔跑，一边问道："你看准了吗？"

翟丁边跑边说："我看我哥还能看错！"

由于火车跟前太吵太乱，他们的喊声和奔跑并没引起别人注意。

陶进边跑边问："上哪个车厢了？"

翟丁边跑边说："六号车厢。"

三个人跑进了上车的人群中。

翟丁和赵强都要奔向那个六号车厢，陶进拉了他俩一把："上七号，别让他发现。”三个人跑向七号车厢。

距离开车还有几分钟，三个人也随着众人登上了车厢。

车厢里早已没有了座位，几个人只能站在车厢连接处。

只是上了火车才知道，这是从济南开往昆明的一趟列车。突然，赵强在陶进耳边说了句：“监听咋办？”

陶进意识到要出麻烦，现在翟刚还没确认，要是车一开，把他们拉走，窃听如果发现情况谁来管？

万一翟丁没看准，岂不弄个两耽误，这该如何是好？

开车的铃声响了，乘务员要关车门，只见赵强一个箭步，从就要关上的车门里跳了出去。

陶进想要喊他，赵强已经落地，大声喊道：“我回去！有事挂铁路电话，我不搬家！”

作为一名优秀的刑警，赵强的出众之处，就是他知道在什么时候，该做什么，并立即行动。

车厢门关上，列车已经启动，离赵强越来越远，转眼就开出了济南火车站。

车厢里经过一阵你拥我挤，随着列车晃动，车厢里逐渐安静下来，列车员可以在车厢里穿行。卖零食的送货车也从一节车厢推到另一节车厢。

翟丁急着要到六号车厢去看一看，陶进伸手拉住了她。

翟丁想得有道理，突然发现翟刚，毕竟已经上了车。那当务之急就是要尽快确认翟刚是不是在六号车厢，她还要问问他，有没有翟铁的消息。

陶进想的是，翟刚到了济南，肯定是逃出来的。翟丁要去看他，肯定不妥，一切都会变得不可思议。

翟丁不明白陶进为什么要拦着她。

陶进悄声说道，应当先偷偷窥看一下，先认定是不是翟刚，这样的事情应当由他来做。他想了想，他跟翟刚已经有七八年未见了。就算是面对面，两个人还得辨认一阵子。

六号车厢里只有少数人站在过道或坐在那里，从车门口可以看见坐在座位上的人的面孔，但是，这里面并没有翟刚，也许因为他无法看到全部人，因为有一大半的人是坐在对面，他只能看到他们的脑后。

这时，一位乘警走了过来，陶进忙掏出工作证递了过去，乘警看着工作证，忽然说道：“你帮我们破过大案。”

陶进想不到会有乘警知道他，忙答道：“是的，前些天，抓的就是那伙在火车上专偷外国人的家伙。”

对这个意外的相见，乘警感到很高兴，那伙罪犯被抓，消息早已传遍各个路局。尽管陶进才知道这趟列车是昆明铁路局的，也被那伙人偷过。现在，哈尔滨公安局刑警陶进和赵强的名字在铁路公安几乎人人皆知，今天遇见了陶进，好像遇见了久仰的明星，乘警要请他到宿营车去坐。

陶进说，只要他帮忙让变一个身份，到车厢里走一趟。

乘警点头：“这容易，你等着。”说着，他把陶进让进了乘务员室，就向车头方向走去。

没几分钟，乘警就拿了一套餐车师傅的白上衣、白裤子、白帽子，还有一副宽边的平光眼镜。陶进穿戴起来，还戴上了眼镜。

乘警看了看点头表示满意，陶进就走出了乘务员室，朝车厢里走去。

走在车厢的通道，陶进的两眼左右看着，果然，在车厢中部的靠窗座位，他清楚地看见了翟刚。

翟刚靠窗坐着，眼睛看着车窗外，他的面容憔悴，头发蓬乱，满脸胡子楂，说他蓬头垢面也不为过。他也戴了一个眼镜，要不是特别熟悉的人，几乎认不出他。

他的身边坐着一个二十出头的小伙子，低声和他说着什么，看样子，这个家伙是他的同伙。

陶进一直走到五号车厢才返回来，他又扫了翟刚一眼，发现他一只手一直捂着肚子。

陶进走到乘务员室，脱下衣服交给乘警，告诉他：“他坐在十八号，旁边的人是他的同伙。”

乘警道：“你先到宿营车休息，我看着他，他俩要是中途下车，我马上就通知你。”

陶进点头：“还有一位女同志也在车上，她是帮助我们破案的。”

乘警说：“那就一起到宿营车休息。”

乘警带着翟丁和陶进来到宿营车，翟丁听到陶进描述哥哥的情况，她又有所担心，她要直接去见他，想问问他是怎么出来的，有没有铁子的消息。

她一直还在疑惑，铁子是不是也在这趟车上，不然，怎么会听见有人喊她姐姐？

陶进说，从到廊村以后，你就老是听见有人喊姐姐，那就是幻觉，是你太想念翟铁了。

陶进的一席话，说得翟丁也连连点头，她也不相信有这样凑巧的事情，翟家三兄妹都在这一趟车上。

从济南到昆明，火车要运行三天两夜，乘务人员要轮班休息。所以专门挂着一节宿营车。在这个车厢里总有一半的床铺空着。一些人在各车厢里当班。另一半人在休息。不管是哪一半空着，这里总是非常安静。

从发现翟刚到现在，陶进一直没拿准主意，是继续监视下去，以发现翟刚去往的目的地，还是尽快捉到他，让他交代逃跑经过和翟铁的下落。

陶进最没有把握的就是这后一条，他知道翟刚是“绺行”里有名的滚刀肉，他的嘴，是几乎没有办法撬开的。

翟刚曾经自吹，他尝过新刺儿、老刺儿的十八般兵器，没有一件制服过他。

乘警道，马上要检票了，我去看一看他们到哪里下车，再确定怎么办。

陶进和翟丁一起点头，他们都认为这是个好办法。

半个多少时以后，那位乘警回来了。他道，两个人的票都是买到终点的。

昆明？

翟刚为什么要去昆明？

翟丁百思也不得其解，她从没听说翟刚在云南有什么亲戚或朋友，他去那儿想干什么？

陶进估计，翟刚可能要从云南越境出国，到缅甸和东南亚去。

听说，“文化大革命”期间有不少下乡插队的年轻人都越境去了缅甸，有的还和缅甸共产党一起扛枪打仗，说是干世界革命。近几年听说不少人已经回国，还有不少人没有回来，有的甚至把命都丢到了那里。

列车隆隆向前，时间飞速过去，陶进还没有想出解决翟刚的办法。他拿不准主意，是因为他弄不清翟刚去云南的原因和目的。

他跟乘警和翟丁反复研究认为，抓获翟刚轻而易举。他随时可以和乘警配合抓到他，再把他带回济南，押到拘留所里。

这样，他只是抓到一个逃犯，这样的成果，让陶进心有不甘，他总是在怀疑，翟刚要去云南，背后一定有大文章。

在抓与不抓、什么时候抓的决策角力中，时间已到中午，列车停靠安徽境内一个大站，乘警按着惯例下车去维持秩序。这时，等候在月台上的车站派出所的一位民警，把一份材料交给了他，让他转交给正在此次列车上的一个叫陶进的刑警。

乘警回到宿营车，把材料交给陶进。

陶进一看，喜出望外，原来是一个小时之前，赵强从济南铁路公安处打到这个火车站公安值班室的电话记录。

记录写道：

今天清晨，监听到小玉打给大奔的电话说，老黄托人带信说，为躲避越打越猛的“严打”，他要去缅甸暂避。让她看好旅店，一旦在那边站住了脚，就接她也过去享福。大奔说，他有美元，让她跟他去美国。梁处长认为，证据确凿，即刻把大奔和小玉捉拿归案……

这个电话来得真是时候。

果然不出所料，翟刚要去云南，那是去缅甸的最佳通道，看来，他跟黄瘸子是有勾连的。

什么叫配合？什么叫默契？赵强与陶进堪称典范。

要说陶进主动配合的意识不是很强，那人家赵强可是在努力要给他当一个好助手。要当好助手，必须做到两点：其一是知道自己应当在什么时候该干什么，其二是要知道领导最需要的是什么。

在接到监听小组报告的第一时间，他就想到陶进一定急需知道这个情况。在发现铁路系统电话联络如此方便的时候，他就想要充分利用这一条件。他估计，陶进上车一定会找乘警帮忙，经过对这趟列车运行时间的计算，他提前一个小时，把电话打给了安徽境内的这个车站派出所。

这个电话记录让翟丁也相信，翟刚去云南很可能与黄瘸子是同一个目的，这样，只要从现在起跟住了翟刚，也就能够发现黄瘸子，当然也就能够得知翟铁和金佛的下落。

陶进决定跟踪翟刚到终点。

到了乘务员换班的时候，乘警把监视那两个人的任务交代给了六号车厢的乘务员，还有推车卖副食的服务员。他让陶进和翟丁安心休息，一旦有情况，他会立即通知他们。

有人分别为他们安排了睡铺，在车上，两人不能暴露真实的关系，翟丁只是在分手的时候，在陶进耳边轻声说了句“晚安”，便走过一道白布帘，到了车厢的另一端，那里是几位女乘务员的铺位。

短短的一句轻声耳语，透着浓情爱意，陶进感到十分惬意，他倒在下铺躺了好久，“晚安”两个字依然在他耳边萦绕。

两天一夜的行程，据六号车厢轮流接班的两个乘务员说，这两个人在车上表现得很老实，翟刚大概是病了，从上车就一直捂着肚子，连上厕所都得那个人扶着。每次去的时间都很长，好像是在给肚子的伤口换药。

他吃饭也不多，坐在那里总是愁眉苦脸，一旦有人从他面前经过，他都把头扭向窗外。

这种状况又引起了翟丁的担心。

她想起临行前到医院去看望他的情景，看到翟刚狡黠的神情和狂妄态度，她就一直担心，那个狭小的病房和那样年轻的武警，难以看得住这个几进几出、惯走江湖的江洋大盗。果然，她担心的事情还是发生了。今天能在火车上见到他，说明他还是逃了出来。他的伤口一定没好，不然，他不会那样老实坐在硬座的车厢里。

四十五

害命

黄德利听到廊村旅馆的副经理说，北京市公安局的人要来查这家旅店，让廊村公安配合，心中十分惊恐。他最担心的是派出去找翟铁的人“掉了脚”，供出他住在这里。

他急忙收拾东西要尽快离开这里，就在门前要上出租车的时候，从北京开来的出租车把虎蛋、别子、狼青都拉了回来，还外带着一个翟铁。

黄德利的心，顿时就放稳了不少。

狼青跑下车告诉他，翟铁要住在这里，等他姐姐过来取什么东西。

黄德利很生气，也感到很奇怪，取什么东西还得跑到廊村来？搅得他在这里都住不安稳？

狼青小声告诉他：“可能是件宝货，他背在身上，谁也不让看。”

黄德利眼珠转了转，不到一分钟就打好了主意，他告诉狼青：“带他上楼，就住我那屋。”

狼青回身就把翟铁从车里叫出来，带着他上了楼。

翟铁看见了黄德利，但没听清狼青跟他说了些什么。他打心里膈应黄德利，下了车，只装作没看见就走进了楼里。

进了二楼的一个套间，翟铁看了看四周，觉得还算满意。他知道狼青和黄德利马上就要离开，就站在那里跟狼青说几句告别的话。不料，黄德利带着虎蛋推门走了进来。

翟铁还是不想理他，倒是黄德利先开了口："我听说铁子得了宝了，能不能让我们也开开眼？"

翟铁本能地耸了耸双肩包，愤愤地说道："朋友妻不可欺，你够缺德的了，小玉我不要了，你还不够本吗？"

黄德利虽然被骂成缺德也毫无恼意，他嬉笑着说道："谁是你的妻？你有明媒正娶吗？小玉不过是个玩物，你玩玩，我玩玩，有什么缺德不缺德？不过，你要是得了宝物想要独吞，那可是真缺德！"

翟铁来了犟脾气："咳！我还不信这个邪了，什么东西你都得弄去！你凭什么？就凭你那条瘸腿？"

听到翟铁跟黄德利犟嘴，虎蛋朝着翟铁吼了声："你敢！"

翟铁对虎蛋也不客气："你少给我狗仗人势！"

这一句话惹恼了虎蛋，他忽地扑了上去，一把抓住翟铁的肩头，猛然一抡，翟铁就像一个陀螺似的在地上转了一圈，扑通一声摔到了沙发上。

黄德利朝狼青一招手，狠狠地说道："拿下来！"

狼青上前按住翟铁，翟铁一扭身刚要站起，不料，虎蛋一只大手死死地按住了他，他身上的双肩包被狼青解了下来。

狼青双手捧着双肩包递给了黄德利。

黄德利掂了掂，觉得很沉重，这更引起他的疑问：一个贼整天背着这样一个沉家伙，那该是什么宝贝？

他急忙拉开拉链，发现里面是一个用衣服包裹的木盒子，他扯开衣服，把木盒子放到茶桌上。

开启盒子，扯开蒙在上面的绸布，忽然，眼前腾起一片耀眼的光华，把屋中照得五彩斑斓。黄德利一眼就认出了这件宝贝，他不由得发出一声惊呼："天哪！九宝金佛！"

今年春天，有一位香港的老板，也算是黄德利在黑道上结识的老朋友，住进了他的旅店，他就揣着一张和这个金佛一模一样的照片，到处打听这件宝贝到底在什么地方。

这位老板在不同的地方有不同的名字。在香港，他是阿陈；在东南亚一带，他又成了佤族人，名叫托猜，是赫赫有名大毒枭坤沙的部下，还是佤军的一名中级军官。在大陆他被称为林老板，是一位腰缠巨资、热心在国内投资兴业的香港大企业家。

这位无法准确称呼其姓名的黑道人物的所作所为，足以让人咋舌。因为他从年轻时起一直干着三种行当：第一是组织卖淫，他能在东南亚一带买卖和拐骗少女到香港卖淫；第二是他能把金三角的海洛因卖到云南、广西、广东和香港，甚至包括福建一带，是个具有相当实力的大毒枭。

第三个行当应当说是他个人嗜好，他好什么？赌博。他不愿到各地的赌场去玩什么老虎机和轮盘，他最喜欢的赌博是推牌九。

牌九，只有三十二张牌，三椎、六套，天、地、人、鹅……排序清楚，等级分明。但是，一旦把这三十二张牌打乱重分，那可就变得杀机重重，胜负难料。

还有一种玩法叫一揭两瞪眼，玩法是，每人各抓两张牌，揭开就定胜负，这是最刺激的，也是他最爱玩的一种。

推牌九这种赌博方式在国外和港澳地区已经少见，国内也只有很少的地方还保留着这种玩法，喜欢这种赌法的人，也只好到国内来玩。

“文化大革命”结束后，落实各项政策，济南某大学的一位后勤处长落实政策补发了“文化大革命”期间被扣发的工资，谁料，他也喜好推牌九，开始是几个朋友在一块玩玩，哪知，越赌瘾越大，跟朋友玩没多大输赢，也不够刺激。况且，他自以为手法高明，所向无敌，就到处找那些洗手多年的“兰把”，要跟他们一较输赢。

“兰把”就是旧社会以赌博为生的人，他们经验老到，许多人都是换牌、变牌的老千高手。“兰把”一上赌桌几经交手，发现他那套手法不过是小儿科而已。老处长腰包里的钱已经所剩无几。他不甘心服输，便变着法地挪用公款，以能代买过冬煤、买电视机等手段骗取同事、朋友大量钱财。有了钱，又上赌场，想要把输掉的钱全捞回来。

自古以来，济南就是山东乃至华北的经贸中心，四方商贾云集，经营八方财物。

在旧社会，济南的繁华街巷，烟馆、妓院、赌场比比皆是。赌博的老手和“兰把”、老千为数不少。解放后几十年来，赌博和烟馆、妓院都遭到了灭顶的打击，荡然无存。但是，这些场所里的人并没有死，年纪虽然已高，有的雄心还在，听说城里有了赌场，不少人又重新披挂上阵，把三十二张牌九玩得出神入化。

这场赌博大战，虽说是由那位处长玩火而引起，但几个月后，他只能是一具被彻底榨干的僵尸，捞本不成，终被债主推上了法庭。

但是，这团邪恶之火并没有熄灭，现在，在牌九桌上大显身手的不仅有国内的老千、“兰把”一级的顶尖高手，连这位腰缠万贯的老板也闻讯从香港来到了济南。

他装成一个来济南购买土特产品的广东商人，就住在车站跟前黄德利刚刚开张的旅馆。

那时期，牌九的赌局已经颇具规模，为了躲避公安机关的打击，他们随时转换场地，转移时有汽车运送，并且在赌场外面放置岗哨，在公安局里安插奸细，随时掌握公安部门的动向。

这家德利旅店就是赌场之一。

尽管牌九局上不乏高手，但都年事已高，比不上这位老板中年气盛，敢押敢输，开始几天，他赢得是钵满盆满。就在他得意扬扬的时候，接下来的几局接连败北，不光赢来的钱全都吐了出去，连老本也一起搭上。

风光一时的老板，连旅店钱也付不起了。

原来，这些输了钱的老千和“兰把”暗中串通起来，采取三对一的办法，把他赢了个精光。

旅馆既然被当作赌场，老板就要抽头，黄德利也从几场赌局得了一万多块钱。俗话说：常赌无赢家。唯有赌场设局有抽头只赢不输。

黄瘸子虽然视财如命，但是，遇见人才他还是舍得的。黄德利眼力一向不错，他认定这位老板会成为一个黑道高手，除了不收店钱，还给了他一千元作为路费，帮他回到了香港。从此，这两人便以兄弟相称。

黄德利比他年长一岁，便被称为黄大哥。

今年春天，这位老弟又来到济南找到黄德利，他拿出一张九宝金佛的照片，说这是他在广州的古董市场偶然得到的一张照片，让他问一问，这件宝物到底在什么地方。

黄德利果然神通广大，他撒下人马，四处打探，果然得知，此物就在东北的哈尔滨。

后来，他去哈尔滨，也去了北京，据说已经找到持宝之人，就在生意即将成交的时候，突发变故，持宝人母子被杀，宝物也不知去向。

不知道黄德利前世今生有什么福分，有何等的造化，今天能把九宝金佛抱在怀中。

怪不得翟铁整天背着双肩包，装这么沉的东西从不放下，原来，他背的是无价之宝。

翟铁被按在沙发上，倔强的脾气让他无法忍受这样的屈辱，他拼命挣扎，险些翻身站起，怎奈虎蛋的力量太大，把他又死死地按在那里。

按住他的身子没堵着他的嘴，翟铁对黄德利破口大骂，从爹娘骂到他的八辈祖宗，又威胁他要不马上把宝物还给他，就叫他不得好死！

翟铁的倔强出乎意料，难道这到手的无价之宝还能再还给他吗？从第一眼看见金佛，黄德利就决心占有，还给他，已没有丁点可能。可是，只要翟铁存在一天，他就会永远骂个没完，喊个没完，这样的结局是无法忍受的，就在这一瞬间，他下了决心，便朝虎蛋大喊了声：“让他闭嘴！”

虎蛋从来没听到黄德利这样发狠的喊叫，他认为这是一道正式下达的让他杀人的命令，毫不含糊地伸手抓住了翟铁的脖子用力一捏。

就听到咔咔的喉骨断裂声，翟铁的四肢先是痉挛地一阵乱蹬，接着便软瘫下来，登时气绝身亡。

黄德利看见翟铁真的死了，心里也感到一阵慌乱，但是，他马上镇定下来，对狼青喊道：“去把二奔叫上来。”

狼青目睹了翟铁的死亡，他心中十分惶恐，听到黄德利让他去找二奔急忙跑了出去。

二奔就是这个旅馆的副经理，也就是那个大奔的表兄弟。听到黄德利的呼喊，急忙跑上楼来。

大奔、二奔都出生在山东农村，他们十六七岁的时候，初中毕业，双双在家务农。那个时候正好是全民“大跃进”时代，许多意想不到的人间奇迹都在中国大地上演，其中之一就是省委机关和市委机关都要大炼钢铁。这种大炼钢铁的办法其实也很简单，就是省委的大院里用耐火砖砌出五六个并排站立的小高炉。说它小，那是与炼钢厂真正的高炉相比较而言。省委的几个高炉个个都有两丈多高，炉基也有十多米粗，一次就能吃半吨焦炭。

炼钢炼铁这个活儿不光是要出力气，还得遭受烟熏火烤，那可是又脏又累。待惯了机关办公室的干部们各个白皮嫩肉，怎么能遭得了这个罪，所以，冶炼成绩总是难以实现“跃进”。

有个聪明的处长提出，他的家乡有的是身强力壮的小伙子，给不了几个钱，让他们来充当土高炉的炉前工，找几个师傅教他们。我们在二线给他们提供方便，也可免受烟熏火燎之苦。

这个建议得到了首长首肯，让处长回到老家农村去招人。

大奔、二奔都在农村的公社里干农活，每天拼死拼活也就能挣十多个工分。那个时候，公社条件好的，每个工分平均一毛钱。这个工分只能表明你付出劳动的价值，至于你付出这个价值之后能够拿到多少劳动报酬，还要等到秋后卖了粮食，统计收成之后，才能兑现。到那时，收成一旦不好，工分可能一文不值，甚至有不少人从春到冬干了一年，记了三千多个工分，不但没分到钱，因为分了口粮，反倒欠公社的钱。

这样的日子让大奔、二奔这对表兄弟极端无奈，忽然听说城里要来招工。两个人不假思索就报了名。

到了城里，两个人才看到另一番天地。这里的人骑着自行车上班，人人都有一个漂亮的家，想要用水，把那管子的龙头一拧，水就哗哗地流了出来，从不用到三五里外的河里去挑水。有几条大街走进去就让人流口水，一家挨一家卖的都是好吃的……

两个人都下了决心，就算是在城市里要饭也不再回农村去。

用土高炉炼钢，确切地说，就是一场全民的闹剧。那时正值七月中旬，骄阳似火，站在炉前，既要吹风又要加焦炭，尤其是铁水流出时高热灼人，实在让人难以忍受，不少同是从农村招来的人，因为受不了这份罪，纷纷开了小差，只有大奔和二奔还在坚持着。

因为原料不足，省委的炼钢指标老是达不到要求。不少干部把家里的铁锅都砸碎了，填到高炉里，总算是完成了任务。

站在高炉前，每天坚持八个小时，干满一个月，工资是十八块钱。平均每天能挣六毛钱，这是国家对学徒工的工资规定，尽管挣得不如人家多，那是能够实实在在拿在手里的钱，那钱可是实的，真的。

第一次开工资，两个人来到那条专卖小吃的街上，专拣好吃的吃了两三家，才花了不到一块钱。

两个人算了一笔账，每个人的饭钱和日用花销八块钱足矣，每月可以给家寄回十块钱。

这要是农村老家每月能收到十块钱，那也许就是当地最富足的人家，至少可以买几头猪仔，到了年底喂大了，也能卖个好价钱，要是月月往回寄，用不了几年，就能把房子翻盖了，还能攒下娶媳妇的钱。

到了年底，说是全国人民大炼钢铁，总共炼出一千零七十多万吨钢，成了世界的钢铁大国。

可后来又听说，其中一半是小高炉炼的钢，基本不能用，这才结束了这场全民闹剧。

大奔和二奔朴实而又优秀的表现，省委领导看在眼里，便建议他们带着一年的工资，去报考职业学校，学期三年。

三年就用一年的工资，两个人又算了一笔细账。一年的工资两个人加起来是四百三十二块。这些钱，要维持两人三年的生活。三年，就是一千多天，也就是说，两人每天只能花四毛来钱。

按着每月六块多钱生活费计算，这样的日子也能维持。两个人决定留在城里报考铁路职业学校，因为这个学校每月还补助学生生活费两块钱。

两个人就这样精打细算省吃俭用完成了三年的学业，一起被分配到济南铁路公安处当了乘警。

大奔因为腿脚勤快，能说善道，很快就被提拔为班长。可是，二奔却出了纰漏，一次执勤时，抓到了一个掏兜的惯犯，缴获了他二十多块钱。可一转眼的工夫，这个贼就溜之大吉。

二奔手里拿着二十多块钱，不知该如何是好。

本来，这样的事情很简单，按照规定，如数把钱登记上缴了事。可是二奔忽然转了一个念头，我要是不交谁能知道呢？

拿着二十多块钱，他的心怦怦乱跳，缴与不缴，让他实在两难。两难搏击的最终结果，还是不缴占了上风。

为了能安全地得到这笔钱，他想了个两全其美的办法，他把钱放进公文包中，要是有人追问，他就说还没来得及登记上缴，这几天太忙。要是一段时间没有人问，他就算是得了一笔外财。

过了十多天，他走了两个班，也没人问及此事，这笔钱就从他的公文包转到了自己的兜里。

这笔钱过了半年之久也没人问及，二奔把心算是放到了肚子里。

有了第一次的成功，一定会激起贪婪的欲望，就想干第二次，还有第三次、第四次。自打当了乘警，因为他眼力好，手法快捷，是一个有名的反扒高手，人家一个月抓三五个，他能抓七八个。凡是抓到钱少的，都依法处理。要是抓到钱多的，把钱搜出来，便有意把贼放跑。

没有不透风的墙，二奔最终露了馅，要受处分，幸亏大奔帮忙，把他调离警察队伍。最终他辗转到了河北，进了廊村服务部门，当了个旅馆的副经理。

“文化大革命”十年，大奔表现尚可，逐步从乘警班长升到队长，再到刑警队副队长，进步不可谓不快。他改变思想甚至说价值观念，是在前年冬天。

他在一次搜查行动中，发现了几本从香港带进来的画册，其中有一本叫《龙虎豹》，里面净是些男欢女爱的画面，他看得心痒难耐。

同时搜出的还有一些淫秽录像带，这是他以前从未见过的玩意。他以审查片子黄到什么程度，能否定罪的名义，把这些黄片，从头到尾看了一遍。片里那些外国男女欢爱场面，姿态各异，花样翻新，每每让他魂不守舍，也正是这些性解放的画面，让他的道德底线彻底崩溃。

从此，大奔开始觉得自己这一辈子活得太辛苦，太没品位，要是跟一个丑老婆过一辈子太屈太亏，人这一生得像外国人似的，总得玩十个、几十个女人才算够本。

刑警队长要想搞几个女人，那是信手拈来，他不光搞抓到的女贼，也搞那些贼的老婆。很快，“绺行”就流传说，大奔最骚，抓了女贼都不放过，干的时候，还净玩些洋花样。

黑道向来都是这样，只要有权势人物自甘堕落，立马就会有人嗅到味道，也会紧紧地盯上你，让你继续堕落。

首先是黄德利找到了他，两人一拍即合。黄德利要在铁路管辖的范围内开一家旅店，大奔保他平安无事。大奔的条件是，老干这些事难免不露马脚，黄德利为他提供美元和英镑，钱攒足了，就去美国逍遥快乐后半生。

这几年，他跟黄德利相互联手，各取所需，成为黑白两道狼狈为奸中饱私囊的佼佼者。

怎奈，人算不如天算，这些人谁也没想到，“严打”风暴会刮得这般猛烈。铁路公安内部已经有人提出要对黄瘸子的旅店开展调查。大奔见风声太紧，便让他到廊村去避避风头。

一别多年，这些贼都不知道二奔去了哪里，到了廊村旅店，几个贼立刻认出了他，像别子、狼青都是被他收了钱又放走的，包括黄瘸子也被他搜去几百块钱。

正因为有这样铁上加铁的关系，所以黄德利才敢让二奔来处理后事。

二奔一看出了人命，登时也是冒了一身冷汗。但是，事已至此，北京公安也许立马就到，他只能催促黄德利等人快走，剩下的事情由他来处理。

黄德利背起双肩包带着人匆匆下楼，上了出租车直奔天津而去。二奔又确认一下翟铁确实已经气绝身亡，便把他放倒在床上，盖上棉被，好在他身上没出血，躺在那里倒也像一个熟睡的人。

直到半夜时分，趁所有人都睡熟了，二奔找来一条绳子，把尸体绑好，从后窗吊了出去。

他来到后院，再用一个破席子把尸体包好，放到一辆手推车上，像推着货物似的出了后院门。不远处有一个水塘，他找来几块石头，绑在尸体身上，把尸体沉到了塘底。

翟铁从此在人间销声匿迹了。

四十六

蓉蓉

从即将成功的顶峰一下子跌落到悬崖，不，不是悬崖，而是万丈深渊，魏蓉蓉在那一刻，从头到脚完全、彻底地崩溃了。

请注意，这里说的只是那一刻。

是哪一刻？

就是那天早晨，魏蓉蓉坐着出租车，来到欧阳化雨家附近的时候。

欧阳化雨家的小院外围了很多人，人们七嘴八舌在议论，这家母子都已丧命，公安局的大官都来了……

一个人完全崩溃是什么样子？让人很难想象。

魏蓉蓉当时的感觉已经完全丧失，不知道全身出了一层冷汗，甚至不知道她没有瘫倒，是因为靠在一棵大树上。

这一刻也许很漫长，也许很短暂，当她感到一身凉意的时候，她才意识到，尽管遭受这样突如其来势如雷霆一般的沉重打击，也许只经历短暂的失控，她依然能挺身站立着的时候，她不得不对自己的神经强度感到十分意外，甚至是惊喜。

说句实在话，许多人会在这样的打击面前失魂落魄，甚至一下子精神失常也不足怪。而像魏蓉蓉这样看似弱不禁风的女子，能够在这样关键时刻，表现如此坚强实属罕见。

还应当说，她的这种韧性和坚强，不仅表现在她经受雷霆般轰击之后，能从短暂的崩溃中迅速苏醒过来，让自己从头到脚都恢复了功能。更重要的是，她还能够对下一步行动作出正确的决断。

她冷眼扫视了一下围观的人群，用双手拢了下头发，步态稳健地走回到出租车旁，拉开车门坐了进去，语气平静地说了声：“去火车站。”便扭头看着车窗外，不再说一句话。

去北京的火车票是昨天晚上下车时就买好的，两张票都在她的挎包里，她要退掉一张，独身前往北京。

至于说去北京干什么，她孤身一人住在哪里，她都浑然不知，甚至连想都没想，她只知道要尽快离开这座城市，这里已是是非的旋涡，她离得越远越好，离开得越快越好。

上了卧铺车厢，找到了属于自己的下铺，坐了下来，刚嘘出憋在心里的一口闷气，她突然感到全身像散了架似的难受，每个骨头节都酸麻和疼痛，她不得不躺到铺上，蒙上头，呜呜地哭了起来。

她不能大声哭号，只能让眼泪默默地流。听到乘务员换票的声音，她把车票从被子里伸了出去，取到了号牌又把手缩回来。她不知道哭了多长时间，直到昏昏睡去。

她醒来时已是过午，原来火车已经过了铁岭，即将到达沈阳。

她觉得周身疼痛已经减轻，也许这是她那一时间全身崩溃所留下的症状，通过休息已经恢复了体力。

她到洗手间洗了把脸，为的是不让人看出她曾哭泣。车在沈阳停靠时间较长，她下车买了点零食，回到车上吃着，权当午饭。周围有人跟她搭话，她不理不睬，不愿回答。

吃完零食她又躺下睡觉，在似睡非睡的蒙胧之间，她不由得猜想自己如此坚强的原因。听爷爷说，她的太爷当年挑着挑子，一头装着全部家当，一头挑着爷爷，历经千辛万苦，从山东走到松花江边。

这样坚强的毅力，无人能比。

也许，是先辈强硬的性格基因，隔着两代人传到了她的身上，但愿能永远保持这样的坚强。

但是，欧阳化雨之死带来的震撼还是让她魂不守舍，她甚至感到她的心已经随着欧阳化雨死去。也就在这样的情绪支配下，她忽然觉得世界上的事情这般变化无常。难怪有人说：人生无常。

她也想到了死。想到过古往今来无数殉情的故事。但是，真要想死的时候，她无法下这个决心。她还年轻，又这么漂亮，哪能轻易舍弃？

至于今后怎样生活，都无所谓，她的灵魂已经出窍，已经随着欧阳化雨的死而死掉，剩下一个躯壳，怎么活还不行？

当天晚上，列车经过十八个小时的颠簸到达北京，她下了车提着行李箱，打了一辆出租车，直奔一家刚刚开业的星级宾馆，那里就是她与欧阳化雨跟林老板约定见面的地方。

星级宾馆在国内绝对是凤毛麟角，北京也只有三四家，而且全都是外商投资兴建。要做九宝金佛这样大的生意，林老板当然要住豪华的宾馆，以显示身份和气派。

其实，最重要的，是要掩盖他从一开始就设下的一个完美陷阱。

有三重身份的林老板多年一直在做生意，却没有一件是正道的生意。他不知道为非作歹得罪了何方神圣，本来是连连得手的生意，却忽然连走“背字儿”，几个马仔相继被捕，弄得他一个多月不得不东躲西藏。接下来，好端端的身体也出了毛病，吃肉拉稀、出门摔跤，让他惶惶不可终日。

有一天，他在一个古董贩子手里得到了一张照片。

照片上是一尊金光闪闪的释迦牟尼像，背后火焰猎猎闪烁，碧绿色的莲花宝座和胸口大粒的钻石清晰可辨。当他把这张金佛照片揣在怀里之后，他总有一些异样的感觉，他不拉肚子了，身子也有了力气，缅甸那边又传来了生意消息，他的一个马仔跑回来了，还告诉他，是谁出卖了他们。接下来又一批毒品运了进来，他重新组织输送通道，顺利地把货送到了香港。

身体好了，买卖赚了，莫不是这张照片显灵了？

他从小就信神、信佛、信鬼，信什么狐、黄、白、柳，披毛戴角的，都有灵气。当怀里揣着这张照片，不论是生意还是身体，竟然都来了个好上加好，那当然就是神佛保佑了。当他听说北京有人要卖这尊金佛，便急忙北上，千方百计打听谁是卖主。

功夫不负有心人，经过一个又一个中间人的介绍，他终于在奔波数天后见到了欧阳化雨和魏蓉蓉。

初次见面，林老板有两大惊奇。

一是听到欧阳化雨拿着照片绘声绘色的介绍，让他惊叹金佛不仅精美，还有这般神秘传奇的历史。一件古董所以称得上至宝，不仅仅是如何贵重，如何精美，还要加上历史沧桑，那才会价值连城。

更为重要的是它竟然有扭转乾坤的灵验，不过，这灵验的事情，林老板是只字未露，谁都知道，要是让卖主知道这尊金佛对他如此重要，一定会提高要价，这对买家是不利的。

这第一个惊奇，让他下定了誓得此宝的决心！

林老板的第二个惊奇是被魏蓉蓉的美貌和魅力所震慑。

林老板祖辈都是在南方长大的，他眼中的美女，不论是东南亚和两广的女孩，都是以美丽、纤细、娇小著称。而魏蓉蓉不仅有北方女子的健康和白皙，还因为她是一个舞蹈演员，身材高挑，三围也堪称完美，加之穿着时尚，更显得风姿绰约。虽然已是东风新有主，却更有一番成熟的诱人韵味。玩够了南方青涩少女的林老板，第一次这样近距离接触一位性感、成熟的北方美女，难怪让他常常想入非非。

他生性贪婪，在他的人生哲学中，他希望得到最宝贵、最美好的一切，并会为此不择手段。当然，他无法看到世界上所有的“最”，一旦遇到，他轻易不会放手。

而今，他一下子遇到了两个“最”，也许还是金佛护佑，自感到三生有幸，他一个也不想放过。

金佛是否真的存在，还在讨价还价之中，在林老板眼中，那似乎是一个遥远的海市蜃楼，他还没有真实地看得见，摸得着。

而这位让他垂涎的北方美女，却实实在在地站在他的身旁，看得见她那如花的笑靥，听得见她的款款细语，闻得见她身体的幽香，林老板常常难以自禁，他几次在欧阳化雨看不见的时候，对她动手动脚，以试探魏蓉蓉的反应。

魏蓉蓉的反应也十分得体，每每都是笑着婉拒，林老板更是心痒难耐。

在那次林老板带领他们偷渡到香港，参观那家公司董事长办公室的时候，趁着欧阳化雨去了卫生间，他忍不住把魏蓉蓉抱在怀中强行亲吻，直到欧阳化雨快要出来时，才把她松开。

一直做着发财梦的欧阳化雨走出卫生间，并没有注意到两人有些发窘，他当然想不到，连这家公司都是林老板临时租下来，专供他参观的。

这是当年上海拆白党惯用的移花接木手法，欧阳化雨对这些港台黑道惯用的伎俩一无所知，不吃大亏才怪。

可想而知，林老板当然不会真的付出巨额美元去买金佛，但他的目的很明确：一得金佛，二得美女。要想得到这两样，就必须除掉欧阳化雨这个关键人物，至于用什么方法，他会有多种方案应对，不论哪一种方案，都可以做得毫无破绽。本来，杀人害命就是黑道人物立足江湖最后的法宝。同样，一旦需要作出决定，林老板也绝不会心慈手软。

为了等候欧阳化雨和魏蓉蓉把金佛送到北京，他特地带了两个马仔来到北京，让他们住在隔壁房间，随时听候差遣，以助他一得金佛，二得美女。

原来，冥冥之中早有定数，手持无价之宝的欧阳化雨必死无疑。

一听到叮咚的门铃声，林老板立刻抖擞精神从沙发上站起，整理了一下衬衣和领带，快步走到门边，透过门镜向外看了一眼，他感到奇怪，门外怎么就站着魏蓉蓉一个人？

他开了房门，魏蓉蓉一头扑了进来，扔了行李箱，紧紧抱住林老板，把头埋在他的肩头，嘤嘤地哭了起来。

林老板一阵发愣，趁势把她搂得更紧，忙问：“别哭，别哭，我的美人，这是怎么啦？”

魏蓉蓉也更紧地抱着他，啜泣着说：“欧阳化雨和他妈都叫人给害死啦……”

林老板忙问：“那金佛呢？”

魏蓉蓉连连摇头道："不知道。"

林老板的心一下子凉了半截，忙问："叫谁弄去了？"

魏蓉蓉依然抱着他连连摇头，柔软的头发，在他的脸上擦来擦去，清幽的香味，强烈地刺激着林老板的感官，他禁不住紧紧抱住她连连吻着。

投桃报李，魏蓉蓉也报以热吻，林老板在这个美人的撩拨下，已经心痒难耐，他无心再问金佛的下落，顺势抱起魏蓉蓉把她扔到床上，两个人互相紧抱着在床上翻滚。

为讨林老板欢心，魏蓉蓉也以花样迎合，更让林老板大呼小叫兴奋不已。

林老板一向自恃强悍，遇见这样可人的尤物，禁不住要连掀几次风暴，魏蓉蓉也使出浑身解数全力奉承，直把林老板累得四仰八叉躺在那里喘息，才算作罢。

魏蓉蓉下了床走进卫生间，打开淋浴的水龙头，让哗哗流水冲遍全身。

借着流水的掩盖，她又一次流泪痛哭。这些年，她一直爱着欧阳化雨，他身材高大，相貌英俊，还有艺术家的气质。可是，这个人离去了，世上再也没有他的身影。为了活着，她不得不委身一个其貌不扬的男人，禁不住又是泪流满面。

可是，除了这个人她无从投奔，她不敢在任何地方露面，她最怕的就是哈尔滨的刑警随时会找到她。

面对林老板，她做了充分的心理准备，不管如何讨厌他，也要暂时委身于他，讨好于他，以逃过灭顶之灾。

林老板躺在床上喘息一阵竟然昏睡了过去。一觉醒来，发现魏蓉蓉也躺在身边，他立即把她搂在怀中，两个人又亲又吻，再一番亲热。

如此纵情发泄，林老板有一种从未感受的美妙，他觉得魏蓉蓉就是老天在他中年时候给他送来的一个尤物，让他享受后半生。

这一夜，他们两人拥抱着进入梦乡。

第二天，觉得再也离不开魏蓉蓉的林老板，立即带着她在马仔的跟随下回到云南，住进了西双版纳密林边上的一家竹楼。

这里是一块未曾划定的中缅边界，在一条小溪边上，散落着几处傣家的竹楼，住在这里的大都是佤军的家属。来到这里，你可以说已经到了缅甸，也可以说依然是在中国。

这个要穿过热带原始雨林才能找到的地方，是林老板亲自建立的一个最为隐蔽的据点，远处那几幢掩映在树丛中的竹楼，住着他的部下，从这里跨过小溪，就是佤族和佤军控制的地盘，在那里有他的士兵和仆人。他们除了要应对外面部族的骚扰，还要警惕缅甸军队的突然袭击。

林老板在佤军中担任少校军需官，主要负责筹集军饷，他的主要手段，就是向内陆及港澳走私毒品和拐骗少女营利，其中一部分要作为军饷上缴佤军军部。

这几幢竹楼躲藏在浓密的森林边缘，长期以来，没有人能够穿过这片原始森林。这里，因为边界未定，连中国的边防军也很少涉足。

走得最多，最熟悉这片森林的是林老板手下的几个马仔，许多毒品和买来、骗来的少女，都是由他们穿过森林输送到内地。

新中国成立初期，曾开展过严厉的打击吸毒贩毒的行动，毒品在中国境内基本绝迹。经过三十多年禁贩禁吸，许多中国人甚至不知道毒品为何物。林老板输送毒品只是路经内地，一直未曾引起国内公安部门的注意。

这里气候潮湿，多雨多雾，这样的气候，对于生长在东北哈尔滨的魏蓉蓉很不适应。但是，为了保命，也只能忍耐。

饭菜有时由马仔来做，有的是从河对岸送过来。有人伺候，饭来张口，林老板几乎跟她夜夜亲热，日子过得倒也安稳。

可是，当你一旦卷入邪恶旋涡，这个旋涡，就会像扯不到尽头的蚕丝一样，永远缠绕着你，一生都不会放过，而且越缠越紧……

四十七

向南

黄德利等几个人在杀害翟铁之后，离开廊村到了天津，相当长的时间没有他的任何讯息，之后他去了哪里？

这得从廊村的旅店说起。

两辆出租车停在旅店门前，翟铁和狼青下了车，翟铁进了旅店，狼青和黄德利说了些什么，黄德利上了车又下来，不光是他下了车，还招呼虎蛋下了车，他们几个人一起匆匆走进了旅店。

别子一直在后车坐着，满腹狐疑等在那里。他能感觉到，黄瘸子带着虎蛋又返回旅店不会干什么好事儿。等了好一阵，看见他们又一起走出旅店，急慌慌地上了车，前车开走，后车紧跟。

在黄德利一拐一拐走出旅店的时候，别子惊讶地发现，一直背在翟铁身上的双肩包，却在黄瘸子的身上，这是怎么回事儿？

车出廊村，飞快奔驰，别子感觉坐在身边的狼青一直显得很慌乱，呼吸急促，两眼露出恐惧，一直瞪得很大，身子也微微发抖。

别子心里有了一种可怕的怀疑，他用臂肘碰了下狼青低声道：“咋啦？哆嗦什么？”

狼青不愿回答，别子又用臂肘捅了他一下，继续追问。

狼青稳了稳心情说道：“没啥。”

在别子听来，狼青说这两个字时声音都有些发抖，这更引起别子的疑心，他想到那个红蓝相间的双肩包到了黄德利身上，便问道：“铁子呢？”

狼青像痉挛似的用臂肘用力捅了别子一下，示意他噤声，用手指了下虎蛋的后背，接着他做了个掐脖子的动作。

别子身子一抖，天哪！铁子被虎蛋掐死了！

此时，天色已黑，出租车颠簸着向前奔驰，车前的灯光四周已是一片漆黑。除了汽车发动机的声音，车中没有其他声音，黑暗像海底的涌浪一样沉重地压在别子的胸前，让他喘不过气来。不管他跟在黄瘸子身边多少年，那只是“绺行”掏兜而已。可是，黄瘸子今天成了杀人犯，一旦被抓，那可是要命的。在恐惧和黑暗之中，别子的脑子里过起了电影。别子当了贼，有一段不同他人的经历。想当初，他是被通缉的政治犯，他认识翟铁，是因为在牢房里先认识了他的哥哥翟刚。

因为政治问题成为“文化大革命”中的通缉犯，是翟刚带着他逃出哈尔滨的，因为一直不敢回家，他就跟着翟刚到处作案。就这样，他也认识了翟铁。翟铁比他大几岁，两个人的关系一向很好。

现在，别子后悔没有跟铁子一块进入旅馆，也许那会保住他的性命。原来，两人在车上已经谈了很多，他知道翟铁要等候他的姐姐。他之所以没有下车，是铁子告诉他，这是他家的私事，用不着他掺和。

可是，现在有人杀了自己的朋友，他不能替朋友报仇，至少，他应当把这个消息尽快告诉翟刚。到那时，也许他会和翟刚一起为他报仇。

看着前车飞奔向前，他下定决心，绝不能跟黄瘸子再走在一块。况且，现在还是“严打”期间，他不知道这伙人还能“洋棒”几天？他不想跟着他们一块吃杀害翟铁的这个瓜落。

此刻，他不得不作出了果断的决定，他要跟黄瘸子分道扬镳，离开他，跑得越远越好。

这是他的决定，他不敢向狼青透漏半点消息，尽管他俩在一年多来是相互掩护行窃的伙伴，可狼青就是狼青，身上还有一半狼的本性。平时，为了各自利益可以搭伙合作，谁知道这个时候，他到底是人是狼？

两辆出租车一前一后来到天津火车站附近，前车停了，后车也跟着停下，黄德利从前车走下来，便带着大家向火车站广场走去。

尽管腿脚不便利，他还是背着那个双肩包，甚至连虎蛋都不给。

看来，人们爱宝之心大致相同。

走进广场，黄德利忽然停住脚步，不安地打量着四周。

站前广场在灯光的照耀下，显得十分明亮，但仍然有许多黑暗的角落。这又让他感到一种莫名的恐惧。

坐在出租车上，他把双肩包紧紧地抱在怀里，可是他的心一直狂跳不已。他只能强作镇定，为的是不让出租车司机看出什么破绽。可恐惧却如影随形紧跟着他。一次，他偶尔扭头看了下窗外，却好像看见车窗上贴着一张人脸，他立即就惊出一身冷汗，再也不敢去看窗外。

车站的黑暗角落让他更加惶恐，他不知道在那些黑洞洞的角落里，是不是还有那张让人恐怖的脸。

离开廊村时六个人，分乘两辆出租车。等他们要买票登车的时候，却发现少了一个人，别子不见了。

在这几个人中，只有狼青似乎能够想到别子为什么不辞而别，但是，当黄德利问他是不是跟别子说了什么，狼青连忙摇头坚决否认："没有，绝对没有，我啥也没说！"

黄德利显然不相信他的话，直勾着两眼望着他："你——真没说啥？"

狼青知道此刻绝不能承认真相，又一次坚定摇头："没说！"

黄德利悻悻地瞪了他一眼，拉了虎蛋一把。

狼青这才看见，虎蛋站在一边一直瞪着他。

狼青知道虎蛋是个没有头脑没有心肝的人，他的一切行为都看黄瘸子的眼色，他真担心，虎蛋那双大手会不会掐到他的脖子。

火车票是黄瘸子让跟随他的那两个马仔买的，拿到手中，狼青才知道，黄德利要大家坐火车去往昆明。

昆明，在狼青的印象里至少在万里之外。他是河北当地人，在这里有家有朋友，为什么要去万里之外？

上了车，黄瘸子依然坐在靠窗的座位上，那个双肩包依然抱在他的怀中。虎蛋坐在他的身旁，狼青便坐到另一个座位，开车不久，几个人都昏昏入睡。独有狼青一直难以入睡，他感到一种危险一直跟随着他，因为他在车站看见了黄瘸子突然闪出的青冷的目光。

那目光里透着狠气，在狼青看来，那就是杀气，在让虎蛋整死翟铁的时候，黄瘸子的眼里就透出这样青冷的凶光。

看见别人作恶杀人，而且被杀的人还是被自己出卖的，从廊村到登上南下的火车，他的心一直像被什么东西紧紧地压着，让他喘不过气来。一个活蹦乱跳的人被人家整死，原来就是那么简单，脖子被掐住，喉管发出一阵破碎的咔咔声，人就完了。铁子死了，他保不准也这样简单地死去。

是啊，这件事情自己的责任太大了，要是没有他告诉黄瘸子，说翟铁背着的双肩包里一定有货，黄瘸子不会下车跟进旅馆，也就不会发生接下来的事情。他小时候听奶奶说，冤死的人阴魂不散，一到晚上就出来游荡，要抓个替死鬼。

现在，翟铁死了，他的冤魂会跟着黄瘸子，还是会跟着他。

那个无价之宝就在黄德利怀中，他相信翟铁只要阴魂不散，就一定会跟着黄瘸子，并找机会报仇。他看了看歪着脑袋，咧着嘴，抱着双肩包睡着了的黄德利，也许，就在此时此刻，翟铁的冤魂正在他的身边徘徊，想到这里，他禁不住毛骨悚然。

他感到列车正在减速，原来驶离天津后即将停靠一个小站，狼青下了决心，他要离开黄瘸子和可怕的虎蛋，此时不走，更待何时？他假装上厕所，离开座位走向车门口。乘务员开启车门的第一时间，他跳下车去，消失在黑暗中。

列车快到济南的时候天已放亮，黄德利发现狼青不见了。他以为狼青到别的车厢找活去了，他叫人去找他回来，咱们身带重宝不能轻易出事儿，什么活也不能干。

找遍了所有的车厢，也没有狼青的影子，黄德利骂了一句：“他娘的！胆小鬼！”

但是，别子和狼青相继溜走，也让黄德利有所警觉，眼下除了虎蛋还有两个人跟着他，他相信除了这个虎蛋，这两个人说不定啥时候，也会来个不辞而别。

“严打”时期，环境险恶，天下人都可以共欢乐，有几个人可以共逃难？想到这里，他拿出一沓十元票分成两份，分别给了两个人，告诉他们从济南下车，到旅馆去一趟，告诉小玉他去云南会老朋友，让她管好旅店，用不了多长时间，他就会回来。

两个人拿了钱，道了个谢就匆忙下车。黄德利看到他们走得那么急促，没有丝毫留恋，不禁一阵心酸，他与这些人相处多年，想不到今天，除了一个浑浑噩噩的虎蛋，再也没人愿意跟随他，也许这就是树倒猢狲散吧。

这两个人下了车，没有忘记黄德利的吩咐。他们直奔旅店见到小玉，告诉了黄德利让他们转告的话，黄德利去云南，过些日子回来。

谁也没料到，小玉把黄德利的去向在电话里告诉了大奔，监听的人听了个真真切切，就在赵强把这个消息传给了陶进之后不久，梁处长下令，把大奔和小玉分别抓获。

黄德利不再想找到严玉森讨教何处躲藏，他的目标已定，带着虎蛋和宝物去云南。

坐了一夜零一天的硬座，黄德利没有发现意外，感到已经安全，到了傍晚，他找到列车员，补了两个硬卧铺。

“绺行”有一个规律，他们轻易不去睡卧铺。那里没有拥挤和混乱，不易下手，时间一长，乘客会互相认识，这对作案是极为不利的。

黄德利这次乘车不想作案，毕竟年纪大了，在硬板上晃荡，有些难以承受，他便和虎蛋补了两张睡铺。

睡了一夜好觉，黄德利和虎蛋两个人恢复了精神头，清晨在昆明火车站下车以后，还得坐长途汽车，再经过两天的行程，才能到达中缅边境的西双版纳。

黄德利晚上从天津登车赶赴云南，还有人在白天从济南登车，也赶赴云南，那就是翟刚和别子。

翟刚是在两脚戴着重达十斤的脚镣被抬进病房的。在医院给他开刀后，看守他的是从拘留所调来的武警战士。在这几位刚刚入伍的战士看来，一个人的肚子被剖开，刀口还没长好，又戴着沉重的脚镣，怎么能够逃跑？尽管老看守人员再三提醒他们，翟刚不是一般的在押犯，而是几进几出的惯犯，他吞食筷子，就是要住院开刀，就是想逃跑，千万要看好他。

可惜，这些话并没有被重视，战士们每到晚上都会打盹或是睡觉。他们不知道，就在他开刀的第二天，有人在食品里面夹藏着一把锉刀，翟刚趁战士们晚上睡觉的时候，用了两个晚上，把脚镣上的铆钉已经锉平，他随时都可以抽出铆钉，卸下脚镣。

在妹妹翟丁去看望他的时候，他已经做好了逃走的准备，妹妹的劝告，对于翟刚实现逃跑计划毫无影响。当天夜里，在几个同伙的帮助下，他趁着看守武警打盹的时候，顺利逃出病房。

对翟刚的逃跑，赫雷火冒三丈，他下令全分局干警四处追捕，并组成五十多个由刑警带领的行动小组，深夜同时出动，抓捕上百名在册的流窜到关内的掏窃分子。

由于行动突然，许多人在睡梦中被抓获。通过连夜审讯，不断扩大战果，道里分局打击流窜犯战役获得非凡战果。

赫雷接到了赵强的电话，得知济南铁路公安已经抓获了小玉，他让赵强把她押解回哈尔滨。

但是，尽管搜捕连续进行了两天两夜，规模之大，持续时间之长，都属空前，赫雷想要通过搜捕和审讯发现翟刚的藏匿之处，直到搜捕收兵，仍然没有翟刚的丁点消息。

其实，翟刚并没有走远，因为刀口还没完全愈合，至少还要换两次药，他就被同伙藏在别子的家中。

逃出去之后，要到别子家躲藏，是翟刚事先就计划好的。

古人曰：“定其交而后求。”

翟刚既然有此计划，想必他与别子，不光是别子，还与别子的家人交情很不一般。

别子的家在医学院的家属区，那里住的都是高级知识分子，是警察最少光顾的地方，别子就住在这里的一幢楼里。

别子是他混迹江湖的诨号。他姓柴，据说这个柴家在历史上可是名门望族，好像宋代的江山，就是柴家转让的。

别子的父母都是这所医学院的教授，一位是心脏病专家，一位是外科专家，别子是在父母五十年代回到祖国所生的独生子。

“文化大革命”期间，这里可不像现在这样安静，这所学校成立了三四个造反司令部，天天有造反派来这里揪斗资深教授和学校领导。

别子的父亲、母亲都是早年留学美国的著名医生，那时，他们在新泽西州有自己的别墅、诊所和富裕的生活。出于对新中国的热爱和向往，他们毅然关闭诊所，卖掉别墅，回到了祖国。

回国后，这一对在广州出生的医学专家，选择了留在医疗和生活条件都很艰苦的哈尔滨工作。据说，他们选择这里，是因为读过一首壮美、豪迈的词篇，爱上了这里的北国风光。工作十多年，他们治好了无数病人，也带出了许多优秀的医生。

而他们挨批斗的理由也很简单，你们要放弃那么优越的生活，就用“爱国”两个字来解释，无产阶级革命派的战友们是永远不会相信的，你们一定在政治上另有所图。

那个时候，对待海外回归的人员有个普遍的判断：他们从哪个国家回来的，就必然是那个国家派回来的特务。偏偏这对夫妻都是从美国回来的，那他们就是受美国中央情报局派遣回国，从事医疗破坏的一对美国特务。

接着又有造反派玩出新花样，他们统计了两个人十多年来经手的病人，发现不少病人死亡的记录，说这就是他们回国破坏中国医疗事业的证据。既是美国中央情报局的特务，又有破坏医疗事业的证据，完全可以逮捕法办。

医学院革委会批准报告，接着又上报市保卫委员会。说来也巧，偏偏审查报告的一位主要领导的老爸犯过严重的心脏病，就是经这位柴教授给抢救过来的。他大笔一挥写道：调离岗位，接受劳动教育。

这两句批示救了他们，可也害了他们。两人被赶出了医疗科室，双双当了勤杂工。

更严重的是，造反派们都认为，既然当了勤杂工，这个活计，就是他们后半生的职业，怎么还能住在教授级待遇的房子里？可以设想，两个人扫完院子，刷完厕所，脱掉又脏又臭的工作服，还回到洋房里去享受，这简直就是对革命造反派的莫大讽刺！

有人把大字报贴到大楼前，并向校革委会提出强烈抗议。

校革委会的几位常委中，至少有两个人曾是柴教授的研究生。也许正是因为有这样一层关系，为了能跟美国特务划清界限，他们的建议每每都是出格的严酷。

于是乎，校革委会贴出大字报，说是根据广大革命群众的强烈要求，让他们全家净身出户，搬到一间不到十平米的地下室里去居住，此令！

一对医学教授打扫厕所、扫院子，也许在当时并不稀奇。但不幸的事情却出在柴教授身上。

柴家净身出户，住进了地下室，可以想到，搬进教授家的一定是学院的造反派领导。让人意外的是，作为外人无法得知的某种条件交换，住进教授家的是一个刚刚当上全市医务界造反派的头头。

柴教授家中有很多医学和文学书籍。净身出户，这四个字出于古代一种处罚，解放初期的土改斗争，也有过不少先例。

医学院的造反派们绝不会像封建帝王那样绝情绝义，更何况他们之间还有一层师生关系，不仅同意他们带走一些生活用品，甚至同意他们把所有的书都统统搬走。

这是不可能办到的事情，因为地下室房间太狭小，十多平米的地方，三口人住下已经很挤巴，哪还能装什么书籍。

教授希望新来的住户能够保护这些书，因为那些书里有许多医学名著，有的已经绝版。

可惜，这位工人出身的造反头头大字不识几个，在他看来，眼下这些医院，还有那么多的医生，都要彻底废除！

从普通工人一跃而达到权力的巅峰，这是他坚定信仰无产阶级专政的缘故。当然，他更坚信只要有了毛泽东思想，世界上没有什么疾病和困难不能战胜。这样的观点，这样的话，他不止一次向大家宣传过。他自己和几个战友都有亲身体验，他们在武斗受伤后，不服用任何药物，只要站在主席像前，大家一起高唱语录歌，都顺利地战胜了各种不同的伤病。

他的观点在活学活用大会上一经宣传，马上就有不少人高声赞同，特别是医疗卫生部门的造反派们，想得更是周到。他们说医院和医生还得保留着（主要是怕自己失业吧），但是，不要给病人做什么手术和服用药物，收留住院的每个病人都要不停地高唱语录歌，一个钟头来一次“三敬三祝”，就一定能够战胜疾病。

因为毛泽东思想是战无不胜的，当然也包括战胜各种疾病。

要是谁没有治好病，甚至丢了性命，他们说，原因很简单，是因为对毛泽东思想的信仰还不够忠诚！

这位工人造反头头有四个孩子，他的七大姑八大姨都跟着搬了过来，都要住一住这个反动权威加美国特务住过的三室一厅的高级洋房。

搬过来才知道，大批判说的当年走资本主义道路的当权派，为了反党、反社会主义的需要，给这些反动权威和美国特务盖的豪华洋房也不过八十平米而已。况且，一些洋文的反动书籍，就占了一半的地方。

要是容忍这些没几个人认识的洋文书白占偌大地方，影响造反派的家属睡觉，那就是向阶级敌人的妥协，故而，当天晚上，他们就把房间里所有的书统统装上了解放牌大卡车，送进了造纸厂，让这些东西化成纸浆，再为人民服务。

经过几个月的折腾，这一对教授夫妇已经心力交瘁，那位心脏病专家反倒得了严重的心脏病。造反派不准他吃药，只给他们发了两本毛主席语录，让他们通过学习和背诵毛泽东思想战胜心脏疾病。

谁能料到，破屋偏逢连夜雨，就在这个时候，教授夫妇的独生儿子，给他们惹了一场滔天大祸！

这个孩子那年刚满十五周岁，如果不是“停课闹革命”，他应当读初中一二年级。这孩子爱看书，尤其愿意看苏联小说，这些年父母给的零用钱，几乎都买了书。可是，净身出户，他的书和父母的书一样，都进了造纸厂，化成了纸浆。

亲眼见到父母所受的批斗、打骂等难以让人忍受的遭遇，从洋楼搬到潮湿阴暗的地下室，加之心爱的书籍都被化作纸浆，他的心里激起强烈的不满，为了发泄心中的情绪，他便在附近公共厕所的木板墙上写了一条恶毒透顶的反动标语。

这一下子，整个地区几乎闹得天翻地覆，几乎所有的人，不分男女老少，都被叫去写字，写“打倒苏修！”“打到美帝国主义！”还要写“祝毛主席万寿无疆！”“祝林副主席永远健康！”“向江青同志学习”，等等。

轮到小柴写的时候，他故意改变了一下笔体，让刚刚夺取公检法大权的保卫委员会的造反派们白忙活了一场。

恶毒攻击无产阶级司令部的反动标语案，迟迟不能破获，无法显示无产阶级专政的巨大威力，所有保卫委员会的领导都被上级骂得灰头土脸。无奈之下，只得大抓嫌疑犯，小柴也是被抓的几个嫌疑犯之一。

这些人统统被关进了拘留所。

从洋楼到地下室，好像从天上掉到了地上，这次再被关进拘留所，小柴觉得进了人间地狱。

这里不光阴暗潮湿，还有一股难闻的酸臭。因为天热，几乎所有人都光着膀子，几十个人排坐在十几平米的空间里，各个脸色湛青碧绿，活像阎王殿里的鬼怪，小柴一见，就吓得哇的一声哭了起来。

本来，在他们被押进来之前，看守已经向监号里的笼头下达了任务，这些嫌疑犯分押在不同监号，每个监号都要想办法，让他们承认书写反动标语，谁能逼迫他们承认，就立即释放谁。

对于这样的优厚条件，十几个监号的笼头各个表示要使出绝招，一定要他们承认，以换取自己获释。

但是，看守也提出要求，必须留下一口气儿！

小柴被送进七监，这里的笼头正是翟刚。他接受任务之后，便想了几个招法，倒挂、灌凉水，折磨他几宿不睡觉……总之，他会用他所经受过的折磨来折磨别人，而且绝不会手软。

可是，等人一进来。他就傻了眼，怎么会是个孩子？

未等他吩咐，几个手脚麻利的家伙已经把孩子倒提起来，翟刚连忙叫道：“放下来，我问问他。”

孩子被扔到翟刚面前。

这时的翟刚，别看自己身陷囹圄，对这个孩子可是执掌生杀大权，不亚于十殿阎罗。要是一不小心把他整死，没留下那口活气儿，也不会有谁来偿命，因为他完成的是看守的指示。

孩子吓得浑身颤抖，呜呜地哭着，活像要被扔进油锅里的小公鸡。翟刚问他的姓名、父母是谁，孩子如实说了。

这一说，闹得满监号震惊，不少人都知道医学院有一个大专家，是从美国回来的，找他看病那得排号，还得说是有头有脸的，一般老百姓要找他看病？没门儿，你连号都挂不上。

不管给谁看了病，当医生的总是行善积德，谁想到他的孩子能遭这份罪？翟刚觉得这世道太不公平。

他一反常态，破天荒地让孩子睡在自己身边，吃饭的时候，先让他吃饱。有人还把偷藏的糖块、饼干送给他。

为了应付对孩子的逼供，他让一个年轻的犯人假装挨打，乱喊乱叫。一共折腾了两天，当然不会有任何结果。

小柴进了拘留所，他惦念着住在地下室的父母，特别是生了重病的父亲，也许会因为担心他而难过。

翟刚告诉一个将被释放的人，让他到小柴父母那里报个平安，就说在监号里有人护着，一切还好。

小柴在外面经常被人打骂，不少跟他年龄差不多的孩子骂他是美国特务的狗崽子。

小柴做梦也没想到，在这人间地狱般的地方，这些人看起来个个青面獠牙，举止粗野，满嘴脏话，却有人同情他，帮助他，让他体味到些许温暖。

他对比那些经他的父亲、母亲亲手培育出来的医生和教授们，一个个衣冠楚楚，满口革命大道理，一旦掌了权，都变着法地折腾他们，欺负他们，连老师要求看病也不准许，这到底是些什么人？人间到底有没有善和恶？

闹腾了好几天，倒是有好几个嫌疑人被在押犯折磨得屈打成招，可详细一问，又都纷纷翻供，气得审讯人员也毫无办法。

嫌疑犯不能总押着，小柴等人将要被释放。他却不愿意离开这个看似可怕的地方，他怕回去那些人会变本加厉折磨他。

就在那天晚上，他把嘴巴凑到翟刚耳边悄声说道，公共厕所里的那个反动标语，就是他写的。

翟刚连忙捂住了他的嘴，这孩子真傻，这是对谁也不能说的事情啊！

翟刚打的是偷窃嫌疑的官司，也将要被释放。要是抓不住他的手腕子，连那些老刑警都拿他没办法，更何况这些由工人、学生组成的审讯组就靠一打二吓唬，要能治了翟刚才怪。

小柴想要在看守所多待几天，跟翟刚一块出去。

翟刚没见过这样的孩子："这不是傻吗？这个地方谁愿意多待？赶紧走，谁欺负你也别吱声，等我出去收拾他们。"

小柴是流着眼泪离开翟刚的。

他回到家中才知道，父亲已经被抬到了医院住进了病房。可是却不准吃药和打针，几个造反派护士逼着他念：下定决心，不怕牺牲，排除万难，去争取胜利！

母亲作为外科医生，一直声嘶力竭地与他们争吵，为的是能让丈夫服用她带来的几粒救心丸，以挽救他的生命。可惜，这个要求被当作妄图抵消毛泽东思想的强大威力，被坚决拒绝！

母亲说，毛泽东思想是很伟大，可不能把毛泽东思想当成巫术来医治百病。这句话更是犯了大忌，病房立刻就变成了革命大批判的战场，连正在住院的患者都激动地大喊大叫，口号声此起彼伏。

一边是父亲奄奄一息，一边是母亲被一群人围在中央接受革命大批判。小柴回来见到的正是这样的场景。

原来，校革委会的领导是想要创造一个用毛泽东思想战胜心脏病专家心脏病的伟大奇迹。谁都知道，这样的消息一旦发布，不但在全国，在全世界都会产生巨大影响，可惜，这个宏伟的理想最后以心脏病专家死于心脏病的结果而告终。

那位医务界造反派的领导人，得知这个消息很不以为然。他说，对于那些不忠诚于伟大思想的人，死了就是活该，像这样的美国特务就是罪有应得！但他也开始有些疑问，这精神原子弹真的管用吗？

过了两天，翟刚出来了，他来看小柴，帮着把教授遗体送到火葬场，又把骨灰给埋了，这让小柴妈妈感激得不行。

就在这时，区保卫委员会的领导不得不承认现实，不懂得笔相学，光靠什么思想是破不了案件的。没办法，他们从正在海伦县接受公检法改造的学习班里请回了两位长期负责侦破反动标语案件的干警，让他们重新审查所有的笔记和线索。

没出两天，这两个深埋在半人高纸堆里的干警宣布经过他们认真的比对，这起案件就是小柴干的，尽管他有意改变了笔体。

就在保卫委员会积极调集人马，准备到柴家抓人的时候，有同情教授一家遭遇的人给柴家报了信。翟刚一听，二话不说，带着小柴就出了家门。从此，小柴就成了现行反革命，还是一号通缉犯，他的命运被彻底改变。

他们坐上火车，装成到全国各地大串联的学生，一路到了南方。

在火车上，听说有人想去缅甸帮助缅甸共产党夺取政权，小柴感到新奇，便怂恿翟刚也过去看看。

翟刚也想到国外逛逛，听说缅甸生产翡翠，想弄点回来。

两个人从西双版纳越过边境，到了缅甸境内，他们没有找到缅甸共产党，却错把佤军当成了革命的队伍，便加入了佤军，从事向内地输送重要战略物资再转往香港的光荣使命。

他们的领导人，就是担任佤军后勤主管的林老板。

最初，他们并不知道运送的是鸦片，以为是运送佤军支援世界革命的战略物资。因为他们是中国人，穿着没有领章帽徽的草绿色军装，挎着绣着红五星的军用挎包，里面装着饭盒大小印着“军用品”三个字的密封铁盒子，赶上全国大串联，坐火车不用买票，到哪里都无人阻挡，到了广州还有人秘密接头，取走铁盒子。他们两个人都以为是真的从事革命工作了。

第三次接受任务，小柴有了怀疑。因为他前一天晚上偷偷进入了不准他们进入的司令部防区，才知道铁盒子里面装的是海洛因。

小柴要翟刚偷偷离开这里，不能干这种伤天害理的事情。

翟刚却说，咱们走也得走得正大光明。他便找到了林老板："我俩不干这缺德的活计。"

林老板当场答应，只有一个条件，让他们掩护一下送货的两个人，还有他本人，到了广州再分手不迟。

翟刚答应照办，几个人一起跟着林老板穿过一片原始森林，到了昆明坐上火车平安到达广州。林老板不食前言，还给了他们一笔钱，就此分手。

翟刚让小柴把钱都寄回家里，就说是在外面工作挣的。

翟刚带着小柴来到山东，加入了黄瘸子的扒窃团伙，从此小柴也变成了全国学历最高的扒窃高手。

小柴不光有文化，人也机灵，深得黄瘸子喜欢，就常把他带在身边，一来二去，小柴成了"绺行"的红人。

小柴虽然成了贼，可是良心未泯，他向黄德利提出过"三不偷"。哪三不偷？小柴说，第一，看病的钱不能偷，那会出人命的；第二，孕妇的钱不能偷，那会影响胎儿发育；第三，老年人的钱不能偷，那会把老人急死。

他不光说，有时候在火车上看见有人要向这三不偷的人下手，他还总是拦着："别价，别价，那是个看病的穷人。"这时间一长，这个总是"别价"，就成了他的绰号，继而又简化成别子，时间一长，别子越叫越响，还真没几个人知道他到底姓什么，叫什么。

这一晃，十多年过去了，别子和翟刚的关系始终如一。他俩有一次在北京还见过林老板，林老板拿着九宝金佛的照片，向他们打听这件宝贝的下落。翟刚这才对金佛也起了念头。

"文化大革命"后这几年，那位目不识丁的造反派头头因为多次组织打砸抢，被送进了监狱。上级给柴家落实了政策，小柴的母亲又搬回到原来的住处。别看老教授年事已高，医院有复杂的疑难手术，她还得亲自操刀。

儿子和翟刚逃走两年多，老教授才知道儿子跟翟刚成了贼。可是，通缉令还没撤销，有什么办法？校领导说，你儿子是现行反革命，到现在还没人给个说道，更不要说平反了，就算是平了反，你儿子现在又成了贼，现在搞“严打”，抓到也是要枪毙的。这位老教授虽然医术高超，就是不懂政治。他们一相信组织，二相信领导。谁管他们，说的话他们都听。那位心脏病专家死后就有人议论，住院不给药吃，偷着到外面药店买点药吃，也比挺着送命强不是？可这两位医界泰斗愣是没想起这个茬。

经过这一系列的变故，尤其是丈夫去世，儿子出走，她颇有感触。有些人的话她不再信也不愿意听，当贼虽然有辱祖上的名声，可总比被枪毙要强不是？

这次翟刚从医院里逃了出来，就被同伙送到了柴家。老教授一见惊诧万分，先给他做了全面检查。她无法想象，一个人怎么能把两根筷子都吞到胃里？但是，术后伤口长势很好，虽然还没有愈合，只要换药及时，会很快痊愈的。

翟刚告诉他，按照医院的治疗，他的伤口早就该愈合了，只是他逃走的时机不到，他自己用双手又把它撕开的。

要是在“文化大革命”前，像翟刚这样的逃犯跑到家里，他们是一定要向组织报告的。可是，经过了史无前例的无产阶级文化大革命的深刻教育，老教授的价值观念彻底改变了。她觉得这个从小当贼的汉子虽然说话粗俗，心灵却比他们俩教出的那些文质彬彬的学生强得多。

丈夫死后，尸体扔在太平间外的雪地里，那些学生担心惹火上身，都退避三舍。倒是翟刚找来一辆手推车，帮助他们娘儿俩把尸体送到了火葬场。大冬天，累得翟刚浑身冒汗。当听说要抓孩子的时候，又是他带着他逃之夭夭……这一幕幕都像烙印似的打在她的心里。

现在，翟刚来到她家，无论如何她也要全力相助。

揭开棉纱，看到创口，更是让她吃惊。从医以来，做外科手术多少年，却从未见到这样恶劣的伤口，伤口边缘已经变得血肉模糊，那是他扯断缝线，把长合的伤口重新撕开造成的。这该是多么痛苦！

看来，一个人的自由确实比性命还重要。

一边给他清创，她一边规劝翟刚尽快改邪归正，相信他要是自食其力，不论是经商还是做工，都会有一番成就。

当然她这番话也有替儿子着想的意思，要是没有那么多的变故，他的儿子不也该有所成就吗？

翟刚告诉他，这一切都悔之已晚，现在是“严打”时期，他必须躲过这一场劫难，绝不能落到他们的手里。现在，他已经成功地逃了出来，他要离开本地，先去找他的弟弟，一块去国外躲几年，等到“严打”的风头过后，他们会和别子一起回来，干一番正经的事业。

过了几天，老教授被请到医院去给一个患者做器官移植的手术，老教授刚出门，别子就偷偷溜进了家门。

别子从天津甩开黄德利便回到哈尔滨，一是想妈妈，二是听说翟刚被捕后吞筷子住了医院，也想要看看他。到了哈尔滨一打听才知道，翟刚躲在他家。

别子很想妈妈，可又不愿意让妈看见自己，那样她会伤心，再要离开她，会让她更加痛苦。他住在附近一个同伙家中，清晨便在附近窥探，他是躲在楼边的墙角看见妈妈被车接走，才回到家中的。

妈妈走路有些蹒跚，父亲死的时候，妈妈的头发开始变白，想不到这才几年，刚刚五十出头就已经满头白发，这是想他想的。

别子心中难过，真想上前抱住她老人家痛哭一场，可是他不敢，他不光是现行反革命分子，还是个贼，更何况是“严打”期间。直到车子远去，他才溜进屋中。翟刚一见到别子，真是喜出望外，他急忙打听翟铁的消息，听说翟铁和小玉一起逃到了山东，见到了黄瘸子，可小玉却让人家给撬走了。

别子说：“这都是实事儿，可后来又出了大事儿。”

翟刚急忙追问，别子便把黄瘸子和虎蛋在旅馆杀死翟铁，夺走金佛的事情告诉了翟刚。

翟刚登时气得脸色发青，这个浑蛋胆敢杀死铁子，他难以压抑心里的愤恨，把拳头攥得咯咯响，连连敲着床铺发着狠说道：“黄瘸子！我不整死你就不是人！”说着，便抽抽噎噎地哭了起来。毕竟，两个人是亲兄弟，尽管走的是邪道，可两人感情还是很深的。

看着翟刚停止哭泣，别子便把他知道的来龙去脉又详细说了一遍。

别子溜走后，狼青从黄瘸子身边溜走了，两人在火车上又见了一次。这回，狼青说得十分详细，因为他当时就在跟前。

翟刚又一次气得险些背过气去，他不顾伤痛就下了床，两眼含泪说要跟别子马上去找黄瘸子拼命："我要把他捅个透心凉！给铁子报仇。"

别子看到翟刚火冒三丈，两眼充血，知道拦是拦不住的。这个时候，他必须跟翟刚共进退、共生死。

两个人收拾一下东西和要带的药品，匆匆离开了柴家。

两个人没有去火车站，而是到了长途客运站，买了两张去长春的长途汽车票，他们不敢从哈尔滨火车站走，听说那里有不少便衣刑警，拿着翟刚的照片，在日夜堵截。

到了长春已是夜晚，两个人又买了去济南的火车票，这次买的是睡铺，一是因为翟刚伤未痊愈，二是两人不想作案，只求尽快赶到济南。

下了火车，翟刚让别子去那家旅馆打探黄德利的下落。

别子见到小玉，说是黄老板让他去办事儿，回到天津找不到了。小玉那时还没有得知黄瘸子的具体去向，两个人就在隔壁一家旅馆住了下来。翟刚相信黄德利早晚会回到这里。

第二天早上，别子看见跟在黄瘸子身边的两个马仔进了旅店，便去找他们询问，两个马仔对别子毫不隐瞒，说黄老板要散伙，只带着虎蛋去云南。

翟刚听说黄德利要去云南，就知道他要去找林老板，便带着别子从济南火车站上了火车。

殊不料，翟丁和陶进、赵强就在附近，在送走萧娟之后走向站外的时候，事出意外，翟丁偶然驻足一瞥，恰巧看见了翟刚正在上火车。

火车上，还有陶进和翟丁跟在后面。一共有三伙人要去云南，看来，前面会有一场好戏……

黄瘸子睡了一宿好觉，早晨七点多钟下了火车，就带着虎蛋来到站前的长途客运站，登上了去往西双版纳的长途汽车。

翟刚和别子乘坐的火车是傍晚到达昆明的，翟刚不知道去往西双版纳的最后一班长途客车是否已经开出。两人一下车，就奔向长途汽车站。

这一下，暴露了他们的意图，远远跟随在后面的陶进和翟丁了解了他们的下一步打算，原来，他们想去西双版纳。

可惜，他们来晚了一步，去西双版纳的长途客车，下午一班车在几个小时以前就已经开走了，但是，还可以买到明天早晨第一班车的车票。为了能在车上坐到前排的座位，翟刚和别子提前买了车票，然后又找了一家小旅店住了下来。

在来昆明列车的宿营车上，陶进终于说服了翟丁，现在，不能去找翟刚，更不能让翟刚发现已经被我们跟踪。从赵强的电话记录和翟刚的去向，陶进就有一个判断，只要跟住翟刚，就能找到黄瘸子。

看翟刚和别子住进小旅店，可以判定，他们今夜不会离开那里。乘警把陶进和翟丁领到了昆明铁路招待所，在为翟丁安排了住宿房间后，又带着陶进来到了公安处的刑警队。

陶进估计，如果赵强还在济南，他一定会通过济南铁路局公安处，给他带来一些新的信息。果然，他一走进刑警队，值班员看见乘警领来的陶进，忙说道："你是哈尔滨公安局的吧？我接班时，上个班有一份电话记录，说是交给陶进。"

陶进连忙点头："我就是陶进。"

值班员把一张纸交给他，陶进急忙接过来。

请通告哈尔滨公安局道里分局刑警陶进：

小玉和大奔均已被捕，我向赫局报告在济南发现翟刚，他怒斥我们为什么不马上抓到他。我说，也许丁姐看错了。他说，认准了，立即抓！不是他，就赶紧回济南去抓黄瘸子，不得有误！

我说陶哥，你是将在外，大主意你自己拿！还要告诉你，张春祥在押送小玉的时候，在列车上抓到了一个叫狼青的盗贼。据他供述，翟铁已被黄瘸子杀害，九宝金佛就在黄的手中，他可能从云南逃亡国外。这些事情，最好先别告诉丁姐，她会难过的。

陶哥，你的责任重大！黄瘸子去云南，翟刚也去云南，你能把他们全都抓获，准立大功！多依靠地方和铁路公安。

祝你胜利！

这不像电话记录，简直就是发给陶进的一封信。估计是记录人员把电话的内容进行了艺术加工。

这几个消息对陶进都是重大的冲击。

首先是赫局的怒斥，再就是翟铁已死，第三就是九宝金佛在黄瘸子手中。他没有理会赫雷的怒斥——他不抓翟刚，自有不抓的理由。

可这后两条，虽说是狼青一个人的供述，但是，他讲述的过程，倒是基本符合陶进老早就隐藏在心里的重大怀疑，所以，面对这样的消息，他绝不敢有半点轻心。

本来，他们赶到北京就是要翟丁去找翟铁取九宝金佛的，北京没有见面，又接到让翟丁到廊村见面的纸条。到了廊村又一次扑空，从此再也没有了翟铁的消息，这就十分奇怪，他为什么不再与姐姐联系了？

陶进曾经详细地讯问了两位出租汽车司机，后车司机说，是有几个人在旅店门前下了车，可又回来了，究竟回来全了没有，他可没有注意。

可是，前车司机却说黄瘸子重新上车，怀里却多了一个红蓝相间的双肩包。这一切都说明什么？

从那个时候起，陶进心中就有一种不祥的预感，鉴于翟丁就在身边，他没敢有丝毫的表露，甚至对赵强也没说。

现在，他们跟着翟刚来到了云南，一定要紧紧咬住他，咬住翟刚就能找到黄瘸子，这是陶进这一路来坚定不移的判断。

现在的问题是明天如何跟踪翟刚？

开往西双版纳的长途客车两个小时发一班，他们不能同坐一趟车，要是坐下午的后班车，恐怕连翟刚的影也难以见到了。

陶进向值班刑警说了他的想法，希望得到铁路公安部门的帮助。

值班刑警早已知道陶进等人在济南破获大案的消息，对陶进的要求十分重视，答应马上请示领导。

他拿起电话，找到了刑警队的领导，说了陶进的要求。领导答道，给予全力帮助，送他们到郊区上车。

值班刑警放下电话告诉陶进，在昆明郊区还有一个长途客运站，两地发车时间差不多，上了国道，可以跟在前车后边。他又告诉陶进，去西双版纳的汉人很少，他们最好换上当地傣族人的服装。

陶进不知道怎样才能弄到傣族服装。值班民警告诉他，刑警队的库房里就有男女傣族服装，刑警经常化装到边境地区侦查，也需要穿傣族服装。

唯一的问题是他打不开库房，但明天一早就可以拿出来。

陶进对值班刑警和乘警表示万般感谢，便回到了铁路招待所。

翟丁一直在等着他。

从登上开往北京的列车，要跟相爱的人一起去首都，完成重大使命，翟丁心里油然而生一种幸福感。她希望顺利取回金佛，带着弟弟回到哈尔滨，以她的立功表现，换取对弟弟的从轻处罚。等到一切尘埃落定，她就向单位提出申请，和陶进一起去区民政科登记结婚，领取结婚证。

想到结婚，想到两个人会睡在一个床上，会相互亲吻，她的脸上就会泛起红晕。

说实在话，除了小时候，玩过家家时候，她跟男孩子拉过手。这些年来，除了同事、同学见面握手，包括她跟那个副处长恋爱期间，连手都没拉过。

翟丁的性格趋向保守，也许是受古代传统的影响，她从小就把处女之身看得很重。一直想要守身如玉，把无瑕之身在新婚之夜献给亲爱的人。

经过几年的波折，甚至是大起大落，她终于和陶进走到了一起，今天还能坐到一起，虽然两个人在列车上没有任何亲密的举动，但是，相互间那一顾一盼，都透露着深情和甜蜜。可以说，来北京的一路上，翟丁的心里满装对美好未来的无限憧憬。

谁知道，这一切都是伴着列车隆隆声的暂时幻觉，走出北京火车站的检票口，没有看见弟弟的身影，翟丁的心，一下子就跌到了谷底。

他们心急火燎地赶到廊村，又不见翟铁的影子，翟丁不能不去想那些不愿去想，甚至说是不敢去想的可怕后果。

她的心里一直装着那家旅店的影子，惨白的管灯，青绿色的面孔，还有那若隐若现的喊声和黑暗中的楼梯。

也许，那个时候她心里就有一种不祥的预感，他的弟弟一直混在黑道里，那里该是何等凶险？

亏得淘进还算镇定，接下来的几个举措称得上是得心应手，包括堵截回程的出租汽车，得知黄瘸子的去向，虽然还没有弟弟的准确消息，但也让她的心稍有平静。

在济南火车站的站台上，她偶然扭头，却意外地发现了翟刚，这让她喜出望外，可是，陶进却不让他们见面。也许是她能得知铁子消息的唯一来源，尽管近在咫尺，却不能越雷池一步，让她心焦如焚。

但是，她知道陶进是对的，一旦走进了这生死肉搏的旋涡，只有残酷地对决，什么亲情、友情、骨肉情，都得扔到九霄云外。

她无法安心休息，只能坐在会客厅的竹椅上，等着陶进回来。

招待所面积不大，在这里住的都是等待换乘的列车员，二十四小时都有人成群结队进出，显得十分混乱。每个房间至少要住四五个人，有的房间里还是上下铺。翟丁住在一个六人房间的下铺。陶进被安排在一个三人间。

因为从济南车站突然登车，她的行李箱和洗漱用品都扔在济南的铁路招待所，不仅自己的内衣不能洗换，连洗脸刷牙都成了问题。她心中不得不用“困难”两字来形容当前的处境。

足足等了半个小时，陶进才匆匆赶回招待所。

眼前人来人往，会客厅里十分嘈杂，翟丁招呼他走出招待所，在门前一棵大树下听他述说明天的行动计划。

在陶进的记忆里，云南的印象就是四个字：四季如春。果然，这里的晚上没有济南的燥热，气温凉爽宜人。

在翟丁眼里，云南让人感到无比的美丽和浪漫，这里绿树成荫，花开遍地。在铁路两旁，在大街两侧到处是开满鲜花的大树，芳气袭人的花草。一些栽培在东北花盆里的花木，都枝繁叶茂地生在庭院里，长在马路旁。

陶进对周围的景色无心欣赏，他只是告诉翟丁，明天早上铁路公安会送他到城郊乘车，前往西双版纳，但必须换上当地傣族人的服装。在西双版纳，很可能发现翟刚最终的去处。

陶进估计，翟刚可能要和黄瘸子会合一同逃亡国外，要是真的发现了黄瘸子，他会和当地警方配合实施抓捕。

翟丁完全赞同陶进的判断，翟刚和黄瘸子会合，一定会增加抓捕的困难。她问道："我能帮你做什么？"

其实，这也是陶进心里的一个难以解开的疙瘩，就是让不让翟丁也去西双版纳。

翟丁跟着刑警们从哈尔滨到北京，是局里统一部署。在济南上火车，是特殊的紧急情况所致，这都有理由可以解释。翟丁明天去不去西双版纳，这倒是需要仔细斟酌的事情。

陶进是一名刑警，职业决定不论前面有多大风险，他都得冒死向前。而翟丁只是协助工作的平民百姓，她不应当去冒风险。

陶进担心她的安危，刚要开口："这……"

翟丁已经猜出了他的心思，毅然打断了他的话："我跟你一起去。"

陶进担忧地说道："翟刚和黄瘸子可都是胆大妄为，你去太危险了。"

翟丁反问道："你去不危险吗？"

陶进缓缓摇头道："我是干这个的，而你不是。"

现在，翟丁可以有一百句一千句话来向他反驳和解释，但是，她只是伸出手按着陶进的肩头，用亲切的语气低声说道："陶哥，咱们不多说了，我一定要去。早点睡吧，明天还要早起。"

陶进抬眼看了看翟丁，她的眼睛在黑暗中闪亮，神情坚定而亲切。

就在陶进凝视着她的时候，翟丁悄声在他耳边说道："陶哥，完成这次任务，我就嫁给你。"

听到这样一句意外而又温馨的话，陶进的心头升起一股暖流。他激动地拉住翟丁的手紧紧握着，这是他们唯一可以表达内心激动的接触。

两人的手紧紧地拉在一起，相互传递着彼此的体温和情感。

他们互相凝视着对方，心中充满甜蜜与柔情。他们希望拉得更久一些，甚至永远都不松开。可是身旁总是有人走过，就算这样的亲近，也可能会被人非议。两个人只能转身走回招待所，未等走到门口，便松了手，道了声晚安，回到各自的房间。

四十八

狭路

下了火车，活动活动瘸腿，黄德利和虎蛋顺利地坐上长途汽车。

他心情舒畅地看着车窗外满目绿色，搂着双肩包，觉得一生从来没有如此顺当和得意。

做贼，就是害人利己，自古以来就是人们眼中最可恨的勾当。据史书记载，早在秦始皇时代就有缉捕盗贼的记录，从那以后，历朝历代对抓贼捕盗都毫不松懈。

可是，黄瘸子并不这么看。他从二十多岁做贼，至今已经四十出头，这二十来年，要是人们都说万元户就是富翁和大款的话，凭着高超的掏窃技术，他这几年掏窃的钱数高达数万元，堪称一大富翁。他还用七千元赃款兑下济南火车站附近的一家旅馆。

不管看好什么，统统用现金交易，出手这般阔绰，着实让人惊讶。

有了可以坐地生财的旅店，黄德利仍然欲壑难平，他继续带人上火车大肆偷窃，不停地积累自己的财富。

可让人更为惊奇的是，尽管他二十多年，几乎偷遍了奔驰于中国北方所有旅客列车，竟然没有掉过脚！

这期间，他也曾被当作嫌疑对象审查，却从没有进过拘留所，各地公安机关都没有关于他的案底。

你说怪不？

在黄德利看来这一切也毫不奇怪，他信命，自认自己命好，这就是命中注定。一辈子都会是财源滚滚，而且神鬼难拿！

据他自己对同伙们说，当年，他的一条腿被火车轧断，那时候，铁路医院给他装了假肢，他生活无着落，曾经找人算过命。一位具有仙风道骨的算命大师，问了问他的生辰八字，接着就半眯着眼睛，伸出右手，几个手指动来动去，最后，又故意沉吟片刻，才用惊讶的口气说道："哎呀，可不得了！你乃天上元宝星转世。"

黄瘸子说，他从没听说天上还有一颗元宝星。这也难怪，一是自己不懂天文地理，就算是有，自己也不知道。二是天上那么多星星，什么星不能有？听说自己是天上星宿转世，当然是喜出望外，他急忙问道："天上元宝星转世？那我这一辈子该会怎样？"

算卦的人毫不犹豫地说："大富大贵！大富大贵！你前辈子把钱借给了很多人，这辈子该收回来了。"

当时，黄瘸子就给了算命先生一块钱。可知道，那一块钱，足够他三天的生活费。

说来也是凑巧，时隔不久他就在火车站认识了年过四十的老贼严玉森。那时候，严玉森就在来往于天津到济南这一段列车上干活，他不时要到各个车厢去串串，就让黄瘸子给他看堆儿，占着座位。

过去，严玉森也带过一个小伙子给他看堆儿，没几天，就趁严玉森到别的车厢干活的时候，把所有的衣服和行李袋统统给卷跑了。

黄德利不会跑，他的腿有毛病，看堆儿最踏实。

过了一段时间，严玉森就教黄德利掏兜。也许真有这个天分，黄德利几乎把把得手，不论是"掀顶盖"（上衣兜）还是"摸后鞧"（屁股兜）样样干得麻利。他最大的本事还是"青子"活儿，那更是十拿九稳，隔着棉裤、衬裤绑在贴肉大腿上的钱，他都能给你割出来。

都说只有状元徒弟，没有状元师父，仅仅用了六七年，严玉森拿不下来的活儿，也得靠黄瘸子给拿下来。更为神奇的是，严玉森不知道是什么星转世，别管手段有多高明，反正被抓是常有的事儿，几次都是靠他伪装得巧妙，才得以逃脱。人家黄癞子那可真是福星高照，警察从来就没跟他打过照面。

火车不是推的，丫丫葫芦不是勒的。中国掏兜一把高手、一代贼王这些名头，可不是浪得虚名。

这元宝星转世的话说得多了，好像就变成了真的。黄德利认为，别人偷盗，都是窃取他人的劳动所得，是取不义之财。而我黄癞子偷盗，是取回前辈子别人欠我的钱，合情合理又合法，所以，老天爷就不让警察发现我。

瞧瞧，别人偷盗都是犯罪犯法，唯独黄某人偷盗是取回欠款，天生合理，不光合理，还有天神罩着，哪有不发大财之理？

一把高手，腰缠万贯，现在又得到了稀世珍宝，就在全国“严打”的时候，还能安然坐上去往西双版纳的汽车，再穿过一片原始森林，就能到国外去躲避风险，黄德利觉得自己真就是天上星宿转世了。不然，这世间的得意，天下的便宜，哪能都让他占全了。

傍晚时分，长途客车在景洪停靠之后，驶近西双版纳，在进入街区的前一站，黄德利招呼虎蛋下了车。

在路边就有一个既卖饭菜又可安排住宿的旅店，这里经常来一些内地的客商，因为旅店还经营土特产品。

其实，这里就是林老板的一个接头站。

有人从缅甸那边把货运过来，要在这里歇脚。有人要穿过原始森林去找林老板，只要弄清楚客人是可靠的，他们会提供向导。没有向导领路，这片森林是几乎无法穿越的。

前几年林老板亲自带着黄癞子来过这里，还口口声声说是他的大恩人，这里的老板当然记得。老板不光是热情地招待黄德利和虎蛋吃饭，还安排了住宿，等明天一早，就派人带他们穿越原始森林。

到了这里，黄癞子觉得就是到了家。端上的饭菜香气扑鼻，一种酸肉是当地腌制的佳肴，开始吃着挺难吃，可吃了几口就觉得美味可口，还喝了不少当地酿造的米酒。

酒足饭饱，黄德利晕晕乎乎地躺在竹床上，把双肩包枕在头下，安心地呼呼睡去，虎蛋睡在门边临时搭成的竹床上，也很快进入梦乡。

第二天一早，一个年轻的马仔背着一个背篓，装着要送到佤军军部的东西，领着两个人走进了原始森林。

也就在这个时候，在昆明的陶进和翟丁也早早起床，站在招待所门口。

铁路公安刑警队值班的那位刑警，一大早，就开着一辆三轮摩托车来到铁路招待所门前，还给他俩带来了一男一女两套傣族服装，然后一同乘摩托车去往昆明城郊的长途客运站。

来到郊区客运站，这位值班刑警告诉陶进，咱们全昆明铁路刑警队只有这一台摩托车，没办法，只能送到这里。他说，他还要跟汽车司机安排一下，让他全力配合你们。

陶进和翟丁对他表示感谢,摩托车掉转车头开出车站。长途汽车提前打开车门，让两人提前上车，换上了傣族服装。为了便于观察，他们坐到车前座。

另一拨要去西双版纳的翟刚和别子，今天也起得挺早，他俩准时来到昆明火车站附近的长途客车站，也准时上了车。

两辆长途客车出发的位置不同，直到分别在路边饭店吃过中午饭后，才在公路上相遇，两车相互超越的时候，陶进和翟丁都透过两辆车的车窗，看见了坐在另一辆车中的翟刚。

翟刚做梦也想不到他早已被跟踪，只管坐在车中耷拉着脑袋昏昏欲睡，可想而知，经历开膛破肚的手术后，他的精力和体力都大不如前了。

天近黄昏，两辆长途汽车即将驶进西双版纳。同样，在距离城镇不远的地方，翟刚和别子也下了车。

跟在后面车里的陶进看得真切，当车拐过一个弯道之后，忙向司机示意，司机急忙停车，两个人相继跳下车。

车开走了，两个人隐身在一棵大树旁，观察远处翟刚的动向。

翟刚和别子下了车，左右张望一阵，跟黄瘸子和虎蛋一样，同样走进了路边那家饭店。

陶进躲在树后才想起化装成傣族男女的重要性。这样，他们就可以像一对谈情说爱的傣族男女一样，能够更靠近那家饭店，以便观察那里的动静。

太阳落山的时候，从用竹子搭建的一间屋子的窗口透出明亮的火光，光亮中有人影晃动，看样子是在点火做饭。

陶进和翟丁也都觉得已经饿了，但是，此时此刻，他们没有办法来填饱肚子，只能继续进行观察。

过了一阵，火光熄灭了，天色更黑些，陶进向翟丁做了个手势，两人悄悄向那家饭店移动过去。他想，如果他们大声说话，也许能够听到。

果然，他们听到了翟刚粗重的声音："我是军需上尉，我有重要事情要报告军部……"

翟丁全然不懂哥哥怎么会自称上尉，她疑惑地看着陶进，陶进摆了下手，示意继续听下去。

接着又听翟刚说道："黄瘸子腿脚不好，他早晨走的算什么？我们一准能撵上他！"

陶进心中咯噔一声，果然有了黄瘸子的消息！

另几个人说话声音较低，但也听得出，他们不愿在黑夜穿过原始森林，劝他住下来。

不料，翟刚的声音更加急切，粗野："我必须出发！不能耽误！"接着听见了摔碎饭碗的声音，一准是翟刚发了火。

又是一阵低声议论。

陶进向翟丁示意，两个人悄然地退到稍远的大树后，陶进低声道："翟刚可能是听说黄瘸子走了，急着要撵他。"

翟丁点点头，她回头看了看那边黑压压的森林，担心地说道："这么晚，能穿过去吗？"

陶进摇头，他对这些一无所知，连下一步该怎么办，他也毫无主意。看来，只能见机行事了。

又过了一阵子，陶进看见，在一片亮光的映照下，翟刚走出了饭店，他手举着一个火把，背着一个背篓，后面跟着与他同来的那个人——陶进不认识别子。

两个人一前一后走向那片黑压压的森林，陶进的心里紧急盘算着，我们该怎么办？

翟丁心里也十分着急，眼看着翟刚靠着火把照亮，走进原始森林，她和陶进该干什么？该干什么？

翟铁，翟刚都是她的亲人。她找不到弟弟，难道还能让从万里之外跟来的哥哥，从视野中消失？

起风了，黑乎乎的森林发出呼呼的吼声。在吼声中她似乎又听见了呼喊——姐姐！

不论是走进林中的翟刚，还是姐姐的呼喊，都驱使她移动脚步，不管她心中想些什么，她的两脚已经向前走去。

看见翟丁已经走向森林，陶进掏出腰间的五四手枪，检查了一下弹夹，顶上子弹，又插回腰间。他大踏步地追上了翟丁："我们跟在后面，林子里黑得很，他们看不见我们。快！"

两个人猫着腰也向森林边缘疾步走去。

这片原始森林，大概从几百年乃至上千年前成长至今，从没遭受自然或人为的毁坏和干扰，无数高耸挺拔的大树并肩挤站在一起，密密的树冠，遮挡天日，透着无边的阴森与黑暗。

森林的边缘密布着高低不等的凤尾竹丛，树丛中有一条隐约可辨的小路，这里大概就是穿越森林的入口。

陶进拉着翟丁，远远地跟着那团火光，穿过凤尾丛走进森林。只有走进这里，才知道这里多么令人恐怖。没有星光，也没有月光，一切都淹没在无边无涯的黑暗之中。幸亏远处有那团亮光，脚下是被人踩过的路，陶进和翟丁才能向前移动脚步，不然，他们寸步难行。

这里有几人合抱才能搂过来的大树，有无数的树枝、青藤拦路，好像前边有人不停地挥刀开路，有不少树枝落到布满苔藓和树叶的地上。

无边际的黑暗中不仅容易走散，还有可能迷路。一旦转到哪棵树后，就难以找到路。为了防止意外，陶进折了一根藤条拴在翟丁的腰间，他拉着藤条在前面探路。

森林中风声呼啸，林涛轰鸣盖过了一切声音，连翟刚在前面大声呼喊，也难以听得清楚。

不知走了多长时间，适应了黑暗，他们逐渐看清了眼前的情景。周围的树上有不少动物在活动。扑棱棱的响声中，有鸟儿在身边飞走。是什么动物在头上吱吱乱叫，可能是一群猴子，在树上跳来蹿去，它们可能受到了火把的惊吓，纷纷向两侧逃窜。

不知走了多长时间，前面火把的亮光有些黯淡，翟刚从背篓中又取出一个火把，点燃后，两个人各举一个向前行走。

走了大半个钟头，燃烧的火把只剩下一根。

翟丁计算着，一根火把，大概只能燃烧半个钟头左右，估计，没人给他俩带路，翟刚的背篓中一定装满了火把。

在这里，如果没有这样的火把，谁也别想走出森林。

翟刚心情急切，他举着火把匆匆走着，别子在后面紧紧跟随。任凭衣服剐蹭，脚下打滑，他也毫不在意，只管向前大步走着。他想在黄瘸子到达佤军部队之前截住他。

正走间，前面出现一片黑黢黢的高耸山岩，还听得见山脚下哗哗的流水声。

这是高耸在森林中心地带的一片山岩，也是这片原始森林唯一可以看见夜空的地方。

翟刚吁了一口气，告诉别子："去，看看还有没有吃的。"

别子顺着山岩走下去，直到出水的泉眼处，他看到散落在水边的竹叶，知道有人在这里吃过饭团。他找到泉眼旁一棵大树，有一条绳子拴在树杈上。他顺势向上拉着绳子，从泉眼中拉出一个密不透水的口袋，便朝翟刚喊道："下来吧，有吃的。"

原来，这里是林老板精心安排的林中给养站。

山岩下有一股水涌出地面，终年流淌，水温极低，凉得扎手。他想到穿越森林有时要走六七个钟头，难免会饿，便用一个外国进口塑料口袋装上一些食品，放到水中，待路过的马仔和他本人饿了时，好在这里打尖。

凡是林老板的手下人，都知道这里有个给养站，也知道这里的规矩，吃东西不准吃净，带的多了，就装进口袋里，再放进出水的泉眼中，因为那地方的水最凉，能保证食品不发霉。

翟刚和别子坐到泉水边，把火把插到泥土里，借着火光，先用手捧着泉水喝了几口，便打开口袋，拿出里面的食品大口吃着，吃了一阵，发觉里面的食品已经不多，便扎上了袋口，把塑料口袋又重新放到了泉水中。

两个人又捧起泉水喝了几口，便拔起火把高举着匆匆上路。

这一切都被躲在大树后边的陶进和翟丁看得清清楚楚，两个人从中午到现在，水米没打牙，加上匆匆赶路，已经饿得前心贴后背，甚至翟丁还冒虚汗，看见人家大吃大嚼，都禁不住连连咽口水。

好在翟刚和别子已经离开那里，陶进招呼翟丁来到了泉水边，抓到了那根绳子，用力把沉在水中的塑料袋提了上来。

打开袋口，陶进伸手摸了摸，还好，里面还有几个馒头，一点咸菜。

翟丁手捧泉水喝了几口，凉得透心。又伸手抓出一个馒头，大口吃着，她实在是饿坏了。

陶进拿出两个馒头，扎上袋口又把塑料袋沉到水里，他们不能在这里停留，他们必须边吃边走路，才能跟上翟刚的脚步。

泉水流成小溪，在森林中蜿蜒穿行，下一段路好走一些，就是顺着小溪向前。

前面的两个人显然加快了脚步，火把已经离他们很远，边吃边走的陶进和翟丁追赶起来十分吃力。

翟刚估计得不错，黄瘸子确实因为腿脚不灵，尽管他们白天穿越森林，可也耽误了不少时间。

不管别人是什么感觉，黄德利自打走进森林，就认为已经走进了无忧无虑的自由天地。

这里人迹罕至，前面就是未经划定的国界，正因为未经划定，中国的警察不会来，连边防军也不会来。

远道无轻载，双肩包自打在廊村得到手，他就从没离过手。而今，他已经没有任何担心和顾虑，便把双肩包背到了虎蛋身上。

虎蛋知道包中的东西贵重，格外加着几分小心。

向导在前领路，虎蛋断后，黄瘸子找了根树杈当作拐杖，在两人中间一瘸一拐地走着。

他的一条腿是假肢，多年来，尽管已经在截肢的地方磨出了老茧，但是像这样长途跋涉，他还是难以承受，走上一段路，他就得歇一歇，甚至整理一下假肢，这样，当然耽搁不少时间。

走到那片山岩处，头上露出天空，可以看得见太阳已经偏西。向导从岩边的泉水中捞出装食品的塑料袋，黄瘸子和虎蛋愿意吃兜子里的米饭团子，把随身带着的馒头和咸菜都塞进兜子里。

黄瘸子一直吃不惯面包，也不喜欢吃饼干。一出远门，虎蛋就买些馒头和咸菜背在身上。前面，就是林老板的驻地，馒头、咸菜已经成了累赘，不妨把它留到这里。

吃饱了，黄瘸子倚着山岩歇息，迟迟不肯动身。

向导埋怨他走得太慢，这样走出森林得什么时候？

黄瘸子来了火，他大声斥责道："你知道个屁！要是林老板在，你们得抬着我过林子。"

向导不敢反驳，只得坐在一边等候着。

黄瘸子和虎蛋抽着烟，说着闲话，直到歇够了，缓过劲儿来，才慢腾腾地上了路。

本来应当在太阳偏西时走出森林，直到掌灯时候，才走到森林边缘，看见了那几间散落在林间的竹楼。

领着他们走出森林的年轻的向导，对这个瘸子产生了极度不满。他不抓紧时间走路，嘴里不停地骂骂咧咧，尽管向导不完全听得懂北方话，还是感到有些话就是骂他。

走出森林边缘，看见了竹楼，向导本应当带着他们走进竹楼，向那位新来的北方老板娘介绍他带来的客人。可是，出于心中的不满，他只是把手一指："林老板和新来的老板娘就住在那儿。"

竹楼还是老样子，不用别人介绍，黄瘸子也认得这里，只是来了个新的老板娘，倒引起了黄瘸子的兴趣。

"哪来的？漂亮不？"黄瘸子问。

向导背着背篓继续向前走着，他要把背篓里的东西送到佤军军部去，他边走边大声回答："天仙！"

嘿！林老板讨了个天仙来？不用说，那一定是特别漂亮了，我黄某人倒要好好瞧一瞧。他整理了一下服装，也让虎蛋整理了服装，又把双肩包拿过来背到自己的肩上，挺了挺胸膛带着虎蛋向着竹楼走去。

这里的竹楼的底层都是空的，沿着楼梯走上二层三层才是住房。

天色已晚，夜幕已经笼罩了四周。这里没有电，傣家几乎晚上都不点灯，点油灯、点蜡烛，点什么都很费钱。

人们晚上为什么要点灯呢？完全可以日出而作，日没而息。

唯独林老板家竹楼的三层顶楼的一个窗户透出灯光，虽然看不出点的是油灯还是蜡烛，一定是林老板不怕花钱，正在灯下观美人。

黄瘸子来到楼下，仰头向楼上大声喊道："林老板！我是山东老黄，快下来接我！"

听见喊声，三楼的一个窗户打开了，一个女人的身影探出头来问道："您是哪一位？"

黄德利仰头答道："我是山东黄德利，是林老板的老朋友。"

女人问道："林老板不在家，您有什么事情？"

黄德利听出话音有些冷漠，便说道："你是新嫂子吧？我千里迢迢就是来看望老朋友，不管他在不在家，嫂子总得招待我们进门吧。"

女人又问道："你是济南的黄经理吗？"

黄德利连忙答道："是我，是我。"

女人点了下头道："好吧，你等着。"女人缩回身，关上窗户，灯光晃动，看来，她是拿着灯走了下来的。

黄德利和虎蛋沿着楼梯走上了二楼。

一扇门打开了，魏蓉蓉手举着蜡台出现在门口，她客气地说道：“林先生常说起黄经理，快请进。”

魏蓉蓉给黄瘸子第一眼的印象是惊如天人，说女主人很漂亮，却没想到这么漂亮，真是貌如天仙。

她穿着粉红色的开襟衬衣，领口敞开，露着大半个胸脯。

黄德利两眼在魏蓉蓉的胸前扫了几眼，便走进屋中。

看见门外还站着一个虎背熊腰的大汉，魏蓉蓉忙问：“他是谁？”

黄德利轻松地回答道：“是我的属下。”

魏蓉蓉看着虎蛋傻大黑粗的彪形模样，不由得心生畏惧，但也只能强作笑容说道：“快请进吧。”

虎蛋侧着身子走进屋中，踩得竹楼发出一阵吱呀声。

黄瘸子疲惫地坐到古典木椅上，把双肩包摘下放到了圆桌上，对魏蓉蓉道：“嫂子，走累了，也饿了，有什么现成的，弄点吃的、喝的。”

魏蓉蓉答应着：“我马上去弄。”她举着蜡台走向厨房。

黄瘸子坐在那里，张望屋中，尽管夜幕笼罩，仍然可以看清，这层房屋是由木材和竹子混建的，十分精致，十分坚固。

屋中摆设考究，桌子和椅子都是名贵的紫檀制成。一面墙边摆着一个高大的古董架，上面摆着不少各式各样的坛坛罐罐和几件青铜器。这里有些还是远古和明清时期的珍品，展示着主人的富有和豪华气派。

这与他当年来到这里看到的零乱大相径庭，显然，这些都是这位漂亮的女主人的爱好和安排。

片刻，魏蓉蓉已经将一些食品端到桌上。

黄瘸子喜出望外，竹制的盘子里不仅有馒头、咸菜、肉肠，还有竹叶包饭、酸肉。巧了，这都是他喜欢吃的东西。看来，北方人的口味都差不多。

魏蓉蓉端来饭菜，把蜡台放到桌上。

为了给菜肴盘子腾出更多的地方，黄瘸子向桌边挪动了一下双肩包。

忽然，魏蓉蓉浑身一凛，她的两眼一下子就聚了焦！

她紧紧地盯在那个红蓝相间的双肩包上，两眼突然睁得很大，她从上到下，又从下到上，打量了这个红蓝相间的双肩包。

黄瘸子只顾吃着，他没有看见魏蓉蓉两眼的火光。

这个双肩包怎么这样眼熟？

她一定见过这个双肩包！

很快，魏蓉蓉认出来了！这个双肩包是她在北京一家商店买的！

尽管现在这个包已经陈旧，但是，她还认得，那个拴商标和价格纸牌儿的橙色细绳还系在挎带上。

没错！就是这个双肩包！

重要的是，这个双肩包一直是背在欧阳化雨身上的！他们两人从省博物馆偷出九宝金佛，就装在这个双肩包里！

她清楚地记得，她跟欧阳化雨最后一次从北京回到哈尔滨，直到他走进那个小院中，这个双肩包一直就背在他的身上！

天哪！

欧阳化雨已经被害身亡，而今，这个双肩包背在这个著名贼王的身上，莫不是他就是杀死欧阳化雨的凶手？

几个疑问在魏蓉蓉的脑海中急速得到答案，也许就是冥冥之中有神明指引，把杀害自己恋人的凶手，送到了自己身边。

魏蓉蓉收敛了目光，就在这一刻，她的头脑忽然变得异常冷静，既没有恐惧，也没有激动。也许，那是因为她的心早已变得冰冷。

经过那次天塌地陷的意外打击之后，魏蓉蓉觉得世界的一切事情都变得无所谓，因为她的心早已经随着欧阳化雨而死去了。她每天陪伴林老板的除了美丽的躯体，还有漂亮的脸蛋，只是没有灵魂。

没有灵魂的躯体可以任人摆弄，可以满足一切需要，这也是林老板对她爱不释手的原因。

她迅速走到厨房，端来一坛米酒，她本来讨厌这两个半夜的来客，不想给他们酒喝。她已经见过多次，林老板的手下人要是喝多了酒，那是什么事儿都干得出来的。

现在，她得要这两个人喝酒，而且还把一瓶烈酒兑进了米酒里。得让他们喝，喝得越多越好，不然，她无法对付这两个人。

搬来装满米酒的坛子，她就想放到那个双肩包的跟前，毫不经意地推了一下那个双肩包。

黄瘸子对那个包当然十分敏感，她刚用手一推，黄瘸子立刻伸手抓了过去，把包抱到两腿间。

就这一碰，魏蓉蓉觉得里面装的是一个方形的盒子，从黄瘸子伸手抓包的重量上看，无疑，里面就是那尊让欧阳化雨丢了性命的九宝金佛。

九宝金佛的丢失，几乎改变了所有人的命运。爱恋的人悲惨死去，她从遥远的哈尔滨流落到这边境一隅。这深仇大恨都是这两个人造成的，她要尽快制服这两个人，夺回属于自己的九宝金佛。

怎样治服这两个男人，夺回金佛？一个完整的计划迅速在魏蓉蓉的脑海里形成，必须尽快灌醉他们！

她搬来个凳子，坐到两人中间，捧起坛子为他们两人倒酒，她自己也倒了一碗，放下坛子端起酒碗，笑着对黄德利说道：“黄大哥，这位兄弟，初次相见，我敬二位一碗酒。”

黄瘸子顿时喜上眉梢，他没想到这位美人还能陪他喝酒，便兴冲冲地端起酒碗一干而尽。一碗下肚，觉得酒很辣，全不是他当初喝的滋味。但是，有美人劝酒，就是再辣，也不能说辣。

魏蓉蓉又把碗端到虎蛋面前：“这位兄弟，也喝一碗。”

虎蛋支吾着不肯喝，因为平时黄瘸子从不让他喝酒。

魏蓉蓉看到虎蛋不住地看着黄瘸子，便问：“他可是你的属下？是不是黄大哥不准他喝？”

黄瘸子忙摆了下手：“喝吧，既然大嫂这么热情。”他的心里已经完全放松下来，到了这里，就像回到自己家里一样，又有这样美人陪伴，哪能不喝个痛快？

虎蛋如同得到了大赦，端起酒碗一口就喝了个底朝天。

魏蓉蓉只抿了一下酒碗的碗边就放到桌上，捧起酒坛，又给黄瘸子和虎蛋倒满了酒。接着把身子凑近黄德利，又端起酒碗："黄大哥，再陪我喝一碗？"

由于身子凑得很近，黄瘸子闻到了魏蓉蓉身上散发着的茉莉香味，眼睛不住地在她胸前扫来扫去，他看见了从敞开衣领处露出的乳沟。

黄德利觉得心神荡漾，便又喝了一碗。

魏蓉蓉又把身体靠近虎蛋，虎蛋高出魏蓉蓉一头，他的眼睛也被魏蓉蓉的领口吸引，他的眼睛居高临下，从敞开的领口已经看到了两个白白的乳房，两个像红樱桃一样红红的乳头。

魏蓉蓉看到了他的馋相，朝他嫣然一笑："偷着看啥？你要喝了这碗酒，我让你摸一下。"

虎蛋心花怒放："真的？"

魏蓉蓉嘿嘿一笑："我还怕你不敢摸呢。"

虎蛋说了声我敢，便端起碗把酒喝干。

虎蛋刚要伸手，魏蓉蓉把身子转向了黄瘸子："要摸，也得先让黄经理摸，你说是吗？"

黄德利点头："那是，领导优先嘛。"边说，急忙捧起坛子倒了一碗，一口喝干，便把手伸了过来。

魏蓉蓉又解开了一个衣扣，两个乳房一齐露了出来。

看到两个白如美玉，微微颤颤的乳房，黄瘸子登时心痒难耐，他嬉笑着把两手伸了过去，在乳房上轻轻摩挲着，脸上露出了淫邪的笑容，一边把身子也靠近过来，不料，魏蓉蓉却转过身去，冲着虎蛋说道："来，兄弟，该你摸了。"

虎蛋笑得合不拢嘴，张着两只虎爪似的大手要去抓那一对乳房，魏蓉蓉忽然合上衣襟，用两手护着前胸，故作惊讶地叫着："干啥？吓谁呀！"

虎蛋嘿嘿笑着缩回两手："我，我轻点……"

魏蓉蓉把身子一下子又转到黄瘸子那边，把脸凑到黄瘸子跟前娇声问道："黄经理，你不想跟我亲热亲热吗？”

黄瘸子当然愿意，他张开两手，想拥抱魏蓉蓉。

魏蓉蓉顺势倒在他的怀里，见到他腿上放着双肩包，便说道：“拿一边去，多碍事儿啊。”说着，她伸手去抓双肩包。

黄瘸子一见忙推开她，自己抓起包想要放到地上。

魏蓉蓉乘势把双肩包抓到手中：“这里面装着什么好东西呀？这么沉，还放在腿上搁着。”说着就要打开。

黄瘸子急忙夺过，又放到怀中说道：“没什么，没什么。”

魏蓉蓉顺势躺到黄瘸子怀中，把桌上的酒碗又端到黄瘸子嘴边：“黄经理，再陪我喝一碗。”

黄瘸子接过碗，喝了一口，觉得酒已经没什么味道，只是带着香味的凉水，又一干而尽。

接着魏蓉蓉又在黄瘸子的脸上亲吻一下，让黄瘸子又喝下一碗。

左一碗，右一碗，这样几碗下肚，黄瘸子觉得有点天旋地转了。

谁都知道，米酒后返劲，加上喝得急了些，黄瘸子觉得身上有些发飘，当然他还不知道米酒里还兑了烈性白酒。这都得怪他一心二用，如果专心喝酒，是可以尝出来的，可他的心思全在美人身上，喝的什么全然不觉，不醉才怪。

魏蓉蓉看见黄瘸子眼睛忒斜，嘴里不住地喊着美人，还要喝酒，知道酒劲上来了，便朝虎蛋道：“你把黄经理背到楼上去，我安排他歇息。”

虎蛋也有点头重脚轻，但毕竟喝得少些，还算清醒。他应诺着走到黄瘸子跟前，加上魏蓉蓉帮忙，弯腰把黄瘸子背在身上。黄瘸子虽然趴在虎蛋的背上，一只手依然死死抓着双肩包不放。

魏蓉蓉高举着蜡台在前面引路，虎蛋背着黄瘸子跟在后面，从室内楼梯登上了三楼。

三楼是林老板和魏蓉蓉的卧室，装修得更为豪华，摆着不少高档家具，墙上挂着魏蓉蓉的大幅照片，脚下铺着猩红色的地毯，一个宽大的床铺占了屋子很大的地方。

这里是一个男欢女爱的欢乐窝。

按魏蓉蓉的手势，虎蛋把黄瘸子放到床上。黄瘸子躺在床上，依然喊着美人，还要喝酒。看来，他真的醉了。

虎蛋放下黄瘸子站在屋中，不知该进该退。原来黄瘸子有明确规定，虎蛋一天二十四小时不离他的左右。他住在套间，虎蛋就睡在外面。就算黄瘸子跟女人亲热，虎蛋也在外屋看守。

魏蓉蓉见他不走，便挨到他的身边，用手抚摸着他的脸，一边用身体推着他："乖乖，你到下边歇息，一会儿，咱俩再玩。"

虎蛋看了床上的黄瘸子一眼，乐得点头，走下楼去。

魏蓉蓉上了床，推了黄瘸子一把，黄瘸子嘟囔着翻了个身，魏蓉蓉把压在他身下的双肩包拽了出来。

忽然，黄瘸子翻身坐起，把魏蓉蓉搂在怀中，边喊着美人边脱衣服。可是，只解开裤带，就瘫在魏蓉蓉怀中，呼呼睡了过去。

魏蓉蓉把黄瘸子放倒在床上，从他的身边抓过了双肩包，刚想要拉开拉链，黄瘸子又翻了下身，伸手在床上摸索。

魏蓉蓉知道他在下意识地寻找双肩包，便把一个绣花枕头扔到他的怀中，黄瘸子抱着枕头，嘴里嘟囔着什么，依然呼呼睡着。

魏蓉蓉打开双肩包，睹物思人，禁不住悲从中来。她强忍着眼泪从里面掏出了木盒子。

她打开木盒，掀开了绒布，一片晶莹的光芒晃得她眼花缭乱。她急忙盖上绒布，关上盒盖，把木盒装进双肩包中。

这是真真确确的九宝金佛！

她确认了九宝金佛已经到手，转身就要下床，忽然，黄瘸子半欠起身，喊着什么，两只手紧紧地搂住了她。

以为黄瘸子酒醒了，魏蓉蓉立即惊出一身冷汗，她随即扭身上床又趴到黄瘸子身上，用力压着他。还好，黄瘸子又嘟囔些什么，接着便睡了过去。

魏蓉蓉知道，是方才下床过急惊动了他。这次，她慢慢起身，轻轻下床。果然，黄瘸子毫无反应。

魏蓉蓉把双肩包背在身上，长长地吁了一口气，她双手合十，感谢欧阳化雨在天之灵，一定是他冤魂不散，对杀害他的凶手穷追不舍，让九宝金佛能回到自己的手中。

就在这一刻，她觉得心中无限自豪，好像又重新找回了生活的勇气，原来，她才是最强悍的猛士，她才是这无价之宝的最后拥有者。她一口气吹灭了蜡台上的蜡烛，抖起精神，推开一个角门，匆匆走下楼去。

从三楼走到二楼，要经过方才吃饭、喝酒的房间，那样一定会惊动虎蛋。幸好，在这个角门外还有一道窄窄的，不易察觉的楼梯直通楼下，这是林老板为自身安全所修建的。现在，魏蓉蓉就沿着这道外边的楼梯走了下来。

竹楼外，月亮很亮，星星闪烁，沿着楼梯走到楼下，由于心情紧张，她微微喘息。现在，她的心情无比舒畅，现在，她是这个无价之宝的唯一拥有者，美丽加上财富，全世界都要为她而倾倒！

她要去什么地方？跟欧阳化雨在一起的时候，她曾经向往美国，而今，这一切都灰飞烟灭，她知道需要林老板的保护，因为她有信心把这个迷了心窍的家伙牢牢地抓在自己手里。

她靠在楼柱稍作歇息，整了整双肩包，离开竹楼，刚走出两三步，忽听竹楼上发出一声巨吼，就像塌下一座山似的，一个巨大的黑影从竹楼的二楼一跃而下，扑通一声，把魏蓉蓉砸了个正着。

魏蓉蓉经不住这样的重压，像一捆草似的弯倒在地上。

巨大的重压不仅压断了她的大部分脊骨和肋骨，还压碎了她的心脏，魏蓉蓉登时香消玉殒，一命呜呼。

喝酒的时候，虎蛋看见了魏蓉蓉两个乳房，他对这个美丽而又放荡的女人已经垂涎三尺。碍着领导先来的规矩，他只能心焦火燎地等待。

尽管也喝了酒，但比黄瘸子喝得少，而且他人高马大，承受力强，黄瘸子烂醉如泥，他却没醉。可是，时隔不久他竟发现魏蓉蓉已经跑到了楼下，更让他火冒三丈的是，她身上还背着那个双肩包。

妈的！这个娘们是个小偷！他偷了主人无价之宝，还想要逃跑。

虎蛋的反应是强烈的，甚至是简单的，他觉得最直接的办法，就是跳下楼去捉住她。

虎蛋这二百多斤的重量自天而降，砸将下去当有几倍的加重，可怜魏蓉蓉难承重压，已被压得肢骨零乱，一命休矣。

虎蛋对这一切都不在乎，他只知道从魏蓉蓉身上解下双肩包，再去找他的主人，就在他起身的一刹那，有人喊了声："就是他杀了铁子！"

随着这一声高喊，一个人飞也似的扑到虎蛋面前，接着寒光一闪，一把尖刀已经插进他的胸膛。

不用问，喊这话的人，就是别子，他手中还举着火把。

把尖刀刺入虎蛋胸膛的人，就是翟刚。

尖刀插进前胸，足以使人致命，翟刚上前夺下了双肩包。

不料，虎蛋晃了两晃，竟然对胸前的尖刀毫不理会，他圆睁两眼，呼喊着，猛地伸出一只手抓住翟刚的前襟，把另一只手伸向了他的脖子。

翟刚万没想到，一把一尺多长的尖刀大部分都插进他的胸膛，他不但没有倒下，还张着大嘴大声呼喊，像一头发疯了的野牛似的死死地抓住了他，另一只手掐住了他的脖子。

翟刚顿觉得喉咙剧痛，他想要掰开这只大手，竟然无法推动。

别子扔掉火把，呐喊着，从背后抓住了虎蛋的肩头，用尽全身力气要把他摔倒，却被虎蛋两膀一晃，甩出老远。

翟刚已经喘不出气来，性命危在旦夕！

就这时，砰的一声枪响，虎蛋的脑袋像喷泉似的喷出一股血浆，接着，他像被推倒的黑塔一样，扬了扬双手，扑通一声倒在地上。

翟刚也瘫倒在地上。

别子趴在地上抬头一看，一男一女走到了近前。他眨了眨眼睛才认出来："是翟丁姐？"他也认出了另一个人，不由得心里一紧："陶犷子！"

陶进提着手枪和翟丁走到近前。

翟刚嗓子已经嘶哑，他已经把双肩包背到了肩上，他看清了打死虎蛋的人是陶进，便用力喊道：“丁子！你跟他怎么来的？是抓我的吗？”

翟丁走到翟刚跟前，关心地问：“哥哥，你还好吧？铁子呢？”这是她憋在心里多少天的一句话，今天终于说出来了。尽管方才听到了别子的叫喊，但还是想听一个准信儿。

可惜，她听到的却是一个噩耗。

翟刚指着胸前插着尖刀，张着四肢躺在地上的虎蛋道：“就是他，像掐我一样把铁子掐死了。”

翟丁一听，抓住陶进的胳膊呜呜地哭了起来。

陶进安慰她道：“别哭，快找黄瘸子在哪儿？”

别子道：“这个虎蛋在哪儿，黄瘸子就在哪儿。”

陶进抬眼一看：“在竹楼里？”他抓起身边的火把，提着枪，急忙跑到楼梯跟前，三步并作两步上了楼。

进了二楼他用火把照了一阵，没有发现人影，又沿着楼梯上了三楼，第一眼就看见一个男人躺在床上酣睡。

看到脱在地上的假肢，陶进心中一亮：黄瘸子！

他扑到床上，不由分说扭过他的双手，给他戴上手铐，黄瘸子醉得真是彻底，依然没有醒来。他举着火把又到处照了照，却惊讶地愣站在那里，原来，墙上挂着几幅魏蓉蓉的大幅照片。

陶进惊讶地叫了起来：“蓉蓉？”

他把火把凑得更近些，又仔细看了看，他简直无法想象，魏蓉蓉的照片怎么会挂在这里？

屋中再也没有他人，陶进把枪插到腰间，拖过黄瘸子把他夹在腰间，捡起他的假肢，一手举着火把走下楼来。

到了楼下，几个人还站在那里，这时，他才发现除了虎蛋，还有一具女尸。陶进心中一凛，他把黄瘸子放到地上，举着火把凑到近前一看，躺在地上早已气绝身亡的果然是魏蓉蓉。

陶进忙问："你们知道不？她怎么会在这里？"

翟刚和别子都连连摇头。

翟丁以一个女人的敏感察觉到什么，她问："你认识她？"

陶进心中一阵凄然，他点了下头："是蓉蓉。"

听到这个名字，翟丁知道了这个女人和陶进的关系，她叹了口气："想不到她抛尸他乡。"她心中一阵怜悯，便望着陶进道："咱们把她埋了吧。"

陶进只能默然点头。

别子从竹楼下边找来了一把铁锹，在林边的一块空地上挖坑。

陶进垂着头坐到一个草堆上，他难以想象，生命这样无常，一个跟自己生活了几年的女人，怎么会出现在这里，又意外地死在这里？

翟丁跟愣站在一边的翟刚说了几句什么，走到陶进跟前说道："哥哥想用金佛跟你交换。"

陶进不解："交换什么？"

翟丁道："九宝金佛在哥哥身上，他愿意交给你，你放他到缅甸去。"

陶进看了看翟刚，心中感到十分不满，说道："要不是我一枪打死他，你的命也早没了，还有什么金佛交换？"

翟丁带着哀伤的语气说道："我跟他说，国宝就得由国家保管，个人要贪，早晚得惹大祸。再说，他遭够那个罪了，再也不愿意回去蹲监狱了。看在他有悔改之心的分上……"

翟刚插嘴道："我在缅甸存了不少翡翠的原石，最近翡翠价钱看涨，我保证去做正当生意。"说着，他把双肩包从肩上摘了下来："就是为了它，我才研究珠宝，这尊金佛太贵重了，真舍不得给你。"

陶进一时拿不定主意，这是一桩什么交易？翟刚是个必判重刑的潜逃犯，他手里拿着国之重宝，这样的交换他从来没有做过，该怎么办？就在他拿不定主意的时候，翟丁已经把双肩包接了过来。

翟刚拍了拍手道："这回利索了，也没啥想头了。丁子，你好好跟他过吧，这小子挺实在。"说完，他转身朝河边走去。

陶进想要说什么，只见别子扔了铁锹喊道：“挖完了，刚子哥，等等我。”

翟刚站住脚步，别子跑到跟前道：“我跟你一块走。”

不料，翟刚却用力推了他一把：“拉倒吧，你小子要是再当贼，是瞎了这块料了。现在，我听说又兴考大学了，你没被他们抓过，也没有案底，要是能考上大学，那是啥成色？”

别子失望地问道：“刚子哥，你不带我啦？”

翟刚道：“不是我不带你，我是怕瞎了你这块材料。回去给你妈代问好，说我谢谢她。等我挣了大钱，就回去看他。”边说，他拍了拍别子的肩头，转身独自朝河边走去。

别子不再说话，是的，他也多次想过，凭他的聪明，考大学一点都不费事，可他不知道如何才能脱离这个旋涡，现在，是翟刚给了他这个机会。他停住了脚步，看着翟刚的背影，眼泪却流了下来。

陶进还没有想清楚这样做对还是不对，一切都已经变成了既成事实。翟刚已经下了河，他回身还向这边招了招手。

翟丁招了下手，含着眼泪大声喊着：“哥哥，别再干坏事了！”

这时，躺在地上的黄癞子还没有醒酒，也许是感觉不舒服了，扭着身子动了几下。

陶进和翟丁、别子三个人抬起魏蓉蓉的尸体，放进土坑里，又把土培上，陶进在这座新坟前站了一阵，魏蓉蓉的音容笑貌又浮现在眼前，他长叹了一口气，低头敬了个礼，算是跟她做最后的告别。

陶进认为，此地不宜久留，几个人费了很大力气，抬起虎蛋的尸体，扔到了草丛里。

这边，黄癞子依然不醒，怎么把他弄出森林，成了一个难题。

别子建议，做一副竹子担架把他抬回去。

翟丁说，找个椅子做个滑竿，她到南方出差时候见过。

这个办法好，三个人立即动手找来一把竹椅，把两根长竹竿穿过去，滑竿就做成了。

几个人又把黄瘸子抬到椅上，陶进把手铐铐到椅子上，把假肢拴到他够不到的地方。别子找到翟刚的背篓，点燃了一根火把，别子举着火把和翟丁两人在前，陶进背着双肩包一人在后，三个人抬起了滑竿掂了掂，还算结实。

陶进喊了声走！三个人抬着滑竿走进了原始森林，尽管颠簸，黄瘸子依然睡着不醒。

森林里路很窄，有时难以两人并行通过，别子就把火把交给翟丁，一个人扛在前面。他的心情感到异常振奋。说心里话，这些年做贼，非他所愿，今天终于有机会重新回到阳光的社会，他相信只要努力，会有一片美好的前程。

走到那个林中给养站，大家坐下来喝水，吃东西，直到这时，黄瘸子才醒了过来。他的身子被绑在担架上，他瞪大两眼看着周围的人，他有一百个，一千个疑问，他怎么会忽然落到这般境地，竟然被绑在滑竿上？

他一眼看见了别子，忙叫道：“别子，这是怎么回事儿？快给我解开！虎蛋呢？他在哪儿？”

别子给他拿来一个馒头：“虎蛋脑袋开了瓢了。怎么回事儿？你问他。道里刑警队的。”

黄瘸子抬头一看，陶进在那儿蹲着边吃边看着他，他的脑袋嗡地响了一声。他认识这个人，虽然没被他抓过，但他知道，这是个反扒能手，外号陶犴子。

陶进吃饱了，又喝了几口水，站起身走到黄瘸子跟前说道：“你被捕了。老实跟我回哈尔滨去，别想歪点子，要是瞎折腾，再死不了，那可得活遭罪，到时候，可别怪我不客气！”这是刑警惯用的招法，先用语言威胁，黄瘸子离了假肢无法逃跑，关键是要防止他自杀。

黄瘸子对这样的下场并不甘心，他嘟囔道：“会有人救我，我是天上的元宝星转世。”

翟丁在一边听得真切，便说道：“那你可别死了，要是救你的人来了，你要死了，那多可惜。”这是顺着黄瘸子的心思说的话，只要他相信一定会有人救他，他就不想死。

就这样连威胁带蛊惑，总算是在天刚放亮的时候平安地把黄瘸子抬出了原始森林。

来到森林边上，透过凤尾竹丛，看见了路边那家旅店。陶进本想绕过这里，却发现旅店门前有穿着白上衣、蓝裤子的警察出出进进。

陶进估计，是林老板这个黑据点被当地公安机关给端了。他招呼着把滑竿放到地上，径直跑了过去。见到警察，他掏出工作证，告诉他们："我是哈尔滨公安局的刑警，抓获了重要罪犯，请你们帮助一下。"

一位警察看了看他的工作证，问他有什么要求。陶进说，他要去昆明火车站，从那里把人犯押回去。

那位警察答应帮他们拦车，最好是从西双版纳开往昆明的长途汽车。陶进招呼他们把黄瘸子抬了过来。

听说抓到了全国闻名的贼王黄瘸子，几个警察也跑过来观看。

一位警察告诉他，他们发现这个黑据点已经很长时间，就是为了抓林老板，他们迟迟没动。今天早晨，他们打进这个据点里的内线报告，说是林老板回来了。他们便包围了这里。陶进也很想见一见林老板，甚至还想问一下魏蓉蓉怎么会来到这里。警察说，人已经押回西双版纳拘留所了。

等了一段时间，果真有一辆长途汽车开了过来，三个人把黄瘸子架上了车。他们让黄瘸子坐在过道上，三个人围坐在他近前的车座上。

长途汽车开到昆明火车站已经是傍晚。下了汽车，别子就跟陶进和翟丁告别，他要尽快赶回哈尔滨，参加高考复习，争取明年考上大学。

一路上，翟丁给他讲了很多复习的方法和考试的窍门，两个人还互相记下了通信联络地址。别子说，他要考上大学第一个就通知她。

把黄瘸子押进了拘留所，退还了已被撕得破烂不堪的两套傣族服装，陶进立即到邮电局给赫雷发了一封电报。

电文是：抓到黄德利缴获九宝金佛听候指示陶。

为了省钱，还是没有标点符号。

发完电报，陶进和翟丁又住进了那个总是人满为患的铁路员工招待所。

第二天早晨，接到回复电报，内容是：请铁路公安协助押赴北京注意金佛安全赫。

四十九

非议

从昆明来的火车一靠近北京火车站的站台，陶进就看见赵强和张春祥两人都穿着上白下蓝的警服，等候在站台上。他们身后还站着几个便衣刑警，估计是北京公安局的。

陶进和翟丁打开车窗，向他们招手。

车一停，几个便衣刑警把黄瘸子抬下车去，迅速地押到警车里。

陶进和翟丁下了车，张春祥、赵强跑过来，几个人紧紧拥抱在一起。陶进的眼里涌出了泪水。他觉得这次任务特别艰难，在穿越大森林的时候，他曾经担心，不知能不能走出去，再见到家人和战友。今天，终于在站台上相见了，难怪他有些激动。

赵强看见翟丁站在一边，便挣脱了拥抱跑过来跟翟丁握手，亲切地叫了声："翟丁姐，你辛苦了。"

翟丁看见赵强也感到十分亲切，在那些紧张的日日夜夜里，他们从陌生到熟悉，再到相互尊重，那是一段难忘的经历。赵强受到翟丁启发，回到哈尔滨就报名参加夜大的学习。他告诉翟丁："我报名上夜大，给陶哥也报了名，我俩都在法律系。"

翟丁笑着道："上夜大，可得靠自觉。希望你俩都能坚持到底！"说着，还挥了挥拳头表示鼓励。

赵强也挥了下拳头："翟丁姐，一定坚持，我俩谁不坚持，你就打我们谁的屁股。"

张春祥告诉陶进："缴获了九宝金佛，唐局和赫局都到北京来了，要在北京搞一个交接仪式。这回，咱们都住在文管部门的招待所。"

赵强拍了拍陶进身后的双肩包："快走吧，大家都等着要看呢。"

张春祥担心地问："陶进，可别再出纰漏。"

陶进耸了耸双肩包道："放心吧，这回可是真的，在下车前我还检查了呢。"

翟丁道："从上火车，陶哥就一直抱着它，我俩轮流看守着。"

边说着，几个人走出检票口，来到站前广场，广场上停着一辆文管部门的老式轿车。

四个人走到车前，赵强先拉开前车门说："女士优先。"让翟丁上车坐到了前座，三个人坐到了后座。

汽车司机很懂得这些外地警察的心情，拉着他们围着天安门广场转了一个圈，还如数家珍地给他们讲解，这里是历史博物馆，这里是人民大会堂，这里是毛主席纪念堂……

最后汽车开进了一个深长的胡同，在一个大院里停了下来。

几个人下了车，簇拥着陶进走进二楼的会议室。

翟丁则被告知到给她预订的房间里休息。

宽大的会议室里坐满了人，一边是身穿制服的警察，除了唐巨成、赫雷还有北京市公安局的领导。

可惜，赵副队长出差去了外地，没看到这一幕。

另一边是文管部门的领导和专家，还有举着照相机和扛着摄像机的记者，大家一见陶进等人走进，呼啦都站了起来。

陶进一看这架势，这规模可比想象的大得多，他急忙摘下双肩包，按照事先说好的程序，用两手捧着走到了赫雷面前，大声说道："报告各位领导，抓到了黄德利，缴获了九宝金佛，请领导查看。"

赫雷小心地接过双肩包放到桌上，众人的目光都随之集中到桌上。听得见照相机咔咔作响，记者对双肩包已经开始拍照了。

看见有记者要给陶进拍照，赫雷拽了陶进一把，让他和张春祥、赵强先去房间休息。

陶进便与两个人走出了会议室。

一位记者追了出来，他手里拿个本子堵住了陶进，想让他说一下追缴金佛的经过。

陶进知道，作为一个基层刑警，他不可能向任何记者谈及任何案件侦破的经过，这是有先例的。前些年，道里分局破获了一件大案，本市报纸的一位记者，采访了一名刑警。这个刑警只是简单地说了说案犯的姓名，缴获的赃物，结果还是见了报。

这位刑警，遭到当时主管刑侦的副局长庄农的严厉训斥。庄农说，任何刑警，都不能单独向记者透漏任何侦查破案的消息，接待记者，必须由领导出面。陶进认为领导讲得很有道理，是啊，一个刑警代表不了分局，万一讲错了，造成社会影响，谁负得了责任？

这件事情，陶进的记忆非常深刻，因为那个刑警不是别人，就是赫雷。

今天，赫雷当了领导，毫无疑问，也要坚持这条纪律，不然，他不会看见记者给他照相，就让他们离开会场。

可以想见，陶进也绝不可能向记者透漏半个字。

看见陶进等人离开会议室，赫雷伸出双手，打开双肩包，小心地取出里面的木制方盒。

紫红色的木盒，更加吸引大家的目光，照相机和摄像机同时开动。

赫雷向唐巨成示意让他打开木盒，唐巨成平静了一下心情，伸出双手把木盒盖轻轻打开。里面有一层绒布，唐巨成扯开绒布，一片光华放射出来。

众人纷纷发出一阵轻呼。

唐巨成接过服务员递过的一副白手套，两手小心地捧出金佛，四射的光焰照到每个人的脸上。

几位上了年纪的专家纷纷凑到近前观察，有的用放大镜仔细地看着金佛的细部，不时发出啧啧的称赞。

几个记者也凑到近前来拍摄细部，在一片祥和光焰的映照下，会议室里充满喜庆和赞扬的气氛。

赫雷招呼北京公安局的几位领导："来，各位领导，我在哈尔滨看这个宝物的时候，有人说这宝物放着瑞气，要能沾上瑞气，健康长寿啊，大家也都来多沾点。"

几位领导也把身子凑了过去，仔细观看着。

文管专家依次看了一遍，几个人还在一起低声说了一些什么，一位干部招呼大家落座。他请一位留着灰白胡须的年纪最大的专家首先发言。

老专家习惯性地理了下胡须，站起来说道："据考证，这尊镶嵌着九件无价珍宝的金佛，制作于唐代南诏国。我们知道，南诏国建于公元 738 年，亡于公元 902 年。在将近两百年的时光里，如果这尊金佛制于南诏国中期的话，距今一千年左右。"

不愧是专家，对南诏国的历史如数家珍。

"我们也听说，这一千年中，这尊金佛历尽坎坷，特别是在清代，又演绎了无数传奇故事，直到新中国成立，才回到国家怀抱。不料，到近年来又起风波，它竟能在省博物馆里被盗走，给我们送来一个假金佛。"

说到这里，又引起各位专家一阵议论，有人大声说："假金佛做得也不错，跟真的可以并列展览。"

专家继续说道："我看可以，那样更会增加展览的趣味性。今天，真正的九宝金佛历尽艰险又回到国家怀抱，这要感谢公安部门的同志们，是你们的大智大勇，才能把金佛完整地追缴回来。就冲这一点，我要代表我们文管部门，向你们表示最衷心的感谢。"

话音刚落，会场里响起一片掌声。

掌声中，他朝着唐巨成等深鞠一躬。

一位文管部门的主要领导站了起来，招呼唐巨成两人伸出手，共同捧起金佛，让记者照相。然后两人共同把金佛放进木盒中，把绒布盖上，又盖上盒子。

接着这位领导从一位工作人员的手中接过一个红包，对唐巨成说道："为了表彰贵局干警夺回重宝，文管部门决定，奖励贵局人民币三千元。"说着双手平举红包，伸向唐巨成。

唐巨成伸手接过，连连说道：“侦破案件，夺回国宝，是我们的责任。感谢国家文管部门的奖励，谢谢。”

两位武警战士，陪同一位工作人员推来一辆装贵重文物的小车，来到桌前。文管领导和唐巨成共同捧起金佛放到小车上。

小车在武警的护送下缓缓推出，全场一起鼓掌。

交接仪式到此结束。

中午，文管部门设宴招待公安部门领导，唐巨成、赫雷和北京市公安局领导参加。

陶进、张春祥、赵强和翟丁都被告知不能参加，他们便到招待所外面吃了顿京城小吃。

吃饭时候，翟丁关心地问起萧娟的病情。张春祥说还在医院住着，瘦得就剩几十斤了。

赵强说她是吓的，成天哭，命怕保不住了。

听到这里，翟丁心中一阵酸楚，一碗卤煮火烧，她只吃了几口，就全倒给了陶进，她为萧娟生命如此短促深深地感到难过。

刚回到招待所，陶进就被赫雷叫进了他的房间。

屋中还坐着唐巨成，同时与两位主要领导面对面谈话，这对陶进还是第一次，显然，他还有些局促。

陶进刚坐在一个方凳上，赫雷便开口问话：“说一下你和翟丁跟踪翟刚的具体情况。”

显然，在此之前的情况他都已经全部知道。

陶进就把在火车上说服了翟丁继续跟踪下去，一直到发现黄瘸子的经过说了一遍。

唐巨成有个问题始终不明白，为什么黄瘸子能隐藏这么多年，一直没被我们发现？

陶进说道：“他偷了十多年，技术高明，从没有被抓过，我们没掌握他任何犯罪证据。”

唐巨成点头。

陶进接着说道："还有一个原因，好像所有的贼都有个底线，一旦被抓了，什么都可以承认，就是不能说出黄大哥。因为黄瘸子是他们的保障。被抓了，有人往家送钱，释放了，就去投奔他，他管吃、管住，有的还给买衣裳，他们的行话叫换叶子。"

唐巨成吁了口气，说道："怪不得呢，真是贼有贼道。"

赫雷两眼直望着陶进，这是他想要刨根问底的神情："到了昆明以后呢？"

陶进就把如何得到昆明铁路公安部门帮助，尾随翟刚穿过原始森林的经过说了一遍。

赫雷继续追问："你是怎么抓到的黄瘸子，得到的九宝金佛？"

陶进说："我们尾随翟刚走到森林边缘，就发现一个竹楼出事了，黄瘸子的保镖叫虎蛋，抓住翟刚要掐死，我就开了枪，把虎蛋打死了。"

赫雷问："你救了翟刚一命？"

陶进点头。

赫雷翻起眼睛问道："翟刚呢？"

陶进知道，赫雷出现这种眼神，说明他进入了审讯状态，便答道："他告诉我，有虎蛋在，黄瘸子一定也在这。我举着火把跑进竹楼搜查，我真的抓到了黄瘸子，这个家伙喝醉了，一直不省人事，我把他扛到楼下。等我出来的时候，翟刚就不见了。"

赫雷一直凝视着他，问道："你为什么不先抓住翟刚？"

陶进道："光顾了抓黄瘸子了，他不是个贼王嘛。"

要说陶进的汇报可以说是基本属实，但是，他从一开始就回避了两个人，一个是别子，一个是魏蓉蓉，再就是隐瞒了翟刚用金佛换自由的事实。

说实话，从昆明到北京的火车上，陶进就想到了如何向领导汇报抓人和夺宝的过程。因为这里有太多的难言之隐。

他首先想到的是要回避别子这个人，压根就不提他，一个做了贼的孩子要考大学，这是多不容易的转变哪。要是说出别子，又住在哈尔滨，赫雷一定会找这个人，至少是了解那个晚上的情况，要知道他跟翟刚和黄瘸子长年在一起，说不定会把他当成“严打”对象。

翟丁完全同意这个想法，而她想的比陶进还大胆，她要陶进在汇报的时候连魏蓉蓉也要回避。她担心的是，尽管他们已经离婚，一旦传扬出去，魏蓉蓉如何如何，一定会给陶进造成又一波极坏的影响。

现实就是这样残酷，许多真相不得不用谎言隐瞒！

陶进怕回避得太多过不了赫雷这一关。翟丁建议两个人进行演习。先是翟丁以赫雷的立场发问，陶进作答。

换过来是陶进以赫雷的立场发问，翟丁作答。

在问答中翟丁忽然发问：“陶哥，你说，抓了‘采花团’，非得要枪毙那么多人吗？”

陶进一时没有回答，他觉得这个问题他也想过，过去，杀人才能偿命，按照这条规矩，朱岗该杀，甚至在紧急中打死虎蛋也是应该的，因为他杀死了铁子。至于郭黑子该不该杀他就拿不准了，因为他只是一个贼。

听到翟丁的问话，他感到奇怪。因为她也是“采花团”的受害者，她该说对这帮家伙千刀万剐才解恨，怎么会对枪毙这些人有疑问呢？

陶进忽然想起唐巨成有一次在全分局大会上的讲话：现在，刑事犯罪已经变成严重的社会问题，任其发展下去，不仅危及百姓生命安全，甚至会危及国家政权……特殊时期，行特殊之法。

翟丁接着说，要说“严打”平时该判三年的判五年，该判五年的判八年，不也算是从严吗？

陶进认为自己是刑警，就是捉拿罪犯，只要证据确凿，怎么判，他管不着。说实在话，有些事情真不能按部就班照程序办事。像抓黄瘸子，你不能等他酒醒了，再向他宣布，你被捕了，你可以保持沉默……对虎蛋开枪，就不能先劝说，不听，再鸣枪示警，再不听，才能开枪，那后果将会怎样？

翟丁点头，是啊，十年“文化大革命”把法制彻底破坏了，整个中国成了真正的“乱世”，不出重拳，难以拨乱反正。接着她又叹了口气道：“也许——矫枉可以不过正。”

陶进摇头道：“那不可能。什么叫过？什么叫不过？美国往广岛、长崎扔原子弹，伤及多少无辜？叫不叫过？”

翟丁点头道：“可以理解，那是为了结束战争。”

陶进道：“我们从快从重也不是谁想敛财致富，那是为了恢复社会太平，怎么就难以理解？”

翟丁一时难以应对，她不曾想到，陶进不能说出科学理论，却能说出一番让人服气的见解，这些话既朴实，又中肯，的确有些道理。

陶进接着说，咱不能像教练似的在拳击赛之后，喝着茶水，批评你这一拳打得对，那一拳不对。不看见社会乱到什么程度，多少人被抢、被杀、被奸污，光评论判的轻重，替犯罪分子叫屈，也不公平。唐巨成还有几句话说得挺在理：多杀了些犯罪分子就有人喊人道不人道。我说，保护大多数人的生命安全才是真正的人道。现在治安转好了，老百姓感谢我们。抓住朱岗，全院的群众都鼓掌，喊“警察万岁！”这就是警察最大的人道。

……

火车走了两天一夜，有的是时间充分研究。两个人这样换位提问和作答，终于让陶进心中有了底。

听了陶进的回答，赫雷突然厉声问道：“陶进，我问你，你有什么权力把翟刚给放跑？”

在火车上，翟丁也突然问过这句话，陶进最初的回答是，翟刚有立大功表现，所以就放了他。

翟丁连连摇头，认为不可。翟刚有多大的立功表现，该不该宽大，这是法院该做的事情，至少是领导的权力，陶进这样做，绝对无法过关。她建议是不是可以改成说，你上楼抓黄瘸子的时候，翟刚要带着金佛逃跑，我上去抓他，把金佛抢了下来，他却跳到河里，蹚水跑到对岸去了。

陶进就是这样讲给赫雷的。

翟丁抓不住翟刚，赫雷认为可信。可陶进说，翟丁能从翟刚身上抢下九宝金佛来，赫雷心里就画了一个大大的问号。

忽然，赫雷站了起来匆匆走出房间。

剩下了陶进和唐巨成面对面坐着，陶进心中感到委屈，他向唐巨成问道："唐局，怎么我抓了黄瘸子，缴获了九宝金佛，这赫局反倒审问起我来了？"

唐巨成对赫雷这样对待陶进也有想法，但是，他也理解赫雷的心情。他告诉陶进说，翟刚吞筷子，明显就是为了逃跑，可最终还是让他从医院里逃了出去。据说市委领导听说了这件事情，大为恼火，认为公安机关太无能，连这样有逃跑迹象的人都看不住，都是干什么吃的？

赫雷作为主管分局副局长被找到市委，被劈头盖脸批评一顿。赫雷回来发誓要抓住翟刚，结果翟刚跟你打了照面，还是让他跑了，他能不上火吗？

陶进想想，觉得也是，领导叫人家给训了，不拿下边的人出气，找谁出气？便理解地点了点头。

赫雷离开房间，直接来找翟丁，他要听翟丁如何述说这一段经过。

翟丁在房间里正在整理衣物，因为赵强把她和陶进留在济南的旅行袋和行李箱，都带了回来。两个人的衣物都放在翟丁这里，陶进的衣服都是团成个蛋蛋塞进旅行袋的，她要帮助陶进把衣服都叠放整齐。

赫雷突然来到房间，翟丁有些措手不及，她连忙让座，倒水。

赫雷坐到椅子上，他首先对翟丁为九宝金佛提供了重要的线索，而且不辞辛苦，跟随公安人员转战几千里，终于帮助公安机关抓到黄瘸子，缴获九宝金佛的重要贡献，表示感谢。

翟丁说，哥哥、弟弟都是犯了重罪，给政府添了很多麻烦，我做的不足弥补万一，更不敢接受感谢。

几句话，说得很是得体，原本赫雷以为，翟丁会对哥哥、弟弟的行为辩护，说他们本质很好，所以走向犯罪，就是社会环境和"文化大革命"所造成的。这样讲的家属很多，也都让赫雷一句话就给顶了回去："社会环境不好，大家都经历过，别人怎么没干坏事？"

而翟丁对哥哥、弟弟的态度与那些家属大不相同，让赫雷对翟丁也不得不另眼看待。至少，他认为翟丁聪明过人，所以，他的脑筋一转，便问道：“你见到翟刚当时是什么情况？”

翟丁没有预料到赫雷会突然找她发问，这是她跟陶进没有预演过的情景，怎么回答？翟丁的脑子急速旋转后，做了这样的回答：“我跟陶进刚走到森林边上就听见翟刚喊，是你杀了铁子，我要你偿命！”

赫雷翻着眼睛看着她，不动声色地问：“你能知道是谁喊的吗？”

翟丁点头：“我听得出来，是我哥哥喊的。”

赫雷点头。

翟丁继续说道：“我们跑出去，听见翟刚的叫喊不是正常声音，就看见一个黑熊一样的大胖子正抓着我哥的脖子要掐死他！我就喊，陶进，快开枪！是他杀了铁子……”

赫雷打断她的话：“是你让他开的枪？”

翟丁点头：“他杀死了我的弟弟，我不能再让他杀死我哥哥。”

赫雷也点了点头，又问道：“那时候，九宝金佛在什么地方？你想抓住翟刚吗？”

翟丁点头：“双肩包在翟刚手里，我想让他自首，让他帮助抓到黄瘸子，再把九宝金佛交出来，我想这算是有立大功的表现，会得到从宽处理的。”

赫雷问：“他愿意吗？”

翟丁摇头：“他不说话，就往河边跑，我在后边追。我喊，把金佛放下，你带到哪儿都会抓到你！我撵上他，拽住包，就拽了下来。”

赫雷有疑问，他问道：“双肩包是背在双肩上的，你怎么能拽下来？”

翟丁愕然，怎么没想到这一点？但是，翟丁毕竟聪明，她略作思忖答道：“他是单肩挎着，我一拽，就拽下来了。”

赫雷依然翻着眼睛看着她。

有了前面的答复，翟丁下面的讲述更为流畅：“我想，他是有意放弃的，不然，就是他单肩挎着我也夺不下来。”关键时候，她不忘替哥哥说句好话。

赫雷再一次点头，说实在的，他从翟丁的话里没有听出半点破绽，但是，翟丁在回答双肩包的时候，眼神出现了一丝游移，也被他看在眼里。他想继续追问，但是想到九宝金佛已经上交，黄瘸子已经抓到，市委领导也许早把翟刚忘了。他话题一转又问道："你对陶进的印象怎么样？"

又是一个出乎意料，翟丁绝没想到，赫雷在这个时候，会突然问起这个问题。她一时感到无法回答，只能点点头，脸却一下子红了。

赫雷叹了口气，带着无奈的神情说道："可惜呀，他要不是一个刑警，要不影响他的提拔，你们还真是天生的一对。"

翟丁突然意识到什么，这句话里有太大的疑问，便道："您是说，我的家庭条件，会对他的提拔造成影响吗？"

赫雷默然地点了下头，缓缓说道："陶进立了大功，我想提拔他为刑警队的副队长，我怕上级会打横。"

翟丁忽然觉得心里一堵，她当然知道上级打横的原因，随即反问道："赫局，我的哥哥和弟弟都犯过罪，一个逃了，一个死了。难道我的表现还不足以说明，我和他们是有界限的吗？党的政策不是说，出身不能选择，道路是可以选择的吗？为什么还会打横？"

赫雷咂了咂嘴，不无遗憾地说道："上级的看法，群众的议论，都不能不考虑，我也为难呀。"

翟丁道："赫局，我想你能记得前两年，在《中国青年》杂志开展的潘晓关于人生的讨论吧？"

赫雷想了想，点了下头："记得，那些文章我差不多都看了。"

翟丁道："'文化大革命'期间，我们天天都喊'狠斗私字一闪念'，要个人应当为了集体献出一切，牺牲一切，做到大公无私。只有公，没有私。其实，就是完全抹杀了个人所应得的利益。可是，'文化大革命'已经结束七八年了，我认为集体和组织也应当为个人的前途和利益适当考虑一下吧，不会再用'文化大革命'时期的标准来要求陶进了吧。"

赫雷点头："当然不会。"

翟丁道："赫局，您要是没看过潘晓的讨论文章，我不会这样讲。我跟着陶进，亲眼看着他是怎样出生入死完成您交给的任务。我知道，他和我都没有额外的想法，只是希望组织也能尊重我们的感情。”

赫雷感叹地点头：“是啊，感情我可以尊重，完全尊重。只是这提拔问题，恐怕……”

听到这几句话，翟丁失望地望着这位名震一时的分局副局长，她觉得方才一番话全都白说了。赫雷的固执，让她感到一阵愤懑，她冷眼望着赫雷说道：“赫局长，你以为，在基层分局刑警队当一个副队长很重要吗？”

这样一句重话，从一个柔弱女子的嘴里说出来，倒把赫雷给噎住了。

他半晌没说出话来，不知道如何回答是好，只能连连点头说道：“这个……这个……”边说着，边站起来说道：“你先休息，我会争取的。我还有事情，你先休息。”说着，他转身走了出去。

翟丁送他到门口，锁上房门，觉得心中充满委屈，却无处发泄，只好趴到床上，呜呜地哭了起来。

在走廊里，赫雷也叹了口气，他心里也有一个沉重的压力，就是要不要把陶进提拔为刑警队的副队长。

陶进这一次表现的确出色，他的成就可以压倒所有刑警，包括他自己。就连唐巨成也提出要尽快作出提拔陶进的决定。

他之所以叹气，是感叹唐巨成作为公安分局的一把手，尽管当了这么长时间，还没有摸到刑警这个行当的底脉。他不知道一个主管刑侦的副局长的心里到底怎么想的。

在庄农当副局长的时候，不管赫雷侦破多少大案，一直不提拔赫雷，就让他在第一线摸爬滚打。当时，赫雷不解，许多人也都不理解。直到万不得已，也只是把他提拔为副队长。

而今，自己也当了副局长，才体会了其中的奥妙。原来，刑警队不是行政单位，早八晚五，按时上班下班。它需要不分白天黑夜侦缉盗匪，破获案件。这些案件要谁来破？要那些天天奔波在第一线的刑警来干，所以，第一线的刑警永远是破案的主力军。

像陶进这样万里追踪，就是个例子。最初的任务都是他安排的，所以派给陶进这样重要的任务，就是因为他是一个摸爬滚打在第一线的刑警。可是，他竟然立下这般功劳。如果他是个副队长，他能让他去干那些活儿吗？

同样，他要是把这个任务派给张春祥又会怎样？他在第一时间就会提出各种各样的问题。可陶进不是，他只有一个心眼儿，顺着线索追下去，一直追到破获案件。

只有破获案件，他这个副局长才能当得有光彩，就像现在这样，照相、闪光灯，还有录像、宴会……

可要是让陶进当了副队长，他就会坐在破案指挥部里，分配这个干这个，吩咐那个查那个。现在，刑警队里还有一个心眼儿追线索的人吗？没有，一个也没有。也许赵强是块材料，可是，他还是欠火候，至少还得摔打两三年。

这些问题，像旋风一样在赫雷的脑子里转了一圈又一圈，翟丁的话又冒了出来："难道，在基层分局当一个刑警队的副队长那么重要吗？"这也算歪打正着，赫雷终于打定了主意，眼下，还不能提拔陶进，理由是，他跟一个刑事犯罪分子的家属好上了，两个人还要结婚。

方才，他之所以问了陶进，又去问翟丁，是他有一个先入为主的判断，他认为，当时的整个案件现场应当是这样的。

翟刚追踪黄瘸子，一是要报杀翟铁之仇，二是要夺取九宝金佛。但是，他跟虎蛋打在一起，被虎蛋掐住了。这样看，九宝金佛该是在虎蛋身上。

这时间，陶进跟翟丁赶到了，陶进开枪打死虎蛋，救了翟刚，陶进拿到了九宝金佛，在翟丁的劝说下放走了翟刚。

然后，他去竹楼搜查，又抓到了酒醉未醒的黄瘸子。

要是能够找到陶进放走翟刚的证据，一切都好办了——念其有功，将功补过。不予处分，继续在第一线干好刑警工作，以观后效。

可惜，尽管是分开询问，得到的结果是翟刚是从翟丁手里跑的，跟陶进没有关系，他也只能作罢。

可是，有一条是不能放过的，警察，是无产阶级专政的工具。专政工具跟专政对象的家属结婚、生子，长年生活在一起，那可是刑警的大忌，更是提拔的大忌。

他要跟陶进谈这个问题，他要是继续跟翟丁好下去，继续当个刑警还是可以，然而，就算是自己一心想要上报他当副队长，市局也不会批准，因为这是个阶级立场问题！立场问题，对一个刑警来说，那可是天字号的大问题！

翟丁的态度他已经听到了，当不当刑警队的副队长并不重要。难道，陶进会为了当这个刑警队的副队长，就跟翟丁分手吗？

那是不会的，陶进从来就是个一条道跑到黑的死心眼儿。

当年，庄农是为了竞争分局副局长，破例把赫雷提拔为刑警队副队长。

而今，赫雷是为了能够坐稳分局副局长的位置，所以不愿提拔陶进为副队长。

也许，多年以后陶进坐到了分局副局长的位置，也会照此办理。大概，这已经成为公安战线干部任用的一条不成明文的潜规则。

几场风雨过后，东北已经过早地进入了严寒的季节。

通过对黄瘸子和狼青的审讯，陶进掌握了黄德利和虎蛋杀死翟铁的全过程。他和赵强再一次来到廊村，抓到了二奔，挖出了那个给黄德利通风报信的内鬼。经他指认，从湖中打捞出翟铁的尸体。

大雪纷飞，在1984年款款而来的时候，对以黄德利为首的盗窃团伙的审理基本结束，一百多人被送交劳动教养，一百多人的案卷被送到了检察院，进入了司法程序……

2013年8月26日于北京小南庄

2015年7月二稿于京北春撑堂

补记

回哈尔滨后，在破获重大案件表彰大会上，陶进晋升为副科级侦查员，依然要在第一线。冬天，陶进领到了一套橄榄绿色厚呢子做的警装。

1984 年春，陶进与翟丁结婚，赫雷参加婚礼，送十元红包。

1984 年夏，全国掏窃一把高手黄德利被黑龙江高级人民法院判处死刑立即执行。

1984 年秋，别子，不，是柴玉生，考上了省医学院，成为一名大学生。

魏家小弟，接了老魏的班，在天河巷派出所当了外勤民警。

……